Nalini Singh

Versprechen der Sehnsucht

Secrets – Was niemand weiß

Seite 5

Nächte der Liebe – Tage der Hoffnung

Seite 135

Die Unbezähmbare

Seite 265

Die schöne Hira und ihr Verführer

Seite 399

MIRA® TASCHENBUCH
Band 20075

1. Auflage: Januar 2018
Neuausgabe im MIRA Taschenbuch
Copyright © 2018 by MIRA Taschenbuch
in der HarperCollins Germany GmbH

Titel der amerikanischen Originalausgaben:

Secrets in the Marriage Bed
Copyright © 2006 by Nalini Singh
erschienen bei: Silhouette Books, Toronto

Bound by Marriage
Copyright © 2007 by Nalini Singh
erschienen bei: Silhouette Books, Toronto

Desert Warrior
Copyright © 2003 by Nalini Singh
erschienen bei: Silhouette Books, Toronto

Craving Beauty
Copyright © 2005 by Nalini Singh
erschienen bei: Silhouette Books, Toronto

Published by arrangement with
HARLEQUIN ENTERPRISES II B.V. / S. á r. l.

Umschlaggestaltung: büropecher, Köln
Umschlagabbildung: Geber86 / Getty Images
Satz: GGP Media GmbH, Pößneck
Printed in Germany
Dieses Buch wurde auf FSC®-zertifiziertem Papier gedruckt.
ISBN 978-3-95649-757-5

www.mira-taschenbuch.de

Werden Sie Fan von MIRA Taschenbuch auf Facebook!

Nalini Singh

Secrets –
Was niemand weiß

Roman

Aus dem Amerikanischen von
Claudia Biggen

1. Kapitel

„Ich bin schwanger."

Caleb Callaghan sah seine Frau verblüfft an. „Wie bitte?"

„Ich sagte, ich bin schwanger. Im dritten Monat – das wurde mir gerade vom Arzt bestätigt." Vicki strich sich das schulterlange blonde Haar zurück und setzte sich auf den Stuhl vor seinem Schreibtisch.

Allmählich fing Calebs Verstand wieder an zu arbeiten. Das war die Chance, auf die er seit zwei Monaten gewartet hatte, und er würde sie nutzen. Rasch stand er auf, ging um den Schreibtisch herum und kniete sich neben Vickis Stuhl auf den Boden. „Du bekommst unser Kind", sagte er ergriffen. Mit einem Mal ging es ihm nicht mehr schlecht, sondern er kam sich wie im Paradies vor.

Vicki kann sich nicht scheiden lassen, wenn sie schwanger ist.

Als hätte sie seine Gedanken gelesen, schüttelte sie den Kopf. „Das ändert nichts", sagte sie, aber in ihrer Stimme schwang Unsicherheit mit.

Caleb packte die Gelegenheit beim Schopf. Keinesfalls würde er aufgeben, dazu stand zu viel auf dem Spiel. „Natürlich tut es das." Er nahm ihre Hand.

„Nein."

„Doch." In den beiden Monaten seit ihrer Trennung hatte Caleb alles Mögliche getan, um seine Frau zurückzugewinnen. Leider vergeblich. Aber jetzt konnte Vicki nicht mehr so leicht eine Scheidung durchsetzen. „Natürlich ändert das alles. Du bekommst *mein* Baby."

Ihre Hand verkrampfte sich. „Versuch nicht, mich einzuschüchtern, Caleb."

Alarmiert durch ihren Ton, überlegte er sich rasch noch einmal, wie er sich ihr nähern konnte. Aber er befürchtete, wenn er sie zu sehr bedrängte, würde er sie verlieren. Allerdings hatte seine Frau schon immer ein weiches Herz gehabt. „Ich habe ein Recht, die

Schwangerschaft mit dir zu erleben", sagte er. „Dies ist auch mein erstes Baby. Vielleicht mein letztes."

Ihre Miene verriet ihm, dass er auf Verständnis stieß, obwohl er das kaum zu hoffen gewagt hatte. „Du willst wieder einziehen?", sagte sie und meinte damit ihre restaurierte Villa oberhalb von St. Marys Bay, nicht weit von Aucklands Innenstadt.

„Natürlich werde ich wieder einziehen." Das stand außer Diskussion. „Ich werde nicht zulassen, dass du dich vor der Geburt unseres Kindes scheiden lässt." Das gab ihm sechs Monate, in denen er Vicki davon überzeugen konnte, dass ihre Ehe es wert war, aufrechterhalten zu werden, und dass man eine Beziehung nach fünf Jahren nicht so einfach aufgeben sollte.

Vicki hatte ihn um Abstand gebeten, als sie sich getrennt hatten, und Caleb hatte ihre Bitte erfüllt, soweit ihm das möglich war. Er hatte sich auf einen Telefonanruf täglich beschränkt und auf ein paar Besuche pro Woche, um nachzusehen, ob es ihr gut ging. Doch damit war jetzt Schluss. Er wollte seine Frau zurückhaben. „Dieses Baby ist ein Geschenk, Vicki – unsere Chance, einen neuen Anfang zu machen. Und diese Chance müssen wir nutzen."

Ihr Blick wurde weich.

Caleb stand auf und zog Vicki in die Arme. Er war größer als sie, und ihre schlanke Gestalt schmiegte sich perfekt an seinen Körper. „Ich werde meine Sachen heute Nachmittag vom Hotel holen lassen." Er hasste diesen Ort, weil er sich dort nicht zu Hause fühlte. „Alles wird gut werden", versicherte er. Egal was passierte, er würde nicht zulassen, dass er Vicki verlor.

Sie bedeutete alles für ihn.

Vicki erlaubte Caleb, sie zu umarmen, obwohl sie fürchtete, damit einen Fehler zu machen. Doch sie hatte die Umarmungen ihres Ehemannes vermisst. Seit zwei Monaten vermisste sie Caleb jeden einzelnen Tag. Jedes Mal wenn er sie zum Essen einlud oder auf einen Kaffee vorbeikam, war ihr klar, dass sie eigentlich ablehnen sollte, doch stattdessen war sie immer einverstanden gewesen. Jetzt schien sich dieses gefährliche Verhaltensmuster fortzusetzen.

„Du brauchst nicht zu Hause zu wohnen, um mit unserem Kind zusammen zu sein", wandte sie ein.

Er lockerte seine Umarmung so weit, dass sie in seine haselnussbraunen Augen sehen konnte, die eine Spur heller waren als sein Haar. „Doch, natürlich muss ich das. Willst du, dass unser Kind so aufwächst wie du und seinen Vater kaum kennt?"

Vicki atmete tief ein. „Du weißt genau, was du sagen musst, um mich umzustimmen, nicht?" Sie wollte auf keinen Fall, dass ihr Kind sich von einem Elternteil nicht geliebt fühlte.

Caleb ließ sie los und stützte die Hände auf die Hüften. „Ich werde die Wahrheit nicht schönreden. Wenn du auf dieser Trennung bestehst, wird das früher oder später zur Scheidung führen, und vielleicht wird unser Kind dann zwischen uns hin und her pendeln."

„Glaubst du, es wäre besser für unser Kind, bei Eltern aufzuwachsen, die sich ständig streiten?" Derzeit kriselte es sehr in ihrer Ehe, daran gab es keinen Zweifel.

„Natürlich nicht." Er hob die Stimme. „Aber du musst dich entscheiden. Entweder lässt du mich wieder zu Hause einziehen und wir arbeiten an unseren Schwierigkeiten, oder du akzeptierst die Alternative."

„Das geht mir alles zu schnell. Ich brauche Zeit."

Ein energischer Zug erschien um seinen Mund. „Du hattest bereits zwei Monate."

Das war nicht einmal annähernd genug, dachte sie. Seit der Trennung hatten sie sich mehrmals pro Woche gesehen, aber ernsthaft über ihre Probleme geredet hatten sie nie. Das mussten sie jetzt dringend nachholen. „Caleb, betrachte die Sache doch mal von meinem Standpunkt aus. Ich habe gerade erfahren, dass ich schwanger bin. Wenn du jetzt auch noch zurückkommst, fühle ich mich dem allen nicht gewachsen."

„Und je länger du mich ausschließt, desto weniger Zeit haben wir, unsere Schwierigkeiten zu bewältigen, bevor das Baby kommt", widersprach er. „In diesem Punkt werde ich nicht nachgeben, du kannst also auch gleich Ja sagen."

Wenn sie nicht bereits eine Entscheidung getroffen hätte, bevor sie die Anwaltskanzlei betreten hatte, die Caleb mit großer Zielstrebigkeit aufgebaut hatte, hätte sein Verhalten sie wahrscheinlich verletzt. Aber auch wenn sie viele Dinge an ihm nicht verstehen konnte, diese Reaktion hatte sie vorhergesehen. Von der Sekunde an, als sie entdeckt hatte, dass sie schwanger war, hatte sie gewusst, dass Caleb nicht mehr bereit sein würde, getrennt zu leben, selbst wenn sie noch so große Bedenken äußerte.

Aus diesem Grund hatte sie sorgfältig überlegt, unter welchen Bedingungen sie ihn wieder in ihr gemeinsames Haus ziehen lassen würde. „Also gut", lenkte sie ein. Caleb war eine sehr dominante Persönlichkeit. Wenn man ihm den kleinen Finger reichte, nahm er die ganze Hand. Doch es ging nicht länger nur um sie beide.

„Das ist die richtige Entscheidung, Liebling", sagte er. „Du wirst sehen. Wir schaffen es."

Sie runzelte leicht die Stirn und wollte gerade erklären, dass die Dinge diesmal ein bisschen anders laufen würden. „Sieh mal, du kannst einziehen, aber ..."

„Pscht." Er lächelte und legte eine Hand auf ihren flachen Bauch. Erstaunt nahm Vicki wahr, dass ihre Schwangerschaft ihr jetzt als viel realer erschien. Die Bestätigung des Arztes hatte ihr nicht dieses Gefühl gegeben. „Du willst doch nicht, dass das Kind uns streiten hört, oder?"

Es ist doch immer wieder das Gleiche mit ihm, dachte Vicki. Sie redete, und er hörte nicht zu. „Caleb, ich wollte dir sagen, dass ..."

„Später." Er strich ihr das Haar aus dem Gesicht. „Wir haben alle Zeit der Welt."

Calebs Sachen waren alle im Gästezimmer.

„Was soll denn das?" Er drehte sich zu Vicki um, die mit verschränkten Armen im Türrahmen stand und ihn beobachtete. Keine Spur war mehr von der Frau zu sehen, die ihm erst vor wenigen Stunden noch erlaubt hatte, sie zu umarmen.

Aufgerichtet und mit erhobenem Kopf begegnete sie seinem Blick. „Das kommt davon, dass du nicht zuhörst. Du hast meine Einwände gegen deine Rückkehr nach Hause einfach niedergewalzt, wie du das immer tust." In ihrer Stimme schwang eine Härte mit, die Caleb an ihr nicht kannte. „Später, hast du gesagt. Nun, jetzt ist später. Du kannst hier wohnen, aber erwarte nicht, dass du in mein Leben zurückkehren kannst, als wäre nichts passiert. Soweit es mich betrifft, sind wir immer noch getrennt."

Er erstarrte. In den fünf Jahren, seit sie verheiratet waren, hatte Vicki niemals so mit ihm gesprochen. „Liebling ..."

„Nur damit das ganz klar ist: Ich werde mich von dir nicht zu etwas drängen lassen, wozu ich noch nicht bereit bin", sagte sie.

„So haben wir aber keine Chance", wandte er ein. „Wir können kaum an unseren Problemen arbeiten, wenn ich in dieses Zimmer verbannt werde und du mir ständig mit der Scheidung drohst." Er warf seine Anzugjacke auf das Bett und begann an seiner Krawatte zu ziehen, während er Vicki nicht aus den Augen ließ.

„Dein Weg ist auch nicht der richtige", sagte sie gereizt. Ihre Wangen waren gerötet. „Du willst, dass alles wieder so ist, wie es war – als hättest du nicht zwei Monate in einem Hotel gewohnt … Ich war unglücklich in unserer Ehe. Willst du so eine Frau zurückhaben?"

Ihre Worte taten ihm weh. „Du hast nie etwas gesagt, und dann hast du mir plötzlich eröffnet, du wolltest die Scheidung. Woher sollte ich denn wissen, dass du nicht glücklich warst? Ich bin doch kein Hellseher." Caleb fuhr sich mit der Hand durchs Haar.

Vicky ballte die Hände zu Fäusten. „Nein", erwiderte sie. „Das bist du nicht. Aber das wäre auch nicht nötig, wenn du dir gelegentlich Zeit nehmen und mir zuhören würdest, statt darauf zu bestehen, dass alles so läuft, wie du es willst, oder gar nicht."

Caleb wurde langsam wütend. „Du wolltest doch nie irgendwelche Entscheidungen treffen, deshalb habe ich das übernommen." Seit dem Tag ihrer Hochzeit hatte er sein Bestes getan, um für Vicki zu sorgen und sie zu beschützen, und das war jetzt der Dank dafür?

„Hast du je darüber nachgedacht, ich könnte vielleicht mehr vom Leben wollen, als immer nur Ja und Amen zu allem zu sagen? Menschen verändern sich, Caleb. Hast du nie in Betracht gezogen, dass das auch bei mir der Fall sein könnte?"

Diese Frage ließ ihn aufhorchen. In seiner Vorstellung war Vicki tatsächlich noch immer die wunderschöne neunzehnjährige Braut, die er vor fünf Jahren über die Schwelle seines Hauses getragen hatte. Wegen des Altersunterschiedes zwischen ihnen und seiner größeren Lebenserfahrung war es nur logisch gewesen, dass er die Führung übernommen hatte.

Dabei hatte es Vicki nicht an Willensstärke gemangelt. Tatsächlich war sie für ihr Alter außergewöhnlich reif gewesen und auch vollkommen bereit und fähig, die Rolle der Ehefrau eines ehrgeizigen jungen Rechtsanwaltes zu übernehmen.

Caleb hätte sich nicht zu Vicki hingezogen gefühlt, wenn er hinter ihrem schüchternen Lächeln nicht einen starken Willen erahnt hätte. Aber während er mit seinen neunundzwanzig Jahren bereits die Härte des Lebens erfahren hatte, war sie in einer Welt aufgewachsen, in der sich jeder an die Spielregeln hielt. Außerdem war er es gewöhnt, Entscheidungen zu treffen, da war ihm erst gar nicht in den Sinn gekommen, das in seiner Ehe anders zu machen.

Er sah sie nachdenklich an. Sie war noch so schlank wie damals, als er sie kennengelernt hatte, und eine klassische Schönheit mit ihren blauen Augen und dem seidigen Haar, das er so gern berührte. Aber ihr Blick hatte sich verändert.

Als sie geheiratet hatten, hatte sie bewundernd zu ihm aufgesehen. Jetzt drückte ihr Blick Distanz aus. Zu seinem Schrecken musste er feststellen, dass er keine Ahnung hatte, was für ein Mensch sich hinter ihrem eleganten Äußeren verbarg.

„Nein, ich schätze, das habe ich nicht", erwiderte er. Normalerweise verließ er sich immer auf seinen Instinkt. Dieses Eingeständnis kostete ihn einige Überwindung.

Vicki wollte etwas erwidern, doch er kam ihr zuvor.

„Aber gib mir nicht die Schuld für alles", fuhr er fort. Sie waren beide für das Scheitern ihrer Ehe verantwortlich, und wenn sie daran etwas ändern wollten, mussten sie ehrlich sein. „Du kennst mich. Wenn du mir gesagt hättest, was dich stört, hätte ich versucht, es in Ordnung zu bringen. Ich kann es nicht ertragen, wenn du unglücklich bist."

Das war der Hauptgrund, weshalb er ihr nie Vorwürfe gemacht hatte, dass sie bei der Liebe keine Leidenschaft zeigte, obwohl ihn dieser Mangel mehr als alles andere belastete. Doch er war nicht in der Lage, Vicki zu verletzen, selbst wenn seine Situation dadurch vielleicht verbessert worden wäre. Von dem Augenblick an, als er sie zum ersten Mal gesehen hatte, hatte er sie glücklich machen und sie zum Lächeln bringen wollen.

Vicki wirkte sehr steif in ihrem weißen Leinenkleid. Sie schüttelte den Kopf. „Genau darum geht es. Ich will nicht, dass du die Dinge für mich in Ordnung bringst. Ich brauche ..."

„Was, Vicki? Sag mir, was du brauchst." Das habe ich sie noch nie gefragt, schoss es ihm durch den Kopf, und er fragte sich, ob er wirklich ein so guter Partner gewesen war, wie er immer geglaubt hatte.

Sogar im Bett hatte er die Führung übernommen, weil er auf seine Fähigkeit als guter Liebhaber vertraut hatte. Trotzdem hatte er es nie geschafft, dass Vicki ihn mit derselben Leidenschaft begehrte, die er für sie empfand. Was wäre, wenn sie etwas anderes brauchte, etwas, das er ihr nicht geben konnte, weil er nicht wusste, was es war? Vielleicht reagierte sie deshalb auf seine Liebkosungen nicht so, wie er es sich wünschte?

Ihre Miene wurde weich. „Ich brauche deine Liebe. Aber du sollst nicht das Bild der perfekten Ehefrau lieben, das lediglich in deiner Vorstellung existiert, sondern die Frau, die ich wirklich bin."

Ihre Worte trafen ihn wie ein Schlag. „Ich habe nie versucht, dich zu ändern."

„Nein. Weil du mich nie so gesehen hast, wie ich wirklich bin."

Das hatte mehr geschmerzt als alles andere, denn sie liebte Caleb Callaghan von ganzem Herzen, unabhängig davon, was er sagte oder was er tat. Sie liebte sein Lachen, seinen Verstand, seinen Dickkopf und auch seinen Charakter.

Aber das reichte nicht. Eine Liebe wie diese konnte einen Menschen langsam von innen heraus vernichten, wenn sie nicht erwidert wurde. Und genau das war der Fall, egal was Caleb glaubte. Für ihren Ehemann war sie die empfindliche exotische Blume, die ständig beschützt werden musste, selbst vor seinen starken Gefühlen.

Genau wie in diesem Augenblick. Seine Fäuste waren geballt, um seinen Mund lag ein harter Zug, aber er beherrschte sich. „Wenn ich dich nicht gesehen habe, mit wem habe ich dann, verflixt noch mal, die letzten fünf Jahre verbracht? Mit einem Gespenst?"

Diese sarkastisch gemeinte Bemerkung traf leider ziemlich genau den Punkt. „Vielleicht."

„Was soll das heißen?"

Wie sollte sie ihm etwas erklären, was sie selbst erst anfing zu verstehen? „Wer war ich in dieser Ehe, Caleb?"

„Meine Frau." Der Blick seiner haselnussbraunen Augen war so schmerzerfüllt, wie sie es noch nie erlebt hatte. „War das nicht genug?"

„Caleb Callaghans Frau", sagte sie und schluckte. „War ich das wirklich?"

Er runzelte die Stirn. „Was soll diese Frage? Natürlich warst du meine Frau. Das bist du immer noch, und wenn du diesen Blödsinn mit den getrennten Schlafzimmern endlich beendest, könnten wir anfangen, die Dinge in Ordnung zu bringen."

Wenn ich deine Frau bin, hätte sie am liebsten geschrien, warum hast du mich dann mit Miranda betrogen? Doch mit diesem Thema konnte sie sich jetzt nicht beschäftigen. Vier Monate Abstand hatten nicht gereicht, um diese Wunde auch nur oberflächlich zu schließen. „Das ist kein Blödsinn, Caleb. Das ist eine Tatsache. Also fang zum ersten Mal in deinem Leben an, deiner Ehe Beachtung zu schenken!"

Sie drehte sich um und verließ den Raum. Hinter sich hörte sie Caleb fluchen und etwas gegen die Wand werfen. Aber er folgte ihr nicht. Erleichtert ging sie ins Schlafzimmer. Sie war kurz davor, zusammenzubrechen. Es war eine Sache, sich theoretisch vorzustellen, wie sie mit Caleb umzugehen hatte, und eine ganz andere, ihm gegenüberzustehen und sich mit seiner starken Persönlichkeit auseinandersetzen zu müssen.

Vicki war während ihrer Ehe nicht in der Lage gewesen, zu sagen, was eigentlich hätte gesagt werden müssen. Sie war zu schwach gewesen, um sich gegen Caleb durchzusetzen. Es machte ihr Angst, dass er wieder zu Hause wohnte. Jederzeit konnte sie zusammenbrechen und alles verlieren, was sie in den Monaten ihrer Trennung gewonnen hatte, während sie ihr Leben kritisch betrachtet hatte.

Was sie gesehen hatte, war nicht gerade schön gewesen. Doch zumindest stellte sie sich jetzt ihren Fehlern und befasste sich mit ihren Eheproblemen. Caleb dazu zu bringen, dasselbe zu tun, würde ein harter Kampf werden. Vor zwei Monaten hatte sie alles auf eine Karte gesetzt und ihn um die Scheidung gebeten.

Das war ein Schritt der Verzweiflung gewesen, weil Caleb sich geweigert hatte, auch nur in irgendeiner Form Probleme zuzugeben. Sie hatte ihn aufrütteln und aus seiner Selbstzufriedenheit reißen wollen, damit er merkte, dass das Leben, das sie führten, gar kein richtiges Leben war. Obwohl sie verletzt war, weil er sie auf der Geschäftsreise nach Wellington mit Miranda betrogen hatte, hatte sie den Traum nicht aufgeben wollen, durch den sie am Anfang überhaupt zusammengefunden hatten.

Doch sie war nicht bereit, für diesen Traum ein Leben zu führen, das pure Fassade war. Sie hatte den ersten Schritt gemacht, um das zu ändern, und nun wartete sie darauf, dass Caleb auf sie zukam.

Er hatte sie nicht fallen lassen. Obwohl er ausgezogen war, hatte er jeden Tag mit ihr Kontakt gehabt. Durch die unerwartete Schwangerschaft war ihnen nun noch mehr Zeit geschenkt worden. Zeit genug für Caleb, um sie, Vicki, kennenzulernen und anzufangen, die Frau zu verstehen, die schon immer unter der spröden Oberfläche verborgen gewesen war.

Und dann musste er entscheiden, ob er noch länger mit ihr verheiratet bleiben wollte oder nicht. Vicki hatte jedenfalls nicht die Absicht, sich jemals wieder damit zu begnügen, die Rolle der Ehefrau eines aufstrebenden Anwalts zu spielen. Die Frage war, ob Caleb nicht vielleicht genau so eine Frau als Ehepartnerin wollte.

Eine Frau, die nichts von ihm forderte als Geld und gesellschaftlichen Status. Eine Frau, die schweigen würde, selbst wenn ihr Mann ihr untreu war. Eine Frau, die nie daran denken würde, ihren gewohnten Lebensstil aufzugeben, indem sie sich von ihrem Mann scheiden ließ, weil er sie nicht liebte.

2. Kapitel

Caleb war schlecht gelaunt. Er hatte eigentlich erwartet, die Nacht mit seiner Frau zu verbringen. Stattdessen drehte er sich im Gästezimmer ruhelos von einer Seite auf die andere, während Vicki nur wenige Meter von ihm entfernt lag. Als er schließlich durch schrilles Weckerläuten aufwachte, war er mit den Nerven am Ende.

Er verstand nicht, weshalb Vicki ihm das antat. So unvernünftig hatte sie sich noch nie verhalten. Wie konnte sie bloß erwarten, ihn auf Abstand zu halten, wenn sie unter einem Dach wohnten und sie ein Baby von ihm bekam? Für ihn gehörten getrennte Betten nicht zu einer Ehe. Außerdem sehnte er sich nach Vicki, verdammt noch mal! Vermisste sie ihn denn überhaupt nicht?

Nach einer raschen Dusche zog er sich an und ging in die Küche, wo er eine kühle Begrüßung von der Frau erwartete, von der er die ganze Nacht geträumt hatte. Vicki stand am Küchentresen und schenkte gerade Kaffee für ihn ein.

Calebs Stimmung hob sich. „Ich hatte schon halb erwartet, du würdest mir sagen, ich solle mich selbst versorgen." Das hatte er schließlich während der letzten beiden Monate gemacht.

Sie lächelte. „Ich weiß doch, wenn ich dir kein Frühstück mache, kriegst du nichts Vernünftiges in den Magen."

Er setzte sich auf einen Hocker auf der anderen Seite des Tresens und genoss das Gefühl, wieder zu Hause zu sein.

„Zählen Snacks aus Automaten als vernünftiges Essen?", fragte er scherzhaft, um in die frühere Routine zurückzufinden. Die Zeit im Hotel war schrecklich gewesen, und er hatte nicht die Absicht, noch einmal so ein elendes Leben zu führen, egal was er tun musste, um Vicki zurückzugewinnen.

Sie hob die Augenbrauen und warf ihm einen kurzen Blick zu, während sie ein paar Eier in eine Schüssel gab. „Ich hoffe, das soll ein Scherz sein."

Caleb konnte kochen. Das hatte er gezwungenermaßen schon als kleines Kind gelernt, um für sich und seine jüngere Schwester zu sorgen, weil ihre Eltern zu beschäftigt mit sich selbst waren. Doch vom ersten Tag ihrer Ehe an hatte Vicki die Küche übernommen, und er hatte das bereitwillig zugelassen. Insgeheim hatte er sich immer gefreut, dass seine Frau sich genug aus ihm machte, um ihm gesundes Essen zuzubereiten. Niemand hatte das je zuvor getan.

Als er den Teller mit Rührei und Schinken und eine Tasse Kaffee von ihr entgegennahm, lächelte er sie versuchsweise an. „Leistest du mir nicht Gesellschaft?" Das Frühstück war eine der wenigen Mahlzeiten, die sie regelmäßig gemeinsam einnahmen.

Sie verzog das Gesicht. „Ich glaube, ich warte lieber noch eine Stunde oder so."

„Bist du in Ordnung, Liebling?"

Sie lächelte und sah dabei so schön aus, dass er einen Stich im Innern spürte. „Mir ist bloß ein bisschen übel. Das kommt neuerdings öfter am Morgen vor."

„Ist das nicht immer so?" Er war fasziniert von dem Leben, das in ihr wuchs, und hoffte, dass sie ihn nicht von dieser neuen Erfahrung ausschloss.

Sie schüttelte den Kopf. „Nein, das kommt und geht, wie es will. Aber ich habe Glück, denn mir ist nicht besonders oft schlecht. Iss jetzt, sonst kommst du zu spät."

Er gehorchte und beobachtete dabei, wie sie in der Küche herumhantierte. Sie trug Jeans und eine flauschige blaugrüne Strickjacke, die ihre zierliche Figur betonte. Dass sie schwanger war, konnte man ihr noch nicht ansehen. Äußerlich wirkte Vicki noch genauso wie vor fünf Jahren, als sie geheiratet hatten.

„Toast?" Sie nahm zwei Scheiben aus dem Toaster, bestrich sie mit Butter und reichte sie ihm.

Als er sie nahm, fiel sein Blick auf einen blassrosa Umschlag, der am anderen Ende des Küchentresens neben der Obstschale lag. „Was ist das?"

„Eine Karte von Mutter."

Besorgt musterte er sie. „Was steht darin?"

„Nur dass sie vielleicht in ein, zwei Wochen nach Auckland kommt und dann mit mir Kontakt aufnimmt. Iss." Sie winkte ab und steckte den Umschlag in die Gesäßtasche ihrer Jeans.

Caleb überlegte, ob Vicki wirklich so unbeschwert war, wie sie sich gab. Danica Wentworth' seltene Besuche wühlten Vicki in der Regel immer ziemlich auf. Mehr als einmal hatte er versucht, mit ihr darüber zu reden. Aber das wehrte sie jedes Mal mit einer Heftigkeit ab, die dafür sprach, wie verletzt sie war, und er war nie weiter in sie gedrungen. Auch in seiner Vergangenheit gab es Dinge, über die er absolut nicht sprechen wollte.

Er hatte Verständnis für Vickis Zurückhaltung. Welches Kind würde sich an eine Mutter erinnern wollen, die es wegen eines Liebhabers im Stich gelassen hatte? Obwohl dieser Mann dann eine andere geheiratet hatte, führte Danica bis zum heutigen Tag mit ihm eine Beziehung. Sie hatte ihn nie verlassen, wie sie damals ihre vier Jahre alte Tochter verlassen hatte. Schlimmer, sie hatte Vicki der Mutter ihres Ex-Mannes anvertraut, einer Frau, die so mütterlich war wie eine Schlange.

Vicki warf ihm einen neugierigen Blick zu, weil er sie nachdenklich ansah. „Was ist denn?"

„Nichts." Zumindest nichts, das er jetzt in Worte fassen konnte.

Gern wäre er jetzt zu ihr gegangen, hätte Vicki in die Arme genommen und ihr gezeigt, was er für sie empfand. Danach sehnte er sich schon eine Ewigkeit. Aber er hielt sich zurück, weil er wusste, dass sie diesen Vorstoß nicht begrüßen würde.

„Gehst du heute ins Gericht?" Sie musterte seinen schwarzen Anzug und ging zu seiner Überraschung zu ihm, um seinen Hemdkragen zu richten. Ihr zarter Duft stieg ihm in die Nase.

Caleb nickte und bemühte sich, nicht so verblüfft auszusehen, wie er war. Vicki berührte ihn äußerst selten von sich aus. „Der Fall Dixon gegen McDonald."

Ihre Blicke trafen sich, und Vicki ließ die Hände sinken, als wäre sie selbst überrascht. „Zwei Firmen, die sich um ein Patent streiten, richtig?" Eine zarte Röte erschien auf ihren Wangen. Sie ging wieder hinter den Tresen und nahm die Kanne, um ihm Kaffee nachzufüllen. „Glaubst du, ihr werdet gewinnen?"

„Callaghan & Associates gewinnen immer." Er lächelte, obwohl er jetzt noch mehr durcheinander war. Vicki war irgendwie völlig anders.

Obwohl sie seinem Blick auswich, lachte sie. „Was macht ihr eigentlich mit einem Patentfall? Ich dachte, das wäre ein echtes Spezialgebiet."

Wie sehr habe ich ihr Lachen vermisst! dachte Caleb. Erst jetzt wurde ihm bewusst, wie lange er es nicht mehr gehört hatte – schon Monate bevor er ins Hotel gezogen war. „Wann hast du angefangen, meine Akten zu lesen?", fragte er im Plauderton, obwohl sich sein schlechtes Gewissen meldete. Warum hatte er nicht früher bemerkt, wie unglücklich sie war? Sogar als sie mit ihrer Bitte um Scheidung seine heile Welt erschüttert hatte, war ihm das nicht klar geworden. Warum nicht? War er so beschäftigt mit seiner Arbeit, dass er darüber die Frau vergessen hatte, die er versprochen hatte zu lieben, zu achten und zu ehren?

Nach einer Weile hob sie den Kopf. „Schon immer."

„Aber du hast nie mit mir über irgendeinen Fall gesprochen." Sie hatte auch nie über die Anwaltskanzlei gesprochen, die er mit so viel Mühe und Schweiß aufgebaut hatte, obwohl sie Teil ihres gemeinsamen Lebens war. „Selbst wenn du Dinnerpartys für meine Mandanten gegeben hast, hast du kaum Fragen gestellt."

„Weil ich nicht dumm wirken wollte. Schließlich habe ich keine juristische Ausbildung. Außerdem hatte ich den Eindruck, du wolltest nie über deine Arbeit reden, wenn du nach Hause gekommen bist. Ich dachte immer, das hätte vielleicht irgendetwas mit Vertraulichkeit zu tun."

Erstaunt über ihren unsicheren Ton sah er auf. „Du könntest nicht einmal dumm wirken, wenn du das wolltest. Außerdem hält uns die Schweigepflicht nicht davon ab, Dinge im Allgemeinen zu diskutieren, wie wir das gerade gemacht haben. Ich habe nie über meine Arbeit gesprochen, weil ich dachte, das würde dich nicht interessieren." Warum habe ich das eigentlich gedacht? überlegte er.

Darauf fiel ihm keine Antwort ein, aber er entschied, diesen Fehler wiedergutzumachen. „Der Grund, weshalb wir in diesen Fall verwickelt sind, ist der, dass der Mandant bei Marsha Henrikkson geblieben ist, als sie in unsere Kanzlei wechselte." Marsha Henrikkson war der Name einer neuen Mitarbeiterin. „Sie ist eine sehr kompetente Patentanwältin."

Vicki strahlte ihn an.

„Was denn?", fragte Caleb. Er freute sich, weil er seine Frau zum Lächeln gebracht hatte. Sonnenlicht fiel auf die hölzerne Oberfläche des Küchentresens, und mit einem Mal überkam ihn eine bittersüße Erinnerung. Er dachte daran, als er die Oberfläche des Tresens selbst abgeschliffen hatte. Er hatte hochgesehen und Vicki entdeckt, die ihn lächelnd dabei beobachtet hatte. Damals hatte er noch voller Hoffnung in die Zukunft geblickt, und übermütig hatte er seine Frau in die Arme genommen und sie umhergewirbelt, bis sie erschöpft und lachend zu Boden gesunken waren.

„Nichts." Sie lächelte immer noch, als sie fragte, ob er noch mehr Toast haben wollte.

Die Erinnerung verblasste. „Nein, das reicht mir." Er nahm einen letzten Schluck Kaffee und stand auf. Leider hatte er am Morgen einen Termin, denn er wäre viel lieber noch geblieben. Viel zu lange war es her, seit sie so unbeschwert miteinander umgegangen waren. „Ich rufe an, falls es spät wird."

„Aha."

Er bemerkte ihren spitzen Ton. „Was soll das heißen?" Wenn direkte Fragen nötig waren, um mehr über diese faszinierende Frau zu erfahren, die heute mehr Feuer und Leidenschaft gezeigt hatte als während ihrer ganzen Ehe, dann würde er so viele stellen, wie nötig waren.

Ihr Gesicht nahm einen verschlossenen Ausdruck an. „Du kommst immer spät, Caleb. Ich kann mich nicht erinnern, wann wir das letzte Mal zusammen zu Abend gegessen haben, ohne dass ein geschäftlicher Anlass dahintersteckte."

Er hatte nicht gewusst, dass sie sich etwas daraus machte, ob er da war oder nicht. Schließlich konnte sie es kaum ertragen, wenn er sie anfasste. Doch wenn er mit ihr zusammen war, wollte er sie berühren. Ihre Abneigung gegen seine Zärtlichkeiten tat ihm unendlich weh. Trotzdem war sie immer noch die einzige Frau, mit der er verheiratet sein wollte. „Willst du, dass ich zum Abendessen zu Hause bin?"

„Natürlich will ich das!" Sie runzelte die Stirn. „Du bist mein Mann."

„Dann werde ich zu Hause sein."

Ein unerwartetes Lächeln hellte ihre Miene auf. „Wirklich?"

„Versprochen." Am liebsten hätte er sie jetzt einfach auf den hübschen Mund geküsst.

Sie trat einen Schritt näher. „Ich werde auf dich warten."

Er sehnte sich danach, dass sie ihn berührte, ihn umarmte, irgendetwas in dieser Richtung. Aber solche Gesten waren Vicki fremd, und schließlich hatte Caleb gelernt, sein eigenes Naturell zu unterdrücken und Vicki nicht um Dinge zu bitten, die sie nicht geben konnte. Selbst wenn ihn das tief im Innern verletzte.

Vicki beobachtete, wie Caleb in seine dunkle Limousine stieg und wegfuhr. Dass er, ohne zu zögern, versprochen hatte, früh nach Hause zu kommen, hatte sie völlig verblüfft, wenn man bedachte, wie sehr er in seiner Arbeit aufging.

Vicki hasste es, dass seine Anwaltskanzlei für ihn an erster Stelle stand. Dieses Gefühl war so stark, dass sie bestimmt verbittert geworden wäre, wenn sie nicht beschlossen hätte, etwas dagegen zu tun. Calebs bereitwilliges Versprechen, rechtzeitig zum Abendessen nach Hause zu kommen, ließ sie hoffen, dass ihr Kampf nicht so aussichtslos war, wie sie bisher gedacht hatte. Vielleicht würde Caleb ihr jetzt endlich zuhören.

Aber höre ich ihm zu? schoss es ihr durch den Kopf. Als Caleb sie vorhin in der Küche angeschaut hatte, hatte etwas Rätselhaftes in seinem Blick gelegen. Er hatte ausgesehen, als wollte er etwas sagen oder etwas tun, aber er hatte sich zurückgehalten. Diesen Eindruck hatte sie oft in seiner Gegenwart.

So war das nicht immer gewesen. Am Anfang ihrer Ehe war sie fast erdrückt worden von Calebs starken Emotionen. Beinahe hatte sie Angst gehabt, weil er sich so sehr auf sie konzentriert hatte. Doch gleichzeitig hatte sie das auch sehr genossen. Dann hatte sich etwas zwischen ihnen verändert, so als wäre etwas kaputtgegangen.

Wenn sie beispielsweise früher zu ihm gegangen wäre, um seinen Hemdkragen zu richten, hätte er sie auf den Schoß gezogen und sie geküsst, bis sie um Gnade gefleht hätte, ganz egal wie wütend sie vorher aufeinander gewesen wären. Vicki hatte ihn heute Morgen absichtlich berührt. Das war ein Test gewesen, wie viel noch von der früheren Leidenschaft übrig war. Das Ergebnis war niederschmetternd gewesen.

Was war nur mit dem Feuer passiert, das einst zwischen ihnen gelodert hatte? Hatte sie es zerstört? Sie wusste nicht, was sie denken sollte, denn in ihr kämpften zwei Seelen. Auf der einen Seite stand ihre Erfahrung und auf der anderen das, was sie als Kind über anständiges Benehmen gelernt hatte. Wozu vor allem gehörte, dass man die Kontrolle über seine Gefühle behielt. Das Einzige, was sie wusste, war, dass ihr das Leben nicht mehr gefallen würde, wenn sie Caleb nicht wieder so viel bedeutete wie früher.

Er hatte recht. Er war nicht der Einzige, der in ihrer Ehe Fehler gemacht hatte.

3. Kapitel

Als Caleb an diesem Abend nach Hause kam, fand er Vicki im Wohnzimmer am Telefon vor. Sie trug ein ärmelloses schwarzes Kleid, das sich eng an ihre Kurven schmiegte, und sah einfach zum Anbeißen aus. Caleb schluckte. Was mochte es wohl bedeuten, dass sie so ein verführerisches Kleid zum Abendessen angezogen hatte?

„Ist etwas los?" Er warf seine Aktentasche auf das Sofa und zog Mantel und Jackett aus. Der Herbst ging langsam in den Winter über, und die Brise, die von der Bucht her wehte, wurde immer frischer. Doch im Haus war es warm, und Sonnenlicht fiel durch die Fenster und die Oberlichter.

„Deine Sekretärin hat gerade angerufen. Sie sagte, sie habe vergessen, dir zu sagen, dass sie es geschafft hat, einen neuen Termin mit Mr. Johnson zu vereinbaren. Das Treffen findet jetzt morgen früh um acht Uhr statt."

Das war die Verabredung, die Caleb abgesagt hatte, um zum Abendessen zu Hause zu sein. „Danke, dass du die Nachricht entgegengenommen hast. Mein Handy funktioniert nicht. Ich habe vergessen, den Akku aufzuladen." Er zog die Krawatte aus und legte sie ebenfalls aufs Sofa. Dann öffnete er die beiden obersten Hemdknöpfe und ging zu Vicki. „Warum dieses Kleid?" Wie gern hätte er jetzt ihre nackten Arme gestreichelt!

„Es war nicht Miranda, die mich anrief", sagte sie und sah ihn stumm an, in Erwartung einer Erklärung.

Wenn es eine Sache gab, über die er nicht diskutieren wollte, dann war das seine frühere Sekretärin. „Nein. Sie hat uns schon vor einer Weile verlassen." Er erlag der Versuchung und strich mit der Hand über die seidige Haut ihrer Schulter. Vicki erschauerte, aber sie entzog sich nicht. Doch das tat sie nie.

Vicki wollte fragen, warum Miranda weggegangen war, doch der Mut verließ sie, als ihr ein neuer Gedanke kam: Was wäre, wenn Miranda nicht länger Calebs Sekretärin war, weil sie inzwischen eine andere Rolle übernommen hatte? Solche Arrangements waren nicht unüblich in den Kreisen, in denen sie aufgewachsen war. Ihre eigene Mutter war ein perfektes Beispiel dafür. Außerdem hatte Caleb zwei Monate getrennt von ihr gelebt. Vielleicht war er des Wartens müde geworden.

„Vicki?"

Die Bemerkung, die sie hatte machen wollen, war ihr entfallen. Verzweifelt senkte sie den Blick, um die Fassung wiederzuerlangen. Doch plötzlich schien sich um sie herum alles zu drehen. „Ich muss mich setzen …" Dann konnte sie nicht mehr sprechen.

Caleb fluchte laut. Er fing sie auf und trug sie zum Sofa. Dort setzte er sich und hielt sie fest. „Vicki, was hast du? Sprich mit mir. Komm schon, Liebling."

Sie holte ein paar Mal tief Atem und überließ sich der Umarmung ihres Mannes, der als Einziger je zärtlich zu ihr gewesen war. „Ich bin in Ordnung. Gib mir nur einen Moment."

„Bist du vielleicht krank? Stimmt irgendetwas mit dem Baby nicht?"

„Nein, nein. Mir geht es gut. Uns beiden geht es gut." Als Vicki merkte, dass sich einige Strähnen aus ihrem sorgfältig hochgesteckten Haar lösten, hob sie die Hand, um sie wieder festzustecken. Caleb folgte mit dem Blick ihrer Bewegung.

Da erinnerte sie sich an etwas.

Statt ihre elegante Frisur zu ordnen, zog sie alle Haarnadeln heraus und ließ das Haar offen auf die Schultern fallen. Caleb hatte es immer gemocht, wenn sie das Haar offen trug, obwohl er das nie laut ausgesprochen hatte. Manche Dinge wusste eine Frau einfach.

„Wenn ihr beide in Ordnung seid, warum hattest du dann einen Schwächeanfall?"

Weil mir gerade klar geworden ist, dass du eine Geliebte haben könntest, dachte sie, sprach es aber nicht aus. In den vergangenen Monaten war sie vielleicht stärker geworden, aber sie war nicht stark genug, um seine Erwiderung auf diese Behauptung zu hören. Noch nicht. Solange sie nichts darüber sagte, konnte Caleb sie auch nicht anlügen und damit den Neuanfang ihrer Beziehung zerstören.

„Ich glaube, ich habe mich zu sehr angestrengt", erklärte sie ausweichend. „Ich hätte mich während des Tages wahrscheinlich öfter hinsetzen sollen."

„Bist du sicher, dass das alles ist?" Liebevoll massierte er ihr den Nacken, und wie immer löste er mit seiner Berührung sinnliche Empfindungen in ihr aus, die ihr gefielen, die ihr aber gleichzeitig auch Angst machten.

Hat er das ebenfalls bei Miranda getan? Hör auf, befahl sie sich. Sie würde nicht zulassen, dass ihre Befürchtungen und ihre Eifersucht die Entscheidung beeinflussten, die sie ganz bewusst getroffen hatte.

Während sie von Caleb getrennt gewesen war, hatte sie trotz ihres Schmerzes und ihrer Wut auf ihn akzeptiert, dass sie ihn zutiefst liebte. Diese Erkenntnis hatte sie angespornt, um ihre Ehe zu kämpfen. Doch sie würde sie nicht davon abhalten, zu gehen, wenn sie scheiterte. Wenn sie sich jetzt jedoch von der Vergangenheit beherrschen ließ, dann würde ihre Ehe mit Sicherheit zerbrechen. Um ihres Kindes willen musste sie über Calebs Beziehung zu Miranda hinwegkommen.

„Woran denkst du, Liebling? Ist wirklich alles in Ordnung?"

Sie wollte nicken, aber ihre Lippen formten ein „Nein". Es gab eine Wunde, über die sie vielleicht niemals bereit wäre zu sprechen, aber ein anderes Thema musste endlich offengelegt werden. „Ich habe heute viel über uns nachgedacht."

Sein Blick schien etwas härter zu werden, aber Caleb hörte nicht auf, Vickis Nacken zu massieren. „Was gibt es da nachzudenken? Wir sind verheiratet, und du bekommst unser Kind."

„Nein, Caleb. Bitte fang nicht wieder an. Hör mir zu."

„Sprich."

„Du warst wegen der getrennten Betten letzte Nacht wütend." Aber nicht wütend genug, um woanders hinzugehen, fügte sie im Stillen als Trost für sich hinzu.

„Ich will mit meiner Frau in einem Bett schlafen. Was ist daran falsch?"

„Das Bett war nicht gerade der glücklichste Ort für uns, oder? Ich war niemals … Frau genug für dich. Ich konnte dich nie befriedigen." Vicki kostete es unglaublich viel Überwindung, das auszusprechen, aber es führte kein Weg daran vorbei.

„Liebe Güte, Vicki."

„Du weißt, dass ich recht habe." Egal, wie demütigend es für sie war, das zuzugeben, ihr Versagen im Bett hatte dazu beigetragen, ihn in die Arme einer anderen Frau zu treiben. Wenn Vicki Caleb zurückhaben wollte, musste sie sich damit auseinandersetzen.

Caleb wusste nicht, was er tun sollte. Er war es gewohnt, die Führung zu übernehmen, aber in diesem Moment kam er sich ziemlich verloren vor. Er streichelte Vickis Wange. „Mach nicht so ein trauriges Gesicht, Liebling." In den letzten Jahren hatte er oft einen gequälten Ausdruck an ihr bemerkt.

Er hatte gedacht, Vicki würde aufblühen, sobald sie nicht mehr unter dem Einfluss ihrer rigiden Großmutter stand. Aber das Gegenteil war der Fall gewesen. Ihr Strahlen war immer mehr verblasst, und Caleb fürchtete, er hätte irgendetwas in ihr zerstört. „Das ist nichts, was wir nicht in Ordnung bringen können."

„Denkst du das wirklich?"

„Ja. Aber wir schaffen das nicht, wenn du mich nicht in dein Bett lässt." Als sie keine Antwort gab, startete er einen weiteren Annäherungsversuch. „Wir fangen ganz neu an – alles wird anders."

„Ja, das muss es, nicht wahr?" Sie schlang die Arme um seinen Nacken und legte den Kopf an seine Schulter. „Ach, Caleb, ohne dich habe ich mich so einsam gefühlt."

Er kannte sie gut genug, um die Botschaft zu verstehen, die ihr anschmiegsamer Körper aussandte. Caleb hoffte bloß, dass er sich nicht täuschte. Weiter würde Vicki niemals gehen, um den ersten Schritt zu machen. Er nahm sie auf seine Arme und trug sie ins gemeinsame Schlafzimmer. Als sie sich fester an ihn klammerte, fühlte er sich erleichtert.

Vielleicht würde es diesmal anders werden, nachdem sie endlich dieses schmerzliche Thema angesprochen hatten. Vielleicht würde Vicki jetzt auf seine Zärtlichkeiten in einer Weise reagieren, nach der er sich immer bei ihr gesehnt hatte.

Sie sagte kein Wort, als er sie herunterließ. Eine ganze Weile sahen sie sich schweigend an. Sie kamen sich vor wie zwei Hungernde vor einem Festessen. Im selben Augenblick, als Caleb die Arme nach Vicki ausstreckte, schloss sie die Augen und sank in seine Arme.

Mit den Händen umrahmte er ihr Gesicht und küsste sie auf den

Mund. Darauf hatte Vicki immer reagiert, und auch jetzt erwiderte sie seinen Kuss mit großer Leidenschaft. Er genoss ihre Küsse. Während sie sich liebten, war das der einzige Hinweis darauf, dass sie ihn begehrte.

Deshalb küsste er sie jetzt lange und intensiv ... und hoffte. Als sie leise seufzte und eine kleine, unsichere Bewegung machte, glitt er mit den Händen zum Rücken ihres Kleides und öffnete den Reißverschluss. Dann strich er mit den Fingern ihre Wirbelsäule hoch. Ihre Haut fühlte sich wundervoll zart an, und er hätte dieses Gefühl, sie zu berühren, gern noch länger ausgekostet. Doch irgendwie hatte er eine Ahnung, er müsse sich beeilen. Er sagte sich, dass er später noch Zeit haben würde, Vicki ausgiebig zu streicheln. Dann streifte er ihr das Kleid über die Schultern und die Arme. Vicki ließ ihn nur so lange los, wie es nötig war, das Kleid auszuziehen.

Raschelnd glitt das Kleid auf den Boden und bauschte sich um ihre nackten Füße. Der Anblick ihres fast nackten Körpers überraschte ihn. Sie hatte hübsche kleine Brüste und trug deshalb oft keinen BH ... so wie heute Abend. Das machte ihn fast verrückt vor Begierde.

Wieder küsste er Vicki und begann mit den Daumen ihre Knospen zu streicheln. Seufzend holte sie Atem, aber sonst zeigte sie keine Reaktion. Ihre Hände lagen immer noch um seinen Nacken, doch sie presste sich nicht fester an ihn. Aber Caleb gab nicht auf.

Ohne den Kuss zu unterbrechen, schlüpfte er aus seinem Hemd. Anschließend zog er Vicki noch dichter zu sich heran. Ihre Brüste streiften seinen Oberkörper. Doch ihr Körper reagierte nicht auf seine Liebkosungen, nur die Art, wie Vicki seine Küsse erwiderte, ließ ihn hoffen.

Schließlich gab er ihre Lippen frei, hob Vicki hoch und legte sie auf das breite Bett, das sie kurz vor ihrer Hochzeit gemeinsam ausgesucht hatten.

Calebs Hände zitterten leicht, als er Vickis Slip herunterzog. Zwei Monate Enthaltsamkeit steigerten seine Begierde. Vicki war die schönste Frau, die er je gesehen hatte, und er wollte sich ausgiebig mit jedem Zentimeter ihres herrlichen Körpers beschäftigen. Doch ein langsames, gefühlvolles Liebesspiel erforderte mehr als nur Bereitschaft. Völlige Akzeptanz und gegenseitiges Vertrauen auf einer sehr intimen Basis wären nötig. Aber sogar heute Abend hielt Vicki ihn auf Abstand und verschloss sich vor ihm.

Seit fünf Jahren liebte er seine Frau so selten wie möglich, obwohl er sie mehr brauchte als die Luft zum Atmen. Doch er wollte sie mit seinem Verlangen nicht belasten. Ihre Küsse waren immer leidenschaftlich, und sie war immer bereit für ihn, wenn er in sie eindrang. Doch sonst zeigte sie keine Reaktion, egal wie sehr er sich anstrengte.

Da spielte es auch keine Rolle, dass sie jedes Mal zum Höhepunkt kam. Für ihn zählte, wie sehr sie jedes Vergnügen bekämpfte, das er ihr zu schenken versuchte, und dass sie niemals von Verlangen nach ihm überwältigt wurde. Selbst im Schlafzimmer, wenn sie sich so nahe waren wie sonst nie, weigerte seine Frau sich, ihre kühle Eleganz abzulegen.

Trotzdem gab er die Hoffnung nicht auf. Er streifte die Schuhe ab und legte sich halb über Vicki gebeugt auf das Bett. Als er sie in die Arme nahm, küsste er sie und glitt streichelnd mit der Hand über ihren Körper. Zärtlich umfasste er ihren Po, dann berührte er ihre Hand.

Sie war zur Faust geballt.

4. Kapitel

Frustriert rollte sich Caleb weg. „Verdammt!" Er würde Vicki nicht lieben, wenn sie den Akt einfach nur duldsam ertrug. Vor der Trennung hatte sie sich wenigstens an ihn geklammert, als wollte sie ihn nie mehr loslassen. Dadurch hatte er sich immer einreden können, dass sie ihn begehrte. Aber so ... nein, so nicht. Etwas in ihm zerbrach. Nach all den Jahren war er an seine Grenze gelangt.

Er hörte, wie Vicki sich bewegte, und glaubte, ein unterdrücktes Schluchzen zu hören, während sie unter die Bettdecke schlüpfte. Caleb hatte das Gefühl, dass ein Messer in seinen Eingeweiden steckte. Er fuhr sich mit den Händen durch das Haar, legte sich auf den Rücken und starrte an die Decke. Er wusste nicht, ob er mit so viel Enttäuschung fertigwerden würde. Nach ein paar Minuten blickte er zu Vicki. Sie lag auf der Seite und hatte ihm den Rücken zugewandt.

Caleb dachte daran, wie oft sie ihm schon im Bett den Rücken zugewandt hatte, und wurde plötzlich wütend. „Warum hast du mich geheiratet, wenn du meine Berührungen nicht ertragen kannst?"

Vicki versteifte sich, und erschrocken drehte sie sich zu ihm um. „Ich liebe es, wenn du mich berührst."

Er lachte verbittert auf. „Ja, genau. Deshalb kannst du es immer nicht erwarten, dass ich fertig bin, wenn wir uns lieben, damit du dich wieder wegdrehen und so tun kannst, als wäre nichts gewesen."

Unfähig, ihr zu sagen, was sie mit ihrem Verhalten bei ihm anrichtete, hatte er seine ganze Kraft auf die Arbeit konzentriert. In fünf Jahren hatte er mit seiner Anwaltskanzlei mehr erreicht als viele andere in ihrem ganzen Leben. Doch niemand wusste, wie es in seinem Inneren aussah und dass sein phänomenaler Erfolg auf Selbstverrat beruhte, weil er ständig seine leidenschaftlichen Gefühle unterdrückte.

Vicki rüttelte Caleb an der Schulter und zwang ihn, sie anzusehen.

Ihr Blick wirkte gequält. „Nein, das ist nicht wahr. Ich habe nie … ich genieße es, wenn du mich liebst."

Sie hatte mit dem Thema angefangen, richtig, aber wenn sie nicht bereit war, sich die Tiefe ihrer Probleme einzugestehen, sah er keinen Ausweg. Caleb setzte sich auf. „Ich werde eine kleine Fahrt machen." Seine Stimme war rau, er war längst nicht mehr erregt. Rasch griff er nach seinem Hemd, schlüpfte in die Ärmel und verließ das Zimmer.

„Caleb, warte!"

Er fühlte sich abgelehnt, und da er nicht wollte, dass sie ihn in diesem Zustand sah, tat er so, als hätte er nichts gehört, und ging einfach weiter.

Ungefähr um zwei Uhr morgens gab Vicky den Versuch auf, einzuschlafen. Caleb war schon lange wieder zurück, doch sie hatten nicht zusammen gegessen und den Abend gemeinsam verbracht, für den sie sich mit so viel Hoffnung hübsch gemacht hatte. Wie so oft in der Vergangenheit war auch dieser Abend misslungen, außer dass diesmal nicht Calebs Arbeit daran schuld war, sondern ihre eigene Feigheit.

Sie lag auf dem Rücken und starrte mit tränenfeuchten Augen zur dunklen Zimmerdecke. Was war nur aus ihrem Leben geworden? Es hatte keinen Sinn, so zu tun, als wäre Caleb für ihre zerstörten Träume und das Scheitern ihrer Ehe verantwortlich. Sie, Vicki, war mindestens ebenso schuld daran, wenn nicht sogar mehr. Wenn sie Caleb nur von Anfang an erzählt hätte, was sie fühlte! Dann wäre er niemals auf die Idee gekommen, dass sie ihn nicht begehrte.

Wie hatte er das nur ausgehalten?

„Er ist stark", flüsterte sie. Stark und gewohnt, für alles im Leben zu kämpfen. Doch er war nicht in der Lage gewesen, sie von ihren Hemmungen zu befreien, die das Ergebnis von Großmutter Adas erbarmungsloser Erziehung waren.

Warum hatte Caleb ihr nie gesagt, was sie ihm antat? Und warum hatte sie ihn nie gefragt, was er sich im Bett wünschte? Weil sie gewohnt war, dass er die Führung übernahm, hatte sie ihm immer nur erlaubt, sie zu befriedigen. Aber wann hatte sie versucht, ihm Vergnügen zu bereiten?

Nie.

Sie spürte einen Stich im Innern. Ihre Unerfahrenheit war keine Entschuldigung, denn sie hatte schon bald gemerkt, dass Caleb sich etwas von ihr wünschte, von dem sie nicht wusste, wie sie es ihm geben sollte. Statt ihn zu fragen, hatte sie den Kopf in den Sand gesteckt und so getan, als wäre alles okay. Sie hatte die Taktik benutzt, die ihr geholfen hatte zu überleben, nachdem ihre Mutter sie Adas Obhut überlassen hatte. Doch nur zu überleben, das genügte ihr nicht länger. Sie wollte glücklich sein.

Sie schob die Decke beiseite, stand auf und ging barfuß, nur mit einem dünnen Pyjama bekleidet, den Flur entlang zur Küche. Der Mond schimmerte durch die Fenster und verbreitete eine romantische Atmosphäre, als wollte er Vicki verspotten. Sie nahm die Milch aus dem Kühlschrank und goss sich ein Glas ein. Dann stellte sie die Milch zurück und legte anschließend die kühlen Finger auf die Augenlider.

Die Dielen knarrten am anderen Ende des Flurs, und im nächsten Moment kam Caleb, nur mit schwarzen Boxershorts bekleidet, in die Küche. „Was machst du denn noch hier?" Seine Stimme klang rau, sein Haar war zerzaust.

„Ich konnte nicht schlafen." Als Erklärung hob sie ihr Glas. „Möchtest du auch etwas trinken?" Caleb stand nur wenige Meter von ihr entfernt, und trotzdem war er meilenweit weg. Vicki wusste nicht, ob sie den Mut hatte, den Abstand zu überbrücken und zu ihm zu gehen.

Er machte eine ablehnende Geste.

Vicki trank ihr Glas leer und stellte es in die Spüle. „Habe ich dich aufgeweckt?" Wollte sie jetzt tatsächlich so tun, als hätte er sie nicht nackt und allein im Bett zurückgelassen? Wollte sie weiterhin ein Leben in ihrer eigenen Fantasiewelt führen? Oder würde sie sich endlich dazu überwinden, zu sagen, was gesagt werden musste?

„Nein, du hast mich nicht geweckt."

Caleb war unglaublich schön, doch sie hatte Angst, ihn zu berühren. Sie schluckte und ging über die kühlen Bodenfliesen, bis sie nur noch eine Armlänge von ihm entfernt war. „Bestimmt hast du morgen einen anstrengenden Tag. Du solltest versuchen zu schlafen." Warum konnte sie bloß nicht sagen, was sie so verzweifelt gern sagen wollte?

Sie bemühte sich, die Wahrheit herauszubringen, kämpfte gegen die jahrelange Erziehung an, durch die ihr eingetrichtert worden war, Leidenschaft und Begierde seien gefährlich und schlecht. Sie spürte, wie sich Worte in ihr bildeten, aber wie sehr sie sich auch bemühte, die Angst schnürte ihr die Kehle zu, und sie brachte keinen Ton heraus.

Ein enttäuschter Ausdruck erschien auf Calebs Gesicht, doch Vicki war sich nicht sicher, ob sie in dem halbdunklen Raum richtig sah. Caleb trat einen Schritt beiseite, um sie durchzulassen, dann folgte er ihr. Nachdem sie die Tür zum Schlafzimmer geschlossen und sich dagegengelehnt hatte, hörte sie, wie er wenige Sekunden später das Gästezimmer betrat.

Tränen brannten ihr in den Augen, doch sie weinte nicht. Was war nur mit ihr los? War sie so feige, dass sie nicht einmal die notwendigen Schritte unternehmen konnte, um ihre Ehe zu retten? Wollte sie in dem unbefriedigenden Zustand verharren und ihren Mann weiter glauben lassen, sie würde seine Berührungen nicht ertragen?

Sie war unglaublich wütend auf sich selbst. Am liebsten hätte sie geschrien. Sie zwang sich, sich an die beiden Monate zu erinnern, die sie allein in diesem Haus verbracht hatte. An jedem einzelnen Tag war sie in dieses Schlafzimmer gekommen, hatte sich in dieses Bett gelegt und sich nach Caleb gesehnt. Sie hatte auf seiner Seite des Bettes geschlafen, hatte seine alten Hemden getragen und die ganze Nacht davon geträumt, wie sie sich liebten.

Wollte sie erneut so ein Leben führen? Zweifellos würde ihr Mann nicht zurück in ihr Bett kommen, bevor sie ihn davon überzeugt hatte, dass sie ihn wirklich begehrte. Sie hatte ihn zu sehr verletzt.

Der Gedanke daran, wie schlecht Caleb sich fühlen mochte, veranlasste sie, sich aufzurichten. Sie strich sich die Haare hinter die Ohren, straffte die Schultern und öffnete die Tür.

Calebs Tür war offen, und Vicki wusste, warum. Selbst in seinem Ärger wollte er hören, ob sie ihn brauchte. Das ist ein gutes Zeichen, sagte sie sich, als sie das Zimmer betrat. Er lag auf der Seite und wandte ihr den Rücken zu, doch sie wusste, dass er sie kommen hörte, auch wenn er sich nicht bewegte. Zum ersten Mal, seit sie verheiratet waren, drehte Caleb ihr den Rücken zu.

Leise setzte sie sich auf den Bettrand. Dann schlüpfte sie unter die Decke und kuschelte sich an seinen Rücken.

„Was willst du hier, Vicki?"

Noch nie hatte sie ihn so unwirsch sprechen hören. Ihr Selbstvertrauen schrumpfte, aber da sie nun schon mal so weit gekommen war, konnte sie auch weitermachen. „Du bist weggegangen, ohne mir die Möglichkeit einer Erklärung zu geben."

„Was gibt es da zu erklären?"

So viel, dachte sie, dass ich gar nicht die Worte finde. „Ich wusste nicht ...", flüsterte sie. „Ich wusste nicht, dass du dachtest, ich würde dich nicht begehren. Ich schwöre, ich hatte keine Ahnung." Sie hatte immer befürchtet, etwas falsch zu machen, und hatte sich deshalb ständig zurückgehalten, um ihm nicht zu nahe zu treten. Dabei war ihr gar nicht klar geworden, was sie damit anrichtete.

Caleb nahm sie nicht in die Arme, wie er das früher so oft gemacht hatte. Sie sehnte sich danach, von ihm gehalten zu werden, denn es war sehr schwer für sie, plötzlich die Gefühle zu äußern, die sie ihr ganzes Leben lang versucht hatte zu verstecken.

„Jetzt weißt du es."

Sie musste den nächsten Schritt machen.

Das Problem war nur, Vicki wusste nicht, wie sie diesen nächsten Schritt machen sollte, wie sie die zerstörte Brücke zwischen ihnen wieder reparieren sollte. Sie hatte sich ihm nie anvertraut und nie die Gelegenheit ergriffen, mit ihm über ihren Stolz, ihre Empfindungen und ihre tiefe Unsicherheit zu sprechen.

„Du musst mir helfen", sagte sie leise. Falls sie ihren Ehemann verlor, dann sollte das nicht daran liegen, dass sie nichts riskieren wollte. „Ich kann das nicht ohne dich tun."

Endlich drehte er sich um. Doch er nahm sie nicht in die Arme, sondern stützte sich mit einem Ellbogen ab. „Zwischen uns hat es genug Lügen gegeben. Jetzt sag mir einfach die Wahrheit. Warum?"

Warum hast du mich geheiratet, wenn du meine Berührungen nicht ertragen kannst? Die Worte, die er vorhin im Ärger gesprochen hatte, standen noch immer zwischen ihnen.

„Ich liebe es, wenn du mich berührst", wiederholte sie. Als er sich erneut abwenden wollte, hielt sie ihn an der Schulter fest. „Nicht, Caleb."

Caleb zögerte. Er merkte, dass sie mit den Tränen kämpfte. Egal wie sehr es ihn verletzte, neben ihr zu liegen und sie zu begehren, während sie nichts für ihn empfand, so würde er es doch tun, wenn er sie damit vom Weinen abhalten konnte. Gegen ihre Tränen war er machtlos, da er genau wusste, was sie sie kosteten.

Als sie frisch verheiratet waren, hatte sie ihm gegenüber einmal gestanden, dass sie als Kind nicht geweint hatte, weil ihre Tränen das Einzige gewesen waren, über das sie selbst Kontrolle hatte. Egal was sie gesagt oder getan hatte, ihre Großmutter hatte es nie geschafft, ihren Willen zu brechen.

„Ich bin hier", sagte er. „Weine nicht, Liebling."

„Ich weine nicht." Ihre Stimme klang rau. „Ich muss das jetzt nur sagen. Ich habe das schon so lange versucht."

„Was denn?" Er gab einem Impuls nach und nahm sie nun doch in die Arme. Bereitwillig schmiegte sie sich an ihn. Diese vertraute Geste löste bittersüße Erinnerungen in ihm aus. Wie oft war er nachts spät nach Hause gekommen, und wenn er schließlich ins Bett geschlüpft war, war Vicki schläfrig näher gerückt, damit er sie in die Arme nehmen konnte.

„So wie ich im Bett bin ... das liegt nicht an dir."

Was sollte denn das bedeuten?

Sie holte tief Atem. „Großmutter ..."

Der abrupte Themenwechsel irritierte ihn. „Was ist mit ihr?"

Caleb mochte Ada Wentworth nicht besonders, obwohl sie ihn mit Vicki bekannt gemacht und bereitwillig ihren Segen zu ihrer Verbindung gegeben hatte. Er wusste, Ada hatte nur darüber hinweggesehen, dass er nicht aus der oberen Gesellschaftsklasse stammte, weil er vermögend war und über Beziehungen verfügte. Aber das war ihm egal gewesen. Trotz des Altersunterschiedes von zehn Jahren hatte er sich Hals über Kopf in Vicki verliebt.

Sie legte die Hand auf den Arm, den er um ihre Taille geschlungen hatte. „Sie sagte, mein Vater habe meine Mutter verlassen, weil sie eine Schlampe sei. Eine Hure, die ihre Beine für jeden breit mache."

Caleb unterdrückte einen Fluch. „Wie alt warst du da?" Er wusste, dass sie vier Jahre alt gewesen war, als man sie kurz nach der Scheidung ihrer Eltern zu Ada geschickt hatte.

„Ich kann mich nicht an das erste Mal erinnern. Aber während ich aufwuchs, hörte ich sie ständig sagen: ‚Wie die Mutter, so die Tochter.' Ich vermute, ich war noch sehr klein, als sie damit anfing. Solange ich zurückdenken kann, wusste ich, was sie von meiner Mutter hielt und was sie von mir halten würde, sollte ich mich jemals danebenbenehmen."

Es erstaunte Caleb, was für Wunden in Vickis Innerem verborgen waren.

„Sie sagte auch", fuhr Vicki fort, bevor er noch etwas erwidern konnte, „wenn ich nicht eine mustergültige Ehefrau sei, würdest du mich ebenfalls verlassen. Sie erklärte mir, Männer wollten keine Huren zur Frau. Wenn ich dich halten wolle, würde ich mich besser immer wie eine Dame benehmen und niemals wie eine Schlampe."

„Vicki ..."

„Als ich zehn war, heiratete mein Vater Claire. Sie ist so vollkommen, dass ich manchmal glaube, sie ist gar kein richtiger Mensch und hat Eiswasser in den Adern. Ich habe niemals gesehen, dass sie eine starke Gefühlsregung zeigte. Großmutter hat mir oft gesagt, ich solle mir ein Beispiel an Claire nehmen. ‚Sieh dir Claire an und dann Danica, deine Mutter', hat sie gesagt. ‚Männer schlafen mit Schlampen, aber sie heiraten Frauen aus gutem Haus.' Ich habe ihr geglaubt."

Caleb verspürte Lust, Ada bei nächster Gelegenheit zu erwürgen. „Ich habe dich geheiratet", entgegnete er, weil er ihren Schmerz mindern wollte. „Ich habe nie gewollt, dass du jemand anderes bist."

„Das ist es ja gerade, Caleb", sagte Vicki traurig. „Du warst so stolz, die Frau zu heiraten, in die meine Großmutter mich verwandelt hat. Dir hat mein Benehmen und meine Art zu reden gefallen. Ich wollte, dass du mich liebst, deshalb habe ich versucht, diese Frau zu spielen, obwohl ich das in Wirklichkeit gar nicht bin."

Sie schluckte. „Und die ganze Zeit hatte ich das Gefühl, dass ich dir nicht geben kann, was du dir wünschst. Aber ich habe nicht verstanden, was ich falsch gemacht habe. Ich habe mich mehr und mehr angestrengt, aber du hast dich trotzdem immer weiter von mir entfernt. Dann wurde mir eines Tages klar, wenn ich mich noch stärker bemühen würde, jemand anderes zu sein, würde es mich als Person bald wirklich nicht mehr geben."

Er legte beide Hände auf ihre Schultern und drehte Vicki auf den Rücken. Sie wich seinem Blick aus. Doch er drehte behutsam ihr Gesicht so, dass sie ihn ansah. „Für mich brauchst du dich nicht zu verstellen. Alles, was ich je von dir wollte, war, dass du deine Abwehr fallen lässt und mir vertraust."

Erstaunt sah sie ihn an. Dann hob sie zögernd die Hand und streichelte seine Wange, auf der sich schon leichte Bartstoppeln bildeten. Normalerweise duschte er und rasierte sich, bevor er zu ihr ging, weil er glaubte, dass das für sie wichtig sei.

„Wirklich?" Zweifelnd blickte sie ihn an.

Liebevoll strich er ihr das Haar aus dem Gesicht. „Glaubst du nicht, ich hätte nicht gemerkt, was Ada versucht hat, aus dir zu machen? Was mich an dir angezogen hat, war dein Verstand und deine Weigerung, dich Ada völlig zu unterwerfen. Ich war so stolz, dich zur Frau zu bekommen. Dich, nicht die wohlerzogene, elegante Puppe."

„Und ich war stolz, dich zum Mann zu haben." Vicki berührte seine Schulter. „Stolz darauf, was du alles mit deiner Energie und Willenskraft erreicht hast. Wusstest du, dass ich bei den anderen Frauen mit deinen Erfolgen geprahlt habe? Manchmal habe ich mich in die hinteren Reihen des Gerichtssaales gesetzt, um dich bei der Arbeit zu beobachten, und dann habe ich mir immer voller Stolz gesagt, dass du *mein Mann* bist."

Calebs ganzes Weltbild änderte sich in diesem Moment. „Vicki", sagte er leise. Noch nie war jemand auf ihn stolz gewesen. Seine Familie kam zu ihm, um ihn um Geld zu bitten. Aber keiner von ihnen hatte ihm je gesagt, wie gut er seine Sache macht. Kein einziges Familienmitglied war je zu einer Gerichtsverhandlung von ihm gekommen, ganz zu schweigen davon, dass er von ihnen jemals anderen gegenüber gelobt worden war.

„Tut mir so leid, wie sich unsere Beziehung entwickelt hat", sagte Vicki jetzt. „Mir tut alles so leid."

Er schüttelte den Kopf. „Ich habe genauso viel Schuld daran wie du. Ich habe gedrängt und gedrängt, wie ich das immer mache." Als Kind war Aggressivität die einzige Möglichkeit für Caleb gewesen, von seinem Vater wahrgenommen zu werden. Häufig war Max wütend geworden über seinen dickköpfigen Sohn. Doch damals war Wut immer noch besser gewesen, als gar nicht beachtet zu werden. Diese Erfahrung hatte Caleb Angst gemacht, und sobald es um Gefühle ging, reagierte er leicht ungeduldig und gereizt gegenüber den Menschen, die ihm etwas bedeuteten. Und das galt vor allem für Vicki.

„Aber ich habe das zugelassen", erwiderte sie. „Jedes Mal, wenn ich versucht habe, darüber zu sprechen, wurde ich nervös. Wenn du mich dann beruhigt hast und mir sagtest, wir könnten über alles noch später reden, war ich immer einverstanden. Aber ‚später' kam nie."

So schwer es Caleb fiel, auch er musste jetzt einen Fehler eingestehen. „Liebling, ich wusste, dass du mir etwas sagen willst ... aber ich wollte es nicht hören. Ich dachte ...", er ließ den Kopf aufs Kissen fallen. „Ich habe befürchtet, du willst mir sagen, dir würde es im Bett mit mir keinen Spaß machen. Deshalb habe ich jedes Mal versucht, deine Meinung zu ändern." Das war schon ein bisschen anmaßend von mir, dachte er und begann langsam zu begreifen, welche negativen Verhaltensmuster sich zwischen ihnen eingeschlichen hatten.

Überrascht sah sie ihn an. „Und was passiert jetzt als Nächstes?"

„Ich möchte mit dir verheiratet sein, Vicki." Jetzt war nicht der Zeitpunkt, um den heißen Brei herumzureden. „Willst du mit mir verheiratet bleiben?"

Die Pause, die entstand, war winzig. „Ja." Vicki holte tief Atem. „Ja."

Das war nicht das Geständnis, das er sich wünschte, aber es war besser als Vickis frühere Aussage, sie wären immer noch getrennt. „Dann dürfen wir nicht aufgeben." Das war für ihn sowieso nie infrage gekommen, und er konnte sich nicht vorstellen, dass es bei Vicki anders war.

„Caleb ..." Zögernd legte sie die Hand auf seinen Arm. „Möchtest du ...? Wir können es noch einmal versuchen."

Er merkte deutlich, wie verletzbar sie im Augenblick war, und das erschütterte ihn. Im Augenblick hätte er alles von ihr verlangen können, und sie hätte sich bemüht, seine Wünsche zu erfüllen. Aber er wollte nicht, dass seine Frau sich ihm aus Schuldgefühlen hingab. Er wollte die Distanz zu ihr überbrücken, nicht vergrößern.

„Ich möchte jetzt nur, dass du in meinen Armen schläfst." Sanft küsste er sie auf die Lippen, obwohl ihm das sehr schwerfiel, denn ein Teil von ihm – der Teil, der seit Jahren zu kurz gekommen war – flüsterte ihm zu, dass er die Gelegenheit ergreifen sollte, die vielleicht nie wieder kam. Die anschmiegsame Frau in seinen Armen würde sich am Morgen wieder in die kühle, elegante Dame verwandeln, die er kaum zu berühren wagte.

Beunruhigt sah sie ihn an. „Caleb, ich kann …"

„Pscht." Er legte sich auf den Rücken und bettete ihren Kopf auf seine Brust. „Schlaf einfach. Das reicht für heute Nacht." Seine Frau war es gewohnt, ihre Gefühle gut unter Kontrolle zu halten. Trotzdem war sie heute zu ihm gekommen.

Endlich.

5. Kapitel

Vicki wachte auf, als sie Caleb duschen hörte. Wie immer stellte sie sich vor, sie würde ins Badezimmer gehen, sich nackt ausziehen und zu ihm in die Duschkabine steigen. Was würde sie dafür geben, seine Haut einzuseifen und seinen wunderschönen nassen Körper zu erforschen! Aber wie immer stand sie auf, ging in die Küche und setzte Kaffee auf.

„Eines Tages tue ich es", versprach sie sich leise selbst, als sie die Kaffeemaschine einschaltete. Sie hätte Caleb gern damit überrascht, dass sie mit ihm duschte. Das würde er niemals erwarten. Wahrscheinlich hatte er damit sogar recht – sie besaß nicht das Selbstvertrauen, das nötig gewesen wäre, um sich ohne Angst vor Zurückweisung einem Mann zu nähern.

Als sie Brot aus der Vorratskammer holte, fiel ihr Blick auf ihre Hände. Ihre perfekt geformten Nägel waren in einem hellen Farbton lackiert. Außer einem geschmackvollen Ehering trug sie keinen Schmuck. Vicki kam es so vor, als wäre sie genauso wie ihre Hände: sehr gepflegt, langweilig und ohne jeden Charakter. Sie war keine Frau, die aufregende Dinge tat, wie zum Beispiel ihren Ehemann in der Dusche zu überraschen.

Sie nahm den Duft von Calebs Aftershave wahr, als er die Küche betrat. Ohne nachzudenken, drehte sie sich um und fragte: „Bin ich langweilig, Caleb?"

Erstaunt musterte er sie. „Wie kommst du denn darauf, Liebling?"

„Sag mir eine Sache, die ich getan habe und die außergewöhnlich war." Sie legte das Brot auf die Anrichte. „Etwas, das ich getan habe und das du nie von mir erwartet hättest."

„Du hast mich um die Scheidung gebeten." Er nahm zwei Scheiben Brot und steckte sie in den Toaster. „Dann hast du mir gesagt, ich solle im Gästezimmer schlafen. Damit hast du mich ziemlich überrascht, aber nicht positiv."

Am liebsten hätte sie ihn jetzt bei der seriösen blauen Krawatte gepackt, ihn zu sich gezogen und ihn leidenschaftlich geküsst. Caleb sah auch im Anzug verflixt gut aus. „Hm", sagte sie, während sie beobachtete, wie er zwei Kaffeebecher aus dem oberen Regal holte. „Caleb?"

Er stellte die beiden Becher auf die Anrichte. „Ja?"

„Werden wir so tun, als hätte es die vergangene Nacht nicht gegeben?"

Er betrachtete sie eine Weile lang. Als sie dachte, er würde etwas sagen, umrahmte er stattdessen ihr Gesicht mit den Händen und küsste sie. Vicki schmiegte sich an ihn und schlang die Arme um seine Taille. Normalerweise überließ Caleb die Kontrolle über ihre Küsse ihr. Doch heute küsste er sie, dass sie keinen klaren Gedanken mehr fassen konnte.

Als sie beide nach Luft schnappten, sah er sie liebevoll an. „Was denkst du?"

Atemlos deutete sie auf den Toaster. „Dein Toast ist fertig."

Aus irgendeinem Grund brachte ihn das zum Lächeln. „Ich habe für dich auch eine Scheibe getoastet." Er strich Butter darauf und hielt sie ihr an die Lippen. „Du isst jetzt für zwei, Mrs. Callaghan."

Über seine Sorge um sie musste sie nun selbst lächeln, und in dieser Stimmung schickte sie ihren Mann an diesem Tag zur Arbeit.

Zum ersten Mal seit langer Zeit lächelten sie, als sie sich zum Abschied küssten, und freuten sich auf den Abend.

Zu Vickis Freude kam Caleb rechtzeitig zum Abendessen nach Hause. Sie saßen gerade am Küchentisch, als das Telefon läutete. Caleb stand auf und nahm den Hörer ab.

„Ja, ich höre."

Sein Ton ließ Vicki aufhorchen. Verflogen war die gute Laune. Caleb straffte die Schultern und klang mit einem Mal steif, fast gefühllos. Nur wenige Menschen schafften es, ihn in diese Stimmung zu bringen. „Deine Familie? Lara?", formte sie lautlos mit den Lippen.

Er nickte kurz. „Wie viel?"

Sofort wusste Vicki Bescheid. Lara rief aus demselben Grund an wie immer. Jedes Mitglied von Calebs Familie meldete sich bei ihnen nur aus einem Grund. Vicki kannte Calebs Eltern und seine Schwester. Bevor sie heirateten, hatte Caleb sie in die heruntergekommene Gegend mitgenommen, in der er aufgewachsen war, und hatte sie seiner Familie und deren Freunden vorgestellt.

Vicki wusste, dass Max Bildhauer war und Calebs Mutter Dichterin. Leider hatte es keiner von beiden zu beruflichem Erfolg gebracht. Auf Vicki hatten Max und Carmen immer scheinheilig gewirkt mit ihrer Behauptung, sie würden sich für die Kunst aufopfern. Was sie wirklich opferten, war das Wohl ihrer Kinder. Caleb redete nur selten über seine Kindheit, aber aus den wenigen Bemerkungen schloss Vicki, dass er manchmal ziemlich hungrig gewesen war.

Anders als Caleb hatte seine Schwester Lara den heimischen Herd nicht verlassen. Sie schlug sich als Sängerin durch, hatte zwei Kinder von zwei verschiedenen Männern und hatte nie von dem Glauben abgelassen, der Weg ihrer Eltern – Armut und Leiden als einzige Möglichkeit eines kreativen Genies – sei der richtige.

„Was wollte sie?", fragte Vicki, als Caleb den Hörer auflegte.

Er seufzte. „Na, was sie halt immer will. Geld natürlich. Da ich nun mal zu den Kapitalisten gewechselt sei, sei es doch das Mindeste, was ich tun könne, ihr ab und zu mal auszuhelfen." Sein Ton war ausdruckslos.

Vicki kannte diesen Spruch. Oft genug hatte sie ihn selbst aus Laras Mund gehört. Bisher hatte sie immer geschwiegen und beschlossen, sich nicht in Calebs Beziehung zu seiner Familie einzumischen. Aber jetzt, wo sie sah, wie sehr ihr Ehemann dadurch belastet wurde, entschied sie, dass sie diese Sache sehr wohl etwas anging.

Sie stand auf und legte die Hand auf seinen Oberkörper, damit er sie ansah. „Warum lässt du dich von ihnen so behandeln?" Eine Ahnung verriet ihr, dass mehr dahintersteckte, als sie wusste. Die Sprüche und politischen Phrasen der Callaghans boten keine Erklärung für die Feindseligkeit, mit der seine Familie ihn oft behandelte. Was verschwieg er?

Vicki wusste, dass sie kein Recht hatte, ihn zum Reden zu drängen. Sie hatten gerade mal angefangen, darüber zu sprechen, wie sie die Risse in ihrer Ehe kitten wollten. Solange diese Wunden nicht verheilt waren, mussten sie sehr sanft miteinander umgehen. Aber das bedeutete nicht, dass sie schweigen musste.

Er zuckte die Achseln. „Sie sind meine Familie."

„Nein", widersprach sie. „Sie haben dich aufgegeben, als du gewagt hast, anders zu sein als sie." Wie sie wusste, war er mit sechzehn von zu Hause weggegangen und hatte sich mit allen möglichen Jobs über Wasser gehalten, während er noch zur Schule ging. Seine Eltern hatten ihn rausgeworfen, als er angefangen hatte, mit ihnen darüber zu streiten, was er sich vom Leben wünschte. „Sie sind nie für dich da gewesen."

Seine Miene wurde düster. „Sie sind alles, was ich habe."

Heftig schüttelte sie den Kopf. „Wir sind deine Familie, Caleb. Ich und unser Baby."

„Aber du lässt dich vielleicht von mir scheiden." Das war nicht herausfordernd gemeint, sondern eine Erinnerung an ihre unsichere Situation. Bevor er etwas dagegen tun konnte, fühlte Caleb sich mit einem Mal verzweifelt, und das hatte nichts mit Lara oder seinen Eltern zu tun, sondern ausschließlich mit Vicki.

Sie spürte einen Stich im Innern. Caleb war ein stolzer Mann. Und er war dickköpfig. Nicht einmal in den zwei Monaten ihrer Trennung hatte er auch nur den geringsten Hinweis darauf gegeben, wie sehr er darunter gelitten hatte. Andererseits hatte sie ihm auch niemals gesagt, wie sehr er sie damit verletzt hatte, dass er mit Miranda ins Bett gegangen war. Sie waren beide sehr gut darin, ihre Gefühle zu verbergen.

Aber das ist Vergangenheit, dachte sie mit neuer Entschlossenheit. Die Zukunft zählte, und zwar eine Zukunft, die auf Vertrauen basierte, auf gegenseitiger Hilfe und auf Hoffnung. Möglicherweise war die Bitte, sich zu trennen, der einzige Weg gewesen, der ihr geblieben war, um Caleb dazu zu bekommen, ihrer Ehe und vor allem ihr Aufmerksamkeit zu schenken.

Genug der Theorie. Jetzt wurde es Zeit, etwas zu unternehmen. Trotz ihrer Befürchtung, das Falsche zu tun und damit den Waffenstillstand zu stören, schüttelte sie den Kopf. „Nein, das werde ich nicht. Ich habe dir gesagt, ich will mit dir verheiratet bleiben. Du bist mein Mann, meine Familie. Ich habe auch niemand anderen."

Er nahm sie fest in die Arme und drückte mit seinem Körper aus, was er nicht in Worte fassen konnte. Schon seit Langem sprach er auf diese Weise mit ihr, aber sie hatte nicht zugehört. Doch ab sofort würde sie auf jede noch so kleine Geste achten.

„Ich mache mir wegen Laras Kindern Sorgen. Sie kann für sich selbst sorgen, aber was ist mit ihnen?"

Derselbe Gedanke hatte auch Vicki immer bewegt. „Wie wäre es mit einem Treuhandvermögen? Für Ausbildung und alles andere, was die Kinder brauchen könnten. Dann kann deine Familie dich nicht länger als offenes Scheckbuch betrachten." Vicki ging es gar nicht um das Geld, sondern um die Art, wie sie Caleb behandelten, als wäre es seine Pflicht sie zu unterstützen, während sie ihm nicht einmal dafür dankten.

Caleb schwieg einen Augenblick lang. Dann meinte er: „Wenn wir die Treuhänder wären, könnten wir sicherstellen, dass das Geld für den richtigen Zweck verwendet wird."

Keiner von ihnen musste auf ihre Befürchtungen hinweisen, dass Lara Drogen nahm. Aber bis jetzt hatte sie ihren Kindern noch nie geschadet, sondern schien sogar eine hingebungsvolle Mutter zu sein.

„Ja", stimmte Vicki zu. Dann beschloss sie, etwas zu sagen, das sie sich schon lange überlegt hatte. „Du darfst dich von ihnen nicht runterziehen lassen, nur weil du dir mehr vom Leben erträumst, als sie sich vorstellen können. Sei stolz auf dich." Die Motive der Callaghans spielten für sie keine Rolle. Es gab keine Entschuldigung dafür, dass sie Caleb vernachlässigt hatten und er ihretwegen so oft litt.

Er zog Vicki an sich und legte das Kinn auf ihren Scheitel. „Sie werden immer zu meinem Leben gehören."

„Ich werde auch nie versuchen, das zu ändern. Wir haben beide Verwandte, mit denen wir uns abfinden müssen, ob uns das gefällt oder nicht. Aber sie müssen lernen, dich mit dem notwendigen Respekt zu behandeln." In diesem Punkt würde sie nicht nachgeben. „Das nächste Mal, wenn einer von ihnen anruft, werde ich das Gespräch entgegennehmen. Dies war die letzte Gelegenheit, die sie hatten, um dir wehzutun."

Caleb war erstaunt von der kalten Wut, die er in ihrer Stimme hörte. Vicki war immer so sanft gewesen, so harmoniebedürftig. Andererseits wurde dadurch in ihm ein Hoffnungsschimmer geweckt.

Sie hatte recht. Er hielt seine neue Familie in den Armen. Ihre Ehe mochte schwierig sein, aber sie hatten einander versprochen, alle Probleme durchzustehen. Vickis überzeugende Haltung gab ihm die Sicherheit zurück, die er in dem Moment verloren hatte, als sie ihn um die Scheidung gebeten hatte.

„Ich möchte dich etwas fragen", sagte er, weil er gerade an die kühle Frau dachte, die er geheiratet hatte. Damals hatte er Funken der Leidenschaft in ihr erkannt. Doch die Funken waren während ihrer Ehe eher erstickt als entfacht worden.

„Was denn?"

Sein Gewissen meldete sich. „Was hat denn deine Großmutter dir erzählt, als sie mich zu der Dinnerparty einlud, bei der wir uns vorgestellt wurden?" In letzter Zeit hatte er sich gefragt, ob Ada gelogen hatte, damit Vicki genug Vertrauen zu ihm hatte, um sich von ihm den Hof machen zu lassen. Wie sonst sollte er sich nur ihren Glauben an ihn erklären, den sie von Anfang an gehabt hatte? Besonders da sein dominanter Charakter doch sehr offensichtlich gewesen sein musste.

Lachend legte sie den Kopf in den Nacken und sah ihm in die Augen. „Sie sagte, sie habe den perfekten Mann für mich gefunden. Ich bräuchte eine harte Hand, und du würdest dafür sorgen, dass ich nicht so werden würde wie meine Mutter. Ach ja, und außerdem würdest du gut für mich sorgen."

Er zuckte zusammen. Das waren kaum geeignete Worte, um Vertrauen aufzubauen. „Hat sie dich gezwungen …"

„Ich habe mich innerhalb der ersten zehn Sekunden in dich verliebt, nachdem du mit mir geredet hattest. Ada sah einen Mann, der seine Stärke benutzt, um andere zu unterdrücken. Ich sah jemanden, der seine Stärke benutzt, um andere zu beschützen." Sie lächelte. „Du hattest so viel Energie, so viel Herz, und zum ersten Mal im Leben habe ich mich wirklich lebendig gefühlt. Ich konnte mir bald gar nicht mehr vorstellen, wie es war, bevor ich dich kennenlernte."

Trotz des Vorsatzes, ehrlich zu sein, brachte Caleb es nicht über sich, ihr die nächste Frage zu stellen, die ihm auf der Zunge lag. Wie war es jetzt? Vertraute die Frau, die sie geworden war, ihm noch genauso wie das Mädchen, das sie bei ihrer Hochzeit gewesen war?

Oder war die Liebe im Lauf der Ehejahre zerbröckelt, weil Vicki so unglücklich geworden war?

Statt zu fragen, machte er lieber einen Scherz. „Da bin ich aber froh, denn sobald ich dich gesehen habe, war die Sache sowieso entschieden."

„Gut." Ihr Lachen war wie ein Geschenk. Nachdem sie ihn noch einmal fest umarmt hatte, löste sie sich von ihm. „Komm jetzt, lass uns essen. Ich bin am Verhungern. Unser Baby ist ein hungriges kleines Ding."

„Wie fühlt es sich denn an?", fragte er neugierig.

„Das Baby? Ich glaube, ich kann spüren, wie sie sich bewegt, aber das bilde ich mir wahrscheinlich ein. Nach den Büchern ist es noch viel zu früh dafür."

„Sie?" So rasch war ihr Baby zu einer wirklichen kleinen Person geworden mit Hoffnungen und Träumen und einem Herzen, dem man mit einem unbedachten Wort Schmerzen zufügen konnte.

Schüchtern lächelte sie ihn an. „Ich habe angefangen, an ein Mädchen zu denken. Was hättest du lieber, ein Mädchen oder einen Jungen?"

„Das ist mir gleich", erwiderte er ehrlich. „Ich wünsche mir nur, dass das Baby gesund ist."

„Ich auch." Ihre Miene wurde ernst. „Ein bisschen Angst macht mir die Vorstellung schon, dass ich bald vollkommen für ein Kind verantwortlich bin."

„Wir." Sanft drückte er sie auf den Stuhl nieder. „Aber es stimmt schon, keiner von uns hatte ein gutes Vorbild. Sind diese Babybücher eigentlich auch für Väter gedacht?"

Sie lächelte strahlend. „Ja, ich kann dir ein gutes geben."

Er setzte sich ihr gegenüber und nickte. „Gut." Das ist genug Gerede über Babys für heute Abend, entschied Caleb. „Hattest du irgendwelche interessanten Anrufe?" Mit dieser Frage wollte er nur ein zwangloses Gespräch beginnen, doch Vickis Miene wurde erneut ernst.

„Mutter hat angerufen und ihren Besuch bestätigt."

Er musterte sie. „Was hat sie sonst noch gesagt?"

Vicki hob kurz die Schultern. „Nicht viel – du kennst sie doch. Willst du noch mehr Salat?"

Er ließ zu, dass sie das Thema wechselte, weil er wusste, dass sie nicht gern über ihre Mutter sprach. Danica meldete sich jedes Jahr ein- bis zweimal und hinterließ unweigerlich ein Durcheinander. Nach ihrem letzten Besuch hatte Vicki sich in ihrem Arbeitszimmer eingeschlossen und geweint, als wäre ihr das Herz gebrochen worden. Obwohl er versucht hatte, mit ihr darüber zu reden, hatte sie später so getan, als wäre nichts passiert. Ihre abwehrende Haltung frustrierte ihn, aber bisher war es ihm nicht gelungen, ihr in dieser Beziehung näherzukommen.

Doch auch wenn Caleb das Gefühl hatte, hinter Vickis Verhalten steckte ein traumatisches Erlebnis, hatten sie im Augenblick andere Probleme zu bewältigen, und so stellte er keine weiteren Fragen.

Als sie sich an diesem Abend fertig zum Schlafen machten, waren sie beide aufgeregt. Vicki kam sich fast wieder wie eine Jungfrau vor, nervös und völlig ahnungslos, wie sie sich verhalten sollte. Sie wartete, bis Caleb ins Badezimmer ging, um sich die Zähne zu putzen, bevor sie ihren Pyjama anzog.

Dann schlüpfte sie unter die Decke und machte alle Lichter aus, bis auf die Lampe auf Calebs Nachttisch. Sekunden später wurde die Tür des Bades geöffnet, und Caleb kam ins Schlafzimmer.

Er schaltete das Licht aus, legte sich ebenfalls ins Bett und zog Vicki zärtlich an sich. Ein heißer Schauer überlief sie. Caleb trug nur Boxershorts, und die Haare auf seinem nackten Arm kitzelten sie am Bauch, weil das Oberteil ihres Pyjamas hochgerutscht war.

„Caleb?"

„Ja?"

„Ich habe Angst."

Vickis Geständnis machte ihn nervöser, als er sowieso schon war. Ein Teil von ihm konnte immer noch nicht glauben, dass Vicki ihn als Mann begehrte, wo er doch jahrelang auf ein solches Zeichen gewartet hatte.

„Du musst keine Angst haben. Lass dich einfach von deinem Körper leiten." Worüber er nicht nachdenken wollte, war die Aussicht, dass ihr Körper ihn weiterhin ablehnen würde.

Vicki drehte sich in seinen Armen um und sah ihn an. In der Dunkelheit konnte er ihr Gesicht kaum erkennen. „Ich will dich so sehr, Caleb. Bitte gib mich nicht auf."

„Ich glaube nicht, dass ich das jemals könnte." Er strich ihr durchs Haar, beugte sich über sie und küsste sie auf den Mund.

Feuer und Leidenschaft, Erregung und Lust – ihr Kuss drückte alles aus, was er sich wünschte. Aber Caleb kam nicht mit der Tatsache zurecht, dass Vicki die Arme reglos neben ihrem Körper liegen ließ.

Er löste sich von ihr. Im ersten Moment wollte er wegrücken, um nicht erneut enttäuscht zu werden. Doch dann fiel ihm ein, dass sie ihn in der vorangegangenen Nacht um Hilfe gebeten hatte.

Er hob ihren Arm und legte ihn über seine Schulter. „Oh", seufzte sie leise und hob sofort den zweiten Arm. „Tut mir leid", hauchte sie dann. „Ich vergesse immer alles um mich herum, wenn du mich küsst."

Nun, ein Mann konnte schlechtere Dinge im Bett hören. Er beugte sich vor und küsste sie erneut, aber diesmal überließ er ihr die Führung. Mit jeder Faser seines Körpers konzentrierte er sich auf Vicki.

„So funktioniert das nicht", sagte sie mit einem Mal und löste sich von ihm. „Wir sind beide viel zu verkrampft."

Er wollte widersprechen, aber eigentlich wusste er, dass sie recht hatte. Er atmete tief ein und rollte sich auf den Rücken. Beide starrten die Decke an. Was jetzt?

„Vielleicht sollten wir reden, bevor wir … Wir haben nie geredet, Caleb." Die Worte kamen zögernd, aber ihr Ton klang überzeugend. Vielleicht war Vicki bereit, sich mit allem auseinanderzusetzen, was er von ihr brauchte. Nicht nur körperlich, sondern auch seelisch.

Die Frage war nur, was dabei herauskam. Caleb wusste, es war nicht einfach, mit ihm zu leben, ihn zu lieben. Er war zu fordernd, zu fürsorglich und gelegentlich auch absolut dominant.

Die Frau, die er vor fünf Jahren geheiratet hatte, hatte sein Herz mit ihrer scheuen Art gewonnen, aber sie hatte nicht das Rückgrat gehabt, sich gegen ihn aufzulehnen. Statt zu kämpfen, hatte sie sich zurückgezogen. Jetzt kam langsam eine Vicki zum Vorschein, die sich so lange versteckt hatte. Sie würden erfahren, was das für ihre Ehe bedeutete.

„Warum hast du mich nie im Bett berührt?", fragte er. „Ich kann verstehen, wie sehr Ada dich verunsichert hat, aber ich habe dich nie davon abgehalten, mich anzufassen. Ich habe dich sogar darum gebeten."

Ihr Atem beschleunigte sich, doch sie zog sich nicht zurück. „Ich hatte Angst, etwas Falsches zu machen. Du kannst dir nicht vorstellen, wie schrecklich es für mich wäre, wenn ich dich anwidern würde. Du warst so wichtig für mich, und alles, was ich wusste, war das, was Großmutter mir gesagt hatte und was ich von Claire und Vater gesehen hatte. Claire und Vater haben getrennte Schlafzimmer und führen getrennte Leben."

Caleb merkte, wie nervös sie war, und am liebsten hätte er sie beruhigt. Doch erst musste er ihr zuhören.

„Ich war zu schüchtern, um mit Freundinnen über so intime Dinge zu reden. Natürlich habe ich ferngesehen und Zeitschriften gelesen, aber Großmutter hat mir eingetrichtert, ich wäre mit Makeln behaftet und deshalb müsste ich mich immer absolut korrekt benehmen. Jeder Fehler meinerseits könnte zum totalen Kontrollverlust führen. Dann würde ich zurückgewiesen werden und enden wie meine Mutter – als Geliebte eines verheirateten Mannes. Diese Drohung saß, denn ich wollte einen Ehemann und eine Familie."

Caleb sah das Bild eines einsamen Mädchens vor sich, das als Teenager niemanden hatte außer einer verbitterten alten Frau. Gern hätte er Vickis Qualen weggeküsst. Aber sie war noch nicht fertig.

Sie streichelte ihn an der Schulter. „Deshalb habe ich versucht zu tun, was Ada sagte. Aber sie hat mir nicht gesagt, wie weit ich mit meinem Mann gehen darf und was ich nicht tun sollte. Ich kannte die Regeln nicht und wusste nicht weiter. Nach einer Weile hast du aufgehört, mir zu helfen."

Das stimmte. Von sich überzeugt hatte er erwartet, sie werde seiner Führung folgen, obwohl er nie gefragt hatte, was sie sich vielleicht wünschte oder was sie brauchte. Dieser Fehler konnte allerdings wiedergutgemacht werden. „Sag mir, was es dir erleichtern würde."

Sie hörte auf, ihn zu streicheln. Caleb legte sich schließlich über sie. „Hör jetzt nicht auf, mit mir zu reden", forderte er sie auf, obwohl er nicht wusste, ob er eine neue Enttäuschung ertragen konnte. Sein männlicher Stolz war bereits ziemlich angeschlagen.

„Das ist schwer zu sagen", erwiderte sie leise. „Das, was ich am meisten von dir brauche, ist Geduld."

„Langsam, Liebling? Ist es das, was du willst?"

Sie schob die Hände zwischen ihre Oberkörper. „Ja."

Caleb zeichnete mit der Fingerspitze Muster auf ihren Hals. Er begehrte Vicki und wollte sie ganz intensiv spüren. „Willst du mich wirklich, Vicki?"

Er brauchte eine Antwort auf diese Frage, selbst wenn sie ihn zerstörte. Vorsichtig bewegte er sich so, dass Vicki spüren konnte, welche körperliche Wirkung sie auf ihn hatte.

Sie zuckte zusammen. „Caleb." Ihre Haut fühlte sich heiß an. Sie legte beide Hände auf seine Schultern. Eine Sekunde lang glaubte er, sie würde ihn wegschieben. Doch dann zog sie ihn näher. „Wie schaffst du das nur immer wieder? Wir sind doch schon seit fünf Jahren zusammen."

„Was denn?" Fasziniert spürte er, wie ihr Körper anschmiegsamer wurde.

Eine Weile lang herrschte Schweigen, doch diesmal schien die Luft erfüllt mit Leidenschaft und Begierde. „So heiß und feucht …", stieß sie schließlich aus. „Ich sehne mich nach dir."

6. Kapitel

Caleb war so erregt, dass er nicht sprechen konnte, und so drückte er das, was er empfand, mit seinen Liebkosungen aus. Mit gespreizten Fingern streichelte er Vickis flachen Bauch. Bald schon würde sich ihr Bauch runden, und Caleb wollte die Veränderung jeden einzelnen Tag miterleben, ohne sich Sorgen zu machen, seine Zärtlichkeiten könnten unerwünscht sein.

Ein wundervolles kleines Wesen wuchs im Körper seiner Frau heran. Dieses kleine Wesen war so begierig darauf, geboren zu werden, dass es alle Vorsichtsmaßnahmen umgangen hatte, die Vicki und er getroffen hatten. Caleb war bereits stolz auf die Dickköpfigkeit des gemeinsamen Kindes.

„Ich fühle mich wie beim ersten Mal", sagte Vicki leise.

Er sah ihr in die Augen. „Das geht uns beiden so." Sie küssten sich.

Der Kuss war wunderschön. Doch nun war ein neuer Aspekt dazugekommen. Vicki war nicht länger das schüchterne Mädchen, das herrlich küssen konnte, sondern jetzt war sie eine erwachsene Frau, die damit ihre Begierde ausdrückte. Seine Erregung wuchs. Ein bisschen war es so, als würde er mit einer Unbekannten im Bett liegen. Dieser Gedanke bot noch einen zusätzlichen erotischen Reiz.

Zögernd fing Vicki an, seinen Oberkörper zu streicheln. Nachdem Caleb sich jahrelang nach Vickis Berührungen gesehnt hatte, konnte er sich jetzt kaum beherrschen. Vicki umrundete mit den Fingerkuppen seine Brustwarzen, und er sog heftig die Luft ein.

Sie unterbrach den Kuss. „Caleb?"

„Bitte hör nicht auf, Vicki. Ich wünsche mir schon so lange, dass du mich berührst." Damit gestand er ihr ein Bedürfnis, das er bisher aus Stolz immer vor ihr verborgen hatte.

„Wirst du mir sagen, wenn ich etwas tue, was du nicht willst?"

Ihr Mut erstaunte ihn. „Ich schwöre dir, mir wird alles gefallen, was du mit mir machst."

Sie lächelte. „Eigentlich ist es mir immer sehr schwergefallen, dich nicht zu streicheln." Erneut glitt sie streichelnd mit den Händen über seinen Körper. „So oft wollte ich dir das sagen. Aber ich dachte immer, eine Dame redet nicht über Sex und du würdest dich von mir abgestoßen fühlen. Wie konnte ich nur so dumm sein?"

„Pst." Er küsste sie. „Du hast dir Sorgen gemacht, weil du so unerfahren bist, und ich bin ja auch nicht gerade ein Mann, mit dem man leicht reden kann. Aber vergiss die Vergangenheit. Von jetzt an gibt es in diesem Bett nur noch dich und mich, keine Lügen mehr und keine Reue."

„Keine Reue." Mit ihren schlanken Fingern wanderte sie zu seiner Taille und dann zu seinem Rücken.

Auch wenn es ihm schwerfiel, hielt Caleb sich zurück, um Vicki Zeit zu lassen, seinen Körper zu erforschen. Erneut küsste er sie. Wie immer versprach ihr Kuss herrliche Freuden, doch diesmal wusste Caleb, dass dieses Versprechen erfüllt werden würde, wenn er nur geduldig war.

Vicki streichelte seinen Rücken, bevor sie sich wieder seiner Brust zuwandte. Caleb sehnte sich nach intimeren Berührungen. Doch er wusste, dass diese Zärtlichkeiten von ihr ausgehen mussten. In seiner Lust fühlte er sich fast ausgeliefert.

Sie wanderte mit der Hand unterhalb seiner Taille.

„Tiefer", stieß er aus, weil er nicht länger warten konnte. „Entschuldige."

Sie küsste ihn aufs Kinn. „Nein, ich will, dass du mir sagst, was du möchtest."

In der momentanen Situation konnte er kaum einen klaren Gedanken fassen. Dann zog Vicki mit einem Finger am Elastikbund seiner Boxershorts, und er stöhnte: „Tiefer, Liebling." Seine Stimme klang so rau, dass er sie fast selbst nicht erkannte.

„Du meinst so?"

Er erschauerte, als sie mit der Hand in seine Shorts schlüpfte und ihn vorsichtig umfasste. Caleb versuchte gleichmäßig zu atmen, als sie ihn langsam zu streicheln begann. Mit den Fäusten umklammerte er die Bettdecke, weil er fürchtete, Vicki wehzutun, so heftig war seine Leidenschaft.

Ihre Brüste pressten sich an seinen Oberkörper, und selbst durch den Pyjama spürte Caleb die harten, aufgerichteten Spitzen. Doch er war so mit dem unerwarteten Vergnügen beschäftigt, das Vicki ihm bereitete, dass er ihren Brüsten nicht die Aufmerksamkeit schenken konnte, die sie verdienten. Mit einem Mal überwältigte ihn die Leidenschaft, und es passierte etwas, das ihm noch nie während seiner Ehe passiert war – er verlor die Kontrolle.

Der Höhepunkt war so intensiv, dass er danach schwer atmend auf Vicki sank. Sein Herz raste wie verrückt. „Tut mir leid", sagte er, als er endlich wieder sprechen konnte.

Zu seiner Überraschung küsste sie ihn auf den Hals und meinte: „Macht es dir wirklich so viel Spaß mit mir?" Mit der freien Hand strich sie ihm eine Haarsträhne aus der schweißfeuchten Stirn.

„Mir hat es immer Spaß mit dir gemacht." Der einzige Grund, weshalb er sich noch nie seiner Lust so völlig hingegeben hatte, war, dass er die Leidenschaft für einseitig gehalten hatte. Diese Vorstellung hatte sein Vergnügen immer gedämpft.

„Ich möchte dir noch einmal so viel Lust schenken", sagte sie leise und begann spielerisch an seinem Ohrläppchen zu knabbern. „Ich will spüren, wie du mich begehrst. Du musst mir sagen, dass du es magst, wenn ich … wenn ich so etwas tue." Sie schluckte. „Ich bin mir immer noch nicht sicher, ob es okay ist, wenn ich mich so benehme." Sie machte eine kleine Bewegung mit der Hand.

Heftig sog er die Luft ein, als ihm bewusst wurde, dass sie ihn immer noch umfasste. „Liebling, glaub mir, ich würde dir gern den Gefallen tun. Aber ich brauche ein bisschen Zeit, um mich zu erholen."

Sie fing an, ihn zu streicheln, und überzog seine Wange mit Küssen. „Bitte, Caleb."

Während er noch überlegte, wie er ihr erklären sollte, dass sich sein Körper daran gewöhnt hatte, schon mit wenig zufrieden zu sein, erwachte sein Verlangen erneut.

„Ich möchte dir …", begann er.

Sie streichelte ihn noch begieriger, und heiße Schauer durchströmten ihn. „Du hast mir genug Lust geschenkt", unterbrach sie ihn. „Ich schulde dir etwas. Lass mich einfach, Liebling."

Erregt wie er war, blieb ihm gar keine andere Wahl.

Als Caleb am nächsten Morgen erwachte, war Vicki schon aufgestanden, und er hörte sie in der Küche singen. Er stand ebenfalls auf und kam sich wie ein Teenager vor, weil er unwillkürlich glücklich lächelte. Zwar hatten sie sich in der letzten Nacht nicht richtig geliebt, doch darüber beschwerte er sich nicht. Das würde noch kommen.

Wenn er geduldig war.

Geduld war allerdings noch nie seine Stärke gewesen. Doch diesmal würde er in dieser Disziplin die Goldmedaille gewinnen, das schwor er sich. Immer noch strahlend, trat er unter die Dusche. Fünfzehn Minuten später band er sich eine Krawatte um und ging in die Küche.

Vicki stand am Herd und backte Pfannkuchen. Er liebte Pfannkuchen, doch normalerweise machte Vicki nur am Wochenende welche. Caleb trat hinter sie, schlang die Arme um ihre Taille und küsste sie auf den Nacken. „Guten Morgen."

Sie errötete. „Guten Morgen", erwiderte sie seinen Gruß. Dann wandte sie sich vom Herd weg und ließ die Pfannkuchen auf einen Teller gleiten.

„Ich freue mich schon sehr darauf, heute Abend wieder geduldig zu sein."

„Caleb Callaghan!" Sie wirbelte in seinen Armen herum und hob das Kinn. „Du sollst dich nicht über mich lustig machen."

Amüsiert betrachtete Caleb sie. „Warum denn nicht?"

„Weil ich dir Pfannkuchen gemacht habe."

Er konnte nicht widerstehen und küsste sie. Vicki legte die Arme um ihn. Zwar zögernd, doch immerhin. Und ihr Mund ... ihr Mund war die reinste Verführung. Caleb küsste sie leidenschaftlich.

Als sie sich voneinander lösten, waren Vickis Lippen geschwollen, und sie sah ihn mit großen Augen an. Nur ungern ließ Caleb sie los. Sie war seine Frau, und er liebte sie. Wenn sie ihre Probleme in den Griff bekamen, konnten sie zusammen alles erreichen. „Wir werden es schaffen."

„Caleb, wir haben nicht nur ein Problem im Schlafzimmer. Vielleicht ist das sogar das geringste Problem. Ich habe dich immer begehrt. Ich wusste einfach bloß nicht, wie ich das zeigen sollte."

Erstaunt stellte er fest, wie ähnlich ihre Gedanken waren. „Aber wenn wir nach so langer Zeit endlich darüber reden können, können wir auch über alles andere sprechen."

„Wirklich?" Wolken verdunkelten ihr liebenswertes Gesicht. „Man kann dich nicht gerade offen nennen. Trotz der gemeinsamen Jahre kenne ich dich immer noch kaum. Ich habe das Gefühl, als wärst du lediglich bereit, die einfachen Seiten von dir mit mir zu teilen. Alles andere hältst du fest verschlossen."

Er lehnte seine Stirn gegen ihre. „Ich kämpfe um dich, Vicki. Du musst auch um mich kämpfen." Das war eine Aufforderung, die nun ungeahnte Folgen nach sich ziehen konnte. Was würde geschehen, wenn sie erfuhr, von wem er wirklich abstammte – ein Geheimnis, das ihn seit seiner frühesten Kindheit belastete, auch wenn er noch so sehr versucht hatte, es zu vergessen?

Calebs gute Stimmung schwand, eine Stunde nachdem er sein Büro betreten hatte. Bei einem sehr wichtigen Fall gab es große Schwierigkeiten, und ihm blieb nichts anderes übrig, als bis ungefähr ein Uhr morgens zu arbeiten, um das Schlimmste zu verhindern.

Müde und hungrig, weil er weder zu Mittag noch zu Abend gegessen hatte, parkte er seinen Wagen auf der Auffahrt zu seiner Villa. Als er den Weg zur Tür hochging, wurde die Vordertür geöffnet, und Vicki erschien. Sie trug eines seiner alten Rugbytrikots und sah zum Anbeißen aus. Trotzdem hatte Caleb kein gutes Gefühl, sie zu sehen. „Warum bist du denn noch auf?"

Vicki bemerkte sofort die Spuren der Erschöpfung auf seinem Gesicht und sagte sich, sie müsse jetzt ruhig bleiben. „Ich habe auf dich gewartet." Sie schloss hinter ihm die Tür und ging zum Schlafzimmer.

Caleb folgte ihr. „Du bist schwanger. Du brauchst deinen Schlaf." Sobald er den Raum betreten hatte, begann er, sich auszuziehen.

Vicki legte sich ins Bett und wartete, bis er Schuhe, Gürtel, Jackett und Krawatte abgelegt hatte, bevor sie erneut etwas sagte. „Du tust es schon wieder."

„Was?" Zerstreut strich er sich das Haar zurück.

Früher hatte sie ihn immer allein gelassen, wenn er in dieser Stimmung war, weil sie vermutete, er sei mit sehr wichtigen Dingen beschäftigt. Doch inzwischen war ihr klar geworden, dass nichts wichtiger war als ihre Ehe. „Das, was uns überhaupt in Schwierigkeiten gebracht hat."

Er knöpfte sein Hemd auf. „Liebe Güte, Vicki. Ich will einfach nur ein paar Stunden schlafen, und du willst deswegen einen Streit anfangen?"

Sie ballte die Hände zu Fäusten. „Ich versuche nur sicherzustellen, dass wir nicht zweimal denselben Fehler machen. Behandle mich bitte nicht, als wäre ich es nicht wert, dass man mir zuhört."

„Bitte?" Ärgerlich drehte er sich um. „Ich habe bis ein Uhr morgens geschuftet, und du willst mich ins Kreuzverhör nehmen? Ich mache nur meinen Job! Du weißt genau, dass wir für einige Fälle wochenlang Tag und Nacht arbeiten müssen. Tut mir leid, dass ich dich nicht angerufen habe, aber im Büro war es unglaublich hektisch."

Vicki entnahm seinen Worten, dass er nicht einmal an sie gedacht hatte, sobald er wieder in der Arbeit gewesen war. Die Erkenntnis tat weh, aber sie wollte davor nicht die Augen verschließen. Calebs Leidenschaft war seine Arbeit, und damit wollte sie sich nicht länger abfinden. „Hör dir bloß mal selbst zu!" Sie warf die Decke beiseite und kniete sich ins Bett. Ihr Bauch schmerzte mit einem Mal, so angespannt war sie. „Ich glaube, ein Mann, der wochenlang Tag und Nacht arbeitet, eignet sich nicht zum Ehemann."

Er stieß eine Verwünschung aus, zog sich mit einem Ruck das Hemd aus und warf es beiseite. „Was willst du von mir? Soll ich kündigen?"

„Nein. Ich will bloß, dass du nachdenkst!" Um sich zu beruhigen, atmete sie ein paar Mal tief durch. Der Anblick seines straffen muskulösen Körpers ließ sie innehalten, und mit einem Mal fiel ihr wieder ein, wie schön die vorangegangene Nacht gewesen war. Doch sie durfte sich nicht ablenken lassen, dazu war dieses Gespräch zu wichtig. „Wenn du so weitermachst, wie willst du dann jemals ein Vater sein? Oder muss ich beides sein, Mutter und Vater?"

„Du hast schließlich genug Zeit", antwortete er wütend. „Oder würde das deine Treffen mit irgendwelchen Freundinnen stören?"

Sie schnappte nach Luft und warf ein Kissen nach ihm. „Geh raus!"

„Das werde ich nicht tun! Das ist mein Schlafzimmer."

„Gut!" Sie stand auf und ging zur Tür. „Dann gehe ich."
„Vicki", rief er ihr nach.

Sie war zu wütend, um darauf zu achten. Sie riss die Tür auf und ging zum Gästezimmer. Caleb folgte ihr, schlang die Arme um sie und hielt sie fest. „Jetzt benimm dich nicht so melodramatisch", sagte er und ärgerte Vicki damit nur noch mehr. „Lass uns ins Bett gehen. Wir sprechen später darüber."

Wie oft hatten sie das schon gesagt? Enttäuscht darüber, wie wenig bereit er war, auch nur zu versuchen, die Dinge aus ihrer Perspektive zu sehen, befreite sie sich aus seiner Umarmung. „Ich will allein sein." Sie ging ins Gästezimmer und legte sich mit dem Gesicht zur Wand auf das Bett.

Natürlich folgte er ihr und legte sich neben sie. Sie hörte ihn seufzen. „Tut mir leid wegen des dummen Spruchs vorhin."

Sie zuckte die Schultern. Eigentlich wusste sie, dass sie sich verletzt fühlte, weil Caleb recht hatte. Sie machte *nichts,* während er den ganzen Tag arbeitete. „Ich will keine gelangweilte Hausfrau sein", brach es aus ihr heraus. „Es macht mich wütend, dass du mich so siehst."

„Entschuldige, Liebling. Ehrlich." Er legte den Arm um sie.

„Ja, nun, aber es stimmt, nicht wahr? Zu was bin ich denn schon nütze? Zu nichts."

„Komm schon, Vicki …"

„Vergiss es, Caleb." Sie war nicht bereit, mit ihm darüber zu reden. Warum hatte sie dieses Thema überhaupt zur Sprache gebracht? „Hör einfach auf, zu drängen, und lass mich nachdenken."

Sie spürte, dass er sich anspannte. „Damit du dir wieder so etwas Idiotisches ausdenken kannst wie unsere Trennung?"

Erneut flammte ihr Zorn auf. „Du findest es idiotisch, wenn ich arbeiten gehen will?"

„Das habe ich nicht gesagt."

„Aber so ist es bei mir angekommen. Arme dumme Vicki. Wenn du mich in meinen Bedürfnissen unterstützt hättest, wäre ich vielleicht nie auf die Idee gekommen, die Scheidung von dir zu verlangen."

„Jetzt ist wohl alles meine Schuld."

Obwohl sie wusste, wie kindisch das war, erwiderte sie: „Ja."

„Liebe Güte." Caleb zog den Arm nicht zurück, den er um sie gelegt hatte, aber Vicki spürte, wie verärgert er war. „Ich bin einfach zu müde zum Streiten."

„Gut."

Sie merkte, dass er wenige Minuten später einschlief, während sie, wie ihr vorkam, noch stundenlang wach lag. Wut, Frustration und Eifersucht tobten in ihr, während ihr eine neue Erkenntnis kam. Ihr Mann mochte mit Miranda geschlafen haben und tat das vielleicht immer noch, aber seine Arbeit war seine wahre Geliebte.

Wie sollte sie dagegen ankommen?

7. Kapitel

Am nächsten Morgen kochte Vicki Kaffee für Caleb und reichte ihm seinen Toast, während sie eine Scheibe Brot aß. Sie war nicht gerade in besonders versöhnlicher Stimmung, aber sie hätte es albern gefunden, wenn sie nur Frühstück für sich gemacht und Caleb ignoriert hätte.

Er aß rasch und stand dann auf, nahm seinen Mantel und wandte sich zum Gehen. Vor der Haustür blieb er jedoch stehen. „Ich fange besser ganz früh an – gestern sind eine Menge Dinge liegen geblieben, weil ich an einem sehr wichtigen Fall gearbeitet habe."

Vicki wurde nicht gern daran erinnert, wie wichtig ihrem Mann die Arbeit war, doch sie zwang sich, ihm einen guten Tag zu wünschen, und begleitete ihn zur Tür. Sie war immer noch verletzt wegen ihrer Auseinandersetzung, und es fiel ihr schwer, so zu tun, als wäre alles in Ordnung.

Er legte die Hand auf die Türklinke, hielt dann jedoch inne. „Ich habe dir gestern Nacht zugehört. Zum Abendessen werde ich zu Hause sein, aber vielleicht muss ich anschließend wieder ins Büro." Ihre Blicke trafen sich. „Ich kann meine Lebensgewohnheiten nicht über Nacht ändern."

Ihre Miene hellte sich auf. Zumindest bemühte Caleb sich, ihren Standpunkt zu verstehen. Ihr machte es nichts aus, wenn er manchmal sehr lange arbeitete. Das Problem mit Caleb war, dass aus „manchmal" sehr leicht „immer" wurde. Diese schmerzliche Erfahrung hatte sie schon bald nach der Hochzeit gemacht. „Betrachte es als Übung, zum Abendessen zu Hause zu sein. Oder zumindest, wenn es Zeit wird, ins Bett zu gehen." Wenn er bereit war, auf sie zuzugehen, würde sie ihm entgegenkommen.

Die Anspannung wich aus seinem Gesicht. „Möchtest du heute zum Abendessen ausgehen?"

Sie schüttelte den Kopf. „Ich verbringe lieber einen ruhigen Abend zu Hause. Und du?"

„Zu Hause. Ich werde versuchen, um sechs Uhr da zu sein."
„Ich werde warten."

Nachdem er gegangen war, machte Vicki sich an die Hausarbeit. Das Thema, das sie schon gestern beschäftigt hatte, ging ihr immer noch im Kopf herum. Sie hatte keine Ahnung, was sie tun konnte, um ihre Situation zu verbessern. Sie hatte kein Studium und hatte nie gearbeitet.

Sie war eine perfekte Gastgeberin. Sie wusste, wie man Leute zum Lachen brachte, wie man sie unterhielt, wie man Kontakte knüpfte und dafür sorgte, dass sich die richtigen Leute beim Abendessen oder auf Partys trafen. Sie wusste sogar, wie man gereizte Gemüter beruhigte, ohne viel Aufhebens darum zu machen. Aber für welchen Beruf war dieses Können nützlich?

Das Läuten des Telefons unterbrach sie in ihren Gedanken. Sie nahm den Hörer ab und hörte zu ihrem Erstaunen Calebs Stimme.

„Ich habe für dich einen Gesprächstermin mit jemandem ausgemacht", sagte er und klang abgehetzt. „Sie kommt gegen elf Uhr zu dir nach Hause."

„Wer denn?"

„Ihr Name ist Helen Smith. Ich muss jetzt Schluss machen, Liebling. Der minderjährige Sohn eines unserer wichtigsten Mandanten wurde betrunken aufgegriffen. Völlig idiotisch. Wenn er trinken will, hätte er einfach nur seinen Vater fragen müssen. Der Mann hat einen Weinkeller in der Größe von Texas."

„Ich wusste gar nicht, dass ihr solche Fälle bearbeitet."

„Das tun wir auch nicht, außer aus Höflichkeit unserem wichtigen Mandanten gegenüber. Alle anderen sind heute verhindert, deshalb muss ich in zwanzig Minuten wegen Juniors Fehlverhalten vor Gericht erscheinen."

Rasch beendeten sie das Gespräch. Überrascht und ziemlich verwundert sah sie auf die Uhr und stellte fest, dass ihr nur noch eine halbe Stunde Zeit blieb, bis ihr geheimnisvoller Gast eintraf. Vicki entschied, dass ihre Jeans und ihre hellrosa Bluse genügen würden. Sie brühte Kaffee auf und bereitete einen Teller mit Keksen vor.

Als es läutete, öffnete Vicki. Vor der Tür stand eine Frau in Calebs Alter. Sie trug Jeans und einen dunkelblauen Pullover. Ihr langes kastanienfarbenes Haar war zu einem Pferdeschwanz zusammengenommen.

„Mrs. Smith?" Vicki streckte ihr die Hand entgegen, die die andere Frau schüttelte.

„Helen genügt. Sie müssen Victoria sein."

„Bitte kommen Sie herein."

Im Wohnzimmer servierte Vicki Kaffee und Kekse, bevor sie sagte: „Tut mir leid, aber mein Mann hat mir nicht sehr viel über Ihren Besuch gesagt."

Helen nickte. „Er schien sehr in Eile zu sein, als er anrief. Ich werde alles erklären. Ich habe Caleb vor einem Jahr kennengelernt, als ich wegen eines vertrackten Falles, in den einer meiner Klienten verwickelt war, Callaghan & Associates um kostenlosen Rechtsbeistand gebeten habe."

Vicki wusste, dass es zu den Praktiken von Calebs Anwaltskanzlei gehörte, Fälle für Wohltätigkeitsvereine anzunehmen. Er behauptete immer, auf diese Weise würde man mit den Füßen auf dem Teppich bleiben.

„Kent Jacobs hat den Fall bearbeitet, aber ich glaube, Ihr Ehemann hat die ganze Angelegenheit überwacht." Helen faltete die Hände locker auf den Knien.

„Ich fürchte, ich verstehe immer noch nicht, worauf Sie hinauswollen."

„Ich habe mit verschiedenen Wohltätigkeitseinrichtungen zu tun", erklärte Helen.

Vicki war enttäuscht. Wollte Caleb etwa, dass sie an irgendwelchen Wohltätigkeitsveranstaltungen teilnahm und sein Geld ausgab?

„Wir haben eine Position zu vergeben. Um ehrlich zu sein, man verdient nicht viel, aber es ist ein bezahlter Job."

Erneut war Vickis Interesse geweckt.

„Wir suchen nach einer einsatzfreudigen Person für alle Wohltätigkeitseinrichtungen unter der Schirmherrschaft von ‚Heart'. Diese Mitarbeiterin soll sich einzig darauf konzentrieren, fortlaufend Gelder für uns aufzutreiben."

Vickis Herz schlug schneller, als sie an die Liste ihrer Fähigkeiten dachte, die sie erst vorhin im Geiste selbst erstellt hatte.

Gerade erwachte ein Hoffnungsschimmer in ihr, als sie den Ausdruck auf Helens Gesicht bemerkte. „Was ist denn?"

„Ich will ehrlich sein." Die Frau war eindeutig ein Profi. „Ich bin aus Höflichkeit hier, weil Callaghan & Associates uns geholfen hat. Dieser Job ist flexibel, aber es handelt sich um einen Vollzeitjob." Sie zögerte kurz, schien sich dann jedoch zu entscheiden, die volle Wahrheit zu sagen. „Ich bin mir nicht sicher, ob die Arbeit Ihnen liegt. Offen gesagt, die Position ist nicht geschaffen für eine gelangweilte Ehefrau, die sich ein paar Stunden lang beschäftigen will. Wir brauchen Sie nicht, damit Sie ein teures Essen für uns geben und sich dann zurücklehnen und den Beifall genießen. Wir brauchen jemanden, der einen ständigen Geldstrom für uns bewirkt und der Monat für Monat neue Ideen hat."

Vicki wurde klar, dass Caleb sie diesmal wirklich ins kalte Wasser geworfen hatte. Diesmal war es ernst. Hier ging es nicht um eine Beschäftigungstherapie für sie. Und sie wollte den Job so sehr. Aber Helen hatte recht. Vicki besaß weder Erfahrung noch Qualifikationen. Konnte sie die Aufgabe wirklich bewältigen? Dann fiel ihr ein, wieso Helen überhaupt hier war. Caleb war der Grund, und der Gedanke, dass Caleb sie, Vicki, für fähig hielt, bedeutete ihr viel.

„Ich verstehe Ihre Bedenken", erklärte sie Helen. „Da ist außerdem noch etwas, das Sie wissen sollten. Ich bin schwanger." Das hätte sie vielleicht nicht sagen müssen, aber Vicki wollte alle Dinge geklärt haben.

„Das würde nichts ausmachen, wenn Sie qualifiziert sind. Wie ich schon sagte, die Zeiteinteilung ist flexibel. Und …", Helen zuckte die Schultern, „… wir haben sowieso keinen freien Schreibtisch, deshalb müssten Sie von zu Hause aus arbeiten."

„Ich möchte diesen Job", sagte Vicki und neigte sich leicht nach vorn, um ihren Worten Nachdruck zu verleihen. „Ich weiß, ich habe keine Qualifikationen, und auf Sie mache ich wahrscheinlich den Eindruck einer verwöhnten Hausfrau, aber ich möchte mehr sein. Geben Sie mir eine Chance."

Helen sah sie erstaunt an. „Sie meinen das ernst?" Eine ganze Weile lang musterte sie Vicki gründlich. „Ja, ich sehe, dass Sie es ernst meinen."

„Könnten wir eine Probezeit vereinbaren? Einen Monat lang?

Wenn ich nicht zurechtkomme, werde ich gehen, und Sie brauchen mich nicht einmal zu bezahlen."

„Ich sage Ihnen was. Wenn wir mit Ihnen zufrieden sind, bezahlen wir Sie rückwirkend." Sichtlich erfreut stand sie auf. „Ich hätte wissen sollen, dass es einem Mann wie Caleb Callaghan nicht reicht, sich mit einer Ehefrau als Trophäe zu schmücken. Sie sind nicht das, was ich erwartet hatte."

„Danke. Ich fasse das als Kompliment auf."

„Danken Sie mir nicht, bevor Sie die Arbeit gesehen haben, die Sie gerade übernommen haben. Ich maile Ihnen alle relevanten Einzelheiten."

Vicki umarmte Caleb, sobald er am Abend zur Tür hereinkam.

„Hallo", sagte er. „Wofür ist das?"

Sie blickte in sein überraschtes Gesicht. „Weil du klug bist und mir geholfen hast." Viele Jahre lang war sie unsicher gewesen und hatte einfach nicht gewusst, was sie tun sollte, um ihre Situation zu ändern.

Statt ihre Schwäche auszunutzen, um die eigenen Vorteile durchzusetzen, hatte Caleb ihr mit seinem Verhalten gezeigt, dass er nichts dagegen hatte, wenn sie unabhängiger wurde. Das war der Vertrauensbeweis, auf den sie kaum zu hoffen gewagt hatte. „Ich weiß, wie beschäftigt du bist, deshalb danke ich dir, dass du dir trotzdem Zeit für mich genommen hast."

Ein wenig verlegen zuckte er die Achseln. „Das war nur so eine Idee. Meine Art, mich dafür zu entschuldigen, wie dumm ich letzte Nacht war."

„Ich verzeihe dir." Eigentlich hätte sie wissen müssen, dass er lieber handelte als schöne Worte machte. „Wie bist du denn auf ‚Heart' gekommen?"

„Du kannst sehr gut mit Menschen umgehen, deshalb dachte ich, sie könnten dich brauchen. Also hast du das Angebot akzeptiert?"

Sie nickte. „Sie nehmen mich auf Probe. Mal sehen, wie ich zurechtkomme."

„Du schaffst das. Besser, du konzentrierst dich aufs Arbeiten als darauf, mich zurechtzubiegen."

Lachend führte sie ihn ins Esszimmer, um mit ihm ein gesundes, leichtes Abendessen einzunehmen. „Darum werde ich mich weiterhin kümmern, ob dir das gefällt oder nicht."

„Verflixt." Er gab ihr einen Klaps auf den Po, in dem Augenblick, als sie sich neben ihn setzte. Früher hätte sie sich ihm jetzt entzogen, doch nun küsste sie ihn auf die Wange. „Guten Appetit."

Nachdem sie schon halb mit dem Essen fertig waren, fragte Caleb plötzlich: „Glaubst du, ich werde ein schlechter Vater sein?"

Mit dieser Frage verblüffte er Vicki so, dass sie die Wahrheit sagte. „Ich glaube, du könntest ein großartiger Vater sein, aber wenn du so weitermachst, wirst du ein abwesender Vater werden." Als er schwieg, redete sie weiter: „Kinder brauchen nicht nur materielle Dinge, sie brauchen Eltern, die für sie da sind, Umarmungen, Küsse und Liebe."

Genau wie Ehefrauen, wollte sie hinzufügen. Ehefrauen brauchen auch Liebe und Aufmerksamkeit. Ein Collier mit tausend Diamanten konnte nicht einen einzigen Augenblick von Calebs Liebe aufwiegen.

Selbst wenn sie, Vicki, auf anderem Gebiet Erfolg hätte, der wichtigste Platz in ihrem Leben würde immer von Caleb und ihrem Kind besetzt sein. Das war ihr Grundsatz. Möglicherweise bedeutete ihr ihre kleine Familie alles im Leben, weil sie nie zuvor eine richtige Familie gehabt hatte. Deshalb empfand sie es auch jedes Mal wie einen Schlag in die Magengrube, wenn Caleb sich so verhielt, als käme die Arbeit für ihn an erster Stelle.

„Vicki, ich weiß nicht, wie ich ein guter Vater sein soll", gestand Caleb.

„Ich weiß auch nicht, wie ich eine gute Mutter sein soll." Bis jetzt war sie ja noch nicht einmal eine gute Ehefrau gewesen. „Aber über eines bin ich mir sicher: Solange unser Kind weiß, dass wir immer für es da sind, wird es ihm gut gehen."

Diese Lektion hatte Vicki während ihrer Kindheit gelernt. Alle Schmerzen wären nicht so schlimm gewesen, wenn sie Eltern gehabt hätte, zu denen sie hätte laufen können und die sie getröstet hätten. „Keiner von uns beiden hat ein gutes Vorbild, nach dem wir uns richten können. Aber so ist das nun einmal. Trotzdem können wir das Leben für unser Baby so gestalten, wie wir das möchten." Daran glaubte sie ganz fest.

Sie wechselten das Thema, aber als Caleb nach dem Abendessen wieder ins Büro fuhr, machte er einen nachdenklichen Eindruck auf Vicki. Sie hoffte bloß, er würde ihre Worte nicht außer Acht lassen. Eine Frau mochte fähig sein, zu akzeptieren und zu verstehen. Doch die Seele eines Kindes war viel zerbrechlicher.

Vicki wachte sofort auf, als Caleb neben ihr ins Bett schlüpfte, denn sie schlief nie besonders tief, solange er nicht zu Hause war. Zufrieden kuschelte sie sich an seinen warmen Körper und überließ sich wieder dem Schlaf.

Caleb legte einen Arm um sie. „Vicki?" Er küsste ihren Nacken. Das fühlte sich so schön an, dass sie noch näher rückte. „Hm?"

Caleb strich über ihr nacktes Bein nach oben bis unter das Rugbyhemd, das sie sich wieder von ihm ausgeborgt hatte. Ein wohliger Schauer durchströmte sie, und sie wurde allmählich wach. „Caleb?"

Statt ihr zu antworten, wanderte er mit der Hand noch höher und umfasste eine Brust. Vicki, die nun völlig wach war, stellte fest, dass Caleb nackt neben ihr lag. Sie spürte, wie erregt er war. Im ersten Moment erstarrte sie und begann sofort zu überlegen, was er von ihr erwartete.

Als wüsste er genau, was ihr durch den Kopf ging, sagte er leise: „Mach das, was du das letzte Mal gemacht hast."

Sie entspannte sich und wollte eben anfangen, ihn zu streicheln, als er das Trikot hochschob. Bereitwillig hob Vicki die Arme, und eine Sekunde später warf er das Hemd beiseite und presste sie an sich, sodass sie seine heiße Haut spürte. Ihr hauchdünner Slip bildete die letzte Barriere zwischen ihnen.

„Ich kann dich nicht streicheln, wenn du mich so festhältst", sagte Vicki, während sie es genoss, dass die feinen Haare auf seiner Brust ihre Knospen kitzelten, die in letzter Zeit besonders empfindlich waren.

„Diesmal kann doch ich dich verwöhnen." Zärtlich knabberte er an ihrer Unterlippe und legte sich eines ihrer Beine über die Hüfte.

Neben den angenehmen Empfindungen überkam Vicki jetzt auch wieder die Sorge, sie könnte falsch reagieren. Was würde passieren, wenn sie Caleb erneut enttäuschte?

„Hör auf zu denken", forderte er sie auf. Eine Hand lag auf ihrem Rücken, während er die andere zwischen sie beide schob.

„Ich kann nichts dagegen tun." Ihr war sehr wohl bewusst, wohin er seine Hand bewegte. Eine Sekunde später schob er die Finger unter ihren Slip und berührte ihre intime Stelle. Ein Aufruhr an Gefühlen durchströmte sie.

„Sag mir, was du spürst."

Sie konnte nicht gleichzeitig denken, sprechen und ihren Körper unter Kontrolle halten. Rasch biss sie sich auf die Unterlippe und bemühte sich, nicht zu heftig zu atmen.

„Weißt du, was ich spüre?", fragte Caleb. „Du fühlst dich seidig weich an. Das zeigt mir, dass dein Körper sich nach mir sehnt."

8. Kapitel

Caleb hatte noch nie so deutlich mit Vicki gesprochen. Bisher hatte er bei der Liebe eigentlich so gut wie überhaupt nie mit ihr geredet. Zu ihrer Verwunderung gefielen ihr seine heisere Stimme und auch seine Worte. Dadurch entdeckte sie eine ganz neue Seite an der Sexualität. Ohne dass sie sich dessen bewusst war, entspannte sie sich, während sie Caleb zuhörte.

„Ich glaube, deine hübschen Brüste sind größer geworden." Er veränderte seine Position, ohne die Hand wegzunehmen, die zwischen ihren Schenkeln lag. Jetzt befand er sich links von ihr. Seinen Arm, der unter ihrem Kopf lag, zog er weg. „Ich werde das Licht einschalten."

„Nein", sagte sie sofort. „Caleb, ich kann nicht …"

„Ich will mich nur überzeugen, ob ich recht habe, Liebling." Das sanfte Licht der Nachttischlampe schien ihr direkt in die Augen, und Vicki blinzelte ein paar Mal.

Dann hatte sie sich an die Helligkeit gewöhnt. Als sie seine Hand betrachtete, mit der er zärtlich ihre Brust massierte, wurde ihr Mund trocken, und sie hatte das Gefühl, dahinzuschmelzen.

„Sie sind wirklich größer", sagte er leise. Dann beugte er sich vor und strich mit der Zungenspitze über eine Knospe.

Vicki seufzte.

„Findest du nicht?"

„Sie sind ein bisschen angeschwollen."

Sanft saugte er an der Brustspitze und knabberte spielerisch an ihr, sodass Vicki seine Zähne spürte. „Tut das weh?", fragte er dann besorgt.

„Nein." Im Gegenteil, das war gut. Am liebsten hätte sie ihn gebeten, das noch einmal zu tun. Doch sie schwieg. Zu lange in ihrem Leben hatte sie geschwiegen. Ein gutes Kind sollte man sehen, aber nicht hören. Eine gute Frau sollte den Wünschen ihres Mannes entgegenkommen, aber nie selbst etwas verlangen.

„Möchtest du, dass ich das noch einmal mache?", fragte er und hielt mit seinen Liebkosungen inne.

Vicki kämpfte gegen die Stimmen aus ihrer Vergangenheit an und konzentrierte sich auf die Gegenwart. „Oh ja."

Caleb knabberte spielerisch an der anderen Brustspitze. „Ich mag den Geschmack deiner Haut", murmelte er und berührte nun ihre empfindlichste Stelle. „Gefällt dir das?" Er übte sanft Druck mit dem Daumen aus. „Oder das?" Er umkreiste ihren sensibelsten Punkt mit einem Finger, bevor er wieder innehielt. „Du musst mir antworten, Liebling." Langsam zog er seine Hand zurück.

Verzweifelt schob sie seine Hand wieder dorthin zurück, wo sie sich so sehr nach Liebkosungen sehnte. Ihre Blicke trafen sich. Spannung lag in der Luft. Calebs Blick war dunkel und verheißungsvoll. Vicki hatte das Gefühl, in Flammen zu stehen.

Erneut begann er sie zu streicheln.

„So?", fragte er wieder. „Oder so?"

Caleb ließ nicht locker. Vicki befeuchtete die Lippen mit der Zunge. Dann nickte sie.

„Oh nein." Er schüttelte den Kopf. „Du musst es sagen."

„Caleb …", bettelte sie.

„Ich verspreche dir, es wird dir gefallen." Das war gleichzeitig eine Versicherung und eine Bitte. „So, wie es mir gefällt, wenn du mich streichelst."

Die Worte wollten nicht kommen, aber Vicki wusste, dass Caleb es ihr heute Nacht nicht leicht machen würde. Sie würde um ihr Vergnügen bitten müssen. Statt zu sprechen, nahm sie seine Hand und zeigte ihm, wie es ihr am besten gefiel.

Ein Lächeln breitete sich auf seinem Gesicht aus. „Ich akzeptiere das als Antwort." Er neigte sich zu ihr und biss sie sanft in die Unterlippe. Sofort wollte Vicki den Kuss vertiefen, doch Caleb schüttelte den Kopf. „Keine Küsse jetzt. Du musst mir mit dem Rest deines Körpers zeigen, was du fühlst. Ich verspreche, ich werde unendlich viel Geduld haben."

Ihr Atem ging nur noch stoßweise. Caleb benutzte seine Finger so geschickt, dass Vicki fast verrückt wurde. Sie ließ seine Hand los und hielt sich an seinem muskulösen Arm fest. Inzwischen glänzte ihr Körper vor Schweiß, doch es war die Hitze in Calebs Blick, von der sie nicht genug bekommen konnte. Noch nie hatte er sie so angesehen.

Erneut versuchte sie ihn zu küssen, doch er schüttelte den Kopf und blieb unnachgiebig. Früher hatte Vicki immer mit ihren Küssen ausgedrückt, was sie empfand, doch nun war ihr diese Möglichkeit genommen. Ihre Anspannung stieg. Mit seinen Liebkosungen steigerte Caleb ihre Erregung ins Unermessliche. Vicki hatte sich kaum mehr unter Kontrolle. Sie grub die Fingernägel in seinen Arm und presste sich an ihn.

Mit einem Finger drang er in sie ein. „So?" Sein heißer Atem strich über ihr Ohr. „Oder so?" Er drang mit einem zweiten Finger in sie ein.

Mit dem Bein, das sie um seine Taille geschlungen hatte, übte sie Druck aus. Caleb belohnte ihre Reaktion damit, dass er seine Finger nun sanft in ihr bewegte. Vicki spürte, wie sich ein herrlicher Höhepunkt näherte, aber Caleb hielt inne, bevor sie Erfüllung fand.

„Caleb, bitte. *Bitte.*" Zum ersten Mal in ihrem Leben bat sie bei der Liebe um etwas. Aber sie war viel zu sehr damit beschäftigt, was Caleb mit ihr anstellte, als dass sie sich darüber Gedanken machte.

Da sie ihn nicht küssen durfte, blieb ihr keine andere Möglichkeit, die heftige Verzückung auszudrücken, in die sie geriet, als vor Lust zu stöhnen. Sie zitterte am ganzen Körper, als sie so heftig kam, dass sie glaubte, gleich ohnmächtig zu werden vor Lust.

Sie bekam kaum mit, wie Caleb ihr schließlich den Slip auszog. Als er sich auf sie legte, hob er ihr anderes Bein an und legte es sich ebenfalls um die Taille. Zu Vickis Überraschung unternahm er dann aber nichts weiter, sondern wartete, bis sie die Augen öffnete und ihn anblickte.

Sein Verlangen war ihm deutlich anzusehen. Doch Vicki las auch tiefe Befriedigung in seinen Augen. „Zeit für Runde zwei", sagte er.

Vicki machte große Augen. Sie spürte, wie stark erregt er war, aber er drang nicht in sie ein. Unwillkürlich hob sie sich ihm einladend entgegen, was sie noch nie zuvor getan hatte. Sie spürte ihn groß und hart an sich, doch auch jetzt glitt er nicht in sie hinein.

„Erst wenn du so weit bist wie ich", flüsterte er mit rauer Stimme.

Noch bevor sie darauf etwas erwidern konnte, neigte er den Kopf zu ihrer Brust und begann heftig an der aufgerichteten Spitze zu saugen. Hitze durchströmte in Wellen ihren Körper, und als Caleb den Kopf hob, erkannte sie, was zu tun war. Inzwischen hatte sie die Regeln ihres kleinen privaten Spielchens verstanden, und sie wusste, wie sie sich verhalten musste, ohne Angst zu haben, sie könnte etwas Falsches sagen.

Sie schlang die Arme um seinen Nacken und hielt Caleb fest. Bereitwillig kehrte er zu seiner Aufgabe zurück. Als er sich ihrer anderen Brust zuwandte, war das letzte bisschen Beherrschung verloren, an das Vicki sich geklammert hatte, und sie bäumte sich unwillkürlich auf. Caleb drang ein klein wenig in sie ein, dann hielt er erneut inne.

Am liebsten hätte Vicki aufgeschrien vor Ungeduld. Sie ertrug es nicht länger, in der Schwebe gehalten zu werden, wollte ihn endlich ganz in sich spüren. Mit den Fingernägeln strich sie über seinen Rücken und seinen Po. Caleb zuckte kurz zusammen und hob den Kopf. Auf seiner Stirn glänzten feine Schweißperlen. „Du bist noch nicht so weit wie ich."

Beinahe hätte sie nun um Gnade gefleht, doch sie ahnte, Caleb würde heute Nacht nicht lockerlassen. Endlich war der aufregende Liebhaber zurück, der sie am Anfang ihrer Ehe immer halb verrückt vor Leidenschaft gemacht hatte.

Früher hatte die eigene Begierde Vicki Angst gemacht, sodass sie still geworden war, und Caleb war dadurch immer zurückhaltender geworden. Doch jetzt brauchte sich niemand mehr zurückzuhalten.

Als die Angst zurückkehrte, erinnerte sich Vicki an ihre Entscheidung, niemandem mehr etwas vorzumachen und auch sich selbst gegenüber ehrlich zu sein. Sie strich über Calebs Arme, nahm seine Hand und führte sie an die Stelle, wo sie von ihm gestreichelt werden wollte. Das fiel ihr nicht leicht, aber sie wurde mit besonderem Vergnügen belohnt.

Schließlich drang er endlich ganz in sie ein. Nach zwei Monaten Enthaltsamkeit war sie voller Sehnsucht. Groß und hart spürte sie ihn in sich. Caleb begann sich zu bewegen und steigerte allmählich das Tempo. Vicki schrie auf und geriet immer mehr in Ekstase.

In diesem Augenblick küsste Caleb sie. Als wäre dadurch die letzte Schranke niedergerissen, erwiderte sie seinen Kuss leidenschaftlich und gab sich ganz ihrem wundervollen Liebesspiel hin. Sie spürte, wie seine Rückenmuskeln sich anspannten. Er drang noch tiefer, noch kraftvoller in sie ein, und als die Lust sie fortriss, spürte sie, dass auch Caleb den Höhepunkt erreichte.

Am nächsten Morgen wachte Vicki lächelnd auf. Ihr Körper war herrlich ermattet, aber auch gleichzeitig wunderbar entspannt. Sie kuschelte sich in Calebs Arme und wollte wieder einschlafen, als ihr Blick auf den Wecker fiel.

Erschrocken fuhr sie hoch. „Caleb, wach auf! Es ist neun Uhr!" Er hasste es, zu spät zu kommen.

Caleb zog sie wieder zurück in die Arme und sagte verschlafen: „Es ist Samstag. Das ganze Wochenende ist frei." Dann schlief er weiter.

Samstag? Ja, es ist Samstag, dachte sie. Aber das hatte bisher eigentlich kaum einen Unterschied gemacht. Caleb schien immer im Büro zu sein. Vicki versuchte sich zu erinnern, wann er sich das letzte Mal ein ganzes Wochenende freigenommen hatte. Wahrscheinlich war das gewesen, als sie vor zwei Jahren vier Tage auf Great Barrier Island verbracht hatten.

Ihre Miene erhellte sich, als ihr klar wurde, dass Caleb ihr für die nächsten beiden Tage gehörte. Und sie selbst hatte auch frei. Die Unterlagen der Wohltätigkeitsorganisationen waren gestern Abend angekommen, und sie hatte sie durchgelesen. Ideen entstanden bereits in ihr, aber sie musste sich nicht vor Montag damit befassen.

Sie schmiegte sich in Calebs Arme und begann zu überlegen, was sie alles in den kommenden zwei Tagen zusammen machen konnten. Die schönste Vorstellung war, dass sie die ganze Zeit zu Hause blieben, vielleicht sogar in diesem Bett. Vicki war so aufgeregt, dass sie beinahe laut gekichert hätte. Ein bisschen kam sie sich vor wie ein Kind in einem Süßigkeitenladen.

Caleb eine ganze Zeit lang nur für sich zu haben war einer ihrer heimlichen Träume. Sie hatte nie gewagt, ihn darum zu bitten, weil sie wusste, wie beschäftigt er war. Nur weil sie alle Zeit der Welt hatte, bedeutete das nicht, dass sie einen Anspruch darauf hatte, von ihm unterhalten zu werden.

Trotzdem hatte sie ihn oft vermisst, besonders an den Wochenenden, wenn sie spazieren gegangen war und gesehen hatte, wie andere Paare Arm in Arm die Straßen entlangbummelten. Sie überlegte, ob Caleb beim Abendessen mehr gehört hatte, als sie gesagt hatte. Möglicherweise hatte ihr Ehemann, der so häufig alles und jeden überrollte, das Flüstern ihres Herzens gehört.

Als Caleb erwachte, lag Vicki nicht mehr neben ihm. Aber ein Hauch Kaffeeduft drang ins Schlafzimmer, und deshalb erriet er, wo Vicki war. Lächelnd und gut gelaunt wie seit Jahren nicht mehr, stand er auf. Geduld, überlegte er, ist ganz bestimmt eine Tugend. Wenn man bedachte, wie er vergangene Nacht dafür belohnt worden war ...

Weil er wusste, dass seine Frau gern alle Fenster öffnete, zog er sich eine Jogginghose an, bevor er zur Küche ging. Vicki stellte gerade eine Schüssel weg, als er den Raum betrat. Sobald sie ihn entdeckte, hielt sie in ihrer Arbeit inne und sah ihn an.

„Was ist denn?" Er gähnte und streckte sich lässig.

Sie betrachtete ihn nun mit unverhohlenem Vergnügen, und schließlich verstand er. Offensichtlich gefiel es Vicki, ihn so verschlafen und zerzaust zu sehen. Vielleicht sollte er sich morgens nicht mehr zurechtmachen, bevor er zum Frühstück erschien. Mit diesem Gedanken ging er zu Vicki und legte die Hände auf ihre Hüften. „Guten Morgen."

„Es ist fast Mittag." Ihre Stimme klang leicht atemlos, und sie strich spielerisch über seine Brust.

„Fast Mittag ist die perfekte Zeit für Sex, findest du nicht?" Nach zwei einsamen Monaten konnte er nicht genug von Vicki bekommen.

Trotz der euphorischen Stimmung war Caleb sich allerdings bewusst, dass ihre Ehe auf wackligem Boden stand. Vicki hatte recht, wenn sie sagte, dass sie ihre Probleme nicht alle im Bett lösen konnten.

Was sie nicht gesagt hatte, was ihr wahrscheinlich auch gar nicht bewusst war, war die Tatsache, dass er vielleicht schlecht darin sein mochte, seine dunklen Geheimnisse zu teilen, aber dass das auf sie noch viel mehr zutraf. Auch wenn er ihr nie von der Schande seiner Geburt erzählt hatte, die ihn belastete, so hatte er ihr doch gezeigt, woher er stammte und wie ihn das geformt hatte.

Jedes Mal wenn er versuchte, dieses Thema in Bezug auf sie anzusprechen, tat sie so, als wüsste sie nicht, wovon er redete, und verhielt sich, als hätte es keinen Einfluss auf sie gehabt, dass ihre Eltern sie bei ihrer Großmutter gelassen hatten. Inzwischen hatte sie ihm gegenüber zwar ihre Ängste vor Intimitäten eingestanden, doch sie war nicht bereit, zuzugeben, wie problematisch ihre Beziehung zu Danica und Gregory war.

Caleb hatte keine Ahnung, wie er Vicki klarmachen sollte, dass diese alten Wunden geöffnet werden mussten, bevor sie heilen konnten. Immer wenn das Thema aktuell wurde, war Vicki so verletzt, dass er nicht den Mut hatte, sie zu zwingen, sich damit auseinanderzusetzen. Seine ganze Hoffnung beruhte darauf, ihr zu zeigen, wie sehr er sie liebte, damit sie ihm irgendwann vielleicht auch ihre Erinnerungen und Schmerzen anvertraute.

Mit diesem Gedanken im Sinn streichelte er ihren hübschen Po. Vicki trug ein knielanges Sommerkleid. Die Sonne schien hell durch das Oberlicht der Küche, und es war sehr warm. „Es ist gerade so schön mit dir."

Vicki schluckte, und mit einem Mal wurde Caleb bewusst, dass er sie schon seit Jahren nicht mehr am hellen Tag geliebt hatte. Das würde sich gleich ändern. Er war erregt und voller Verlangen. Er wollte Vicki ganz intensiv spüren und fühlen, wie sie vor Lust erschauerte, während er sich in ihr bewegte.

Sie musterte ihn mit großen Augen. „Du siehst aus, als wolltest du gleich über mich herfallen."

„Das werde ich auch." Er schaute über ihre Schulter zu dem Fenster über der Spüle, vom dem aus man ihren Garten und das Grundstück des Nachbarn sah. Eine skandalöse Idee kam ihm. Vicki würde schockiert sein, aber inzwischen hatte er sehr wohl begriffen, dass sie viel sinnlicher war, als er je vermutet hatte.

Langsam wurde es Zeit, mit dem Versteckspiel aufzuhören. Er würde anfangen, von ihr Dinge einzufordern, die er sich wünschte. Noch bevor sie Verdacht schöpfen konnte, lenkte er sie mit einem sinnlichen Kuss ab.

„Hm", machte sie und erwiderte voller Hingabe seinen Kuss, wie sie das immer tat.

Zärtlich streichelte er ihren Po und überließ Vicki die Führung beim Küssen. Er mochte ihre Küsse. Als sie sich von seinem Mund löste und sein Kinn mit den Lippen liebkoste, begann er seine Idee von vorhin in die Tat umzusetzen.

Er küsste Vicki auf den Hals und drehte sie so, dass sie mit dem Gesicht zum Fenster stand. Dann schob er sie ein bisschen nach vorn, und instinktiv hielt sie sich am Rand der Spüle fest, während sie durch das Fenster in den Garten sah. Caleb senkte den Kopf und küsste ihren Nacken.

„Caleb", sagte sie leise. „Ich sehne mich nach dir." Das war ihre Art, ihm zu sagen, er solle mit ihr die Küche verlassen und ins Schlafzimmer gehen. Aber Caleb hatte andere Vorstellungen.

Aus dem Augenwinkel heraus nahm er wahr, wie die Hintertür seines Nachbarn geöffnet wurde und jemand auf die Terrasse trat. Bevor Caleb entdeckt werden konnte, kniete er sich hinter Vicki nieder, schob die Hände unter ihr Kleid und zog ihr den Spitzenslip aus. Erschrocken wollte sie sich umdrehen, doch Bill, ihr Nachbar, lenkte ihre Aufmerksamkeit auf sich.

Zum Gruß winkte sie ihm zu, bevor sie zischte: „Was tust du denn da? Bill ..."

„... kann mich nicht sehen", vollendete Caleb den Satz. „Tu so, als würdest du Geschirr spülen."

„Während du was machst?" Obwohl sie ein bisschen so klang, als wäre sie empört, trat sie aus ihrem Spitzenslip.

Caleb schob ihr Kleid hoch, legte eine Hand auf ihren Bauch und berührte ihre intimste Stelle mit dem Mund. Das hatte er schon immer tun wollen. Vicki seufzte leise, und er spürte, wie sie erschauerte. „Caleb, ich kann nicht ..."

„Pst", erwiderte er. „Sei kein Spielverderber." Ohne Erbarmen liebkoste er sie auf fantasievolle Weise mit Zunge und Lippen, bis er merkte, dass Vickis Beine zitterten. Caleb genoss dieses Spiel, von dem er gar nicht genug bekommen konnte. Auf keinen Fall wollte er sich beeilen.

Vicki atmete heftig, und Caleb merkte, dass sie große Schwierigkeiten hatte, die Kontrolle über sich zu behalten. „Caleb ..." Sie schluchzte kurz auf, als er mit der Zunge in sie eindrang.

Er schenkte ihr einen Moment der Erholung und zog sich zurück. „Schaut Bill in deine Richtung?"

„Nein." Sie sank auf den Boden und warf sich in seine Arme. „Ich bringe dich um."

„Vorher beende ich aber, was ich angefangen habe." Mit den Fingern drang er sanft in sie ein und streichelte sie zärtlich. „Ich möchte dich jetzt noch einmal mit dem Mund berühren."

Sie hielt den Atem an, als er sie auf den weißen Fliesenboden legte. Dann umfasste er ihren nackten Po und hob sie leicht an. Dann machte er weiter.

Vicki gab sich diesem Liebesspiel völlig hin. Caleb hatte früher versucht, sie auf diese Weise zu lieben, aber Vicki war jedes Mal wie erstarrt gewesen. Nichts, was er gesagt oder getan hatte, hatte geholfen. Deshalb hatte er aufgegeben und sie nicht wieder darum gebeten.

Sie stöhnte auf, als er sie immer intensiver liebkoste. All ihre Muskeln spannten sich an, und Vicki schloss die Augen. Das war zu viel. Sie würde die auf sie einströmenden Gefühle nicht aushalten.

„Lass dich gehen", flüsterte Caleb. Sein Haar kitzelte ihren Bauch, als er ihr Kleid noch etwas höher schob und ihren Nabel küsste. Dann wanderte er mit den Lippen wieder tiefer. Diesmal würde er ihr keine Atempause mehr gönnen. „Bitte, lass dich gehen."

Seine Stimme klang rau vor Erregung, und das bewirkte, dass Vicki jegliche Zurückhaltung aufgab. Mit einem lustvollen Laut bog sie den Rücken durch und überließ sich ganz ihren lustvollen Empfindungen. Hinter ihren geschlossenen Augenlidern schienen tausend Lichter in allen Farben zu explodieren. Der Höhepunkt war so überwältigend, dass sie das Gefühl hatte, gleich das Bewusstsein zu verlieren.

Keuchend versuchte sie Caleb das zu sagen, der sie fest in den Armen hielt, doch in ihrer Erregung brachte sie kein einziges Wort hervor.

Vergangene Nacht war Caleb wundervoll geduldig gewesen, aber heute forderte er ein, dass sie ihre Seite der Abmachung hielt und die Leidenschaft endlich zuließ, die sie so lange unterdrückt hatte, und während sie sich innig küssten, löste Vicki ihr Versprechen ein.

Als Vicki schließlich wieder die Augen öffnete, stellte sie fest, dass Caleb sie auf den Armen zum Schlafzimmer trug. „Ach, jetzt willst du ins Bett?", neckte sie ihn.

Begierde verdunkelte seinen Blick, und Caleb lachte. „Du sollst keine blauen Flecken bekommen, wenn ich mich voller Energie fühle."

„Also wirklich, Caleb!" Unwillkürlich musste sie lachen.

Sanft legte er sie auf das Bett. „Ich liebe dein Lachen", erklärte er fast feierlich.

Verblüfft streckte sie die Arme nach ihm aus. Caleb überraschte sie immer wieder. Gerade wenn sie dachte, sie wüsste alles über ihn, tat oder sagte er irgendetwas unglaublich Liebes, und sie war überglücklich.

Ohne den Blick von ihr zu nehmen, zog er die Jogginghose aus und legte sich neben Vicki auf das Bett. Er streichelte ihren Oberschenkel und küsste sie gleichzeitig auf den Hals. Vicki trug nur ein leichtes Kleid, trotzdem kam sie sich darin beengt vor. Als sie sich hin und her wand, hob er den Kopf. „Was ist los?"

„Ich will das Kleid ausziehen." Sie errötete. Es war albern, ständig zu erröten, nach allem, was sie schon zusammen gemacht hatten, aber Vicki hatte immer eine Scheu davor gehabt, sich vor Caleb auszuziehen.

Sein Blick glitt über ihren Körper. „Ich will zusehen, wie du dich auszieht." Das sollte eine Herausforderung sein, aber eigentlich war es mehr eine Bitte.

Vicki wollte nichts lieber, als Calebs Wünsche und Bedürfnisse zu erfüllen. Aber wie er selbst gesagt hatte, Lebensgewohnheiten lassen sich nicht so einfach ablegen. Sie war keine kühne Verführungskünstlerin, sie war eine Frau, die sich normalerweise zurückhielt.

Vicki biss sich auf die Unterlippe und legte dann mit sanftem Druck die flache Hand auf seinen Oberkörper, bis Caleb geduldig zur Seite rückte. Vicki kniete sich hin und strich das Kleid über ihren Oberschenkeln glatt, während sich ihre Fersen in die Haut ihres nackten Pos drückten. „Caleb?"

Er war hinter ihr. „Ja?"

„Du wirst mir weiter helfen müssen. In Ordnung?" Jedes Mal wenn sie fragte, schien das leichter zu werden, denn inzwischen hatte sie begriffen, dass Caleb ihre Wünsche nicht abschlagen würde. Anders als die Menschen, bei denen sie aufgewachsen war, ignorierte er ihre Bedürfnisse nicht und sagte ihr auch nicht, sie solle sich zusammenreißen.

„Immer." Er kniete vor ihr auf dem Bett. „Schließ die Augen."

Sie senkte die Lider. Dann hob sie die Arme zu ihrem Nacken, um den Reißverschluss ihres Kleides aufzuziehen. Caleb legte die Arme um sie und half ihr. Vicki atmete seinen angenehmen männlichen Duft ein und entspannte sich etwas. Da sie schon so weit gekommen war, wollte sie auf keinen Fall aufhören.

Caleb zog sich wieder ein wenig zurück, sobald der Reißverschluss offen war, und Vicki wusste, worauf er nun wartete. Er wollte sehen, wie sie sich vor ihm auszog. Für die meisten Ehepaare war das selbstverständlich. Doch für Caleb und Vicki bedeutete das Entkleiden voreinander so viel mehr. Die Augen immer noch geschlossen, schob sie die Träger des Kleides über ihre Arme nach unten.

„Du trägst ja einen BH." Calebs Stimme klang wie eine Liebkosung.

Solange Vicki nicht sah, wie er sie beobachtete, fühlte sie sich sicherer. Trotzdem reichte die Vorstellung aus, ihre Erregung zu steigern. „Meine Brüste sind empfindlicher geworden. Wenn ich keinen BH trage, spüre ich neuerdings manchmal ein seltsames Ziehen."

Caleb strich mit der Fingerspitze über die Körbchen ihres BHs und löste damit eine Welle der Lust in Vicki aus. „Ich sehe dich gern in Seide und Spitze."

Erstaunt nahm sie seine Worte auf. Sie hätte nie erraten, dass ihr zielstrebiger, praktisch veranlagter Ehemann solche Dinge genießen konnte. „Soll ich …?"

„Ja."

Vicki öffnete die Häkchen am Rücken und streifte die Träger über die Schultern. Mit einem Mal kehrten jedoch ihre Hemmungen zurück, und ihr wurde bewusst, dass sie ihr Kleid bis auf die Taille ausgezogen hatte und ihr Mann sie beobachtete.

„Ich werde ewig warten, wenn du das möchtest."

Woher wusste Caleb nur immer, was er sagen musste, um ihre Hemmungen zu überwinden? Sie holte tief Luft, zog den BH aus und ließ ihn auf das Bett fallen. In diesem Augenblick fühlte sie sich nackter als je zuvor. Sie blieb sitzen, wo sie war, und wartete voller Vorfreude, was als Nächstes passieren würde.

Doch mit Calebs heißen Küssen auf ihren Brüsten hatte sie nicht gerechnet. Sie stieß einen leisen Schrei aus, als er die Hände um ihre Taille legte und an ihren Knospen zu saugen begann. Sein Haar kitzelte ihre Haut, und gleichzeitig spürte sie sein leicht raues, unrasiertes Kinn.

Herrliche Empfindungen durchströmten sie. Vicki versuchte, seinen Kopf nach oben zu ziehen, um Caleb zu küssen. Als er sich nicht darauf einließ, schlang sie die Beine um seine Taille und die Arme um seinen Nacken. Nun bekam sie ihren Kuss, doch gleichzeitig nutzte Caleb ihre Stellung aus.

Er schob die Hände unter ihr Kleid, hielt sie fest und ließ sie langsam an sich niedergleiten. Sie keuchte. In dieser Stellung hatten sie sich noch nie geliebt. Vicki hatte das Gefühl, Caleb würde ganz und gar von ihr Besitz ergreifen.

„Zu tief ...", stieß sie aus.

„Bist du sicher?" Er hielt inne und küsste sie auf den Hals.

Sie wand sich und spürte nun, wie er in ihr noch härter wurde. Fasziniert bewegte sie sich noch einmal. Er umfasste ihre Taille noch fester und hob den Kopf. „Vicki!", keuchte er.

Noch nie hatte er so geklungen, wenn er mit ihr zusammen war. Plötzlich war er auch nicht mehr zu tief in ihr. Sie genoss, dass er sie ganz ausfüllte. Sie legte die Hände auf seine Schultern, und während sie Caleb in die Augen sah, wand sie sich herausfordernd. Er stöhnte und ließ den Kopf in den Nacken fallen. Die Sehnen an seinem Hals waren deutlich sichtbar.

Erstaunt von der eigenen Kühnheit, begann Vicki sich zu bewegen. Ihre Ängste, etwas Falsches zu tun, traten in den Hintergrund. Jetzt zählte nur noch der Augenblick, und Vicki wünschte sich nichts mehr, als Caleb bis zur Ekstase zu lieben. Während ihrer ganzen Ehe hatte sie immer gedacht, sie wäre für ihren so unglaublich männlichen Partner eine Enttäuschung im Bett. Deshalb würde sie sich diese Gelegenheit nicht entgehen lassen, ihm so viel Lust wie nur irgend möglich zu bereiten.

„Langsam." Er schmiegte die Wange an ihren Hals, versuchte aber nicht, sie zu stoppen.

Vicki achtete jedoch mehr auf die Signale seines Körpers als auf seine Worte und beschleunigte einfach das Tempo. Seine Muskeln spannten sich an. Immer wieder strich er mit den Händen über ihren Körper. Vicki merkte deutlich, dass er dabei war, die Kontrolle über sich zu verlieren, und frohlockte innerlich.

Sie griff in sein Haar und bog seinen Kopf nach hinten, um Caleb auf den Mund zu küssen. Sie wusste genau, was er mochte, deshalb biss sie ihn zärtlich in die Unterlippe und saugte an ihr. Als sie dann mit der Zunge in seinen Mund vordrang, hielt Caleb die Augen fest geschlossen.

Sie vertiefte sich völlig ins Küssen und merkte erst gar nicht, dass Caleb die Hand zwischen sie schob und sie genau auf die Art streichelte, wie sie es ihm gestern Nacht gezeigt hatte. Dann kam Vicki zum Höhepunkt, und Caleb folgte ihr.

9. Kapitel

Vier Stunden später spazierten Vicki und Caleb durch Mission Bay. Dort waren sie hingefahren, um ein nettes Lokal zum Essen zu suchen. Vicki war es völlig egal, wo sie zum Essen hingingen. Sie freute sich einfach nur darüber, an einem gemütlichen Samstagnachmittag mit ihrem Mann etwas zu unternehmen.

„Hast du Lust auf einen Imbiss am Strand?", fragte Caleb.

Sie blickte über die Straße zum Park, der an den Sandstrand grenzte. „Das klingt gut, und es ist warm genug." Sie trug Jeans und einen himmelblauen Kaschmirpullover. Der frische Wind, der vom Meer her wehte, konnte ihr nichts anhaben.

Caleb zog die Autoschlüssel aus der Hosentasche. „Du holst die Picknicksachen aus dem Kofferraum, und ich besorge uns etwas zum Essen. Wir treffen uns dort drüben." Er wies auf ein sonniges Plätzchen. „Hast du auf etwas Bestimmtes Appetit?"

„Such du etwas aus." Sie nahm die Schlüssel und überlegte eine Sekunde lang. Dann stellte sie sich auf die Zehenspitzen und küsste Caleb auf den Mund, bevor sie wegging. So beiläufig und normal diese Geste war, sie hatte so etwas noch nie zuvor getan, weil sie Zeichen der Zuneigung in der Öffentlichkeit für unpassend gehalten hatte. Manchmal hasste sie ihre Großmutter, doch darüber wollte sie heute nicht nachdenken.

Als sie zu ihrem Wagen kam, öffnete sie den Kofferraum und holte das Picknickset heraus, das sie vor Monaten dort hingestellt hatte, in der vagen Hoffnung, Caleb würde den Hinweis verstehen. Er hat sich daran erinnert, das ist ein sehr gutes Zeichen, dachte sie, während sie den Kofferraumdeckel wieder verschloss. Der Picknickkorb enthielt Teller, Besteck und eine dünne Decke, auf die man sich setzen konnte.

Vicki erreichte vor Caleb den Strand. Sie breitete die Decke aus, setzte sich und stellte auf das andere Ende den Korb, damit der Wind die Decke nicht anheben konnte. Während sie auf Caleb wartete, beobachtete sie Leute. Der Park war voller Familien, und auf den Gehwegen fuhren Inlineskater.

Eine Mutter warf ihrem strahlenden Kleinkind einen Ball zu, und sie amüsierten sich beide über die Possen des Kindes. Vicki lächelte, bis ihr Blick auf den Mann fiel, von dem sie annahm, er sei der Vater. Er saß in der Nähe und telefonierte mit einem Handy. Neben ihm lag eine offene Aktentasche. Ab und zu blickte die Frau zu ihm, als wollte sie ihn auffordern, doch an dem Spaß teilzuhaben, den sie hatten, doch er nahm sie und das Kind kaum wahr.

Ein Schatten verdunkelte die Decke, und Caleb setzte sich eine Sekunde später neben Vicki auf die Decke. Er hatte einen Pizzakarton dabei, Mineralwasser in Dosen und ein in Folie gewickeltes Päckchen, das nach Knoblauchbrot aussah. „Was findest du denn so interessant?", wollte er wissen.

„Nichts." Sie sah weg, aber er war ihrem Blick schon gefolgt. Keiner sagte ein weiteres Wort, als Vicki die Pizzaschachtel öffnete und den Deckel so abstützte, dass der Wind keinen Sand auf das Essen wehen konnte. Danach wickelte sie das Knoblauchbrot aus, und Caleb öffnete zwei Getränkedosen.

Erst als sie angefangen hatten zu essen, fragte Caleb: „Hast du Angst, das könnte auch mit uns passieren?"

Vicki konnte nicht anders, sie musste ehrlich sein. „Ja. Aber ich weiß, dass du dich bemühst, Liebling. Ich meine, wir verbringen zusammen dieses ganze Wochenende."

„Ein Wochenende in mehreren Monaten wird nicht reichen, nicht wahr, Vicki?" Er schaute sie so intensiv an, als wollte er bis in ihre Seele blicken.

„Ein kleines Kind wie das dort drüben bekommt vielleicht noch nicht so viel mit", erwiderte sie leise. Wenn Caleb dieses Thema schon anschnitt, wollte sie darüber auch mit ihm sprechen. „Aber ein Kind, das schon in die Schule geht, das im Fußball- oder Hockeyteam spielt, merkt es, wenn sein Vater keine Zeit hat."

Sie legte sich ein zweites Pizzastück auf den Teller und trank einen Schluck Wasser. „Ich habe meine Eltern an jedem einzelnen Tag vermisst, an dem sie nicht da waren. Ich war nicht sehr aktiv beim Sport, aber ich habe im Schulorchester Flöte gespielt."

Sie ließ zu, dass sie sich an die Vergangenheit erinnerte, an das

Mädchen, das jedes Mal voller Hoffnung die Gesichter der Zuschauer abgesucht hatte. Am liebsten hätte sie diese Erinnerung erneut verdrängt, doch für ihr ungeborenes Kind musste sie sich damit auseinandersetzen.

„Ab und zu gaben wir ein Konzert. Großmutter war immer anwesend, aber sie war nicht so wie die Mütter und Väter, die mit ihren Videokameras jeden Augenblick festhielten. Ihren Kindern war das manchmal vielleicht peinlich, aber ihnen wurde dadurch gezeigt, dass sie geliebt wurden."

Vicki strich eine Haarsträhne zurück. „Ada Wentworth kam, damit niemand sagen konnte, sie würde ihr Enkelkind vernachlässigen." Sie beugte sich vor und berührte Calebs Wange. „Ich möchte nicht, dass sich unser Kind als Verpflichtung vorkommt. Ich möchte nicht, dass unser Kind denkt, du wärst nur unter den Zuschauern, weil ich dich gezwungen habe zu kommen, während du eigentlich lieber etwas wirklich *Wichtiges* machen würdest."

Caleb stellte seinen Teller beiseite, nahm ihre Hand und setzte sich ganz nahe neben Vicki. Sein Gesicht war dem Meer zugewandt. „Die Arbeit ist ein Teil von mir", sagte er. „Ich könnte sie nie als bloße Nebenbeschäftigung betrachten."

„Das weiß ich." Sie wünschte, sie würde verstehen, warum es wichtig für ihn war, immer besser sein zu wollen als der Beste. Das hatte etwas mit seiner Familie zu tun, aber Caleb hatte sich immer geweigert, darüber zu reden. Vicki wusste nur, dass er sich etwas beweisen musste und es niemandem gestattete, ihn daran zu hindern. Nicht einmal seiner Frau.

Caleb war viel zu dickköpfig, als dass Vicki versucht hätte, dagegen anzukämpfen, aber vielleicht war die Zeit dafür bald reif. Jetzt stand nicht mehr länger nur ihr Glück allein auf dem Spiel. „Ich erwarte gar nicht, dass du deine Arbeit vernachlässigst. Ich möchte lediglich, dass du in deinem Leben Raum für dein Kind schaffst. Echten Raum, nicht einen Augenblick hier und dort."

Caleb sagte darauf nichts, doch er hörte zu. Das war zwar nicht genug, aber es war immerhin ein Anfang.

Die sinnlichen Momente, die am Freitag begonnen hatten, setzten sich das ganze Wochenende über fort. Dabei ging es nicht so sehr um die körperlichen Freuden, die Vicki und Caleb sich gegenseitig lernten zu schenken, sondern die Emotionen, die hinter dem Wunsch standen, einander zu erfreuen. Diesmal waren sie entschlossen, es richtig zu machen. Im Bett und auch außerhalb.

Der einzige schwierige Punkt tauchte auf, als sie am Sonntagabend nach dem Abendessen entspannt Kaffee trinken wollten und das Telefon läutete. Caleb ging, um den Anruf entgegenzunehmen.

Eine Sekunde später verblasste Vickis Lächeln. „Ja, Lara, natürlich bin ich es."

Vicki stellte die Zuckerdose zurück auf den Tisch und ging zu Caleb. Sie berührte seine Schulter und streckte die Hand nach dem Hörer aus. Ihre Blicke trafen sich, und Caleb schüttelte den Kopf. Sie wusste, warum. Er wollte Vicki nicht belasten.

Sein Bedürfnis, sie zu schützen, ärgerte sie nicht mehr. Sein Beschützerinstinkt war inzwischen zu einem wertvollen Geschenk geworden und zu einem Zeichen, wie viel sie ihm bedeutete.

Sie nahm Caleb den Hörer aus der Hand und hielt ihn sich ans Ohr. Lara war gerade in Fahrt geraten und redete ohne Unterbrechung.

„Lara, hier ist Vicki."

Es entstand eine Pause. „Warum bist du am Telefon? Wo ist Caleb?"

„Er wollte, dass ich dir die freudige Nachricht mitteile." Vicki war ärgerlich darüber, dass Lara ihr schönes Wochenende störte. Ihre Geduld hing an einem seidenen Faden.

„Was?"

Vicki warf Caleb einen finsteren Blick zu, als er ihr den Hörer wegnehmen wollte. „Ich bin schwanger. Ist das nicht wundervoll?" Bei ihrem Ton hob Caleb die Augenbrauen, aber er versuchte nicht länger, ihr den Hörer abzunehmen.

Eine weitere Pause entstand, und Vicki hatte den Eindruck, dass Lara jemand anderem die Neuigkeit mitteilte. „Gratuliere. Hast du es gerade erst herausgefunden?"

„Nein. Wir wissen es schon eine Weile."

„Danke, dass du es uns erzählst." Das klang sarkastisch.

Vicki lächelte und schlug dann einen zuckersüßen Ton an. Schließlich hatte sie von einer wahren Meisterin gelernt, wie man Sarkasmus mit den eigenen Waffen schlug. „Nun, Tatsache ist, Lara, dass du dich nie nach uns erkundigst, wenn du anrufst. So haben wir schlecht die Möglichkeit, unsere Neuigkeiten mit dir zu teilen."

Lara schwieg eine Weile. Anscheinend überlegte sie, ob ihre normalerweise sehr zuvorkommende Schwägerin jetzt bissig war. „Hör mal, gib den Hörer einfach wieder Caleb."

„Ich fürchte, er kann gerade nicht ans Telefon kommen." Sie lehnte sich an ihn und schlang einen Arm um seine Taille. Er fing an, mit ihrem Haar zu spielen, ein Zeichen, dass er ihr das Gespräch überließ.

Ermutigt fuhr Vicki fort: „Er ist damit beschäftigt, für unser Kind Geld zu verdienen. Wir müssen wirklich von Anfang an für eine Ausbildung sparen, findest du nicht?" Eine ziemlich lange Pause entstand, während der Vicki im Hintergrund Geflüster hörte. Sie wusste genau, wer Lara soufflierte, was sie sagen sollte.

„Er ist mein Bruder."

Ein raffinierter Schachzug, dachte Vicki. „Und er ist der Vater meines Kindes", erwiderte sie sanft und sonnte sich in dem Gefühl, dass Caleb nun hinter ihr stand.

Trotz all der Schwierigkeiten, die sie in der Vergangenheit gehabt hatten und obwohl er seine Arbeit über alles andere stellte, hatte er ihr deutlich gemacht, dass sie für ihn zählte. Sie zählte so viel, dass sie es wert war, um sie zu kämpfen. Noch nie zuvor hatte jemand sich so viel aus ihr gemacht.

Caleb wurde unruhig, und Vicki war klar, dass er versuchen würde, das Gespräch doch wieder zu übernehmen. Nun, sie vergötterte ihn, aber manchmal trieb er sie zum Wahnsinn. Sie schob ihn weg und gab ihm ein Zeichen, er solle sich raushalten.

„Du kannst mich nicht davon abhalten, mit meinem Bruder zu sprechen", Lara erhob die Stimme.

„Das würde ich nie versuchen." Vicki beschloss, deutlicher zu werden. „Solange du ihn nicht unglücklich machst, wenn du anrufst, kannst du gern mit ihm reden. Kannst du das akzeptieren?"

Eine ganze Weile lang herrschte Schweigen, dann ertönte das Freizeichen. Vicki seufzte und hängte den Hörer auf. „Sie hat aufgelegt."

Caleb nahm Vicki in die Arme. „Ich will nicht, dass du dich mit meiner Familie abgibst. Sie können so …"

„Nein, Caleb." Sie sah zu ihm auf. „Ich meinte, was ich gesagt habe. Von jetzt an kämpfen wir für den anderen. Halt mich nicht davon ab. Ich bin stark genug, um dich zu unterstützen."

Er sah sie mit offenkundigem Stolz an. „Du bist verflixt sexy, wenn du aufgebracht bist, Mrs. Victoria Elizabeth Callaghan."

Sie lachte. „Oh nein, zuerst trinken wir unseren Kaffee, und dann unterhalten wir uns." Um ihre Worte in die Tat umzusetzen, schenkte sie zwei Tassen ein. Caleb streichelte sie und küsste sie auf den Hals, bis sie ihn endlich in einen Stuhl schob, den Kaffee vor ihm auf den Tisch stellte und meinte: „Benimm dich."

Er grinste und trank einen Schluck.

Vicki schüttelte den Kopf und lehnte sich neben seinem Stuhl gegen die Tischkante. „Ich verstehe nicht, weshalb deine Familie so unfreundlich zu dir ist. Ich weiß, du hast einen völlig anderen Weg gewählt als sie. Aber unabhängig von ihren philosophischen Problemen mit dem Kapitalismus, sollte man doch annehmen, dass sie stolz auf dich sind. Sogar meine Großmutter ist von deinen Leistungen beeindruckt, und sie ist der strengste Kritiker, den ich kenne."

Caleb merkte, wie sich seine Nackenmuskulatur verspannte. „Mag schon sein." Die Unterhaltung nahm eine Richtung, die ihm nicht gefiel.

Vicki berührte seine Wange und forderte ihn damit auf, sie anzusehen. „Da steckt mehr dahinter, nicht wahr?"

„Komm schon, Liebling, wir wollen uns entspannen und uns einen schönen Abend machen." Er nahm seine Tasse und überlegte, ob Vicki wohl wusste, wie hübsch sie in ihrem pinkfarbenen Pullover und der Jeans aussah. „Ich will jetzt nicht über meine Familie diskutieren."

Eigentlich erwartete er, dass Vicki das Thema nun fallen lassen würde. Schlafende Hunde sollte man nicht wecken. Aber er hatte vergessen, wie sehr sich die Dinge inzwischen geändert hatten.

„Nein, du musst jetzt mit mir reden", erklärte sie und streichelte weiter seine Wange.

„Da gibt es nichts zu reden."

Sie ließ die Hand sinken. „Warum bist du dann verärgert?"

„Ich bin nicht verärgert." Er stellte seine Tasse ab und legte eine Hand auf Vickis Bein.

Sie warf ihm einen skeptischen Blick zu, stellte die eigene Tasse weg und stieß sich vom Tisch ab. Er glaubte wohl, sie gab sich geschlagen. Rasch schwang sie ein Bein über ihn und setzte sich rittlings auf seinen Schoß. „Sprich mit mir."

„Vielleicht gibt es da Dinge, über die ich nicht reden möchte." Er hatte seine Vergangenheit hinter sich gelassen. Es gab keinen Grund, alles wieder ans Tageslicht zu zerren. Nicht jetzt. Nicht wenn ihr gemeinsames Leben gerade schön wurde.

„Sag mir, warum sie dich so behandeln." Sie runzelte die Stirn, als er sie von seinem Schoß hob, aufstand und zur Kaffeemaschine ging, um sich demonstrativ eine neue Tasse einzuschenken. „Du darfst dich nicht verschließen, wenn du dich so fühlst, Caleb."

Er wurde ärgerlich. Gereizt stellte er seine Tasse auf die Anrichte und drehte sich zu Vicki um. „Du erklärst mir, dass ich mich verschließe? Und was ist mit dir?" Das sagte er, um sich zu verteidigen und von sich abzulenken, obwohl er sich insgeheim schämte, diese Taktik bei Vicki anzuwenden.

In Wahrheit wollte er nicht über den Grund sprechen, weshalb Max ihn hasste und seine Mutter ihn kaum duldete. Deshalb lenkte er jetzt die Aufmerksamkeit lieber auf seine Frau. Trotzdem stimmte es, was er sagte.

Caleb sah wütender aus, als Vicki ihn jemals erlebt hatte. Bisher hatte er auch während ihrer vielen Auseinandersetzungen niemals die Beherrschung verloren. Aber jetzt schienen seine Augen Funken zu sprühen. Sie verstand bloß nicht warum.

„Ich?" Es verletzte sie, dass er jetzt ihre sexuelle Unzulänglichkeit aufs Tapet brachte, wo sie doch gerade geglaubt hatte, er würde anfangen, die Gründe für ihr Verhalten zu verstehen. „Ich weiß, ich bin nicht gut im Bett, aber ..."

Mit einer Handbewegung unterbrach er sie. „Ich rede nicht von Sex."

„Worüber dann?" Seine Bemerkung verwirrte sie, aber sie ließ sich nichts anmerken. Caleb war ein guter Mann, aber er war auch sehr starrsinnig und wollte sich immer durchsetzen. Trotzdem würde sie sich nicht mehr überrollen lassen. Das letzte Mal, als sie das zugelassen hatte, war beinahe ihre Ehe zerstört worden.

„Meine Güte, Vicki." Er fuhr sich mit der Hand durch das von ihren Liebesspielen sowieso schon zerzauste Haar. „Weißt du eigentlich, wie hart es ist, durch diese Schale zu kommen, in der du dich verkrochen hast?" Er schüttelte den Kopf. „Du bist wie eine dieser verflixten Einsiedlerkrabben. Jedes Mal, wenn ich zu viel frage, ziehst du dich in deinen schützenden Panzer zurück." Er wirkte richtig aufgewühlt. „Hast du eine Ahnung, wie es ist, mit einer Frau zusammenzuleben, die so mir nichts, dir nichts einfach abblockt? Das bringt einen um."

„Das stimmt nicht. Ich habe immer versucht, dir auf halbem Weg entgegenzukommen."

Seine Worte waren hart, schonungslos und sehr deutlich, und unwillkürlich trat Vicki einen Schritt zurück. Zum Teil war sie sich gar nicht sicher, ob sie die Stärke besaß, sich mit Caleb auseinanderzusetzen, wenn er so war wie jetzt. Ein anderer Teil in ihr erkannte, dass nun genau die Situation eingetreten war, für die sie gekämpft hatte. Sie hatte einen Ehemann gewollt, der sich nicht zurückhielt, aus Sorge, sie käme nicht mit seinen Gefühlen zurecht.

„Ich weiß nicht, was deine Familie dir angetan hat", sagte er, „aber du hast Narben davongetragen, auch wenn du das nicht zugeben willst. Du hast so viel Angst, jemanden an dich heranzulassen, dass du lieber allein bleibst."

„Das ist eine Lüge!", entgegnete sie. „Ich kämpfe für uns."

„Wirklich? Wenn ich dir Fragen stelle, die du nicht beantworten willst, und dich bitte, dich mit Dingen auseinanderzusetzen, mit denen du nicht konfrontiert werden willst, was wirst du dann tun?" Ein harter Zug lag um seinen Mund. „Du wirst dich verkriechen, dich mit aller Macht beherrschen, und am nächsten Morgen wirst du mich anlächeln, als wäre nichts passiert."

Sie zitterte so heftig, dass sie nichts darauf erwidern konnte. Vielleicht war das früher so gewesen, aber jetzt nicht mehr. „Ich bin zu dir gekommen", erinnerte sie ihn und dachte dabei an die Nacht, als sie ihn gezwungen hatte, ihr zuzuhören, obwohl er wütend gewesen war.

„Es reicht nicht, wenn du einmal kurz dein Herz öffnest und meinst, damit hättest du deine Pflicht erfüllt."

„Ich verstehe nicht."

Er stemmte die Hände in die Hüften. „Jetzt, wo wir glücklich im

Bett sind, denkst du, dass du dich wieder in dein kleines Schneckenhaus zurückziehen kannst, wo du dein eigenes Leben lebst und dich nicht mit der Tatsache abgeben musst, dass du vielleicht angreifbar wirst, wenn du dich auf die Bedürfnisse einer anderen Person einlässt."

Diese Worte rissen sie aus ihrer Erstarrung. „Wie kannst du so etwas sagen? Du weißt, wie sehr mich der Gedanke gequält hat, ich könnte dir nicht geben, was du brauchst. Wenn ich wirklich so verschlossen wäre, hätte ich das nicht empfinden können!" Sie schrie, was bei ihr eigentlich niemals vorkam.

Er ballte die Hände zu Fäusten. „Aber du hast das nicht gezeigt, als es darauf ankam, oder? Du hast nicht mit mir darüber geredet. Du hast die Wunde gären lassen, bis die Scheidung der einzig mögliche Ausweg zu sein schien!"

Sie wollte widersprechen, aber sie konnte nicht. Er hatte recht. Sogar jetzt noch hatte sie Geheimnisse – schändliche, schmerzliche Geheimnisse. Sie bemühte sich, nicht daran zu denken, versuchte die Vorstellung, was Caleb mit Miranda getan hatte, hinter sich zu lassen. Doch seine Untreue hatte sie so stark verletzt, dass sie tief im Innern nicht damit fertig wurde. Trotzdem schaffte sie es nicht, darüber zu sprechen, konnte es nicht über sich bringen, ihr Herz zu öffnen und über den Schmerz zu reden, der sie quälte.

„Über wie viele Dinge wirst du nie mit mir sprechen, weil sie zu schlimm sind, um sich damit auseinanderzusetzen?" Er blickte ihr direkt in die Augen. „Weißt du, was mich wirklich verrückt macht? Das hat nichts mit unseren Schwierigkeiten im Bett zu tun."

„Womit dann?", fragte sie, obwohl sie Angst hatte, die Antwort zu hören.

„Eine Ehe beruht auf Vertrauen, Vicki, und auf gegenseitiger Unterstützung. Eine Ehe ist eine Partnerschaft, aber du bist nur bereit, dich auf die Teile einzulassen, die dir in den Kram passen. Es fällt dir leicht, dich auf meine Probleme zu konzentrieren, denn dann brauchst du nicht auf deine Ängste zu schauen."

Vicki brachte kein Wort heraus. Mit jedem weiteren Wort zerstörte Caleb die Schutzmechanismen, die ihr geholfen hatten, ohne Mutter und Vater und ohne Liebe und Aufmerksamkeit aufzuwachsen.

„Du fragst mich nach meiner Familie, aber wann hast du je über deine gesprochen?", fuhr Caleb fort. „Letztes Jahr hat Danica uns besucht, und du hast anschließend eine Woche lang geweint, ohne mir zu sagen, warum." Seine Stimme überschlug sich. „Glaubst du, ich weiß nicht, wie viel du mit dir herumschleppst? Wie viel du versteckst, damit du nicht zugeben musst, wie sehr du verletzt bist?"

Ihre Kehle brannte. „Bin ich so schwach?", flüsterte sie. „Habe ich so viel Angst vor der Vergangenheit?" Erschrocken bedeckte sie ihren Mund mit den Händen.

Die Seelenqual in ihrem Blick entsetzte Caleb, und er bekam ein furchtbar schlechtes Gewissen. Trotzdem war er nicht bereit, jetzt einen Rückzieher zu machen. Näher war sie nie davor gewesen, über ihre Geheimnisse zu sprechen. „Du bist nicht schwach." Er ging zu ihr und nahm die Hände von ihrem Mund.

„Aber ich habe Angst, Caleb. Schreckliche Angst."

„Wovor denn, Liebling?" Er gab sich genauso viel Schuld an ihrer Situation. Er hatte ihr geholfen, sich zu verstecken und sich von allem zurückzuhalten, was vielleicht zu viel für sie hätte sein können. Er war sogar so weit gegangen, seine Bedürfnisse nur deshalb einzuschränken, weil er befürchtete, sie könne nicht damit umgehen.

Sexuell fingen sie gerade an, miteinander klarzukommen. Doch wie stand es mit der emotionalen Seite? Innerlich war der Abstand zu Vicki immer noch viel zu groß. Sie war viel zu argwöhnisch, um sich ihm zu öffnen. Alle Liebkosungen der Welt konnten die Tatsache nicht aus der Welt schaffen, dass sie ihm noch nie gesagt hatte, sie liebe ihn.

Er pflegte ihr Liebeserklärungen ins Ohr zu flüstern, aber sie hatte das noch nie bei ihm getan. Diesmal würde er sein Herz nicht wieder aufs Spiel setzen. Nicht, ohne dass sie dasselbe Risiko einging. Vicki musste sich von der Vergangenheit lösen. „Wovor hast du Angst?", wiederholte er, als sie schwieg.

„Davor, erneut weggeworfen zu werden."

Diese leise ausgesprochenen Worte dämpften seinen Ärger. Er zog Vicki an sich, und sie legte zitternd die Arme um seine Taille. „Davor brauchst du nie wieder Angst zu haben", stieß er aus. „Nie wieder, hörst du?"

Sie antwortete nicht, sie klammerte sich einfach nur an ihn. Caleb küsste ihr Haar und bemühte sich, Vicki zu beruhigen. „Ich werde dich nie verlassen." Sein Ton duldete keinen Widerspruch. „Ich halte meine Versprechen, und an unserem Hochzeitstag habe ich dir versprochen, für immer zu dir zu halten."

Vicki hatte das Gefühl, ihre Kehle sei zugeschnürt. Sie musste sich richtig anstrengen, zu sprechen. „Ich habe nicht gewusst, wie viel Angst ich habe. Solange ich mich nicht mit der Angst beschäftigt habe, habe ich nicht darüber nachgedacht, dass meine Eltern mich verlassen haben."

„Auf ihre Art haben sie sich um dich gekümmert." Er hatte Gregory und Danica kennengelernt und wusste, wovon er redete. „Die beiden eignen sich einfach nicht als Eltern."

„Wie konnten sie mich einfach so allein lassen?" Ihre Stimme brach. „Mich einfach bei Ada lassen und wegfahren, um ein neues Leben zu beginnen. Wie ein Haustier, das man nicht mehr haben will und ins Tierheim bringt. Wie konnten sie das nur tun, Caleb?"

Tränen stiegen ihm in die Augen, doch er wehrte sich dagegen. Am liebsten hätte er Vickis Problem für sie bewältigt. Aber er konnte nichts anderes tun, als sie zu ermutigen, ihren Schmerz und ihre Wut herauszulassen.

Nach einer Ewigkeit, wie es schien, sprach Vicki weiter. „Meine Mutter hat mich oft ihren kleinen Engel genannt. Ich erinnere mich daran, wie ich neben ihr an ihrem Toilettentisch saß und ihr dabei zusah, wie sie Make-up auflegte. Damals hielt ich sie für die schönste Frau der Welt." Ihre Stimme klang tief bewegt. „Sie erzählte mir, ich würde genau wie sie werden und wenn die Zeit reif sei, würde sie mir zeigen, wie ich mich noch hübscher machen könnte, als ich sowieso schon sei. Manchmal pinselte sie ein wenig Nagellack auf meine Zehennägel, und ich kam mir dann sehr erwachsen vor."

Caleb streichelte ihr seidiges Haar.

„Dann, eines Tages packte sie meine Sachen, brachte mich zu Adas Haus und winkte mir zum Abschied zu. Mein Vater war bereits Monate vorher gegangen. Ihm hatte ich nie so nahegestanden, deshalb war das nicht so schlimm gewesen. Nach einer Weile hatte ich mich daran gewöhnt. Schließlich hatte ich ja immer noch meine Mutter, und Mütter ließen einen nicht allein.

Lange Zeit glaubte ich, sie würde zurückkommen. Ich saß meistens vor dem Haus auf der Treppe und wartete auf sie." Vicki bewegte sich, und Caleb lockerte seine Umarmung. Als sie die Hände hob, um sich die Tränen abzuwischen, schüttelte er den Kopf und erledigte das für sie. Vickis Lippen zitterten, als sie versuchte zu lächeln.

„Liebling", begann er. Der Anblick ihres tränennassen Gesichtes erschütterte ihn. „Genug ist genug." Er hasste sich dafür, dass er sie in diesen Zustand gebracht hatte, während er selbst seine dunklen Geheimnisse versteckte. Was war er bloß für ein Feigling! Hatte er nicht geschworen, seine Frau zu beschützen?

Statt auf ihn zu hören, berührte Vicki mit einer liebevollen Geste sein Kinn und fuhr fort: „Nach zwei Monaten hatte Ada schließlich genug und erklärte mir, meine Mutter sei eine Hure und würde nicht zurückkommen. Sie wäre viel zu sehr damit beschäftigt, die Beine für ihren neuen Liebhaber breit zu machen, als sich um ihr Kind zu kümmern."

Caleb war fürchterlich wütend. Seine Hand zitterte, als er Vickis Wange streichelte. „Sie ist eine verbitterte alte Frau, der man niemals ein Kind hätte anvertrauen dürfen. Lass nicht zu, dass ihre Worte dein Leben vergiften."

Vicki, die sowieso nur mit Mühe ruhig geblieben war, brach unter seinen Worten völlig zusammen. Sie schluchzte und fing an, mit ihren Fäusten gegen seine Brust zu hämmern. „Aber meine Mutter hat mich dort allein gelassen! Sie wusste genau, wie Ada ist, und trotzdem hat sie mich bei ihr gelassen. Manchmal hasse ich Mutter so sehr, dass ich Angst bekomme."

Sie sank in sich zusammen. Wenn Caleb sie nicht festgehalten hätte, wäre sie auf den Boden gefallen. Doch er hielt sie fest, während sie bitterlich weinte.

10. Kapitel

Vicki erwachte im Dunkeln. Sie blinzelte und stöhnte, als ihr klar wurde, dass sie sich allein im Schlafzimmer befand. Ihre Nase war verstopft, ihre Augen waren trocken, und ihr Mund fühlte sich an, als wäre er mit Baumwolle gefüllt. Sie rieb sich kurz mit den Händen über das Gesicht, setzte sich langsam auf und stolperte schließlich ins Badezimmer.

„Ich sehe schrecklich aus", sagte sie zu ihrem Spiegelbild, nachdem sie sich kaltes Wasser ins Gesicht gespritzt hatte.

„Du bist wunderschön." Diese leise Bemerkung ließ sie herumwirbeln. Caleb stand im Türrahmen. Er trug seine dunkelgraue Lieblingsjogginghose.

„Wo warst du?"

„Ich habe im Gästezimmer gearbeitet." Er wies mit dem Kopf in die Richtung. „Ich wollte nicht, dass du allein bist, wenn du aufwachst."

Vicki hielt sich am Waschbeckenrand fest. Eigentlich wollte sie nicht, dass er sie in diesem Zustand sah. Sie fühlte sich unsicher und war sehr empfindlich.

Calebs Worte fielen ihr wieder ein. *„Du wirst dich verkriechen, dich mit aller Macht beherrschen, und am nächsten Morgen wirst du mich anlächeln, als wäre nichts passiert."*

Mit einer langjährigen Gewohnheit zu brechen war verflixt schwer. „Ich fühle mich, als wäre mein Innerstes nach außen gekehrt." Das war eine ehrliche Aussage.

„Das hast du ja auch getan." Caleb trat hinter sie und legte die Hände auf ihre Schultern. Ihre Blicke trafen sich im Spiegel. „Baby, du hast mir richtig Sorgen gemacht. Da ist so viel Wut, so viel Schmerz in dir." Der Kosename „Baby", den er nur selten benutzte, verriet ihr, wie betroffen er war. „Das hast du alles mit dir herumgeschleppt, seit du vier Jahre alt warst. Kein Wunder, dass dich das belastet hat." Er schlang die Arme um sie.

„Und dich ebenfalls", sagte sie leise und berührte eine seiner Hände.

Er küsste sie auf die Wange. „Wir werden das beide durchstehen. Wir sind keine Feiglinge."

Nicht wie deine Eltern. Dieser Satz wurde nicht laut ausgesprochen, aber er hing im Raum. „Ich bin nicht so stark, wie du glaubst", gab sie zu.

„Ich glaube, das kann ich besser beurteilen als du." Er stand immer noch hinter ihr, und Vicki spürte seine Wärme. „Du bist zu der Frau geworden, die du bist, obwohl Ada mit aller Macht versucht hat, deinen Willen zu brechen. Für mich bist du ein echtes Wunder."

Diese Worte waren wie ein kostbares Geschenk für Vicki. „Bis der Tod uns scheidet", zitierte sie das Ehegelübde.

Zu ihrer Überraschung lachte Caleb. „Falls du glaubst, ich würde dich vorher gehen lassen, irrst du dich."

Vicki lächelte nun auch wieder. Sie drehte sich in Calebs Armen um und schmiegte sich an ihn. Er war ihr Mann und ihre Stärke, selbst wenn er irgendwo auch ihre größte Schwäche war. Allmählich wurde es Zeit, vor der Wahrheit nicht mehr zu flüchten, sondern anzunehmen, was sich daraus für die Zukunft ergab.

Später am Tag entschied Vicki, dass es noch etwas gab, was zu Ende gebracht werden musste. Sie fand Caleb in der am Haus angrenzenden Garage, wo er das Öl in ihrem Auto wechselte. Zu ihrer Überraschung hatte er sich den Montag freigenommen, um bei ihr zu sein. Sie beobachtete ihn eine Weile und stellte wieder einmal fest, dass Caleb selbst in einer alten Jeans, die ihm fast von der Hüfte rutschte, und mit einem Schmierölstreifen quer über der Brust unglaublich sexy aussah.

„Kannst du mir mal den Lappen da geben, Liebling?", fragte er, als er unter der Motorhaube vorkam.

Sie reichte ihm das Gewünschte und sah zu, wie er sich die Hände abwischte. Als sich seine Lippen langsam zu einem Lächeln verzogen, wusste sie, was er im Sinn hatte. Doch sie schüttelte den Kopf und trat einen Schritt zurück. „Oh nein, nicht bis wir beendet haben, womit wir letzte Nacht angefangen haben."

Er runzelte die Stirn. „Ich finde, du hast für mindestens eine Woche genug gelitten."

Mutig unternahm Vicki den nächsten Schritt. „Nun, ich habe meine Karten auf den Tisch gelegt. Was ist mit deinen?" Eine leise Stimme in ihr sagte zwar, dass es einen wunden Punkt in ihr gab, über den noch nicht einmal ansatzweise gesprochen worden war. Doch sie ignorierte diese Stimme.

Nach allem, was Caleb gestern zu ihr gesagt hatte, hatte Vicki keine Zweifel mehr, dass Miranda aus seinem Leben verschwunden war. Dieses Wochenende in Wellington war ein Fehler von ihm gewesen, den Vicki irgendwie verstehen konnte, auch wenn es wehtat. Jetzt musste sie darunter einen Schlussstrich ziehen und um ihrer Ehe willen die Sache wirklich vergessen.

Caleb schloss die Motorhaube. „Da gibt es nichts zu bereden."

Sie streckte die Hand aus und berührte seinen Rücken. „Bitte, Caleb."

Er fühlte sich in die Ecke gedrängt. Unwillig drehte er sich um und unterbrach dadurch den Kontakt. „Geht es hier um eine Art Handel? Du redest, und dann muss ich ebenfalls reden?" Wie ein verletztes Tier reagierte er instinktiv, ohne an den Schaden zu denken, den er damit vielleicht anrichtete. Er verhielt sich wie das Kind in ihm, das man auf eine Weise verletzt hatte, wie ein Kind niemals verletzt werden sollte. Dieser Teil in ihm wollte einfach nicht länger leiden.

Vicki wich zurück, als hätte er sie geschlagen. „Eigentlich wollte ich dir nur helfen, so wie du mir geholfen hast." Unwillkürlich erstarrte sie. „Aber offensichtlich kenne ich die Regeln nicht. Tut mir leid, dass ich so dumm war, zu glauben, wir würden endlich eine ehrliche Partnerschaft führen." Sie biss die Zähne zusammen und wandte sich ab, um wegzugehen.

Seine Verletzungen schmerzten, doch der Drang, Vicki vor Leid zu beschützen, war stärker. Besonders wenn er selbst die Ursache für ihren Kummer war. Das galt auch, wenn er befürchten musste, sie würde sich für ihn schämen. Sein schlimmster Albtraum war, Vickis Respekt zu verlieren. Aber das war keine Entschuldigung für die grobe Art und Weise, wie er sie gestern und heute zurückgewiesen hatte.

Er hielt sie am Handgelenk fest. „Liebling, nicht."

„Was soll ich nicht? Etwa mehr von dir erwarten, als du bereit bist zu geben?", fragte sie, ohne ihn anzusehen. „Dich nicht bitten, mir zu vertrauen?"

Er lehnte sich gegen das Auto und zog Vicki zwischen die Beine. Endlich schaute sie ihn an, doch ihr Blick drückte mehr Ärger als Traurigkeit aus. Sanft streichelte er ihren Arm. „Kannst du einfach akzeptieren, dass es Abschnitte in meinem Leben gibt, über die ich auf gar keinen Fall reden will?" Das war ein letzter verzweifelter Versuch, sich zu retten.

„Konntest du das bei mir akzeptieren?", entgegnete sie. „Was wäre gewesen, wenn ich dir gesagt hätte, Caleb, hier sind die Teile meines Lebens, die ich mit dir teile. Aber diese Teile dort drüben, die schmerzlichen und schrecklichen, über die wirst du nichts erfahren." Sie verschränkte die Arme. „Hätte ich das letzte Nacht sagen sollen? Hätte ich mich wieder in das Schneckenhaus verkriechen sollen, das du so hasst?"

Ihre harten Worte trafen ihn mitten ins Herz. „Früher warst du nicht so auf Konfrontation aus."

„Willst du diese Frau zurück?"

„Machst du Scherze? Diese Frau hat kaum mit mir geredet." Auch wenn man ihm das nicht anhörte, Caleb hatte Angst. Was wäre, wenn Vicki ihn nie wieder wirklich achten würde?

Endlich lächelte sie. „Wann hast du gelernt, charmant zu sein?"

Das hatte ihm bisher noch nie jemand vorgeworfen. „Als ich herausgefunden habe, dass du nicht genug von mir bekommen kannst", konterte er. Insgeheim sagte er sich, er müsse Vertrauen in seine Frau haben – sie würde niemals auf ihn herabsehen. Aber im Augenblick fühlte sich gerade nicht der Erwachsene in ihm angesprochen, sondern der verletzbare Junge, der immer behandelt wurde, als wäre er etwas Schmutziges.

Ihr Lachen erfüllte die Garage und ließ die gereizte Stimmung verfliegen, die noch wenige Augenblicke zuvor geherrscht hatte. Das machte ihm Hoffnung. „Sprich mit mir, Caleb. Wenn ich nicht alles von dir weiß, habe ich immer das Gefühl, ich hätte dich im Stich gelassen. Aber das will ich nicht mehr."

Endlich gab Caleb sich einen Ruck und begann zu erzählen, was er noch nie jemandem erzählt hatte. „Du hast meine Eltern kennengelernt. Du hast gesehen, wie sie leben, und kennst ihre Philosophie."

„Kunst ist alles, und Regeln sind für andere Leute", fasste Vicki Max' und Carmens Motto zusammen.

„Einschließlich der Regeln über Treue in der Ehe." Caleb merkte, dass Vicki langsam anfing zu begreifen. „Bevor ich unterwegs war, führten sie eine offene Ehe."

„Sie hatten beide andere Partner?" Vicki starrte ihn schockiert an. Ihre Einstellung zu Treue und Loyalität war etwas, was Caleb sehr an ihr bewunderte. Sie hatte eine Scheidung vorgeschlagen, aber er war absolut sicher, dass sie niemals daran gedacht hatte, ihn zu betrügen.

So stark war er selbst nicht gewesen. Enttäuscht von ihrer offensichtlichen Abneigung, mit ihm intim zu sein, hatte er einmal mit dem Gedanken gespielt, sich eine Geliebte zu nehmen. Damit hatte er sich beweisen wollen, dass er begehrenswert war. Zum Glück war es nie dazu gekommen.

„Ja", bestätigte er. „Meine Mutter war schwanger, während sie mit Max und einem anderen Mann zusammen war … gleichzeitig. Sie hatte keine Ahnung, wer der Vater war, bis ich geboren wurde." Caleb schluckte. Tief im Innern schämte er sich immer noch für das, wofür eigentlich seine Eltern verantwortlich waren. „Max war sehr verständnisvoll und unterstützte meine Mutter. Zumindest oberflächlich betrachtet, war alles wie immer."

„Aber?"

„Aber bald nach meiner Geburt wurde klar, dass ich nicht sein Sohn war. Unsere Blutgruppen passten nicht zusammen." Diese Entdeckung hatte die Fassade der Toleranz zerstört und dem Hass die Tür geöffnet. „Sogar als kleines Kind merkte ich, dass er meinen Anblick nicht ertragen konnte."

Niemand hätte lernen können zu akzeptieren, dass der Mann, den man als seinen Vater betrachtete, einen selbst als abscheulichen Fehler ansah. „Sie haben meinen Ursprung nie vor mir geheim gehalten, und ziemlich bald kapierte ich, warum Max mich so sehr hasste."

„Was ist mit deiner Mutter?"

„Sie musste ziemlich bald schon eine Entscheidung treffen, und sie beschloss, bei Max zu bleiben. Ich blieb ziemlich mir selbst überlassen. Es gab keine Gewalt, aber es gab auch keine Liebe." Wie oft hatte er früher ein Zimmer betreten und miterlebt, dass sein Vater es verließ? Als Erwachsener verstand er nicht, wie Max ein Kind auf diese Weise hatte behandeln können, jemanden, der ihn vergöttert hätte, wenn er nur die leiseste Ermutigung bekommen hätte.

Es war bemitleidenswert, wie sehr Caleb sich nach Max' Liebe gesehnt hatte. „Mein Vater sollte stolz auf mich sein. Aber irgendwann habe ich begriffen, dass nichts, was ich unternahm, ihn jemals glücklich machen würde. Ich bin eine lebendige Erinnerung an den Liebhaber seiner Frau und daran, dass er ihre Untreue nicht bloß zugelassen hatte, sondern sogar daran beteiligt war. Nichts, was ich mache, wird die Wahrheit ausradieren."

„Oh, Darling." Vicki küsste ihn zärtlich. „Wie konnten sie das nur tun? Sie haben dir die Schuld an ihrem Verhalten gegeben. Du warst ein kleines Kind und völlig unschuldig."

Als er in Vickis blaue Augen blickte, die um seinetwillen voller Zorn waren, spürte er, wie lange verborgene Wunden aufgedeckt wurden und ohnmächtige Wut in ihm aufstieg. „Vielleicht wäre es mir besser gegangen, wenn mein biologischer Vater ein Fremder gewesen wäre. Aber das war er nicht. Zu dieser Zeit war er Max' bester Freund, und ich sehe ihm verblüffend ähnlich."

„Du kennst ihn?"

„Ab und zu kam er vorbei, um nach ‚seinem Jungen' zu sehen. Ich hasste diese Besuche, weil jedes Mal alles schlimmer wurde, wenn er ging. Max ... Ich schwöre, manchmal hat er sich gewünscht, er könnte mich umbringen, damit ich ihm nicht mehr unter die Augen käme."

„Warum bist du nicht mit deinem richtigen Vater weggegangen?"

„Mit Wade? Wade ist immer unterwegs. Er ist ein Säufer ohne feste Adresse und besitzt nichts als eine alte Gitarre. Der wahre Grund, weshalb er mich sehen wollte, war der, dass Carmen ihm immer ein bisschen Geld zugesteckt hat, wenn Max nicht hinsah. Ich habe ihn seit fast zehn Jahren nicht mehr getroffen, obwohl ich von Lara gehört habe, er würde mit jemandem unten im Süden zusammenleben."

„Was war mit Lara?"

„Das hat mir am meisten wehgetan. Als wir Kinder waren, war ich derjenige, der auf sie aufgepasst und dafür gesorgt hat, dass sie etwas zu essen bekam und ab und zu gebadet wurde. Aber als sie älter wurde und merkte, dass sie das Lieblingskind der Familie war, fing sie an, Max und Carmen nachzumachen. Irgendwann war das kein Nachmachen mehr, sondern echt."

Er hatte das Gefühl gehabt, das Herz würde ihm brechen, gerade von dem kleinen Mädchen abgelehnt zu werden, dessen Knie er hundertmal geküsst hatte, wenn es hingefallen war. Manchmal dachte er, Lara hatte ihn am stärksten verletzt. Gegen Max und Carmen war er irgendwann immun geworden. Aber Lara hatte ihn immer mitten ins Herz treffen können.

Das war also die ganze schmutzige Geschichte. Aus Lüsternheit war er gezeugt worden. Er hatte einen biologischen Vater, der ein hoffnungsloser Trunkenbold war, einen Stiefvater, der ihn verachtete, und eine Mutter, die ihn emotional ablehnte.

Trotzdem hatte er gewagt, eine Frau zu heiraten, die nichts mit der üblen Welt zu tun hatte, der er angehört hatte.

Die meiste Zeit während ihrer Ehe war er froh gewesen, dass Vicki nicht die Wahrheit über seine Herkunft wusste. Sicher, sie hatte gesehen, dass er aus ärmlichen Verhältnissen stammte, aber das Ausmaß seiner Demütigungen hatte sie nicht einmal geahnt. Sie sollte sich niemals dafür schämen, Caleb Callaghans Frau zu sein, niemals sollte der Glanz in ihren Augen verschwinden.

„Wir sind uns ähnlich", sagte Vicki leise.

Auf diese Bemerkung war Caleb nicht vorbereitet. „Wie meinst du das?"

„Ich mag der biologische Sprössling meiner Eltern sein, aber das ist bloßer Zufall. Sie haben einander regelmäßig betrogen. Großmutter hat die ganze Schuld meiner Mutter gegeben, aber ich bin nicht dumm. Ich habe gehört, worüber die Hausangestellten getuschelt haben. Mein Vater hatte schon immer eine Vorliebe für junge Sekretärinnen." Sie zuckte die Achseln. „Das einzig Gute, was man über meine Eltern sagen kann, ist, dass sie sich scheiden ließen und nicht miteinander um mich gekämpft haben."

„Dafür haben sie dich Ada überlassen." Sein Ärger auf Ada überwog kurzzeitig seine Überraschung, dass Vicki sich und ihn als ähnlich bezeichnet hatte. „Sie hätten dich besser in ein Internat geschickt. Zumindest hättest du dann nicht ständig Beschimpfungen über dich ergehen lassen müssen."

Vicki lachte plötzlich und umarmte ihn. „Danke, dass du für mich wütend bist." Doch dann wurde ihre Miene wieder ernst. „Wenn du für mich wütend sein kannst, dann darf ich auch für dich zornig sein. Ich habe eine Grenze gezogen. Wir stellen sicher, dass Laras Kinder versorgt sind, aber alles andere liegt an ihnen selbst. Ich werde nie mehr zulassen, dass sie sich benehmen, als wäre es ihr Recht, dich um Geld und Unterstützung zu bitten, nachdem sie dir so wehgetan haben."

Niemals hätte Caleb sich träumen lassen, dass seine Frau einmal sein Beschützer sein würde und seine dunkelsten Geheimnisse einfach akzeptieren würde. Diese schlichte Erkenntnis gab ihm die Chance, sich selbst anzunehmen.

Der Schmerz über die Zurückweisung durch seine Eltern würde nicht über Nacht verschwinden, aber er würde nie wieder so stark sein wie in seiner Kindheit. Er wurde von jemandem akzeptiert, der ihm viel wichtiger war als der Mann und die Frau, die vor langer Zeit ihr Recht auf seinen Respekt verloren hatten. In seinem Leben gab es jemanden, den er mit jedem Atemzug bewunderte und verehrte. „Danke, Liebling."

Vicki schüttelte den Kopf. „Du brauchst dich nicht zu bedanken. Wir passen gegenseitig auf uns auf. Du beschützt mich vor Queen Ada, und ich beschütze dich vor Max, Carmen und Lara. Abgemacht?"

Er musste lachen, weil sie den Spitznamen benutzte, den er für ihre Großmutter erfunden hatte. Mit Sicherheit war auch Vicki innerlich noch aufgewühlt. Doch gleichzeitig wünschte sie sich, dass er glücklich war. Wie sollte man nach so einer Frau nicht verrückt sein? „Abgemacht."

Am nächsten Tag ging Caleb beschwingt in die Arbeit, nachdem Vicki ihn zum Abschied geküsst hatte. Er versprach, rechtzeitig zum Abendessen zu Hause zu sein.

Sobald er weggefahren war, wandte Vicki sich den Unterlagen zu, die Helen ihr gemailt hatte. Sie verschaffte sich einen gründlichen

Überblick, bevor sie ein Blatt Papier nahm und eine Liste mit Namen erstellte. Sie kannte Leute, die Leute kannten, die wiederum eine Menge Einfluss besaßen. Vielleicht konnte sie tatsächlich etwas für „Heart" tun.

Caleb bearbeitete seine Akten in Rekordzeit und schaffte es, noch vor sechs Uhr zu Hause zu sein. Er hatte nicht die Absicht, Vicki zu enttäuschen, nachdem sie ein wunderbares Wochenende gemeinsam verbracht hatten. Wenn er ganz ehrlich war, dann wollte er allerdings auch prüfen, ob Vicki ihre Meinung über ihn nicht inzwischen geändert hatte.

Seine plötzliche Verwundbarkeit war ihm unangenehm, aber Caleb wusste, ein Blick in Vickis Augen, wenn sie ihn zu Hause willkommen hieß, würde alles erträglich machen. Als er jedoch ankam, saß sie vollkommen vertieft in irgendwelche Unterlagen in ihrem Arbeitszimmer. Von einem Abendessen war keine Spur zu entdecken. Ein bisschen verwundert wählte er die Nummer eines chinesischen Restaurants und bestellte etwas. Anschließend ging er zu Vicki.

„Bist du fleißig?", fragte er und blieb im Türrahmen ihres Arbeitszimmers stehen. In der Vergangenheit hatte sie sich oft hierher zurückgezogen und ihn ausgeschlossen. Obwohl er wusste, dass das heute anders war, verband er mit diesem Zimmer gewisse Erinnerungen, die seiner im Augenblick sowieso sensiblen Stimmung nicht gerade guttaten.

Zerstreut sah Vicki auf. „Oh, du bist zu Hause." Sie runzelte die Stirn. „Wie spät ... ach, du liebe Zeit! Gib mir ein paar Minuten, damit ich uns rasch etwas zu essen machen kann."

Er hielt sie auf, als sie an ihm vorbeieilen wollte. „Ich hätte lieber, wenn du diese Zeit damit verwendest, mich zu küssen."

„Aber was ist mit dem Essen?"

„Darum habe ich mich bereits gekümmert."

Schuldbewusst lehnte sie den Kopf an seine Brust. „Die Zeit ist mir davongelaufen. Diese Arbeit für die Wohltätigkeitsvereine ist sehr interessant. Ich habe schon ein paar Ideen, wie wir Geld auftreiben können. Hoffentlich bekomme ich den Job, wenn der Monat vorbei ist."

So aufgeregt hatte Caleb sie noch nie gesehen. „Erzähl mir beim

Abendessen davon." Dann küsste er sie auf die Art und Weise, wie er das schon tun wollte, seit er durch die Haustür gekommen war.

Vicki erwiderte seinen Kuss. Wie immer wusste sie genau, was sie mit Lippen und Zunge machen musste, um ihn zu reizen. Caleb drückte sie fester an sich und stöhnte leise, als er merkte, wie seine Erregung wuchs. Vergiss das Abendessen, dachte er. Viel lieber genoss er den wundervollen Körper seiner Frau. Dabei ging es um viel mehr als Sex, denn ohne den körperlichen Kontakt würden ihre Seelen nicht heilen.

„Ich hasse dieses Zimmer", gestand er und verriet Vicki dabei eine andere Wahrheit, die er viel zu lange mit sich herumgetragen hatte.

Vicki löste seine Krawatte. „Warum?" Die Krawatte flog beiseite, und sie wandte sich dem Knopf an seinem Hemdkragen zu.

„Hier drinnen hast du dich normalerweise vor mir versteckt." Dadurch war sein Gefühl verschlimmert worden, seine Frau würde seine Gegenwart nicht ertragen. Richtig erholt hatte er sich von dieser Vorstellung noch nicht. Er war immer noch nicht ganz sicher, ob Vicki sich nicht wieder in ihr Schneckenhaus zurückziehen würde, falls er zu viel von ihr verlangte.

Sie versuchte nicht, sich zu rechtfertigen. „Willst du vielleicht neue Erinnerungen mit mir schaffen?" Sie küsste ihn auf die Stelle am Hals, die sie gerade entblößt hatte, und lächelte. „Ich könnte auch ein paar glückliche Erinnerungen gebrauchen. Ich fürchte, diese Seite in unserer Ehe haben wir sträflich vernachlässigt."

Die beschwingten Gefühle von heute Morgen kehrten zurück. „Wenn wir ein Emotionskonto hätten, wären wir glatt in den roten Zahlen." Er zupfte am Saum ihres Tops, und Vicki hob die Arme und ließ es sich von Caleb ausziehen. „Knallrote Zahlen." Er strich mit den Fingern über die dünnen Träger ihres BHs.

Sie knöpfte sein Hemd auf und schob es auseinander. „Du bist vollkommen, Caleb. Manchmal denke ich, du stammst direkt aus meinen Träumen."

So etwas Schönes hatte noch niemand zu ihm gesagt, und keine Frau hatte ihn je angeschaut, als wäre er alles, was sie sich wünschte. Vicki akzeptierte ihn nicht bloß, sie war dankbar dafür, dass er in ihr Leben getreten war.

Hingerissen schob er einen BH-Träger über ihre Schulter nach unten.

In einiger Entfernung läutete die Türglocke.

„Unser Essen." Vickis enttäuschte Miene diente nicht gerade dazu, Calebs Erregung zu dämpfen.

„Schlechtes Timing", murmelte er. „Bleib hier."

Rasch schloss er ein paar Knöpfe seines Hemdes und ging zur Tür. Er vermutete, dass Vicki sich wieder anziehen würde, sobald er den Raum verlassen hatte. Deshalb war er ganz und gar nicht auf den Anblick vorbereitet, der sich ihm bot, als er zurückkam. Seine Frau lag auf dem Sofa und erwartete ihn … nackt.

Auf dem dunkelblauen Stoff schimmerte ihre makellose Haut wie Perlmutt. Vicki lud ihn ein, sie zu berühren und zu verführen, und Caleb wusste, dass diese Einladung ausschließlich ihm allein vorbehalten war.

Er ließ den Karton mit dem Essen auf den Boden fallen, zerrte seine Hemdknöpfe auf und schlüpfte aus dem Hemd. Ihr Anblick war überwältigend.

„Warum?", sagte er, und seine Stimme klang rau vor Erregung. Ohne sich erst die Hose auszuziehen, ging er zu ihr und kniete neben dem Sofa nieder.

„Für heiße Erinnerungen", flüsterte Vicki und errötete.

Caleb wusste genau, wie schwierig es für sie gewesen war, sich über sämtliche Regeln hinwegzusetzen, die man ihr jahrelang eingebläut hatte. Niemals hatte er erwartet, dass sie ihre Ängste vor Zurückweisung so bald schon überwand, nachdem sie sich ihm doch gerade erst geöffnet hatte.

Er legte eine Hand auf ihren flachen Bauch, knapp oberhalb des Dreiecks zwischen ihren Beinen. „Liebling, das ist mehr als heiß. Ich verbrenne gleich."

Ein Teil ihrer Anspannung wich. „Und du?" Sie deutete auf seine Hose.

„Ich finde, meine mutige Frau verdient es, ein wenig verwöhnt zu werden, und wenn ich die Hose ausziehe, bin ich vielleicht nicht mehr dazu in der Lage." Er ließ die Hand tiefer gleiten und berührte das feine Haar auf dem Dreieck zwischen ihren Schenkeln.

„Es ist so hell", stieß Vicki aus.

„Es ist perfekt", erwiderte er. Für ihn war es toll, dass er jeden Zentimeter ihres Körpers sehen konnte. „Ich möchte dir zusehen, wenn du zum Höhepunkt kommst." Bisher hatten sie äußerst selten über Erotik gesprochen, weil er gedacht hatte, Vicki käme damit nicht zurecht. Sogar jetzt beobachtete er genau ihr Gesicht, bereit, sich zurückzunehmen, sobald ihre Miene auch nur das geringste Unbehagen ausdrückte.

Vicki schluckte, dann spreizte sie ein klein wenig die Beine. Er nahm eines ihrer Beine und stellte ihren Fuß vor ihm auf den Boden. Mit klopfendem Herzen beobachtete Vicki, wie er ihren Anblick genoss.

„Leg das andere Bein auf die Seitenlehne", bat er, obwohl er nicht wusste, ob er damit nicht zu weit ging.

Sie biss sich auf die Lippe. „Warum schaltest du nicht das Licht aus?"

„Ich will sehen, wie du ausgebreitet vor mir liegst, heiß und bereit. Die Augen sind ein sehr wichtiges Sinnesorgan für Männer", scherzte er.

Sie lachte. „Nicht nur für Männer." Sie musterte seinen nackten Oberkörper. „Können wir langsam vorgehen?"

Caleb hatte sich nicht einmal träumen lassen, dass sie je so weit kommen würden, weder körperlich noch emotional. Das Vertrauen, das sich in den vergangenen Tagen zwischen ihnen entwickelt hatte, war ein kostbares Geschenk und berührte jeden Teil ihres gemeinsamen Lebens. Wer wusste, wohin das noch führen würde? „Ja, Schritt für Schritt." Sanft drückte er gegen das Bein vor ihm, wodurch ihre Schenkel noch ein kleines bisschen mehr auseinandergebogen wurden. Das andere Bein stellte sie nun angezogen auf das Sofa.

Liebevoll streichelte er die zarte Haut auf der Innenseite ihres Schenkels. Vicki seufzte leise, und Caleb sah, wie sich ihre Finger in den Bezug des Sofas krallten. Mit der freien Hand wiederholte er die Liebkosung am anderen Bein. Vicky seufzte, und er freute sich darüber. Endlich kommunizierte sie mit ihm bei der Liebe und fing an, ihm mehr zu geben als nur ihren Körper.

„Ich werde dich küssen", warnte er sie und sah hoch, bis sich ihre Blicke trafen. „Ich werde jeden Zentimeter deiner Haut kosten, und wenn ich fertig bin, fange ich von vorne an."

Sie schluckte und hob den Fuß an, der auf dem Sofa gestanden hatte. Caleb war so stark erregt, dass er das Gefühl hatte, jede Sekunde zu kommen. Er legte eine Hand unter ihre Wade und drehte Vickis Bein so, dass der Fuß über der Seitenlehne des Sofas lag.

Er sah zu ihrem Gesicht und entdeckte, dass Vicki die Augen geschlossen hielt, als wäre es zu viel für sie, ihn dabei zu beobachten, wie er ihren Anblick in sich aufnahm. Seine Hände zitterten leicht. Er atmete tief ein und erlaubte sich dann, sie anzusehen. Sie war wunderschön. Eine Welle der Begierde überrollte ihn.

Er schob eine Hand unter ihren Po und hob ihn leicht an. Dann neigte er den Kopf. Vicki erschauerte, als sie seinen heißen Atem zwischen ihren Beinen spürte. Kurz darauf umspielte Caleb ihren empfindlichsten Punkt mit der Zunge.

„Oh!"

Dieser verzückte Schrei brachte Caleb dazu, sie noch intensiver zu liebkosen.

„Caleb!", flehte sie.

„Ja, Liebling, so ist es gut", antwortete er. „Lass dich gehen." Erneut küsste er sie und benutzte seine Lippen, um ihr einen weiteren Schrei zu entlocken, bevor sie zum Höhepunkt kam. Hingerissen beobachtete er, wie Vicki den Rücken durchbog. Ihre Brustspitzen waren aufgerichtet. Ihr Körper erbebte, als sie von einer Woge der Lust überrollt wurde.

Erst als sie sich erschöpft zurücklehnte, stand er auf und zog sich ganz aus. Dann schob er sich zwischen ihre Schenkel, nahm ihr Bein, das sie über die Seitenlehne geschwungen hatte, und schlang es sich um die Hüfte. Das brachte Vicki in die perfekte Position für weiteres Vergnügen.

Eine Sekunde bevor er die Hand unter ihren Oberschenkel schob, öffnete Vicki die Augen. Er hielt sie fest und drang in sie ein. Langsam und tief, wieder und wieder, bis Vicki vor Lust schrie und er keine Wahl hatte, als ihr zum Gipfel zu folgen.

11. Kapitel

„Ich liebe diesen Raum", flüsterte Caleb Vicki ins Ohr, als er ihr sein Hemd reichte.

Leicht verlegen zog Vicki es an. „Caleb, das war ... ich kann nicht glauben ... Ach, hol einfach das Essen."

Lachend küsste er sie, bevor er den heruntergefallenen Karton aufhob, der erstaunlicherweise unbeschädigt war. Vicki betrachtete währenddessen Calebs schönen Körper.

Als Caleb sich umdrehte, hob er eine Augenbraue. „Sieh mich nicht so an. Du hast mich vollkommen fertiggemacht, du unersättliche Frau." Er stellte die Schachtel auf ihren Schoß und sah sich nach seinen Boxershorts und der Hose um.

„Bist du sicher?", neckte sie ihn. Sie beobachtete, wie er den Reißverschluss seiner Hose hochzog, den Knopf aber offen ließ. Ihr Mann war wirklich unglaublich sexy, und sie sehnte sich bereits wieder nach ihm. Körperlich war sie befriedigt, trotzdem wollte sie Caleb berühren und bei ihm sein. Irgendwie glaubte sie nicht, dass das an den Hormonen lag, die durch ihre Schwangerschaft bestimmt durcheinandergeraten waren. Dazu begehrte sie Caleb zu sehr.

Er setzte sich neben sie. „Gib mir zu essen, Frau."

Sie schnitt eine Grimasse. „Das Essen ist fast kalt." Sie öffnete die Schachtel und hob einen Behälter mit gebratenem Reis heraus.

„Aber du bist heiß." Er neigte sich zu ihr und knabberte zärtlich an ihrem Ohrläppchen.

Vicki kicherte und reichte Caleb den Behälter. „Benimm dich", sagte sie, obwohl sie das nicht wirklich meinte. Das Letzte, was sie wollte, war, dass ihr Mann wieder zu der kühlen formellen Art zurückkehrte, mit der er sie früher behandelt hatte. Jetzt war er wieder viel mehr wie am Anfang ihrer Ehe, bevor alles schiefgelaufen war.

Der Unterschied war, dass jetzt großes Vertrauen zwischen ihnen herrschte. Vicki war vielleicht noch nicht bereit, es bis zum Letzten auszutesten, doch zumindest verschloss sie sich nicht länger vor Calebs Bedürfnissen oder vor ihren eigenen.

Während sie aßen, sprachen sie über Vickis Ideen, für „Heart" Geld aufzutreiben. Caleb wollte an diesem neuen Bereich ihres Lebens Anteil nehmen. Es würde keine Wände mehr zwischen ihnen geben, egal wie nackt und entblößt er sich manchmal auch vorkommen würde. Verglichen mit den Höllenqualen der Einsamkeit war es einfach zu ertragen, wenn man verletzbar war. Jedenfalls beinahe.

„Also", sagte Vicki, nachdem sie das süßsaure Hühnchen gegessen hatten, „ich dachte, wenn wir einen Spot in dieser Radiosendung bekommen könnten, würden wir dadurch die Leute ködern, die wir am meisten brauchen."

„Das klingt, als würdest du viel zu tun bekommen."

Ihr vergnügtes Lächeln verblasste. „Du glaubst nicht, dass das funktioniert? Dass ich arbeite und das Baby habe? Ich meine, bereits am ersten Tag vergesse ich das Abendessen …"

Er unterbrach sie mit einem Kuss. „Nichts von dem habe ich gemeint. Es wird funktionieren. Du bist nicht Superwoman, deshalb werden wir eine Köchin und eine Putzfrau einstellen, aber es wird funktionieren."

„Kein Kindermädchen", erklärte sie ernst. „Ich werde unser Baby aufziehen."

„Kein Kindermädchen", stimmte er ihr zu.

„Caleb?" Sie holte tief Atem. „Ich weiß, wie wichtig es für dich ist, dass ich zu Hause bin. Deshalb danke ich dir, dass du mich bei meiner Arbeit unterstützt."

Überrascht sah er auf. „Ich habe nie von dir erwartet, Hausfrau zu sein, wenn du das nicht selbst willst."

„Aber dir ist das lieber. Sag die Wahrheit."

Einen Augenblick lang dachte er darüber nach und erinnerte sich an die Fantasien von einer perfekten Ehefrau und Familie, die er sich als Teenager ausgemalt hatte. Sicher, seine Traumfrau war immer zu Hause gewesen. Irgendwie hatte Vicki eine Rolle übernommen, die er sich unbewusst für seine Frau gewünscht hatte. „Es ist schön, wenn du zu Hause bist, aber nur, wenn du damit zufrieden bist. Ich will, dass du glücklich bist, egal was dazu nötig ist."

„Wirklich?"

„Wirklich. Siehst du? Das ist kein echtes Problem." Er bemühte sich, Vicki zu ermutigen, obwohl er schon besorgt war, sie könnte durch ihren neuen Job bald immer weniger Zeit für ihn und das Kind haben. Der kleine Junge in ihm war gar nicht so einfach zum Schweigen zu bringen, wie Caleb gedacht hatte.

„Weißt du, zum ersten Mal seit langer, langer Zeit fange ich an, mich gut zu fühlen, als wäre ich wirklich etwas wert", sagte Vicki. Sie neigte sich vor und stützte die Ellbogen auf die Knie.

Caleb runzelte die Stirn und betrachtete ihr Profil. „Für mich bist du das Wertvollste auf der Welt."

Sie lächelte ein wenig traurig. „Bis vor wenigen Tagen hielt ich mich für einen nachträglichen Zusatz in deinem Leben." Als er darauf etwas erwidern wollte, legte sie ihm einen Finger auf die Lippen. „Ich gebe dir keine Schuld. Das hat damit zu tun, wie ich mich selbst sehe."

„Wie siehst du dich denn?", fragte er, wobei ihm klar wurde, dass sie sich seine Vorwürfe von ihrem Streit am Sonntag zu Herzen genommen hatte. Ohne dass er sie drängte, erzählte sie ihm jetzt, was sie bewegte.

„Ich bin nicht stolz darauf, wer ich bin. Ich will eine Frau sein mit Zielen, Ambitionen, Träumen." Sie wirkte so entschlossen, als sie sich zu ihm umdrehte, dass er ganz erstaunt war. „Ich will leben, Caleb. Ich will ohne Reue auf mein Leben zurückblicken."

„Warum hast du mir das noch nie gesagt?"

„Zuerst war ich mit meiner Situation zufrieden." Sie streckte den Arm aus und griff nach seiner Hand. „Es war irgendwie schön, umsorgt zu werden. Niemand hat das je für mich getan, ohne mir das Gefühl zu geben, ich sei eine Belastung."

„Das bist du nie gewesen." Für ihn war sie immer ein Geschenk gewesen. Ein anmutiges Geschöpf, das eine Vorliebe für ihn entwickelt hatte.

„Ich weiß. Das war ja so verführerisch. Ich habe mir eingeredet, es wäre in Ordnung, wenn sich jemand um mich kümmert, dass es reicht, einfach nur zu existieren." Sie drückte seine Hand. „Dabei hätte ich mich auch um dich kümmern müssen. Du brauchst genauso viel Zuwendung wie ich."

„Wie hättest du die Sache mit Max wissen sollen?" Calebs Blick verfinsterte sich. „Ich war viel zu dickköpfig, um darüber zu reden."

„Verstehst du nicht? Selbst wenn Max ein perfekter Vater gewesen wäre, hätte ich als deine Frau deine Bedürfnisse erfüllen müssen. Aber das habe ich nicht. Ich habe dich die ganze Arbeit erledigen lassen, während ich mich zurückgelehnt habe." Sie versuchte zu lächeln. „Ich glaube, das wird sich in Zukunft bessern."

„Für mich bist du vollkommen."

„Aber ich kann den Sinn meines Lebens nicht ausschließlich von dir abhängig machen. Das ist nicht gesund. Du würdest irgendwann ersticken. Ich will in meinem Leben selbst Dinge erreichen. Ich will eine Leidenschaft für etwas außerhalb unserer Beziehung entdecken, so wie du für deine Anwaltskanzlei."

„Was ist mit uns?" Er hob ihre miteinander verbundenen Hände und küsste Vickis Knöchel. „Wir haben eine Leidenschaft füreinander entdeckt."

„Ja, das haben wir", sagte sie ein klein wenig verlegen. „Um nichts in der Welt möchte ich das missen."

„Aber du brauchst noch etwas anderes." Etwas, was er ihr nicht geben konnte. Sein Ego fühlte sich angegriffen. Caleb würde niemals aufhören, Vicki in allem zu unterstützen, was sie sich wünschte. Aber er verstand nicht, warum es ihr nicht reichte, seine Frau und die Mutter seines Kindes zu sein.

„Aus demselben Grund, aus dem du jeden Tag zur Arbeit gehst", erklärte sie. „Du lebst deinen Traum. Das ist alles, was ich will – einen eigenen Traum, den ich lebe."

Ihre Worte versetzten ihm einen Stich. Er hatte sich darauf konzentriert, was ihre Handlungen auf ihn für Auswirkungen hatten. Dabei hätte er besser zugehört, was sie versuchte, ihm zu sagen, fast vom ersten Moment an, seit sie wieder zusammen waren. Seine Vicki hatte niemals die Chance gehabt, herauszufinden, was ihre Träume waren, ob sie nun Ehefrau und Mutter sein wollte oder noch etwas völlig anderes dazu. Welches Recht hatte er, ihr zu verweigern, herauszufinden, was sie wirklich wollte?

„Dann suche deinen Traum." Vicki konnte unmöglich eine Ahnung haben, was diese Worte ihn kosteten. Durch seine Vergangenheit war Caleb schrecklich besitzergreifend geworden, so unvernünftig das auch war. Vicki gehörte zu ihm. Sie war die einzige Person, die jemals zu ihm gehört hatte. Außer, dass das eigentlich niemals wirklich der Fall gewesen war. Die Frau aus der Vergangenheit war ein Schatten des Menschen, den er langsam kennenzulernen begann.

So schwer das für ihn war, die neue Frau, die er gerade verstehen lernte, würde entscheiden müssen, ob sie zu ihm gehören wollte oder nicht. Er durfte sie nicht bedrängen.

Am nächsten Tag war Vicki allein zu Hause, als sie einen Anruf von ihrer Großmutter bekam. Ada erkundigte sich, warum Caleb und Victoria sie nicht besucht hatten, seit sie wieder zusammen wohnten.

„Wir waren sehr beschäftigt", erklärte Vicki, wobei sie ein flaues Gefühl im Magen spürte.

„Ich weiß, Caleb ist ein viel beschäftigter Mann, aber du hättest dir Zeit nehmen können." Ada wusste genau, was sie sagen musste, um sie zu treffen.

„Ich habe einen neuen Job angefangen."

Ada lachte. „Was? Wahrscheinlich etwas für wohltätige Zwecke. Wirklich, Victoria, das mache ich schon mein ganzes Leben lang."

Vicki wollte Ada nicht von ihren Hoffnungen erzählen. Ihre Großmutter hätte ihr nur die Freude verdorben. „Ich weiß."

„Dann kommt ihr heute Abend um sieben zum Essen. Ich werde dem Koch sagen, er soll etwas Italienisches zubereiten. Caleb mag italienisches Essen." Ohne ein weiteres Wort legte sie auf.

Vicki stöhnte und stützte den Kopf in die Hände. Warum ließ sie sich von ihrer Großmutter herumkommandieren? Sie war doch nicht irgendein Schwächling. Das hatte sie in den vergangenen Tagen immer und immer wieder bewiesen. Doch die Jahre, die sie unter Adas Fuchtel verbracht hatte, waren eben nicht spurlos an ihr vorübergegangen. Als ihre Großmutter angefangen hatte, sie einzuschüchtern, hatte Vicki sich in ihr Schneckenhaus zurückgezogen, von dem sie gedacht hatte, sie würde es nie wieder brauchen.

Sie griff nach dem Hörer und rief Caleb an, um ihm zu erzählen, was passiert war. „Tut mir leid, ich konnte einfach nicht Nein sagen." Sie verzog das Gesicht über ihren jämmerlichen Ton. „Ich habe wieder die Einsiedlerkrebs-Methode angewandt." Auch wenn sie ihre Reaktion erkannte und einordnen konnte, war es schwer, mit alten Verhaltensmustern zu brechen.

Zu ihrem Erstaunen lachte Caleb. „Solange dir das nicht bei mir passiert, darfst du einen gelegentlichen Rückfall haben."

„Ich komme mir vor wie ein leicht zu besiegender Gegner."

„Nimm's nicht so schwer, Liebling. Wir haben beide unsere Schwachpunkte. Wer sagt denn, dass du allein damit zurechtkommen musst? Du hältst Lara in Schach, ich kümmere mich um Queen Ada."

Vicki fühlte sich gleich besser, weil er damit ausdrückte, dass er ihre Hilfe akzeptierte. „Willst du hingehen?"

„Wir sollten das hinter uns bringen. Sonst hört sie nicht auf, dich zu bedrängen." Er machte eine kurze Pause, bevor er fortfuhr. „Ich sag dir was, ich werde die alte Fledermaus dermaßen bezaubern, dass sie eine Menge Geld für ‚Heart' spendet."

Vicki musste lachen. „Ich kann nicht glauben, was du eben gesagt hast."

„Wieso, ich bin doch bloß nett? Jedenfalls zu dir." Jetzt lachte er auch, und Vicki spürte Sehnsucht nach ihrem Mann in sich erwachen. „Ich werde keine Zeit zum Umziehen haben, deshalb wird sie mich nehmen müssen, wie ich bin."

Vicki befeuchtete sich die Lippen mit der Zunge, dann wagte sie einen Vorstoß. „So wie du bist, finde ich dich sehr verführerisch."

Eine kurze Stille trat ein. „Du darfst nicht solche Sachen zu mir sagen, wenn ich mitten in einem Entwurf für eine Aktennotiz stecke. Ich glaube, ich habe gerade den Namen des Mandanten falsch geschrieben." Seine Stimme klang rau und erinnerte Vicki an das Vergnügen, das sie in der vergangenen Nacht in den Armen des anderen gefunden hatten.

„Komm doch zum Mittagessen nach Hause", schlug sie vor. Sie kannte sich selbst kaum wieder, als sie diese Worte aussprach.

Caleb seufzte. „Ich habe um ein Uhr einen Termin in der Vorstadt."

Enttäuschung breitete sich in ihr aus. „Dann sehe ich dich um halb sieben?"

„Bye-bye, Liebling."

Als die Türglocke kurz vor zwölf Uhr läutete, dachte Vicki an nichts Besonderes. Sie ging zur Tür, öffnete in der Erwartung, draußen einen Lieferanten zu sehen, doch zu ihrer Überraschung stürmte Caleb ins Haus.

„Ich habe zwanzig Minuten, bevor ich zu meinem Termin muss." Er warf die Tür hinter sich zu und küsste Vicki leidenschaftlich.

Sie wehrte sich nicht, als er nach dem Gummizug ihrer Hose tastete. Innerhalb von zwei Sekunden hatte sich ihr Körper von kühl auf sehr heiß erhitzt. Caleb schob ihre Hose gleichzeitig mit ihrem Slip nach unten und unterbrach seinen Kuss gerade lange genug, um sich zu bücken und ihr die Kleidungsstücke ganz abzustreifen.

Als er sich aufrichtete, strich er mit den Händen über die Rückseite ihrer Oberschenkel nach oben bis zu ihrem Po. Vicki schlang Arme und Beine fest um ihn, als er sie hochhob und gegen die Wand drückte. Da er ihr nicht schnell genug war, nahm sie sein Gesicht in beide Hände und küsste ihn erneut verlangend auf den Mund. Für Hemmungen blieb keine Zeit. Alles passierte zu schnell. Sie biss ihn in die Lippe, und er zuckte kurz zusammen.

Dann tastete er sich mit der Hand zu ihrem Bauch vor und begann sie dort zu streicheln, wo sie es am liebsten hatte. Geschickt steigerte er ihre Erregung. Als er mit zwei Fingern in sie eindrang, schrie Vicki auf und klammerte sich an seine Schultern.

„Caleb!"

Er zog seine Hand zurück, und eine Sekunde später spürte sie, wie er in sie eindrang. „Du bist so heiß, Liebling, und so schön eng."

Sie konnte nicht antworten. Ihr blieb die Luft weg, noch bevor er völlig in ihr war. Stöhnend drang er ganz in sie ein. Mehr war nicht nötig. Der Höhepunkt war so heftig, dass Vicki Sterne sah. Caleb bewegte sich immer schneller, immer kraftvoller, bis auch er von seiner Lust überwältigt wurde.

Als Vicki die Augen öffnete, war Caleb über ihr zusammengesunken. Sein Gesicht ruhte in ihrer Halsbeuge, sein heißer Atem strich über ihre Haut. Sein Hemd fühlte sich feucht und zerknittert an, als sie darüberstrich. Sie streichelte sein Haar.

Er schmiegte sich an sie, hauchte einen Kuss auf die pulsierende Ader an ihrem Hals und hob den Kopf. Ihre Blicke trafen sich. Lächelnd rieb Vicki ihre Nase an seiner. Eine alberne Geste, aber Caleb schien sie zu gefallen. Er umklammerte immer noch ihre Oberschenkel.

„Du hast genau …", sie sah auf die Wanduhr im Flur, „… zwölf Minuten, um zu duschen und etwas zu essen." Ohne Unterbrechung streichelte sie sein Gesicht und seinen Körper. Caleb war so lieb zu ihr. Endlich behandelte er sie wie seine Frau, der er alles gab, was er zu geben hatte.

Seufzend löste sich Caleb von ihr und fragte: „Eine Dusche gefällig?"

Mit großen Augen sah sie ihn an. „Du wirst zu spät kommen." Aber sie nahm seine Hand und ließ sich von Caleb zum Badezimmer führen.

Sobald sie den Raum betreten hatten, zog Caleb ihr das Top aus und öffnete den Verschluss ihres BHs, während sie fieberhaft seine Krawatte löste und sein Hemd aufknöpfte. Sie brauchten ungefähr eine Minute, bis sie nackt unter der Dusche standen und kühles Wasser über ihre erhitzten Körper lief.

„Elf Minuten." Caleb griff nach der Seife.

Doch bevor er Vicki damit berühren konnte, nahm sie sie ihm ab. „Du bist derjenige, der sich beeilen muss." Sie schäumte die Hände ein und legte die Seife zurück. „Ich wasche dir den Rücken." Sie zwang sich zur Eile, obwohl sie sich gern intensiver mit seinem Körper beschäftigt hätte. So hatte sie sich in ihrer Fantasie ihre erste gemeinsame Dusche eigentlich nicht vorgestellt. Aber das war jetzt nicht so wichtig. „Fertig."

Statt das Wasser abzudrehen, warf Caleb einen Blick auf die wasserdichte Uhr an seinem Handgelenk. „Acht Minuten. Ich habe Zeit." Dann wandte er sich Vickis Körper zu.

Vicki wunderte sich, wie es möglich war, dass sie Caleb nach dem leidenschaftlichen Zusammensein im Flur schon wieder begehrte. Seine Hände waren voller Seife und überall. Als er sie zwischen ihre Beine schob und Vicki mühelos zum zweiten Orgasmus innerhalb von zwanzig Minuten brachte, hatte sie das Gefühl, ihre Beine würden gleich nachgeben.

„Fertig", sagte er, als sie in seine Arme sank, während immer noch Wasser aus der Dusche strömte. „Sechs Minuten."

Vicki nahm ihre ganze Kraft zusammen und drehte den Hahn zu. Dann trocknete sie sich mit einem Handtuch ab und griff nach dem Bademantel, der an einem Haken an der Tür hing. „Ich wärme dir etwas zum Essen auf."

Caleb versuchte sie aufzuhalten, doch sie floh lachend aus der Tür. Das Letzte, was sie sah, als sie weglief, war sein herrlicher Körper, auf dem Wassertropfen glitzerten.

Drei Minuten später kam er angezogen in einem dunklen Anzug, weißen Hemd und blauer Krawatte in die Küche. Die Kleidung war beinahe identisch mit den Sachen, die er zuvor getragen hatte. Er grinste übermütig. „Wenn ich ins Büro zurückkomme und anders aussehe als vorher, könnten die Leute sich wundern, was ich getrieben habe."

Vicki merkte, wie ihr das Blut in die Wangen stieg. „Iss jetzt. Es gibt nichts Besonderes, aber es macht wenigstens satt."

Er kam um die Anrichte herum und begann im Stehen zu essen. Vicki fand eine Reisetasse, füllte sie mit Kaffee und schraubte den Deckel zu. „Für die Fahrt." Sie reichte sie ihm, als er in Rekordzeit gegessen hatte.

Fünf Sekunden bevor die zwanzig Minuten um waren, standen sie an der Tür. Vicki konnte nicht widerstehen, schlang die Arme um seinen Nacken und küsste Caleb voller Hingabe zum Abschied. Als sie sich von ihm löste, glänzten seine Augen.

„Merk dir dein Vorhaben", sagte er und ging zur Tür hinaus.

„Ich werde auf dich warten." Sie sah ihm nach, als er die Auffahrt entlangfuhr. Ein glückliches Lächeln lag auf ihrem Gesicht. Sie konnte nicht glauben, was sie gerade getan hatte. Sie hatte nicht nur gerade den wildesten Sex mit ihrem Ehemann gehabt, sie hatte auch mit ihm geduscht. Zwei Fantasien waren innerhalb von zwanzig Minuten zur Wirklichkeit geworden. Nicht schlecht.

Vicki wartete darauf, dass Caleb sie für den Besuch bei Ada abholen würde, als er anrief. „Tut mir leid, Schatz, aber ich komme nicht rechtzeitig aus dem Büro."

Enttäuschung breitete sich in Vicki aus. „Dann werde ich allein fahren."

„Nein, wirst du nicht. Ich halte meine Versprechen." Seine Stimme klang zärtlich. „Ich habe abgesagt. Wir werden jetzt nicht vor Sonntag von Ada erwartet. Zusammen."

Vickis Miene erhellte sich. „Wie hast du das geschafft?"

„Indem ich sie angelogen habe", erklärte er ohne Reue. „Ich versuche um neun Uhr zu Hause zu sein."

„Bis dann." Vicki legte auf. Es ging ihr sehr gut. Caleb lernte nicht nur, ein bisschen weniger zu arbeiten, er war auch dabei, sie, seine Frau, besser kennenzulernen. Natürlich würde er heute wieder erst spät kommen. Doch am Montag hatte er sich freigenommen, um mit ihr zusammen zu sein.

Vicki verstand, wie viel die Arbeit manchmal von Caleb forderte. Das war einer der Hauptgründe, weshalb sie etwas Eigenes wollte. Abgesehen davon, dass es sie stolz machte, etwas zu leisten, würde sie eine Aufgabe haben, die ihr half, damit zurechtzukommen, wenn Caleb mal wieder völlig in der Arbeit aufging.

Tief im Innern sorgte sie sich zwar, ihr Ehemann könnte vielleicht nicht ausschließlich mit seiner Arbeit beschäftigt sein, sondern mit jemand anderem. Doch diesen Gedanken verdrängte sie mit so viel Geschick, dass sie fast glaubte, sie hätte ihre Ängste überwunden.

In der Nacht auf Samstag wurde Vicki klar, dass sie einen großen Fehler gemacht hatte. Es war drei Uhr morgens, und sie hörte gerade Calebs Wagen vorfahren. Seit sie sich im Flur geliebt hatten, hatte er jeden einzelnen Tag bis spät in die Nacht gearbeitet. Offenbar hatte er ihre Geduld, weil er an diesem Abend spät gekommen war, mit einem Freifahrtschein verwechselt, wieder zu seinem üblichen Verhalten als Workaholic zurückkehren zu dürfen.

Vicki hatte mehrere Aktennotizen für „Heart" verfasst, während sie auf Caleb gewartet hatte. Jetzt ging sie in die Küche, schenkte Kaffee in zwei Tassen und trug sie ins Wohnzimmer.

„Vicki?", rief er, als er durch die Hintertür ins Haus trat. Offenbar hatte er das Licht gesehen.

„Ich bin hier." Sie schob mehrere Zeitschriften auf dem Sofatisch zur Seite und überlegte rasch, wie sie das Thema ansprechen konnte, ohne einen großen Krach auszulösen. Sie wollte nicht als Nörglerin erscheinen, aber es war wichtig, dass sie miteinander redeten, für sie beide und für ihr Kind. Wie sie Caleb schon gesagt hatte, sie würde nicht zulassen, dass ihr Kind sich vorkam wie eine Verpflichtung.

In dem Moment, als Caleb hereinkam, wurde ihr jedoch klar, dass irgendetwas nicht stimmte. Sein Anzug war nass vom Regen, genau wie sein Haar, das ziemlich zerzaust aussah. Doch was Vicki am meisten erschreckte, war der trostlose Ausdruck in seinen Augen. So hatte sie ihn erst einmal gesehen, und zwar in der Nacht, nachdem sie ihn gebeten hatte, auszuziehen, und er gemerkt hatte, dass er sie nicht umstimmen konnte.

„Was ist passiert?" Sie ging zu ihm, um ihm aus dem Mantel zu helfen.

Er überließ ihr den Mantel und sank auf das Sofa. Besorgt setzte Vicki sich neben ihn. „Caleb, Schatz?"

„Ich bin bloß müde." Er starrte auf die gegenüberliegende Wand, doch Vicki wusste, dass er nicht das Bild betrachtete, das dort hing.

„Nein", widersprach sie, legte eine Hand auf sein Kinn und zwang ihn, sie anzusehen. „Du wirst nicht wieder damit anfangen."

„Womit?" Er legte seine Hand auf ihre, zog sie aber nicht weg.

„Geheimnisse für dich zu behalten, weil sie wehtun." Missbilligend schüttelte sie den Kopf.

„Gerade jetzt sollst du dir nicht auch noch Sorgen machen. Ich will nicht, dass dir wehgetan wird."

Seine Fürsorge berührte sie tief. Er war der liebenswerteste Mensch, den sie je kennengelernt hatte. „Weißt du, was mir am meisten wehtut? Wenn ich aus deinem Leben ausgeschlossen werde. Tue mir das nicht an, Caleb. Nicht wieder", bat sie ihn eindringlich.

Traurig sah er sie an. Vicki schmiegte sich an ihn und hielt ihn fest. Würde er mit ihr reden? Würde er den nächsten Schritt in ihrer neuen Beziehung machen? Einer Beziehung, in der sie gleichberechtigte Partner waren und in der sie beide für das Wohl des anderen Verantwortung trugen?

„Vor zwei Tagen ...", fing er an zu erzählen, „... begann ein großer Deal, den wir schon seit einem Jahr vorbereiten, zu platzen."

„Was ist passiert?"

„Maxwell ist unser Mandant, Horrocks der Käufer. Der Vertrag war kurz vor der Unterzeichnung, als Horrocks eine große Diskrepanz in den Finanzberichten entdeckte, die Maxwell geliefert hatte."

Vicki verstand genug vom Geschäft, um das Ausmaß des Problems zu erkennen. „Horrocks weigert sich zu unterzeichnen?"

„Nicht nur das. Horrocks beschuldigt Maxwell der absichtlichen Täuschung."

Vicki wusste, dass Caleb ein absoluter Perfektionist in seiner Arbeit war. Niemals würde er bei einem Betrug mitmachen. „Hat jemand von Maxwell dich in Schwierigkeiten gebracht?"

„Nicht absichtlich. Letztendlich ist der Leiter der Finanzabteilung mit seinen Mitarbeitern für die falschen Zahlen verantwortlich." Seufzend legte Caleb das Kinn auf ihr Haar. „Hast du heute schon die Zeitung gelesen?"

„Nein, ich hatte keine Zeit." Alarmiert von seinem Ton, ging sie zu dem kleinen Sideboard, auf das sie immer die Zeitung legte, sobald sie geliefert wurde, und brachte sie Caleb.

Caleb nahm sie, wartete aber, bis Vicki sich wieder neben ihn gesetzt hatte, bevor er die erste Seite des Wirtschaftsteils aufschlug. Die Schlagzeile dort wühlte ihn immer noch auf. „Angesehene Anwaltskanzlei verpfuscht Firmenaufkauf", las er laut vor. Er hatte das Gefühl, seine Träume würden gerade wie eine Seifenblase platzen.

Vicki berührte ihn sanft an der Schulter. „Du weißt, dass du dir nichts vorzuwerfen hast. Steht der Deal noch zur Debatte? Hast du etwas, womit du arbeiten kannst?"

Er warf die Zeitung auf ein Kissen. „Kaum. Wenn wir Horrocks nicht dazu überreden können, Maxwell Zeit zu geben, den strittigen Punkt zu klären, wird der Deal scheitern."

„Die Schuld liegt bei Maxwell, nicht bei dir."

„Nein. Es ist unsere Schuld. Maxwell ist unser Mandant, und wir hätten uns dieses Problems annehmen müssen." Er würde sich nicht so einfach aus der Affäre ziehen.

Vicki gab ihm einen Klaps auf die Schulter. „Du bist Anwalt, kein Buchhalter. Hier geht es um Finanzprobleme."

„Callaghan & Associates wurden von Maxwell mit der Abwicklung des Verkaufs beauftragt. Wir wurden dafür bezahlt, sicherzustellen, dass alles korrekt abgewickelt wird." Er nahm ihre Hand von seiner Schulter und küsste ihre Fingerspitzen. „Wenn wir diesen

Deal nicht retten, wird die Kanzlei Mandanten verlieren, und das wird der Anfang vom Ende sein."

Vickis Augen blitzten. „Wenn es dazu kommt, fangen wir wieder von vorne an, selbst wenn das bedeutet, dass ich als deine Sekretärin arbeiten muss." Sie lächelte. „Ohne Reue."

Eine schwere Last schien von ihm abzufallen. Ein kleiner Teil von ihm hatte befürchtet, sie würde die Schließung der Kanzlei begrüßen, die sie immer als Rivalin betrachtet hatte. „Keine Reue?"

„Nie."

Caleb war froh über seine Frau. Einer seiner Partner bekam bereits Druck von seiner Frau, die von ihm die Zusicherung verlangte, dass sie auch weiterhin den gewohnten Lebensstil aufrechterhalten konnte.

Vicki streichelte sein Kinn. „Ich habe vollkommenes Vertrauen in dich. Du wirst Erfolg haben, da bin ich ganz sicher. Kann ich irgendetwas tun, um dir zu helfen?"

„Danke, Liebling, dass du fragst, aber das muss ich mit meinem Team schon allein bewältigen."

Vicki tippte mit dem Finger gegen ihre Lippen. „Ich glaube, ich habe da so eine Idee, wie du eure anderen Mandanten dazu bringen kannst, bei euch zu bleiben."

„Sollte ich mir Sorgen machen? Das letzte Mal, als du eine Idee hattest, musste ich zwei Monate lang im Hotel wohnen."

„Na ja, daran hattest du schon einen Anteil", erwiderte Vicki, ohne nachzudenken. Sie wusste, im Augenblick war ein denkbar ungünstiger Moment, darauf zu sprechen zu kommen, doch sie hatte es nicht mehr in der Hand. Mit seiner schnippischen Bemerkung schien er einen Schalter in ihr umgelegt zu haben.

„Als Ehemann war ich wohl kein Hauptgewinn, was? Aber jetzt machen wir unsere Sache doch gut."

„Machen wir das wirklich?", entgegnete sie und dachte im selben Moment: Warum musste ich das jetzt bloß sagen? Hatte sie sich nicht vorgenommen, diesen Punkt nicht anzusprechen? Doch offenbar hatte sie sich etwas vorgemacht. „Wir haben uns versprochen, keine Geheimnisse mehr voreinander zu haben, und doch …"

„Du glaubst, es gibt noch etwas, das wir klären müssen?" Er klang betroffen.

„Wir haben nie über Miranda gesprochen." Erst jetzt, nachdem sie das Thema angeschnitten hatte, merkte sie, wie groß der Druck war, der sich in ihr aufgestaut hatte.

„Miranda? Was um alles in der Welt hat sie denn mit uns zu tun?" Anscheinend verstand er nicht, wovon sie sprach. Ein ungutes Gefühl beschlich Vicki. Entweder log Caleb, oder sie hatte einen schrecklichen Fehler gemacht. Doch Caleb war nicht gerissen. Seine Verblüffung war unmöglich gespielt.

Plötzlich schien er zu begreifen. „Verdammt, Vicki!" Er fuhr sich mit der Hand durch das Haar. „Ich kann nicht glauben, was ich da in deinem Blick lese. Nun sprich es schon aus."

Jetzt war es zu spät für einen Rückzieher. „Ich weiß, dass unsere Ehe lange Zeit sehr schwierig war", begann sie, „aber der Grund, weshalb ich mich scheiden lassen wollte, war, dass ich dachte, du hättest eine Affäre mit Miranda." Das war der Tropfen gewesen, der das Fass zum Überlaufen gebracht hatte. Untreue war die einzige Sache, die sie nicht hinnehmen konnte, möglicherweise deshalb, weil sie sich wegen des Verhaltens ihrer Mutter ständig schuldig fühlte.

Ärger stieg in Caleb auf. „Wie bist du darauf gekommen?"

„Du bist immer bis spät in die Nacht im Büro geblieben. Wenn ich anrief, war jedes Mal sie am Telefon und sagte mir, du könntest jetzt nicht an den Apparat kommen."

„Das reichte, um mich zu verurteilen?" Sein Ton war barsch, und Caleb berührte Vicki nicht.

Sie fragte sich, ob sie Caleb nach allem, was sie unternommen hatten, um ihre Ehe zu retten, nun wegen ihrer eigenen Dummheit verlieren würde. Die Vorstellung, ihn nie wieder lachen zu hören, traf sie wie ein Messerstich.

Sie nahm sich zusammen und sah ihm direkt in die Augen. Sie musste offen mit ihm sprechen. Die Zeiten waren vorbei, wo sie ihren Schmerz versteckt und sich selbst etwas vorgemacht hatte. Wenn sie ihre Ehe retten wollte, musste sie sich Klarheit verschaffen und ihn fragen, ob er sie betrogen hatte.

„Nein. Ich meine, die Telefonate mit Miranda haben mich misstrauisch gemacht – schließlich wissen wir beide, dass ich nicht gerade die selbstsicherste Frau der Welt bin."

„Vicki …", begann Caleb.

„Lass mich erst ausreden", bat sie. „Ich kann das nicht zweimal machen."

„Dann rede." Caleb legte den Arm auf die Sofalehne, und dabei berührten seine Finger Vickis Nacken. Vicki war unendlich erleichtert. Diese Berührung war für sie wie ein Anker, an dem sie sich festhalten konnte.

„Du bist vor vier Monaten geschäftlich nach Wellington gereist, und sie hat dich begleitet. Erinnerst du dich?"

„Ja." Natürlich erinnerte Caleb sich. In fast fünf Jahren Ehe hatte er seine Frau zum ersten Mal länger als eine Woche allein gelassen, und er hatte sich jeden Augenblick nach ihr gesehnt. Doch damals war Vicki die Beziehung zu ihm nicht wichtig genug gewesen, um den ersten Schritt zu machen, und ihn dort anzurufen. Ziemlich gekränkt hatte er ebenfalls keinen Kontakt mit ihr aufgenommen.

„Ich habe dich so vermisst", gestand ihm Vicki nun. „Ohne dich konnte ich gar nicht schlafen."

Er horchte auf.

„In der ersten Nacht, als du weg warst, habe ich stundenlang auf einen Anruf von dir gewartet. Sonst hast du dich ja auch immer gemeldet. Als kein Anruf kam, habe ich schließlich um drei Uhr morgens den Hörer genommen und versucht dich über dein Handy zu erreichen. Aber du musst es ausgeschaltet haben, deshalb habe ich in deinem Hotelzimmer angerufen." Ihre Hände ballten sich zu Fäusten. „Sie ist an den Apparat gegangen!"

Vicki kämpfte mit den Tränen. „Sie sagte, du seist auf dem Balkon, aber sie könne dich holen, falls ich das wolle. Die Art, wie sie sprach … Wie sollte ich denn etwas anderes annehmen? Wir hatten damals gestritten, und du warst so wütend …"

Bevor Caleb etwas zu seiner Verteidigung sagen konnte, sprach Vicki mit einer Vehemenz weiter, die er gar nicht an ihr kannte. War das wirklich seine zurückhaltende Victoria?

„Dann bist du zurückgekommen und hast mich nicht einmal angefasst! Du hast mich überhaupt nicht begehrt, und ich dachte, sie hätte dir gegeben, was du nicht von mir bekommen konntest. Was hat sie in deinem Zimmer gemacht, Caleb? Warum ging sie mitten in der Nacht an dein Telefon?"

Caleb wollte sie umarmen, doch sie hob die Hände und hielt ihn davon ab. So wütend hatte er Vicki noch nie erlebt. „Wir haben die Zimmer getauscht", erklärte er und fragte sich, ob Vicki ihm glauben würde.

„Was?" Verwirrt sah sie ihn an. „Warum?"

„Das Hotel hat bei der Buchung einen Fehler gemacht. Ich bekam das Raucherzimmer und Miranda das Nichtraucherzimmer." Er machte eine Pause und rief sich die Ereignisse von damals in Erinnerung. „Da muss ein Fehler passiert sein ... Miranda hätte das nicht planen können." Nach seinem Streit mit Vicki war er in ziemlich schlechter Stimmung nach Wellington geflogen. Miranda hatte kein Wort über seine Laune verloren, sondern nur sehr betroffen gewirkt.

Wenn Caleb jetzt darüber nachdachte, wurde ihm klar, was er die ganze Zeit übersehen hatte: Die Frau hatte ihm viel mehr angeboten als Mitgefühl. Bestimmt hatte sie sich geärgert, weil er auf ihre Annäherungsversuche nicht eingegangen war. Er konnte sich gut vorstellen, dass sie das Ziel verfolgt hatte, seine Ehe zu zerstören.

Vicki holte tief Atem. „Wusste die Rezeption nicht von dem Zimmertausch? Ich habe nämlich meinen Anruf über die Zentrale durchstellen lassen."

„Wir haben sehr spät eingecheckt, weil wir den letzten Flug genommen haben. Als wir den Fehler entdeckten, haben wir einfach die Zimmer getauscht, und Miranda sagte, sie würde am nächsten Morgen an der Rezeption Bescheid geben."

„Oh, Caleb." Vicki schluckte und strich sich das Haar zurück. Ihr Gesicht war blass und wirkte sehr angespannt. „Aber du hast mich nicht begehrt. Eine Woche lang hast du mich nicht angefasst! Vorher hast du mich immer berührt. Egal was passiert war, du hast mich berührt."

„Ich war verletzt." Wenn Vicki ehrlich zu ihm war, musste er das ebenfalls sein. „Ich wollte, dass meine Frau sich genug aus mir macht, um nach dem Streit auf mich zuzugehen. Aber soviel ich mitbekommen hatte, hast du dir nicht die Mühe gemacht."

„Sie klang unglaublich überzeugend. Wenn du sie gehört hättest ..." Vicki sprach jetzt nur noch ganz leise. „Der Gedanke hat mir entsetzlich wehgetan, dass du mit einer anderen Frau zusammen sein könntest. Mir brach das Herz."

Caleb betrachtete Vicki. Seine Sicherheit war längst verschwunden. „Ich habe dich nie betrogen, und das werde ich auch nie tun." Allein dass er diesen Schritt einmal aus Wut in Betracht gezogen hatte, hatte endlose Schuldgefühle in ihm verursacht. Er würde niemals betrügen und sich dann noch selbst im Spiegel betrachten können. Niemals. „Treue ist die einzige Waffe, mit der ich die Schande bekämpfen kann, die mein Erbe ist, wie Max mir eingeredet hat. Irgendwie bin ich unfähig zu betrügen. Glaubst du mir?"

Diese schlichte Frage erschütterte sie. „Ja, Caleb." Sie hob den Kopf, und in ihrem Blick lag so viel Qual, dass Caleb nicht anders konnte, als ihr zu verzeihen. „Tut mir so leid, Caleb. Ich hätte mit dir reden sollen, nicht einfach ..."

Er war ärgerlich auf sie, wegen ihres Mangels an Vertrauen, aber nicht sehr. Schließlich hatte er mit zu diesem Missverständnis beigetragen. „Ich weiß noch, wie ich mich benommen habe, nachdem ich zurückkam. Kein Wunder, dass du dieses Thema nicht zur Sprache bringen wolltest. Außerdem hattest du in einem Punkt recht."

„In welchem?"

„Der Grund, weshalb ich eine neue Sekretärin habe, ist der, dass ich ein paar Tage nach unserer Trennung heftig mit Miranda aneinandergeraten bin." Er war unglaublich wütend gewesen, dass jemand wagte, seine Loyalität zu seiner Frau infrage zu stellen, und hatte Miranda grob abgewiesen. „Als ihr klar wurde, dass ich mir lieber die Kehle durchschneiden würde, als auf ihre Annäherungsversuche einzugehen, kündigte sie. Ich habe das als mangelndes Urteilsvermögen von ihrer Seite abgetan. Wenn ich gewusst hätte, was sie in Wellington gemacht hat ..."

Vicki stieß einen erstickten Schrei aus. „Ich kann nicht glauben, dass ich mich verrückt gemacht habe wegen etwas, das gar nicht stimmte! Monatelang habe ich mich mit dieser Sache herumgequält und versuchte mir einzureden, ich könnte darüber wegkommen und es um unseres Kindes willen akzeptieren. Und die ganze Zeit wusste ich genau, ich wäre niemals imstande, zu vergeben und zu vergessen."

„Ich schätze, das war deine Strafe, und jetzt ist es vorbei", verkündete er, und das meinte er ernst. Er würde nicht zulassen, dass Mirandas Lügen ihre Ehe störten, die gerade immer besser wurde.

Außerdem konnte er nachträglich sowieso nichts tun, um die Qualen zu lindern, die Vicki durchgestanden hatte.

Die Tatsache, dass sie schließlich mit ihm über ihre Sorgen gesprochen hatte, statt sie weiter in sich gären zu lassen, war an sich schon ein Zeichen tiefen Vertrauens. „Du brauchst dir niemals Sorgen darüber zu machen, ich könnte dich betrügen, Liebling. Neben dir und der Arbeit hätte ich kaum dazu Zeit." Er wollte sie zum Lachen bringen.

Doch stattdessen setzte sie sich auf seinen Schoß und schlang die Arme um seinen Nacken. „Wir retten deine Anwaltskanzlei, Caleb. Niemand wird sie dir wegnehmen. Das verspreche ich."

Er umarmte Vicki und drückte sie fest an sich. Er merkte, dass sie irgendetwas vorhatte, doch er hatte keine Ahnung, was.

Zwei Tage und viele Stunden harter Arbeit später hatte Vicki für Caleb eine Dinnerparty organisiert, mit neun seiner wichtigsten Mandanten und deren Gattinnen. Kent Jacobs und seine Verlobte – eine weitere Frau, die zu ihrem Partner stand – waren ebenfalls anwesend.

Als sie schon halb mit Essen fertig waren und sich alle ungezwungen unterhielten, lehnte sich ein älterer Mandant vor und meinte: „Caleb, Sie sind seit acht Jahren meine erste Wahl, sogar schon bevor Sie Ihre eigene Sozietät gründeten. Ich will ja keine Panik verbreiten, aber ich werde auch nicht meine Firma mit Ihnen untergehen lassen. Wir können es uns einfach nicht leisten, mit einem Unternehmen verbunden zu sein, das den Ruf hat, inkompetent zu sein, wenn Sie mir meine Offenheit vergeben. Ich persönlich weiß, dass Sie der Beste sind. Aber ich muss den Aktionären Rede und Antwort stehen, die ihre Informationen den Medien entnehmen."

Nachdenkliches Schweigen breitete sich am Tisch aus, doch Caleb war froh über die Gelegenheit, die Dinge offen darzulegen. Er warf Vicki einen Blick zu und begann zu sprechen: „Wir vertrauen darauf, diesen Deal zu retten, über den die Medien negativ berichteten. Wir bitten Sie nur darum, dass Sie unsere Sozietät nicht in eine Krise stürzen, indem Sie Ihre Fälle vorzeitig abziehen." Das war deutlich, doch keiner der Anwesenden redete gern um den heißen Brei herum. „Falls der Deal nicht zustande kommt, haben Sie unsere volle Kooperationsbereitschaft bei der Übergabe sämtlicher Unterlagen an Ihre neuen Anwälte. Wir bitten Sie nur um zwei Wochen Geduld."

Der Mann, der das Thema ursprünglich angeschnitten hatte, nickte. Wie alle anderen am Tisch entschied er sich gewöhnlich rasch. „Ich bin bereit, mich darauf einzulassen. Ich will Sie nicht verlieren, wenn es eine Chance gibt, dass Sie aus dieser Sache heil herauskommen."

Nachdem noch ein paar weitere Fragen beantwortet waren, stimmte ein Mandant nach dem anderen dieser Entscheidung zu. Callaghan & Associates hatten zwei Wochen Schonfrist.

In dieser Nacht umarmte Caleb Vicki im Bett. „Wir haben eine Atempause."

„Ich werde immer zu dir stehen."

„Ich weiß." Dieses Wissen gab ihm mehr Kraft und Entschlossenheit als alles andere. „Die nächsten zwei Wochen werden hart."

„Härter als die Zeit unserer Trennung?"

„Nichts könnte so hart sein." Diese Bemerkung half ihm, alles wieder in die richtige Perspektive zu rücken. „Was ist das Schlimmste, was passieren kann? Wenn der Deal platzt und die Sozietät zusammen mit meinem Ruf den Bach hinuntergeht."

„Und?", fragte Vicki und sah ihn an.

„Und wir fangen wieder von vorne an." Die Last auf seinen Schultern fühlte sich eine Spur leichter an. „Wir werden nicht mittellos sein. Ich habe genug gespart und angelegt, damit wir uns eine Weile lang über Wasser halten können."

„Ich könnte dich ernähren", schlug sie vor und küsste ihn auf den Hals. „Ich habe immer noch das Geld aus dem Treuhandvermögen, das ich zu meinem einundzwanzigsten Geburtstag bekommen habe. Außerdem werde ich bald für meine Arbeit bezahlt."

„Das Leben eines versorgten Mannes", sprach er leise vor sich hin. „Daran könnte etwas sein."

Spielerisch knabberte sie an seinem Kinn. „Du würdest nach der ersten Stunde verrückt werden."

„Stimmt. Aber man kann ja mal träumen." Er drehte den Kopf so, dass ihre Lippen sich trafen.

Der Kuss war wunderschön zärtlich, aber auch leidenschaftlich. Als sie sich voneinander lösten, war Vickis Blick verschleiert, doch um ihren Mund lag ein ernster Zug. „Caleb, zwischen uns ist doch alles in Ordnung, oder?"

Er wusste sofort, worauf sie anspielte. „Wir sind stärker als je zuvor. Du hast lediglich bewiesen, dass du dich ebenso zum Narren machen kannst wie ich."

Sie verzog das Gesicht. „Schuldig im Sinne der Anklage. Ich werde nie wieder an dir zweifeln."

„Ich weiß." Das war die Wahrheit. Er wusste, dass ihre Beziehung noch stärker geworden war, weil Vicki ihm genug vertraut hatte, um ein quälendes Thema zur Sprache zu bringen. „Gute Nacht, Baby."

„Gute Nacht, Caleb", sagte sie, kuschelte sich an ihn und legte ihre Hand auf die Stelle, wo sein Herz schlug.

Zufrieden schlief er ein.

12. Kapitel

Während der nächsten zehn Tage war Schlaf Mangelware. Caleb und sein gesamtes Team arbeiteten wie besessen. Doch während der ganzen Zeit war Vicki für ihn da. Sie machte ihm Mut, wenn er sich mühsam vorankämpfte und die Sorgen ihn erdrücken wollten.

Am dritten Tag erschien sie mit Muffins für alle im Büro. Das überarbeitete Personal freute sich über die freundliche Geste, und die Moral wurde sichtlich wieder angehoben. Caleb war seiner Frau unendlich dankbar.

Er zog sie in sein Büro und umarmte sie. „Wie war dein Tag?"

„Ich hatte viel zu tun. Ich glaube, ich habe einen Sponsor für das Wohltätigkeitskonzert gefunden, das ich organisiere, aber die Sache ist noch nicht unter Dach und Fach. Die gute Neuigkeit ist, dass die Radiointerviews gesendet werden." Sie streichelte seinen Rücken. „Und wie geht es dir?"

„Wir tun alles, was wir nur können, aber bis jetzt gibt es noch keinen konkreten Erfolg." Caleb liebte sie dafür, dass sie ihm half, für seinen Traum zu kämpfen, selbst wenn sie ihrem eigenen nachjagte. „Die Leute von ‚Heart' wären wirklich verrückt, wenn sie dich gehen ließen."

„Danke." Sie lächelte, und in ihren Augen lag ein mutwilliges Glitzern. „Und danke auch dafür, dass du diese Krise heraufbeschworen hast, damit wir unsere Verabredung mit Ada zum Abendessen nicht einhalten müssen."

Er lachte. „Das habe ich doch gern für dich gemacht."

„Ich weiß." Ihre Miene wurde ernst. „Kann ich euch hier in irgendeiner Weise behilflich sein?"

Er küsste sie. „Geh heim und ruh dich aus. Für mich ist es wichtig zu wissen, dass es dir und dem Baby gut geht."

„Uns geht es ausgezeichnet."

„In diesem Fall dürft ihr uns weiter füttern. Ich glaube, Kent würde sich göttlich über Zimtbrötchen freuen."

Nun lachten sie beide fröhlich.

Nach ein paar Minuten verließ Vicki das Bürogebäude. Ihr Handy klingelte. Die Nummer des Anrufers kannte sie nicht, aber die Stimme war ihr vertraut.

„Hallo, Vicki."

„Hallo, Mutter." Vicki blieb stehen und drehte sich mit dem Rücken zur nächsten Hauswand. Sie hatte nicht wirklich erwartet, dass ihre Mutter nach Neuseeland fliegen würde, um sie zu besuchen. Danica war nicht gerade zuverlässig. „Bist du in Auckland?"

„Ich komme gerade vom Flughafen. Hast du morgen Zeit, mit mir Kaffee zu trinken? So gegen elf Uhr?"

Im ersten Moment war Vicki so durcheinander, dass sie keinen klaren Gedanken mehr fassen konnte. „Sicher."

„Wir könnten uns doch in dem netten kleinen Coffeeshop treffen, in den wir letztes Jahr gegangen sind."

„Klingt gut."

Minuten später stand Vicki immer noch auf der Straße. Am liebsten wäre sie zu Caleb gerannt, damit er sie in die Arme nahm, und hätte ihn gebeten, alles für sie auf die Reihe zu bringen. Niemand, nicht einmal Ada, konnte sie so aus der Fassung bringen wie Danica. Wie ein Wirbelwind war sie vor ungefähr einem Jahr in Vickis Leben geweht und hatte nach ihrem Verschwinden emotionale Verwüstung zurückgelassen.

Danica war kein schlechter Mensch. Sie war einfach nur so mit sich selbst beschäftigt, dass sie weder Zeit hatte, eine Mutter zu sein, noch ihrer Tochter zuzuhören. Während ihres letzten Besuches hätte Vicki alles für den Rat ihrer Mutter gegeben, wie sie ihre Ehe kitten könnte. Doch Danica war nur daran interessiert gewesen, von ihrer Reise nach Paris zu erzählen.

„Entschuldigen Sie, Miss."

Verwundert drehte Vicki sich um. Ein älterer Herr stand direkt vor ihr und tippte sich leicht an einen imaginären Hut, dann begann er das Schild zu lesen, vor dem Vicki gerade stand. Diese Unterbrechung war genau das, was sie brauchte, um sich aus ihrer Erstarrung zu lösen.

Sie ging zu ihrem Wagen und entschied, ihre Mutter sei ihr Problem und sie würde sich schon selbst darum kümmern. Sie würde sich weder in einem Schneckenhaus noch hinter Caleb verstecken. Wenn sie nicht in der Lage war, mit Danica umzugehen, war sie noch nicht die selbstständige Frau, die sie Caleb gegenüber behauptet hatte zu sein.

Am späten Vormittag des nächsten Tages betrachtete Vicki ihr Handy und bekämpfte den Wunsch, Caleb anzurufen. Er durfte nicht auch noch mit ihren Problemen belastet werden. Nicht gerade jetzt. Doch wie sie es auch drehte und wendete, sie hatte Angst, Danica zu treffen. Beinahe hätte sie Caleb gegenüber den Besuch ihrer Mutter erwähnt, als er morgens zur Arbeit gefahren war. Was sie davon abgehalten hatte, war der gleiche Grund, aus dem sie auch jetzt nicht seine Nummer wählte. Sie musste sich selbst beweisen, dass sie stark genug war, sich ihren Problemen zu stellen.

Sie steckte das Handy zurück in die Handtasche und trank einen Schluck Kaffee. In diesem Augenblick wurde ihr etwas Wichtiges bewusst. Sie war allein gekommen, um Danica zu treffen, doch in Wirklichkeit war sie gar nicht allein. Calebs Vertrauen in sie gab ihr Stärke, und diese Stärke war immer bei ihr.

Etwas Rotes an der Tür des Coffeeshops erregte ihre Aufmerksamkeit. Vicki stellte die Tasse ab und beobachtete, wie eine schöne blonde Frau das Café betrat. Sie war schon weit über fünfzig, aber Danica Wentworth, geborene Striker, wirkte nicht im Geringsten alt. Ihr Haar mit den hellen Strähnchen reichte ihr bis zu den Schultern. Sie hatte eine perfekte Figur, und ihr Make-up war makellos. Das ärmellose, schlicht geschnittene Wickelkleid, das sie trug, betonte ihr Dekolleté, und so mancher Gast drehte den Kopf nach ihr um.

Vor Vickis Tisch blieb Danica stehen. „Victoria, Darling." Ein Hauch ihres Parfüms umwehte Vicki und weckte schmerzliche Erinnerungen in ihr.

Sie stand auf und gab Danica pflichtschuldig ein Küsschen auf die Wange. „Hallo, Mutter." Dann setzte sie sich wieder, und Danica nahm auf dem Stuhl gegenüber Platz. Ihre Bewegungen waren voll lässiger Eleganz. Verglichen mit ihr kam Vicki sich stumpf und glanzlos vor; eine Schwalbe neben einem Paradiesvogel.

„Dieses Blau steht dir gut, Darling." Danica wies auf den himmelblauen Cardigan, den Vicki zu ihrer Lieblingsjeans trug. Sie liebte es, die weiche Kaschmirwolle auf der Haut zu fühlen, aber am meisten mochte sie es, dass Caleb ständig versucht war, sie zu streicheln, wenn sie diesen Pullover anhatte.

„Ist dir nicht kalt?", fragte sie Danica.

Ihre Mutter lachte laut auf. „Ich bin doch heißblütig. Hast du mir inzwischen schon einen Kaffee bestellt?"

„Einen Flat White ohne Zucker." Das war ein Kaffee, der aus einem Schuss Espresso mit heißer unaufgeschäumter Milch bestand.

„Perfekt."

Kurz darauf wurde Danicas Kaffee gebracht. Sie warf dem Kellner ein strahlendes Lächeln zu, bevor sie einen Schluck probierte. „Sehr gut, obwohl ich zugeben muss, dass ich den Kaffee vermisse, den es zu Hause gibt."

„Wie geht es Italien?" Dorthin war Danica gegangen, nachdem sie Carlo Belladucci kennengelernt hatte, aber sie hatte Vicki niemals eingeladen, sie dort zu besuchen.

Mit einem Mal verdüsterte sich Danicas Miene. Danica stellte die Tasse ab, fasste über den Tisch und legte eine Hand auf den Arm ihrer Tochter. Vicki war so überrascht, dass sie zunächst gar nicht reagierte. „Ich bin gekommen, um mich zu entschuldigen."

„Wofür denn?"

„Für alles. Dafür, dass ich dich bei Ada gelassen habe. Dafür, dass ich mich entschieden habe, meiner Liebe zu Carlo nachzujagen, statt mich um meine Tochter zu kümmern. Dafür, dass ich nie für dich da gewesen bin." Der Blick ihrer blauen Augen, die denen von Vicki so ähnlich waren, war flehend auf sie gerichtet. „Vergib mir."

Vicki wusste genau, das hatte nichts zu bedeuten, genau wie bei den letzten paar Malen, als Danica von Schuldgefühlen überwältigt worden war. Auch heute bedeuteten ihre Worte nichts. Sie würden nie etwas bedeuten. Danica war wie ein wunderschöner, aber launischer Schmetterling. Dass sie so lange bei Carlo blieb, sprach für ihre Liebe zu diesem Mann. Danica hatte es geschafft, sich in eine treue Geliebte zu verwandeln, doch mütterlich war sie nie gewesen.

Erstaunlich war, dass Vicki jetzt nicht mehr das Gefühl hatte, durch Danicas Mangel würde ihr Herz in Stücke geschnitten werden. Diese Erkenntnis verblüffte Vicki, aber sie war froh darüber.

„Es gibt nichts zu vergeben", sagte sie sanft und dachte dabei an das neue Leben, das in ihr wuchs. Ohne sich dessen bewusst zu sein, hatten Caleb und ihr Baby ihr die emotionale Stärke geschenkt, Danicas flatterhafter Persönlichkeit standzuhalten. Durch Caleb und das Baby hatten sich die Prioritäten verschoben. Die Schatten der Vergangenheit verdüsterten ihr Leben nicht mehr, denn sie konzentrierte sich ganz auf die glückliche Zukunft, die vor ihr lag.

„Mein Therapeut sagt, ich kann keinen Frieden finden, solange ich nicht deinen Ärger auf mich zulasse."

Nun legte Vicki ihre Hand auf die schmale Hand ihrer Mutter und hielt sie lächelnd fest. „Sag ihm, dass ich nicht ärgerlich auf dich bin." Nicht mehr. „Ich bin glücklich, dass du glücklich bist, Mutter. Du bist doch glücklich, oder?"

„Oh ja." Danica zog ihre Hand zurück. „Was ist mit dir, Darling? Wie geht es deinem großartigen Ehemann?"

„Mir geht es wundervoll und Caleb auch." Sie war froh, dass sie ihre freudige Nachricht nun ohne bittere Gefühle mit Danica teilen konnte. „Wir bekommen ein Baby."

Danica stieß einen Schrei aus, und sämtliche Gäste im Coffeeshop sahen sich nach ihr um. Doch sie hatte sich noch nie darum gekümmert, was andere Leute von ihr dachten. „Oh, Darling, wie aufregend! Liebe Güte, das bedeutet, ich werde Großmutter!"

„Du wirst eine tolle Großmutter sein und das Herz unseres Kindes sicher im Sturm erobern." Das war die absolute Wahrheit. Mit Geschenken und fröhlichem Lachen würde Danica das Leben eines Kindes mit Freude und Spaß erfüllen. Jedenfalls solange von ihr nicht mehr gefordert wurde als gelegentliche Besuche. „Bestimmt wirst du angehimmelt werden."

Diese Vorstellung schien Danica zu gefallen. Als sie glücklich über alles Mögliche plauderte, von den hübschen Babykleidern, die sie kaufen würde, bis zu ihren Abenteuern in Europa, dämmerte Vicki noch eine Erkenntnis. Danica, wurde ihr klar, wollte gar nicht verheiratet sein oder in irgendeiner Weise gebunden. Ihr Leben, das Ada Vicki immer in den finstersten Farben geschildert hatte, war für Danica genau richtig.

Bei diesem Gedanken heilte eine Wunde in Vicki, und sie sah, was für eine mitleiderregende Frau Ada eigentlich war. Das Leben ihrer

Großmutter basierte auf tausend großen und kleinen Lügen. Sie war kein Mensch, vor dem man Angst zu haben brauchte. Nun war sich Vicki absolut sicher, dass Ada nie wieder die Macht hätte, sie einzuschüchtern.

Eine Stunde später verabschiedete Vicki sich von ihrer Mutter vor dem Coffeeshop, und ihre Wege trennten sich.

Auf dem Weg nach Hause spürte Vicki, wie sie von einer Welle der Liebe überflutet wurde. Ihr wurde bewusst, dass sie Caleb und ihr ungeborenes Baby mehr liebte als jeden anderen Menschen auf der Welt, und das war der eigentliche Grund, weshalb sie ihrer Mutter vergeben konnte. Danica hatte niemals solche tiefen Gefühle empfunden und würde das auch in Zukunft nicht tun.

Ihre Mutter genoss ihr Leben, aber sie hatte niemals jemandem ihr Herz geschenkt. Nicht ihrem Kind, nicht ihrem verheirateten Liebhaber, nicht ihrer Arbeit.

Zehn Tage nach der Dinnerparty bei ihm zu Hause fand eine streng vertrauliche Besprechung statt. Ziemlich erschöpft, aber gleichzeitig sehr froh, verließ Caleb nach Sitzungsende den Besprechungsraum. Es war fast sieben Uhr abends, als er ins Büro zurückkehrte. Sein gesamtes Team war anwesend.

In der Sekunde, als er aus dem Aufzug trat, musterten sie ihn und fingen dann an, vor Freude zu jubeln. Der Deal war gerettet, und Callaghan & Associates hatten der Geschäftswelt bewiesen, wenn es hart auf hart kam, waren sie der Herausforderung gewachsen. Caleb wusste, dass seine Kanzlei dadurch neue Mandanten gewinnen würde, und die alten waren erhalten geblieben.

„Lasst uns feiern!", rief jemand. Alle applaudierten, und sofort ging eine Diskussion los, wohin man gehen sollte.

„Was hältst du denn von der neuen Bar am Hafen?", fragte Kent Caleb.

Caleb hob die Hände. „Rechnet nicht mit mir. Ich fahre nach Hause."

Ein Chor enttäuschter Stimmen wurde laut, bis Kent mit den Augen zwinkerte und erklärte: „He, kommt schon, Leute. Der Mann ist verrückt nach seiner Frau."

Caleb stimmte in das allgemeine Gelächter ein. „Ich wünsche

euch viel Spaß. Die Rechnung zahlt die Kanzlei. Und keine Sorge, das geht nicht von eurem Bonus ab."

„Ich liebe das Wort Bonus." Ein junger Anwaltsgehilfe machte ein paar Tanzschritte.

Caleb wusste, wie sehr die Leute Anerkennung verdienten. Er würde ihre gute Arbeit nicht vergessen.

„Komm schon, lasst uns gehen. Gute Nacht, Caleb." Vergnügtes Schwatzen ertönte aus den Aufzügen, als sie gingen. Caleb wartete, bis alle weg waren, dann wollte er rasch nach Hause fahren.

Weil er verrückt nach seiner Frau war.

Während er umringt von Menschen war, die ihn respektierten und ihm vertrauten, war ihm auf einmal völlig klar geworden, dass kein Erfolg ihm etwas bedeuten würde, wenn er ihn nicht mit Vicki teilen konnte. Sie war der einzige Mensch, der sich genug aus ihm machte, um auf seine Leistungen stolz zu sein, und der einzige Mensch, der jemals um ihn gekämpft hatte. Sie war die Einzige, auf die es richtig ankam.

Endlich konnte Caleb aufhören, zu versuchen, sich Max zu beweisen. Caleb empfand keinen Schmerz bei diesem Gedanken, nur ein wenig Mitleid, weil Max sich selbst so hasste, dass er diese Gefühle auf einen Jungen übertragen musste, auf den er eigentlich hätte stolz sein können. Das war schlecht für Max, tat Calebs Glück aber keinen Abbruch.

Endlich konnte Caleb nach Hause fahren.

Vorher musste er nur noch eine Sache erledigen. Er nahm sein Handy und rief Kent an. „Kannst du noch mal für fünf Minuten ins Büro kommen?"

„Sicher, wir sind noch nicht weit weg. Ich komme rasch wieder nach oben. Ist etwas nicht in Ordnung?"

„Nein." Caleb lächelte. „Ganz im Gegenteil."

Als Caleb an diesem Abend nach Hause kam, empfing Vicki ihn mit einem Lächeln an der Tür. Sie nahm ihm den Mantel ab, hängte ihn in den Schrank und umarmte Caleb zärtlich.

„Ich habe auf dich gewartet."

Er sah ihr in die strahlenden Augen. „So? Gibt es etwas Besonderes?"

„Ja. Stell dir vor, ich habe den Job. Obwohl noch kein ganzer Monat um ist, hat man mir gesagt, ich sei fest engagiert!" Sie wirkte schrecklich aufgeregt. „Sie waren so beeindruckt von den Radiointerviews, die ich organisiert habe, dass …"

Caleb hob sie hoch und wirbelte sie herum. „Dir kann niemand widerstehen, das habe ich immer gewusst."

Mit einem Mal wurde ihre Miene zärtlich. Sie nahm Calebs Gesicht in beide Hände und küsste ihn. „Kein Wunder, dass ich dich liebe."

Sein Herz setzte einen Schlag lang aus. „Was hast du gesagt?" Das hatte ihm noch niemand gesagt. Er konnte gar nicht glauben, dass Vicki, die Frau, die er über alles verehrte, diese Worte ausgesprochen hatte.

Sie näherte ihr Gesicht seinem, bis sie sich ganz nah waren. „Ich sagte, ich liebe dich, Caleb Callaghan. Ich liebe dich über alles, bin verrückt nach dir. Tut mir leid, dass ich so lange gebraucht habe, dir das zu gestehen."

Caleb suchte nach Worten, um darauf etwas zu erwidern. Er öffnete den Mund und heraus kam: „Wir haben den Deal gerettet."

„Oh, Caleb! Warum hast du das nicht gleich gesagt?" Vicki gab ihm einen Klaps auf die Brust. „Warum hast du nicht angerufen?"

„Weil ich dich doch in den Armen halten wollte, wenn ich es dir sage."

Sie strahlte ihn so glücklich an, dass ihm einfach die Worte fehlten. „Weißt du überhaupt, wie viel du mir bedeutest?"

„Caleb, Liebling, ich höre dir jedes Mal zu, wenn du mich berührst. Endlich höre ich, was du damit ausdrückst."

„Du bedeutest alles für mich", sagte er leise und zog sie fest an sich. „Das darfst du niemals vergessen, und du darfst auch nicht zulassen, dass ich das vergesse."

Sie schmiegte sich an ihn. „Ich werde nicht mehr still sein", erklärte sie. „Von jetzt an musst du dich an eine Frau gewöhnen, die sagt, was sie meint."

Caleb blickte ihr ins Gesicht. „Du hattest viel Geduld in den letzten Tagen. Ich war wenig bei dir zu Hause."

„Der Deal war sehr wichtig. Schließlich bin ich nicht unvernünftig. Ich weiß, dass deine Arbeit manchmal viele Überstunden erfordert. Solange das nicht immer der Fall ist, komme ich damit zurecht und auch unser Kind."

„Nun, vom nächsten Monat an werde ich weniger Stress in der Arbeit haben. Aus Callaghan & Associates wird Callaghan, Jacobs & Associates."

Mit großen Augen sah Vicki ihn an. „Du hast Kent eine Teilhaberschaft angeboten?"

„Er hat es verdient."

Vicki traten Tränen in die Augen, und Caleb erstarrte. „Liebling, was ist los?"

„Ich bin so glücklich. Oh, Caleb, das bedeutet doch, deine Arbeit wird sich halbieren, weil Kent genauso viel Verantwortung haben wird, oder?"

Er streichelte ihr Haar. „Ich werde natürlich immer noch der Seniorpartner sein, aber ja, Kent wird einen Teil meines Verantwortungsbereiches übernehmen, sowohl was die Fälle als auch das Management betrifft."

„Ich bin die Nummer eins." Eine Träne rollte über ihre Wange. „Ich habe nie gedacht, dass ich für dich die Nummer eins sein könnte, egal wie sehr du mich liebst."

„Ich verstehe nicht …" Dann verstand er plötzlich doch. „Du bist das Wichtigste in meinem Leben. Die Arbeit würde mir nichts bedeuten, wenn ich nicht am Abend zu dir nach Hause kommen könnte." Er wischte ihr die Tränen weg. „Liebling, bitte."

Sie verzog das Gesicht. „Das liegt an den dummen Hormonen." Sie presste ihr Gesicht an seine Brust. „Ich glaube, ich liebe dich einfach zu sehr."

Caleb hielt sie fest. Dann begann er mit einem Mal übers ganze Gesicht zu strahlen. Vicki hasste es zu weinen, weil sie es als Schwäche ansah, und trotzdem war sie hier in seinen Armen, und die Tränen flossen. Das kam einer weiteren Liebeserklärung gleich. „Dann weine, Liebling. Ich werde immer bei dir sein und dich beschützen. Sogar falls du dich jemals erfolgreich von mir scheiden lassen würdest, würde ich einfach trotzdem bei dir bleiben."

Sie lachte. „Dummkopf. Ich werde mich nie von dir scheiden lassen."

„Ich weiß." Er hatte eine Weile gebraucht, bis er begriffen hatte, warum sie diesen Schritt unternommen hatte. Doch inzwischen verstand er ihn. „Wie wäre es mit einer Glocke?"

„Eine Glocke?"

„Eine richtig große."

„Caleb, was um alles in der Welt willst du denn mit einer Glocke?" Fragend sah sie ihn an.

„Das nächste Mal, wenn du meine Aufmerksamkeit auf dich lenken willst, brauchst du bloß …"

„… die Glocke zu läuten." Sie fing an zu lachen. „Caleb!"

Er grinste. „Wir könnten das doch wenigstens probieren." Er war so glücklich. Was er nie erwartet hätte, war eingetroffen. Endlich gab es in seinem Leben ein Happy End.

Als Vicki ihn küsste, wurde ihm bewusst, dass die Geschichte aber eigentlich erst begann.

– ENDE –

Nalini Singh

Nächte der Liebe –
Tage der Hoffnung

Roman

Aus dem Amerikanischen von
Brigitte Bumke

1. Kapitel

Die letzte Person, die Jessica Randall bei ihrer Ankunft in Neuseeland auf dem International Airport von Christchurch zu sehen erwartet hatte, war der Mann, den sie bald heiraten würde. „Gabriel. Was machst du denn hier?"

„Du warst ein Jahr lang in L. A., und das ist alles, was du zu sagen hast?"

Verwirrt küsste sie ihn flüchtig auf die Wange. Es war ein ungewohntes, merkwürdiges Gefühl. „Entschuldige, ich war einfach überrascht. Hast du nicht alle Hände voll zu tun auf der Farm?"

„Ich wollte etwas mit dir besprechen. Aber eins nach dem anderen." Unvermittelt zog er sie an sich und küsste sie leidenschaftlich auf den Mund.

Das brachte Jessica völlig aus der Fassung, und sie klammerte sich an sein Hemd, um nicht das Gleichgewicht zu verlieren. Deutlich spürte sie die knisternde Spannung zwischen ihnen. Jessicas Herz klopfte zum Zerspringen, und das Blut rauschte ihr in den Ohren.

Es war der intimste Kuss, den sie und Gabriel je ausgetauscht hatten, der engste Körperkontakt, den sie bisher hatten. Jessica geriet geradezu in Panik. Nicht, weil es ihr nicht gefiel, sondern weil es ihr gefiel.

„Willkommen zu Hause." Gabriel gab sie frei. Der Ausdruck in seinen grünen Augen war unmissverständlich – Gabriel Dumont war bereit für die Hochzeitsnacht.

Mit leicht zittrigen Beinen sah Jessica zu, wie er ihr Gepäck aufnahm, dann folgte sie ihm zum Bereich des Flughafens für Inlandsflüge und weiter zum Flugfeld für die kleineren Maschinen. Dort wartete die *Jubilee* auf sie, eines der beiden Flugzeuge, die zur Angel-Farm gehörten.

Jessica fühlte sich derart unter Druck – wegen Gabriels Erwartungen, aber hauptsächlich wegen ihrer unerklärlichen Reaktion auf seine Umarmung –, dass sie kaum etwas wahrnahm. Im Laufe des vergangenen Jahres hatte sie sich eingeredet, ihre Ehe würde eine ruhige, geschäftsmäßige Angelegenheit werden. Sie hatte nicht einmal darüber nachgedacht, was es bedeuten könnte, wirklich Gabriels Frau zu sein – von ihm berührt und in Besitz genommen zu werden.

Ihr Herz klopfte heftig, als Gabriel neben ihr den Platz des Piloten einnahm, die Kontrolle übernahm. Ihr Verlobter war ein Mann, der genau wusste, was er wollte. Man konnte ihn unmöglich ignorieren.

Gabriel Dumont war hochgewachsen, muskulös und schlank und wirkte geschmeidig. Seine Art, sich zu bewegen, erinnerte an einen jungen wilden Hengst, prachtvoll und stolz. Sie wusste von früher, dass die verblassten Brandnarben auf seinem linken Arm und auf seinem Rücken diese Wirkung nicht schmälerten – womöglich unterstrichen sie seine überwältigende Ausstrahlung sogar noch. Seine klaren grünen Augen und sein in der Sonne schimmerndes Haar ließen ihn perfekt wirken. Es war fast, als wäre er in dem Jahr ihrer Abwesenheit noch attraktiver geworden ... noch unpassender für sie.

Bei Gabriels Anblick verschlug es den Frauen in der Regel den Atem. Man fühlte sich unweigerlich an die Schönheit eines Tigers erinnert – gefährlich und unberührbar. Nicht zum ersten Mal zweifelte Jessica an der Richtigkeit ihrer Entscheidung, einen Mann zu heiraten, von dem sie so wenig wusste, obwohl sie auf benachbarten Farmen aufgewachsen war.

„Und, was hast du in L. A. gelernt?", fragte Gabriel, nachdem sie sicher abgehoben hatten.

Noch immer nervös von der Wirkung seines Kusses auf sie, bemühte Jessica sich, ruhig zu klingen. „Dass ich malen kann." Sie hatte bei Genevieve Legraux, einer bekannten Malerin, studiert.

„Das wussten wir beide vorher, Jessica. Deshalb bist du ja nach Amerika gegangen."

„Stimmt. Ich meine, ich habe herausgefunden, dass ich auf einem Niveau malen kann, das zum Profi reichen könnte." Diese Entdeckung hatte sie überrascht, denn sie hatte als Kind und Jugendliche auf der kleinen Schaffarm ihrer Eltern nur gelegentlich Zeit für ihre Kunst gehabt.

„Genevieve hat mich ermutigt, meine Bilder zum Verkauf anzubieten. Sie will einige sogar an Richard Dusevic schicken, einen angesehenen Galeristen in Auckland."

„Davon hast du bei unseren Telefonaten gar nichts erzählt."

Achselzuckend dachte Jessica an die wöchentlichen Telefonate zurück. Sie hatten immer höchstens ein paar Minuten gedauert, doch sie hatte sich danach jedes Mal verloren und verwirrt gefühlt. „Ich wollte dir die Bilder zeigen." Gabriel glaubte nur, was er sah. „Sie sollten in Kürze ankommen. Ich habe sie als Schiffsfracht aufgegeben."

„Wirst du Los Angeles vermissen?"

„Nein." Jessica warf einen Blick aus dem Fenster. Sie flogen gerade über die Canterbury Plains, die einem Flickenteppich glichen. Bald würden sie das Mackenzie Country erreichen, ein atemberaubendes Paradies im Schatten der Southern Alps Neuseelands und die einzige Gegend, in der sie sich zu Hause fühlte. „Ich musste für eine Weile weg von hier, doch jetzt komme ich zurück, um zu bleiben."

„Wirklich?"

Sein scharfer Ton ließ Jessica sich Gabriel zuwenden. „Was für eine Frage ist denn das? Wir werden heiraten – oder hast du deine Meinung geändert?" Vielleicht hatte er sich ja inzwischen in eine dieser sinnlichen, selbstsicheren Frauen verliebt, mit denen er in schöner Regelmäßigkeit das Bett teilte. Bei dem Gedanken ballte sie die Hände zu Fäusten.

„Ich bin bereit." Gabriel korrigierte ein wenig den Kurs. „Deinetwegen mache ich mir Sorgen."

„Ich habe versprochen, dass ich zurückkomme, um zu heiraten. Und ich bin zurückgekommen." Traumatisiert von zwei Schicksalsschlägen, dem Tod ihres Vaters und der Kündigung der Hypothek, mit der die Randall-Farm belastet war, hatte sie vor zwölf Monaten nicht die Kraft gehabt, jemandes Frau zu werden, schon gar nicht die eines Mannes wie Gabriel.

„Mark und Kayla haben sich getrennt."

„Wie bitte? Aber du hast doch gesagt, Kayla sei schwanger."

„Hochschwanger. Dein Freund hat sie vor drei Monaten verlassen."

Das klang wie eine verbale Ohrfeige. „Mark ist ein guter Freund, mehr nicht."

„Egal wie sehr du dir etwas anderes wünschst?"

Gabriel sah sie an, und sein Blick war so kalt, dass Jessica nichts darin entdeckte als ihr eigenes Spiegelbild.

„Ja. Egal wie sehr ich mir etwas anderes wünsche", räumte sie ein, obwohl sie sich gedemütigt fühlte. „Er hat mich nie geliebt, nicht so, wie er Kayla liebt."

„Sieht mir nicht nach Liebe aus. Der Junge zieht mit allem durch die Gegend, was einen Rock trägt und Brüste hat."

Die vulgäre Bemerkung ließ Jessica erröten. „Er ist wohl kaum ein Junge, immerhin ist er so alt wie ich." Und mit sechsundzwanzig sollte man erwachsen sein.

„Er benimmt sich momentan eben wie ein Kind", überging Gabriel, der neun Jahre älter war als sie, Jessicas Einwand.

„Wie ist es passiert? Und warum hast du mir das nicht früher erzählt?"

Er warf ihr einen seltsamen Blick zu. „Hat Mark es dir denn nicht gesagt?"

Jessica strich sich das Haar hinter die Ohren. „Nein, wir haben nicht miteinander geredet, seit ich weggegangen bin."

„Kein einziges Mal?"

„Nein", schwindelte sie und bemühte sich, nicht an Marks einzigen Anruf vor vier Monaten zu denken. Er war betrunken gewesen und hatte Dinge gesagt, die kein verheirateter Mann sagen sollte – Dinge, die sie sich nicht hätte anhören sollen. „Sieht es schlecht aus?"

„Es geht das Gerücht, sie wollen sich scheiden lassen."

„Die arme Kayla."

„Scheinheiligkeit hätte ich nicht von dir erwartet."

Jessica errötete erneut. „Egal was du denkst, ich wünsche keiner Frau diesen Kummer. Es sei denn ... hat sie die Trennung verlangt?"

„Es sieht nicht danach aus."

„Ich kann es nicht glauben, dass Mark seine Ehe hinwirft."

„Vielleicht hat er endlich gemerkt, was er aufgegeben hat." Gabriels herausfordernder Ton war nicht zu überhören. „Was wirst du tun?"

„Tun?" Jessica war noch ganz benommen.

„Wir werden morgen heiraten, und ich will, dass wir verheiratet bleiben. Wenn du also vorhast, Mark nachzulaufen, dann solltest du mir das lieber gleich sagen."

Jessica atmete tief durch. „Wie soll ich denn jetzt sofort eine Entscheidung treffen?"

„Genauso, wie du entschieden hast, mich zu heiraten und mit meinem Geld nach L. A. zu gehen."

„Wirf mir das nicht vor! Du warst einverstanden, dass ich für ein Jahr weggehe."

„Beantworte die verdammte Frage. Willst du heiraten oder nicht?" Seine Miene wirkte erbarmungslos.

In Wirklichkeit hatte Jessica gar keine Wahl. Wenn sie einen Rückzieher machte, verlor sie den letzten Einfluss auf das Land, das einmal die Randall-Farm war, ihr Zuhause. „Wie viel kostet es, die Farm zurückzukaufen?" Gabriel hatte das Land nie wirklich haben wollen. Er hatte nur bei der Zwangsversteigerung mitgeboten, weil sie ihn inständig darum gebeten hatte. Aber das änderte nichts an der Tatsache, dass er die Farm jetzt besaß. Und sie gleich mit.

Gabriel schnaubte verächtlich. „Du hattest damals nicht so viel Geld, und du hast es jetzt nicht. Genauso wenig wie Mark."

Das war unstrittig. Zudem war sie Gabriel etwas schuldig für das Jahr in L. A. – ein Jahr Auszeit, das sie unbedingt gebraucht hatte, um erwachsen zu werden. Egal ob sie Mark liebte oder nicht, sie hatte ihrem Vater auf dessen Totenbett ein Versprechen gegeben, und das würde sie halten. Auf Randall-Land würde immer ein Randall leben. „Ich werde dich heiraten."

„Du wirst einen Ehevertrag unterzeichnen müssen."

Jessica verstand glasklar, was er damit sagen wollte. „Ich habe nicht die Absicht, das Land durch eine Scheidung zurückzubekommen. Du hast es rechtmäßig erworben." Damit hatte er es vor Grundstücksspekulanten gerettet, die es völlig zerstört hätten.

Den Preis zu bezahlen, den er verlangt hatte – die Ehe –, war ihr seinerzeit nicht als ein so großes Opfer erschienen. Besonders, da sie geglaubt hatte, sie würde keinerlei Gefühle in diese Verbindung einbringen müssen. Es war ihr nie in den Sinn gekommen, dass Gabriel ihr nicht gestatten würde, auf Distanz zu bleiben.

Jedenfalls nicht bis zu dem Moment, als er sie bei ihrer Ankunft geküsst hatte.

„Mein Anwalt wird die Papiere morgen früh vorbeibringen."

„Schön." Hinter Gabriels Geld war sie nie her gewesen. Das Recht zu verlieren, das ihr anvertraute Land zu betreten, das hatte sie nicht ertragen können.

Im Cockpit breitete sich Schweigen aus. Jessica legte den Kopf zurück und versuchte einen klaren Gedanken zu fassen. Mark hatte sich von Kayla getrennt. Ein kleine egoistische Stimme in ihr forderte sie auf, die Hochzeit mit Gabriel abzusagen, doch sie hatte seit Langem aufgehört, sich etwas vorzumachen. Auch wenn Mark sich wieder wie ein Single aufführte, in ihr hatte er nie etwas anderes gesehen als eine Freundin.

Trotzdem musste sie immer wieder an Marks unerwarteten Anruf denken, an das, was er gesagt hatte. Sie schluckte und rief sich ins Gedächtnis, dass er betrunken gewesen war. Er hatte es nicht ernst gemeint. Rein gar nichts. Sie konnte es sich nicht leisten, etwas anderes zu glauben.

„Wie kommt es, dass du abgenommen hast?" Gabriels harsche Frage durchschnitt das Schweigen wie ein Messer.

„Es ist einfach passiert." Eine Kombination aus Kummer, Schock und dem Stress der ersten Monate in einer fremden Stadt. „Ich dachte, du würdest dich freuen." Seine Geliebten waren immer langbeinige, schlanke Schönheiten gewesen. Sie dagegen war nicht besonders groß und auch jetzt nicht gerade gertenschlank.

„Ich heirate dich nicht deines Körpers wegen."

Jessica biss sich auf die Unterlippe. „Nein." Trotz des atemberaubenden Kusses hatte sie keinen Zweifel daran, dass der wohlhabende, erfolgreiche und unglaublich attraktive Gabriel Dumont sie nicht ihres Körpers wegen heiratete. Und auch nicht ihres Verstandes wegen oder wegen ihrer fundierten Kenntnisse des Lebens auf einer Farm. Nein, Gabriel heiratete sie aus einem einfachen, praktischen Grund: Im Gegensatz zu jeder anderen Frau, die bisher seinen Weg gekreuzt hatte, machte sie sich keine romantischen Illusionen über ihn.

Sie erwartete nicht, dass er sie liebte, nicht jetzt, nicht irgendwann. Daher war sie eine ausgesprochen geeignete Heiratskandidatin für einen Mann, der unfähig war zu lieben und nicht von einer Frau behelligt werden wollte, die sein Leben mit Träumen von Romantik aus dem Tritt brachte.

„Ich habe mir in L. A. ein Kleid gekauft. Für die Hochzeit", sagte sie.

„Nicht das kleinste bisschen unschlüssig?"

„Du hast mir ein Jahr Zeit gegeben. Ich bin jetzt bereit."

Gabriel erinnerte sich nur allzu genau an ihre verzweifelte Bitte an dem Abend, an dem sie beschlossen hatten zu heiraten. Ich muss herausfinden, wer ich bin, ehe ich Mrs. Dumont werde, hatte sie gesagt. Ich habe nie gelernt, für mich selbst verantwortlich zu sein, und bei dir werde ich das können müssen. Andernfalls wirst du mich zerstören, ohne es zu wollen.

Sie hatte den Mut gehabt, ihm ins Gesicht zu sagen, was viele nicht gewagt hätten –, dass er durchaus einen sanften, weniger starken Menschen mit seiner schroffen nüchternen Art zu zerstören vermochte.

Die Frau neben ihm hörte sich nicht mehr an wie das verzweifelte Mädchen von vor zwölf Monaten, doch sie war noch genauso mutig. „Gut", sagte er, war sich aber gar nicht sicher, ob ihm ihre Stärke gefiel. Er hatte Jessica gewählt, weil er gewusst hatte, dass sie absolut nichts von ihm verlangen würde. Ihr lag lediglich daran, die Randall-Farm zu behalten.

„Du hast … du hast keine andere Frau gefunden?"

„Ich will, dass du meine Frau wirst, Jessie. Ich will, dass du auf der Angel-Farm lebst, meinen Namen trägst und meine Kinder bekommst." Er ließ keinen Zweifel daran, dass er fest entschlossen war. Er hatte seine Wahl getroffen, und er würde dabei bleiben.

Dass sie nichts für ihn empfand, störte ihn nicht im Mindesten. Er hatte vor langer Zeit beschlossen, dass Liebe in seiner Ehe, falls er einmal heiraten sollte, keine Rolle spielen würde. „Im Gegensatz zu Mark habe ich meine Hosen anbehalten, seit wir verlobt sind."

„Wirst du seinen Namen bei jeder Unterhaltung, die wir führen, aufs Tapet bringen?"

Auf diesen unerwarteten Tadel hin warf er ihr einen Seitenblick zu. Sie hatte die Augen zusammengekniffen und die Arme verschränkt. Ihre Haltung amüsierte ihn. Sie mochte ein wenig erwachsener geworden sein, doch sie war immer noch ein Leichtgewicht verglichen mit ihm. „Wen möchtest du zur Hochzeit einladen?"

Frustriert aufseufzend strich sie durch ihr rotbraunes Haar. Er merkte, dass er den Blick auf ihren Locken verweilen ließ. Das war ein Merkmal Jessicas, das sich nicht geändert hatte – ihre unbändige, seidige Lockenpracht, die so gar nicht zu ihrem stillen, anspruchslosen Charakter passen wollte.

„Ich würde eine Hochzeit im kleinen Rahmen vorziehen, denn wenn wir einige Leute aus Kowhai", das war die nächste Stadt, „einladen und andere nicht, wird es Gerede geben. Wie wär's, wenn wir uns auf die Mitarbeiter der Farm beschränken?"

„Sonst niemand?"

„Nein." Jessica fragte sich, ob sie sich seinen neuerlichen scharfen Unterton bloß einbildete. „Wissen die Leute …?"

„Einige vermuten es, seit sie gehört haben, dass du direkt auf die Angel-Farm zurückkommst."

Gabriel streckte die Hand aus, um einen Hebel zu bedienen, und Jessica fühlte sich wie hypnotisiert vom Anblick seines sehnigen Arms.

„Nach der Hochzeit ist es noch früh genug, die Gerüchte zu bestätigen", fügte er hinzu.

Jessica nickte, unfähig, den Gedanken zu verdrängen, dass Gabriels Hände bald sehr viel intimere Bereiche berühren würden als die Regler im Cockpit seines Flugzeugs. Die Vorstellung löste erneut Panik in ihr aus, doch sie bezwang sie. Der Tag, an dem sie dieser Panik die Oberhand ließ, würde der Tag sein, an dem sie jede Hoffnung aufgeben konnte, dass diese Ehe funktionierte. Gabriel würde niemals eine schwache Frau respektieren. „Das macht es einfacher."

„Ist dir vier Uhr morgen Nachmittag recht?"

Ihr Hals war derart trocken, dass sie sich räuspern musste. „Okay." Es gab keinen Grund zu warten – sie hatten ihre Vereinbarung an einem regnerischen Abend vor einem Jahr getroffen.

Jetzt war die Zeit gekommen, ihre Schulden zu begleichen.

2. Kapitel

„Ich habe dein Gepäck für heute Nacht ins Gästezimmer gebracht."

Gabriel stand hinter Jessica und stützte die Arme rechts und links von ihr auf dem Verandageländer auf. Ihr krampfte sich der Magen zusammen, auch wenn sie wusste, dass er sie nie zu etwas zwingen würde. Falls sie sich weigern sollte, mit ihm zu schlafen, würde er sich zurückziehen, und alle Heiratspläne wären vom Tisch. Er würde sie bitten, die Farm zu verlassen, und nie zurückzukommen.

„Nur für heute Nacht?" Sie hielt den Blick auf die majestätischen Gipfel in der Ferne gerichtet. Das Mackenzie Country zog sich im Kessel unterhalb der Berge hin, und der Anblick war selbst im ausklingenden Winter atemberaubend. Doch die Schönheit ihrer Heimat konnte sie im Moment nicht beruhigen. „Du meinst doch nicht, dass wir …?"

„Wir werden heiraten, Jessie."

„Ich weiß. Aber wir können nicht …"

„Ich habe dir doch von Anfang an gesagt, dass ich Kinder will."

Bei seiner Unnachgiebigkeit benötigte sie jedes Quäntchen Mut, das sie besaß. „Ich meine doch nur, wir sollten uns Zeit lassen, um uns in dieser Hinsicht aneinander zu gewöhnen."

„In welcher Hinsicht?"

Er stand noch immer hinter ihr, und sein Atem fühlte sich auf ihrer empfindsamen Haut im Nacken wie eine heiße Liebkosung an. Heftiges Verlangen durchströmte sie, ein Schock, der ihre Welt auf den Kopf zu stellen drohte. „Du weißt, was ich meine."

„Ich lebe seit einem Jahr enthaltsam. Wenn du mehr Zeit haben willst, such dir einen anderen Mann."

„Ich fasse es nicht, dass du das eben gesagt hast." Jessica wollte sich zu ihm umdrehen, doch Gabriel hinderte sie daran. „Mit anderen Worten, du wirst die Hochzeit abblasen, wenn ich nicht einwillige, umgehend mit dir Sex zu haben?"

Er wich keinen Millimeter zurück. „Es ist doch klar, weshalb wir heiraten, Jessica. Du willst das Land der Randalls in der Familie behalten, und ich bin fünfunddreißig, also in einem Alter, in dem es Zeit für Kinder wird, um die Zukunft der Angel-Farm sicherzustellen."

Nach einem Moment fügte er hinzu: „Im Grunde genommen geht es uns beiden darum, einen Erben zu bekommen. Wenn du nicht bereit bist zu tun, was nötig ist, was hat es dann für einen Sinn? Entweder nehmen wir unser Vorhaben in Angriff, oder wir lassen es ganz."

Das war eine brutal sachliche Beschreibung ihrer Abmachung, die Jessica den Atem verschlug. Und es machte sie wütend. Warum hatte er nicht wenigstens versuchen können, dieses eine Mal, wo sie es am meisten gebraucht hätte, etwas sanfter zu sein? „Ich bin noch Jungfrau, Gabriel. Wenn ich morgen also ein paar Fehler mache, dann wirst du das entschuldigen müssen", sagte sie ärgerlich.

Gabriel erstarrte. „Was hast du gesagt?"

Es freute sie, dass sie ihn aus dem Gleichgewicht gebracht hatte, doch ihr Eingeständnis machte sie reichlich nervös. „Du hast mich genau verstanden."

„Soll das heißen, dass Mark nie etwas versucht hat?"

Wenn er ein anderer Mann gewesen wäre, hätte sie vermutet, er würde absichtlich Salz in ihre offenen Wunden streuen wollen. Doch Hinterhältigkeit war nicht Gabriels Stil – er griff immer frontal an. „Genau."

„Und du hast dir keinen anderen Liebhaber gesucht?" Gabriel beantwortete seine Frage selbst, ehe sie etwas sagen konnte. „Natürlich nicht. Du hast darauf gewartet, dass Mark sich in dich verliebt."

Mit seiner gefühllosen Vermutung lag er ziemlich richtig. „Wir wissen beide, dass das nicht passiert ist, also bin ich weit weniger erfahren, als du es wahrscheinlich gewöhnt bist." Die Untertreibung des Jahrhunderts. Gabriels Geliebte hatten immer eine starke sinnliche Ausstrahlung gehabt und diesen wissenden Blick.

„Schön. Dann werde ich dich trainieren."

Fassungslos wirbelte sie in seinen Armen herum. „Das sollte wohl ein Witz sein."

Gabriel neigte den Kopf, bis sein Mund dicht vor ihrem war. „Ich dachte, du wüsstest es – ich habe keinen Humor." Sein Kuss war alles andere als sanft. Mit seiner ganzen Arroganz und Entschlossenheit zwang er sie, den Mund für ihn zu öffnen, und eroberte ihn dann.

Ohne Gnade. Ohne jede Rücksicht.

Genau wie am Flughafen erstarrte Jessica. Aber diesmal endete der Kuss nicht abrupt. Es war wie ein Inferno, und sie klammerte sich an Gabriel. Ihr Körper war an seinen gepresst, ihr Verstand von wildem Verlangen ausgeschaltet. Als er sie freigab, rang sie nach Atem. Bevor sie etwas sagen konnte, küsste er sie erneut, und sie war keines klaren Gedankens mehr fähig.

Gabriel ließ sich Zeit, Jessica zu erforschen, ihren weichen Mund zu genießen. Er zweifelte nicht eine Sekunde daran, dass sie aus einem Urinstinkt heraus derart ungestüm auf ihn reagierte. Genau das hatte er erreichen wollen. Jessica mochte einen anderen Mann lieben, aber im Bett würde sie vor Lust den Namen ihres Ehemannes keuchen.

Allerdings hätte er nie damit gerechnet, dass sie ihm ihrerseits unglaubliche Lust verschaffte. Das machte ihn nicht glücklich. Leidenschaft untergrub die ausgefeiltesten Pläne, brachte die Dinge aus dem Lot. Indem er Jessica wählte, hatte er sich bewusst gegen die körperliche Begierde entschieden.

Doch da war sie nun, Leidenschaft pur in seinen Armen.

Er beendete den Kuss und sah zu, wie Jessica heftig atmend um Fassung rang. Ihre Lippen waren feucht, ihre Augen geschlossen, ihr Körper an seinen geschmiegt. Es war verlockend, sie noch einmal zu küssen, doch er hatte nicht die Absicht, Macht auf diesem Gebiet abzutreten. Oder auf irgendeinem anderen.

Jessica öffnete die Augen.

Er strich mit dem Daumen über ihre Unterlippe und legte seine andere Hand auf ihre Hüfte. „Wir werden keine Probleme im Bett haben."

Jessica versteifte sich augenblicklich. „Lass mich los. Du hast bewiesen, was du beweisen wolltest."

Gabriel trat zurück, und dabei fiel sein Blick auf ihre verhärteten Brustknospen. Er bemerkte, dass Jessica errötete, sie unternahm jedoch keinen Versuch, ihre Brüste zu bedecken. Meine Frau ist also aufsässig, dachte er belustigt. Es würde ihm großen Spaß machen, sie zu zähmen. „Geh schlafen. Morgen wird es viel zu tun geben. Und denk daran, ich bin kein Mann, der aufgibt, was ihm gehört."

Mrs. Croft, Köchin und Haushälterin auf der Angel-Farm, werkelte in der Küche herum, als Jessica gegen sieben am nächsten Morgen nach unten kam.

Die ältere Frau begrüßte sie mit einem Küsschen auf die Wange, denn als Freundin ihrer Mutter kannte sie Jessica von klein auf.

„Wo ist denn Gabriel?", erkundigte Jessica sich. Es gelang ihr nicht, nicht daran zu denken, mit welcher Unbarmherzigkeit er ihr am Vorabend vor Augen geführt hatte, wie sehr sie körperlich auf ihn reagierte. Sie hätte damit rechnen müssen. Gabriel war für seinen eisernen Willen in geschäftlichen Dingen bekannt. Warum hatte sie geglaubt, er würde als Ehemann anders sein?

„Unterwegs, um mit Jim, unserem Vorarbeiter, nach den Tieren zu sehen. Der Mann scheint nicht zu wissen, dass heute sein Hochzeitstag ist und dass er eigentlich nervös sein sollte."

Die Vorstellung, dass Gabriel irgendetwas nervös machen könnte, hätte Jessica beinah zum Lachen gebracht. Nur, heute war ihr nicht nach Lachen. „Kann ich dir irgendwie zur Hand gehen?" Sich zu beschäftigen würde sie vielleicht von den beunruhigenden Gedanken, die ihr durch den Kopf wirbelten, ablenken.

Mrs. Croft winkte ab. „Setz dich, und iss dein Frühstück. Danach hast du Zeit, um dich für die Hochzeit hübsch zu machen."

Jessica hätte hinterher nicht sagen können, was sie eigentlich gegessen hatte. Ihre Gedanken kreisten um zu viele andere Dinge. Der Teil ihres Herzens, der Mark seit Ewigkeiten liebte, beharrte darauf, dass sie einen Riesenfehler mit dieser Ehe machte.

Vielleicht hat Mark ...
Nein!

Kayla war schwanger. Jessica könnte nicht damit leben, falls Mutter oder Kind durch ihr Handeln leiden müssten. Zudem hatte Mark mehr als zwei Jahrzehnte Zeit gehabt, um sich in sie, Jessica, zu verlieben. Er hatte sich immer für andere Frauen entschieden.

Und sein Anruf vor drei Monaten? Ihre kleine innere Stimme wollte keine Ruhe geben. *Erinnerst du dich nicht, was er ...*
Stopp!

Energisch schob sie ihren Teller beiseite. „Ich denke, ich mache einen Spaziergang, um einen klaren Kopf zu bekommen."

Mrs. Croft nickte. „Gabriel ist draußen bei der östlichen Scheune."

Also spazierte Jessica Richtung Westen. Nach dem, was sich am Vorabend abgespielt hatte, war ihr zukünftiger Ehemann die letzte Person, die sie jetzt treffen wollte. Ihre Reaktion auf seine Küsse hatte das Bild, das sie von sich selbst hatte, gründlich zerstört. Was für eine Frau war sie, dass sie einen Mann liebte und einen anderen mit einem derart leidenschaftlichen Verlangen küsste?

Zwei Schäferhunde kamen auf sie zugelaufen, umrundeten sie und trotteten neben ihr her. Ein Spaziergang war genau, was sie brauchte. Sie atmete tief die frische Morgenluft ein und ließ den Blick über die ungezähmte Schönheit des Landes ringsum schweifen – grasbewachsene Hügel voller robuster Wildblumen, die schöner waren als jede kultivierte Gartenblume, dazu weidende Schafe und über alledem ein endlos blauer Himmel.

Jessica wurde ruhiger. Ihre Entscheidung war richtig. Hier wollte sie leben. Sie könnte nie ganz von hier weggehen.

Egal was es sie kostete.

Die Hunde sprinteten bellend davon, und ihr Blick fiel auf die westliche Scheune. Es war das einzige Gebäude, das den verheerenden Brand vor fünfundzwanzig Jahren überstanden hatte. Ihr Vater hatte in jener Nacht mitgeholfen, die Flammen zu bekämpfen, aber niemand hatte sie aufhalten können. Sie hatten fast alles verschlungen.

Sie betrat das alte Gebäude, um sich ein wenig umzusehen, und erschrak, als sie Gabriel darin vorfand. „Mrs. Croft sagte, du seist in der anderen Scheune."

Gabriel war dabei, Heuballen zu stapeln. „So begierig, mich zu sehen?" Er zog seine Arbeitshandschuhe aus und steckte sie in die Gesäßtasche seiner Jeans.

Jessica bemühte sich, ihn nicht merken zu lassen, wie sehr er sie durcheinanderbrachte. „Was machst du hier?" Es ärgerte sie, dass ihr Blick wie magisch von seinen schweißglänzenden, muskulösen Oberarmen angezogen wurde, die sein kurzärmeliges T-Shirt entblößte.

„Wir müssen hier etwas Platz schaffen, und alle anderen haben zu tun."

Jessica trat von einem Bein auf das andere. „Kann ich dich etwas fragen?"

Er brummte etwas Unverständliches, während er in seine Schaffelljacke schlüpfte, und sie nahm es als Zustimmung. „Nach der Hochzeit, vielleicht morgen oder übermorgen ... hättest du etwas dagegen, wenn wir das Grab meiner Eltern besuchen?" Sie waren beide auf dem Familienfriedhof der Randalls begraben, etwa eine Stunde mit dem Wagen entfernt. Obwohl die Angel-Farm sehr groß war, lagen die Wohnhäuser der beiden Farmen nicht allzu weit voneinander entfernt.

„Natürlich habe ich nichts dagegen."

Seine Miene war verschlossen, doch Jessica glaubte, einen Anflug von Milde aus seiner Stimme herauszuhören. Sein Verständnis würde ihre nächste Bitte wohl kaum überdauern, aber sie wollte diese Ehe so beginnen, wie sie sie zu führen vorhatte – sie würde Gabriel Dumont nicht erlauben, sie seelisch zu brechen. „Ich möchte auch die Gräber deiner Familie besuchen."

Schweigen.

„Ich erinnere mich nicht an sie, aber ich weiß, dass Michael damals vier war und Angelica noch jünger." Keine Antwort. Sie drängte weiter. „Es ist deine Familie. Wir sollten ihrer gedenken."

„Schön." Das war kurz und bündig, aber wenigstens hatte er zugestimmt. „Bist du bereit für die Hochzeit?"

Trotz der niedrigen Temperatur waren ihre Hände schweißnass. „So bereit, wie ich nur sein kann."

Gemeinsam gingen sie Richtung Haupthaus.

„Wir werden keine Zeit für eine Hochzeitsreise haben."

„Verstehe. Das ist okay." Das war nicht gelogen. Bei der Vorstellung, mit Gabriel in einen romantischen Urlaubsort zu fahren, krampfte sich ihr der Magen zusammen. Sie wollte gerade etwas sagen, da wurde ihre Aufmerksamkeit auf zwei Wagen gelenkt, die vor dem Haus vorfuhren. „Hast du noch andere Leute eingeladen?"

„Das ist David Reese, mein Anwalt. Der grüne Wagen wird Phil Snell gehören, deinem Anwalt."

„Meinem Anwalt?" Jessica musste fast rennen, um mit Gabriel Schritt zu halten.

„Wenn du einen Ehevertrag ohne unabhängige rechtliche Beratung unterschreibst, könntest du ihn später anfechten."

„Aha."

Beide Anwälte waren auf den ersten Blick nett, und als Phil sie für eine private Unterredung beiseitenahm, merkte Jessica schnell, dass er ein guter Kenner der Materie war. Das erstaunte sie nicht – Gabriel wollte, dass der Vertrag wasserdicht war.

„Falls Sie und Mr. Dumont sich scheiden lassen, werden Sie kein Anrecht auf das Randall-Land haben", fasste Phil zusammen. „Aber Sie werden eine ansehnliche finanzielle Abfindung bekommen, abhängig von der Dauer der Ehe. Es ist ein ausgesprochen guter Vertrag. Ihr Verlobter ist ein großzügiger Mann."

Es war ihr nie um Geld gegangen. Es ging um ihr Erbe, um Versprechen, um Loyalität. „Wo muss ich unterschreiben?"

Danach ging sie in ihr Zimmer hinauf. Ihr war unerklärlich schwer ums Herz. Es erschien ihr nicht richtig, dass ihr Hochzeitstag so anfing, mit einer Diskussion über Geld und Vermögen. Aber was hatte sie erwartet? Die Angel-Farm war Gabriels Ein und Alles, und als seine zukünftige Frau stand sie sehr viel weiter unten auf seiner Prioritätenliste.

„Das hast du doch gewusst", flüsterte sie vor sich hin, während sie über den cremefarbenen Satin ihres Brautkleides strich. Warum war sie sich also plötzlich so sicher, den schlimmsten Fehler ihres Lebens zu begehen?

Ich vermisse dich, Jessie, hatte Mark am Telefon gesagt. Ich hätte dich nie gehen lassen sollen. Komm zurück zu mir ...

Zitternd nahm sie den Telefonhörer auf, und ohne recht zu wissen, was sie tat, wählte sie seine Nummer. Anfangs war es leicht, doch vor der letzten Ziffer hielt sie inne. Eine Träne lief ihr über die Wange. *Nein.* Kopfschüttelnd legte sie auf, ehe sie das Andenken an ihren Vater beschädigen und ihre Selbstachtung über Bord werfen konnte, um einem unmöglichen Traum nachzujagen.

Ein paar Stunden später umklammerte Jessica die zarten Stiele ihres Brautstraußes. Dass Gabriel an ihrer Seite stand, hätte sie trösten sollen, doch es steigerte ihre Anspannung nur noch.

Er war ein Mann, der nie nachgeben würde, der nie etwas wie

Zuneigung oder Liebe zeigen würde. Schon gar nicht einer Frau gegenüber, die nur ihren Zweck erfüllen sollte. Stattdessen würde er, wie seine Küsse gezeigt hatten, fordern. Und er würde viel mehr fordern, als sie je erwartet hatte geben zu müssen.

„Wollen Sie, Jessica Bailey Randall, diesen Mann zu Ihrem rechtlich angetrauten Ehemann nehmen?"

Selbst jetzt wartete sie noch darauf, Marks vertraute Stimme zu hören, mit der er die Ehe verhinderte. Wenn er aufgetaucht wäre, hätte sie vielleicht alles aufgegeben – ihre Grundsätze, ihre Versprechen, ihre Loyalitäten. Doch Mark erschien nicht, genau wie er am Tag zuvor nicht erschienen war, obwohl jeder in Kowhai wissen musste, dass sie zurück war.

Entschlossen reckte sie ihr Kinn vor. „Ja, ich will." Dabei sah sie Gabriel fest in die Augen und war erschreckt über das unverhohlene Verlangen, das sie in seinem Blick entdeckte. Gabriel Dumont war ein Mann, der an dem festhielt, was er besaß. Natürlich würde er Besitz von seiner Braut ergreifen, auch wenn sie aus anderen Gründen als Leidenschaft erwählt worden war.

Wie Gabriel es sah, gehörte sie jetzt ihm.

Laute Beifallsrufe rissen sie aus ihren Gedanken, und sie merkte, dass der Rest der Zeremonie an ihr vorbeigerauscht war.

„Jessie?"

Sie blinzelte und sah hoch. „Was ist?"

Gabriel strich eine Locke zurück, die sich aus ihrer Hochsteckfrisur gelöst hatte. „Sie warten auf einen Kuss. Und ich auch."

„Oh." Jessica merkte, dass sie errötete, als sie sich auf die Zehenspitzen stellte.

Als Gabriel ihr eine Hand in den Nacken legte, fühlte sich das für sie wie eine erotische Liebkosung an. Sie versuchte ein Aufseufzen zu unterdrücken, doch es gelang ihr nicht. Mit stolzem Lächeln zog er sie an sich. Und dann küsste er sie.

Er ergriff Besitz von ihr. Absolut und ohne jeden Zweifel.

Es war, als brandmarke er sie. Trotzdem konnte sie auch diesmal nicht verhindern, dass sie sich automatisch an ihn schmiegte, ihm die Arme um die Taille legte. Ihre Vernunft und der Verstand schienen in einer Flut aufwühlender Emotionen unterzugehen.

Laute Pfiffe rissen sie aus ihrer Versunkenheit, und sie entzog sich

Gabriel. Das gelang ihr jedoch nur, weil er sie freigeben wollte. Ehe er sich zu den Hochzeitsgästen umwandte, sah sie große Zufriedenheit und zugleich große Ungeduld in seinen Augen aufblitzen.

Gabriel war bereit, ihre Vereinbarung zu besiegeln.

Auf die denkbar körperlichste Art und Weise.

3. Kapitel

Stunden später in ihrem Zimmer, nach endlosen Tänzen mit den Farmarbeitern, konnte Jessica sich nicht entscheiden, was sie anziehen sollte. Die Korsage aus Spitze, die sie unter ihrem Brautkleid trug, kam nicht infrage. Und das zarte Nachthemd, das eine strahlende Mrs. Croft ihr geschenkt hatte, auch nicht.

Doch wenn sie ihr altes Lieblings-T-Shirt anzog, dachte Gabriel vielleicht, sie würde sich ihm und dem genau ausgeführten Ehevertrag absichtlich widersetzen. Sie zweifelte nicht daran, dass er unerbittlich genug war, die ganze Geschichte rückgängig zu machen, falls sie ihre Seite der Abmachung nicht einhielt.

Als sie unschlüssig vor ihrem Kleiderschrank stand, hörte sie zu ihrer Überraschung die Verbindungstür zwischen ihrem Zimmer und dem Hauptschlafzimmer aufgehen.

Mit heftig klopfendem Herzen wirbelte sie herum. Vor ihr stand Gabriel. „Ich dachte, du wärst unten."

Er hatte die Ärmel seines weißen Oberhemdes aufgerollt, und nun öffnete er die beiden obersten Knöpfe. „Ich war der Meinung, meine Besprechung mit Jim könnte bis morgen warten."

„Oh." Jessica nestelte an ihrem Haar herum und ließ dann die Hand verunsichert wieder sinken. Wissen war eine Sache, Erfahrung eine ganz andere. „Ich bin noch nicht bereit."

Gabriel lächelte träge und sehr zufrieden. „Darum kümmere ich mich schon."

Sie errötete, obwohl sie sich geschworen hatte, die ganze Sache gelassen zu nehmen. Doch sie hatte nicht damit gerechnet, welche Wirkung Gabriel Dumont auf sie haben würde. Und in dieser Nacht würde er sich ausschließlich auf sie konzentrieren.

Ihr Atem ging schneller, und sie musste blinzeln, weil sie mit einem Mal nur noch ihren Ehemann sehen konnte. Er zog sie an sich, und dabei wurde sein Lächeln noch sinnlicher. Ihr Körper reagierte sofort, und ihr wurde heiß.

Jessica legte ihre Hände auf Gabriels Brust, weil sie Abstand zu ihm halten wollte, doch sie erkannte ihren Irrtum augenblicklich. Sie konnte ihn nicht abwehren, denn ihr Körper war nur allzu willig. Und als sie durch den Stoff seines Hemdes die Wärme seiner Haut spürte, sehnte sie sich plötzlich nach mehr Berührung statt nach weniger.

Gabriel zog die Haarnadeln aus ihrer Frisur. „Ich mag deine Locken, Jessie."

„Mein Haar ist seit meiner Kindheit sehr viel dunkler geworden." Sie hätte nicht sagen können, was diese idiotische Bemerkung sollte. Als ob es ihn interessierte, dass sie als Kind ein richtiger Rotschopf war. Auch wenn sie inzwischen abgenommen hatte, fand sie, dass ihr Haar das einzig Hübsche an ihr war – und Gabriel gefiel es. Das hätte ihr egal sein sollen, aber das war es nicht.

Er fuhr fort, die aufgesteckte Lockenpracht zu lösen, und ließ die Haarnadeln zu Boden fallen. „Ich möchte nicht, dass du es abschneidest."

Jessica murmelte etwas Unverbindliches, und er lächelte amüsiert. „Du würdest es doch wohl nicht stutzen, nur um mich zu ärgern, oder?"

Dieser kindische Gedanke war ihr tatsächlich durch den Kopf geschossen, aber das würde sie nicht zugeben. Besonders, weil sie es selbst nicht verstand – es erschien ihr einfach nicht richtig, irgendetwas an dieser Ehe zu genießen, die doch eine geschäftliche Angelegenheit hätte sein sollen. „Sind alle Nadeln draußen?"

Gabriel durchwühlte mit beiden Händen ihre Locken. „Sieht so aus", sagte er und strich über ihren Nacken.

Ein erregender Schauer rieselte über ihren Rücken, und Jessica hätte am liebsten genüsslich geseufzt und Gabriel angefleht, nicht aufzuhören.

Als ihr bewusst wurde, was sie dachte, wurde sie von Panik ergriffen, weil sie offenbar unfähig war, diesem Mann gegenüber stark zu bleiben. Dieses Gefühl gab ihrem Mut starken Auftrieb. „Gabe, du brauchst nicht langsam vorzugehen. Lass es uns hinter uns bringen." Sie wollte ihn absichtlich provozieren. Einem wütenden Gabriel könnte sie viel leichter widerstehen als diesem Verführer, der die Fähigkeit hatte, Gefühle in ihr zu entflammen, die tabu hätten sein sollen.

„Oh nein, Jessie. Du wirst diese Hochzeitsnacht nicht auf eine schnelle, bedeutungslose Nummer reduzieren."

Jessica senkte verlegen den Blick, aber er war noch nicht fertig.

„Ich werde dir Lust bereiten, meine *liebste* Frau. Das ist nämlich mein Job als dein Mann."

„Hör auf, Spielchen mit mir zu spielen." Sie war sicher, dass er sie neckte.

Ohne dass sie die Chance gehabt hätte, sich ihm zu entziehen, hob Gabriel sie kurzerhand auf die Arme. „Es ist mir absolut ernst. Ich will, dass meine Frau vor Wollust meinen Namen schreit."

Die Entschlossenheit in seinem Blick ließ eine wohlige Gänsehaut über ihren Rücken laufen, und ihr fehlten die Worte für eine passende Antwort. Das erotische Knistern zwischen ihnen war beinah greifbar.

Ganz in seinem Bann, brachte sie nicht den Willen auf, die Arme, die sie Gabriel um den Nacken geschlungen hatte, sinken zu lassen, als er sie auf dem Ehebett absetzte und begann, den Reißverschluss ihres Kleides aufzuziehen, langsam und behutsam. Jeder Nerv ihres Körpers war zum Zerreißen gespannt. Und wie lustvoll er ihr Kleid öffnete, war kaum zu ertragen. Tief durchatmend schloss sie die Augen, um sich zu fassen.

Als er ihre Lippen eroberte, war es um sie geschehen. Gabriel küsste selbstsicher und besitzergreifend. Er war völlig Herr der Lage. Mit einer Hand durchwühlte er ihr Haar. Dabei zog er ihren Kopf zurück, damit er besseren Zugang zu ihrem Mund hatte, während er die andere in ihr Kleid schob und auf ihren nackten Rücken legte.

Jessica stöhnte auf, gefangen von dem wilden Verlangen, das aus seinem hemmungslosen Kuss sprach. Dass sie geschäftsmäßig kühl hatte bleiben wollen, hatte sie vergessen, süchtig nach ihm zu werden, war dagegen sehr gut möglich.

Als er den Kuss beendete und mit seinen Lippen über ihr Gesicht und ihren Hals strich, bog sie den Kopf zurück, um ihm unbewusst entgegenzukommen. Nichts in ihrem bisherigen Leben hatte sie auf diese unaufhörlich anwachsende Lust vorbereitet.

Gabriels Hand fühlte sich rau auf ihrer Haut an. Aber seine Lippen waren samtweich – ein aufreizender Gegensatz. Es nahm ihr den

Atem, als er sie sacht mit den Zähnen liebkoste und über ihre empfindsame Haut strich.

Gabriel gab ein zufriedenes Seufzen von sich.

Weil ihr diese unverblümte Zustimmung so sehr gefiel, war Jessica plötzlich wieder hellwach. Das alles war nicht richtig, so sollte es nicht ablaufen.

Sie hatte sich darauf vorbereitet, mit Gabriel ins Bett zu gehen, hatte sich immer wieder gesagt, sie würde diese Erfahrung ertragen. Dachte, es würde sie schmerzen, mit einem Mann zu schlafen, den sie nicht liebte. Doch nun zerfloss sie geradezu in seinen Armen. Das verwirrte sie, und sie wollte sich ihm entziehen, schaffte es jedoch nicht.

Gabriel legte eine Hand federleicht auf ihren Brustkorb, um mit dem Daumen ihre Brust unter der Korsage zu streicheln, und ihre Gedanken an Widerstand verflogen. Ihr spitzer Aufschrei entlockte ihm ein Lachen. Es klang so sinnlich, dass sie erschauerte. In dieser Nacht war er der Lehrmeister und sie die Novizin.

Dieser Gedanke forderte erneut ihren Trotz heraus. Sie mochte vielleicht nicht in der Lage sein, ihren Untergang zu stoppen, aber sie weigerte sich, auf der ganzen Linie nachzugeben. Sie schob die Hände in sein Haar und zog seinen Kopf zurück, damit er sie ansah.

„Wieso muss ich zuerst ausgezogen sein?", fragte sie heiser und atemlos, aber wenigstens hatte sie die Worte herausgebracht.

„Hier bin ich. Nur zu, knöpf das Hemd auf." Das war Anweisung und Herausforderung zugleich. Gabriel glaubte nicht, dass sie es tun würde.

Also tat sie es.

Gebräunte Männerhaut kam zum Vorschein – Verlockung pur, die Jessica die Sprache verschlug und Schmetterlinge in ihren Bauch zauberte. Sie hatte sich gründlich verrechnet. Doch sie hatte nicht die Absicht, klein beizugeben, deshalb öffnete sie alle Hemdknöpfe und zog ihm sogar das Hemd aus der Hose.

Als er sie erneut küsste, war es unvermeidlich, dass ihre Hände auf seine nackte Brust gepresst wurden. Es war ein Schock, ihn plötzlich hautnah zu spüren. An Gabriel war nichts weich oder sanft. Er war schlank und muskulös, und sie konnte ihn nur bewundern.

Jessica ließ die Hände sinken und gestattete ihm, ihr das Kleid über die Schultern zu streifen. Zu ihrer Überraschung hielt er inne, als ihre Brüste gerade noch bedeckt waren. Instinktiv griff sie nach dem rutschenden Kleid und hielt es fest.

In Gabriels Augen spiegelte sich unverhohlene Leidenschaft. „Tu es für mich, Jessie."

Jessica hatte gar keine Wahl. Ihr Körper hatte über ihren Verstand gesiegt, und ihre Bedürfnisse und Sehnsüchte hatten die Oberhand gewonnen. Unfähig, Gabriels Blick länger standzuhalten, senkte sie den Blick und ließ das Kleid los. Es glitt zu Boden.

Stille.

Schließlich fand sie den Mut hochzusehen, geradewegs in Gabriels grüne Augen.

„Bildschön", sagte er nach einer halben Ewigkeit und ließ träge den Blick über ihre Korsage, die ihre Brust so gut wie gar nicht bedeckte, gleiten, bis hinunter zum Spitzenrand ihrer halterlosen Strümpfe.

Jessica fühlte sich kaum in der Lage zu atmen, und ihr entschlüpfte ungewollt ein Seufzer.

„Wenn du mich berühren willst, tu dir keinen Zwang an." Gabriel zog sie an sich und umfasste ihren Po mit beiden Händen.

Diese Geste wirkte ausgesprochen besitzergreifend auf Jessica. Sie wehrte sich gegen ihr drängendes Verlangen, ihn näher zu erkunden, obwohl er schöne, gebräunte Haut hatte und unglaubliche Kraft ausstrahlte.

Im nächsten Moment hob er sie hoch und legte sie vorsichtig aufs Bett. Dann setzte er sich auf die Bettkante und zog seine Socken aus. Der Anblick seines muskulösen Rückens ließ ihre Abwehr endgültig erlahmen. Sie wollte gerade die Hand ausstrecken, um ihn zu berühren, als Gabriel aufstand, um seinen Gürtel zu öffnen.

Wie hypnotisiert sah Jessica ihm dabei zu. Allerdings nahm sie gar nicht so recht wahr, wie der Gürtel auf den Teppichboden fiel. In dem Moment, als er den Reißverschluss seiner Hose aufzog, schloss sie errötend die Augen. Sie hörte ihn leise lachen, während er seine Hose ablegte und zu ihr ins Bett stieg.

Gabriel schob ein Bein über ihre Schenkel und legte ihr eine Hand auf den Bauch. „Ich bin nicht nackt … noch nicht", flüsterte er ihr ins Ohr.

Jessica riss die Augen auf. Sein Mund war dicht vor ihrem Mund, und trotz seines Lachens wirkte er nicht amüsiert. Er ließ die Hand auf ihrem Bauch weiter abwärtsgleiten.

„Sieh mich an", befahl er, weil sie den Kopf wegdrehen wollte.

Sie tat es und sagte sich, dass sie gleichberechtigt an diesem Spielchen teilnehmen sollte. Genau in dem Moment schob er seine Hand zwischen ihre Beine. Sie bog sich ihm entgegen und presste instinktiv die Schenkel zusammen, damit er seine Hand nicht wieder wegzog. Gabriel stöhnte auf und küsste sie wild und ungestüm, während er sie zwischen den Beinen streichelte. Einen Moment später zog er sich zurück, und Jessica stöhnte so enttäuscht auf, dass es sie zutiefst schockierte.

„Ich möchte dich nackt." Er begann, die Bänder ihrer Korsage aufzuziehen. Seine angespannte Miene ließ keinen Zweifel daran, dass er äußerst erregt war. „Wo hast du das gekauft?"

„Am Hollywood Boulevard", brachte sie nur mühsam heraus.

Er küsste ihren Hals und schob ein Knie zwischen ihre Schenkel. „Zieh das noch mal für mich an." Das war ohne jede Frage eine Anweisung.

Sie hätte gegen seinen arroganten Ton protestiert, wenn er nicht in dem Moment die Korsage beiseitegeschoben und ihre Brüste mit den Händen umschlossen hätte. Instinktiv drängte sie sich seiner Berührung entgegen, doch viel zu schnell gab er sie wieder frei. Sie musste sich auf die Lippe beißen, damit sie ihn nicht anflehte weiterzumachen.

„Ich mag es, wie du mich ansiehst, Jessie. Und jetzt ist es Zeit, dass ich dich auch ansehen kann." Gabriel zog ihr die Korsage aus. Dann betrachtete er sie eingehend – von ihren bestrumpften Zehenspitzen über die Rundungen ihrer Hüften bis hinauf zu ihren Brüsten. Jessica empfand seine Blicke wie eine körperliche Berührung, und als er sie aufforderte, ihre Beine anzuwinkeln, hatte sie nicht den Willen zu protestieren.

Gleich darauf kniete er sich zwischen ihre gespreizten Knie, schob die Hände unter ihren Po und zog sie rittlings auf seinen Schoß.

Halt suchend umklammerte sie seine Schultern, während Gabriel seinen erregten Körper an sie presste.

„Entspann dich, Darling. Ich bin noch nicht fertig damit, dich zu erkunden", beruhigte er sie.

Jessica schluckte. In dieser Position war sie ihm völlig ausgeliefert. Doch als er sich vorbeugte, um ihre Brust zu küssen und an ihren Knospen zu saugen, breitete sich eine erregende Hitzewelle in ihrem Körper aus.

Sie bohrte die Fingernägel in seine Schultern. Seine Haut fühlte sich heiß und schweißfeucht an. Gabriel war so unglaublich, dass sie schwach wurde und dahinschmolz. Deshalb konnte sie, als er sie sacht auf den Rücken drängte, nur flüstern: „Gabe, bitte."

Leise fluchend entledigte er sich seiner Boxershorts. Einen Augenblick später war er wieder bei ihr und schob seine Hände unter ihre Schenkel. „Leg deine Beine um meine Taille", forderte er sie auf.

Seine vor Erregung heisere Stimme war das reinste Aphrodisiakum, und Jessica tat wie ihr geheißen. Überrascht stellte sie fest, dass ihr Körper dadurch in eine leicht schräge Position geriet, perfekt für den Liebesakt. Instinktiv erfasste sie, dass Gabriel gleich in sie eindringen würde. „Gabe", flüsterte sie. „Wird ... wird es nicht zu viel sein?"

„Ich werde behutsam vorgehen." Er streichelte ihre Brüste, und obwohl seine Worte beruhigend geklungen hatten, war sein Blick alles andere als das.

Gabriel drängte seinen erregten Körper hart gegen die empfindsame Innenseite ihrer Schenkel, und sie hatte das Gefühl, dass er sich nur noch mit größter Mühe beherrschte. Für einen Augenblick machte das wilde Verlangen in seinem Blick ihr Angst, doch dieses Gefühl wurde von ihrer eigenen übermächtigen Begierde ausgelöscht.

Gabriel umfasste ihren Po und begann, sich an ihr zu reiben. Ein heißer Schauer durchzuckte ihren Körper, und als er schließlich in sie eindrang, schrie sie auf. Aber Gabriel hielt Wort und ging derart behutsam vor, dass sie glaubte, vor Sehnsucht verrückt zu werden. Er streichelte und berührte sie, wie noch nie ein Mann sie berührt hatte, und bereitete ihr unglaubliche Lust, sodass sie fast keinen Schmerz verspürte, als er in sie eindrang.

„Ich bin verdammt froh, dass du reitest, Jessie", stieß er hervor, als er sie endlich ausfüllte.

Jessica hörte kaum hin. Sie genoss das überwältigende Gefühl, Gabriel in sich zu spüren, und drängte sich ihm auffordernd entgegen. Er warf mit einem entrückten Blick den Kopf zurück und begann, sich in ihr zu bewegen. Sein Rhythmus war schnell, seine Stöße tief. Es kam ihr vor, als würde sie in einem Wirbelsturm überwältigender Emotionen versinken, und als sie den Höhepunkt erreichte, schrie sie vor ungezügelter Lust laut auf.

Die berauschende Glückseligkeit hielt leider nicht ewig an, und als Jessica wieder klarer denken konnte, fühlte sie sich wie eine gezeichnete Frau – Gabriel Dumonts Frau.

Stunden später lag Jessica im dunklen Schlafzimmer neben Gabriel und lauschte auf seine gleichmäßigen Atemzüge. Sie fühlte sich verletzt und entblößt. Gabriel hatte ihre Leidenschaft gefordert und erreicht, dass sie sich gehen ließ. Wie er angekündigt hatte, hatte er sie so gekonnt verführt und erregt, dass sie mehrmals den Höhepunkt erreicht und dabei mehr als einmal voller Verlangen seinen Namen geschrien hatte. Und sie hatte es ihm gestattet, hatte förmlich darum gebettelt. Jetzt, in der Kühle der Nacht, konnte sie das Ausmaß ihrer Kapitulation einfach nicht begreifen.

Gabriel sollte nicht der Mann sein, nach dem sie sich verzehrte!

Es war, als hätte sie in diesem Bett ihren Traum aufgegeben – Mark aufgegeben. Jedes Mal, wenn sie Lust empfunden hatte, jedes Mal, wenn sie ekstatisch Gabriels Namen geschrien hatte, hatte sie die Liebe verraten, die seit Ewigkeiten ihr Herz erfüllte. Sie verstand nicht, wie das hatte passieren können. Gabriel war nicht der Mann, den sie lieben konnte. Sie war sich nicht einmal sicher, ob sie ihn mochte.

Leise schlüpfte sie aus dem Bett und zog das erstbeste Kleidungsstück an, das sie fand. Leider war das Gabriels Hemd. Sofort stieg ihr sein Duft in die Nase, erinnerte sie daran, was er sich genommen hatte – was sie gegeben hatte. Als sie nach ihrem Kleid suchte, damit sie das Hemd loswerden konnte, hörte sie die Laken rascheln.

„Wohin willst du, Jessie?"

Eine Nachttischlampe ging an.

Sie strich sich das Haar hinter die Ohren und knöpfte das Hemd zu. „In mein eigenes Schlafzimmer."

Sein Blick war kalt und starr auf sie gerichtet. „Ich dachte, da wärst du schon."

„Hör mal", ihr verletzter Stolz gab ihr den nötigen Mut. „Wir haben die Ehe vollzogen. Es besteht also kein Grund, dass wir weiterhin das gleiche Bett teilen. Ich würde lieber in meinem eigenen schlafen." Sie schlang fröstelnd die Arme um ihren Oberkörper. „Ich werde dich ... ich werde dich wissen lassen, ob wir erfolgreich waren."

Gabriel zog eine Braue hoch. „So arrogant bin ich nicht – es wird wohl mehr als ein Versuch nötig sein."

Jessica biss sich auf die Unterlippe und bemühte sich, den Blick nicht über die breite Brust schweifen zu lassen, die sie vor nicht einmal einer Stunde so fieberhaft liebkost hatte. „Also, ein paar Tage können wir jedenfalls nichts unternehmen. Ich hatte vorhin zwar keine Schmerzen, aber jetzt fühle ich mich erschöpft." Auch wenn ihr dieses Eingeständnis peinlich war, zwang sie sich, ihm in die Augen zu sehen. Sie war sich bewusst, dass Gabriel aus dem kleinsten Anzeichen von Schwäche erbarmungslos Kapital schlagen würde.

Er schaltete das Licht aus. „Wie du willst. Aber versuch nicht, Sex als Druckmittel gegen mich zu verwenden. Solche Spielchen spiele ich nicht."

„Ich spiele kein Spielchen."

„Nicht?" Er schnaubte verächtlich. „Falls du glaubst, ich wäre damit einverstanden, eine Ehe zu führen, in der sich meine Frau für einen anderen Mann aufhebt, dann täuschst du dich leider."

„Wie kannst du es wagen!"

„Ich habe dich gebeten, meine Frau zu werden, nicht meine Mitbewohnerin. Entscheide dich."

Ohne zu antworten, stürmte Jessica durch die Verbindungstür zwischen den beiden Schlafzimmern. Gabriel verschränkte die Arme hinter dem Kopf und zwang sich, sich zu entspannen. Keine Frau hatte jemals die Spielregeln in seinem Bett bestimmt. Und Jessica würde nicht die Chance bekommen die erste zu sein. Es war sein voller Ernst gewesen – er hatte nicht die Absicht, eine Ehe ohne Sex zu führen, schon gar nicht, da das Bett der einzige Ort war, wo er ...

Er verdrängte den Gedanken und setzte sich auf.

Nach Schlaf war ihm im Moment nicht. Er war mehr als bereit für eine Wiederholung ihres intimen Zusammenseins gewesen, ehe Jessica sich ihm entzogen hatte. Die Frau hatte sich in seinen Armen in Wollust pur verwandelt, die temperamentvollste Geliebte, die er je gehabt hatte. Er war nicht auf Leidenschaft aus gewesen, als er sie zur Ehefrau gewählt hatte, hätte nie gedacht, dass sie genau die in ihm wecken würde. Doch er war gewillt, mit dieser Tatsache zu leben, solange sie sich aufs Bett beschränkte. Es gefiel ihm, dass er der einzige Mann war, der je die Lustschreie seiner Frau gehört hatte.

Diesem Gedanke folgte ein weit weniger angenehmer: *Mark*.

Er hatte seinen Nebenbuhler fest im Auge, seit er von dessen Trennung erfahren hatte, und wusste, dass der in letzter Zeit Erkundigungen über Jessica anstellte.

Er ballte eine Hand zur Faust.

Jessica konnte Mark so sehr lieben, wie sie wollte, das war ihm egal. Allerdings hatte er nicht vor, sich mit einer Beziehung, welcher Art auch immer, zwischen seiner Frau und Mark abzufinden.

Jessica mochte ihn, Gabriel, für seine Art hassen, aber sie hatte gewusst, wer und was er war, als sie ihn heiratete. Er hielt an dem fest, was er besaß, und Jessica gehörte jetzt zu ihm.

4. Kapitel

Jessica wachte mit verquollenen Augen auf. Mit einem Blick auf den Wecker stellte sie fest, dass es kurz vor fünf war. „Vier Stunden Schlaf. Großartig." Geräusche aus dem angrenzenden Schlafzimmer sagten ihr, dass Gabriel ebenfalls schon auf war. Bemüht, nicht an ihn zu denken oder an das, was sie letzte Nacht miteinander getan hatten, zog sie die Decke bis unters Kinn hoch. Dabei stellte sie fest, dass sie immer noch den Duft genau des Mannes in der Nase hatte, den sie eigentlich ignorieren wollte. Ungläubig schüttelte sie den Kopf, als ihr klar wurde, weshalb. In ihrer Wut hatte sie vergessen, sein Hemd auszuziehen, daher beschloss sie, unter die Dusche zu gehen.

Der heiße Wasserstrahl war eine Wohltat für ihre schmerzenden Muskeln, die nicht an bestimmte Aktivitäten der letzten Nacht gewöhnt waren. Aktivitäten, an die sie keinesfalls denken wollte, die sie jedoch nicht aus ihren Gedanken verbannen konnte.

Als sie etwas später angezogen am Fenster stand und ihr Haar bürstete, klopfte es an der Verbindungstür, und Gabriel erschien. Er trug abgetragene Jeans und ein grobes Arbeitshemd. Sonderbarerweise war die Sinnlichkeit, die er ausstrahlte, noch intensiver. Ihr wurde augenblicklich heiß, und sie erinnerte sich an die genüssliche Qual sinnlicher Lust.

„Guten Morgen." Gabriel lächelte amüsiert, denn ihm war nicht entgangen, welche Wirkung er auf Jessica hatte.

Diese Arroganz brachte sie auf den Boden der Tatsachen zurück. „Ich habe dir nicht gestattet hereinzukommen." Sie bürstete weiter ihr Haar und sah dabei in die Morgendämmerung hinaus.

Er trat neben sie. „Sieh zu, dass du bis sieben startbereit bist."

„Wohin wollen wir?"

„Das Grab deiner Eltern besuchen."

Ihre Feindseligkeit verflog. „Danke." Sie legte die Bürste auf die Fensterbank und zwang sich, Gabriel anzusehen. Der Ausdruck in seinen Augen war unmöglich zu deuten.

„Gib mir einen Kuss, Jessie."
„Ich mag keine Befehle."
„Komisch, letzte Nacht hast du sie perfekt befolgt."
Sie versteifte sich. „Genau das will eine Frau nach ihrem ersten Mal hören."
Er verzog das Gesicht. „Verstanden."
Seine indirekte Entschuldigung machte Jessica sprachlos. Gabriel nutzte das aus und nahm sich den Kuss, den er verlangt hatte. Weil sie wegen der ungezügelten Leidenschaft der vergangenen Nacht noch aufgewühlt war, war ihre Abwehr erbärmlich schwach. Und zu ihrem Entsetzen hörte sie sich auch noch enttäuscht seufzen, als er sie freigeben wollte. Gabriel schien es zu gefallen, denn er küsste sie noch leidenschaftlicher.

Als er endlich ihr Zimmer verließ, war sie völlig durcheinander. Das war nicht vorgesehen, diese heftige Reaktion auf seine Berührungen. Für sie hatten Liebe und Sex immer zusammengehört. Sie hatte immer angenommen, sie würde tiefe Gefühle für jeden Mann hegen, mit dem sie schlief. Doch sie verging jedes Mal, wenn Gabriel sie berührte, und es beschämte sie zutiefst.

Das Schlimmste war, sie hatte keine Ahnung, wie sie dagegen ankämpfen sollte. Ihre Liebe zu Mark hatte sie immun gegen alle Männer gemacht. Bei Gabriel hatte das jedoch nichts genützt.

Da der Gedanke an ihre Lustgefühle ohne Liebe oder Romantik sie belastete, lenkte sie sich ab, indem sie ihren Skizzenblock zur Hand nahm und begann zu zeichnen.

Sie hatte es sich zur Gewohnheit gemacht, für jedes Bild eine detaillierte Skizze anzufertigen und erst dann Farbe auf die Leinwand zu bringen, wenn sie alles genau ausgearbeitet hatte. Sie war nicht spontan in ihrer Kunst, sondern durchdachte ihre Motive sorgfältig Schritt für Schritt. Doch jetzt ließ sie ihrer Hand freien Spielraum, ohne bewusst darauf einzuwirken. Heraus kam das Abbild eines Gesichts, das sie seit über einem Jahrzehnt in ihrem Herzen trug.

Wieder musste sie daran denken, was Mark ihr vor einigen Monaten betrunken am Telefon gestanden hatte, und sie wünschte, er hätte früher den Mut dazu gehabt. Dann hätten sie vor dem Tod ihres Vaters heiraten können und hätten einen anderen Weg gefunden, die Randall-Farm zu behalten. Aber er hatte gewartet, bis es zu spät war.

Kaylas Schwangerschaft und ihre Schulden bei Gabriel hatten eine unüberwindliche Kluft zwischen ihnen geschaffen.

Das schmerzte. Mark war seit ihrer Kindheit ihr engster Freund gewesen. Er hatte ihr geholfen, nach dem frühen Tod ihrer Mutter die Sonne wieder scheinen zu sehen, wieder am Leben teilzuhaben. Sie hatte ihm ihre Geheimnisse anvertraut, hatte sich im Gegenzug seine angehört, und irgendwann hatte sie sich in ihn verliebt.

Es brach ihr das Herz, als er Kayla heiratete, und sein Geständnis vor wenigen Monaten verletzte es erneut. „Warum", flüsterte sie der Skizze zu, „warum hast du so lange gewartet?"

Jessica war sich nicht sicher, ob sie Marks Liebeserklärung hätte widerstehen können, wenn er sie ihr von Angesicht zu Angesicht gemacht hätte und nicht am Telefon. Und außerdem, wenn er wirklich gemeint hätte, was er gesagt hatte, dann hätte er sie gleich nach ihrer Rückkehr ausfindig gemacht. Aber das hatte er nicht getan. Warum?

Sie warf den Bleistift beiseite und stützte den Kopf in die Hände. „Hilf mir", flüsterte sie gequält. Doch niemand hörte ihr Flehen.

Einige Stunden später ließ Jessica vom Jeep aus den Blick über den Friedhof der Dumonts schweifen. Sie hatte sich diesen Besuch gewünscht, doch inzwischen war sie nicht mehr sicher, ob das die richtige Entscheidung gewesen war. Ganz offensichtlich war Gabriel wenig begeistert.

„Kommst du?" Sie öffnete die Beifahrertür. Gabriel hatte sie überrascht, indem er sie zum Grab ihrer Eltern begleitete. Sie wusste nicht, was sie diesmal zu erwarten hatte, besonders weil er die lange Fahrt zurück zur Angel-Farm so schweigsam gewesen war.

Er stieg aus und sah wortlos zu, wie sie die Blumen, die sie auf einer Wiese gepflückt hatte, hinten aus dem Wagen nahm. Doch er war an ihrer Seite, als sie zu den Ruhestätten von Stephen, Mary, Raphael, Michael und Angelica Dumont ging.

Vor Raphaels Grab schaute sie ihn an. „Möchtest du die Blumen hinlegen?"

„Nein."

Sein Ton ließ keinen Zweifel daran, dass er den Besuch für Zeitverschwendung hielt, doch Jessica hielt ihn für wichtig.

Gabriel reagierte erst, als sie Blumen auf das Grab seiner Mutter legte. Er nahm sie weg und legte sie stattdessen auf das Grab seiner Schwester.

„Gabe!"

„Bist du fertig?"

„Ja." Sie vermochte seine harte Miene nicht zu deuten. „Aber …"

„Aber was, Jessica? Sie sind tot und das seit fünfundzwanzig Jahren." Er schaute auf seine Uhr. „Ich muss einige Zäune überprüfen. Wir sollten zurückfahren."

Sie ergriff seine Hand, um ihn zu bremsen, als er sich zum Gehen wandte. Unverwandt sah er ihr in die Augen, doch sie fand den Mut, standhaft zu bleiben. „Es tut mir leid. Mir war nicht klar, wie sehr dich dieser Besuch schmerzen würde."

Er zog eine Braue hoch. „Mir geht's gut. Du bist doch diejenige, die hierherwollte."

„Gabe", fing sie an, überzeugt, eine tiefe Verletzlichkeit hinter seiner teilnahmslosen Maske entdeckt zu haben. Sie schöpfte Hoffnung. Vielleicht würde ihre Ehe letztendlich doch keine seelenlose Angelegenheit werden. Wenn Gabriel so intensiv empfinden konnte, dann war das, was sie letzte Nacht miteinander erlebt hatten, vielleicht doch nicht nur Lust gewesen.

„Jessie, du kennst mich. Ich bin kein verwundeter Held, den du erretten musst. Ich war zehn, als sie starben. Ich erinnere mich kaum an sie." Ihre Hand abschüttelnd, drehte er sich um und ging zum Wagen.

Jessica hätte gern geglaubt, dass er log, aber sein Gesichtsausdruck war völlig beherrscht gewesen. Ihre Hoffnung zerbrach. Kein Wunder, dass Gabriel nie die Gräber seiner Eltern und Geschwister besuchte – der Mann hatte nicht einmal das Herz, sie liebevoll in Erinnerung zu behalten.

Einen ganzen Tag und eine überraschend ungestörte Nacht später saß Jessica mit ihrem Skizzenblock auf der Veranda, als ein altersschwacher Pick-up die Auffahrt heraufgerast kam. Sie wartete ab, wer da wohl parken und herüberkommen würde, doch der Fahrer fuhr bis direkt an die Veranda.

Die Wagentür flog auf, und heraus sprang die letzte Person, die Jessica erwartet hatte.

„Jessie, mein Mädchen!" Mark lief die Stufen hoch, schlang ihr die Arme um die Taille und hob sie hoch.

Es war unmöglich, nicht glücklich zu sein, ihn wiederzusehen, nicht, nachdem sie ihn so sehr vermisst hatte. Mit seinen blauen Augen und seinem pechschwarzen Haar sah Mark aus wie ein Filmstar oder ein Playboy. Aber es war sein Lächeln, in das sie sich verliebt hatte, dieses Strahlen, mit dem er ständig bekundete, wie sehr er sich über die ganze Welt amüsierte.

Zum ersten Mal seit ihrer Rückkehr lachte sie hellauf. „Lass mich herunter, du Idiot."

Sein Lächeln verflog. „Ich möchte dich nie wieder loslassen." Doch er stellte sie auf die Füße. „Hättest du nicht warten können, bis ich zurück war?" Das klang schmerzlich. „Du hast mir nicht einmal eine Chance gegeben."

Jessica verspürte ein unheilvolles Grummeln in ihrem Magen. „Was?"

„Ich habe gehört, du hast geheiratet, während ich verreist war."

„Da hast du richtig gehört." Die Stimme klang ruhig, aber gefährlich und kam von der anderen Seite der Veranda. „Ich schlage also vor, du nimmst deine Hände von ihr."

Sich bewusst, wie die Szene wirken musste, löste sich Jessica von Mark. Ihr wurde abwechselnd heiß und kalt. „Mark kam vorbei, um Hallo zu sagen."

Gabriel trat neben Jessica und legte ihr nun seinerseits einen Arm um die Taille. Um gegen diese besitzergreifende Geste zu protestieren, wollte sie sich ihm entziehen, doch im Gegensatz zu Mark war Gabriel nicht bereit zu weichen.

„Tatsächlich?"

Zu Jessicas Überraschung kniff Marks kampflustig die Augen zusammen. „Haben Sie Jessie überhaupt ausgerichtet, dass ich sie nach ihrer Rückkehr sprechen wollte?"

„Komisch", erwiderte Gabriel leichthin. „Ich dachte, es gäbe überall im Land Telefon."

Jessica bekam langsam Angst um Mark. Er war kein Gegner für Gabriel. Zu ihrer Erleichterung lenkte er ein.

„Ich glaube, Jessie und ich müssen miteinander reden."

Gabriels Arm fühlte sich an wie ein Stahlband.

„Wenn du mit meiner Frau reden willst, dann kannst du das jetzt gleich hier."

„Ja, sicher. Bis später, Jessie." Mark sprang von der Veranda und fuhr genauso rasant davon, wie er vorgefahren war.

Jessica schwieg, bis sein Pick-up in der Ferne kaum noch zu erkennen war. Dann entzog sie sich Gabriels Griff und verschränkte die Arme. „Was hast du dir dabei gedacht?"

„Ich dachte, ich habe klargemacht, dass du jetzt meine Frau bist, was du offenbar vergessen hattest." Sein Blick sprühte vor Ärger. „Wie lange hattest du vor, mit ihm vor den Augen des Personals zu flirten?"

Nun wurde auch Jessica wütend. „Ich bin praktisch mein ganzes Leben lang mit ihm befreundet. Ist es dir in den Sinn gekommen, dass er vielleicht mit mir über das, was in seinem Leben los ist, reden wollte?" Sie überging, dass Mark gesagt hatte, er würde sie am liebsten nie wieder loslassen, denn das machte ihr ein schlechtes Gewissen.

„Es ist mir egal, worüber er reden wollte." Gabriel verschränkte ebenfalls die Arme. „Es wird keine privaten Plaudereien mehr zwischen euch beiden geben."

„Du bist mein Mann, nicht mein Gefängniswärter!"

„Ich sollte nicht dein Aufpasser sein müssen. Oder findest du es akzeptabel, dass du dich in die Arme deines Möchtegern-Geliebten wirfst?"

„Du verdrehst alles!" Sie hatte Mark aus unschuldiger Wiedersehensfreude umarmt. Aber Gabriel ließ die Sache schmutzig wirken, ließ sie an jeder Geste, jedem Wort zweifeln.

Sein Gesicht wirkte wie aus Granit gemeißelt, seine nächste Bemerkung war eiskalt. „Ich schwöre dir, Jessica, falls du versuchst, mich mit diesem Nichtsnutz zu betrügen, werde ich mich so schnell scheiden lassen, dass dir schwindelig wird. Und dann werde ich das Angebot der Grundstücksmakler annehmen – sie sind immer noch interessiert."

Jessica spürte, wie ihr das Blut aus dem Gesicht wich. „Das würdest du nicht tun." Selbst Gabriel konnte nicht so grausam sein. „Ich habe dir alles gegeben."

Er schnaubte verächtlich. „Du hast für ein ganzes Leben unterschrieben, nicht für eine schnelle Nummer in meinem Bett. Wenn ich das gewollt hätte, hätte ich es billiger haben können und von jemandem mit wesentlich mehr Erfahrung, als du sie hast, Sweetheart."

Die verbale Ohrfeige traf sie so hart, dass sie keine Worte fand.

„Dein Land hat für den Betrieb dieser Farm keinen Wert", fuhr er fort. „Ich habe es gekauft, um unsere Abmachung zu besiegeln, und ich kann es ebenso leicht wieder loswerden, falls du deinen Job als meine Frau nicht ausfüllen willst. Denk daran, wenn du das nächste Mal den Drang verspürst, deinen *Freund* zu treffen."

Er ging, ohne ihr die Chance zu einer Antwort zu geben. Jessica hätte auch gar nicht gewusst, was sie darauf sagen sollte. Sie ließ sich auf den Stuhl fallen und barg das Gesicht in ihren Händen. Ihre Gedanken überschlugen sich. Gabriels Drohung hatte sie geschockt und machte absolut klar, dass ihr Mann ihr etwa so viel traute wie einer streunenden Katze. Und er hatte ihr mit etwas gedroht, von dem er wusste, dass es ihr wundester Punkt war.

Die Vorstellung, das Erbe ihrer Eltern könnte für etwas zugrunde gerichtet werden, was die Spekulanten ein Urlaubsparadies für die Reichen und Schönen genannt hatten, einschließlich Swimmingpool, Tennisplätzen und Golfplatz, war ihr persönlicher Albtraum. Sie würden all das Schöne, wofür ihre Eltern so hart gearbeitet hatten, zerstören. Es wäre eine Herabwürdigung ihres Andenkens, die sie einfach nicht ertragen konnte. Anders als Gabriel es mit seiner Familie tat, hielt sie ihr Andenken in Ehren. Mehr war ihr nicht geblieben.

„Jessie?"

Mrs. Crofts Stimme schreckte sie aus ihren Gedanken. „Was gibt's?"

Die Haushälterin betrachtete Jessica mit besorgter Miene, stellte jedoch keine Fragen. „Ein Anruf für dich." Sie reichte ihr das schnurlose Telefon.

„Danke." Jessica wollte sich gerade melden, als Mrs. Croft ihr bedeutete, die Sprechmuschel mit der Hand zu bedecken.

„Du hast dich entschieden, als du dein Eheversprechen gegeben hast, mein Mädchen. Sieh jetzt nicht mehr zurück." Mit diesem Ratschlag ging sie zurück ins Haus.

Ernüchtert, weil offenbar noch jemand ohne Weiteres annahm, sie würde untreu werden, meldete sie sich mit einem leisen Hallo.

„Bist du allein, Jessie?"

Sie erstarrte. „Bist du lebensmüde, Mark? Wenn Gabriel ans Telefon gegangen wäre …"

„Ich hätte wieder aufgelegt. Kein Grund zur Panik."

Er lachte, aber Jessica hörte einen bitteren Unterton heraus, den sie noch nie an ihm bemerkt hatte.

„Warum rufst du an?"

„Ich habe dir doch gesagt, dass ich mit dir reden möchte." Eine kleine Pause. „Du bist doch immer noch meine Freundin, oder nicht?"

„Natürlich bin ich das."

„Auch wenn er es verbietet?"

„Bitte nicht." Gabriel war das eine Thema, das sie nicht mit Mark diskutieren würde. „Was sind das für Gerüchte über dich und Kayla?"

Die Pause war diesmal etwas länger. „Wir sind am Ende. Ich habe dir ja gesagt, ich hätte sie nie heiraten sollen."

„Mark", fing sie an, aber er kam ihr zuvor.

„Ich habe es dir gesagt, und du hast dich nicht aufhalten lassen und hast diesen Armleuch…" Er verstummte, ehe sie ihn unterbrechen konnte. „Ich liebe sie nicht mehr."

„Das meinst du nicht ernst." Und doch hoffte ein Teil von ihr, ein Teil, den sie nicht sonderlich mochte, dass er es ernst meinte. Diese geheime Hoffnung hatte sie immer gehegt, seit Kaylas Wagen vor zwei Jahren in Kowhai eine Panne hatte und die hübsche Brünette und Mark fast über Nacht ein Paar wurden.

„Du weißt, wen ich hätte heiraten sollen, nicht wahr?" Seine Stimme wurde leiser, rauer.

Sie hätte auf der Stelle auflegen sollen, doch sie tat es nicht, überwältigt von einer Sehnsucht, die sich über Jahre aufgebaut hatte. Denn selbst in jenem einzigen Ferngespräch hatte Mark ihr nicht gesagt, was sie unbedingt hören wollte.

„Dich, Jessie. Ich hätte dich heiraten sollen."

Mit zitternden Fingern beendete sie das Telefonat. Sie hasste sich dafür, dass sie Mark erlaubt hatte weiterzureden, verabscheute ihre Sehnsucht, die sie zur Heuchlerin gemacht hatte. Denn auch wenn sie die Schwelle zur körperlichen Untreue nicht überschritten hatte, so doch ohne jede Frage die zur emotionalen.

Das Telefon klingelte erneut so plötzlich, dass sie es beinah hätte fallen lassen. Sie meldete sich zögernd.

Es war Merri Tanner, eine Nachbarin, die sie für den Abend zu einer Grillparty einlud. Eine gesellschaftliche Verpflichtung war jetzt genau das Richtige. „Ja, wir kommen gern. Danke." Sie plauderte noch ein paar Minuten mit der Nachbarin, dann legte sie auf.

Jessica überlegte, ob sie jemanden bitten sollte, Gabriel die Einladung zu überbringen, aber das wäre feige gewesen. Und ihre Selbstachtung war nach Marks Anruf schon tief genug gesunken. Also machte sie sich auf die Suche nach ihrem Mann.

Ihr schlechtes Gewissen besiegte sie mit ihrer zunehmenden Wut über seine grausame Drohung, ihr Land doch noch zu verkaufen. Wieder einmal nahm sie sich vor, Gabriel Dumont nicht die Chance zu geben, sie mit seinem unbeugsamen Willen zu vernichten.

Gabriel unterbrach sein Gespräch mit dem Vorarbeiter, als er Jessica kommen sah, und ging ihr entgegen. „Was gibt's?" Das klang keineswegs verärgert.

„Merri hat uns zu einem Barbecue eingeladen. Gegen sieben." Sie verschränkte die Arme. „Ich habe zugesagt."

„Schön."

Er berührte ihre Wange mit dem Zeigefinger, und die Geste war so unerwartet sanft, dass Jessica nicht wusste, wie sie reagieren sollte.

„Muss ein langes Telefonat gewesen sein – deine Haut ist ganz gerötet."

Sie wich zurück und fragte sich, ob er ihre Schuldgefühle in ihren Augen lesen konnte. Denn diesmal hatte sie etwas getan, worauf sie nicht stolz war. Aber selbst ihr Fehlverhalten entschuldigte nicht das, was er gesagt hatte, und sie würde nicht so tun, als wäre alles in bester Ordnung. „Lass das, Gabriel. Du empfindest mehr Zärtlichkeit für dein Bankkonto als für mich."

Seine Miene wurde härter. „Keine schlechte Sache, oder? Wenn ich nichts auf diesem Konto gehabt hätte, würdest du jetzt auf dem Trockenen sitzen." Er bedachte sie mit einem grimmigen Lächeln und ging zurück zu Jim.

Jessica beschwor sich, sich nichts daraus zu machen. Doch damit, dass er recht hatte, streute er Salz in ihre Wunden. Sie war keine Goldgräberin, war jedoch auf Gabriels Geld angewiesen gewesen.

Wenn Geld keine Rolle gespielt hätte, hätte sie sich nie auf diesen Handel eingelassen. Aber sie hatte es getan. Und jetzt musste sie den Preis dafür zahlen.

Sie verließ die Scheune, ehe sie etwas Unüberlegtes sagen konnte, und ging zum Haus zurück. Sie beschloss, für die Grillparty einen Salat zu machen. Da sie die Arbeit zumindest für eine Weile ablenkte, backte sie auch noch einen Marmorkuchen.

Gegen halb sechs war alles fertig und sie selbst startbereit. Sie hatte ihre Garderobe mit Bedacht gewählt, denn sie wollte sich unbedingt wohlfühlen, daher trug sie einen wadenlangen Wollrock und einen weißen Angorapullover, dazu ihre kniehohen Lieblingsstiefel.

Gabriel hatte kein Wort beim Betreten der Küche gesagt, während sie den Picknickkorb packte. Aber jetzt strich er ihr durchs feuchte Haar. „Ich glaube, ich lasse dich heute Nacht die Stiefel anbehalten."

Ihr war klar, dass er sie absichtlich provozierte, weil sie so kühl zu ihm war, aber ihr verräterischer Körper reagierte sofort auf sein sinnliches Versprechen. Sie entzog sich Gabriel und ging ein paar Schritte beiseite. In der sandfarbenen Cordhose und dem dunkelblauen Pullover wirkte er selbstbewusst und unglaublich maskulin.

„Hast du deine Zunge verschluckt, Jessica? Soll ich sie für dich suchen?"

Sie ignorierte seine Anspielung und nahm den Korb. „Lass uns gehen."

Gabriel nahm ihr den Korb ab, und sie ließ ihn gewähren. Auf keinen Fall sollte er merken, dass sie bei Weitem nicht so ruhig war, wie sie vorgab.

„Mit dem Wagen dauert es zwei Stunden bis zu den Tanners. Ich denke, wir sollten hinfliegen."

„Nein, ich möchte lieber fahren." Es war eine impulsive Entscheidung, denn sie hatte das Gefühl, festen Boden unter den Füßen zu brauchen.

Er sah sie überrascht an, ging jedoch direkt zum Jeep, der vor dem Haus parkte, und stellte den Korb hinten in den Wagen. „Schön."

„Merri sagte, gegen sieben, aber das heißt vermutlich, die meisten Leute werden so gegen halb acht eintreffen", erklärte Jessica beim Einsteigen.

Gabriel hielt die Beifahrertür fest, als sie sie zuschlagen wollte. „Versuch, mich nicht den ganzen Abend so böse anzusehen. Ich möchte nicht, dass die Leute einen negativen Eindruck von unserer Ehe bekommen." Damit warf er die Tür zu, ging um den Wagen herum und stieg ein.

„Wenn du mich mit den Landspekulanten erpresst, dann erwarte nicht, dass ich die Freundlichkeit in Person bin."

„Freundlichkeit in Person?" Verächtlich schnaubend startete er den Wagen. „Jessie, du schmollst, seit du aus Amerika zurück bist."

„Nenn mich nicht Jessie."

Mit quietschenden Reifen fuhr er die Auffahrt hinunter. „Warum? Weil es Marks Kosename für dich ist?"

„Das hat nichts damit zu tun."

„Wer's glaubt, wird selig."

„Leute, die mich mögen, nennen mich so. Du magst mich nicht und vertraust mir auch nicht. Bleib also bitte bei Jessica."

Den Rest der Fahrt schwiegen beide. Erst als sie auf das Anwesen der Tanners fuhren, brach Jessica das Schweigen. „Gibt es noch irgendwelche Neuigkeiten, von denen ich wissen sollte?"

„Die größte kennst du ja."

Er brachte den Jeep hinter einem mit Schlamm bespritzten Kleinlaster zum Stehen. Anders als Jessica vermutet hatte, schienen die meisten Gäste bereits da zu sein.

„Und vermutlich hast du ja auch schon gehört, dass Sylvie aus den Staaten zurück ist."

Sie erstarrte innerlich. „Seit wann?"

„Seit ein paar Monaten."

Nichts an seinem Ton verriet seine Gefühle zu diesem Thema. Das blieb Jessicas Fantasie überlassen. Es hieß, Sylvie habe ihre Beziehung zu Gabriel beendet, um beruflich voranzukommen.

Wenn das Gerede zutraf, dann konnte Jessica sich gut vorstellen, dass Gabriel sich weigerte, Sylvie zu verzeihen, und sogar so weit ging, eine andere Frau zu heiraten. Aber das bedeutete nicht, dass er für die bildhübsche Blondine keine Gefühle mehr hegte – Gefühle, die er für seine Ehefrau nie haben würde. Mit Nachdruck stieß Jessica die Beifahrertür auf und stieg aus.

Sie gingen nebeneinander zum großen Garten der Tanners hinter dem Haus. Auf halbem Weg legte Gabriel den Arm um sie und beugte sich so dicht zu ihr hinunter, dass sein Atem ihr Haar streifte.

„Lächle, Jessica. Schließlich wird vermutet, dass wir im Honeymoon sind."

Sie wusste nicht, warum sie es tat, doch sie legte ihm ihrerseits den Arm um die Taille und lächelte ihn zuckersüß an, als sie um die letzte Ecke bogen. „Oh Honey, das ist so süß von dir!"

Gabriels leise Warnung kam zu spät. Einige Leute hatten sie gehört und zogen ihn nun damit auf, dass er auf seine alten Tage sanft wurde. Er nahm es gelassen, doch er hielt Jessica weiterhin umarmt, selbst als er Tanners Sohn Simon den Korb mit dem Salat und dem Kuchen übergab.

Mr. Tanner die Hand zu schütteln war für Jessica ein willkommener Anlass, ihren Arm von Gabriels Taille zu nehmen. Es war ein seltsames Gefühl, seine Wärme durch ihre Kleidung zu spüren, eine so stille Vertrautheit, die beunruhigender war, als hätten sie leidenschaftliche Küsse getauscht.

„Schön, dich wiederzusehen, Jessica." Mr. Tanner strahlte. „Wir haben dich vermisst."

„Es tut gut, wieder zu Hause zu sein."

„Gabriel, du hast Geschmack. Jessica ist das hübscheste Mädchen hier."

„Ich weiß."

Am liebsten hätte Jessica Gabriel für seine unverschämte Lüge einen Tritt versetzt. Wenn sie nicht irrte, hatte sie eben die attraktive Sylvie Ryan im Schein der bunten Lichter und Sturmlaternen, die im Garten aufgehängt worden waren, erspäht.

Mr. Tanner ging ein paar andere Gäste begrüßen und überließ Gabriel und Jessica einer schier endlos erscheinenden Reihe von Gratulanten.

Als sie sich ungefähr zum fünfzigsten Mal für die Glückwünsche bedankte, wollte sie sich unauffällig Gabriels irritierender Umarmung entziehen, doch er legte den Arm nur noch enger um sie. Weil sie vor den anderen schlecht protestieren konnte, lächelte sie und plauderte munter weiter.

„Wann werdet ihr beide denn eine Party geben, um eure Hochzeit zu feiern?", fragte Kerry Lynn Jessica, während ihr Mann sich mit Gabriel unterhielt.

„Darüber haben wir noch nicht gesprochen."

„Recht bald wäre am besten. Später wird uns allen die Arbeit über den Kopf wachsen."

Jessica nickte. Die meisten Leute in der Gegend waren Farmer oder arbeiteten auf Farmen. „Was für eine Art Party würdest du denn vorschlagen?", fragte sie, um das Gespräch in Gang zu halten, nicht weil sie wirklich die Farce ihrer Hochzeit feiern wollte.

„Ein gesetztes Dinner wäre nett. Wie in einem Festsaal."

Jessica konnte sich nichts Schlimmeres vorstellen, als mit Gabriel oben an einer Tafel zu sitzen und von den Leuten genau beobachtet zu werden. „Oder vielleicht ein Luxus-Picknick", warf sie vor lauter Verzweiflung ein. „Wir könnten einen Partyservice beauftragen, Tische und Stühle auf den Rasen stellen und Musik organisieren, damit die Leute tanzen können."

„Das klingt wunderbar, Darling", sagte Gabriel, und sie wusste, dass er sich lustig über sie machte. „Wenn wir ein Festzelt aufstellen und ein paar Heizstrahler anbringen, dann sollte es nicht allzu kalt sein."

„Oje", murmelte sie und hoffte, damit wäre die Sache erledigt.

„Grahams Band könnte spielen!" Kerry klatschte in die Hände und erregte damit die Aufmerksamkeit einiger anderer Gäste, die herüberkamen.

Einige unterstützten Kerrys Vorschlag, und Graham strahlte. Jessica hatte das Gefühl, die Kontrolle zu verlieren. „Ich wusste gar nicht, dass du eine Band hast, Graham", sagte sie schwach und lehnte sich unbewusst an Gabriel.

Der zog sie an sich und beendete die Diskussion mit einem entwaffnenden Charme, den sie ihm nie zugetraut hätte. „Wir geben euch Bescheid, sobald wir einen Termin haben. Und jetzt sollten wir besser noch ein paar andere Bekannte begrüßen, ehe Jessica von ihrem Jetlag eingeholt wird."

Lächelnd ließ die Gruppe sie entkommen, doch Jessica fürchtete, dass die Sache abgemacht war. „Wir werden diese verdammte Party geben müssen, nicht wahr?"

„Aber, aber, was für eine Ausdrucksweise, Jessica."

„Hör auf, mich Jessica zu nennen." Eine idiotische Bemerkung, denn sie hatte ihn ja selbst gebeten, nur noch ihren vollen Namen zu benutzen, aber das klang vollkommen falsch. „Niemand nennt mich so."

„Dein Mann schon, Jessica-Darling", raunte er ihr ins Ohr.

Einen Moment hatte Jessica Schmetterlinge im Bauch, doch dieses unsinnige Glücksgefühl wurde plötzlich zerstört, als das heisere Lachen einer Frau erklang.

„Also, wenn das nicht Mr. und Mrs. Dumont sind."

Jessica straffte die Schultern. „Hallo, Sylvie. Gabriel sagte mir, Sie seien zurück."

„Hallo, Süße." Sylvie gab Jessica ein Küsschen auf die Wange, als wären sie alte Freundinnen. Die Wahrheit sah ganz anders aus. Als Tochter eines Richters und Besitzers einer großen Farm hatte sich Sylvie Ryan bisher nicht herabgelassen, mit einem Nobody wie Jessica Randall zu reden, geschweige denn sie zu duzen.

Obwohl sie sich neben der hochgewachsenen Frau besonders klein vorkam, biss Jessica die Zähne zusammen und lächelte. Gabriel wählte genau diesen Moment, um sie endlich loszulassen. „Ich wollte noch etwas mit Derek besprechen", erklärte er mit einer Kopfbewegung zu dem Piloten hinüber, der am kalten Büfett stand. „Nett, dich wiederzusehen, Sylvie."

„Ganz meinerseits."

Der verführerische Unterton in Sylvies Stimme war eine einzige Anspielung auf alte Zeiten. Jessica beschwor sich, ihn einfach zu ignorieren. Doch über die Tatsache, dass Sylvie und Gabriel einmal ein Liebespaar waren, konnte sie kaum hinwegsehen.

„Bist du inzwischen verheiratet, Sylvie?", fragte sie, sobald Gabriel außer Hörweite war. Ein gemeiner kleiner Seitenhieb, aber im Moment fühlte sie sich nicht besonders erwachsen.

Sylvies Lächeln wurde etwas kühler. „Wie es aussieht, hast du dir den einzigen Mann geschnappt, der hier in der Gegend etwas wert ist."

„Ich Glückspilz."

„Es wird sich zeigen, ob du ihn halten kannst."

5. Kapitel

Jessica zögerte nicht, Sylvie die Krallen zu zeigen. „Ich nehme an, da sprichst du aus Erfahrung", sagte sie und lächelte dabei so süß, dass Sylvie absolut keine Ahnung hatte, ob das eine Beleidigung war oder nicht. „Ach, da drüben ist Merri. Du musst mich entschuldigen, ich hatte bisher noch keine Gelegenheit, sie zu begrüßen."

Froh, Gabriels ehemaliger Geliebten und deren spitzen Bemerkungen zu entkommen, bediente Jessica sich am kalten Büfett. Dann schlenderte sie zu Merri hinüber und setzte sich zu einem Schwätzchen zu ihr.

„Du solltest die junge Dame da drüben im Auge behalten", sagte ihre Freundin.

Jessica folgte Merris Blick und sah, wie Sylvie Gabriel eine Hand auf die Schulter legte und ihm etwas ins Ohr flüsterte. Als er lächelte, durchzuckte Jessica ein unbekanntes, merkwürdiges Gefühl. Sie attackierte ihren Kuchen unsanft mit der Gabel. „Sie hat sich nicht geändert."

„Sobald sie wieder im Land war, war sie hinter Gabriel her wie der Teufel hinter der Seele. Vor deiner Rückkehr soll sie fast jeden Tag auf der Angel-Farm gewesen sein."

Der Schokokuchen erschien Jessica plötzlich sehr trocken. „Tatsächlich?"

„Aber er hat dich geheiratet, ich glaube also nicht, dass du dir Sorgen zu machen brauchst." Merri grinste schadenfroh. „Queen Sylvie muss vor Wut schäumen."

Jessica war sich nicht so sicher, dass sie gewonnen hatte. Gabriel und Sylvie schienen sich sehr wohl miteinander zu fühlen, wie sie so dastanden und plauderten. Größe, Aussehen, gesellschaftlicher Status, in allem und noch mehr passten sie zusammen. Vielleicht war der wahre Grund, weshalb Gabriel Sylvie nicht geheiratet hatte, der, dass sie Emotionen in ihm weckte, die er nicht wollte. Vielleicht Liebe.

„Was macht Sylvie jetzt so?", erkundigte Jessica sich. Gleichzeitig fragte sie sich, was Gabriels Gefühle für die Blondine sie kümmerten. Es war kaum so, dass sie selbst ihn liebte. Aber sie begriff langsam, weshalb er so wütend reagiert hatte, als sie am Morgen in Marks Arme geflogen war. Wenn er etwas Ähnliches mit Sylvie gemacht hätte ...

„Soweit ich weiß, hat sie sich für ein Jahr von einem hoch bezahlten Job bei einer internationalen Bank beurlauben lassen", unterbrach Merri Jessicas unangenehme Gedanken. „Vielleicht dachte sie, sie sollte zurückkommen und sich mit Gabriel versöhnen." Merri seufzte plötzlich. „Ach du lieber Himmel, sie ist tatsächlich gekommen. Hat man dir erzählt, was passiert ist?"

Jessica drehte sich um und sah Kayla direkt auf sie zukommen. Durch die Schwangerschaft war Marks Frau noch hübscher geworden, ihre Wangen hatten eine rosige gesunde Farbe, ihr braunes Haar fiel ihr glänzend über den Rücken. Aber als sie sich zu ihnen setzte, bemerkte Jessica einen bekümmerten Zug um ihren Mund.

„Hallo, Jessica. Mrs. Croft hat mir erzählt, dass du zurück bist."

„Hallo, Kayla." Jessica wusste nicht, was sie sonst noch sagen sollte, und weil Merri ausgerechnet in diesem Moment in die Küche gerufen wurde, suchte sie angestrengt nach einem sicheren Gesprächsthema, denn über das Einzige, was sie und Kayla verband, konnten sie unmöglich reden. „Es tut mir leid", sagte sie schließlich. Sie bedauerte Kayla wirklich, aber sie war auch wütend auf Mark, weil er dieses Chaos angerichtet hatte. „Gabriel hat mir erzählt ..."

Kayla versuchte zu lächeln, doch es gelang ihr nicht recht. „Es ist wohl kaum ein Geheimnis."

„In welchem Monat bist du denn?"

„Im achten." Kayla biss sich auf die Unterlippe. „Ich wollte dich um etwas bitten."

Jessica wurde nervös. „Um was?"

„Mark ... er hört auf dich. Könntest du ..." Den Tränen nahe, schluckte Kayla. „Ich weiß gar nicht, worum genau ich dich bitten soll. Schließlich kannst du meinen Mann ja nicht dazu bringen, dass er mich wieder liebt."

Jessica legte eine Hand auf Kaylas Hand. „Ich werde mit ihm reden."

„Danke." Kayla atmete mehrmals tief durch und schien sich gerade zu fangen, als ihre Miene sich plötzlich verfinsterte.

Jessica erkannte den Grund dafür augenblicklich. Mark war aufgetaucht und unterhielt sich lachend mit ein paar Gästen, bis er sie und Kayla erspähte. Er kam zu ihnen herüber.

„Bitte, Jessica, halt ihn auf. Ich kann jetzt nicht mit ihm sprechen. Ich möchte nicht, dass mich all die Leute hier weinen sehen."

Jessica konnte ihr ihre Bitte natürlich unmöglich abschlagen. „Okay."

Sie spürte den Blick ihres Ehemannes geradezu körperlich, während sie Mark entgegenging. Das machte sie nur noch entschlossener. Sie hatte nicht vor, ihren Fehler vom Morgen zu wiederholen, doch wenn Gabriel glaubte, sie würde parieren wie einer der Farmhunde, dann irrte er sich.

Kaum hatte sie Mark erreicht, zog er sie in die Arme.

Jessica hatte mehr als genug von der Torheit der Männer. „Lass mich auf der Stelle los." Diese kleine Umarmung würde nicht nur ihre eigene Ehe weiter belasten, sondern auch Kayla großen Kummer bereiten. Jessica verstand Marks Verhalten nicht – der Junge, mit dem sie aufgewachsen war, war nie boshaft oder rachsüchtig gewesen. Mark gab sie frei, doch sie wusste, dass der Schaden bereits angerichtet war.

„Darf ich jetzt meine beste Freundin nicht mehr umarmen?"

Weil inzwischen alle auf sie aufmerksam geworden waren, senkte Jessica die Stimme. „Lass diese Spielchen. Kayla …"

„Nein, Jessie. Ich möchte nicht über sie reden."

„Warum nicht? Du hast mir doch immer alles anvertraut." Sogar seine Freude darüber, als er merkte, dass er Kayla liebte. „Wie konntest du das tun, Mark? Sie ist schwanger."

Er hatte Kayla ein Eheversprechen gegeben, und für Jessica stand außer Frage, dass man Versprechen hielt. Selbst wenn es schmerzte. Selbst wenn man seine Meinung geändert hatte.

„Wäre es besser gewesen bei ihr zu bleiben, wenn ich sie nicht mehr liebe?", fuhr er sie an und wies damit unwissentlich die Prinzipien zurück, nach denen Jessica lebte. „Ich überlasse ihr unser Haus, und ich werde auch für das Baby sorgen, mach aus mir also keinen Schurken!" Er senkte die Stimme zu einem rauen Flüstern. „Sei nicht wie alle anderen und urteile über mich, ohne die Tatsachen zu kennen. Du nicht auch, Jessie."

Sie strich sich fahrig durch das Haar. Ihre Gedanken überschlugen sich. Einerseits verachtete sie Mark für das, was er getan hatte, andererseits jedoch bewunderte sie ihn dafür, dass er seinem Herzen folgte. Traf sie selbst wirklich die bessere Wahl, indem sie eine Ehe ohne Liebe führen wollte? „Aber ich …"

„Ich habe dir gesagt, dass ich *dich* liebe", unterbrach er sie. „Ich war nur zu dumm, das früher zu erkennen."

Jessica hätte nicht sagen können, wieso sie merkte, dass Gabriel hinter sie getreten war. Sie hoffte noch, dass ihr Instinkt sie täuschte, als sich ein starker Arm um ihre Taille legte. „Gabriel", fing sie an, weil sie einen Streit verhindern wollte.

„Sei still, Jessica." Er sagte das so leise, dass sie es fast nicht verstand, doch seine Wut war nicht zu überhören. „Ich habe dir doch gesagt, du sollst dich von meiner Frau fernhalten."

„Wir leben in einem freien Land."

„Mark!" Jessica schüttelte verzweifelt den Kopf. Nach einem Moment, in dem es fast so aussah, als würde die Situation eskalieren, zuckte Mark mit den Schultern und ging zu den Johnson-Mädchen hinüber.

„Sieh mich an und lächle."

Normalerweise hätte Jessica einer solchen Anweisung nicht Folge geleistet, doch sie hatte das Gefühl, Gabriel bereits bis an seine Grenze gereizt zu haben. Sie drehte sich zu ihm um. „Was immer du gehört hast, es ist nicht so, wie du denkst."

Er beugte sich zu ihr, um ihr etwas zuzuflüstern, und ihr war klar, dass er das tat, um den Eindruck zu erwecken, sie seien ein verliebtes Paar.

„Wirklich? Ich dachte, ich hätte gehört, wie ein anderer Mann dir seine Liebe gesteht."

Jessica versteifte sich, als er ihre schlimmsten Befürchtungen bestätigte.

„Nichts dazu zu sagen?" Er küsste sie auf die Wange.

„Bitte lass …"

„Wir werden zu Hause darüber reden."

Die nächtliche Autofahrt zurück zur Angel-Farm war die schlimmste in Jessicas Leben. Gabriel sagte kein einziges Wort, und sie wusste, dass es zwecklos war, ihn zum Reden zu bewegen. Selbst als sie die Farm erreichten, gab es keine Aussprache, denn er ging davon, um sich um etwas kümmern, weswegen Jim ihn kurz vor ihrem Aufbruch angerufen hatte.

Bis sie ihn ins Schlafzimmer nebenan kommen hörte, war Jessica das reinste Nervenbündel. Sie wollte diese Auseinandersetzung hinter sich bringen, selbst wenn das hieß, freiwillig ins Feuer zu springen. Sie band den Gürtel ihres Morgenmantels zu, den sie über ihrer Pyjamahose und ihrem Spitzenhemdchen trug, und klopfte an die Verbindungstür. Gabriel antwortete nicht, aber sie trat dennoch ein.

Er saß auf der Bettkante und hatte bereits Pullover und T-Shirt ausgezogen. Jetzt warf er seine Socken auf den Boden und stand auf. „So versessen darauf, ins Bett zu gehen?" Ohne den Blick von ihr zu wenden, löste er seinen Gürtel.

„Hör auf damit, Gabriel." Jessica spürte, dass ihr Mann in einer sehr gefährlichen Stimmung war. „Du weißt genau, warum ich hier bin." Er trat zu ihr, in seinen Augen glitzerte Wut pur.

„Bist du zum Küssen und Versöhnen gekommen?"

Jessica hob eine Hand, um ihn zu stoppen, doch im nächsten Moment lag ihre Hand unter seiner Hand fest auf seine Brust gepresst. Die Hitze, die er ausstrahlte, brannte auf ihrer Haut und brachte Gefühle in ihr zum Schwingen, die erst kürzlich erwacht waren.

Sie war entschlossen, das Verlangen ihres Körpers nach diesem Mann, den sie kaum kannte, zu besiegen. „Ich bin zum Reden hier."

„Reden ist nicht unsere beste Disziplin, Darling." In seinem wütenden Blick spiegelten sich Erinnerungen an ihre erste Nacht in diesem Bett, glühend und dunkel, leidenschaftlich und wild.

Ihr Herz begann erwartungsvoll zu klopfen, und sie hasste sich dafür. „Vielleicht sollten wir damit anfangen, gut darin zu werden." Sie schob seine Hand weg und war überrascht, dass er es zuließ.

„Warum?" Gabriel zog sie wieder an sich. „Ich habe dich nicht geheiratet, um mich mit dir zu unterhalten. Ich habe dich geheiratet, um eine brave, anspruchslose und treue Ehefrau zu bekommen, die mir Kinder schenkt. Dass du heiß im Bett bist, ist eine sehr nette Zugabe, aber soweit ich weiß, braucht man beim Sex nicht zu reden."

„Zum Teufel mit dir!" Ohne nachzudenken, holte Jessica aus und versetzte ihm eine schallende Ohrfeige.

Seine Reaktion war ein Lächeln, das alles andere als amüsiert war. „Der hat mich schon vor langer Zeit geholt, Jessie. Weißt du nicht, was man über mich sagt – Gabriel Dumont hat das Feuer überlebt, weil er einen Pakt mit dem Teufel geschlossen hat."

„Du bist kein Teufel, bloß ein gemeiner Schuft."

„Meine Eltern, meine Liebe, waren *sehr* verheiratet." Er zog sie wieder an sich. „Sie haben sich unterhalten, doch damit brachten sie gar nichts in Ordnung."

Irgendetwas an dieser letzten Bemerkung kam Jessica abgrundtief falsch vor, doch er gab ihr keine Chance, nachzufragen. Er küsste sie derart wild und hemmungslos, dass es ihr nicht nur den Atem nahm, sondern auch den Verstand raubte. Bei seiner ersten Berührung schien ihr Körper in Flammen zu stehen. Sie war keines vernünftigen Gedankens mehr fähig.

Zwei Sekunden später lag ihr Morgenmantel auf dem Boden, und Gabriel schob die Hände unter ihr Spitzenhemdchen. Angetrieben von ungezügelter Begierde zog Jessica seinen Kopf zu sich herunter und forderte einen weiteren Kuss, den sie heftig erwiderte.

Ehe sie wusste, wie ihr geschah, lagen ihre Pyjamahose und ihr Slip neben ihrem Morgenrock auf dem Fußboden. Schockiert schnappte sie nach Luft, doch schon im nächsten Moment küsste Gabriel sie erneut mit derart heißem Verlangen, dass sie an Protest gar nicht mehr denken konnte.

Als er sich von ihr löste und sie mit dem Gesicht Richtung Bett drehte, begriff sie nicht gleich, was er vorhatte, bis er seinen erregten Körper von hinten gegen sie presste.

„Tu es!", sagte er heiser.

Diese unbekannte Wildheit in ihr, mit der sie so leidenschaftlich auf seinen Kuss reagiert hatte, verstand genau. Es war ein Verstehen mit dem Körper, nicht mit dem Kopf. Sie beugte sich vor und umfasste den Bettpfosten fest mit beiden Händen.

Sie hörte zwar, wie er den Reißverschluss aufzog, doch als er dann in sie eindrang, schnell und hart, schrie sie überrascht auf. Ihr Körper akzeptierte ihn, genoss das rasante Tempo seiner Stöße so sehr, dass sie alle Scheu und alle Hemmungen ablegte und sich ihrem urtümlichsten Instinkt ergab.

Als sie später in der Dunkelheit im Bett lag, hatte Jessica das Gefühl, nicht mehr zu wissen, wer sie war. Sie hatte sich nicht nur mit einer Intimität von Gabriel lieben lassen, die sie zur Verräterin ihrer eigenen Emotionen machte, sie hatte es auch nicht geschafft, irgendetwas mit ihm zu besprechen. Tief durchatmend schob sie das Laken beiseite.

Ein starker Arm legte sich um ihre Taille. „Nein, Jessica. Heute Nacht bleibst du bei deinem Mann."

Als sie widersprechen wollte, küsste er sie kurzerhand. Sein Kuss hatte nichts Zärtliches – er war eher wie eine Brandmarkung, als würde er ihr einmal mehr verdeutlichen wollen, dass sie ihm gehörte. Sie versuchte, ihre Gefühle zu unterdrücken und die Kontrolle über einen Körper zurückzugewinnen, der nicht länger ihr eigener zu sein schien, doch sie kapitulierte. Wieder und immer wieder.

Und so verbrachte sie auch die nächsten sieben Nächte in Gabriels Bett und in seinen Armen, wo er ihr bewies, dass sie bisher nichts über ihre Bedürfnisse gewusst hatte. In diesen dunklen Stunden entdeckte sie eine verborgene, zutiefst sinnliche Seite an sich, die in vollen Zügen genoss, was sich zwischen den Laken abspielte, eine Frau, die ausschließlich ihrer Lust frönte.

Auch wenn er ihren Widerstand brach, seine eiserne Selbstbeherrschung gab Gabriel nicht auf. Das verletzte und frustrierte sie am meisten – Gabriel hatte Leidenschaft in eine Beziehung gebracht, die sie einmal als rein geschäftsmäßig gesehen hatte. Er ließ sie sich nach Dingen sehnen, von denen sie bisher nicht einmal geträumt hatte, aber er allein bestimmte die Spielregeln.

Tagsüber ging es ihr nicht viel besser. Sie war hin- und hergerissen zwischen ihren Erinnerungen an die Nächte und einer heftigen Verwirrung. Als ihre Gemälde aus Amerika ankamen, war sie daher mehr als erleichtert, etwas tun zu können, um ihr Abdriften in ein absolutes Gefühlschaos zu verhindern.

Nach dem Auspacken stellte sie die Bilder in den großen Raum im Erdgeschoss, den sie sich als Studio eingerichtet hatte. „Ich schaffe das", sagte sie sich. Sie war nicht bloß Gabriel Dumonts bequeme Ehefrau, nicht bloß der Besitz eines Mannes, der sie mit aller Entschiedenheit aus allen wichtigen Dingen in seinem Leben fernhielt – ihr Platz war in seinem Bett und gelegentlich an seinem Arm. Darüber hinaus wollte er nichts mit ihr zu tun haben.

Jessica musste sich eingestehen, dass sie die kalte Distanz zwischen ihnen nur schwer erträglich fand, verdrängte diesen Gedanken aber augenblicklich. Sie hatte die Spielregeln gekannt, als sie diese Ehe eingegangen war. Falls sie sich mehr erhofft hatte, dann war das ihr Fehler, und sie sollte ihn besser gleich korrigieren.

Sie stellte eine vorbereitete Leinwand auf die Staffelei, die sie der Tür gegenüber aufgebaut hatte, und nahm einen weichen Bleistift zur Hand. Marks Gesicht war leicht zu zeichnen. Schließlich hatte sie es jahrelang mit großer Bewunderung betrachtet. Doch heute entdeckte sie Dinge darin, die ihr bisher nie aufgefallen waren. Dinge, die sie beunruhigten.

„Ein Anruf für dich, Jessie, mein Mädchen."

Sie hatte es nicht klingeln gehört, so versunken war sie in ihre Arbeit gewesen. „Von wem?"

„Einem Richard Dusevic."

Jessica riss die Augen auf, doch sie wartete, bis Mrs. Croft wieder gegangen war, ehe sie sich meldete.

„Ms. Randall, ich habe hier auf meinem Schreibtisch einige Dias liegen, die Ihre Gemälde zeigen, wie mir meine Assistentin sagt."

„Oh." *Sehr intelligent, Jessica.*

„Können Sie mir die Originale schicken?"

Ruhig zu klingen war nicht einfach. „Gern. Möchten Sie nur die, von denen Sie Dias vorliegen haben?"

„Stellen Sie mir eine Auswahl zusammen. Ich möchte sehen, was Sie können. Ich habe das Gefühl, ich werde nicht enttäuscht sein."

Jessica presste den Hörer ans Ohr. „Ich werde sie Ihnen so schnell wie möglich schicken."

„Ich melde mich, sobald ich mir Ihre Bilder angesehen habe."

Jessica bedankte sich, und nachdem er aufgelegt hatte, versuchte sie sich zu fassen. „Du meine Güte, Richard Dusevic hat mich angerufen."

„Wie viele Männer hast du eigentlich, Jessica?" Die zynische Frage kam von der Tür her.

Instinktiv verdeckte sie ihre Arbeit auf der Staffelei und lächelte. Nichts konnte heute ihre Laune verderben. „Richard Dusevic ist der Inhaber einer der angesehensten Kunstgalerien Neuseelands."

Gabriel lehnte sich mit verschränkten Armen an den Türrahmen. „Glückwunsch."

„Es ist nur eine Aufforderung, ein paar Bilder vorzulegen, kein Angebot."

„Aber Dusevic läuft nicht herum und fordert jeden auf, oder?"

„Nein." Sie strahlte. „Ich muss morgen früh zur Post, um die Gemälde nach Auckland zu schicken. Kann ich mir den Wagen ausleihen?"

„Ich fahre dich hin", bot er lächelnd an, und dieses Lächeln erreichte tatsächlich seine Augen. „Ich muss sowieso in die Stadt."

Jessica fing an, ihre Gemälde durchzusehen, beunruhigt darüber, dass es sie freute, Gabriel zum Lächeln gebracht zu haben.

„Zeigst du sie mir?"

Überrascht sah sie ihn an. „Warum sollte ich?" Das war ihr unüberlegt entschlüpft, eine schnippische Bemerkung, die ihr eigentlich gar nicht ähnlich sah. „Wir reden nicht miteinander, erinnerst du dich?"

„Darauf hast du gewartet, das sagen zu können, nicht wahr?" Gabriel richtete sich auf, seine Miene war undurchdringlich.

Beschämt, dass sie so tief gesunken war, machte sie sich wieder ans Sortieren. „Ich habe zu tun."

Als sie einen Moment später hochsah, war Gabriel weg.

Mit einem frustrierten Seufzer setzte Jessica sich auf den Fußboden. Warum hatte sie das getan? Es wäre besser gewesen, freundlich zu reagieren und das Eis zwischen ihnen zu brechen. Aber sie hasste es, so zu sein, wie er es beschrieben hatte – brav und anspruchslos.

Sie war kein Haustier oder ein kleines Kind. Und Gabriel Dumont würde lernen müssen, dass er, auch wenn er sie im Bett beherrschen mochte, darüber hinaus nichts von ihr bekommen würde.

Es war genau das, was er von ihr verlangte.

Die Fahrt nach Kowhai am nächsten Tag verlief angespannt, wie Jessica geahnt hatte. Erst recht nach dem, was in der Nacht passiert war. Erschöpft von der Liebe war sie erst spät eingeschlafen. Wenn Gabriel nicht mitten in der Nacht mit einem erstickten Schrei hochgefahren wäre, wäre sie wohl erst am Morgen aufgewacht.

Erschrocken hatte sie ihm eine Hand auf die Schulter gelegt. „Gabriel?"

„Schlaf weiter." Er stand auf, ohne sich darum zu scheren, dass der Mond ihn in seiner ganzen Nacktheit beschien.

„Hattest du einen Albtraum?" Sie hatte ganz vergessen, dass sie sich nicht um ihn kümmern wollte.

„Ich sagte, schlaf weiter." Sein kalter, barscher Befehl erstickte ihre Zärtlichkeit im Keim. „Aber da du schon mal wach bist, wäre es vielleicht besser, wenn du in dein eigenes Zimmer hinübergingest."

Gekränkt hatte sie sich zurückgezogen, doch da sie keinen Schlaf hatte finden können, hatte sie den Rest der Nacht in ihrem Studio gearbeitet. Gabriel hatte auch nicht geschlafen – sie hatte ihn das Haus verlassen hören, und er war erst nach Tagesanbruch zurückgekommen.

Nun saßen sie im Wagen, beide zermürbt von Müdigkeit und einer Beziehung, die ständig weiter den Bach hinterging.

Schließlich ertrug Jessica das Schweigen nicht länger. „Wie lange wird dein Termin dauern?"

„Nicht lange." Er schaltete, weil sie sich einem Hügel näherten. „Ich habe vergessen, dir deine Kreditkarten zu geben. Du wirst also eine von meinen benutzen müssen. Erinnere mich daran, sobald wir in Kowhai sind."

Sie konnte kaum sein Geld zurückweisen, nachdem sie das ganze letzte Jahr davon gelebt hatte, aber sie hatte sich nie wohl dabei gefühlt. Auch jetzt nicht. „Falls Richard meine Bilder gefallen und er sie verkaufen kann, werde ich ein eigenes Einkommen haben."

„Das ist kein Problem, Jessica. Du bist meine Frau." Er sagte das eher beiläufig, während er einen Lastwagen überholte.

Natürlich bedeutete es ihm nichts – Gabriel hielt in dieser Ehe alle Karten in der Hand. Sie stand in seiner Schuld, seit er ihren Familienbesitz gerettet hatte.

„Ich werde vor der Post parken." Er bog in die Stadt ab.

„Schön." Kowhai hatte nicht viel zu bieten, aber für eine Kleinstadt mitten in der Einöde war es okay. Es gab einen Lebensmittelladen mit einer Poststelle, eine Bank, die obligatorische Kneipe und neben ein paar kleinen Läden sogar ein kleines Krankenhaus. „Sieht nicht aus, als hätte sich hier viel verändert."

„Henry hat die Leitung des Ladens an Eddie abgegeben."

„Endlich! Wie kommt Eddie damit zurecht?"

„Du kannst ihn ja selbst fragen." Er machte eine Kopfbewegung zum Geschäft hinüber, während er in einer der Parkbuchten davor hielt.

Eddie, der vor dem Laden stand, kam herüber und begrüßte Jessica mit einer herzlichen Umarmung.

„Könntest du mir helfen, ein paar Pakete zum Postschalter zu tragen, weil Gabriel gleich einen Termin hat?"

Gabriel schaltete sich ein, ehe Eddie antworten konnte. „Ich habe Zeit." Damit öffnete er die Wagentür und nahm die beiden größten Bilder heraus.

Sprachlos reichte Jessica Eddie zwei weitere und trug das letzte Bild selbst. Sie waren nicht allzu schwer, nur schlecht zu tragen, weil sie für einen sicheren Transport dick eingewickelt waren.

Nachdem Gabriel gegangen war, füllte Jessica einen Frachtschein aus, und Eddie sah ihr dabei zu. „Musst du gar keine Kunden bedienen?"

„Das macht Sally – im Moment ist nicht allzu viel zu tun." Sally war seine jüngere Schwester. „Du hast also Mr. Dumont geheiratet, hm?"

„Mr. Dumont?", neckte sie Eddie.

„So habe ich ihn immer genannt, als ich nach der Schule hier im Laden jobbte. Wie viele Jahre ist er älter als du, zehn?"

„Neun", verbesserte Jessica automatisch. Eddies sonderbarer Unterton begann sie zu ärgern.

„Na, ich war schon überrascht, als ich von der Hochzeit hörte."

Der Frachtschein war ausgefüllt, und Jessica legte den Stift beiseite. „Warum?"

„Ach komm schon, Jessie. Als Mark sich von Kayla trennte, dachte hier jeder, dass du und er endlich ein Paar würdet, wie es von jeher hätte sein sollen."

Natürlich kam Gabriel genau in dem Moment in den Laden. Mit ausdrucksloser Miene gab er ihr eine Kreditkarte. „Die wirst du brauchen. Wir treffen uns in einer Stunde am Wagen."

„In Ordnung."

Ohne ein weiteres Wort zu verlieren, ging er wieder. Eddie verzog das Gesicht, als Jessica sich ihm zuwandte.

„Entschuldige, wenn ich zu viel gesagt habe."

„Mach dir keine Gedanken darüber." Wenn sie bloß ihren eigenen Rat befolgen könnte. „Aber tu mir den Gefallen und hör auf, über mich und Mark im gleichen Atemzug zu reden, okay? Ich bin verheiratet, und er ist es auch."

„So hörte sich das vor ein paar Tagen in der Kneipe aber gar nicht an. Er sagte, er habe erst von deiner Hochzeit erfahren, als sie schon vorbei war. Er hätte nie gedacht, dass Dumont sie derart schnell durchziehen würde. Er sagte, wenn er …"

„Hör auf." Abwehrend hob Jessica eine Hand. „Ich will es nicht hören. Was kostet die Fracht?"

Endlich schien Eddie verstanden zu haben und machte ihre Pakete ohne weiteren Kommentar fertig. Als sie bezahlen wollte, pfiff er anerkennend durch die Zähne. „Platinkarte, Jessie? Das nenn ich aber einen Riesenschritt nach oben."

Jessica hielt es für besser, diesen Seitenhieb zu übergehen. Die Leute konnten glauben, was sie wollten. „Danke." Sie nahm ihren Beleg. „Wir sehen uns."

„Wiedersehen."

Weil sie noch reichlich Zeit hatte, beschloss sie, einigen anderen Leuten, die sie in der Stadt kannte, einen kurzen Besuch abzustatten. Doch der ersten Person, die sie auf dem Bürgersteig sah, wäre sie gern aus dem Weg gegangen. Leider war sie schon entdeckt worden.

„Jessica!" Sylvie winkte ihr zu.

Da sich die Gerüchte wie ein Lauffeuer ausbreiten würden, wenn sie die Frau ignorierte, setzte sie ihr zuckersüßestes Lächeln auf. „Hallo, Sylvie."

„Was für ein Glück, dich zu treffen, denn ich habe gerade an dich gedacht. Ich gebe demnächst ein Geburtstagsessen im kleinen Kreis und würde mich freuen, wenn du und Gabe kommen würdet."

Jessica konnte sich kaum etwas vorstellen, was sie noch weniger gern täte, als mit Sylvie in trauter Runde festzusitzen. „Ich werde mit …"

Die Blondine fiel ihr mit strahlendem Lächeln ins Wort. „Ach, entschuldige, ich hätte es gleich sagen sollen. Ich traf Gabe eben in der Bank, und er sagte, er würde kommen."

Durch Sylvies falsches Lächeln vorgewarnt, wahrte Jessica Haltung. „Wann findet das Essen denn statt?"

„Diesen Sonnabend in meiner Wohnung. Cocktails gibt es gegen sieben. Wir sehen uns dann also."

Sie verabschiedeten sich, und Jessica ging Richtung Bank. Gabriel kam gerade heraus, und sie war erneut fasziniert von seiner Ausstrahlung. *Du lieber Himmel.* Wenn sie bei seinem Anblick schon in der Öffentlichkeit weiche Knie bekam, dann war sie in großen Schwierigkeiten.

„Hast du mich gesucht?"

Jessica war so durcheinander, dass ihr sein Lächeln kaum auffiel. „Ich habe eben Sylvie getroffen." Die Erinnerung daran genügte, um sie zu ernüchtern.

„Und?"

„Und meinst du nicht, dass es nett wäre, wenn du mit mir reden würdest, bevor du bestimmte Einladungen annimmst?"

„Wenn du ein Problem damit hast, können wir absagen."

„Darum geht es gar nicht. Ich weiß, was du von unserer Ehe hältst, aber ich verdiene Respekt. Du hättest vorher mit mir reden sollen."

„Es ist eine Party, Jessica." Er legte ihr einen Arm um die Schultern und führte sie Richtung Parkplatz. „Keine große Sache."

„Vielleicht möchte ich bei deiner Ex-Geliebten keine gute Miene zum bösen Spiel machen." Sie spürte, wie er sich plötzlich versteifte.

„Das klingt ja gerade so, als würdest du mir unterstellen, dass sie noch meine Geliebte ist."

„Du weißt genau, was ich meine. Sie ist nicht meine Freundin, und ich habe nicht die Absicht, zu ihrer Party zu gehen."

„Schön. Dann gehe ich eben allein."

Diese Antwort machte Jessica nur noch ärgerlicher. „Nein, das wirst du nicht." Zum Glück hatten sie inzwischen den Wagen erreicht.

Gabriel blieb stehen und ließ sie los. „Wie bitte?" Sein Ton war ausgesprochen bedrohlich.

Auch wenn es schwer war, standhaft zu bleiben, würde sie nicht mehr in den Spiegel schauen können, wenn sie es nicht täte. „Du möchtest nicht, dass ich Mark sehe. Schön. Aber Gleiches gilt auch für dich. Du bekommst keinen Freibrief von mir, dich mit deinen früheren Geliebten zu treffen."

„Der Unterschied, Jessica-Darling, ist, dass ich nicht herumlaufe und meine unsterbliche Liebe für Sylvie in alle Welt posaune. Und erst recht werfe ich mich ihr nicht jedes Mal in die Arme, wenn sie auch nur mit dem kleinen Finger winkt." Er zog die Wagenschlüssel aus seiner Hosentasche. „Du kannst mit zum Dinner kommen oder nicht, aber du hast nicht richtig zugehört, wenn du glaubst, du könntest mich davon abhalten."

Jessica hätte schreien mögen, denn er hatte recht. Wenn es darum ging, sich durchzusetzen, würde sie immer den Kürzeren ziehen. Gabriels Charakter war unter den schrecklichsten Umständen geformt worden, und das hatte ihn hart gemacht. Er würde sich nie einer Frau beugen, ganz besonders nicht einer Frau, die er gekauft und unter der Voraussetzung geheiratet hatte, dass sie nichts von ihm erwartete.

Niemals.

In den nächsten Tagen herrschte angespanntes Schweigen zwischen ihnen. Jessica blieb auf Distanz und überlegte, was sie tun sollte. Wenn sie zu Sylvies Party ging, würde Gabriel eine weitere Runde in ihrem andauernden Konflikt gewinnen. Wenn sie jedoch nicht hinging, würde die blonde Hexe ohne Zweifel versuchen, Gabriel zu bezirzen. Und Jessica entdeckte, dass sie ziemlich besitzergreifend war, was ihren Mann betraf. Noch etwas, was sie nicht erwartet hatte.

Natürlich gelang es ihr nur tagsüber, Gabriel aus dem Weg zu gehen. Nachts gehörte sie ihm. Trotz allem sehnte sie sich mittlerweile danach, wie er sie sich fühlen ließ – so lebendig, so leidenschaftlich, so unglaublich weiblich. Und noch etwas anderes verlockte sie – sie glaubte langsam, dass das Bett der einzige Ort war, wo Gabriel die eiserne Kontrolle über seine Gefühle ab und zu aufgab.

Manchmal, in den intimsten Momenten, glaubte sie, einen Blick auf den Mann hinter der Maske zu erhaschen, und hatte flüchtige Eindrücke von Verletzlichkeit und echten Gefühlen. Wenn sie ihn veranlassen könnte, diese Maske auch in einer anderen Umgebung fallen zu lassen, dann bekäme sie vielleicht die Antworten, die sie so verzweifelt suchte: Gab es in ihrer Ehe ein Chance auf Gefühle, oder war sie hoffnungslos Brachland?

Doch Gabriel verschanzte sich hinter einem undurchdringlichen Wall aus Distanz, sobald sie sich nach der Liebe voneinander lösten.

Es reicht, Jessie. Sie trug Farbe auf eine Leinwand auf und befahl sich aufzuhören, an Dinge zu denken, die sich in Gabriels Bett abspielten. Sie sollte besser über die Party nachdenken, die in zwei Tagen stattfand, und über die Tatsache, dass sie noch nichts von Richard Dusevic gehört hatte. Ein Klecks Farbe tropfte von ihrem Pinsel auf die Leinwand.

„Verflixt!" Sie beschloss aufzuhören, bevor sie das ganze Bild ruinierte.

Etwas später verließ sie die Farm in rasantem Tempo mit dem Kombi, damit sie es sich gar nicht erst anders überlegen konnte. Sie war lange genug ein Feigling gewesen.

Es war Zeit, nach Hause zu fahren – auf die Randall-Farm, wo ihr Vater in dem Bewusstsein friedlich entschlafen war, dass sie, Jessica, ihr Land beschützen würde. Tränen stiegen ihr in die Augen, doch sie kämpfte dagegen an.

Etwa eine Stunde später parkte sie vor ihrem Elternhaus und stieg aus.

Irgendwie hatte sie erwartet, dass es halb verfallen sein würde, aber das Haus befand sich offenbar in gutem Zustand. Sie betrat die Veranda und spähte durch ein Fenster. Zu ihrer Überraschung waren alle ihre alten Möbel noch da, sorgfältig mit Tüchern gegen Staub abgedeckt.

Mit einem dicken Kloß im Hals legte sie die Hand auf den Türknauf. Natürlich war abgeschlossen. Nach der Zwangsräumung durch die Bank war sie nie zurückgekommen, und jetzt fragte sie sich, ob sich jemand die Mühe gemacht hatte, die Schlösser auszutauschen.

Sie fand den Hausschlüssel unter der Verandatreppe, wo er immer gelegen hatte. Er war angerostet, aber sonst in Ordnung. Falls das Schloss ausgewechselt worden war, würde sie Gabriel um den neuen Schlüssel bitten müssen, und in ihrer gegenwärtigen Verfassung mochte sie ihn um rein gar nichts bitten.

Mit einem Stoßgebet steckte sie den Schlüssel ins Schloss.

6. Kapitel

Die Haustür ließ sich problemlos öffnen. Nachdem sie aus alter Gewohnheit die Schuhe ausgezogen hatte, ging Jessica durch den Flur ins Wohnzimmer. Es schmerzte, so viele Erinnerungen an so schöne Zeiten zu sehen. Die Küche zu betreten war am schlimmsten. Hier hatte sie so manche Nacht mit ihrem Vater gesessen, Kaffee getrunken und über alles Mögliche geredet.

Über alles, außer über die Finanzen, wie sich herausstellte.

Sean Randall hatte es als seine Pflicht als Mann angesehen, sich um seine Familie zu kümmern, für ein Dach über ihrem Kopf zu sorgen. Also hatte er die Sorgen für sich behalten, und sie hatte sich in seiner Liebe so geborgen gefühlt, dass sie nicht begriff, was die drohende Kündigung der Hypothek bedeutete.

Dann war er gestorben und hatte sie mit der Last eines Versprechens zurückgelassen, für das sie alles geopfert hatte. „Wie konntest du mir das antun, Dad?" Schluchzend sank sie auf den Fußboden. Schuldgefühle hatten ihre Wut verdrängt, die sie seit seinem Tod mit sich herumgetragen hatte, doch jetzt konnte sie sich nichts mehr vormachen.

Als ihre Tränen endlich versiegten, holte sie eine Flasche Wasser aus dem Wagen, um sich das Gesicht zu waschen. Danach wollte sie nicht mehr ins Haus zurückgehen. Es gehörte jetzt den Geistern der Vergangenheit. Stattdessen begann sie, im Vorgarten Unkraut zu jäten. Während das Haus instand gehalten worden war, war Beth Randalls Garten völlig verwildert.

„Du kümmerst dich um meinen Garten, nicht wahr, Jessie, mein Liebes?"

Sie hatte es ihrer Mutter versprochen, die sterbend in ihrem Bett im Krankenhaus lag.

Sie hatte ihrer Mutter etwas versprochen und ihrem Vater. Zwischen beiden Versprechen saß sie in der Falle. Einer Falle der Gefühle, der Liebe, der Erinnerungen.

Wo zum Teufel war Jessica? Gabriel starrte in den wolkenverhangenen Abendhimmel und schwor sich, ihr den Hals umzudrehen, wenn er sie fand. „Sind Sie sicher, dass sie nicht gesagt hat, wohin sie wollte?"

Mrs. Croft schüttelte den Kopf. „Sie war nicht hier, als ich aus Kowhai zurückkam. Ich nahm an, sie besucht jemanden."

„Ich fahre los, um sie zu suchen. Falls sie zurückkommt, sagen Sie ihr, dass sie hierbleiben soll."

„Möchten Sie, dass ich herumtelefoniere?"

„Ich melde mich, falls ich sie nicht finde." Gabriel hielt sein Handy hoch und nahm sich vor, Jessica auch eins zu besorgen. „Warum gehen Sie nicht nach Hause?"

„Sind Sie sicher?"

„Sie können vom Cottage aus Ausschau nach ihr halten – die Auffahrt ist von dort einsehbar." Damit stieg er in den Jeep, und während er wendete, überlegte er, wohin seine Frau gegangen sein könnte, ohne Bescheid zu sagen. Insbesondere, wenn sie wütend auf ihn war.

Seine Miene verfinsterte sich. Nein, sicherlich würde nicht einmal Jessica so idiotisch sein, ihm das rote Tuch Mark vor die Nase zu halten. Also fuhr er zu dem einen Ort, der seine Frau stärker in seinen Bann zog als sonst irgendetwas oder irgendjemand.

Wegen der schlechten Straßen musste er langsam fahren und, als es dunkel wurde, das Tempo noch weiter drosseln. Als er endlich das Haus der Randall-Farm auftauchen sah, verwünschte er sich, weil er nicht seinem ersten Impuls gefolgt war und den Schönling aufgesucht hatte, in den Jessica verliebt war.

Sein Ärger verflog ein paar Meter weiter, als seine Scheinwerfer den Wagen erfassten. Niemand saß darin. Er wurde von Sorge ergriffen. Falls sie sich verletzt hatte, konnte sie seit Stunden hier draußen liegen. Während er den Jeep wendete, um neben dem Kombi zu parken, hielt er Ausschau nach ihr.

Das Scheinwerferlicht fiel auf eine kleine Gestalt auf der Verandatreppe, die die Augen mit der Hand gegen die Helligkeit abschirmte. Seine Sorge schlug in Zorn um. Er stoppte den Jeep und sprang heraus.

„Gabe?" Jessica sah ihn verdutzt an. „Was machst du denn hier?"

„Nach dir suchen, was sonst." Er zog sie auf die Füße. „Was für eine verdammt kindische Nummer ziehst du hier eigentlich ab?"

„Nummer?" Plötzlich war sie furchtbar wütend und schlug mit den Fäusten auf seine Brust ein. „Ich besuche den einzigen Ort, der je ein Zuhause für mich war! Um den einzigen Menschen nah zu sein, die mich je geliebt haben! Kannst du mir nicht mal das erlauben?"

„Hör auf." Gabriel zog sie in die Arme. „Beruhige dich, Jessie."

Sie wollte sich losreißen, aber er hielt sie so fest, dass sie sich kaum bewegen konnte. „Zum Teufel mit dir, du hast in deinem ganzen Leben niemanden geliebt! Wie willst du da wissen, wie es ist, wenn man alles verliert?"

Gabriel erstarrte regelrecht, doch blind von ihrem eigenen Schmerz, merkte Jessica es nicht.

„Du legst nicht einmal Blumen auf ihre Gräber!"

„Sei still. Sei verdammt noch mal still."

Sein beängstigend ruhiger Ton ernüchterte sie.

„Warum?" Sie wollte sich nicht schon wieder einschüchtern lassen. „Willst du die Wahrheit nicht hören?"

Er ließ sie derart unvermittelt los, dass sie fast das Gleichgewicht verloren hätte.

„Was weißt du schon von der Wahrheit?" Die Worte klangen schneidend vor unterdrückter Wut.

„Ich weiß, dass dein Vater die Farm von Dumont-Farm in Angel-Farm umbenannt hat, weil deine Mutter Engel so liebte, und er liebte sie." Jeder in Kowhai kannte diese Geschichte.

Gabriel stieß einen derben Fluch aus. „Ja, genau, die große Romanze der Dumonts."

„Nur weil du ein Herz aus Stein hast, hast du nicht das Recht, ihre Liebe zu verspotten!"

„Ich habe jedes Recht dazu!" Zum ersten Mal erhob er die Stimme, und er schob einen Ärmel seines T-Shirts hoch, um eine verblasste Brandnarbe auf seinem Arm zu entblößen. „Ich habe mir dieses Recht *verdient*."

Das Ausmaß seiner Wut riss Jessica aus ihrem eigenen Schmerz. „Wovon redest du?" Ihr Blick glitt über seine Narben. „Was haben deine Verbrennungen mit deinen Eltern zu tun?"

„Alles."

„Aber das Feuer war ein Unfall."

Sein Verhalten änderte sich schlagartig. Es war, als würde sich ein Vorhang über sein Gesicht senken. Er zupfte seinen Ärmel zurecht und machte eine Kopfbewegung zu den Wagen hinüber. „Steig ein. Wir müssen zurückfahren, ehe es anfängt zu regnen."

Jessica packte ihn am Arm. „Gabe? Was hat du eben gemeint?" Er war nahe daran gewesen, ihr etwas Wichtiges zu sagen.

Als Antwort schob er ihre Hand beiseite. „Ich fahre voraus. Folge mir so dicht wie möglich – nachts können die holprigen Straßen schwierig sein." Seine Wut war verflogen.

„Das kannst du nicht machen. Ich bin deine Frau. Ich habe das Recht, über deine Vergangenheit Bescheid zu wissen."

„Warum lässt du mich dich ständig an die Bedingungen unserer Ehe erinnern? Du hast lediglich ein Recht zu wissen, dass ich dir und dem Kind, das du mir zugesagt hast, ein gutes Zuhause bieten kann. Wenn du daran Zweifel hast, zeige ich dir morgen die Bankauszüge."

Jessica war klar, dass Gabriel absichtlich gemein zu ihr war, um ihre Fragen zu unterbinden, aber deswegen schmerzte es nicht weniger. Warum es überhaupt schmerzte, darüber wollte sie nicht nachdenken. „Du nennst mich also eine Goldgräberin?"

„Nein, Jessica. Ich hielt unsere Abmachung immer für fair. Wie sonst hätte ich eine Frau finden können, die bereit war zuzustimmen, in meinem Leben keinerlei Wellen zu schlagen?" Er öffnete die Tür des Jeeps. „Konzentriere dich also darauf, deinen Teil der Abmachung besser einzuhalten. Etwas anderes will ich nicht von dir."

In dieser Nacht lag Jessica in ihrem Bett und wartete darauf, dass Gabriel sie holte, wie er das immer tat. Doch die Stunden verstrichen, und die Tür zwischen ihren Schlafzimmern blieb geschlossen. Ein seltsames Gefühl ermächtigte sich ihrer. Sie war doch wohl nicht enttäuscht? Nein, natürlich nicht. Sie wollte einfach nur eine Chance, Gabriel dazu zu bewegen, über das zu reden, worauf er vor ihrem Elternhaus angespielt hatte.

„Hör auf, dir etwas vorzumachen", sagte sie leise vor sich hin.

„Reden ist kaum deine Stärke im Bett." Und obwohl sie gern Gabriel dafür verantwortlich gemacht hätte, dass ihre Ehe so sehr von Sex dominiert wurde, war ihr klar, dass das auch an ihr lag. Wenn sie keine so begierige Geliebte wäre, wäre er dann derart fordernd geworden?

Frustriert verschränkte sie die Arme hinter dem Kopf. Es war offensichtlich, dass Gabriel sehr verärgert über das war, was sie eben gesagt hatte. Da Wut ihn aber noch nie davon abgehalten hatte, mit ihr zu schlafen, schien sie einen wunden Punkt getroffen zu haben. Sie verstand nur nicht, womit.

An dem Feuer damals war nichts rätselhaft gewesen – das Gericht hatte es als Unfall eingestuft. Dann fiel ihr ein, dass die Erwähnung der Liebe seiner Eltern ihn zuerst auf die Palme gebracht hatte. Sie hatte als Kind davon gehört, wie Stephen Dumont Mary Hannah am Tag ihres Highschool-Abschlusses geheiratet hatte. Obwohl er fünfzehn Jahre älter war als sie, waren sie von Anfang an unzertrennlich und bekamen vier Kinder kurz hintereinander.

Warum sollte die Erinnerung an eine so glückliche Liebe Gabriel wütend machen?

„Hör auf zu grübeln, und unternimm etwas, Jessie." Sie stand auf und zog ihren Morgenmantel an. Gabriel mochte glauben, dass er sie mit seinem herzlosen Hinweis auf ihren Ehevertrag zum Schweigen gebracht hatte, aber sie ließ sich nicht so leicht ablenken. Vielleicht, dachte sie, als ihr sein Albtraum einfiel, bin ich dem, was ihn verfolgt, allzu nahe gekommen. Es war Zeit, sich Gewissheit zu verschaffen.

Doch im Schlafzimmer nebenan war Gabriel nicht. Sie vermutete, dass er noch unten in seinem Arbeitszimmer war, und der Lichtschein, den sie gleich darauf durch die halb offene Tür fallen sah, bestätigte ihre Vermutung.

Sie wollte die Tür aufstoßen, doch das, was sie Gabriel sagen hörte, ließ sie erstarren.

„Sie weiß nichts davon, und dabei wird es auch bleiben." Kurzes Schweigen. „Wie ich mit meiner Frau umgehe, ist meine Sache." Wieder eine kurze Pause. „Nein, Sylvie wird nichts sagen. Ich habe bereits mit ihr gesprochen."

Jessica presste sich eine Hand auf den Mund, um nicht laut aufzuschreien. Gabriel hatte seine Geheimnisse seiner ehemaligen Geliebten anvertraut, aber er dachte nicht einmal daran, seine Frau einzuweihen?

„Es wird keine Probleme geben. Jessica wird nicht für Unruhe sorgen."

Sie begann, sich möglichst lautlos von der Tür zu entfernen. Himmel, war sie dumm. Falls es ihr bisher noch nicht klar gewesen war, seine Bemerkung eben ließ absolut keinen Zweifel daran, dass sie wirklich bloß zweckmäßig für ihn war. Eine Frau, die ihm ein Kind gebären würde und sich ansonsten nicht in sein Leben einmischte. Eine Frau, die nie für Unruhe sorgen würde. Und sie war mit der blödsinnigen Idee hergekommen, ihm zu helfen, sich seinen Dämonen zu stellen.

Konzentriere dich also darauf, deinen Teil der Abmachung besser einzuhalten. Etwas anderes will ich nicht von dir.

Warum hatte sie diese Bemerkung nicht ernst genommen? Diese Frage quälte Jessica auf dem Weg in ihr Studio. Sie machte Licht und schloss die Tür. Sie bezwang ihre Tränen, auch wenn es sehr schmerzte, dass Gabriel seine Geheimnisse mit Sylvie teilte. Allerdings wollte sie diese Reaktion nicht näher hinterfragen.

So konnte es nicht weitergehen. Wenigstens hatte ihr die Demütigung eben endlich den Kopf zurechtgerückt, ihre zarten Träume zerstört, die sie unbewusst zu träumen begonnen hatte. Die einzige Möglichkeit, diese Ehe zu überstehen, war, Gabriels Beispiel zu folgen und ihre Gefühle so gut zu verbergen, dass nichts und niemand sie je erreichen konnte.

Fast automatisch nahm sie einen Pinsel und beendete Marks Porträt. Die Minuten verstrichen. Sie war gefasst genug, um sich nichts anmerken zu lassen, als die Tür aufging und Gabriel hereinkam.

„Ich dachte, du schläfst."

Sie bemühte sich nicht, das Bild zu verbergen, als er neben sie an die Staffelei trat. Er betrachtete es, ohne etwas zu sagen, während sie den letzten Pinselstrich anbrachte und zurücktrat. „Fertig."

„Ja", stimmte Gabriel mit gepresster Stimme zu. „Dieser Teil deines Lebens ist zu Ende."

Sie räumte Palette und Pinsel weg. „So, wie deine Beziehung zu Sylvie zu Ende ist?" Jessica bereute ihre Bemerkung augenblicklich – offenbar konnte sie ihre Emotionen nicht so gut wie Gabriel ausschalten. „Ach, vergiss es."

„Ich schlafe mit niemandem außer dir."

„Ich sagte, vergiss es." Da sie aufgeräumt hatte, wollte sie gehen, doch Gabriel verstellte ihr den Weg.

„Bist du eifersüchtig, Jessie?" Das klang fast amüsiert, doch in seinem Blick fand sich nichts Belustigtes, sondern ohne jeden Zweifel heftiges Verlangen.

Und von einer Sekunde auf die andere wurde die angespannte Atmosphäre geradezu vibrierend sinnlich. Als er den Kopf neigte, blieb sie schicksalsergeben stehen. Er hatte sie mit seinem Telefonat, das sie zufällig mitgehört hatte, sehr verletzt. Aber in diesem Moment konnte sie sich nicht weigern, und tief im Innern verachtete sie sich deswegen.

Wenn das schrille Klingeln des Telefons sie nicht aufgeschreckt hätte, hätte sie womöglich den letzten Rest ihres angeschlagenen Stolzes vergessen.

Leise fluchend nahm Gabriel ab und meldete sich barsch. Seine Miene versteinerte augenblicklich. „Es ist ein Uhr nachts."

Jessica hätte nicht sagen können, woher sie wusste, dass es Mark war, doch als sie die Hand ausstreckte, übergab Gabriel ihr unsanft den Hörer. „Sieh zu, dass du ihn loswirst."

Froh, dass er ihr den Hörer wenigstens gereicht hatte, konnte sie kaum ein Wort sagen. Gabriel warf ihr einen angewiderten Blick zu, weil sie nicht sofort auflegte, und wollte gehen. Sie packte ihn am Ärmel. „Warte."

Mit der Hand über der Sprechmuschel schaute sie in die wütenden Augen ihres Mannes. „Etwas ist mit Kayla nicht in Ordnung. Sie sind bei Dr. Mackey in der Klinik, und Mark verliert die Nerven. Er fürchtet, dass sie das Baby vielleicht nicht retten können."

Wenn er ihre Hand abgeschüttelt hätte, hätte es sie nicht überrascht. Stattdessen nahm er den Hörer und sprach direkt mit Mark. „Jessica zieht sich eben um. Wir kommen, so schnell wir können."

Bis sie in Kowhai eintrafen, war der Rettungshubschrauber schon unterwegs. Doch Dr. Mackey, der sie in der Klinik in Empfang nahm, war immer noch sehr besorgt.

„Können Sie uns sagen, was los ist?", fragte Jessica. „Mark sagte etwas von dem Baby …"

„Es sieht aus, als ob Kayla viel zu früh Wehen bekommt. Ich habe ihr etwas gegeben, um das zu verhindern, aber …" Er schüttelte den Kopf. „Viel schlimmer ist, dass ihr Blutdruck viel zu hoch ist."

Jessica war sofort klar, dass die kleine Klinik nicht für einen solchen Fall eingerichtet war. „Was können wir denn tun?"

„Kümmern Sie sich um Mark. In seiner Panik ist er überhaupt keine Hilfe. Ich muss wieder hinein, um nach ihr zu sehen."

Genau in dem Moment kam Mark aus dem einzigen Krankenzimmer der Klinik. „Jessie, was soll ich bloß tun?"

Sie umarmte ihn und sah dabei zu Gabriel hinüber. Der nickte.

„Komm", sagte Gabriel zu Mark, „hilf mir, Leuchtfeuer für die Landung des Hubschraubers auf den Parkplatz zu stellen."

Froh, etwas zu tun zu haben, folgte Mark Gabriel nach draußen. Jessica wartete, bis Dr. Mackey wieder Kaylas Zimmer verließ, um ihn zu fragen, ob sie Kayla Gesellschaft leisten dürfe.

„Ich glaube, das würde ihr guttun, Jessica." Er rieb sich die Augen. „Ich werde jetzt das Krankenhaus anrufen, um sicherzustellen, dass dort alles bereit ist."

Gleich darauf saß Jessica an Kaylas Bett. „Hallo."

Marks Frau lächelte sie erleichtert an. „Jessica. Ich bin so froh, dass du hier bist."

Als sie die Hand ausstreckte, ergriff Jessica sie und wünschte, sie könnte ihr irgendwie helfen. Die Ironie des Schicksals entging ihr nicht, dass sie ein Trost für genau die Frau war, die ihr ihren bisher größten Kummer bereitet hatte. Doch jetzt hatte Kayla Schmerzen, und sie, Jessica, konnte nicht anders, als mit ihr zu fühlen.

Zwanzig Minuten später landete der Hubschrauber endlich. „Gabriel, könnten Sie die Leuchtfeuer wieder wegräumen?", fragte Dr. Mackey, ehe er mit seiner Patientin und Mark einstieg.

Gabriel nickte. „Keine Sorge, wird gemacht."

Nachdem der Hubschrauber in der Luft war, räumten Jessica und Gabriel gemeinsam die Lichter weg, und wenig später waren sie auf dem Heimweg. Als Gabriel sie nach einer anstrengenden Fahrt in sein Zimmer zog, widersprach sie nicht.

Aneinandergeschmiegt schliefen sie ein, doch bereits nach wenigen Stunden wollte Gabriel wieder aufstehen. Natürlich wusste Jessica, dass sich die Arbeit auf einer Farm nicht allein tat, aber sie hatte inzwischen auch festgestellt, dass er ein Problem damit hatte, Arbeit abzugeben.

„Lass Jim heute nach dem Rechten sehen", sagte sie mit schlaftrunkener Stimme. „Schlaf noch ein paar Stunden." Damit nahm sie den Telefonhörer auf und reichte ihn Gabriel.

Er sah sie mit unergründlicher Miene an, aber er rief seinen Vorarbeiter an und schmiegte sich dann wieder an sie. Einen Augenblick lang war Jessica erstaunt über das Wunder, dass Gabriel auf sie gehört hatte, dann wurde sie erneut von Müdigkeit übermannt.

„Mark hat angerufen", informierte Jessica Gabriel beim Abendessen. „Kaylas Zustand ist stabil. Die Wehen haben momentan aufgehört, aber die Ärzte halten sie unter Beobachtung. Es könnte sein, dass sie das Baby trotz der Medikamente bekommt."

„Möchtest du ins Krankenhaus?"

Ihre Blicke trafen sich, doch seiner verriet absolut nichts. „Das ist nicht nötig. Mark ist bei ihr, und er scheint sich beruhigt zu haben."

„Ich habe nicht an Kayla gedacht."

„Ich schon." Der wacklige Waffenstillstand, den sie in den frühen Morgenstunden geschlossen hatten, als sie Kayla und Mark beistanden, war also vorüber. Das war nur gut. Sie hätte fast das demütigende Telefongespräch, das sie am Vorabend zufällig mitgehört hatte, vergessen – ein Gespräch, das nicht den allerkleinsten Zweifel daran ließ, dass sie Gabriel weniger als nichts bedeutete.

Sie beendeten das Abendessen schweigend, und Jessica ging dann in ihr Zimmer hinauf. Doch nach Schlafen war ihr nicht zumute. Die Geschichte mit Kayla hatte ihre inneren Alarmglocken schrillen lassen, und ein Blick in ihren Kalender bestätigte ihren Verdacht. Sie war froh, dass sie in weiser Voraussicht einen Schwangerschaftstest aus L. A. mitgebracht hatte, denn wenn sie einen in Kowhai gekauft hätte, hätte sich die Neuigkeit wie ein Lauffeuer verbreitet.

Da sie nicht gestört werden wollte, hatte sie sich gezwungen zu warten, bis Gabriel sich nach dem Dinner in sein Arbeitszimmer zurückgezogen hatte. Jetzt würde es noch knapp eine Minute dauern, eine Minute, die ihr Leben nun für immer verändern konnte. Die unterschiedlichsten Emotionen erfassten sie. Angst. Hoffnung. Freude. Blanke Panik.

Als sie diese Ehe eingegangen war, hatte sie wie selbstverständlich angenommen, sie würde Gabriel einen Erben schenken können. Allerdings hatte sie bei ihrer Entscheidung überhaupt nicht bedacht, wie es sein würde, ein Kind auf die Welt zu bringen mit einem Mann, der es vielleicht nie lieben würde. Wie könnte er das auch? Ihr Mann schien unfähig zu jeder Art von Liebe zu sein.

Ihre Uhr piepte, die Wartezeit war um.

Ehe sie sich das Testergebnis anschaute, machte sie sich auf beide Möglichkeiten gefasst.

„Oje."

Plötzlich fand sie sich auf dem Badezimmerboden wieder, am ganzen Körper zitternd. Ihre erste Reaktion war, Gabriel Bescheid zu sagen, doch irgendetwas hielt sie davon ab. Sie brauchte Zeit, sich an die Vorstellung zu gewöhnen, Zeit, um einen Schutzwall um die übergroße Verletzlichkeit zu errichten, die sich soeben in ihrem Herzen und ihrer Seele aufgetan hatte.

Sie bekam ein Baby.

Gabriels Baby.

Und in dem Moment, in dem er das herausfand, würde sie jede Hoffnung verlieren, dass er vielleicht doch noch etwas anderes in ihr sah als das Mittel zum Zweck. Jessica konnte das nicht zulassen, auch wenn sie nicht hätte sagen können, warum. Es erschien ihr jetzt noch wichtiger, dass mehr zwischen ihnen war. Sobald Gabriel von dem Baby erfuhr, würde es keinen Grund für ihn geben, sich zu ändern – nicht, wenn er alles, was er haben wollte, zu seinen Bedingungen bekam.

Nein, sie konnte es ihm nicht sagen. Noch nicht.

Trotz der Gewissheit, die richtige Entscheidung getroffen zu haben, schlief Jessica in dieser Nacht kaum, und den nächsten Tag verbrachte sie hauptsächlich damit, sich mit ihrer Schwangerschaft abzufinden. Ihre Nerven waren zum Zerreißen gespannt, als sie am Abend in ein schlichtes schwarzes Kleid schlüpfte. Es war ärmellos, hatte einen Ausschnitt, der gerade ihren Brustansatz sehen ließ, endete knapp über ihren Knien und betonte ihre Figur.

Es war das aufregendste Kleid, das sie besaß, was nicht viel heißen wollte. Sylvie würde vermutlich etwas Atemberaubendes tragen.

Bei diesem Gedanken ging Jessicas Blick nachdenklich zur offenen Schranktür und blieb an dem knallengen weinroten Kleid hängen, das sie in einem Anflug von Verrücktheit gekauft und nie getragen hatte. Und bald würde es ihr nicht mehr passen.

„Hör auf, daran zu denken. Du wirst heute Abend deinen Verstand beisammenhaben müssen." Sie stellte einen Fuß aufs Bett und begann, einen halterlosen Strumpf anzuziehen.

Den zweiten hatte sie gerade halb ihr Bein hinaufgezogen, da kam Gabriel herein. Sie verharrte reglos, als sein Blick über ihr Bein und ihren nackten Oberschenkel glitt. Langsam kam er auf sie zu. Er hatte eine schwarze Hose an und ein dunkelgrünes Hemd. Damit würde er die Bewunderung jeder Frau erregen.

Gefangen in ihrer unerklärlichen Sehnsucht sah sie zu, wie er eine Hand auf ihr Knie legte und einen einzigen Kuss auf ihren Oberschenkel drückte. Ihr Verlangen wurde noch heftiger. So sanft der Kuss auch gewesen war, sie wusste, dass er wieder einmal deutlich machen sollte, dass sie Gabriel gehörte.

Als er sich aufrichtete, flackerte wilde Begierde in seinem Blick. „Mach weiter."

Sie hätte gegen seinen Befehlston protestieren sollen, doch ihr Verstand funktionierte nicht in Gegenwart dieses Mannes, dem sie einfach nicht widerstehen konnte. Langsam strich sie über den Spitzenrand, während sie den Strumpf hochzog. Gabriel hinderte sie nicht daran, den Fuß wieder auf den Boden zu stellen.

„Ich muss noch Schuhe anziehen." Ihre atemlos geflüsterten Worte klangen wie eine sinnliche Einladung.

Gabriel legte ihr die Hände auf die Schultern und drehte sie von sich weg. Sie wollte ihn schon fragen, was er vorhatte, als er die Hände über ihre Brüste gleiten ließ.

Jessica befahl sich, ihm endlich zu widerstehen, doch ihr Körper gehorchte ihr nicht. Wortlos schob Gabriel ihr Kleid hoch, bis die Spitzenkante ihrer Strümpfe zum Vorschein kam. Schockiert über das heiße Verlangen, das sie durchströmte, wollte sie vor sich selbst fliehen, stattdessen fand sie sich eng an Gabriel gepresst wieder.

Seine Lippen streiften ihren Nacken, und er ließ sie das ganze Ausmaß seiner Erregung spüren. „Gabe." Es war eine flehendliche Bitte.

„Halt dein Kleid für mich fest", raunte er ihr zu.

Wieder hatte sie das Gefühl, dass sie ihm nicht nachgeben sollte. Er würde ihren Schutzwall zerstören, den sie an diesem Abend so dringend brauchte. Aber sie schickte sich bereits an, seinem Wunsch nachzukommen, auch wenn sie nicht wusste, warum sie ihren Rocksaum festhalten sollte. Gleich darauf schob er sie vor den Spiegel.

„Was ...?"

Er legte ihr nun etwas Kühles, Geschmeidiges um den Hals.

„Gabe!" Im Spiegel sah sie einen tropfenförmigen Smaragd aufblitzen, der auf ihrem Dekolleté lag.

Gabriel machte den Verschluss zu und strich mit den Fingern die Goldkette entlang, um den Smaragd in die Hand zu nehmen. Mit den Knöcheln strich er über ihren Brustansatz, und Jessica hielt den Atem an, bis er den Anhänger wieder auf ihr Dekolleté legte.

„Wunderschön."

„Ich kann das nicht ...", fing sie an, sprachlos über das teure Geschenk.

„Keine Widerrede." Er lehnte sich gegen die Frisierkommode und zog Jessica zwischen seine Beine.

Sie ließ ihren Rocksaum nun doch los. „Warum? Wir streiten uns doch nur." Sie nahm den kühlen Smaragd in die Hand.

Als Antwort darauf schob Gabriel seine Hände unter ihr Kleid, und sie gab einen ausgesprochen wohligen Seufzer von sich.

„Du bist meine Frau", erklärte er, als sei das Grund genug.

„Aber du hast ..."

Er küsste den Einwand von ihren Lippen, während er mit beiden Händen ihren Po umfasste. Das war eine unglaublich intime Geste, und als er sie näher an sich zog, schlang Jessica ihm willig die Arme um den Nacken.

Mit den Fingern strich er den Rand ihres Slips entlang. „Welche Farbe?", fragte er.

„Schwarz." Ihr Herz klopfte zum Zerspringen. Gabriels Augen funkelten, und sein Blick war besitzergreifend, ungezügelt und wild, und sie fand die Situation umso erregender. „Und der BH auch."

Da lächelte er, und das derart träge und befriedigt, dass ihr der Atem stockte.

„Jessica, Darling, willst du, dass wir zu spät zur Party kommen? Ist das deine Art, in unserer kleinen Meinungsverschiedenheit zu gewinnen?"

In Wahrheit hatte sie die ganz vergessen gehabt. „Du hast mich doch aufgehalten." Ihr war nur allzu bewusst, dass er eine Hand zu ihren Brüsten bewegte.

„Das stimmt", murmelte er und eroberte ihre Lippen, während er ihren Slip beiseiteschob, um zwei Finger tief in sie hineingleiten zu lassen. Ihre Lust brach sich augenblicklich Bahn. Mit zurückgeworfenem Kopf rieb sie sich ohne jede Hemmung an seinen Fingern. Sie war bereits kurz vor einem explosiven Höhepunkt, als er die Hand zurückzog.

Benommen schwankte sie ein wenig, als er die Stellung änderte und hinter sie trat. Instinktiv stützte sie sich mit den Händen auf die Frisierkommode. Als sie sich das völlig zerzauste Haar aus dem Gesicht streichen wollte, sah sie, dass Gabriel von unbändiger Begierde getrieben wurde – ihr Mann war heute Abend nicht beherrscht. Das war die einzige Warnung, die sie bekam, ehe er ihr das Kleid hochschob und in sie eindrang.

Sie schrie auf und versuchte, sich mit ihm zu bewegen, doch sein Rhythmus war zu schnell für sie. „Bitte, bitte, bitte." Ihr Flehen klang derart begierig, dass sie nicht glauben konnte, dass es von ihr kam.

Gabriel schlang ihr einen Arm um die Taille. „Jetzt, Jessie. Jetzt!"

Sie ergab sich seinem Befehl und genoss die Wildheit in dieser heiseren Männerstimme. In der Sekunde vor ihrem gemeinsamen Höhepunkt trafen sich ihre Blicke im Spiegel, und Jessica wusste, dass sie eine Grenze überschritten hatten. Die Frage war, was lag auf der anderen Seite?

7. Kapitel

Jessica und Gabriel kamen vierzig Minuten zu spät zur Geburtstagsparty. Nach ihrer Liebesstunde war Jessicas Kleid hoffnungslos zerknittert gewesen, deshalb hatte sie nach einer schnellen Dusche, zusammen mit einem überraschend gut gelaunten Gabriel, einen schmalen Rock und eine dünne Weste mit V-Ausschnitt angezogen, beides in Schwarz. Der Smaragd-Anhänger funkelte auf ihrer erhitzten Haut. Gabriel hatte darauf bestanden, dass sie ihre halterlosen Strümpfe wieder anzog, und sie war seinem Wunsch nachgekommen. Es gefiel ihr, dass er sie offenbar sexy fand, besonders da Sylvie anwesend sein würde.

Gabriels Hemd dagegen hatte ihre Leidenschaft erstaunlicherweise überstanden, und er hatte es wieder angezogen. Erst als sie bei Sylvie ankamen, fiel Jessica auf, dass die Hemdfarbe fast perfekt zu seiner Augenfarbe passte. Sie runzelte die Stirn. Dass er, dem Mode völlig gleichgültig war, seine Garderobe für Sylvies Party mit solcher Sorgfalt gewählt hatte, versetzte ihr einen Stich und vertrieb ihr Hochgefühl endgültig.

Das Geburtstagskind strahlte Gabriel an und bedankte sich mit einem Küsschen auf die Wange für den Spitzenwein. „Dieses Grün passt wunderbar zu deinen Augen, Darling."

Jessica überlegte, ob es boshaft wäre nachzufragen, warum sie kein Begrüßungsküsschen verdiente. Amüsiert von diesem Gedanken schmiegte sie sich in Gabriels Arm. Sylvies Blick fiel sofort auf den Smaragd-Anhänger. Sie überspielte es geschickt, doch Jessica entging ihre Verärgerung nicht. Und egal wie kleinmütig es war, ihre Reaktion freute Jessica sehr.

„Das ist nicht mein Verdienst. Jessie ist dafür verantwortlich."

Jessica war von Gabriels Bemerkung so überrascht, dass ihr keine Erwiderung einfiel.

„Ich wusste gar nicht, dass du ein so gutes Auge hast." Sylvie bedachte ihre Rivalin mit einem Lächeln, das Glas hätte zerschneiden können. „Du bist immer so ... schlicht gekleidet."

„Ich überlasse die Dinge gern der Fantasie des Betrachters." Jessica lächelte und vermied es bewusst, ihrer Rivalin auf den tiefen Ausschnitt ihres sehr kurzen schwarzen Kleides zu sehen. Ärgerlich war nur, dass Sylvie sexy aussah, obwohl jede andere Frau in diesem Kleidchen billig ausgesehen hätte.

Zum Glück erschien noch ein verspäteter Gast, und sie konnten weitergehen.

„Was hast du damit gemeint, dass ich dafür verantwortlich sei?"

Gabriel zog eine Braue hoch. „Letztes Jahr, du hast mir das Hemd zum Geburtstag geschickt."

„Ach ja." Jetzt erinnerte sie sich. „Ich war mir nicht sicher, ob es die richtige Größe hat." Oder ob es ihm überhaupt gefallen würde.

Er strich mit den Fingerknöcheln über ihre Wange. „Offenbar hattest du schon ein Auge auf meinen Körper geworfen, ehe du abgereist bist."

Sie errötete und musste augenblicklich wieder an ihr wildes Liebesspiel vor dem Spiegel denken. Lächelnd nahm Gabriel zwei Gläser Wein vom Tablett eines Kellners.

„Ich möchte lieber einen Saft."

Er tauschte umstandslos ihr Glas aus. „Ich dachte, du magst Weißwein."

„Heute Abend ist mir nicht danach", schwindelte sie und fragte sich, wie lange er brauchen würde, um zu erraten, warum sie keinen Alkohol trinken wollte.

Ein Landbesitzer, den Jessica nur flüchtig kannte, kam zu ihnen herüber.

„Gabriel, ich wollte schon lange einmal mit Ihnen reden."

Jessica plauderte ein paar Minuten mit seiner Frau, ehe sich ein weiteres Paar zu ihnen gesellte. Jessica ließ den Blick in die Runde schweifen, und ihr fiel auf, dass sie inmitten der einflussreichsten Gäste der Party stand.

Sie bemerkte, dass selbst die Älteren Gabriels Rat suchten und ihn weit mehr respektierten, als ihr je bewusst gewesen war. Zum ersten Mal kamen ihr Bedenken wegen ihrer Ehe, die nichts mit Gabriels Unfähigkeit zu tun hatten, ihr das kleinste bisschen Zuneigung zu schenken.

Sie war zwar auf einer Farm aufgewachsen, aber die war sehr klein gewesen, und ihr Vater hatte ihr nie die geschäftliche Seite des Betriebs beigebracht. Auch war sie keine vollendete Gastgeberin oder Gesprächspartnerin, obwohl es offensichtlich war, dass Gabriel diese Eigenschaften bei seiner Frau brauchte. Sie würde sich nicht gerade eine Landpomeranze nennen, doch sie bewegte sich hier in völlig anderen Kreisen, als sie das gewohnt war.

„Alles in Ordnung?" Sylvie gesellte sich zu der Gruppe.

„Es ist eine wundervolle Party", sagte eine der älteren Frauen begeistert. „Die perfekte Mischung an Gästen."

„Ich wollte im intimen Kreis feiern, mich auf enge Freunde beschränken."

Jessica war bewusst, dass Sylvie nicht übertrieb. Sie stammte aus einer angesehenen, reichen Familie, sie war unter diesen Leuten aufgewachsen. Sie, Jessica, war die Außenseiterin.

„Ich glaube, das Essen wird gleich serviert", kündigte Sylvie an. „Warum gehen wir nicht ins Esszimmer hinüber? Ich habe Tischkarten aufgestellt – dachte mir, es würde Spaß machen, uns ein wenig zu mischen."

Jessica konnte sich sehr gut denken, wo Sylvie sitzen würde und neben wem. Sie lag fast richtig. Sylvie hatte sich zwar nicht an der Stirnseite des Tisches platziert, sondern in der Mitte, aber Gabriel rechts neben sich und einen anderen Mann links.

Sylvie saß dem Geburtstagskind gegenüber, zwischen einer Frau, die für ihre Gesellschaftspartys bekannt war, und einem modisch gekleideten Mann, den sie für Sylvies offiziellen Begleiter hielt.

Gabriel erhob sich, sein Weinglas in der Hand. Alle verstummten. „Da Sylvies Eltern verreist sind, hat sie mich gebeten, den Toast auszubringen." Er sah auf sie hinunter. „Ich glaube, Sie alle werden zustimmen, wenn ich sage, dass Sylvie schon in sehr jungen Jahren eine erstaunliche berufliche Karriere gemacht hat."

Jessica sagte sich, dass Gabriels kleine Rede keine indirekte Kritik an ihr war.

„Sie hat allen Grund, glücklich darüber zu sein, wo sie heute steht, und allen Grund, diesen Geburtstag mit Stolz zu feiern. Ich lade Sie alle ein, ihr gemeinsam mit mir zu allem, was sie bisher erreicht hat und weiterhin erreichen wird, zu gratulieren. Alles Gute, Sylvie."

Hochrufe erklangen rund um den Tisch, und eine strahlende Sylvie legte Gabriel eine Hand auf den Arm, als er sich wieder setzte. Jessica zwang sich, nicht hinzusehen. Sie weigerte sich, Sylvie die Genugtuung zu geben, wie eine bedauernswerte, eifersüchtige Ehefrau zu erscheinen. In diesem Moment fing sie den Blick des Mannes an ihrer Seite auf.

Er lächelte. „Ich bin Jason."

„Jessica." Sie versuchte sich zu entspannen. „Und, was machen Sie so, Jason?"

„Ich bin Anwalt, fürchte ich. Oh, Verzeihung." Er wandte sich ab, um eine Frage der Frau an seiner anderen Seite zu beantworten.

„Jessica, meine Liebe, ich habe schon darauf gewartet, mit Ihnen zu reden."

Überrascht wandte Jessica sich nach links. „Mrs. Kilpatrick?" Worüber könnten sie sich wohl unterhalten?

„Warum haben Sie mir nicht gesagt, dass Sie eine solche Künstlerin sind?"

Das überraschte Jessica noch mehr. „Woher wissen Sie das?"

„Ob Sie es glauben oder nicht, ich bin seit Jahren mit Richard Dusevic befreundet. Letzte Woche waren wir beide wegen einer wichtigen Ausstellung in Australien. Er konnte es kaum abwarten wieder abzureisen, weil seine Assistentin angerufen und ihm mitgeteilt hatte, dass die Sendung von J. B. Randall angekommen sei." Mrs. Kilpatrick strahlte. „Nach alledem musste ich mir die Bilder selbst ansehen, also schaute ich in seiner Galerie vorbei, ehe ich gestern Abend hierher zurückflog."

Sylvies Lachen ließ Jessica hochsehen, und sie stellte fest, dass Gabriel die Blondine auf eine Art und Weise anlächelte, wie er das bei seiner Frau nie tat. Sie zwang sich, ihre Aufmerksamkeit wieder Mrs. Kilpatrick zu widmen.

„Ich war völlig sprachlos, als ich erfuhr, dass J. B. Randall niemand anderes als unsere liebe Jessie ist!"

„Richard gefallen also meine Arbeiten?" Sie war drauf und dran, ihr Glas zu zerquetschen, als Sylvie erneut lachte.

„Er hat mir versprechen müssen, dass ich Ihnen die gute Nachricht überbringe, da ich Sie ja nun schon seit Ihrer Kindheit kenne. Er möchte eine Einzelausstellung mit Ihnen machen!"

Jessica war wie benommen – von einer Einzelausstellung für einen unbekannten Künstler hatte man praktisch noch nie gehört. Aber selbst ihre Riesenaufregung über diese unglaubliche Chance konnte ihre Wut darüber nicht verdrängen, dass Sylvie weiterhin schamlos mit Gabriel flirtete. Er schien sie nicht zu ermutigen, aber er tat auch nichts, um sie zu bremsen.

„Wollen Sie mir einen Gefallen tun?", fragte Jason ein paar Minuten später, als Mrs. Kilpatrick sich mit jemand anderem unterhielt.

„Bitte?" Jessica riss den Blick von dem Paar, das ihr gegenübersaß, los. „Oh ja, sicher. Worum geht es?"

Der attraktive Mann beugte sich näher zu ihr. „Flirten Sie mit mir."

„Wie bitte?"

„Sehen Sie", er legte einen Arm über ihre Stuhllehne, „das mag ja Sylvies Party sein, aber sie hat mich als ihren Begleiter eingeladen."

„Und?"

„Und dass sie anscheinend vorhat, mich den ganzen Abend zu ignorieren, behagt mir gar nicht." Er zog eine Braue hoch. „Und wenn ich nicht irre, ist es Ihr Mann, den sie einzufangen versucht."

„Gabriel lässt sich nicht so leicht beeinflussen."

„Aber möchten Sie nicht, dass er sich ein wenig unbehaglich fühlt? Es mag ja kindisch von uns sein, zugegeben, doch ich sehe nicht, dass er sie bremst."

„Er kann schlecht ausweichen", warf Jessica ein, obwohl sie eben noch das Gleiche gedacht hatte. Sie war im Moment unglaublich wütend auf Gabriel. Angesichts dessen, was sie neulich Abend zufällig mitgehört hatte, als er telefonierte, war glasklar, dass er und Sylvie sehr viel enger verbunden gewesen waren, als sie bisher geglaubt hatte. Er mochte sie geheiratet haben, doch es war Sylvie, der er seine Geheimnisse anvertraut hatte. Und das war ein Verrat, den sie nicht verzeihen konnte.

Jason beugte sich erneut näher. „Würde es Ihnen helfen zu wissen, dass Ihr Mann sich plötzlich für unsere Seite des Tisches interessiert?"

Es kostete sie große Mühe, nicht in Gabriels Richtung zu sehen. „Ich nehme an, Sie glauben, dass Sie das bewerkstelligt haben?"

„Natürlich habe ich das. Ich bin reich, attraktiv und erfolgreich, nicht zu vergessen, charmant."

„Und Sie sind eine Landplage." Sie musste trotzdem lachen.

Jasons Miene veränderte sich kaum merklich. „Wissen Sie, ich glaube, ich möchte ernsthaft mit Ihnen flirten."

„Beherrschen Sie sich." Jessica war klar, dass sie sich auf gefährlichem Terrain bewegte, doch das war ihr egal. Es hatte jedoch nichts mit Jason zu tun. Er war nett und ohne jeden Zweifel charmant, aber der Mann im Zentrum ihrer Gedanken saß auf der anderen Seite des Tisches.

Sie erschrak bei diesem Gedanken. Seit wann war Gabriel der Mann, an den sie am häufigsten dachte? Bisher hatte immer Mark den besonderen Platz in ihrem Herzen und ihrer Seele eingenommen. Plötzlich war es Gabriel, und das versetzte sie in Panik.

„Sind Sie manchmal in Auckland?" Jason zog eine Visitenkarte aus seiner Tasche.

Jessica lächelte beim Gedanken an die geplante Ausstellung. „Ja, in Kürze werde ich dort sein."

„Besuchen Sie mich." Er reichte ihr seine Karte.

Jessica legte sie neben ihren Teller. „Ich bin verheiratet."

„Das hält so manchen nicht ab."

„Mich schon."

„Behalten Sie die Karte trotzdem. Vielleicht brauchen Sie einmal einen Anwalt, und ich bin ein verdammt guter." Er nahm den Arm von ihrer Stuhllehne und stieß mit ihr an.

Jessica schaffte es, den Blick gesenkt zu halten, bis sie an ihrem Saft genippt und ein wenig Pudding gegessen hatte. Sie vermutete, dass Gabriel Jasons Spielchen nicht einmal bemerkt hatte, und falls doch, dann würde er es kaum ernst nehmen. Trotzdem hoffte sie das Gegenteil.

Tief durchatmend sah sie hoch – und direkt in seine grünen Augen. Es nahm ihr den Atem, und sie umfasste mit einer Hand den Smaragd-Anhänger. Es war unmöglich, nicht sofort an die wilde Ekstase zu denken, die sie miteinander erlebt hatten, nachdem er ihr diese Kette um den Hals gelegt hatte. Doch sie ließ die Hand wieder sinken, als sie sein spöttisches Lächeln bemerkte.

Mit einem einzigen Blick hatte Gabriel ihr zu verstehen gegeben, dass er ihren lächerlichen Versuch, ihn eifersüchtig zu machen, durchschaut hatte – und dass es ihm nichts bedeutete. Weil sie letztendlich ihm gehörte.

Gekauft und bezahlt.

Ein unerwarteter Schmerz durchzuckte sie. Wann hatte die Wahrheit die Macht gewonnen, sie derart zu verletzen? Sie hatte von Anfang an gewusst, dass ihre Vereinbarung kaltherzig war. Plötzlich jedoch machte es ihr etwas aus, dass sie sich an einen Mann verkauft hatte, der sie nie so sehen würde, wie ein Ehemann seine Frau sehen sollte.

Sie verwünschte sich, weil sie sich etwas vormachte. Sie liebte Gabriel nicht, hatte immer Mark geliebt. Da hatte sie kein Recht, sich zu beklagen, wenn auch ihr Mann seine Liebe vergeben hatte, lange bevor sie in sein Leben getreten war.

Aber es machte ihr etwas aus. Auf einmal machte ihr alles etwas aus.

Jessica warf ihre Tasche auf die Kommode und zog ihre Schuhe aus, dann setzte sie sich aufs Bett, um auch ihre Strümpfe auszuziehen.

Gabriel kam herein. „Richard Dusevic hat auf dem Anrufbeantworter eine Nachricht hinterlassen. Er will morgen noch einmal anrufen."

„Mrs. Kilpatrick hat mir schon erzählt worum es geht." Sie berichtete die Einzelheiten, allerdings ohne die Begeisterung, die sie noch bei Tisch empfunden hatte.

„Meinen Glückwunsch. Hast du denn genug Bilder für eine Ausstellung?" Er ging zu ihr hinüber.

Instinktiv war Jessica alarmiert. „Einige der Bilder, die du während meines Aufenthalts in L. A. hier eingelagert hast, sind gut genug, denke ich. Und im Laufe des letzten Jahres hatte ich viel Zeit zum Malen."

„Ich bin sicher, die Ausstellung wird ein Erfolg. Aber Jessica", er hob ihr Kinn an, „was sollte dieses Spielchen während des Essens? Versuch so etwas nie wieder."

Schockiert über die Wut, die aus dieser ruhigen Bemerkung sprach, starrte sie ihn an. „Warum nicht?" Ihr Selbsterhaltungstrieb löste sich in Luft auf – sie wollte lieber Gabriels Leidenschaft, selbst in Form von Zorn, als ein sicheres Leben. Das wäre eine erstaunliche Erkenntnis gewesen, wenn sie klar hätte denken können. „Hätte ich einfach gottergeben dasitzen sollen, während du Sylvie in den Ausschnitt gaffst?"

Er hielt ihr Kinn fest. „Oh nein, mein Darling, das kannst du mir nicht vorhalten. Wenn ich den Körper einer Frau sehen möchte, dann bestimmt nicht in der Öffentlichkeit. Du dagegen hast für deinen Freund eine ziemliche Show abgezogen."

„Oh bitte. Ich trage eine Strickjacke! Noch konservativer ginge es kaum!"

„Im Moment kann ich bis auf deinen Brustansatz sehen und den Spitzenrand deines BHs." Das klang sehr gereizt.

„Du hast einen anderen Blickwinkel. Und darum geht es auch gar nicht."

„Sondern?"

„Wie du bei vielen Gelegenheiten immer wieder betont hast, hast du mich geheiratet, weil ich eine nette, pflegeleichte, wohlerzogene Ehefrau abgebe, die tut, was du verlangst. Schön. Ich werde diese Frau sein. Aber lass dir eines gesagt sein – ich bin kein Fußabtreter, auf dem du herumtrampeln kannst, wann immer du willst und mit wem immer du willst."

Er zog sie vom Bett hoch. „Sei sehr vorsichtig mit dem, was du mir vorhältst, Jessica."

Ihre Vernunft sagte ihr, dass sie aufhören sollte, dass sie ihn zu sehr bedrängte, doch sie war keines vernünftigen Gedankens mehr fähig. „Sag mir, Gabriel, wolltest du deshalb eine gefügige Frau, die viel zu tief in deiner Schuld steht, um es zu wagen, Wellen zu schlagen? Damit du das eine haben kannst, ohne das andere lassen zu müssen?"

Gabriels Miene versteinerte. „Ich bin nicht derjenige, der seine Liebe für jemand anderen wie eine Art heiligen Gral vor sich herträgt."

Seine eisige Bemerkung ließ sie frösteln.

Er umfasste ihre Arme fester. „Glaub nur nicht, du kommst frei, um ihm nachzulaufen, indem du mir Untreue unterstellst!"

„Glaubst du wirklich, ich würde so etwas tun?", flüsterte sie tief verletzt. „Seine Frau liegt im Krankenhaus, und sie bekommen demnächst ein Baby."

„Hör auf mit dem Theater, Jessica. Du warst sehr gut zu Kayla, aber wie viel hatte das mit Schuldgefühlen zu tun, hm?" Er ließ sie los. „Wenn Mark in dieser Minute hier ins Zimmer käme und dich bitten würde, ihn zu heiraten, würdest du sofort einwilligen, schwangere Frau hin oder her!"

Das Blut gerann ihr in den Adern, sie ließ sich wieder auf die Bettkante fallen. „Geh weg", sagte sie leise. „Lass mich allein."

„Ist das deine Antwort auf die Wahrheit, die Flucht ergreifen und dich verstecken?"

Sie sah ihn an, verzweifelt bemüht, ihre aufsteigenden Tränen zu verbergen. „Du hast mir eben klar vor Augen geführt, für was für eine Art Mensch du mich hältst – für eine Frau, die nicht nur ihr eigenes Ehegelübde brechen, sondern auch das Leben einer anderen Frau und eines ungeborenen Kindes ruinieren würde. Warum solltest du da noch im gleichen Raum mit mir bleiben wollen?"

Genau das fragte sich Gabriel selbst. Jedes Mal, wenn Jessica in Marks Nähe kam, erstrahlte sie wie eine verdammte Glühbirne. Er zweifelte nicht daran, dass sie, wenn sie die Chance dazu hätte, sich immer für den anderen entscheiden würde. Er hätte seiner Wege gehen sollen, als ihm das klar wurde. Stattdessen hatte er sie geheiratet.

Und jetzt war er längst nicht mehr froh über ihre Vernarrtheit in Mark, ungeachtet der Tatsache, dass sie das davon abhielt, Dinge von ihm zu verlangen, die er nicht bereit war zu geben. Schlimmer noch, er schien nicht die Finger von ihr lassen zu können. Das liegt lediglich am Sex, sagte er sich. Jessica war eine Geliebte, wie er noch nie eine gehabt hatte.

„Ich habe dich nicht geheiratet, um Gespräche mit dir zu führen." Er war wütend auf sie, weil sie Mark liebte und weil sie mit diesem Anwalt geflirtet hatte, das war ihm klar. „Sex mit dir zu haben muss nicht bedeuten, dich zu mögen."

Für einen Augenblick wurde Jessica ganz still. Dann stand sie auf und begann, ihre Jacke aufzuknöpfen. „Schön. Lass es uns hinter uns bringen, damit ich schlafen gehen kann."

„Glaubst du, du kannst diese teilnahmslose Miene beibehalten, wenn ich dich erst berühre?", spottete er, aufs Äußerste gereizt. Das Bett war der einzige Ort, wo sie nur ihm gehörte. „Sobald ich dich in die Arme nehme ..."

„Ich liege vielleicht in deinen Armen", unterbrach sie ihn mit hektisch geröteten Wangen, „aber du bist es nicht, an den ich denke."

Gabriel spürte, wie jeder Muskel seines Körpers erstarrte. Weil er sich selbst nicht traute, ging er hinaus und warf die Tür hinter sich zu. Zum Teufel mit ihr. Und mit ihm, weil er idiotisch genug war zu glauben, er könnte dem Fluch der Vergangenheit entkommen. Er war schließlich der Sohn seines Vaters.

Jessica ließ sich aufs Bett fallen und versuchte, ihr Schluchzen zu unterdrücken und an gar nichts zu denken. Aber ihre Gedanken überschlugen sich. Sie war schwanger von einem Mann, der in ihr eine Lügnerin und Betrügerin sah.

Und es gab keinen Ausweg.

Wenn sie ihn verließ, würde er das Anwesen ihrer Familie ohne jedes Zögern an die Grundstücksspekulanten verkaufen. Gabriel Dumont hatte seine Stellung im Leben nicht erreicht, indem er sich einen Strich durch die Rechnung machen ließ. Er hatte sie zu seiner Frau gemacht, und er würde sie als seine Frau behalten.

Aber etwas hatte sich geändert. Zum ersten Mal dachte sie an etwas, was ihr bisher immer unmöglich erschienen war – die Randall-Farm zu opfern. Ihr wurde schwer ums Herz. Es war nicht irgendeine Farm, es war die letzte lebendige Erinnerung an ihre Eltern. Dort konnte sie sich vorstellen, dass sie immer noch bei ihr waren und sie mit Liebe geradezu überschütteten.

Dazusitzen und ihre letzte Ruhestätte so grausam entwürdigen zu lassen war mehr, als sie ertragen konnte. Und der einzige Weg, das zu verhindern, war, diese Ehe aufrechtzuerhalten, die sie zu zerreißen drohte.

Nach dem, was in der Nacht vorgefallen war, verlangte es Jessica am nächsten Morgen nur nach Ruhe und Frieden, doch ein Anruf, der sie in ihrem Studio erreichte, vereitelte das.

„Richard." Sie musste sich setzen. „Vielen, vielen Dank."

„Danken Sie mir nicht. Sie haben die Arbeit getan." Er klang so erfreut, dass Jessica ihn beinah lächeln sehen konnte. „Mir gefiel natürlich jedes Ihrer Bilder, aber ich glaube, Porträts sind Ihre große Stärke."

„Ja." Sie mochte Gesichter. Sie fing gern die Geschichten ein, die Runzeln und Lachfältchen erzählten, niedergeschlagene Augen und ein kokettes Lächeln. „Die male ich am liebsten."

„Gut, denn das ist das Thema, unter das ich die Ausstellung stellen möchte." Eine kleine Pause. „Sie haben wirklich Talent, Jessica." Sein Ton wurde eindringlicher, verriet, dass er ein rastloser Mann war, der sich in einer Branche mit sehr starkem Wettbewerb einen Namen gemacht hatte. „Sie haben zwar noch eine gewisse Wegstrecke vor sich, was das Ausreifen Ihres Stils betrifft, aber die momentane Ungeschliffenheit Ihrer Bilder hat ihre eigene Stärke."

Nach dieser Bemerkung legte sich Jessicas Nervosität – ein umfassendes Lob von einem knallharten Mann wie Richard Dusevic wäre ein wenig unglaubwürdig gewesen. „Genug für eine Ausstellung?"

„Ich hätte kein Angebot gemacht, wenn ich Zweifel daran hätte." Eine unverblümte Antwort, die von Gabriel hätte kommen können. „Ihre Arbeit ist ehrlich, manchmal brutal ehrlich. Sie verstecken sich nicht hinter Vortäuschungen oder schöner Fassade, und Ihren Modellen erlauben Sie auch nicht, sich zu verstecken. Ich möchte mich gern von Ihnen malen lassen, obwohl es mir Heidenangst macht, was Sie sehen werden."

Seine Worte brachten Jessica eine kostbare Erinnerung zurück.

Vor langer Zeit hatte sie einmal ihre Mutter gemalt. Beth Randall hatte einen Blick auf das schlichte Acryl-Porträt geworfen und gesagt: „Jessie, Honey, du hast meine Seele gemalt."

Wenn sie ihren Mann nur auch so klar sehen würde, aber er erschien ihr völlig unergründlich. „Und wie geht es jetzt weiter?"

„Wir werden die Bilder gemeinsam auswählen, und falls wir an irgendeiner Stelle Zweifel bekommen, dass es ein Erfolg wird, können wir das Ganze auch noch verschieben. Machen Sie sich also keinen Stress."

Nach diesem erfreulichen Anruf fühlte Jessica sich erheblich zuversichtlicher. Dieses Gefühl hielt auch den ganzen Tag über an. Und als sie sich am Abend mit Gabriel zum Essen setzte, hatte sie beschlossen, Frieden mit ihm zu schließen. Sie konnten so nicht weitermachen, nicht, da derart viel auf dem Spiel stand. Doch ehe sie dazu kam, etwas zu sagen, klingelte erneut das Telefon.

„Es ist ein Mädchen!", rief Mark. „Und verdammt gesund, obwohl sie drei Wochen zu früh gekommen ist. Sie muss nicht einmal in den Brutkasten. Mann, diese Kleine wollte unbedingt auf die Welt!"

„Herzlichen Glückwunsch." Jessica konnte nicht anders, sie lächelte. „Habt ihr schon einen Namen?"

„Kayla denkt darüber nach."

„Und du?"

Kurzes Schweigen. „Kommst du vorbei? Kayla würde sich freuen."

Jessica überlegte kurz. Gabriel konnte glauben, was er wollte – sie wusste, wie es um ihr Herz bestellt war. „Sicher, ich fahre morgen hin." Es würde eine anstrengende, lange Fahrt werden, aber sie konnte die Zeit gebrauchen, um mit sich ins Reine zu kommen.

„Ich warte auf dich."

Beunruhigt über diese letzte Bemerkung beendete Jessica das Gespräch. „Kayla hat das Baby bekommen. Ein gesundes Mädchen."

„Ich fliege dich hin. Das geht schneller."

Sie konzentrierte sich absichtlich ganz auf die Erbsen auf ihrem Teller. „Du brauchst die beiden nicht zu besuchen."

„Wir brechen gegen sieben auf."

„Schön." Sie war sich bewusst, weshalb Gabriel sie begleitete. Er traute ihr nicht einmal in dieser absolut unschuldigen Situation.

Am Vormittag des nächsten Tages fuhren Jessica und Gabriel mit dem Taxi vom Flughafen zum Krankenhaus.

„Dass du mitkommst, bedeutet, dass du ganz schön lange von der Farm weg bist." Und die war das Wichtigste in Gabriel Dumonts Leben.

„Es ist notwendig."

„Das würde ich nicht sagen."

„Jessica, wir werden diese Diskussion nicht hier führen."

Die harsche Zurechtweisung ließ sie erröten, und sie starrte aus dem Fenster, ohne etwas wahrzunehmen. „Ich habe heute Morgen noch einmal mit Richard telefoniert. Er plant die Ausstellung in einem Monat."

Das Taxi hielt vor dem Krankenhaus, und Jessica stieg mit dem Blumenstrauß aus, den sie am Flughafen gekauft hatte. Sie wartete, bis Gabriel bezahlt hatte.

„Das wird dich voll beschäftigen", sagte er auf dem Weg zum Eingang.

Sie umklammerte den Strauß. „Wie ein Spielzeug ein Kind?" Nach einem Blick auf einen Wegweiser im Foyer ging sie zu den Aufzügen hinüber.

„Genau wie ein Kind benimmst du dich momentan auch." Er drückte auf den Knopf nach oben.

„Warum? Weil ich möchte, dass du mich und meine Arbeit mit Respekt behandelst?"

„Respekt muss verdient werden."

„Ja, das muss er."

Den restlichen Weg zu Kaylas Zimmer legten sie schweigend zurück, und als sie eintraten, sahen sie Mark neben Kaylas Bett sitzen. Jessica kam sich wie ein Eindringling vor, doch die beiden freuten sich offenbar über den Besuch.

„Wie geht es dir, Kayla?" Jessica überreichte ihr die Blumen. „Und dem Baby?"

Marks Frau lächelte. „Sie ist ein Schatz. Möchtest du sie einmal halten?"

„Darf ich?"

„Ich hole sie", bot Mark an und sah dabei ausgesprochen glücklich aus.

Bei Jessica krampfte sich das Herz zusammen, als sie ihn die Kleine aus der Wiege nehmen sah. Als Teenager hatte sie davon geträumt, mit Mark ein Kind zu haben, seinen Namen zu tragen.

Eine Hand legte sich ihr auf die Schulter, eine stumme Erinnerung daran, zu wem sie jetzt gehörte. Tief durchatmend ließ sie sich das Baby von Mark in die Arme legen. „Sie ist bildschön."

„Ein verrunzelter kleiner Knirps, aber unser Knirps, nicht wahr, Cecily?"

Kayla lachte. „So heißt sie: Cecily Elizabeth Hart."

„Klingt hübsch." Jessica strich sanft mit dem Finger über Cecilys zarte Wange, und augenblicklich wurde ihre eigene Schwangerschaft Realität für sie. In wenigen Monaten würde sie auch Mutter eines winzigen Sohnes oder einer Tochter sein. Vielleicht würde das Kind Gabriels grüne Augen haben und ihr rotes Haar.

Voller Zuneigung, die alle ihre Differenzen überwand, drehte sie sich lächelnd zu Gabriel um. „Möchtest du sie auch einmal halten?"

Seine Miene versteinerte. „Nein."

Jessica war froh, dass Cecilys Eltern diese harsche Ablehnung nicht mitbekamen, weil sie damit beschäftigt waren, Kaylas Kissen zu richten. Sie konnte nicht fassen, dass Gabriel auf dieses unschuldige Kind so kalt reagierte. Bisher hatte sie immer geglaubt, dass er, obwohl er oft schroff war, nie grausam sein würde.

Jetzt wusste sie es besser.

Bemüht, diese unerwartete und unerfreuliche Facette seiner Persönlichkeit hinzunehmen, legte sie Cecily in die ausgestreckten Arme der Mutter. „Sie ist wirklich süß." Ihr wurde übel, als sie sich wieder aufrichtete, und sie musste mehrmals tief Atem holen, um sich zu fangen.

Kayla sah sie eindringlich an, ehe sie Mark bat, ihr einen Orangensaft zu holen.

„Ja, gern. Kommen Sie mit, Gabriel. Ich bin Ihnen für neulich Abend noch etwas schuldig. Ich gebe Ihnen einen Kaffee aus." Marks Tonfall war angespannt, aber höflich. „Ich glaube, der Kaffeeautomat ist besser als sein Ruf."

Zu Jessicas Überraschung nahm Gabriel das Angebot an. Kayla wartete, bis die Männer gegangen waren, dann platzte sie heraus: „Du bist schwanger, nicht wahr?"

„Kannst du hellsehen?"

„Das müssen wohl die Hormone sein." Zärtlich küsste sie Cecilys Stirn. „Wie fühlst du dich?"

„Schon richtig vernarrt in ihn oder sie." Das war Jessica vor wenigen Minuten klar geworden. Und es bescherte ihr eine neue Sorge – wenn Gabriel wirklich so herzlos war, derart negativ auf ein Baby zu reagieren, was für ein Vater würde er dann sein? Zu spät kam sie zu der schrecklichen Erkenntnis, dass sie mit dieser Ehe nicht nur ihr eigenes, sondern auch das Glück ihres Kindes aufs Spiel gesetzt hatte.

„Mir ging's genauso." Kayla hielt inne, ihr Lächeln verschwand. „Können wir Freundinnen sein, Jessica?"

Der unvermittelte Themenwechsel überraschte Jessica. „Das sind wir doch schon."

„Nein, du verstehst nicht." Kayla setzte sich auf und drückte Cecily an sich. „Ich weiß nicht, ob ich meine Ehe retten kann, solange du in Marks Nähe bist."

Der indirekte Vorwurf traf Jessica. „Ich würde nie mein Ehegelöbnis brechen oder Mark bitten, dass er seins bricht."

„Das weiß ich. Das denke ich wirklich nicht von dir. Aber dich immer zu sehen erinnert ihn daran, was er … was er aufgegeben hat." Sie sah Jessica mit großen Augen an. „Ich habe ihn gebeten, aus Kowhai wegzuziehen, vielleicht nach Hawkes Bay. Ich habe dort Verwandte, und er könnte in einer der vielen Obstplantagen leicht Arbeit finden."

Jessica fand es schrecklich, daran schuld zu sein, dass eine andere Frau unglücklich war, auch wenn Mark ihr wegen dieser Frau das Herz gebrochen hatte. Die Dinge hatten sich seither verändert, waren nicht mehr nur schwarz und weiß. „Ich hoffe, dass ihr beide es schafft."

Im nächsten Moment kam Mark zurück. Er stellte den Saft neben die Blumen auf den Nachttisch. „Bitte sehr. Gabriel holt dir auch einen Kaffee", wandte er sich an Jessica. „Und, worüber habt ihr beide euch unterhalten?"

Kayla lächelte. „Sieht aus, als könntest du Jessica und Gabriel gratulieren."

Jessica krampfte sich der Magen zusammen, doch Kayla war viel zu begierig, die Neuigkeit zu verkünden, als dass sie gemerkt hätte, dass etwas nicht stimmte.

„Sie bekommt auch ein Baby!"

Marks Miene erstarrte für den Bruchteil einer Sekunde, ehe er sich fasste. „He, das ist ja wirklich toll."

„Was ist toll?", fragte Gabriel von der Tür her. „Hier, Jessica." Er hielt ihr einen Becher Kaffee hin. „Er ist nicht allzu scheußlich."

Sie nahm ihm den Kaffee ab und hoffte dabei inständig, dass die Situation noch zu retten war. „Oh! Es geht um …", fing sie an, aber Mark unterbrach sie.

„Das Baby." Er lächelte, und Jessica war klar, dass sein Lächeln gezwungen war. Und wenn sie das merkte, dann ihr Mann auch. „Ihr müsst sehr glücklich sein."

Jessica wusste, wann genau bei Gabriel der Groschen fiel. Sie hatte sich leicht an ihn gelehnt, und nun spürte sie, wie sich jeder Muskel seines Körpers anspannte. Aber als er antwortete, klang das keineswegs überrascht. „Es gibt nichts Schöneres auf der Welt. Aber das wisst ihr ja selbst."

Mark nickte. „Ja, stimmt."

„Wir müssen los." Jessica wollte unbedingt diesen Schlamassel bereinigen – falls er bereinigt werden konnte. Das einzig Gute war, dass weder Kayla noch Mark eine Ahnung zu haben schienen, was eben wirklich passiert war. „Auf der Farm gibt es viel zu tun."

„Danke für den Besuch." Kayla lächelte, doch ihr Blick ruhte auf Mark, der Jessica umarmte.

„Falls du mich je brauchst …", flüsterte er ihr zu.

Ein Anrecht auf seinen Beistand hatte sie nicht mehr. Und sie wollte ihn auch gar nicht. „Pass auf deine Familie auf, Mark."

Nach einem letzten Blick auf das Glück der Eltern folgte sie dem Mann, auf den sie sich jetzt verlassen können sollte, der aber viel zu hart und unnahbar war.

8. Kapitel

Draußen erstreckte sich ein klarer blauer Himmel, doch im Innern des kleinen Flugzeugs braute sich ein Sturm zusammen. „Hast du denn gar nichts zu sagen?", fragte Jessica schließlich.

„Was soll ich denn sagen?"

„Es tut mir leid, unendlich leid. Kayla hat erraten, dass ich schwanger bin, und dann ist sie Mark gegenüber damit rausgeplatzt."

Gabriel sah sie an. Seine grünen Augen waren dunkel vor Zorn. „Warum hast du es mir nicht gesagt?"

„Ich brauchte etwas Zeit, um mich an den Gedanken zu gewöhnen." Sie fand es schrecklich, wie hohl das klang, auch wenn es zumindest die halbe Wahrheit war. Trotzdem reichte es kaum als Rechtfertigung für das, was passiert war. „Ich hätte nie gedacht, dass jemand es erraten würde, ehe ich es dir sagen kann."

Statt seine Wut an ihr auszulassen, was sie voll und ganz verstanden hätte, verlor er kein Wort mehr über dieses Thema. Auch in der nächsten Woche redeten sie kaum miteinander, höchstens über Unwichtiges, und im Bett äußerte er nur seine Wünsche, und sie gab ihm ihre Lust zu verstehen.

Einige Tage später saß Jessica mit ihrer Staffelei im Pferdestall und starrte vor sich hin. Sie war sich im Klaren, dass sie nicht nur über ihre Schwangerschaft reden mussten, sondern auch über Gabriels Reaktion auf Cecily im Krankenhaus. Aber sie brachte es nicht über sich, ihre letzten Illusionen über diesen Mann zu zerstören, den sie aus völlig falschen Motiven geheiratet hatte. Also vertiefte sie sich in ihre Arbeit. Allerdings versagte diesmal selbst ihre geliebte Malerei als Ablenkung.

Der Grund dafür war erschreckend. Auch wenn sie sich immer wieder ermahnte, nie zu vergessen, dass ihre Ehe auf geschäftlichen Interessen beruhte, nicht auf Liebe, hatte sie irgendwann angefangen, Gabriel nicht nur nach außen hin als ihren Mann zu sehen. Sie akzeptierte ihn inzwischen auf eine Art und Weise, die alles andere als oberflächlich war.

Die Nacht, in der er sie begleitet hatte, um Kayla und Mark beizustehen, hatte diese Veränderung bei ihr bewirkt. Doch sie war sich nicht sicher, ob sie lediglich eine Illusion gegen eine andere ausgetauscht hatte.

Gedankenverloren klopfte sie mit dem Bleistift gegen ihren Skizzenblock und starrte die hübsche Stute an, die neugierig den Kopf aus ihrer Box steckte.

„Ich wünschte, ich könnte mit dir in den Sonnenuntergang reiten." Jessica seufzte.

Einfach vor ihren Problemen fliehen. Aber genau das hatte sie ja bereits einmal getan. Und wenn sie immer noch nicht stark genug war, um ihr Leben zu meistern, dann war dieses Jahr in L.A. völlige Zeitverschwendung gewesen.

Ihre Gedanken gingen endlos im Kreis. Gabriel war derjenige, der sie nach L.A. geschickt und darauf vertraut hatte, dass sie zurückkam. Er hatte sie gehen lassen, hatte ihr gegeben, was sie wollte. War er deshalb ein guter Mann oder einfach nur berechnend? Schließlich hatte dieses Jahr Freiheit bewirkt, dass sie ihm zu noch mehr Dank verpflichtet war.

Jessica wusste auf nichts eine Antwort. Am wenigsten auf ihr eigenes Gefühlschaos. Frustriert begann sie zu zeichnen. Seite für Seite, Strich für Strich fing sie jede Nuance der Ställe ein und der beiden Pferde, die momentan darin standen, bis sie alles um sich vergaß.

Gabriel besprach mit Jim einige Reparaturen an den Unterkünften der Schafscherer, doch er war nicht bei der Sache. Sein Blick ging immer wieder zu den Ställen hinüber – zu Jessica.

„Was denn?" Gabriel fuhr aus seinen Gedanken auf. Jim schien auf eine Antwort zu warten, und er wusste nicht, worauf.

„Bist du okay, Gabriel?"

Nein. Im Moment konnte er nur daran denken, wie reserviert sich Jessica seit dem Besuch im Krankenhaus gab. Er konnte erraten, warum – Mark hatte ihm erzählt, dass er und Kayla wegziehen wollten.

Erstaunt, wie sehr es ihn ärgerte, dass Jessica nicht in der Lage war, über den anderen Mann hinwegzukommen, hatte er nichts unternommen, damit sie ihre Zurückhaltung aufgab. Außer nachts. Da stellte er absolut sicher, dass er der einzige Mann war, den sie im Sinn hatte. „Warum besprechen wir das nicht ein andermal? Die Instandsetzung ist nicht dringend."

„Natürlich. Du hörst mir ja sowieso nicht zu."

„Entschuldige."

„Gut, dass ich nicht leicht beleidigt bin." Jim grinste. „Die Quartiere können warten, aber wir müssen unbedingt darüber reden, ob wir schon die Weidefläche für die Schafe eingrenzen wollen, damit die Wiesen kontrolliert abgegrast werden."

„Lass uns das noch eine Woche aufschieben."

„Ja, das habe ich mir auch gedacht." Der Vorarbeiter sah sich um, weil einer der Farmarbeiter ihn rief. „Ich muss los. Ach, noch etwas – eines der Fahrräder gab gestern endgültig den Geist auf. Wir brauchen ein neues."

„Es ist schon bestellt und ein Ersatzrad auch." Gabriel hatte das schon vor einiger Zeit nach einem Gespräch mit dem Mechaniker veranlasst. „Sie sollten höchstwahrscheinlich noch diese Woche geliefert werden."

Nachdem Jim weg war, musste Gabriel sich zusammenreißen, um weiterzumachen. Er hatte tausend Dinge zu erledigen, zum Beispiel an der südlichen Zufahrtsstraße nach beschädigten Gattern zu sehen. Es würde gerade noch fehlen, dass Schafe auf eine Straße gerieten, die auch von schweren Lastwagen befahren wurde.

Tief in Gedanken hob er den Kopf und sah, wie Rauch sich aus den Fenstern des Pferdestalls kräuselte. Ein paar Flammen folgten. Ihm blieb fast das Herz stehen.

Jessie war da drinnen!

Alles andere war jetzt vergessen, sein einziges Anliegen war, sie aus dem Stall zu holen. Lebendig. Er hielt nicht inne, um seinen Männern Anweisungen zu geben – es gab einen detaillierten Alarmplan auf der Angel-Farm für den Fall eines Feuers. Man hatte ihm vorgeworfen, das Training für diesen Notfall zu übertreiben, doch jetzt reagierten seine Leute mit militärischer Präzision. Das Feuer würde sich nicht ausbreiten können. Allerdings würde das Jessica nicht retten, falls sie bereits vom Rauch eingeschlossen war.

Eines der Pferde kam in Panik aus dem Stall galoppiert, als Gabriel hineinlief. Wegen des Rauchs konnte er kaum etwas sehen und musste husten.

Das Feuer war schlimmer, als es von außen den Anschein hatte, das eingelagerte Heu brannte wie Zunder.

„Jessie!", schrie er. Er hatte keine Ahnung, wo sie bei Ausbruch des Feuers war, doch er folgte seinem Instinkt zu den beiden Boxen, die belegt gewesen waren. Wie er seine Frau kannte, würde sie versuchen, die Pferde zu retten. „Jessie! Jessica!"

Mit brennenden Augen versuchte er, etwas zu erkennen. Lautes Wiehern sagte ihm, dass das zweite Pferd noch im Stall war. Einen Moment später fand er es und Jessica auch. Sie versuchte, das Tier ins Freie zu führen, doch es war zu verängstigt, schlug aus und scheute vor den Flammen zurück, die an einer Wand in der Nähe emporzüngelten.

Seiner Frau liefen Tränen übers Gesicht, aber er wusste, dass sie nicht einmal daran gedacht hatte, das Pferd zurückzulassen.

„Jessie!" Sein Beschützerinstinkt brach sich Bahn, er wollte sie nur noch ins Freie bringen. Er riss ihr die Zügel aus der Hand und schubste sie Richtung Tür. „Lauf!"

Jessica lief los, und er brachte die Stute dazu, ihr zu folgen. Fast wäre er dabei mit Jessica zusammengestoßen, die stehen geblieben war und heftig hustete. Gabriel gab der Stute einen kräftigen Klaps, und sie lief instinktiv zur Stalltür hinaus.

Gabriel zog Jessica in die Arme. Seine Lungen brannten, und die Narben auf seinem Arm schmerzten, als würde sich die Haut an das Jahrzehnte zurückliegende Desaster erinnern. Mit zusammengebissenen Zähnen verdrängte er die Erinnerungen und folgte dem Hufeklappern des Pferdes. Er hatte damals vergeblich versucht, seine Familie zu retten, doch er würde Jessica ins Freie schaffen.

Endlich tauchte der Ausgang aus dem dichten Rauch auf – ein Tor aus der Hölle. Kühle Luft drang in seine Lungen, als er nun durch die Stalltür taumelte. Jemand wollte ihm Jessica abnehmen, aber er weigerte sich, sie loszulassen.

Als er stehen blieb und sich umsah, berührte Jessica seine Wange. „Ich bin in Ordnung."

Ihre Worte waren ein einziges Krächzen, aber genau das hatte er hören wollen.

Einige Stunden später machte sich Jessica auf die Suche nach ihrem Mann. Dr. Mackey hatte sie untersucht und bestätigt, dass ihr nichts fehlte. Er glaubte nicht, dass das Baby Schaden erlitten hatte. In seiner praktischen Art hatte er betont, dass sie ja gerade erst schwanger geworden war. Wenn ihr Baby stark war, dann würde es überleben. Sie selbst glaubte fest an ihr Kind. Die Hälfte seiner Gene waren die der Dumonts, und die waren auf jeden Fall hartnäckig.

Sie fand Gabriel bei der rauchenden Ruine. Der Stall war ausgebrannt, doch dank der schnellen Reaktion seiner Mitarbeiter war keines der anderen Gebäude beschädigt worden. „Sie haben es gut gemacht", sagte sie, als sie neben ihn trat.

„Warum bist du aufgestanden?" Gabriel sah sie finster an. „Du solltest doch ausruhen."

„Dr. Mackey hat nichts davon gesagt." Jessica musste sich räuspern. „Du bist derjenige, der findet, dass ich krankspielen soll."

„Was ist da drinnen passiert?", fragte er und sah sie vorwurfsvoll an.

Paradoxerweise beruhigte Jessica Gabriels aggressive Haltung. Sie hatte befürchtet, das Feuer könnte womöglich schlimme Erinnerungen bei ihm ausgelöst haben, aber das schien nicht der Fall zu sein. „Ich weiß es nicht. Ich bin eingeschlafen."

„Du bist was?"

„Ich musste mich in der Nacht dauernd übergeben", verteidigte sie sich.

„Du bist also im *Stall* eingeschlafen?"

Jessica runzelte die Stirn. „Was ist los mit dir? Niemand wurde verletzt, die Pferde sind gerettet."

Gabriel atmete tief durch, um sich zu beruhigen. „Wo genau bist du eingeschlafen?"

„Was spielt das für eine Rolle?" Sie verstand nicht, wieso er sich deshalb so aufregte.

„Wo?"

„Wo glaubst du wohl? Auf einem Heuballen. Er lag da herum, und als ich schläfrig wurde, habe ich mich darauf ausgestreckt."

„Du hast dich auf Heu gelegt?"

Das klang so beherrscht, dass Jessica genau wusste, wie wütend er war.

„Du hättest umkommen können."

„Ich bin aufgewacht, als die Pferde in Panik gerieten. Es war Zeit genug, die Boxen zu öffnen, aber Starr wollte nicht herauskommen."

„Also hast du Kopf und Kragen riskiert, um sie zu retten."

„Ich konnte sie doch nicht drinnen lassen." Sie fasste es nicht, dass er mit ihr darüber stritt. „Sie war vollkommen in Panik."

„Du hättest sofort hinauslaufen sollen, als du gemerkt hast, dass es brannte."

„Warum?"

„Warum?" Gabriel hatte das Gefühl, gleich zu explodieren. „Weil du weißt, wie schnell Heu brennt, und zudem war der Stall aus Holz, zum Kuckuck!"

Jessica bekam ein ziemlich schlechtes Gewissen, denn er hatte recht. Wenn er nicht nach ihr gesucht hätte, hätte sie in ernsthafte Schwierigkeiten geraten können. Aber sie konnte das nicht zugeben. „Ich musste die Pferde herausbekommen." Plötzlich kam ihr ein Gedanke. „Es geht mir gut, Gabe, wirklich. Und dem Baby ist auch nichts passiert."

„Meine Männer hätten Starr retten können und das mit weniger Aufwand."

Sein eiskalter Blick erstickte ihre dumme Idee im Keim, Gabriel könnte sich so benehmen, weil er Angst um sie gehabt hatte. „Entschuldige, dass ich ein Herz habe. Wenn ich wie du wäre, hätte ich es sicher fertiggebracht, dieses arme Pferd im Stall zu lassen!"

Gabriel wollte gerade antworten, als Jim kam und ihm etwas zuflüsterte. Seine Miene wirkte mit einem Mal derart beherrscht, dass für Jessica klar war, man hatte die für den Brand verantwortliche Person ausfindig gemacht.

„Schick ihn in mein Büro."

Jessica folgte Gabriel zum Haus. „Du wirst wohl nichts dagegen haben, wenn ich dabei bin."

„Das ist eine geschäftliche Angelegenheit, die dich nicht zu interessieren braucht." Er betrat sein Büro.

„Farmersfrauen helfen bei den Geschäften."

„Diese Art Frau bist du nicht. Ich will nicht, dass du dich einmischst."

Jessica kniff die Augen zusammen. Der Mann wollte sie absichtlich wütend machen, damit sie ging. Sie fragte sich, wie oft sie schon auf diese Masche hereingefallen war. „Zu schade."

„Ganz wie du willst. Stör mich aber nicht." Gabriel warf seinen Hut auf seinen Schreibtisch, blieb jedoch stehen.

Gleich darauf erschien ein junger Mann. Er hatte große Angst, das sah Jessica sofort. Sie kannte ihn. Corey war vor einiger Zeit in den Stall gekommen und hatte ihre Skizzen bewundert. Sie konnte sich nicht vorstellen, was er mit dem Feuer zu tun hatte.

„Schließ die Tür."

Corey tat wie ihm geheißen, blieb jedoch so weit auf Distanz zu Gabriel wie nur möglich. Jessica konnte es ihm nicht verdenken, Gabriels Ruhe war furchterregend.

„Du hast eine Minute, um mich zu überzeugen, dass ich nicht die Polizei rufen sollte."

Für einen Moment hatte es den Anschein, als würde Corey in Tränen ausbrechen, doch dann straffte er die Schultern und sah Gabriel fest in die Augen. „Es war keine Absicht, Sir." Er schluckte. „Ich habe geraucht. Ich habe die Kippe fallen lassen und ausgetreten. Aber ... aber genau dort soll der Brand angefangen haben, also war sie wohl nicht ganz aus."

Jessica sah, wie Gabriel die Hände zu Fäusten ballte. Ihr krampfte sich der Magen zusammen. Doch dann öffnete er sie wieder, und sie atmete erleichtert auf. Erst jetzt erkannte sie, dass sie völlig falsch eingeschätzt hatte, wie sehr der Brand ihn mitgenommen hatte. Derart nervös hatte sie ihn noch nie erlebt.

„Wie lange arbeitest du schon hier?"

„Ein Jahr, Sir."

„Und hast du in diesem Jahr die Verhaltensregeln gelernt?"

Corey senkte den Kopf. „Ja, Sir."

„Vielleicht möchtest du mir sagen, wie die oberste Regel lautet."

„Rauchverbot auf der Angel-Farm. Überall auf der Farm."

Jessica hatte das nicht gewusst, aber das erklärte, warum sie noch nie einen Arbeiter mit einer Zigarette gesehen hatte. Und das war ungewöhnlich. Vielen Männern in der Gegend war die Brandgefahr durch nachlässig weggeworfene Zigarettenstummel gleichgültig.

„Du bist entlassen." Gabriel verzog keine Miene. „Verschwinde von der Farm, und lass dich nie mehr hier blicken."

Sie hatte erwartet, dass Corey sofort gehen würde, doch zu ihrer Überraschung blieb er noch.

„Es tut mir leid, Sir", sagte Corey und sah zu Jessica hinüber. „Mrs. Dumont, ich wollte wirklich nicht, dass Sie zu Schaden kommen."

„Das weiß ich." Allerdings war ihr auch klar, dass sie nicht eingreifen konnte.

„Sir, bitte, wenn Sie …" Corey brach ab, als Gabriels Miene noch undurchdringlicher wurde. Er holte tief Atem. „Wenn Sie mich davonjagen, wird mich niemand mehr einstellen."

Jessica wusste, dass das stimmte. Die Farmbesitzer der Gegend mochten nicht immer einer Meinung sein, doch in bestimmten Dingen unbedingt.

Gabriel erwiderte nichts.

Corey versuchte es erneut. „Ich brauche die Arbeit."

„Geh. Mehr gibt es nicht zu sagen."

Mit hängenden Schultern verließ Corey das Arbeitszimmer.

Jessica ging zu Gabriel hinüber und legte ihm eine Hand auf den Arm. „Gabriel, ich möchte …"

„Ich sagte, du sollst dich nicht einmischen, Jessica. Wag es nicht, dich für Corey einzusetzen."

„Warum nicht? Weil du von der Vergangenheit so beherrscht bist, dass du nicht zuhören willst?"

„Wie ich diese Farm leite, ist meine Sache."

„Tja, du hast es auch zu meiner Sache gemacht, als du mich geheiratet hast. Und du wirst dir anhören, was ich zu sagen habe."

„Andernfalls?" Er sprach bedrohlich leise. „Schläfst du sonst nicht mehr mit mir?"

Auf diese Ebene würde sie sich nicht begeben. „Er hat eine dreijährige Tochter. Ihre Mutter ist weggelaufen und hat ihn mit dem Baby allein gelassen, als er gerade sechzehn war."

Endlich sah Jessica in Gabriels Augen noch etwas anderes als Ärger. „Und woher weißt du das?"

„Er hat mir ein Foto von der Kleinen gezeigt und gefragt, ob ich irgendwann einmal eine Skizze von ihr machen könnte." Die Liebe in Coreys Blick hatte ihr fast das Herz abgeschnürt. „Er hat die Verantwortung für sein Kind übernommen, obwohl er dafür die Schule abbrechen musste. Farmarbeit ist das Einzige, was er kann. Wenn du ihn entlässt, steht er auf der Straße."

Gabriels Miene verfinsterte sich erneut. „Er kannte die Regeln und hat dagegen verstoßen. Er kann von Glück sagen, dass ich ihn nicht angezeigt habe."

„Aber …"

„Geh jetzt, Jessica. Ich muss mich um die Versicherung kümmern." Damit schüttelte er ihre Hand ab und ging um seinen Schreibtisch herum zu seinem Stuhl.

„Ich dachte, du wärst … du hast offenbar ein Herz aus Stein." Dieses zarte, neue Gefühl, das sie noch vor wenigen Stunden mit Gabriel in Verbindung gebracht hatte, verpuffte.

Gabriel hörte die Tür hinter Jessica ins Schloss fallen. Ihre letzte Bemerkung hallte in ihm nach.

Ein Herz aus Stein.

Sie hatte recht. Er war zehn gewesen, als Emotionen wie Mitgefühl durch den grausamen Tod seiner Familie aus ihm herausgebrannt worden waren, und er hatte nicht vor, je wieder Schwäche in irgendeiner Form zu zeigen. Nicht für Jessica, nicht für irgendjemanden sonst. Sie hatte das gewusst, als sie ihn geheiratet hatte, warum wirkte sie nun so verdammt überrascht?

Am liebsten hätte er auf etwas eingeschlagen, stattdessen nahm er das Telefon zur Hand und wählte eine bekannte Nummer. „Sam?"

„Hallo, Gabriel. Was gibt's?", fragte Sam, der Besitzer eines der profitabelsten Weingüter in Marlborough.

„Ich möchte dich um einen Gefallen bitten."

Jessica war so wütend auf Gabriel, dass sie sich in ihrem Schlafzimmer einschloss. Trotz ihrer bisherigen Probleme hatte sie das noch nie getan. Sie wusste, dass er annehmen würde, sie spiele das Spielchen, das er ihr vorgeworfen hatte, nämlich Sex als Druckmittel einzusetzen. Aber die Wahrheit war viel einfacher und viel komplizierter zugleich. Sie hatte nicht nur nicht vergessen, wie er auf Cecily reagiert hatte, sie hatte jetzt einen weiteren Beweis seiner Herzlosigkeit, weil er unfähig war, Corey zu vergeben. Und sie konnte sich nicht vorstellen, mit einem Mann zu schlafen, der so grausam sein konnte.

Corey hatte einen schlimmen Fehler gemacht, aber jeder verdiente eine zweite Chance. Allerdings hatte Gabriel das Sagen, und er hatte den jungen Mann ohne Bedenken hinausgeworfen. Was das Ganze noch schlimmer machte, sie konnte nicht sagen, ob sein Handeln auf jahrzehntelangem Schmerz beruhte oder auf kaltherziger Rache.

Tränen liefen über ihr Gesicht. Dumme, unvernünftige Tränen. Sie musste einsehen, dass sie einen Traum geträumt hatte, der nie Wirklichkeit werden konnte. Beschützend legte sie eine Hand auf ihren Bauch. Wieder fragte sie sich, was für ein Vater Gabriel sein würde. Wenn er Corey so leicht verdammen konnte, würde er sich dann vielleicht nicht eines Tages auch von seinem eigenen Kind abwenden, weil dieses Kind die Regeln gebrochen hatte?

Sie konnte sich das sehr gut vorstellen. Und das tat weh. Gabriel hatte sie schon immer mit seiner Unbarmherzigkeit verletzt, aber sie hatte das ertragen können, abgeschirmt durch eine gewisse Distanz – durch ihre Liebe zu Mark.

Aber dieser Schutzschild war nicht mehr da. Und sie hatte Angst sich zu fragen, wieso. Sie wusste nur, dass die Gefühle, die sie inzwischen für Gabriel empfand, sie sehr verletzlich machten, da er sich als harter und unbarmherziger Mensch entpuppt hatte.

Mit diesem Gedanken schlief sie ein.

Als sie aufwachte, dauerte es eine Weile, bis sie begriff, dass sie in Gabriels Armen lag. Ihr Körper verriet sie also selbst im Schlaf, denn sie hatte die Arme um seinen Nacken geschlungen.

„Was machst du da?"

„Ich bringe dich dahin, wo du hingehörst." Er setzte sich auf sein Bett und zog sie auf seinen Schoß.

Jessica stemmte sich gegen seine nackte Brust. „Was, wenn ich gar nicht hier sein will?"

Statt ihr eine Antwort zu geben, küsste er sie so leidenschaftlich, dass Jessica das Gefühl hatte, ihre Welt würde aus den Angeln gehoben, und Gabriel wäre ihr einziger Rettungsanker. Sie klammerte sich an ihn. Sein Körper war muskulös und kräftig, bot Schutz und Sicherheit. Gleichzeitig wusste sie, dass auch das nur eine Illusion war.

„Ich mag dich im Moment nicht besonders", sagte sie keuchend, als er sie freigab.

„Das macht nichts. Du willst mich trotzdem." Gabriel küsste

ihren zarten Hals und strich mit einer Hand über ihren entblößten Oberschenkel.

Jessica sog scharf den Atem ein und versuchte vergeblich, Gabriel wegzustoßen. Er kannte ihre Bedürfnisse inzwischen zu genau und schob eine Hand zischen ihre Beine, um sie dort aufreizend zu streicheln. Jessica konnte mit Mühe einen wohligen Seufzer unterdrücken. „So ... so sollte es nicht sein", stammelte sie hilflos.

Gabriel drängte sie aufs Bett und schob sich auf sie. Sein nächster Kuss war verspielt und sanft. Jessica kam es vor, als würde er sie in einen Kokon purer Sinnlichkeit einspinnen, die so echt und übermächtig war wie der Mann, der ihr nicht erlaubte, ihm zu entfliehen.

„Wir haben Leidenschaft. Das reicht", raunte Gabriel ihr zu.

Gegen ihr lustvolles Verlangen ankämpfend sagte sie etwas, von dem sie wusste, dass sie es eigentlich nicht sagen sollte: „Was ist mit Liebe?"

„Liebe ist für Narren."

Das waren die letzten Worte, die sie wechselten. Den weiteren Dialog übernahmen ihre Körper, und sie liebten sich mit hitziger Begierde und wilder Ekstase. Doch selbst bei den höchsten Wonnen, die Gabriel ihr bereitete, behielt Jessica diesmal einen Funken Klarheit.

In dieser Nacht hatten Gabriels Berührungen etwas Hingebungsvolles, schmerzlich Zärtliches, und das war neu. Er verbrachte eine halbe Ewigkeit damit, jeden Zentimeter ihres Körpers zu verwöhnen, und er ließ sich nicht drängen, egal wie sehr sie ihn anflehte. Am Ende ergab sie sich dieser seltsamen Zärtlichkeit. Ein weiterer unwiderruflicher Schritt ins Ungewisse.

Nach dieser wundervollen Liebesnacht erwartete Jessica irgendeine Veränderung in ihrer Beziehung, womöglich eine neue Ehrlichkeit. Doch Gabriel schien sich mit jedem Tag, der verging, weiter von ihr zurückzuziehen.

Die viele Arbeit, die auf der Farm anfiel, hätte ein plausibler Grund sein können, doch Jessica war alarmiert, als sie bemerkte, dass Gabriel sich weigerte, über das Baby zu sprechen. Es fing damit an, dass er zu beschäftigt war, um sie zu einer Untersuchung beim Arzt zu begleiten. Das störte sie nicht weiter, denn er war kaum der Typ

Mann, der die Schwangerschaft unbedingt Schritt für Schritt miterleben wollte. Aber er wich dem Thema aus, wann immer sie es anschnitt – und er stellte nie irgendwelche Fragen. Anfangs redete sie sich ein, es sei Einbildung und ihre Hormone spielten mit fortschreitender Schwangerschaft verrückt, doch irgendwann musste sie einsehen, dass etwas nicht stimmte.

Die Tage vergingen, ohne dass sie ihn drängte. Es herrschte relative Eintracht zwischen ihnen, und die wollte sie nicht zerstören, besonders, da sie nur vage Vermutungen hatte. Ihre Beziehung wäre womöglich Monate so weitergegangen, wenn sie eines Abends nicht einen Anruf auf dem Geschäftstelefon angenommen hätte.

„Angel-Farm", meldete sie sich, nahm einen Schluck aus ihrer Kaffeetasse und war in Gedanken bei der Ausstellung, die in einer Woche stattfinden sollte. Ein weiterer wichtiger Termin war jedoch schon diesen Sonnabend. Und Gabriel hatte noch kein Wort darüber verloren.

„Jessica, bist du das?" Es war eine Frauenstimme, die leicht heiser und amüsiert klang. „Bist du jetzt Gabes Sekretärin?"

Der Kaffee schmeckte plötzlich schal. „Hallo, Sylvie. Was kann ich für dich tun?"

„Eigentlich wollte ich Gabe sprechen." Sylvie zögerte. „Na ja, du weißt sicher Bescheid, wegen des bevorstehenden Jahrestags."

Jessica umklammerte den Hörer. „Nett von dir, deswegen anzurufen."

„Wie könnte ich das nicht. Ich meine, nicht viele Leute kennen die Wahrheit. Ich nehme doch an, du kennst sie, oder?"

Jessica war klar, dass Sylvie absichtlich gemein zu ihr war, aber es schmerzte trotzdem. Tatsache war, dass Sylvie das nur schaffte, weil Gabriel beschlossen hatte, seine Frau über alles, was wichtig war, im Dunkeln zu lassen.

In diesem Moment kam er herein. „Moment, Sylvie. Gabriel ist hier." Sie übergab ihm den Hörer und verließ das Zimmer. Diesmal widerstand sie der Verlockung mitzuhören und setzte sich auf die Veranda. Über ihr funkelten die Sterne, aber sie nahm sie kaum wahr, so wütend und verletzt war sie.

Jessica rührte sich auch nicht von der Stelle, als Gabriel sich wenige Minuten später hinter sie setzte und die Beine links und rechts neben ihrem Körper ausstreckte. Seine Nähe konnte die Kälte in ihrem Herzen nicht vertreiben.

„Was hat Sylvie dir gesagt?"

Jessica stellte ihren Becher beiseite und schlang die Arme um ihren Oberkörper. „Keine Sorge. Sie hat mir deine Geheimnisse nicht verraten." Sie konzentrierte sich auf einen sehr weit entfernten Stern am Horizont, ein helles Pünktchen, das selbst in dunkelsten Zeiten Hoffnung machte.

Eine grausame Lüge. Manchmal gab es nur Dunkelheit.

„Sylvie und ich ..."

„Ich will es nicht wissen." Jessica konnte gut bis ans Ende ihrer Tage leben, ohne Näheres über seine Beziehung zu Sylvie zu erfahren. „Sie bedeutet mir nichts. Aber du bist mein Mann, und ich hätte sehr gern gewusst, was das bedeutet."

„Jessica." Eine ruhige Warnung.

„Nahrung, Obdach, Sex." Sie klang gelassen, doch sie war seltsam wütend. „Die drei Grundbedürfnisse. Oh! Warte! Ich habe etwas vergessen – ein Baby. Das hast du mir auch noch gegeben. Allerdings scheinst du es nicht sehr zu wollen."

„Ich werde für unser Kind sorgen."

„Wie du für mich sorgst?", fuhr sie ihn an. „Oder wie du für Sylvie sorgst?"

„Diese Unterhaltung hatten wir bereits."

„Ich glaube nicht, dass du mich betrügst, Gabriel. Zumindest nicht in körperlicher Hinsicht." Jessica stand auf und drehte sich zu ihm um. „Aber wie nennst du es, wenn du ihr Dinge sagst, die du mir nicht anvertraust?"

„Solltest du dir da nicht an die eigene Nase fassen?"

„Okay, ja, ich habe es vermasselt. Ich hätte dir sofort sagen sollen, dass ich schwanger bin, statt es dich über Mark erfahren zu lassen."

„Sehr großzügig von dir."

„Mach daraus jetzt keinen belanglosen Streit." Sie schüttelte den Kopf. „Das Thema ist wichtig." Ihr Schweigen endete heute, beschloss Jessica, auch wenn dadurch die Ruhe in ihrer Beziehung zerstört werden würde. Sie hatte ohnehin immer gewusst, dass es eine trügerische Ruhe war.

„Ich bin mit offenen Augen in diese Ehe gegangen, denn ich wusste, was für ein Mann du bist. Aber unser Kind hat diese Wahl nicht getroffen. Es ist mir also egal, wie viel du Sylvie anvertraust", schwindelte sie, „oder wie sehr du mich ignorierst oder dass du mich nur als Zweckmäßigkeit betrachtest. Doch unser Kind wirst du nicht auf diese Art und Weise verletzen. Du wirst unserem Kind die Liebe und den Respekt geben, den er oder sie verdient!"

Gabriel stand auf. „Bist du fertig?"

„Nein, bin ich nicht." Jessica war zu wütend, um sich von seiner Größe einschüchtern zu lassen. „Dieses Thema ist für mich nie zu Ende. Du wolltest eine Frau und ein Kind, und das heißt, dass du ein Ehemann und ein Vater sein musst. Ach", platzte sie dann heraus, „vergiss das mit dem Ehemann einfach. Konzentrier dich nur darauf, ein guter Vater zu sein."

„Ich will kein Vater sein."

Jessica erstarrte. „Was?"

„Ich habe einen Fehler gemacht, als ich dich bat, schwanger zu werden."

Jessica konnte nicht fassen, was er da eben gesagt hatte. „Verlangst du etwa, dass ich …" Sie legte schützend eine Hand auf ihren Bauch.

„Natürlich nicht. Ich bin kein Unmensch."

Jessica konnte sein Gesicht nicht sehen, da er im Schatten stand.

„Aber erwarte nicht, dass ich ein vernarrter Vater sein werde. Ich werde für den Unterhalt des Kindes sorgen, aber es kommt ins Internat, sobald es alt genug ist."

Für Jessica eine völlig indiskutable Idee. „Was ist los mit dir?", fauchte sie ihn an. „Du sprichst von unserem Kind, nicht von einem unbequemen Möbelstück."

„Es ist mir ernst." Sein Ton war eiskalt. „Dieses Kind bleibt keinen Tag länger als nötig in diesem Haus."

Jessica kam ein schrecklicher Gedanke. „Glaubst du wirklich, dass ich dich betrogen habe?", flüsterte sie. „Geht es darum? Du glaubst, es ist nicht dein Kind?"

„Sei nicht albern, Jessica. Ich bin genauso verantwortlich dafür wie du."

„Verantwortlich? *Dafür?* Wir reden von unserem Baby, Gabriel!", wiederholte sie und packte ihn an den Armen, um ihn zu schütteln. „Wie kannst du einfach so entscheiden, dass du unser Kind wegschicken wirst?"

„Mehr gibt es zu dem Thema nicht zu sagen."

Zutiefst geschockt blieb sie wie betäubt stehen, als er sich umdrehte, um ins Haus zu gehen. Und dann wusste sie es, als hätte ein Engel ihr die Antwort ins Ohr geflüstert. „Es hat mit ihnen zu tun."

Gabriel sah sie an. „Es hat nur mit meiner eigenen Erkenntnis zu tun, einen Fehler gemacht zu haben. Ich will kein Kind, das mir im Weg ist, und ich will kein Vater sein."

„Die Tatsache, dass der Jahrestag des Feuers in zwei Tagen ist, hat also nichts mit deinem Sinneswandel zu tun?"

„Ich habe mich längst daran gewöhnt. Es ist ein Tag wie jeder andere", erwiderte er barsch und warf die Tür hinter sich zu.

Jessica setzte sich auf die Treppe und schlang die Arme um ihre angezogenen Knie. Sie hatte keine Ahnung, was sie tun sollte. Gabriel hatte so entschlossen geklungen, so unnachgiebig, doch sein plötzlicher Sinneswandel ergab keinen Sinn.

Der Jahrestag des Brandes war in zwei Tagen, und was immer es auch war, was sie nicht wissen sollte, es hatte damit und mit seiner Familie zu tun.

Sie stand auf, um ins Haus zurückzugehen. Es musste einen Grund für Gabriels unerklärliche Reaktion geben. Unbedingt. Denn wenn es keinen gab, dann gab es keine Hoffnung für diese Ehe.

Absolut keine.

9. Kapitel

Jessica hatte am Jahrestag des Brandes irgendeine Reaktion von Gabriel erwartet. Doch er ging seiner Arbeit nach wie immer, und die anderen auf der Farm folgten seinem Beispiel.

„Ist es immer so?", fragte sie Mrs. Croft.

„Seit ich hier arbeite, ja." Die Haushälterin räumte den Tisch nach dem Mittagessen ab. „Mach dir nicht so viele Gedanken, Jessie. Er war ein kleiner Junge, als es passierte. Da ist es ganz natürlich, dass er darüber hinweg ist."

Jessica fragte sich, ob er tatsächlich darüber hinweg war, denn er schien in der vergangenen Nacht wieder einen Albtraum gehabt zu haben. Nachdem sie noch ein paar Minuten ohne Ergebnis gegrübelt hatte, nahm sie die Wagenschlüssel des Kombis. „Ich fahre zur Randall-Farm", erklärte sie Mrs. Croft. „Ich will ein wenig im Garten arbeiten, bin aber vor Einbruch der Dunkelheit zurück."

„Ich sage Gabriel Bescheid."

Als Jessica losfuhr, überlegte sie, ob sie Mrs. Croft den wahren Grund für ihren Ausflug hätte nennen sollen, kam jedoch zu dem Schluss, dass es besser so war. Falls jemand sie suchte, war sie leicht zu finden.

Sie verbrachte gut eine Stunde damit, im Garten ihres Elternhauses Ordnung zu schaffen. Dann schnitt sie einen großen Strauß Blumen, die der nahende Frühling schon hatte sprießen lassen, und brachte einen Teil davon zum Grab ihrer Eltern.

„Ich vermisse euch", sagte sie leise. „Aber ich glaube, ich schaffe es jetzt. Komisch, wie ein so kleines Wesen in dir dich so stark machen kann."

Anschließend fuhr sie zur Angel-Farm zurück. Die letzte Ruhestätte der Dumonts lag etwa eine Viertelstunde vom Haupthaus entfernt.

Zu ihrer Überraschung parkte dort einer der Kleinlaster der Farm. *Wer ist denn noch gekommen, um der Familie zu gedenken*, überlegte sie. Mit den Blumen in der Hand ging sie um den Laster herum. Den Mann, den sie vor dem kleinsten der Grabsteine knien sah, hatte sie dort nicht erwartet.

Sie kam sich wie ein Eindringling vor, weil sie ihn bei seinem Gedenken störte, und wäre wieder gegangen, wenn er sie nicht bereits bemerkt hätte. „Ich wollte Blumen bringen."

Auf drei der Gräber lagen kleine Geschenke – ein Kiefernzapfen auf dem ersten, ein Flusskiesel auf dem zweiten und ein kleiner Strauß Gänseblümchen auf dem dritten. Jessica bezwang die Tränen, die in ihr aufsteigen, und legte ihre Blumen daneben, während er schweigend dabeistand.

„Es tut mir leid." Sie begegnete Gabriels undurchdringlichen Blick. „Ich wusste nicht, dass du hier bist."

„Da gibt es nichts, was dir leidtun müsste." Er klopfte den Staub von seinem Hut und setzte ihn auf. „Ich muss zurück."

Und schon war er weg. Doch Jessica ließ sich nicht zum Narren halten, diesmal nicht. Sie betrachtete noch einmal die Gräber. Gänseblümchen für eine kleine Schwester, die daraus wahrscheinlich Ketten gemacht hätte, ein Flusskiesel für Raphael – vielleicht angelte oder schwamm er gern – und ein Kiefernzapfen für Michael, der vielleicht gern auf Bäume geklettert war.

So kleine Dinge, und doch hatte Gabriel sich die Mühe gemacht, sie zu suchen und herzubringen. Jessica ließ ihren Tränen freien Lauf und ging zum Kombi zurück. Dann hielt sie unvermittelt inne und sah zu den beiden Erwachsenengräbern zurück. Außer den Blumen, die sie hingelegt hatte, lag dort nichts.

Es gab keinen Zweifel, Gabriel hatte seine Geschwister sehr geliebt. Aber was war mit Stephen und Mary Dumont? Warum war ihr Mann immer noch wütend auf seine Eltern?

Wütend genug, um sein eigenes Kind aufzugeben.

In den nächsten Tagen versuchte Jessica vergeblich, Gabriel zum Reden zu bringen. Ihre Versuche waren so intensiv und sein Schweigen so beharrlich, dass sie, als sie in Auckland landete, um ihre Ausstellung zu eröffnen, seelisch völlig erschöpft war. Er hatte sie dermaßen aus seinem Leben ausgeschlossen, dass es ihr Angst machte und sie langsam keine Hoffnung mehr für ihre Ehe hatte.

„Jessica!"

„Vielen Dank, dass Sie mich abholen", sagte Jessica zu Mrs. Kilpatrick.

„Keine Ursache. Ich freue mich so für Sie. Bei der Reklame, die Richard für die Vernissage gemacht hat, wird sie bestimmt ein voller Erfolg."

„Ich habe das Gefühl, Sie haben auch eine Menge damit zu tun." Jessica konnte sich sehr gut vorstellen, was Mrs. Kilpatricks Beziehungen bewirkten.

Mrs. Kilpatrick wollte davon nichts hören, doch sie strahlte. „Lassen Sie uns zu Ihrem Hotel fahren. Sie haben noch genügend Zeit, um sich für die Eröffnung fertig zu machen. Richard hat Ihnen doch gesagt, dass er sie auf sieben verschoben hat?"

„Ja." Jessica nickte. Alles ließ sie seltsam unberührt.

„Was ist mit Gabriel? Nimmt er einen späteren Flug, oder fliegt er selbst her?" Mrs. Kilpatrick schloss den Kofferraum ihres Mietwagens auf, und Jessica stellte ihren kleinen Koffer hinein.

„Er kommt gar nicht." Sie versuchte, nicht enttäuscht zu klingen. „Er hat im Moment zu viel zu tun."

„Oh! Das ist schade, aber ich weiß ja, wie das so ist."

Die Fahrt vom Flughafen zum Hotel verlief angenehm, und Jessica war nach knapp einer Stunde auf ihrem Zimmer. Kurz darauf traf sie Richard beim Lunch im Restaurant des Hotels zum ersten Mal persönlich.

Er war so charmant wie am Telefon und in seinen E-Mails. Ihr Vertrauen in sein Urteilsvermögen verwandelte sich in echte Sympathie. Ein Gefühl, das er ihr offenbar auch entgegenbrachte, wie seine Bemerkung zum Abschied vermuten ließ.

„Meine liebe Jessica. Ich glaube, wir werden eine lange, aufregende Beziehung haben." Er küsste sie lächelnd auf die Wange. „Die Chance zu bekommen, ein Talent wie das Ihre zu fördern, ist genau das, was Freude an meiner Arbeit macht."

Dieses Kompliment tat ihrem angeknacksten Selbstvertrauen gut. „Danke."

Als er gegangen war, um letzte Vorbereitungen in der Galerie zu treffen, kehrte Jessica auf ihr Zimmer zurück. Sie hängte das Kleid bereit, das sie zur Eröffnung anziehen wollte. Das rote Kleid. Es war fast schon ein wenig zu eng, weil sie bereits etwas molliger geworden war. Dies war also vorerst ihre letzte Chance, es zu tragen. Zu schade, dass ihr Mann sie nicht darin sehen würde.

Nach einem kurzen Einkaufsbummel ging sie auf ihr Zimmer, um sich fertig zu machen. Als das Telefon klingelte, begann ihr Herz zu klopfen, denn sie hoffte, Gabriel hätte seine Meinung doch noch geändert.

„Jessie, rate, wo ich bin."

Ihr Lächeln verflog. „Mark." Sie setzte sich aufs Bett. „Solltest du nicht in Hawkes Bay sein?"

„Bin ich ja auch, aber bei einem Anruf zu Hause habe ich von deiner Ausstellung erfahren. Eine Bekannte von Mom rief Mrs. Kilpatrick an, und jetzt steh ich auf der Gästeliste." Er lachte leise. „Im Moment bin ich in Hamilton, doch ich sollte es bis Auckland schaffen, ehe deine Party anfängt."

„Was ist mit Kayla und Cecily?"

„Die sind zu Hause. Kayla wollte die Autofahrt nicht mit dem Baby machen."

„Natürlich nicht. Cecily ist zu klein für eine so lange Fahrt."

Eine Pause. „Ich dachte, du würdest dich freuen. Seit deinem Besuch im Krankenhaus hatten wir ja keine Gelegenheit, uns zu sehen."

„Du hast eine Frau und ein Kind, Mark." Jessica fragte sich, ob er verstand, was sie sagen wollte. „Fahr zurück nach Hause, oder Kayla wird aufhören, auf dich zu warten."

„Wie du, Jessie?" Er senkte die Stimme. „Hast du aufgehört, auf mich zu warten?"

„Ich werde immer deine gute Freundin sein."

„Ich habe es wirklich vermasselt, als ich dich habe gehen lassen."

„Nein, das hast du nicht." Er hätte sie nie glücklich machen können, das begriff sie langsam. „Du hast eine Frau geheiratet, die dich liebt, und du hast eine wunderschöne kleine Tochter. Wirf das nicht weg."

Wieder eine Pause. „Ich glaube, ich bin egoistisch geworden, weil ich auch von dir geliebt werden will. Aber das ist vorbei, oder?"

„Ja, das ist vorbei." Sie war inzwischen nicht sicher, ob diese Liebe je wirklich existiert hatte. Und das machte ihr Angst, denn wenn sie das anzweifelte, was einmal unerschütterliche Wahrheit für sie war, bedeutete das, etwas viel Mächtigeres war in ihr Leben getreten. Etwas Stärkeres, Beständigeres und sehr viel Wirklicheres als die verblassende Illusion eines Teenagertraums. „Pass gut auf deine Familie auf, Mark."

„Und du sei vorsichtig, Jessie. Er ist nicht …"

„Pst." Sie schüttelte den Kopf. „Komm gut nach Hause."

„Ich hoffe, du wirst reich und berühmt."

Nachdem sie aufgelegt hatte, fuhr Jessica mit ihren Vorbereitungen fort. Wenn sie nicht darüber nachdachte, was eben passiert war, über die verheerende Erkenntnis, was ihre Gefühle für Mark betraf, dann würde sie nicht nach dem Grund fragen müssen, sich nicht einem Gefühl stellen müssen, das so tief und stark war, dass es alles andere in den Schatten stellte.

Als Jessica die Galerie betrat, kam sie sich wie eine Hochstaplerin vor. Nachdem sie ihren Mantel ausgezogen und aufgehängt hatte, fiel ihr Blick in den Spiegel neben der Garderobe. Die Farbe ihres Kleides passte gut zu ihrem Haar, aber wirklich außergewöhnlich war die Art und Weise, wie der Stoff ihren Körper umspielte.

Sie hätte sich sexy und selbstbewusst fühlen sollen, doch sie konnte nur daran denken, dass der Mann, dem sie am meisten in diesem Kleid gefallen wollte, an diesem Abend nicht da war. Sie war ihm nicht wichtig genug. Bei dieser bitteren Erkenntnis wurde es ihr schwer ums Herz.

„Jessica!" Richard strahlte, als er sie sah. „Sie sehen atemberaubend aus." Er bot ihr seinen Arm.

Sie ließ sich von ihm in den Ausstellungsraum führen. Seine drei Assistentinnen waren von Kopf bis Fuß in Schwarz gekleidet, Richard selbst trug einen eleganten taubengrauen Anzug. „Hätte ich ein künstlerischeres Outfit wählen sollen?"

„In einem Outfit, wie meine Assistentinnen es bevorzugen", flüsterte er ihr zu, „würden Sie nicht auffallen. Und Sie, Jessica, sind doch zum Star geboren." Er gab ihren Arm frei. „Habe ich Ihnen gesagt, dass man heute Abend nur mit Einladung eingelassen wird? Keine ausgehungerten Kunststudenten, die nur zum Essen herkommen."

Jessica musste lachen. „Wie viel verlangen Sie für meine Gemälde?"

„Viel."

„Bezahlen die Leute das für eine unbekannte Malerin?"

„Sie tun, was ich sage." Seine Augen funkelten. „Ich biete ihnen eine Chance, günstig bei einem Neuling einzusteigen, dem ich eine große Karriere voraussage, und ich habe mich noch nie getäuscht."

Seine Voraussage hätte Jessica eigentlich glücklich machen sollen, doch sie fühlte sich seltsam unbeteiligt, selbst dann noch, als die Gäste allmählich eintrafen und sie noch mehr Komplimente bekam. Ihr Körper war in Auckland, doch ihre Gedanken waren in Mackenzie Country. Über den Grund wollte sie lieber nicht nachdenken.

Sie hatte es gerade geschafft, sich von einem geschwätzigen jungen Paar zu lösen, als Richard ihr einen Arm um die Taille legte. „Falls Sie an einem reichen alten Ehemann interessiert sind, Mr. Matthews hält Sie für ein wandelndes Kunstwerk."

„Sagen Sie Mr. Matthews, dass dieses Kunstwerk nicht zu haben ist."

Beim Klang der tiefen Männerstimme erstarrte Jessica und merkte kaum, dass Richard seinen Arm wegnahm. Dann spürte sie einen kräftigeren, muskulöseren Arm auf ihrer Taille, und sie fühlte sich plötzlich wunderbar lebendig.

Richard trat einen Schritt zurück. „Jessica, meine Liebe, sagen Sie dem gut aussehenden Hünen an Ihrer Seite, dass ich einen Witz gemacht habe."

Sie lächelte. „Richard, ich möchte Ihnen meinen Mann vorstellen, Gabriel."

Gabriel war gekommen, um sie zu unterstützen, obwohl er eigentlich sehr viel zu tun hatte. Jessicas verzieh ihm in diesem Moment alles.

„Ich sehe einen möglichen Käufer dort drüben." Richard entschuldigte sich.

„Du bist gekommen, wie schön." Jessica strahlte Gabriel an. Erst jetzt bemerkte sie seine ernste Miene. Ihr Lächeln verflog.

„Was tust du denn, Jessica?" Aus seinem Ärger war so etwas wie Enttäuschung herauszuhören. „Wo ist er?"

„Wer?" Ihre Hoffnung erlosch Stückchen für Stückchen.

Seine Miene wurde noch finsterer. „Kayla ist hysterisch. Sie flehte mich am Telefon an, dich zu bitten, ihr nicht den Mann wegzunehmen."

Jessica wurde bleich. „Ich nehme an, das beantwortet die Frage, wieso du dir die Mühe gemacht hast herzukommen", flüsterte sie zutiefst verletzt.

Sie war geradezu erleichtert, als Mrs. Kilpatrick ihre Aufmerksamkeit beanspruchte. Es gelang ihr, Gabriel fast bis zum Ende der Veranstaltung zu meiden, dann trafen sie vor einem unverkäuflichen Bild aufeinander. Es war ein detailgetreues Gemälde der Randall-Farm, eines der wenigen Landschaftsbilder auf der Ausstellung.

„Zuhause", las Gabriel den Titel vor. „Aber dein Zuhause ist jetzt woanders, oder nicht?"

„Nein. Ein Zuhause ist ein Ort, wo man sich sicher fühlt, wo die Menschen nicht automatisch das Schlimmste von einem annehmen."

Er legte ungewohnt sanft eine Hand auf ihre Schulter. „Würde es helfen, wenn ich mich entschuldige?"

„Ich bin mir nicht sicher", antwortete sie ehrlich.

„Zuerst bekomme ich diesen Anruf, als ich gerade nach Auckland fliegen will, dann komme ich rein und sehe dich gekleidet, als würdest du deinen Geliebten erwarten." Er ließ eine Hand über ihren Rücken gleiten und legte sie ihr auf die Taille. „Da habe ich vielleicht vorschnell Schlüsse gezogen."

„*Vielleicht?*", wiederholte sie provozierend und war doch fasziniert von dem, was er außerdem noch gesagt hatte. „Du wolltest herkommen, schon bevor Kayla anrief? Ich dachte, du seist zu beschäftigt."

„Ich habe mir die Zeit genommen."

Ein hartnäckiger Hoffnungsschimmer durchbrach ihren Kummer. Weil Richard sie dann bat, einige Gäste zu verabschieden, hatten sie und Gabriel erst wieder Gelegenheit zum Reden, als sie bereits im Hotel auf dem Weg zu ihrem Zimmer waren.

„Ich kann mir nicht denken, was Kayla veranlasst hat ..." Jessica blieb stehen, da Gabriel leise fluchte. „Was ist?" Sie folgte seinem Blick.

Ihr krampfte sich der Magen zusammen. Sie eilte den Korridor entlang und trat dem Mann gegenüber, der an ihrer Tür lehnte. „Was willst du hier?"

Mark richtete sich auf. „Ich will persönlich mit dir reden."

„Ich habe dir am Telefon gesagt, was ich zu sagen habe." Sie bemühte sich, leise zu sprechen, obwohl sie frustriert und zornig war. „Ich habe dir gesagt, du sollst nach Hause fahren zu deiner Frau." Sie steckte ihre Schlüsselkarte ins Schloss und betrat ihr Zimmer.

Bis jetzt hatte Gabriel kein Wort verloren, doch nun stellte er sich in die offene Zimmertür und blockierte den Weg. „Ich glaube, Jessica hat sich sehr klar ausgedrückt."

Sie trat neben Gabriel und legte ihm eine Hand auf den Rücken. „Geh fort, Mark. Was immer uns beide einmal verbunden hat, es existiert nicht mehr. Ich weiß nicht, ob es je stark genug war, um Bestand zu haben." Die Zeit für Freundlichkeiten war vorbei.

„Du ziehst ihn mir allen Ernstes vor? Lieber Himmel, Jessie! Jeder weiß doch, dass du ihn seines Geldes wegen geheiratet hast."

„Du weißt gar nichts über meine Ehe", fuhr sie ihn an. „Zerstör auf diese Art und Weise nicht unsere Freundschaft. Bitte geh."

„Damit er dir antun kann, was sein Vater seiner Mutter angetan hat?" Marks lautstarke Frage erregte die Aufmerksamkeit eines Zimmermädchens, das den Flur entlangkam.

„Was?" Jessica runzelte die Stirn, sich bewusst, dass Gabriel regelrecht erstarrt war.

„Meine Mutter hat vor dem Brand auf der Angel-Farm gearbeitet. Sie kennt alle ihre schmutzigen kleinen Geheimnisse!" Mark streckte die Hand aus und wollte Jessica aus Gabriels Arm an sich ziehen. „Ich lasse dich nicht bei einem miesen Kerl, der dir blaue Flecken verpassen wird!"

Gabriel schickte Mark mit einem Fausthieb zu Boden. Mit einem Aufschrei stellte Jessica sich vor ihn und legte ihm die Hände auf die Brust. „Nicht, Gabe."

Seine grünen Augen funkelten vor Wut, und es war klar, dass Mark schlechte Karten hatte. Sie war sich nicht sicher, ob sie mit Gabriel fertigwerden konnte. Aber sie war seine Frau. „Bitte!"

Als er ihr schließlich die Hände auf die Taille legte, atmete sie erleichtert auf.

„Ich gehe nicht weg, bis du mir gesagt hast, dass du mich nicht liebst!"

Jessica wirbelte zu Mark herum. Der erhob sich gerade mühsam, rieb sich dabei den Kiefer und sah sie auf eine Art und Weise an, für die sie einmal alles gegeben hätte. Aber das war vorbei.

Sie blinzelte ihre Tränen weg. „Ich liebe dich nicht."

„Du lügst."

„Nein, Mark, ich lüge nicht. Ich weiß nicht einmal, ob ich dich je geliebt habe." Sie hatte sich an ihn geklammert, nachdem sie ihre Mutter verloren hatte, ihren Vater und dann auch noch ihr Zuhause. Er war die letzte Erinnerung an ihre glückliche Kindheit gewesen.

Mark stand stocksteif da, aber seine Wut schien widerwilliger Einsicht zu weichen.

„Vielleicht liebst du mich nicht, aber ihn liebst du mit Sicherheit auch nicht."

„Das geht nur mich und Gabriel etwas an. Du hast kein Recht, mir solche Fragen zu stellen."

„Jessie?" Blanke Fassungslosigkeit.

„Fahr nach Hause, Mark. Um Himmels willen, fahr nach Hause, sonst wirst du auch noch Kayla verlieren." Ihre Freundschaft hatte er verloren. Wie konnte sie weiterhin einen Mann respektieren, der alles ignorierte, was sie ihm zu sagen versuchte.

Als er endlich begriff, drehte er sich um und ging mit hängenden Schultern davon.

Traurig über dieses Ende einer wundervollen Freundschaft, ging Jessica in ihr Zimmer. Sie hatte das Gefühl, die letzte Sicherheitsleine, die sie mit der Vergangenheit verband, durchtrennt zu haben. Vor ihr lag die Zukunft. Und in der gab es nur eine Gewissheit.

Sie liebte Gabriel Dumont.

Sie hatte viel zu lange gebraucht, um das zu erkennen, geblendet von ihren Teenagertagträumen. Sie hatte in Mark gesehen, was sie hatte sehen wollen, hatte ihn auf ein romantisches Podest gestellt, in ihrer Fantasie war er perfekt gewesen.

Gabriel war nicht perfekt, ganz und gar nicht. Er konnte schroff und distanziert sein, und Zuwendung von ihm zu erwarten hieße, enttäuscht zu werden. Trotzdem hatte sie sich in ihn verliebt. Auch wenn er nicht perfekt war, er war ein Mann, der in jeder Lebenslage zu ihr stehen würde. Er würde sein Ehegelöbnis und seine Versprechen halten.

Vermutlich würde er es nie zugeben, aber er war ein Mann, der die

Fähigkeit hatte, tiefe Liebe zu empfinden und zu geben. Den Beweis dafür hatten ihr ein Kiefernzapfen, ein Sträußchen Gänseblümchen und ein glatter Flusskiesel geliefert.

Sie war nicht so naiv zu glauben, dass er sie liebte, aber Gabriel konnte lieben. Langsam verlor sie jedoch die Hoffnung, den Tag, an dem er ihr seine Liebe schenkte, je zu erleben.

Sie trat vors Fenster. „Der Vorfall eben tut mir leid."

„Ich glaube, du hast ihm das Herz gebrochen."

Jessica hatte keine Ahnung, ob er das spöttisch meinte. „Er wird darüber hinwegkommen. Das tut er immer." In vieler Hinsicht war der Freund aus ihrer Kindheit immer noch genau das – ein Kind. Sie erkannte nun, dass das der Grund war, weshalb es so schwer für sie gewesen war, mit ihm zu brechen. Solange es Mark in ihrem Leben gab, konnte sie so tun, als hätte sich nichts geändert, als wäre alles wie früher. „Und wenn er einen Funken Verstand hat, wird er versuchen, seine Ehe zu retten."

„Harte Worte." Gabriel legte ihr die Hände auf die Schultern.

„Was willst du, Gabe?" Jessica starrte auf die glitzernden Lichter der Stadt. „Ich habe zugegeben, dass ich ihn nicht liebe. Reicht das nicht?"

„Ich würde nie handgreiflich gegen dich werden."

Dass er so unerwartet auf Marks Anschuldigung zu sprechen kam, überraschte Jessica. „Was hat er wegen deiner Eltern gemeint?"

„Mein Vater liebte meine Mutter", sagte Gabriel bitter. „Er liebte sie so sehr, dass er sie ganz für sich allein wollte. Selbst wenn er sie dafür im Keller einschließen musste."

Jessica legte tröstend eine Hand auf seine. Sie wusste, dass Gabriel so etwas nie tun würde. „Hat er auch dir und deinen Geschwistern etwas angetan?"

„Angelica war zu klein", war seine indirekte Antwort. „Er hätte auch nie versuchen sollen, ihr ein Haar zu krümmen."

„Ihr wart alle zu klein."

„Ich möchte nicht über die Vergangenheit reden. Sie ist tot und begraben."

„Aber sie hat die Angewohnheit, wieder aufzuerstehen, wie wir heute gesehen haben", sagte sie leise. „Ich bin deine Frau. Behandle mich so, als würde dir das etwas bedeuten."

Unerwartet legte Gabriel die Arme um sie und zog sie an sich.

„Ich hätte nie gedacht, dass du der Typ bist, der einen anderen Mann schlägt", sagte sie leise. Beherrschung bedeutete ihm schließlich alles.

„Gewalt liegt in meiner Familie."

„Du bist zu clever, um eine so einfache Erklärung gelten zu lassen." Jessica lehnte sich Schutz suchend an ihn und wehrte sich nicht länger gegen die Wirkung, die er von jeher auf sie hatte. „Jeder hätte zugeschlagen nach dem, was er gesagt hat."

„Verteidigst du mich, Jessie?"

„Ich sage nur die Wahrheit."

„Das tat Mark auch. Obwohl man den Standpunkt vertreten könnte, dass mein Vater meine Mutter so gut wie nie wirklich geschlagen hat. Um sie zu brechen, zog er andere Methoden vor, die keine sichtbaren Verletzungen hinterließen. Ich glaube, er hatte es beinah geschafft, doch dann schleppte er eines Tages Angelica in den Keller."

Jessica wagte kaum zu atmen.

„Meine Mutter drehte durch, obwohl mir das damals nicht klar war. An jenem Abend, nachdem mein Vater betrunken auf der Couch eingeschlafen war, gab sie uns allen ein Glas Milch."

„Du magst doch keine Milch", sagte Jessica, ohne nachzudenken.

Er umarmte sie fester. „Ich wusste gar nicht, dass du das weißt."

„Ich bin deine Frau." Und sie würde weiter dafür kämpfen, damit dieses Wort bedeutete, was es bedeuten sollte.

„Meine Mutter wusste das auch, und normalerweise zwang sie mir keine Milch auf." Gabriel klang ruhig, aber Jessica spürte, wie angespannt er war. „Als sie mir den Rücken zukehrte, leerte ich das Glas in einem Blumentopf aus."

„Später, als alle eingeschlafen waren, schlich ich mich weg, um einen Teich etwa eine Meile vom Haus entfernt zu erkunden. Als ich zurückkam, stand das Haus in Flammen, und als ich versuchte, hineinzulaufen, holten mich die Leute, die zum Löschen gekommen waren, wieder heraus."

Sie strich sanft über seinen Arm. „Aber du hast Verbrennungen erlitten."

„Ich schaffte es bis in den Flur, und genau in dem Moment stürzte ein Balken herunter."

„Das Feuer", flüsterte sie, und ihr krampfte sich der Magen zusammen. „Es war deine Mutter."

„Ich bin mir ziemlich sicher, dass in der Milch ein Schlafmittel war. Denn es wurde bestätigt, dass keiner der anderen versucht hat zu entkommen. Und es gab eindeutige Beweise, dass das Feuer absichtlich gelegt worden war." Seine Stimme zitterte nicht, versagte nicht unter dieser ungeheuerlichen Last. „Man nahm an, dass es mein Vater war, doch ich wusste, dass das nicht sein konnte. Wenn er einmal betrunken eingeschlafen war, dann schlief er acht Stunden und länger."

Jessica wollte Gabriel fest in die Arme schließen. Aber würde er diese zärtliche Geste akzeptieren? „Der Brand wurde als Unfall eingestuft."

„Wir sind eine kleine Gemeinde, und die Männer, die damals das Sagen hatten, waren gute Freunde meines Vaters. Sie entschieden, dass die Wahrheit keinem anderen Zweck dienen würde, als mir das Leben zur Hölle zu machen, also verschwiegen sie sie. Erst als ich siebzehn war, drängte ich sie zu bestätigen, was ich immer wusste."

Benommen von dem, was sie da eben erfahren hatte und was es über den Mann besagte, der ihr Ehemann war, suchte Jessica nach den passenden Worten. „Du bist nicht wie er."

„Genug, Jessie." Er schob ihr Haar beiseite und küsste ihren Nacken. „Ich möchte nie mehr darüber reden."

Es war nicht ihre Art aufzugeben, aber an diesem Abend hatten sie eine weite Strecke zurückgelegt. Sie drehte sich in seinen Armen um und ließ sich von seiner sinnlichen Aura gefangen nehmen. Zum ersten Mal kämpfte sie nicht dagegen an. In keiner Hinsicht.

10. Kapitel

Die nächste Woche über war Jessica ausgesprochen glücklich. Gabriel war kein Prince Charming, aber der Mann hatte eine Art zu lächeln, die jede Frau dahinschmelzen ließ. Und in dieser Woche lächelte er sehr viel häufiger.

Als sie beim Einkaufen dann Corey traf, bekam sie ein schlechtes Gewissen, weil sie in ihrem Glück vergessen hatte, wie schwer er es haben musste. Diesen Charakterzug ihres Mannes hatte sie vergessen. Es schmerzte sie, ihn für herzlos und unversöhnlich zu halten.

Bevor sie feige die Flucht ergreifen konnte, begrüßte Corey sie freundlich und stellte ihr seine kleine Tochter Christy vor.

Als die Kleine sie schüchtern anlächelte, fühlte Jessica sich noch schlechter. „Corey, das, was passiert ist, tut mir so leid."

„Es war meine Schuld. Mr. Dumont war voll im Recht, dass er so wütend war. Ich wäre auch ausgerastet, wenn es meine Frau gewesen wäre und mein Stall. Ich habe übrigens aufgehört. Mit dem Rauchen, meine ich. Endgültig."

„Das ist großartig." Es überraschte sie, dass er überhaupt nicht verbittert war. „Möchtest du immer noch, dass ich Christy zeichne?"

„Würden Sie das tun?" Als sie nickte, strahlte er. „Könnten Sie das nach einem Foto?"

„Natürlich."

„Wir sind nämlich nicht sehr lange in der Stadt. Ich bin nur hergekommen, um meine Mom und Christy abzuholen. Ich musste erst alles einrichten." Sein Lächeln ließ sein Gesicht sehr jung wirken. „Die Arbeit auf dem Weingut ist etwas anders, aber eigentlich gefällt sie mir sogar besser als die Farmarbeit."

Jessica war erleichtert, dass er offenbar in einer Weinbaugegend eine Anstellung gefunden hatte. „Das freut mich sehr für dich. Viel Glück mit dem neuen Job."

Nachdem sie sich schon verabschiedet hatten, fiel Corey ein, dass er sich noch bedanken wollte.

„Bedanken? Wofür?"

„Dafür, dass Sie mit Mr. Dumont geredet haben. Wenn er nicht seinen Freund in Marlborough angerufen hätte, hätte ich vielleicht ewig nach Arbeit gesucht."

Jessica war verdattert, schaffte es jedoch zu nicken. „Dann gute Reise."

„Danke. Und keine Bange, diese Chance werde ich nicht vermasseln."

Nachdem er gegangen war, versuchte Jessica sich zu fassen. Gabriel hatte sich nicht nur angehört, was sie zu sagen gehabt hatte, er hatte auch danach gehandelt. Warum hatte der verflixte Mann ihr das nicht erzählt?

Weil er dich auf Distanz halten will.

Solange sie ihn für unnötig hart hielt, würde sie ihm nie voll vertrauen, und das war ihm nur recht. Für ihren Mann, der alle geliebten Menschen verloren hatte, war ihr Misstrauen viel leichter zu akzeptieren als ihre Liebe oder ihre Fürsorge.

Jessica musste lächeln. *Zu schade für dich, dass ich dir eben auf die Schliche gekommen bin, Gabriel.*

Überglücklich über ihre Erkenntnis, war Jessica fast bereit, Gabriel ihre Liebe einzugestehen. Vielleicht werde ich es ihm heute im Bett zuflüstern, dachte sie. Sie musste allerdings sorgfältig den passenden Moment wählen.

„Und", fing sie an, als sie sich nach dem Abendessen gemütlich aufs Sofa in seinem Arbeitszimmer gekuschelt hatte, „möchtest du wissen, ob es ein Junge oder ein Mädchen wird, sobald das festgestellt werden kann, oder soll es eine Überraschung werden?"

„Ich möchte es nicht wissen."

„Wirklich? Ich weiß nicht, ob ich die Spannung aushalten kann."

„Das habe ich nicht gemeint." Gabriel legte das Fax beiseite, das er gelesen hatte. „Ich habe dir doch gesagt, dass ich nicht Vater sein will. Behellige mich bitte nicht mit Dingen, die meine Beteiligung nicht unbedingt erforderlich machen."

Geschockt sah sie ihn an. „Aber Gabriel, jetzt, wo wir darüber geredet haben ... Du bist nicht wie er. Du brauchst nicht zu befürchten, dein Kind zu verletzen."

„Versuch nicht, mich zu analysieren, denn du weißt immer noch so gut wie nichts. Ich habe meine Entscheidung getroffen."

Zutiefst beunruhigt stand sie nun auf. „Das ist nicht dein Ernst."

„Ich werde das Kind nicht ignorieren, falls das deine Sorge ist. Ich möchte nur, dass er oder sie so wenig wie möglich um mich ist."

„Und wie soll sich unser Kind geliebt fühlen, wenn es schon in jungen Jahren aufs Internat und in Sommercamps geschickt wird?"

„Ich werde für alles sorgen, was es braucht."

„Verstehe." Und das nur allzu gut. „Liebe gehört nicht zu diesem Handel."

„Die gehörte nie dazu."

Jessica zuckte zusammen, weil er ihre geheimen Hoffnungen und Träume derart brutal zerstörte. „*Ich* habe mich auf diesen Handel eingelassen, aber du wirst unser Kind da nicht mit hineinziehen!"

„Ich habe dich, solange wir uns kennen, nie im Unklaren darüber gelassen, wer ich bin."

„Ich dachte..." Sie brach ab, wütend auf sich selbst, weil sie sich erneut in einen Mann verliebt hatte, der nur in ihrer Fantasie existierte. Und diesmal war es weit mehr als die Vernarrtheit eines jungen Mädchens.

Ihr wurde ganz anders bei dem Gedanken, dass sie drauf und dran gewesen war, jemandem ihre Liebe zu gestehen, der sie auf keinen Fall wollte. Sie beschwor sich, nicht zusammenzubrechen, nicht jetzt. „Männer wie du ändern sich nicht, oder?"

„Warum solltest du das wollen?"

Diese Frage ging Jessica noch am nächsten Tag durch den Kopf, als sie auf der Treppe ihres einstigen Zuhauses saß. Diesen Platz hatte die Randall-Farm jedoch nicht mehr in ihrem Herzen. Sie hatte inzwischen die Angel-Farm als ihr Heim akzeptiert.

Aber das reichte nicht.

Sie strich über die Holzstufen ihres geliebten Elternhauses, für dessen Erhalt sie alles zu opfern bereit gewesen war, dann schüttelte sie den Kopf. „Nicht mein Baby." Ihr Kind würde nicht als Geisel für diesen Ort herhalten, würde nicht gezwungen sein, allein und isoliert aufzuwachsen wie sie, damit das Anwesen der Randalls erhalten blieb.

Ja, es würde wehtun, wegzugehen und das Erbe ihrer Eltern der Willkür der Grundstücksspekulanten zu überlassen. Aber das konnte sie überleben. Was sie jedoch niemals überleben würde, was sie sich nie verzeihen würde, wäre zuzulassen, dass ihr Kind ihr aus den Armen gerissen wurde, weil Gabriel unerklärlicherweise seine Meinung geändert hatte und nicht mehr Vater sein wollte.

„Es tut mir leid, Daddy." Sie legte eine Hand auf ihren Bauch. „Ich kann mein Versprechen nicht halten, aber ich weiß, dass du das verstehen wirst." Ihr lief eine einzelne Träne über die Wange.

Sie war eine solche Närrin gewesen, weil sie geglaubt hatte, sie könnte eine Ehe durchstehen, die auf nichts beruhte als Geschäftsbedingungen, und weil sie in Gabriel Dumont ihren Ritter in schimmernder Rüstung gesehen hatte. Er war kein Ritter, kein Mann, der je bereit wäre, ihr zu geben, was sie am meisten ersehnte.

Vielleicht war die Fähigkeit zu lieben lange vor dem Brand in ihm erloschen, sein Herz auf Dauer beschädigt, weil er miterlebt hatte, wie sein Vater seine Mutter schlecht behandelte. Vielleicht hatte er sie auch in jener Nacht verloren, als die Angel-Farm zum brennenden Inferno wurde, das alles verschlang, was er je geliebt hatte. Oder vielleicht war sie es, die er nicht lieben konnte.

Jessica wusste keine Antwort, aber sie wusste genau, dass ihr Kind nicht für ihre Dummheit büßen würde.

Als sie diesmal davonfuhr, erlaubte sie sich nur einen einzigen Blick zurück. Erst als das Haus ihrer Eltern außer Sicht war, hielt sie am Straßenrand und ließ ihren Tränen freien Lauf.

Bis sie ihr neues Heim erreichte, hatte sie sich gefasst. Sie wollte unter keinen Umständen, dass Gabriel sie für schwach oder bedauernswert hielt. Sie war nicht länger das verzweifelte junge Mädchen, das ihn angefleht hatte, ihr Zuhause zu retten. Sie war endlich erwachsen geworden.

Trotzdem war sie froh, dass er noch nicht im Haus war. Sie ging in ihr Schlafzimmer hinauf, packte einen Koffer und brachte ihn zum Fuß der Treppe. Dann eilte sie in ihr Studio und begann, die nötigsten Malutensilien in einer kleinen Tasche zu verstauen. Ihre Gemälde würde sie sich von Mrs. Croft schicken lassen, sobald sie eine feste Adresse hatte.

„Was zum Teufel tust du da, Jessica?"

Sie schloss die Tasche und sah den Mann an, der innerhalb weniger Monate zum Mittelpunkt ihres Lebens geworden war. „Ich verlasse dich." Das klang schockierend direkt, aber sie wusste nicht, wie sie sich sonst hätte ausdrücken sollen, ohne ihren tiefen Schmerz zu offenbaren.

„Wenn du glaubst, mit diesem Theater bringst du mich dazu, dir nachzulaufen, dann kennst du mich schlecht."

Sie holte tief Atem. „Das erwarte ich nicht. Wir hatten eine Vereinbarung. Ich kündige sie auf im vollen Bewusstsein der Konsequenzen." Sie verschränkte die Arme und sah ihm fest in die Augen. „Ich weiß, dass du die Randall-Farm verkaufen wirst. Ich werde dich nicht davon abhalten. Sie gehört schließlich dir."

„Nach unserem Ehevertrag bekommst du eine Unterhaltszahlung erst, wenn wir zwei Jahre verheiratet waren."

Sie hätte ihm eine solch kalte Antwort übel nehmen sollen, aber ein idiotisches Gefühl von Nachsicht in ihr beharrte darauf, die unsichtbaren Narben an seinem Herzen zu berücksichtigen. Sie bedauerte unendlich, dass er für sie und ihr Kind nichts empfand. „Ich will dein Geld nicht." Das hörte sich unabsichtlich sehr schroff an.

„Ich werde eine Weile brauchen, aber da ich jetzt eine eigene Einnahmequelle habe, werde ich dir die Auslagen für L. A. erstatten. Mach dir auch keine Sorgen wegen des Unterhalts für das Kind. Es wäre wohl kaum fair, etwas von dir zu erwarten, wo es dir doch lieber wäre, es würde nicht existieren."

„Sei nicht albern, Jessica. Ich lasse mir nicht nachsagen, ich hätte meine schwangere Frau auf die Straße gesetzt."

Sie nahm die Tasche mit ihren Malutensilien auf. „Schön. Dann zahle für das Kind, das ist dein gutes Recht, aber sonst will ich nichts."

Gabriel stellte sich ihr in den Weg. „Warum die plötzliche Kehrtwendung? Vor einem Jahr warst du absolut zufrieden mit dieser Vereinbarung."

Sie hätte lügen können, aber das war kein Ausweg mehr. Vielleicht hatte sie einfach genug von den Versteckspielen, oder vielleicht hoffte sie auf ein Einlenken in letzter Minute. Wie auch immer, sie entschloss sich, die Wahrheit zu sagen. „Vor einem Jahr habe ich dich auch nicht geliebt."

Es gab kein Einlenken.

Gabriel erwiderte nichts auf ihr Eingeständnis, und sie musste sich sehr zusammenreißen, sich ihren Schmerz nicht anmerken zu lassen. Sie erlaubte ihm, ihren Koffer im Kombi zu verstauen, und als er fragte, wohin sie wollte, antwortete sie: „Ich melde mich, wenn ich da bin."

Dabei hatte sie keine Ahnung, wo ihr Ziel sein würde. Sie wusste nur, dass sie wegmusste. Auf der Fahrt Richtung Kowhai überlegte sie, ob sie zu den Tanners fahren sollte, verwarf diese Idee jedoch sofort wieder. Merri war mit ihr befreundet, aber Mr. Tanner mit Gabriel. Es war nicht fair, die beiden in ihre Probleme hineinzuziehen.

Schließlich fuhr sie immer weiter, bis es Nacht wurde und ihre Müdigkeit sie zwang, ein Motel zu nehmen. Sie fand lange keinen Schlaf. Und in diesen dunklen, einsamen Stunden wurde ihr klar, dass sie nicht länger im Mackenzie Country leben konnte.

Es wäre unmöglich, nicht jede Neuigkeiten über Gabriel zu erfahren, unmöglich, ihn nicht auf irgendwelchen Veranstaltungen zu treffen. Und sie musste ihn vergessen, musste einen Weg finden, ohne ihn weiterzuleben.

Am nächsten Morgen fuhr sie direkt zum Flughafen in Christchurch. Nachdem sie den Wagen dort abgestellt hatte, rief sie die Angel-Farm an und hinterließ eine Nachricht auf dem Anrufbeantworter, damit Gabriel wusste, wo er ihn abholen konnte.

Dann rief sie noch einen Mann an.

Gabriel war kurz davor, den Telefonhörer in seiner Hand zu zerdrücken. Jessica hatte ihn nicht angerufen. Wenn der Mann, zu dem sie sich geflüchtet hatte, ihm nicht mitgeteilt hätte, dass es seiner Frau gut ging, hätte er nicht gewusst, wohin sie gegangen war, nachdem sie den Wagen vor drei Tagen am Flughafen abgestellt hatte.

Er schob den Zettel mit ihrer Adresse unter einen Briefbeschwerer, dann versuchte er, sich auf die Prüfung einiger Rechnungen zu konzentrieren. Jessica hatte ihn verlassen und alle Konsequenzen akzeptiert. Es gab nichts zu besprechen – sie hatten eine Vereinbarung getroffen, und die hatte sie aufgekündigt, auch wenn er schuld daran war. Er hätte nie versuchen sollen, sie zu schwängern. Natürlich würde er Unterhalt für sie und das Kind zahlen. Er war kein Mann, der sich vor seiner Verantwortung drückte.

Eine Weile später fand er sich in Jessicas Studio wieder. Er hatte es nicht betreten, seit sie gegangen war, doch jetzt machte er Licht und besah sich die Bilder, die sie zurückgelassen hatte.

Voller Stolz stellte er einmal mehr fest, wie groß ihr Talent war. Ihre ländlichen und städtischen Szenen waren fantastisch, doch es waren die Porträts, die ihre Kunstfertigkeit erst richtig offenbarten. Lebensgeschichten mit Pinselstrichen auf Leinwand erzählt, jede mit peinlicher Genauigkeit ausgeführt – angefangen bei einem jungenhaften Corey bis hin zu einer lachenden Mrs. Croft in der Küche.

Auch das Porträt von Mark war darunter, eine stumme Wiederholung dessen, was Jessica ihm in jener Nacht im Hotel gesagt hatte. Jessie war erwachsen geworden, hatte sowohl ihre Unschuld als auch ihre kindliche Liebe für einen Mann zurückgelassen, der nie gut genug für sie war. Und jetzt hatte sie auch ihren Ehemann zurückgelassen.

Vor einem Jahr habe ich dich nicht geliebt.

Er lehnte das Porträt an die Wand und verließ das Studio.

Als er einen Wagen vorfahren hörte, war das eine willkommene Ablenkung, obwohl es schon spät war. Einen kurzen Augenblick durchschoss ihn die Hoffnung, Jessica hätte ihren Irrtum eingesehen und wäre zurückgekommen. Er trat auf die Veranda hinaus, doch die Frau, die aus der gepflegten Limousine stieg, war nicht die, die er sehen wollte.

„Was machst du denn hier, Sylvie?"

Sie wartete, bis er an den Wagen gekommen war. „Ich kam heute von einer Reise nach Wellington zurück und habe erfahren, was mit dir und Jessie passiert ist."

Als er den Namen seiner Frau hörte, reagierte sein Körper mit einer explosiven Gefühlsmischung aus Sehnsucht, Ablehnung und Wut. Jessica gehörte zu ihm. Sie hätte ihn nicht verlassen dürfen.

„Gabe." Sylvie legte ihm eine Hand auf den Arm. „Was wir hatten, war gut."

„Mit uns war es schon lange vorbei. Ich erinnere mich nicht, dass einer von uns beiden Tränen wegen der Trennung vergossen hat."

„Wir könnten es noch einmal versuchen." Ihre Stimme klang sanft, aber entschlossen. „Ich bin bereit, eine Familie zu gründen und du auch. Sie war einfach nicht die richtige Frau für dich."

In diesem Moment erkannte Gabriel, dass Sylvie seinen Wunsch, kinderlos zu bleiben, akzeptieren würde. Sie würde nie mehr von ihm verlangen, als er zu geben bereit war. So hatte ihre Beziehung immer funktioniert – zwei realistische Erwachsene, die wenig Gefühl ineinander oder in ihre Beziehung investierten. „Nein, Sylvie. Du kannst nicht erneuern, was nie vorhanden war."

„Sie wird dich nie so gut kennen wie ich."

Gabriel hatte genug. „Du weißt einzig und allein deshalb über das Feuer Bescheid, weil du einmal deinen Vater mit dem alten Untersuchungsbeamten hast reden hören", erinnerte er sie. „Du kennst mich eigentlich nicht." Und niemand, nicht einmal ihr Vater, kannte die Wahrheit darüber, wer den Brand tatsächlich gelegt hatte.

Er hatte das nur einer Person erzählt, dem einzigen Menschen, dem er voll vertraute, dass er dieses Wissen für sich behalten und nicht gegen ihn verwenden würde. Denn diese Person war dafür viel zu sanft, viel zu loyal und viel zu gefühlvoll. Das hatte er von dem Tag an gewusst, an dem er ihr einen Heiratsantrag gemacht hatte.

„Glaubst du wirklich, dass Jessica je die Art Ehefrau sein kann, die du haben willst?"

„Vielleicht nicht", erwiderte er leise, „aber sie ist die Art Ehefrau, die ich brauche."

Sylvie ließ nun ihre Hand sinken. „Sie ist allerdings nicht hier."

Nein, das war sie nicht. Er hatte sie gehen lassen. Das war womöglich das Idiotischste, was er je getan hatte, doch manche Fehler konnten korrigiert werden. Jessica war seine Frau, und das würde sie auch bleiben. Er weigerte sich, ihr in diesem entscheidenden Punkt ihren Willen zu lassen.

Jessica hatte Richard beim Wort genommen und sich in der Woche, die er in Australien war, keine Wohnung gesucht. Er hatte darauf bestanden, dass sie bei ihm einhütete, als sie ihn angerufen und sich nach preisgünstigen Mietwohnungen erkundigt hatte. Statt seinem Rat zu folgen, sich während seiner Abwesenheit auszuruhen und sich zu überlegen, zu ihrem Mann zurückzukehren, hatte sie sich in die Arbeit gestürzt und fertigte eine Skizze nach der anderen an.

Doch tatsächlich nützte ihr diese Beschäftigungstherapie nichts, und sie fühlte sich schrecklich einsam.

Nach einem weiteren langen Vormittag, an dem sie vergeblich versucht hatte, nicht an Gabriel zu denken, beschloss sie, in der Galerie vorbeizuschauen.

Als sie die hellen, luftigen Räume betrat, blieb sie beim Anblick des Mannes, der dort wartete, wie angewurzelt stehen. „Gabe?"

„Du warst nicht im Apartment."

Jessica unterdrückte den Anflug wilder Hoffnung. „Bist du wegen eines Meetings nach Auckland gekommen?"

Er sah sehr geschäftsmäßig aus in seiner dunklen Hose und einem properen Oberhemd. Allerdings war es das grüne Hemd. Das Hemd, das sie immer an seine ungezügelte Leidenschaft und ihre vollkommene Kapitulation erinnern würde. Die Auswirkung, die dieses Hemd auf ihre Gefühle hatte, war verheerend. Aber daran hatte er bestimmt nicht gedacht, als er es angezogen hatte.

„Ja, ein sehr wichtiges Meeting." Er kam auf sie zu und hielt ihr die Tür auf. „Lass uns einen Spaziergang machen."

Jessica wusste, sie hätte ablehnen sollen, doch sie war noch so geschockt, dass sie wortlos die Galerie verließ. Erst die frische Vorfrühlingsluft setzte ihren Verstand wieder in Gang.

„Was willst du denn besprechen?" Sie versuchte, sich nicht von seiner Nähe beeinflussen zu lassen, ein hoffnungsloses Unterfangen. Gabriel hatte von Anfang an mächtige Gefühle in ihr geweckt – Wut, Leidenschaft, Kummer ... Liebe. „Soll ich etwas unterschreiben, um die Scheidung zu beschleunigen?"

In seinen grünen Augen blitzte eine Gefühlsregung auf. „Trixie sagte mir, dass es nicht weit von hier einen Park gibt."

Sie ging neben ihm her, obwohl sie das gar nicht wollte.

„Hättest du mich eigentlich je angerufen?", fragte Gabriel, während sie den schmalen Weg zum Park einschlugen.

„Ich wollte mir erst eine Wohnung suchen. Ich dachte, es wäre sinnvoller, damit du weißt, wohin du meine Gemälde und die anderen Sachen schicken sollst." Das war glatt gelogen. Sie hatte es einfach nicht über sich gebracht, mit ihm zu reden. Die Wunden waren noch zu frisch, der Schmerz zu dicht an der Oberfläche.

„Und es ist dir nicht in den Sinn gekommen, dass ich mir Sorgen um dich machen könnte?"

Der Pfad war zu Ende. Jessica blieb stehen und schaute in den menschenleeren Park. Das unbeständige Wetter hatte die vielen Besucher, die sonst hier waren, offensichtlich von einem Spaziergang abgehalten. Den dunklen Wolken nach würde es gleich anfangen zu regnen.

„Nein." Sie wandte sich ihm zu. „Wie wir beide wissen, stehe ich auf deiner Prioritätenliste weit unten, irgendwo zwischen dem Wiederaufbau des Stalls und dem Überprüfen deiner Kontoauszüge. Wahrscheinlich sogar noch weiter unten."

„Und warum liebst du mich dann?"

Es war vorbei mit ihrer Beherrschung. „Ich weiß es nicht! Du bist arrogant, verschließt dich vor mir und bist viel zu sehr daran gewöhnt, deinen Willen zu bekommen. Wenn ich auch nur einen Funken Verstand hätte, würde ich auf der Stelle aufhören, dich zu lieben."

Er packte sie an den Armen. „Nein!"

„Du kannst das nicht bestimmen, Gabe." Jessica stemmte sich gegen seine Brust. „Ich wünschte, du könntest es. Dann wäre alles so, wie du es willst, und ich wäre glücklich, statt mich zu fühlen, als wäre ich in tausend Stücke gerissen worden!"

„Wenn du mich liebst, warum bist du dann hier in Auckland? Du hättest auf der Farm bleiben können. Du kannst noch heute zurückkommen, und ich werde kein Wort darüber verlieren."

„Du weißt genau, warum ich hier bin!" Sie ballte die Hände zu Fäusten. „Selbst wenn ich akzeptieren könnte, mit einem Mann zu leben, für den ich nicht mehr als einfach bequem bin ..."

Weiter kam sie nicht, denn Gabriel verschloss ihre Lippen mit einem Kuss. Es war ein leidenschaftlicher, harter, fast zorniger Kuss, der sie völlig aus der Fassung brachte. Es donnerte am Himmel, aber das war nichts im Vergleich zu dem Gefühlsturm, der in ihr tobte.

„Ich brauche dich."

Sie konnte nicht glauben, was sie da eben gehört hatte. „Gabe?"

„Du bist die unbequemste Frau, die ich mir vorstellen kann." Er nahm ihr Gesicht in beide Hände. „Du streitest ständig mit mir, tust nie, was ich dir sage, lässt mich hinter dir herlaufen wie ein Teenager hinter seinem ersten Schwarm und spukst mir dauernd im Kopf herum, wenn ich dich eigentlich vergessen sollte. Was zum Teufel ist daran so verdammt bequem?"

Jessicas Herz klopfte heftig. „Es tut mir nicht leid."

„Natürlich nicht. Das wäre viel zu bequem." Er legte seine Stirn an ihre Stirn. „Komm zurück zu mir, Jessie. Ich glaube, ich ertrage es nicht, allein in mein leeres Haus zurückzukehren."

So leicht würde sie ihn nicht vom Haken lassen. Jessica Bailey Dumont hatte genug davon, sich mit weniger als allem zu begnügen. „Warum? Warum willst du, dass ich zurückkomme?"

„Du bist meine Frau."

„Das reicht nicht."

Gabriel schloss sie fest in die Arme. „Was bist du für eine hartnäckige Frau. Du weißt warum."

Das Beben in seiner Stimme ließ sie langsam schwach werden, doch er musste aussprechen, was er ihr zu sagen versuchte, wenn ihre Ehe funktionieren sollte. Sie war sich jedoch nicht sicher, ob er je so weit gehen würde.

Einen Moment herrschte Stille, dann sagte Gabriel: „Ich liebe dich."

Jessica hatte das Gefühl, die Erde wäre abrupt stehen geblieben. Und als sie sich wieder zu drehen begann, war nichts mehr wie vorher. Mit zitternden Fingern strich sie über seine Wange. „Warum sagst du das so, als wäre das etwas Schlechtes?"

Er entzog sich ihrer Berührung. „Warum musst du alles hinterfragen, Jessie? Akzeptiere doch einfach, dass ich dich liebe, und komm mit mir zurück nach Hause."

„Und was ist mit dem Baby, Gabe?"

Gabriel schob die Hände in die Hosentaschen. „Da kann ich dir nicht geben, was du willst."

Es hatte zu regnen begonnen, und Jessica liefen Regentropfen übers Gesicht. „Warum nicht?" Sie blieb standhaft, denn wenn sie jetzt nachgab, würde er sie nie wieder so nah an sich heranlassen.

„Weil ich Kinder nicht mag und keines um mich haben will."

„Lügner", flüsterte sie und wischte sich den Regen vom Gesicht. Gabriel wandte sich ab, und sie glaubte, ihn verloren zu haben. Wenn sie nicht schon mit seinem Kind schwanger gewesen wäre, hätte sie seinen Wunsch vielleicht akzeptiert. Aber sie war schwanger, und dieses Kind brauchte sie, um für sein Glück zu kämpfen.

„Sie sterben", sagte Gabriel knapp und wandte sich ihr wieder zu. Sein Blick war so voller Schmerz, dass Jessica es kaum ertrug. „Ich hatte vergessen, wie leicht Kinder sterben, bis ich dich Cecily habe halten sehen. Sie sind so klein und schwach und zerbrechlich. Und ich kann nicht jede Sekunde jeden Tages über sie wachen."

Jetzt war alles klar. Gabriel hatte nicht Angst, sein Kind zu verletzen, er hatte Angst, es viel zu sehr zu lieben. „Aber wenn du riskieren kannst, mich zu lieben, warum dann nicht unser Baby? Ich könnte ebenso leicht verletzt werden. Es gibt keine Garantie."

Er strich sich fahrig durchs Haar. „Hast du eine Ahnung, wie hart es für mich ist zu akzeptieren, dass ich dich liebe? Bei dem Brand damals ... habe ich alles verloren. Da ist nicht viel übrig."

Ihre Tränen vermischten sich mit den kühlen Regentropfen. Sie wollte Gabriel an sich ziehen, doch er trat hastig beiseite und sank im Gras auf die Knie.

Jessica kniete sich neben ihn.

„Ich war ihr Held", sagte er erstickt. „Ich hätte sie retten müssen."

„Gabe ..."

„Du bist stark, Jessie, so verdammt stark. Ich kann darauf vertrauen, dass du selbst auf dich achtgeben wirst. Aber ein Kind?"

„Ich habe auch schreckliche Angst, dass unserem Baby etwas passieren könnte. Aber ich habe keine Wahl." Sie nahm seine Hand und legte sie auf ihren Bauch. „Und du hast auch keine. Dieses Kind wird dich Daddy nennen, wird zu dir aufschauen, und es wird dich für einen Helden halten, weil du einfach der Typ Mann dafür bist. Das kannst du nicht ändern."

„Nein." Gabriel schüttelte heftig den Kopf und entzog ihr seine Hand.

„Gabe", sie legte ihm die Hände auf die Schultern, „glaubst du wirklich, dass du es fertigbringen wirst, unser Kind, unser sehr junges Kind, auf ein Internat zu schicken, sein kostbares Leben Fremden anzuvertrauen? Wird dich das nachts ruhiger schlafen lassen, als deinen Sohn oder deine Tochter im Kinderzimmer am Ende des Flurs zu wissen?"

Gabriel wurde blass. „Himmel."

„Du wirst unser Baby lieben. Das werden wir beide tun. Keiner kann das ändern."

„Nein." Er versteifte sich. „Du hast recht mit dem Internat. Ich werde ganz bestimmt nicht mehr daran denken, unser Kind wegzuschicken. Aber weiter kann ich nicht gehen. Das Kind zu lieben wird deine Aufgabe sein."

Jessica beschloss, ihrem Herzen zu folgen. „In Ordnung, Gabe. In Ordnung." Zum ersten Mal merkte sie zu ihrer eigenen Überraschung, dass sie ihren Mann viel besser kannte als er sich selbst.

Er hatte die Fähigkeit zu lieben, und zwar aus so tiefem Herzen, dass es ihn fast zerstört hätte, als er die, die er am meisten liebte, verlor. Und doch hatte er eingestanden, sie zu lieben. Sein Mut beschämte sie. Dieser Mut würde ihm die Kraft geben, ihr Kind ins Herz zu schließen. Sie zweifelte nicht daran, dass er in der Sekunde, in der er sein Baby in den Armen hielt, erkennen würde, dass er gar nicht anders konnte, als es zu lieben.

„Jessie." Er nahm erneut ihr Gesicht in beide Hände und küsste den Regen von ihren Lippen. „Falls du mich noch einmal verlässt, werde ich nicht so vernünftig reagieren."

Sie lachte. „Das nennst du vernünftig?"

„Verdammt vernünftig." Gabriel stand hastig auf und zog auch Jessica auf die Füße. „Komm, du musst dir schnell etwas Trockenes anziehen. Wir können nicht riskieren, dass du dich jetzt erkältest."

Auch wenn er nicht erwähnte, weshalb es so wichtig war, dass sie gesund blieb, entging ihr sein kurzer Blick auf ihren Bauch nicht.

Lächelnd schob sie ihre Hand in seine Hand. Armer Gabriel, der so daran gewöhnt war, seinen Willen zu bekommen. Er hatte keine Ahnung, dass seine höchst unbequeme Frau drauf und dran war, sein Leben noch unberechenbarer zu machen.

Epilog

Jessica hatte sich getäuscht. Gabriel verliebte sich nicht auf den ersten Blick in ihr Kind. Er tat es schon irgendwann zwischen dem achten Monat und der Geburt von Raphael Michael Dumont. Lächelnd erinnerte sie sich an seine entsetzte Miene, als er im Krankenhaus sein Kind im Arm hielt und erkannte, dass es um ihn geschehen war.

Sie musste so oft an diesen glücklichen Augenblick denken, wenn sie ihren kleinen Sohn sah. So auch jetzt, als sie sein Erdnussbutter-Sandwich in zwei Hälften schnitt und eine dem kleinen Jungen reichte, der ungeduldig darauf wartete. „Bitte sehr, mein Liebling."

„Und Dads?"

Sie war schon auf die Frage gefasst gewesen, die er immer stellte, sobald er etwas zu essen verlangte, und gab ihm die zweite Hälfte. Gabriel hatte sich daran gewöhnt, zu den unmöglichsten Tageszeiten mit Leckereien gefüttert zu werden, die nur ein Dreijähriger für eine Delikatesse hielt. „Er ist im Arbeitszimmer."

„Ich weiß." Raphael rannte davon.

Als Jessica gleich darauf mit ihrem und Gabriels Nachmittagskaffee und Rafes Kakao das Arbeitszimmer betrat, stand ihr Sohn neben dem Sofa, auf dem Gabriel saß. Der Junge lachte über etwas, das sein Vater gesagt hatte, doch ihr Mann war ernst. In seinen Augen sah sie tiefe Verletzlichkeit, die ihr den Atem nahm. Einen Moment später war dieser Ausdruck verschwunden, doch Jessica wusste, dass diese Verletzlichkeit da war. Das würde immer so bleiben, und diese Tatsache machte ihn zu einem besseren Menschen und einem wunderbaren Vater.

Gabriel biss von seinem Erdnussbutter-Sandwich ab und zerzauste seinem Sohn die rotbraunen Locken. Rafe hüpfte zu ihm aufs Sofa. Gabriel fasste seine Liebe zu seinem Sohn selten in Worte, aber Rafe brauchte keine Worte. Er wusste auch so, dass er innig und bedingungslos geliebt wurde.

Jessica stellte das Tablett auf den Couchtisch und setzte sich auf der anderen Seite neben Gabriel. „Stören wir dich?"

„Jeden Tag. Ich komme gar nicht zum Arbeiten."

Lächelnd legte sie einen Arm um seine Taille und er einen um ihre Schultern. „Gut. Du wirst zu steif und griesgrämig, wenn wir dich in Ruhe lassen."

Er drückte sie sanft an sich. Und sie verstand, was er sagen wollte. Wie ihr Sohn wusste sie, dass sie geliebt wurde, und das so sehr, dass sie Gabriels größte Schwäche war. „Ich glaube, es ist Zeit", sagte sie, sobald Rafe sein Brot gegessen hatte und loslief, um ein Spielzeug zu holen.

„Er ist zu jung."

„Wann hast du reiten gelernt?"

Gabriel schwieg eine Weile. „Ich bringe es ihm selbst bei."

Sie hatte nichts anderes erwartet. „Wir sollten Maisy nehmen. Sie ist sanft."

„Die Tanners haben ein Pony, das sie verkaufen wollen. Ruhig und gutmütig."

„Klingt gut." Jessica schmiegte sich an ihn in dem Bewusstsein, dass die einzige Sorge, die sie wegen Gabriel und Rafe haben musste, war, dass er ihren Sohn zu sehr beschützte.

„Was hat Richard zu deinen neuesten Bildern gesagt?"

Jessica musste schmunzeln, als sie an ihr letztes Gespräch mit dem Galeristen dachte. „Er findet, dass du mein bestes Stück bist, und will wissen, ob er dich gelegentlich für ein Rendezvous ausleihen darf."

„Ich tue so, als hätte ich das eben nicht gehört. Und was ist mit den Bildern?"

„Er findet, dass ich, außer ein gutes Auge für heiße Männer zu haben", neckte sie ihn, „auch ein künstlerisches Genie bin."

Gabriel zog Jessica auf seinen Schoß. „Das erklärt, warum du mich geheiratet hast."

Gabriel erstickte ihr Lachen mit einem Kuss, und sie schmolz dahin. In den Jahren seit ihrer Hochzeit war das sinnliche Feuer zwischen ihnen nur noch stärker geworden.

„Wie kannst du das immer mit mir machen?"

In seinen Augen blitzte die vertraute Arroganz auf – Gabriel hatte zwar beschlossen, sein Herz für seine Familie zu öffnen, aber er ließ sich nicht zähmen. „Ich bin dein Mann. Es ist mein Job." Ein träges Lächeln breitete sich auf seinem attraktiven Gesicht aus.

„In diesem Fall denke ich, verdienst du eine Gehaltserhöhung." Jessica schmiegte sich an ihren Mann.

„Dad!" Rafe kam mit einem Spielzeug in der Hand angelaufen. „Es geht nicht."

Ungesagt blieb, dass er erwartete, sein Vater würde es reparieren. Das taten Helden eben.

Und Gabriel Dumont hatte schon immer das Herz eines Helden gehabt.

– ENDE –

Nalini Singh

Die Unbezähmbare

Roman

Aus dem Amerikanischen von
Christiane Bowien-Böll

1. Kapitel

Wenn du es wagst, auch nur einen Fuß auf den Boden von Zulheil zu setzen, sei bereit, dein Leben dort zu verbringen, denn ich werde dich nie mehr fortlassen."

Diese Worte spukten Jasmine im Kopf herum, als sie mit weichen Knien um eine Gruppe von Reisenden herum auf die automatischen Glastüren zuging, die aus dem Gebäude hinaus und in Tariqs Land führten.

„Madam." Eine dunkle Hand legte sich auf den Griff ihres Kofferkulis.

Überrascht blickte sie auf. Der Mann, der sie anlächelte, schien zum Flughafenpersonal zu gehören. „Ja?" Es war eine Mischung aus Furcht und Hoffnung, die ihr Herz wild pochen ließ.

„Sie gehen in die falsche Richtung. Taxis und Mietwagen befinden sich auf der anderen Seite."

„Oh." Jasmine kam sich ziemlich dumm vor. Natürlich würde Tariq seine Drohung nicht im buchstäblichen Sinne wahr machen. Damals, als er sie davor gewarnt hatte, jemals sein Land zu betreten, da war sein Zorn so groß gewesen, dass er ihr Angst gemacht hatte. Aber nun war Tariq ein anderer geworden. Sie hatte ihn mehrmals im Fernsehen gesehen, weil er zwischen verfeindeten arabischen Staaten vermittelt hatte. Jetzt war ihr Tariq ein sehr beherrschter Mann, eine Autorität. Er war Tariq al-Huzzein Donovan Zamanat, der Scheich von Zulheil, der Führer seines Volkes.

„Danke", sagte sie. Der hellblaue Stoff ihres knöchellangen Gewandes raschelte, als sie weiterging.

„Bitte sehr. Ich werde Sie begleiten."

„Das ist sehr nett. Aber was ist mit den anderen Reisenden?"

„Aber, Madam, Sie waren die einzige Ausländerin in dem Flugzeug."

„Das ist mir gar nicht aufgefallen."

„Die Grenzen von Zulheil waren eine Zeit lang für Besucher geschlossen."

„Aber ich bin doch auch eine Besucherin." Sie blieb stehen und fragte sich, ob es wohl zu viel war, zu hoffen, dass Tariq sie tatsächlich kidnappen würde. Keine Frau, die auch nur einen Funken Verstand hatte, würde sich wünschen, von einem Wüstenscheich entführt zu werden, der sie verachtete. Aber für Jasmine hatte diese Logik keine Bedeutung.

Ihr Führer zögerte. Jasmine glaubte einen Hauch von Verlegenheitsröte unter seinem goldbraunen Teint zu bemerken. „Erst letzte Woche wurden die Grenzen erstmals wieder geöffnet."

Er bedeutete ihr weiterzugehen, und sie setzte ihren Gepäckwagen wieder in Bewegung. „War es wegen der Staatstrauer?", fragte sie ruhig.

„Ja. Der Verlust unseres geliebten Scheichs und seiner Frau war ein schwerer Schlag für unser Volk." Sein Blick verdüsterte sich. „Aber wir haben einen würdigen Nachfolger in ihrem Sohn, Scheich Tariq."

Jasmine blieb fast das Herz stehen, als Tariqs Name ausgesprochen wurde. Dennoch musste sie die Kraft aufbringen, eine äußerst wichtige Frage zu stellen: „Und er regiert allein, der neue Scheich?"

Wenn der Mann ihr jetzt sagen würde, dass Tariq sich in der Phase der totalen Medienblockade unmittelbar nach dem Tod seiner Eltern eine Frau genommen hatte, dann würde sie auf dem Absatz kehrtmachen und mit der nächsten Maschine zurückfliegen. Angespannt bemühte sie sich, ruhig zu atmen.

Ihr Begleiter warf ihr einen abschätzenden Blick zu und nickte kurz. Sie verließen das Gebäude, und die heiße Wüstenluft traf Jasmine wie ein scharfer Hieb ins Gesicht, doch sie ließ sich nichts anmerken.

Am Straßenrand parkte eine schwarze Limousine. Jasmine wollte an ihr vorbeigehen, ihr Begleiter hielt sie jedoch auf.

„Das ist Ihr Taxi."

„Aber das ist doch eindeutig kein Taxi."

„Zulheil ist ein reiches Land, Madam. So sehen bei uns die Taxis aus."

Jasmine fragte sich, ob er ernsthaft erwartete, dass sie ihm glaubte.

Sie biss sich auf die Lippen, um nicht hysterisch loszukichern, und sah zu, wie ihr Gepäck im Kofferraum verstaut wurde. Mit pochendem Herzen wartete sie darauf, dass ihr Begleiter ihr die hintere Wagentür öffnete.

„Madam?"

„Ja?"

„Sie haben gefragt, ob unser Scheich allein regiert. Ja, das tut er. Es heißt, sein Herz sei gebrochen." Seine Stimme war nur noch ein Flüstern.

Bevor Jasmine etwas erwidern konnte, öffnete er die Wagentür. Ihre Gedanken überschlugen sich, als sie in den luxuriösen, klimatisierten Wagen einstieg.

Die Tür schloss sich hinter ihr.

„Du hast es tatsächlich getan", flüsterte sie und starrte den Mann an, der ihr gegenübersaß.

Tariq beugte sich vor. Im Halbdunkel wirkten seine Gesichtszüge wie gemeißelt. Nichts an diesem Fremden erinnerte an die Feinfühligkeit des jungen Mannes, den sie damals gekannt hatte.

„Hast du daran gezweifelt, meine Jasmine?"

Der Klang seiner Stimme ließ sie erschauern. Sie war tief und sexy, schön und gefährlich. Vertraut und doch anders. „Nein."

Tariq hob die Brauen. „Und doch bist du hier?"

Mit zitternden Lippen holte Jasmine Luft. Der Blick aus seinen dunklen Augen ruhte auf ihr wie der eines Raubtiers kurz vor dem tödlichen Angriff.

„Ja, ich bin hier."

In dem Moment setzte sich der Wagen in Bewegung. Jasmine schaffte es gerade noch, sich an der Kante der Sitzbank festzuhalten, doch Tariq legte die Arme um sie und hob sie auf seinen Schoß.

Sie hielt sich an seinen breiten Schultern fest. Der Stoff seines weißen Gewandes verzog sich unter ihren Fingern. Sie wehrte sich nicht. Auch nicht, als er ihr Kinn umfasste und ihren Kopf so drehte, dass sie ihn ansehen musste. Seine grünen Augen schienen Funken zu sprühen – Funken des Zorns.

„Warum bist du hier?" Der Griff seiner Arme wurde noch fester, als der Wagen über eine Unebenheit holperte. Tariq war so viel größer als sie, so viel stärker. Jasmine fühlte sich ihm völlig ausgeliefert.

„Weil du mich brauchst."

Sein Lachen war wie das Echo eines schmerzlichen Aufstöhnens. Es tat ihr weh. „Oder weil du beschlossen hast, noch eine kleine Liaison mit einem exotischen Wilden zu haben, bevor du den Mann heiratest, den deine Familie für dich ausgesucht hat?" Mit einem Fluch schob er sie zurück auf ihren Sitz.

Jasmine hob trotzig ihr Kinn. „Ich habe keine Liaisons." Sein Misstrauen war offensichtlich, aber das war kein Grund für sie zu verzagen.

„Nein", sagte er kalt. „Wenn, dann wäre es eine leidenschaftliche Liebe, wenn auch nicht unbedingt von deiner Seite."

Jasmines ohnehin labiles Selbstvertrauen erlitt einen herben Schlag. Ihr Leben lang hatte sie darum gekämpft, geliebt und akzeptiert zu werden. Doch nun schien selbst Tariq, der einzige Mann, der sie jemals so behandelt hatte, als ob sie der Liebe wert wäre, seine Meinung geändert zu haben.

„Du kannst einen Mann wie Tariq nicht halten. Er wird dich vergessen, sobald eine glamouröse Prinzessin auftaucht."

Plötzlich hallten Sarahs Worte in ihrem Gedächtnis wider. Diese Warnung ihrer älteren Schwester, die so viel besser Bescheid wusste über Männer, hatte ihr damals vor vier Jahren den letzten, vernichtenden Schlag versetzt. Was, wenn es nicht nur Gehässigkeit gewesen war? Was, wenn Sarah recht hatte?

Als Jasmine den schicksalhaften Entschluss gefasst hatte, Tariq aufzusuchen, war sie sich keineswegs sicher gewesen, dass sie tatsächlich wieder Zugang zu dem Mann finden würde, den sie einst gekannt hatte. Wie aber sollte sie nun Zugang zu dem Mann finden, zu dem er geworden war? Voller Zweifel wandte sie sich ab und sah aus dem Fenster. Nichts als endlose Wüste erstreckte sich hinter den getönten Scheiben.

Starke Finger umfassten ihr Kinn und zwangen sie, sich dem Mann, der angespannt wie ein Panther vor dem Sprung ihr gegenübersaß, erneut zuzuwenden. Seine grünen Augen übten einen geradezu hypnotischen Zwang aus. „Ich werde dich hierbehalten, meine Jasmine." Es war keine Frage, sondern eine Feststellung.

„Und wenn ich nicht möchte, dass ..." Sie hielt inne, auf der Suche nach den richtigen Worten.

„… ich dich wie eine Sklavin halte?", beendete er den Satz für sie.

Jasmine schluckte. Einerseits hatte sie tatsächlich Angst vor der mühsam beherrschten Wut, die aus Tariqs Blick sprach. Andererseits war sie schon viel zu weit gegangen, um sich jetzt von Furcht überwältigen zu lassen. „Wie eine Sklavin?", wiederholte sie heiser. Ihre Lippen waren trocken geworden, doch aus Angst vor Tariqs möglicher Reaktion darauf, wagte sie nicht, sie zu befeuchten.

Tariq zog seine Augen zu schmalen Schlitzen zusammen. „Du hältst mich also für einen Barbaren?"

„Ich finde, du tust wirklich alles, um diesen Eindruck zu erwecken", gab sie zurück.

Seine Mundwinkel zuckten. „Ah, ich hätte es wissen müssen."

„Was?" Jasmine fasste nach seinem Handgelenk und versuchte ihr Kinn aus seinem Griff zu lösen. Vergebens.

„Dass nicht nur dein Haar feurig ist", erwiderte er. „Deine Lippen sind trocken. Befeuchte sie."

Jasmine sah ihn trotzig an. „Und wenn nicht?"

„Dann werde ich es für dich tun."

Bei dieser überaus erotischen Vorstellung färbten sich ihre Wangen verräterisch rot. Tariqs durchdringender Blick gab Jasmine das Gefühl, ein leckerer Happen zu sein, den er am liebsten sofort verschlingen würde. Sie wagte kaum zu atmen, als sie ihre Zungenspitze über ihre Lippen gleiten ließ.

„So ist es besser." Plötzlich klang Tariqs Stimme viel tiefer und wärmer. Sachte strich er mit dem Daumen über ihre feuchte Unterlippe. Als er sie plötzlich losließ, verlor Jasmine fast das Gleichgewicht und bewegte sich ihm ungewollt entgegen. Sie wurde rot vor Verlegenheit und rutschte auf der Sitzbank so weit wie möglich von ihm weg.

„Wohin bringst du mich?"

„Nach Zulheina."

„Die Hauptstadt?"

„Ja."

„Wohin in Zulheina?" Sie war nicht bereit, sich mit seinen einsilbigen Antworten zufriedenzugeben.

„In meinen Palast." Er stellte einen Fuß direkt neben sie auf den Sitz, sodass sie zwischen ihm und der Wagentür eingesperrt war.

„Erzähl, meine Jasmine, was hast du in den vergangenen vier Jahren gemacht?"

Es war offensichtlich, dass er nicht bereit war, ihr nähere Auskünfte zu geben. Jasmine hätte gerne darauf bestanden, doch sie befand sich auf unsicherem Boden. „Ich habe studiert."

„Ah, ja, Betriebswirtschaft", erwiderte er und erinnerte sie damit an jene Augenblicke, in denen sie sich an seiner Schulter ausgeweint hatte, weil sie dieses Studium hasste.

„Nein." Ha, dachte sie. Jetzt soll er mal zappeln.

Plötzlich saß Tariq dicht neben ihr. Von „zappeln" konnte keine Rede sein. „Nein?", sagte er. „Deine Familie hat dir also erlaubt, das Fach zu wechseln?"

„Es blieb ihnen nichts anderes übrig."

Jasmine war dem Diktat ihrer Familie gefolgt und hatte sich von Tariq losgesagt. Das hatte sie fast umgebracht. Sogar ihre Eltern und Geschwister waren erschüttert gewesen, und niemand hatte auch nur ein Wort darüber verloren, als sie dann ihr Studienfach wechselte. Als sie später doch versuchten sie umzustimmen, war sie innerlich zu hart geworden, um sich noch in ihre Angelegenheiten reinreden zu lassen. Nicht nur der Schmerz über den Verlust Tariqs hatte sie reifer werden lassen, sondern auch die Erkenntnis, wie unglaublich egoistisch die Menschen gehandelt hatten, denen sie immer am meisten vertraut hatte.

„Welches Fach hast du wohl gewählt, hm?" Tariq legte eine seiner großen starken Hände um ihren Nacken, eine unglaublich besitzergreifende Geste. Seine Wärme umfing sie wie eine heiße Wolke.

„Musst du so nah bei mir sitzen?", platzte sie heraus.

Zum ersten Mal lächelte Tariq. Er bleckte dabei seine makellosen Zähne wie ein Raubtier, das sein Opfer dazu verlocken will, die Flucht zu versuchen. „Stör ich dich, Mina?"

Er hatte sie damals oft Mina genannt, wenn er sie dazu bringen wollte etwas zu tun, wie zum Beispiel, ihn zu küssen. Er hatte nie viele Überredungskünste gebraucht. Ein Blick hatte genügt. Schon sein heiseres Flüstern ihres Namens hatte genügt, um sie schwach werden zu lassen.

Als sie nicht antwortete, beugte er sich über sie und strich mit seinen Lippen über ihren Hals. Es war, als durchdränge seine Wärme ihren Körper. Er hatte sie immer gern berührt. Und sie hatte es geliebt, von ihm berührt zu werden, aber jetzt drohte seine Zärtlichkeit sie völlig aus der Fassung zu bringen.

„Tariq, bitte ..."

„Was möchtest du, Mina?" Tariq strich mit seiner Daumenspitze von ihrem Kinn bis hinab zu ihrem Dekolleté.

Jasmine schluckte schwer. „Abstand."

Er hob den Kopf. „Nein. Du hattest vier Jahre lang Abstand. Jetzt gehörst du mir."

Die Intensität seines Blickes war fast beängstigend. Als Achtzehnjährige hatte sie seiner charismatischen Persönlichkeit wenig entgegenzusetzen gehabt. Obwohl Tariq nur fünf Jahre älter war als sie, hatte er schon damals die nötige Ausstrahlung gehabt, um von seinem Volk respektiert zu werden. Jetzt, vier Jahre später, war es offensichtlich, dass er noch mehr innere Stärke und Charisma entwickelt hatte. Sie war jedoch auch nicht mehr das behütete kleine Mädchen von damals, und sie würde lernen müssen, ihm gegenüber ihren Standpunkt zu vertreten, wenn sie eine Zukunft mit ihm haben wollte.

Ohne seinem Blick auszuweichen, hob sie ihre Hand und legte sie auf seine. Er gab sie frei. Spöttisch hob er eine Braue und sah sie fragend an. Jasmine nahm seine Hand, legte sie an ihre Wange und drückte einen Kuss auf die Innenfläche. Tariq atmete hörbar aus.

„Ich habe Modedesign studiert." Wie warm sich seine Haut an ihren Lippen anfühlte. Sein männlicher Duft wirkte auf Jasmine wie ein Aphrodisiakum.

„Du hast dich verändert."

„Zum Besseren."

„Das wird sich zeigen." Seine Augen wurden zu schmalen Schlitzen. „Wer hat dir das beigebracht?"

„Was?" Jasmine erschauerte, so dunkel und fordernd klang seine Stimme.

„Dieses Spiel mit meiner Hand und deinen Lippen." Tariqs Gesicht wirkte wie in Stein gemeißelt.

„Das warst du." Es stimmte. „Erinnerst du dich daran, wie wir die Höhlen von Waitomo besichtigt haben? Als das Kanu durch die Grotte glitt, hast du meine Hand genommen und mich genauso geküsst." Sie beugte sich vor, und er ließ es zu, dass sie die zärtliche Geste wiederholte. Als sie ihn wieder ansah, wusste Jasmine, dass er sich erinnerte, doch seine Züge blieben hart. In seinen Augen, die zu glühen schienen, spiegelten sich Gefühle, die sie nicht einordnen konnte.

„Hat es andere gegeben?"

„Was?"

„Haben dich andere Männer berührt?"

„Nein. Nur du."

Tariq legte einen Arm um ihre Schultern und hielt sie mit festem Griff. Jasmine fühlte sich gefangen und verwundbar. „Belüge mich nicht. Ich werde die Wahrheit herausfinden."

Sie schlang die Arme um seinen Nacken. „Ich auch", sagte sie ruhig und stellte fest, dass sein Haar sich weich und seidig anfühlte. Sie hätte es gern berührt, hielt sich jedoch zurück.

Wieder verhärteten sich Tariqs Züge. „Was meinst du?"

„Ich werde es merken, wenn andere Frauen dich berührt haben."

Tariqs Augen weiteten sich. „Seit wann bist du so eigenwillig? Du warst früher immer fügsam."

Jasmine wusste, dass er ihr noch verübelte, dass sie sich damals der Kontrolle ihrer Familie unterworfen und dabei sogar die Stimme ihres Herzens ignoriert hatte.

„Ich musste mir Krallen wachsen lassen, um zu überleben."

„Ah, und ich soll mich wohl jetzt vor deinen niedlichen Krallen fürchten?"

Statt einer Antwort bohrte Jasmine ihre Fingernägel in seinen Nacken, ohne daran zu denken, dass Tariqs Instinkte und Verhaltensweisen sie schon immer an ein Raubtier, etwa einen gefährlichen Panther, erinnert hatten. Doch der Panther schien nichts dagegen zu haben. Sein Lächeln hatte etwas Gefährliches, doch es war sehr sexy.

„Ich möchte diese Krallen auf meinem Rücken spüren, Mina", raunte er. „Wenn du erst einmal da bist, wo du hingehörst – unter mir, flach auf dem Rücken."

„Da, wo ich hingehöre?" Jasmine versuchte sich loszureißen, doch er gab sie nicht frei. Sie stemmte sich gegen seine Brust. „Geh weg, du … Mann!"

„Nein, Mina." Tariq legte eine Hand auf ihre Wange und drehte ihr Gesicht zu sich herum. „Ich werde dir nicht mehr gehorchen wie ein Hund seinem Herrn. Von diesem Tag an wirst du mir gehorchen."

Er hielt sie fest, als er sie küsste. Aber das wäre nicht nötig gewesen. Jasmine hatte den schmerzlichen Ausdruck bemerkt, der kurz in seinem Blick aufgeflackert war. Sie war die Ursache dieses Schmerzes. Also war es wohl sein Recht, ein wenig Vergeltung zu fordern.

2. Kapitel

Tariq konnte nicht anders, er musste Jasmine küssen, musste wenigstens auf diese Weise seinen Anspruch auf sie geltend machen. Er versuchte zärtlich zu sein, aber sein Verlangen war viel zu groß. Und dann spürte er, wie sie ihre kleinen, weichen Hände auf seinen Nacken drückte, als wollte sie ihn anspornen. Das schmerzliche Verlangen, das er all die Jahre unter Verschluss gehalten hatte, ließ sich nicht mehr unterdrücken. Er wollte Jasmine besitzen, sich an ihr berauschen.

Doch nicht jetzt.

Er wollte Zeit, um sie zu lieben, viel Zeit. Stunden, Tage. Doch er musste etwas tun, um die so lange unterdrückte Sehnsucht fürs Erste zu stillen. Fast zornig und voller Begierde presste er seine Lippen auf ihre. Kein anderer Mann durfte sie jemals berühren. Und er würde ihr niemals verzeihen, wenn sie einem anderen auch nur die kleinste Zärtlichkeit gestatten sollte.

Jasmine gehörte ihm.

Und diesmal würde er dafür sorgen, dass sie das nie mehr vergaß.

Er spürte, wie sie in seinen Armen erschauerte, und verlor fast die Kontrolle. Genüsslich zeichnete er die Umrisse ihres Mundes mit seiner Zungespitze nach, bis Jasmine bereitwillig die Lippen teilte. Sie zu küssen war wie eine Droge, und er war viel zu lange enthaltsam gewesen. Wie hatte sie es wagen können, ihn zu verlassen?

„Kein anderer hat dich berührt." Das beruhigte ihn ein wenig.

„Und keine andere hat dich berührt", erwiderte Jasmine überrascht.

Er lächelte sein Raubtierlächeln. „Ich habe großen Hunger, Mina."

Jasmine spürte, wie ihr Körper genau wie früher auf Tariqs exotische Sinnlichkeit reagierte. „Hunger?"

„Sehr großen Hunger." Er streichelte ihren Hals.

„Ich brauche Zeit." Jasmine war nicht darauf vorbereitet, ihn so verändert vorzufinden. Verändert, unergründlich, schön, imposant und zornig.

Tariq sah ihr tief in die Augen. „Nein. Ich bin nicht länger bereit, dir immer nachzugeben."

Jasmine wusste nichts zu erwidern auf diese nüchterne Feststellung. Damals hatte es Tariq immer Spaß gemacht, sie zu verwöhnen. Niemals hatte sie gegen ihn kämpfen müssen. Er hatte ihre Unschuld respektiert, und wenn er sie berührt hatte, hatte Jasmine sich niemals benutzt gefühlt, sondern geliebt. Jetzt benahm Tariq sich nicht wie ein Liebhaber, sondern wie ein Eroberer. Erst jetzt wurde ihr klar, was sie tatsächlich verloren hatte.

Er rutschte ein Stück ab und gab sie frei, ließ jedoch einen Arm auf der Rückenlehne ihres Sitzes liegen. „Du studierst jetzt also Modedesign."

„Ja."

„Möchtest du eine berühmte Modeschöpferin werden?" Sein Ausdruck zeigte die typisch männliche Belustigung.

Jasmine straffte die Schultern. „Was ist daran so lustig?"

Er schmunzelte. „Kein Grund, deine Krallen auszufahren, Mina. Ich kann mir nur einfach nicht vorstellen, dass du solche lächerlichen Fetzen entwerfen willst, wie man sie auf den Laufstegen sieht. Deine Kleider würden doch wohl nicht durchsichtig sein und aller Welt preisgeben, was anzuschauen doch eigentlich nur einem bestimmten Manne zusteht?"

Sie wurde rot unter seinem Blick und fühlte sich lächerlich erleichtert, weil er nicht über sie geschmunzelt hatte.

„Antworte."

„Ich möchte einfach feminine Mode kreieren." Für sie hatte dieser Traum eine sehr reale Bedeutung, ganz gleich, was der Rest der Welt davon hielt, zumindest bis zu diesem Augenblick. „Die männlichen Modeschöpfer scheinen derzeit eine ziemlich makabre Vorstellung vom weiblichen Körper zu haben. Die Models sind alle flach wie Waschbretter, ohne einen Anflug von weiblichen Rundungen."

„Ah." Ein typisch männlicher Ausruf.

Jasmine blickte auf. „Ah, was?"

Tariq legte besitzergreifend eine Hand auf ihren Bauch. Ihr blieb fast der Atem stehen. „Du bist voller weiblicher Rundungen, Mina."

„Ich habe nie behauptet, den Körper einer Nymphe zu haben."

Im nächsten Moment spürte sie Tariqs heißen Atem an ihrem Ohr. „Du verstehst mich falsch. Ich finde deine Rundungen wundervoll. Sie werden mir ein perfektes Polster sein."

Erst war sie verletzt, dann verlegen, dann erfüllt von schockierend heißem Verlangen. „Ich möchte schöne Mode für richtige Frauen machen."

Tariq betrachtete sie mit nachdenklicher Miene. „Ich werde dir erlauben, dieser Tätigkeit weiter nachzugehen."

„Erlauben? Du wirst mir erlauben zu arbeiten?"

„Du wirst schließlich eine Beschäftigung brauchen für die Zeiten, in denen ich nicht da bin."

Jasmine gab einen entnervten Laut von sich und rutschte ein Stück weiter von ihm ab, sodass sie mit dem Rücken zur Tür saß und erbost zu ihm aufblicken konnte. „Du hast kein Recht, mir irgendetwas zu erlauben!" Sie stach ihm mit dem Zeigefinger in die Brust.

Tariq packte ihre Hand. „Im Gegenteil. Ich habe jedes Recht."

Jasmine stockte der Atem angesichts der plötzlichen Kälte in seiner Stimme.

„Du bist jetzt mein Besitz. Du gehörst mir. Das bedeutet, ich habe das Recht, mit dir zu tun, was mir beliebt." Diesmal war kein Funken von Humor in seinem Blick zu erkennen. Dieser Tariq hatte nicht die leiseste Ähnlichkeit mit dem Mann, den Jasmine einst gekannt hatte. „Du provozierst mich besser nicht. Ich habe nicht die Absicht, grausam zu dir zu sein, aber ich werde mich auch kein zweites Mal zum Narren machen und mich von deinem Charme einwickeln lassen."

Als er sie endlich freigab und sich auf die entgegengesetzte Seite des Wagens setzte, starrte Jasmine aus dem Fenster und bemühte sich, sich auf die kläglichen Überreste ihres Selbstvertrauens zu besinnen. Hatte sie das angerichtet? Hatte sie mit ihrer Feigheit all das Schöne, das einmal zwischen ihnen war, völlig zerstört? Am liebsten hätte sie geweint, doch eine unbekannte Kraft in ihr – die gleiche Kraft, die sie dazu bewogen hatte, zu ihm zu fliegen, als sie vom Tod seiner Eltern gehörte hatte – weigerte sich, so schnell aufzugeben.

Ohne dass sie es wollte, kehrten die Erinnerungen an ihre gemeinsame Zeit zurück. Früher hatte er sie beschützend in die Arme genommen, wenn sie wieder einmal vor der Enge ihres Zuhauses geflohen war.

„Komm nach Hause mit mir, meine Jasmine. Komm mit nach Zulheil." So hatte er sie oft beschworen.

„Ich kann nicht! Meine Eltern …"

„Sie wollen dich festhalten, Mina. Ich würde dich befreien."

Welch bittere Ironie, dass der Mann, der ihr einst Freiheit versprochen hatte, sie jetzt offenbar einsperren wollte.

„Ich war erst achtzehn!", rief Jasmine abrupt.

„Jetzt bist du keine achtzehn mehr." Er klang gefährlich.

„Kannst du nicht verstehen, was das damals für mich bedeutet hat?", rief sie flehend. „Es waren schließlich meine Eltern, und dich kannte ich erst sechs Monate."

„Warum hast du mich dann – wie nennt ihr das?" Er hielt inne. „Ja … warum hast mich dann so zum Narren gehalten? Hat es dich amüsiert, einen echten Araber um den kleinen Finger wickeln zu können?"

So war das nicht gewesen. Damals, mit achtzehn, war ihr Selbstvertrauen kaum entwickelt gewesen. Er jedoch hatte ihr das Gefühl gegeben, von Bedeutung zu sein. „Nein! Ich habe nicht …"

„Genug." Tariqs schneidende Stimme brachte Jasmine zum Schweigen. „Jedenfalls, als deine Familie dich aufgefordert hat, eine Entscheidung zu treffen, hast du dich nicht für mich entschieden. Und du hast mir nicht einmal etwas davon gesagt, sonst hätte ich für unsere Sache kämpfen können. Es gibt nichts weiter dazu zu sagen."

Jasmine schwieg. Ja, es stimmte. Wie sollte sie einem Mann wie ihm verständlich machen, wie das damals für sie war? Tariq war von Kindheit an zum Herrscher erzogen worden und hatte nie erfahren, wie es war, erniedrigt und klein gemacht zu werden, bis man kaum noch wusste, wer man war. Unwillkürlich zog sie die Schultern ein, als sie an jenen Tag dachte, der ihr Leben für immer verändert hatte. Ihr Vater hatte ihr verboten, sich mit Tariq zu treffen. Sie hatte ihn angefleht, doch er hatte sie vor die Wahl gestellt: entweder der Araber oder die Familie.

Er hatte Tariq immer als „den Araber" bezeichnet. Nicht aus rassistischen Gefühlen, nein, viel schlimmer.

Anfangs hatte Jasmine geglaubt, ihre Familie erhoffe sich eine Verbindung für sie mit einer der anderen Familien des Landadels. Erst später hatte sie die ganze hässliche Wahrheit erfahren.

Die schöne Sarah hatte sich gewünscht, Prinzessin zu werden. Und alle hatten geglaubt, dass es passieren würde. Wenn es nach ihrer Familie gegangen wäre, dann hätte Tariq um Sarah werben sollen. Allerdings hatte er vom ersten Moment an nur Augen für Jasmine gehabt, die Tochter, die gar keine Tochter war; die Tochter, für die man sich schämen musste.

Das ausgedehnte Hügelland, in dem Jasmine aufgewachsen war, gehörte seit Generationen den Coleridges. Jasmines Eltern waren es also gewohnt, in ihrem kleinen Reich zu herrschen wie Könige, und sie waren beunruhigt wegen Tariqs Willensstärke. Erschwerend kam hinzu, dass er Jasmine Sarah vorgezogen hatte. Hätten sie eine Heirat mit Jasmine zugelassen, dann hätten sie die falsche Tochter glücklich gemacht und wären zeitlebens mit der Tatsache konfrontiert gewesen, dass es ihnen nicht gelungen war, Tariq in ihrem Sinn zu manipulieren.

Die Wahrheit war alles andere als schön. Jasmine konnte sich nicht länger in dem Glauben wiegen, sie sei die geliebte, behütete Tochter ihrer Eltern, die nur ihr Wohl im Sinn hatten.

„Hast du inzwischen das Bewässerungssystem eingeführt?" Jasmines Stimme klang dünn. Sie waren sich begegnet, als Tariq nach Neuseeland gekommen war, um sich über das revolutionäre Bewässerungssystem, das eine der Nachbarfamilien entwickelt hatte, zu informieren.

„Es ist seit drei Jahren erfolgreich im Einsatz."

Sie nickte stumm und lehnte den Kopf an die Rückenlehne. Mit achtzehn hatte sie die falsche Entscheidung getroffen, weil sie schreckliche Angst davor gehabt hatte, die einzigen Menschen zu verlieren, von denen sie sich akzeptiert gefühlt hatte, trotz ihres Makels. Erst vor einer Woche hatte sie ebenjenen Menschen den Rücken gekehrt und sich auf den Weg gemacht, um die wunderbare Liebe, die sie mit Tariq verbunden hatte, neu zu beleben.

Was er wohl sagen würde, wenn er wüsste, dass sie jetzt ganz allein war?

Ihr Vater hatte seine Drohung wahr gemacht und sie verstoßen. Aber diesmal hatte sie sich davon nicht beeindrucken lassen. Sie war einfach gegangen, wohl wissend, dass es keinen Weg zurück gab.

Das Einzige, was ihr geblieben war, war ihre Entschlossenheit und eine tiefe Liebe, die niemals erloschen war. Aber das konnte sie Tariq nicht sagen. Sein Mitleid wäre weitaus schlimmer als sein Zorn. Sie hatte sich nun für ihn entschieden und auf alles andere verzichtet.

Kam sie zu spät?

„Wir kommen jetzt nach Zulheina. Falls du hinausschauen möchtest." Tariq wies mit der Hand zum Fenster.

Jasmine drückte auf den Knopf neben ihrem Ellenbogen. Die Scheibe glitt nach unten, und warme Luft strich über ihre Wangen. „Ah."

Zulheina war eine Stadt, um die sich Legenden rankten. Nur ganz selten gewährte man Fremden Zutritt zu diesem inneren Heiligtum von Zulheil. Geschäfte wurden in der Regel in der Großstadt Abraz im Norden des Landes abgeschlossen. Jasmine konnte durchaus verstehen, weshalb das Volk von Zulheil diesen Ort so eifersüchtig behütete. Diese Stadt war atemberaubend schön.

Schlanke Minarette ragten weit in den Himmel, fast schon unwirklich, so zerbrechlich wirkten sie. Der Fluss, der durch die Stadt floss, rauschte hell und klar wie ein Gebirgsbach an ihnen vorbei und spiegelte sich in den blanken, weißen Marmorwänden der Gebäude.

„Fast wie aus einem Märchen." Fasziniert blickte Jasmine in das sprudelnde, kristallklare Wasser, als sie eine Brücke überquerten, die sie direkt in das Zentrum führte.

„Deine Heimat ab jetzt." Tariqs Worte klangen wie ein Befehl.

Der warme Wind brachte exotische Düfte und Klänge mit sich. Jasmine war berauscht von den unglaublich farbenfrohen Trachten der Menschen auf dem Marktplatz, den die Limousine als Nächstes passierte.

Sie spürte Tariqs harten Griff um ihren Oberarm. „Ich sagte, dies ist ab jetzt deine Heimat. Hast du dazu nichts zu sagen?"

Heimat, dachte sie. Nie zuvor hatte sie eine Heimat gehabt. Sie strahlte Tariq an. „Ich denke, es wird nicht schwierig sein, diesen wundervollen Ort als Heimat zu betrachten." Sie hatte den Eindruck, als würde sich das Raubtier in Tariq ein wenig entspannen. Im nächsten Moment sah sie draußen etwas, das ihr den Atem nahm. „Ich glaube es nicht. Das kann nicht wahr sein."

Niemals in ihrem Leben hatte sie ein solches Bauwerk gesehen. Es wirkte unglaublich kostbar und filigran, als ob es aus Nebelschleiern und Regentropfen gemacht wäre. Es war auf unvorstellbar kunstvolle Weise aus einem weißen, marmorartigen und doch durchscheinend wirkenden Material herausgearbeitet. Jasmine war wie betäubt.

Mit großen Augen sah sie Tariq an. „Dieses Gebäude sieht aus, als bestünde es aus Zulheil-Rose."

Zulheil war nur ein kleines Scheichtum, das hauptsächlich aus Wüste bestand. Es war an drei Seiten von weit mächtigeren Nachbarn umgeben und grenzte mit der vierten ans Meer. Dennoch war es ein reiches Land, das nicht nur über große Ölvorkommen verfügte, sondern auch über einen einzigartigen Bodenschatz, einen Edelstein, bekannt unter dem Namen Zulheil-Rose.

Dieser unglaubliche schöne Stein, dessen strahlendes Funkeln von einem geheimnisvollen inneren Feuer zeugte, war von allen Edelsteinen auf der Erde der seltenste und wurde bisher nur in Tariqs Land gefunden.

„Wenn deine Augen jetzt noch größer werden, machen sie dem Himmel Konkurrenz", neckte er sie.

Jasmine vergaß alles um sich herum, angesichts seines humorvollen Tones. Offenbar hatte Tariq beschlossen, für den Augenblick seinen Zorn zu vergessen.

„Das ist dein neues Zuhause."

„Was?"

Belustigt betrachtete er ihre geröteten Wangen. „Der königliche Palast besteht tatsächlich aus Zulheil-Rose. Jetzt verstehst du wohl, weshalb wir nur selten Fremden Zugang zu unserer Hauptstadt gewähren."

„Du liebe Güte." Jasmine beugte sich vor, dabei stützte sie sich unwillkürlich auf Tariqs Oberschenkel ab. „Ich weiß, dieser Kristall ist härter als Diamant, aber geraten die Menschen nicht in Versuchung, sich ... irgendwie Stücke davon abzubrechen?"

„Das Volk von Zulheil ist zufrieden, es wird gerecht regiert. Niemand gerät in Versuchung, aus Geldgier seinen Platz in dieser Gesellschaft zu verlieren." Tariqs Blick schweifte in die Ferne. „Außerdem gilt der Palast als heiliger Ort. Er wurde auf Veranlassung des Gründers von Zulheil an Ort und Stelle aus diesem Stein herausgearbeitet. Niemals sonst wurde Zulheil-Rose in einer solchen Konzentration vorgefunden. Es heißt, solange es diesen Palast gibt, steht das Schicksal des Landes unter einem günstigen Stern."

Harte Muskeln bewegten sich unter ihren Händen. Überrascht blickte Jasmine auf. Mit feuerroten Wangen nahm sie die Hände von Tariqs Schenkel und zog sich in ihre Ecke zurück.

„Das, liebste Mina", sagte Tariq, während sie im Innenhof des Palastes anhielten, „ist etwas, das dir jederzeit gestattet ist."

Ihr war heiß geworden, teils aus Verlegenheit, teils aus Verlangen. „Was?", fragte sie verwirrt.

„Mich zu berühren."

Jasmine stockte der Atem. Hatte Tariq damals, als sie erst achtzehn war, große Geduld gehabt und sie in keiner Weise gedrängt, so war er jetzt offenbar nicht mehr bereit zu warten.

Sie stiegen aus und befanden sich in einem üppigen Garten, der durch hohe Wände vor neugierigen Blicken geschützt war. Ein Granatapfelbaum, dessen Zweige sich unter der Last seiner Früchte nach unten bogen, stand in einer Ecke, ein Feigenbaum in einer anderen. Ein herrlicher Blütenteppich überzog den Boden.

„Es sieht aus wie aus ‚Tausendundeiner Nacht'. Es fehlt nur noch, dass ein Pfau auf der Bildfläche erscheint."

„Diese Gärten sind freitags für jedermann geöffnet. Ich mische mich dann unters Volk. Wer mit mir sprechen will, kann es tun."

Jasmine blickte ihn erstaunt an. „Einfach so?"

Tariqs Griff um ihre Hand wurde fester. Sein schwarzes Haar glänzte in der Sonne. „Hast du etwas dagegen?"

„Nein. Nach allem, was ich weiß, verehrt dich dein Volk." Sie senkte den Kopf, um seinem durchdringenden Blick auszuweichen. „Ich dachte nur … wegen deiner Sicherheit."

„Würdest du mich vermissen, meine Jasmine, wenn ich nicht mehr da wäre?" Die Frage rutschte ihm heraus, trotz seiner bisher durchgehaltenen Selbstkontrolle. Sie verriet mehr über seine Gefühle, als er bereit war, sich selbst einzugestehen.

„Was für eine Frage! Natürlich würde ich dich vermissen."

Und doch hatte sie ihn verlassen, hatte sein Herz bluten lassen. „Das ist eine alte Tradition in unserem Land. Zulheil ist klein, aber reich. Und das wird nur so bleiben, wenn das Volk zufrieden ist. Niemand würde mir etwas tun, denn man weiß, dass ich mich um die Belange der Menschen kümmere."

„Und Fremde? Ausländer?"

Tariq konnte ein Lächeln nicht unterdrücken. Der angespannte Ausdruck auf Jasmines Gesicht erinnerte ihn an das unschuldige, junge Mädchen, das einst sein Herz gewonnen hatte. „Sobald ein Fremder unsere Grenzen überschreitet, sind wir darüber informiert."

„Dein Fahrer wollte mir weismachen, das hier sei ein Taxi."

Etwas rührte sich in ihm beim Klang ihres leisen Lachens. Er hatte sich zu lange zu sehr nach ihr gesehnt. Rasch verdrängte er diese Gefühle. Diesmal würde er Jasmine weder sein Vertrauen schenken noch sein Herz. Die Wunden, die sie ihm zugefügt hatte, waren längst nicht verheilt.

„Als Fahrer ist Mazeel sehr gut, als Schauspieler weniger." Tariq sah sich um, als sich Schritte näherten.

„Eure Hoheit." Der Mann mit den dunklen Augen, deren Blicke sich mit kaum verhüllter Missbilligung auf Tariq richteten, war Jasmine vertraut. Tariq schien sich nichts aus diesem unausgesprochen Vorwurf zu machen.

Hiraz mochte ihn seinen Ärger spüren lassen, doch er war viel zu loyal, um nicht Stillschweigen zu wahren, wann immer es nötig war.

„Du erinnerst dich an Hiraz." Tariq nickte seinem Chefberater und engsten Freund zu.

„Natürlich", erwiderte Jasmine. „Es ist schön, Sie wiederzusehen, Hiraz."

Hiraz verbeugte sich steif. „Madam."

„Bitte nennen Sie mich Jasmine."

Tariq legte die Hand auf Jasmines Rücken und erschrak darüber, wie zerbrechlich sie sich anfühlte. Er wehrte sich nicht gegen das Gefühl, sie beschützen zu müssen. Wie zornig er auch auf sie sein mochte, sie unterstand jetzt seinem Schutz. Sie war sein.

„Hiraz billigt nicht, was ich mit dir vorhabe." Es klang wie eine Warnung.

„Hoheit, ich würde gerne mit Ihnen sprechen." Hiraz zwinkerte verschwörerisch, doch seine Haltung blieb steif und formell. „Ihr Onkel ist mit seinem Hofstaat angekommen, genau wie alle anderen."

„Und er nennt mich nur Hoheit wenn er mich ärgern will", murmelte Tariq. „Es ist keineswegs meine normale Anrede."

Hiraz seufzte und gab sein formelles Getue auf. „Du hast es also wirklich getan." Sein Blick ruhte auf Jasmine. „Wissen Sie, was er vorhat?"

„Genug", sagte Tariq scharf.

Hiraz hob nur eine Braue und trat zur Seite, um neben ihnen herzugehen. Sie betraten den Palast.

„Was hast du denn vor?", fragte Jasmine.

„Das erkläre ich dir später."

„Wann?"

„Jasmine." Wenn Tariq diesen ruhigen, keinen Widerspruch duldenden Ton anschlug, brachte das normalerweise jeden zum Schweigen.

„Tariq." Jasmine sah ihn entrüstet an, und Tariq drehte sich überrascht zu ihr um.

Hiraz schmunzelte. „Sie ist also erwachsen geworden. Gut. Es wird nicht leicht sein, sie unter Kontrolle zu halten. Aber das ist gut, denn eine schwache Frau würde womöglich zugrunde gehen."

„Sie wird tun, was ich sage."

Jasmine wollte dagegen protestieren, dass die beiden Männer über sie redeten, als wäre sie nicht anwesend, doch Tariqs düsterer Blick ließ sie schweigen. In den letzten Minuten war er liebenswürdig gewesen, doch jetzt stand er als Scheich von Zulheil vor ihr. Ein Fremder. Machthaber und Herrscher. Sie wusste nichts über ihn.

Im Inneren des Palastes herrschte eine überraschend wohnliche Atmosphäre. Kein übertriebener Prunk. Unzählige winzige, kunstvoll in den Stein geschnitzte Fenster zeichneten ein wunderschönes Muster aus Licht und Schatten auf die Wände. Jasmine betrachtete alles voller Erstaunen, und es dauerte einen Moment, bis sie die Frau in dem langen Kleid aus blassgrüner Seide neben sich wahrnahm.

„Du wirst jetzt mit Mumtaz gehen", befahl Tariq. Er führte Jasmines Hand, die er während der ganzen Zeit gehalten hatte, an seine

Lippen und küsste ihr Handgelenk. Dabei sah er ihr tief in die Augen. Jasmines Puls raste. Diese einfache zärtliche Geste brachte ihr Blut fast zum Kochen.

„Wir sehen uns in zwei Stunden wieder", verabschiedete Tariq sich und ging mit langen Schritten neben Hiraz den Flur hinab.

3. Kapitel

Mumtaz zeigte Jasmine ihre Gemächer – eine Suite am anderen Ende des Palastes. Einer der Räume, in die sie geführt wurde, hatte eine sehr feminine Atmosphäre, doch die anderen wirkten wie für einen Mann eingerichtet. Jasmine äußerte ihr Erstaunen.

„Ich glaube, man wurde nicht rechtzeitig von Ihrer Ankunft informiert."

Mumtaz' Stimme kam Jasmine merkwürdig vor. Sie vermutete, dass die Frau einfach verlegen war, weil es um Tariqs Angelegenheiten ging. „Natürlich", sagte Jasmine. Sie wollte Mumtaz nicht weiter in Verlegenheit bringen.

„Wohin führen diese Türen?", fragte sie, nachdem sie ihre Kleider in dem riesigen begehbaren Kleiderschrank verstaut hatten.

„Kommen Sie. Das wird Ihnen gefallen." Mumtaz' strahlendes Lächeln wirkte ansteckend. Begeistert stieß sie die Türen auf.

„Ein Garten!" Barfuß trat Jasmine auf den grünen Rasen, der sich weich und saftig anfühlte. In der Mitte eines Rondells ergoss ein kleiner Springbrunnen sein Wasser über eine Skulptur aus Zulheil-Rose. Darum herum waren Sitzbänke aufgestellt, die wiederum von Myriaden winziger blauer Blüten umgeben waren. Ein betörender Duft wehte von einem Baum voller glockenförmiger weiß-blauer Blüten zu ihnen herüber.

„Das ist der private Garten der …" Mumtaz stolperte über ihre eigenen Worte. „Tut mir leid, manchmal ist mein Englisch nicht so gut."

„Das macht doch nichts", sagte Jasmine. „Ich versuche selbst, die Sprache von Zulheil zu lernen, aber bis jetzt bin ich nicht sehr erfolgreich."

Mumtaz' Augen funkelten. „Ich bringe es Ihnen bei, ja?"

„Danke! Und was wollten Sie über den Garten sagen?"

Mumtaz zog die Brauen zusammen. „Dies ist der private Garten der … Leute, die hinter diesen Eingängen leben." Sie deutete auf Jasmines Tür und zwei weitere.

Jasmine nickte. „Ach so. Sie meinen, er ist für die Gäste."

Mumtaz trat von einem Fuß auf den anderen und lächelte. „Gefallen Ihnen Ihre Zimmer und dieser Garten?"

„Wie könnte es nicht so sein? Es ist ganz fantastisch."

„Gut. Das ist gut. Sie werden in Zulheil bleiben?"

Überrascht blickte Jasmine auf. „Das wissen Sie?"

Mumtaz seufzte und setzte sich auf eine der Bänke am Springbrunnen. Jasmine tat dasselbe. „Hiraz ist Tariqs engster Vertrauter, und als Hiraz' Frau …"

„Sie sind Hiraz' Frau?", rief Jasmine verblüfft. „Ich dachte, Sie seien … na, egal."

„Ein Zimmermädchen, nicht wahr?" Mumtaz lächelte gutmütig. „Es war Tariqs Wunsch, dass Sie jemanden bei sich haben, bei dem Sie sich wohl fühlen. Ich arbeite hier im Palast, bin also jeden Tag hier. Ich hoffe, Sie haben keine Scheu, mich jederzeit anzusprechen, wenn Sie etwas brauchen."

„Oh, aber natürlich, gern." Rührung ließ Jasmines Herz ein wenig höher schlagen. Tariq liebte sie immerhin genug, um dafür zu sorgen, dass diese überaus sympathische Frau sich um sie kümmerte. „Aber warum hat er mir davon überhaupt nichts gesagt?"

„Sowohl er als auch Hiraz sind schrecklich, wenn sie wütend sind. Tariq ist wütend auf Sie, und mein Mann ist wütend auf mich."

„Weshalb ist Hiraz wütend auf Sie?" Jasmine konnte sich die Frage nicht verkneifen.

„Er erwartet von mir, dass ich etwas billige, was er und Tariq vorhaben, obwohl er selbst es eigentlich nicht billigt." Bevor Jasmine noch weitere Fragen stellen konnte, fuhr Mumtaz fort: „Hiraz hat mir erzählt, was damals in Ihrem Land geschehen ist. Aber es ist ohnehin allgemein bekannt, dass Tariq schrecklich enttäuscht wurde von einer Ausländerin mit roten Haaren und blauen Augen."

Jasmine blinzelte verlegen. „Wie das?"

„Hiraz würde über alles, was Tariq ihm anvertraut, bis ins Grab schweigen, aber andere sind nicht ganz so … loyal", erklärte Mumtaz. „Sie sind für uns alle ein großes Geheimnis, aber es ist gut, dass Sie gekommen sind. Seit dem Tod seiner Eltern ist Tariq sehr einsam."

„Er ist wirklich sehr böse auf mich", gestand Jasmine.

„Aber Sie sind in Zulheina. Es ist besser, bei ihm zu sein, selbst wenn er böse ist, oder? Sie müssen lernen …" Über Mumtaz' exotische Züge glitt plötzlich ein Schatten.

„Was ist los?", fragte Jasmine erschrocken.

„Ich … fast hätte ich etwas vergessen. Bitte, Sie müssen mitkommen."

Jasmine folgte ihr, neugierig auf eine Erklärung für Mumtaz' plötzlichen Sinneswandel.

Mumtaz deutete auf die Kleider, die auf dem Bett ausgebreitet waren. Ehrfürchtig befühlte Jasmine den feinen Stoff. Das Material war so leicht wie ein Schleier und hatte die gleiche Farbe wie Zulheil-Rose – weiß wie Schnee, doch mit einem geheimnisvollen rosa Schimmer. Der lange, fließende Rock war übersät mit winzigen Kristallen, die bei jeder Bewegung glitzern und funkeln würden. Das Oberteil war eine eng anliegende Korsage mit einer Bordüre aus den gleichen Kristallen. Es hatte zwar lange Ärmel, war jedoch so knapp geschnitten, dass ihr Bauch frei bleiben würde. Neben dem Kleidungsstück lag ein Geschmeide aus vielen feinen Goldkettchen, das offenbar um die Taille zu tragen war.

„Das gehört nicht mir", sagte Jasmine atemlos.

„Es wird ein besonderes Abendessen geben, und Ihre Kleidung ist dafür nicht geeignet. Das hier ist für Sie als … äh …"

„Als Gast?", versuchte Jasmine auszuhelfen. „Nun ja, wenn das so üblich ist. Andernfalls wäre es mir einfach peinlich, etwas so Kostbares zu tragen."

Sie musste Mumtaz mehrfach versichern, dass sie keine weiteren Wünsche hatte, bevor diese sie schließlich allein ließ. „Ist das ein formelles Diner heute Abend?", fragte Jasmine noch, als Mumtaz schon in der Tür stand.

„Oh ja, sehr formell. Ich komme vorher zu Ihnen und kümmere mich um Ihr Haar, damit Sie ganz besonders schön aussehen."

Und dann war Mumtaz verschwunden. Jasmine hätte schwören können, dass sie noch etwas vor sich hin gemurmelt hatte, doch die Aussicht auf ein duftendes Bad lenkte sie zu sehr ab, um weiter darüber nachzudenken.

„Ich fühle mich wie eine Prinzessin", flüsterte Jasmine etwa zwei Stunden später. Vorsichtig berührte sie das kleine Goldkrönchen, das ihr ins Haar zu stecken Mumtaz sich nicht hatte nehmen lassen. Ihr tiefrotes Haar war gebürstet worden, bis es glänzte. Jetzt fiel es ihr als kupfergoldene Kaskade bis auf den Rücken.

„Dann habe ich meinen Job gut gemacht." Mumtaz lachte.

„Ich dachte, es sei verpönt, nackte Haut zu zeigen?" Jasmine legte eine Hand auf ihren Bauch. Die feinen Goldkettchen, die sich um ihren Leib wanden, glänzten verführerisch.

Mumtaz schüttelte den Kopf. „Wir sind nur in der Öffentlichkeit so zurückhaltend. Es gibt keine strengen Gesetze, aber die meisten Frauen bedecken sich lieber. In unseren Wohnungen bei unseren Männern gilt es als normal, nun ja ..." Sie deutete auf ihre eigene Kleidung, die aus einem Paar blassgelber Haremshosen und einem passenden Oberteil bestand, das ganz ähnlich geschnitten war wie das von Jasmine. Allerdings fehlten bei ihr die glitzernden Kristalle.

„Bin ich nicht zu sehr aufgedonnert?", fragte Jasmine besorgt. Sie hatte aber gar keine Lust, sich umzuziehen, denn sie freute sich schon auf Tariqs Reaktion, wenn er sie so sah. Vielleicht würde er sie schön finden. Zum ersten Mal in ihrem Leben empfand sie selbst sich als schön.

„Nein, es ist alles, wie es sein soll. Und jetzt müssen wir gehen."

Kurz darauf betraten sie einen Raum voller Frauen, die alle sehr festlich und bunt gekleidet waren. Jasmine blickte sich staunend um. Bei ihrer Ankunft wurde es plötzlich still, doch eine Sekunde später setzte das Stimmengewirr wieder ein. Ein paar ältere Frauen kamen zu ihr und forderten sie auf, sich zu ihnen auf die weichen Kissen zu setzen. Mumtaz fungierte als Übersetzerin, und bald plauderte und lachte Jasmine mit den Frauen, als wären sie alte Freundinnen.

Etwa eine halbe Stunde später wurde es wieder still. Jasmine spürte, wie sich sämtliche Muskeln in ihrem Körper anspannten. Sie blickte auf. Tariq stand in der Tür. Unwillkürlich erhob sie sich. Es herrschte völliges Schweigen im Raum, aber diesmal war es voller Anspannung, als ob alle den Atem anhalten würde.

Er sah wahrhaft königlich aus, ganz in Schwarz gekleidet. Eine Goldstickerei am Stehkragen seiner Tunika war sein einziger Schmuck, aber die Schlichtheit seines Anzugs brachte die männliche Schönheit seines Gesichts umso mehr zur Geltung. Langsam schritt er durch den Raum auf Jasmine zu und nahm ihre Hand. Nur ganz verschwommen nahm sie wahr, dass andere Männer hinter ihm den Raum betraten und dass die anderen Frauen sich nun ebenfalls erhoben.

Tariqs grüne Augen glühten vor Begierde. „Du siehst aus wie das Herz von Zulheil-Rose", raunte er so leise, dass nur Jasmine es hören konnte. Sie fühlte sich wie im Inneren eines Vulkans.

„Ich habe eine Frage an dich, meine Jasmine." Diesmal klangen seine Worte laut und kristallklar durch den Raum.

Jasmine blickte zu ihm hoch. „Ja?"

„Du bist aus freiem Willen nach Zulheil gekommen. Wirst du auch aus freiem Willen bleiben?"

Jasmine war verwirrt. Tariq hatte ihr ja zu verstehen gegeben, dass er sie nicht wieder fortlassen würde. Warum jetzt diese Frage? Doch intuitiv wusste sie, dass sie ihn jetzt nicht in aller Öffentlichkeit bloßstellen durfte. „Ja."

Ein kurzes, zufriedenes Lächeln glitt über sein Gesicht. Wieder einmal erinnerte er sie an einen Panther, und plötzlich fühlte sie sich wie seine Beute. „Und wirst du auch aus freiem Willen bei mir bleiben?"

Jetzt verstand sie.

Sie verstand endlich, was hier vor sich ging, doch das änderte nichts an ihrer Antwort. „Ich werde bleiben", erwiderte sie und besiegelte damit ihr Schicksal.

Einen Herzschlag lang war in Tariqs Blick zu lesen, wie leidenschaftlich er triumphierte, doch dann senkte er die Lider und verbarg seine Gefühle. Er führte Jasmines Hand an seine Lippen, drehte sie herum und drückte einen Kuss auf die Stelle, wo ihr Puls schlug. „Ich lasse dich jetzt allein, meine Jasmine."

Und dann war er fort und ließ sie einfach allein mit dem Schock über das, was sie gerade getan hatte. Kichernd kamen Frauen auf sie zu und führten sie zurück zu dem Lager aus Kissen. Sie bemerkte den besorgten Ausdruck auf Mumtaz' Gesicht, als diese sich neben sie setzte.

„Haben Sie jetzt verstanden?", fragte Mumtaz wispernd.

Jasmine nickte und versuchte, äußerlich ruhig zu bleiben, denn sie wusste, dass sie jetzt im Zentrum der allgemeinen Aufmerksamkeit stand. Doch ihr Herz pochte heftig. Das dunkle Geheimnis, das sie mit ihrer Liebe zu Tariq so gut verdrängt hatte, füllte plötzlich ihre Gedanken aus wie ein hässliches Gespenst. Aus Angst vor seiner Zurückweisung hatte sie es Tariq erst beichten wollen, wenn sie sich seiner Liebe sicher sein konnte. Jetzt war es zu spät. Viel zu spät. Wie konnte sie ihm jetzt die Wahrheit sagen?

„Jasmine?" Mumtaz unterbrach ihre Gedanken und erinnerte sie damit an die Zeremonie, die gerade stattgefunden hatte.

„Als er mir diese Fragen gestellt hat ..."

„Ich wollte Ihnen vorher alles erklären, aber man hat es mir verboten."

„Und Sie sind Tariq natürlich treu ergeben." Jasmine konnte Mumtaz keinen Vorwurf machen. „Ich dachte, es herrsche Staatstrauer?"

„Einen Monat lang hat das Volk getrauert, aber es gehört zu unserer Kultur, dass wir das Leben über den Tod stellen. Wir ehren die Toten lieber, indem wir das Geschenk des Lebens feiern."

Jemand bot Jasmine eine Platte mit Kuchen dar. Sie nickte und bedankte sich, machte jedoch keinen Versuch zu essen. Ihr Magen zog sich schmerzhaft zusammen.

„Wissen Sie, wie es jetzt weitergeht?"

Als Jasmine den Kopf schüttelte, klärte Mumtaz sie auf: „Die Fragen des Bräutigams an die Braut sind der erste Schritt der Hochzeitszeremonie. Als Nächstes folgt das Binden der Brautleute aneinander, das von einem der Ältesten durchgeführt wird. Am Schluss erfolgt die Segnung. Der Segen wird draußen vor dem Fenster gesungen. Erst wenn alles vorüber ist, werden Sie Tariq wieder treffen."

Jasmine nickte. Ihr Blick fiel auf das Fenster in der Mitte der Trennwand. Auf der anderen Seite dieser Wand war ihre Zukunft.

„Ich habe noch nie von einer solchen Zeremonie gehört."

„Unsere Zeremonien unterscheiden sich von denen unserer islamischen Nachbarn. Wir gehen den traditionellen Weg", erklärte Mumtaz. „Sie haben ihm ehrlich geantwortet und wussten, welche Bedeutung Ihre Antwort haben würde?"

Wenn sie diesen Raum wieder verließ, war sie die Frau des Scheichs von Zulheil.

Jasmine holte tief Luft. „Ich hatte nur dieses eine Ziel, als ich aus dem Flugzeug gestiegen bin. Ich habe zwar nicht mit dem gerechnet, was hier passiert, aber Tariq ist der einzige Mann, den ich je geliebt habe."

Mumtaz lächelte voller Verständnis. „Er ist zornig, aber er braucht Sie. Lieben Sie ihn, Jasmine, und lehren Sie ihn, Sie wieder zu lieben."

Jasmine nickte. Ja, sie musste ihn lehren, sie zu lieben, sonst würde sie den Rest ihres Lebens als das Eigentum eines Mannes verbringen müssen, dem ihre Liebe gleichgültig war. Und dieser Mann würde sie, wenn er sie nicht liebte, ganz sicher zurückweisen, wenn sie ihm ihr Geheimnis enthüllte.

„Es wird Zeit für die Zeremonie des Bindens." Mumtaz nickte einer alten, ganz in feuriges Rot gekleideten Frau zu, die soeben den Raum betreten hatte.

Lächelnd kniete die Alte neben Jasmine nieder und ergriff deren rechte Hand. „Hiermit binde ich dich." Sie wand ein wunderschön besticktes rotes Band um Jasmines Handgelenk.

Die alte Frau hob den Kopf und sah Jasmine ins Gesicht. „Du wirst mir jetzt nachsprechen."

Jasmine nickte heftig.

„Diese Bindung sei von Herzen. Diese Bindung werde niemals gelöst."

„Diese Bindung sei von Herzen. Diese Bindung werde niemals gelöst."

Jasmine brachte nur ein heiseres Flüstern zustande. Ihre Kehle war wie zugeschnürt angesichts der Endgültigkeit dessen, was sie gerade tat.

„Hiermit lege ich mein Leben in die Hände von Tariq al-Huzzein Donovan Zamanat. Für immer und ewig."

Jasmine wiederholte auch diese Worte langsam und sorgfältig. Sie hatte ihre Wahl getroffen, und sie würde dazu stehen, doch die Tatsache, dass ihre Eltern an diesem großen Tag nicht bei ihr waren, versetzte ihr einen schmerzhaften Stich. Sie hatten sie aus ihrem Leben ausgeschlossen mit einer Härte, die sie noch immer nicht begreifen konnte.

Jetzt nahm die alte Frau in Rot das andere Ende des Bandes und reichte es durch das Fenster der Trennwand. Eine Minute später spürte Jasmine einen leichten Ruck an ihrem Handgelenk. Soeben war sie mit Tariq verbunden worden.

Für immer und ewig.
Der betörende Gesang, der nun draußen einsetzte, drang bis tief in ihre Seele.

Tariq blickte auf die kleine Öffnung. Das einzige Fenster zu dem Raum, in dem seine Jasmine saß. Während der Gesang lauter und eindringlicher wurde, hielt Tariq unablässig den Blick auf das Fenster gerichtet.

Jasmine in dem traditionellen Brautgewand seines Landes. Unglaublicher Stolz erfüllte ihn angesichts der königlichen Haltung, mit der sie es trug. Eine Prinzessin hätte es nicht besser machen können.

Jasmine. Ihr rotes Haar strahlte wie der Sonnenaufgang und versprach ebenso viel Wärme und Lebendigkeit. Bald würde er sich dieses Versprechen erfüllen lassen.

Jasmine. Wenn sie ihn ansah, lag eine vielversprechende Sinnlichkeit in ihrem Blick. Ja, seine Jasmine war erwachsen geworden, und er freute sich schon auf das Vergnügen, sie in die Geheimnisse der Liebe einzuweisen.

Das Verlangen, sie zu besitzen, raubte ihm fast den Verstand, doch darüber hinaus war da noch eine tiefere Sehnsucht und ein tieferer Schmerz. Gefühle, die anzuerkennen er nicht bereit war. Nein, nur das körperliche Verlangen gestand er sich zu. Jasmine hatte immer zu ihm gehört, und nun war sie für immer an ihn gebunden.

Nun würde er seinen Anspruch geltend machen.

„Ich bin sehr hungrig."

Immer wieder musste Jasmine an Tariqs Worte im Taxi denken. Wie sollte sie sich entspannen, wo sie doch wusste, dass ihr Mann, hungrig wie ein Panther, sie bald in Besitz nehmen würde? Seufzend blickte sie sich in dem Zimmer um. Es war der Raum neben ihrem Schlafzimmer, und Tariqs Persönlichkeit war überall zu spüren, auch wenn er selbst nicht anwesend war.

Das hauchdünne Nachtgewand, das sie auf dem riesigen Bett gefunden hatte, war für ihre Begriffe skandalös. Das unglaublich feine Gewebe reichte ihr zwar bis zu den Knöcheln, aber es war bis zum Nabel ausgeschnitten und nur lose mit einem blauen Band zu schließen. Die Ärmel waren lang und an den Handgelenken ebenfalls mit Bändern zu schließen. Auf beiden Seiten reichten Schlitze bis hoch zu ihren Schenkeln und entblößten ihre Beine bei jedem Schritt. Auch die Ärmel waren bis hinauf zu den Schultern geschlitzt. All das wäre ja noch angegangen, doch der Stoff, aus dem das Gewand gefertigt war, war hauchdünn. Fast durchsichtig. Man konnte ihre Brustspitzen erkennen und das dunkle Dreieck zwischen ihren Beinen.

„So zugeknöpft sie in der Öffentlichkeit auch sein mögen, in Sachen Erotik kann man wohl von ihnen lernen", murmelte Jasmine und ging zum Schrank, in der Hoffnung noch etwas zum Anziehen zu entdecken. Sie zog einen blauen Seidenmantel heraus.

„Stopp."

Erschrocken wirbelte sie herum. Sie hatte Tariq nicht hereinkommen gehört. Dabei stand er schon hinter ihr. Mit heißen Blicken begutachtete er ihren Körper. Jasmine starrte auf seine nackte Brust. Er war wundervoll gebaut. Seine Schultern waren noch breiter, als sie sich vorgestellt hatte, die Muskeln waren kräftig und geschmeidig. Sein Bauch wirkte stählern. Bis auf ein weißes um die Hüfte geschlungenes Handtuch war er nackt.

„Ich habe dir keine Erlaubnis gegeben, dich zu bedecken."

Was für ein autoritärer Ton. „Ich brauche dazu nicht deine Erlaubnis."

Mit einer leichten Drehung des Handgelenks riss Tariq ihr den Mantel aus der Hand und packte mit einer Hand ihre beiden. „Du vergisst, dass du jetzt mir gehörst. Du tust, was ich wünsche."

„Unsinn."

„Wenn es dir hilft, widersprich ruhig", erwiderte er großmütig. „Aber sei dir bewusst, dass du keine Chance gegen mich hast."

Jasmine sah ihn schweigend an. Wieder einmal fragte sie sich, ob sie sich nicht zu viel vorgenommen hatte. Womöglich war Tariq inzwischen tatsächlich der Despot, für den er sich ausgab. Vielleicht betrachtete er sie wirklich als sein Eigentum.

„Ich wünsche, dich zu sehen, Mina." Er drehte sie herum. Fast wäre sie gefallen, doch sein Arm lag fest um ihre Taille. Mit dem anderen umfasste er von hinten ihren Oberkörper direkt unter ihrer Brust.

Als Jasmine aufblickte, entdeckte sie zu ihrer Verblüffung, dass sie vor dem mannshohen Spiegel in der Ecke des Zimmers standen. Ihr rotes Haar bildete einen exotischen Kontrast zu dem Weiß ihres Gewandes, ihre blasse Haut wirkte noch zarter neben Tariqs dunklen Armen. Sein Körper überragte und umrahmte sie.

„Tariq, lass mich los", flehte sie und senkte den Blick. Das Bild im Spiegel war viel zu erotisch. Doch ihre Wange schmiegte sich wie von selbst an seine Brust. Ihre Sorgen und Vorbehalte verschwanden unter einer Woge wild auflodernder Begierde.

„Nein, Mina. Ich wünsche, dich zu sehen." Er liebkoste ihren Hals. „Davon habe ich jahrelang geträumt."

Ein Prickeln überlief ihren Körper angesichts dieses Geständnisses. Jetzt war es ihr nicht länger peinlich, dass er im Spiegel alles sehen konnte, was sie verbergen wollte. Plötzlich erschien alles richtig so. Als sei sie für diesen Augenblick geboren. Geboren, um die Frau des Scheichs von Zulheil zu sein.

„Sieh mir zu, während ich dich liebe." Tariq küsste ihren Hals und saugte leicht an einer besonders sensiblen Stelle.

Jasmine schüttelte den Kopf. Für diese Art erotischen Spiels war sie noch zu unerfahren und jungfräulich.

Tariq verteilte kleine Küsse auf ihren Hals, ihr Kinn, ihre Wange. Ihr Ohrläppchen war ein köstlicher Happen, den es zu kosten galt. Er knabberte zärtlich daran. Dann strich er mit den Zähnen darüber, ganz leicht. Jasmine erschauerte und stellte sich unwillkürlich auf die Zehenspitzen, um sich an ihn zu schmiegen.

„Schau in den Spiegel", flüsterte er und strich mit den Händen über ihren Bauch bis unter ihrer Brüste. „Bitte, Mina."

Sein mit rauer Stimme geflüstertes „Bitte" machte sie schwach. Sie sah in den Spiegel – und begegnete seinem Blick. Grüne Augen. Glühend. Keine Sekunde den Blick von ihren Augen lösend. Eine seiner Hände glitt weiter und umfasste ihre Brust. Keuchend klammerte Jasmine sich an den Arm, der um ihre Taille lag. Sie spürte Tariqs Hand heiß auf ihrer Brust, die schwerer und voller geworden zu sein schien. Tariq massierte sie zärtlich, doch das war ihr nicht genug. Sie brauchte mehr.

„Tariq", stöhnte Jasmine und presste sich begierig an ihn.

„Schau in den Spiegel", befahl er.

Sie tat es und sah, wie seine Hand sich über ihre Brust bewegte, bis sein Daumen neben ihrer Knospe lag. Mit großen Augen beobachtete sie, wie er mit der Daumenspitze darüberstrich, einmal und noch einmal. Ihr Atem wurde flacher. Jasmine spürte, wie auch Tariqs Atem sich veränderte, wie sein Körper sich anspannte. Sie stöhnte auf, als er seine Liebkosung unterbrach, und seufzte, als er sie an ihrer anderen Brust fortsetzte. Seine dunklen Hände waren so groß und stark, und Jasmine sehnte sich danach, sie überall zu spüren.

Tariq ließ ihre vor Erregung erhitzte Brust los und ließ seine Hände an ihrem Körper abwärts gleiten bis zu ihren Hüften. Dort spreizte er seine Finger, sodass seine Daumen sich in der Mitte direkt über ihrem Nabel trafen. Als Jasmine sah, wie er mit dieser Geste einen Rahmen um das lockige Dreieck zwischen ihren Schenkeln bildete, streckte sie suchend die Hände nach hinten aus und bohrte ihre Nägel in seine harten Schenkel. Er raunte zustimmend in ihr Ohr und belohnte sie mit einer weiteren Liebkosung ihres Ohrläppchens.

Und dann lächelte er sie im Spiegel an, triumphierend und zärtlich zugleich, und ließ sie nicht mehr aus den Augen.

Tariq bewegte seine Daumen und berührte den oberen Rand ihrer Löckchen. Jasmine versuchte ihm auszuweichen, doch seine Oberarme hielten ihre Schultern fest wie ein Schraubstock. In hilfloser Faszination, das Herz schlug ihr bis zum Hals, die Knie drohten unter ihr nachzugeben, beobachtete sie, wie er langsam und ganz gezielt die Daumen weiter abwärtsbewegte … bis zwischen ihre Schenkel.

Die plötzliche Berührung der winzigen Knospe, in der sich ihre Empfindsamkeit konzentrierte, ließ Jasmine aufschreien. Sie verbarg ihr Gesicht an Tariqs Brust, und er gab ihr Zeit, sich zu erholen, bevor er die Liebkosung wiederholte, wieder und wieder, bis sie den Kopf nach hinten warf und ihm herausfordernd ihre Hüften entgegenschob. Wie in Trance suchte sie seinen Blick im Spiegel.

„Nein!", jammerte sie, als er die Hände wegnahm.

„Geduld, Mina." Tariqs Atem war unregelmäßig, doch er hatte sich völlig unter Kontrolle.

Jasmine wand sich in seinen Armen und wünschte sich, seine

Hände würden zu diesem pulsierenden Punkt zwischen ihren Beinen zurückkehren, wo sie hinzugehören schienen. Doch Tariq griff stattdessen nach dem Gewand, das sie immer noch verhüllte, und bevor sie begriff, was er vorhatte, raffte er es und entblößte ihren Unterkörper.

„Nein!" Jasmine wollte sich wehren, doch ihre Arme waren unter seinen Oberarmen eingeklemmt. Jetzt vermochte sie nicht länger hinzusehen und schloss die Augen. Als Nächstes spürte sie Tariqs Lippen auf ihrem Nacken, an ihrer Schläfe, auf ihrer Wange. Seine Hände ruhten auf ihren Hüften.

„Mina ...", bat er sie so einladend, dass Jasmine nicht widerstehen konnte. Sie öffnete die Augen und sah zu, wie er sie völlig entblößte.

Sie stöhnte auf, weil sie sich verrucht vorkam, hemmungslos der Lust ergeben, wie sie da nackt und mit gespreizten Beinen vor dem Spiegel stand. Tariqs großer, dunkler Körper ragte hinter ihr auf wie ein männlicher Schatten.

Geschmeidig bewegten sich seine Oberschenkelmuskeln unter ihren Händen, als er seine Stellung veränderte. Der Atem stockte ihr, als sie plötzlich einen dieser muskulösen Schenkel zwischen ihren Beinen spürte. Langsam bewegte er sich hin und her. Jasmine verlor fast die Besinnung vor Lust, da nun wirklich nichts mehr ihre intimste Stelle verhüllte. Ihre Hände waren jetzt frei, doch sie wehrte sich nicht.

„Reite mich, Mina." Mit einer Hand hielt Tariq sie fest, mit der anderen streichelte er sie zwischen den Schenkeln. Jasmine glaubte, es nicht mehr zu ertragen, als sie sah, wie seine Finger ihren sensibelsten Punkt liebkosten. Wieder bewegte er seinen Schenkel – eine stumme Aufforderung. Und sie stöhnte vor Lust. Fast wie von selbst setzte ihr Körper sich in Bewegung. Tariqs Finger liebkosten die pulsierende kleine Knospe zwischen ihren Schenkeln, und gleichzeitig presste er seinen Oberschenkel gegen sie, sodass Jasmines Zehen kaum noch den Boden berührten.

Sie schloss die Augen und gab sich völlig seinen Liebkosungen hin. Verzweifelt versuchte sie an seinen Armen Halt zu finden, doch es war zu spät. Sie hatte das Gefühl, dass sich in ihrem Inneren eine Explosion anbahnte, und plötzlich geschah es. Es war, als würde sich ihr Inneres verflüssigen, sich auflösen und kurz darauf wieder zu einem Ganzen werden. Es war so berauschend, dass sie aufschluchzend ihr Gesicht an Tariqs Brust verbarg.

„Mina, du bist wunderschön." Sein Ton war fast ehrfürchtig.

Jasmine strich sich das Haar aus dem Gesicht und betrachtete sich im Spiegel, die Beine weit gespreizt, Tariqs Schenkel dazwischen. Doch sie war viel zu erfüllt von befriedigter Lust, um auch nur an Scham zu denken. Sie blickte auf und begegnete Tariqs Blick. „Danke."

Er erschauerte und verlor fast die Kontrolle angesichts ihrer völligen Hingabe. „Ich bin noch nicht fertig."

Tariq ließ ihr Gewand los. Mit leisem Rascheln fiel es herab und verhüllte wieder Jasmines wundervolle Beine. Mit brennenden Augen verfolgte sie jede Bewegung Tariqs, als er begann, die blauen Bänder an ihrem Ausschnitt zu lösen.

Er nahm sich Zeit und genoss jede Sekunde. Endlich wurde wahr, wovon er seit Jahren geträumt hatte. Triumphierend spürte er Jasmines lustvolle Schauer bei jeder weiteren Bewegung seines Schenkels zwischen ihren Beinen.

„Tariq, hör auf, mit mir zu spielen." Sie drehte sich zu ihm um.

Er küsste sie auf die Lippen, hingerissen von ihrer Sinnlichkeit. „Aber es macht solchen Spaß, mit dir zu spielen." Endlich war er fertig mit den Bändern. Das Gewand fiel auseinander und gab Jasmines Brüste frei. Tariqs Verlangen wurde fast unerträglich. Begierig schloss er die Hand um ihre perfekten Wölbungen und drückte sie zärtlich.

Jasmine schloss die Augen und bog sich seiner Berührung entgegen. Wieder presste er seinen Schenkel gegen ihre empfindlichste Stelle. Sie sollte ihn spüren, sollte wissen, wie sehr er sie wollte und dass sie ihm gehörte. Er wollte ihr sein Zeichen aufdrücken. So tief, dass sie niemals auch nur daran denken würde, ihn noch einmal zu verlassen. Es war ein primitiver Impuls, ganz und gar nicht zivilisiert, dessen war er sich bewusst, doch wenn es um diese Frau ging, waren seine Gefühle zu überwältigend in ihrer Intensität.

Jasmine öffnete die Augen und lächelte ihm zu, selbstsicher im neu gewonnenen Bewusstsein ihrer weiblichen Macht, und begann sich langsam auf und ab zu bewegen. Es war so erregend, dass

Tariq es nicht zu ertragen glaubte, doch gleichzeitig genoss er jede Sekunde.

„Hexe!", raunte er in gespielter Entrüstung.

„Du forderst die Hexe in mir heraus."

Tariq massierte erneut Jasmines Brüste und streichelte und massierte ihre Knospen. Sie war so herrlich erregbar, so sinnlich. Wie sollte er dieser Versuchung widerstehen. „Vielleicht", gab er zu. „Aber ich bin stärker als du."

Bevor Jasmine es verhindern konnte, nahm Tariq ihr Gewand und streifte es ihr über den Kopf. Sie ließ es geschehen. Ihre Arme folgten wie von selbst der Bewegung. Im selben Moment zog er sein Bein zurück, sodass nur sein Arm um ihre Taille sie jetzt noch aufrecht hielt.

Jasmine strich sich das Haar aus dem Gesicht und betrachtete atemlos ihr Spiegelbild. Sie war jetzt völlig nackt.

„Du gehörst mir, Jasmine."

Diesmal machten ihr seine Worte keine Angst. Kein anderer Mann könnte so zärtlich sein zu einer Frau, die er als seinen Besitz betrachtete. Irgendwie musste sie den alten Tariq hinter der Maske erreichen. Sie wusste, dass er existierte.

Sie hatte Tariq offensichtlich viel tiefer verletzt, als sie damals ahnen konnte. Jetzt musste sie ihm ihre Liebe beweisen. So sehr, dass er nie wieder an ihr zweifeln würde. Ihr Panther musste auf ihre Treue vertrauen, bevor er wieder auf ihre Liebe vertrauen konnte. Aber das würde er, denn sie würde niemals aufgeben. Niemals würde sie auch nur daran denken, dass es vielleicht keine Hoffnung gab, seine Liebe zurückzugewinnen. Es wäre ein Albtraum, den sie nicht ertragen könnte.

Ihre Blicke trafen sich im Spiegel. Jasmine holte tief Luft. „Lass mich noch einmal reiten."

4. Kapitel

„Nein, diesmal bin ich dran." Tariq drehte sie zu sich herum und nahm sie mühelos auf die Arme. „Und ich wünsche mir einen langsamen, langen Ritt. Du kannst später noch einmal." Er küsste sie kurz auf den Mund.

Nachdem Tariq sie zum Bett getragen und dort abgelegt hatte, sah Jasmine ihn zum ersten Mal völlig nackt. Wie groß er war. Sie hatte sich keine Gedanken darüber gemacht, wie viel größer als sie er war. Bis zu diesem Augenblick.

Er begegnete ihrem Blick, und sie wusste, er ahnte, was in ihr vorging. „Ich werde dir nicht wehtun, Mina."

Es war wundervoll, sein Gewicht zu spüren, als er ihren Körper mit seinem bedeckte. Sie fühlte sich überall gleichzeitig liebkost.

„Immer nennst du mich Mina, wenn du deinen Willen haben willst", sagte sie, spreizte leicht ihre Schenkel für ihn und legte die Arme um seinen Nacken.

Zärtlich umfasste er ihren Po. „Ich werde von jetzt an immer meinen Willen bekommen." Diese Feststellung duldete keinen Widerspruch. Ebenso wenig wie das Verlangen, mit dem er zwischen ihre Schenkel drängte.

Er küsste sie, lange und ausgiebig, und nahm mit der Zunge vorweg, was er gleich mit seinem Körper tun würde. Jasmine wusste, sie war bereit. Sie hatte schon unter dem Druck seines Schenkels gespürt, wie sie feucht wurde. Sie wusste es und konnte es doch erst nach einem weiteren Kuss und seinem heiser ausgestoßenen Versprechen: „Ich werde es gut für dich machen, Mina", glauben.

„Jetzt", flüsterte sie.

Er legte seine Hände um ihre Hüften und drang in sie ein. Gleichzeitig umschloss er mit seinen Lippen eine ihrer Brustspitzen und saugte daran. Jasmine schrie auf vor Lust. Er drang tiefer in sie ein, sodass ihr Jungfernhäutchen zerriss. Jasmine erstarrte.

„Mina?" Tariq verharrte mitten in der Bewegung.

Sie klammerte sich an seine Schulter und bohrte die Nägel in seine Haut. „Ein langer, langsamer Ritt", erinnerte sie ihn keuchend und versuchte, sich an das neue Gefühl zwischen ihren Schenkeln zu gewöhnen. Sie wartete.

Doch es dauerte nicht lange, da flehte sie ihn an, seinen Rhythmus zu beschleunigen.

„Du bist so ungeduldig", tadelte er sie, doch sein Körper glänzte von Schweiß, und sie spürte, wie er zitterte, so sehr strengte es ihn an, sich zurückzuhalten.

Jasmine bog sich ihm entgegen und strich mit ihren Fingernägeln über Tariqs Rücken, da gab er jede Zurückhaltung auf. Jasmine biss ihn in die Schulter, als die Lust sie überwältigte. Zum zweiten Mal in dieser Nacht erreichte sie einen Höhepunkt. Tariqs Körper erstarrte für einen Augenblick, bevor auch er sich seinen Gefühlen völlig hingab.

Er kam Jasmine jetzt schwerer vor, als er sich erschöpft auf sie sinken ließ, aber sie war viel zu müde, um auch nur eine Hand zu heben. Also schmiegte sie ihr Gesicht in Tariqs Halsbeuge und ließ sich vom Schlaf übermannen.

Irgendwann in der Morgendämmerung erwachte Jasmine vom Knurren ihres Magens. Erst jetzt wurde ihr bewusst, dass sie nichts mehr gegessen hatte, seit sie Neuseeland verlassen hatte. Sie versuchte sich zu bewegen, aber ein schweres Männerbein auf ihrem Unterleib und ein besitzergreifend über ihre Brust gelegter Männerarm machten jede Bewegung unmöglich. Wieder knurrte ihr Magen.

„Tariq." Sie küsste seinen Hals. Seine Haut fühlte sich warm an und schmeckte ein ganz klein wenig nach Salz. „Wach auf."

Er murmelte nur irgendetwas und nahm sie noch fester in die Arme. Seufzend drückte Jasmine ihre Hände gegen seine Schultern und schüttelte sie.

„Möchtest du schon weitermachen, Mina?", fragte er schläfrig.

Jasmine wurde rot. Nun, da sie nicht mehr von Lust und Verlangen überwältigt war, konnte sie kaum noch glauben, wie hemmungslos sie sich ihrer Leidenschaft ergeben hatte.

„Ich möchte etwas essen. Ich sterbe vor Hunger."

Schmunzelnd drehte Tariq sich auf den Rücken und zog sie mit sich, sodass sie schließlich auf ihm lag. Mit funkelnden Augen blickte er sie aus halb geschlossenen Lidern an. „Was gibst du mir dafür, dass ich dir etwas zu essen gebe?"

Wieder knurrte ihr Magen. Diesmal sehr laut. „Frieden."

Er lachte. Jasmine spürte es in ihren Händen, die auf seiner Brust lagen.

„Ah, Mina, du bist niemals so, wie man es erwartet." Er seufzte theatralisch. „Ich werde sehen, was ich für dich tun kann."

Sachte schob er sie zur Seite und stieg aus dem Bett. Jasmine schaute zu, sie konnte nicht anders. Zu herrlich war das Spiel seiner Muskeln anzusehen, als er aufstand und sich nach dem Hausmantel bückte, den er ihr aus der Hand genommen hatte.

„Gefällt dir die Aussicht?", fragte Tariq, ohne sich umzudrehen.

Jasmin spürte, wie sie erneut rot wurde. „Ja."

Ihre Antwort schien ihn zu befriedigen. Sie konnte sehen, dass er lächelte, während er in den Mantel schlüpfte und zur Tür ging.

„Wohin gehst du?"

„Im Speiseraum ist etwas zu essen. Ich bringe es dir."

Als er fort war, schlüpfte Jasmine rasch in das halbtransparente Nachtgewand, das auf dem Fußboden lag. Sie saß mit gekreuzten Beinen auf dem Bett, als Tariq zurückkehrte. Ohne ein Wort stellte er das Tablett mit den Speisen in der Mitte des Bettes ab und legte sich daneben wie ein schläfriger Panther, um Jasmine beim Essen zuzuschauen.

„Wie heiße ich jetzt eigentlich?", fragte sie, nachdem der erste Hunger gestillt war.

„Jasmine al-Huzzein Coleridge-Donovan Zamanat."

Jasmine machte große Augen und hielt mitten in der Bewegung inne. „Du lieber Himmel. Das macht ja was her. Ich wusste gar nicht, dass ich meinen Mädchenname behalte."

„Frauen sind in Zulheil immer geschätzt und respektiert worden." Er streckte sich wohlig auf dem Bett aus. „Deshalb verlangen wir auch nicht von ihnen, dass sie von ihrer Religion konvertieren, wenn sie heiraten. Du hast die freie Wahl."

Seine Worte machten ihr Mut. Ja, dachte sie, es besteht Hoffnung.

„Donovan war also der Name deiner Mutter?"

Sein Blick verdüsterte sich kurz. „Du weißt ja, sie war Irin." Er nahm eine Feige von Jasmines Teller und schob sie sich in den Mund.

Was für sinnliche Lippen er hat, dachte sie und starrte anbetend auf die Bewegungen seines Mundes. Sie erinnerte sich nur zu gut daran, was für wundervolle Dinge er damit getan hatte.

„Wenn wir einmal ein Kind haben, wird sein oder ihr Name al-Huzzein Coleridge Zamanat sein. Al-Huzzein Zamanat ist der Name der Herrscherfamilie, aber jedes Kind trägt auch den Namen seiner Mutter." Neugierig beobachtete Tariq Jasmines Gesicht, als sie nicht antwortete.

Verlegen richtete sie ihre Aufmerksamkeit auf das Essen. Die Vorstellung, einmal Tariqs Kind unter dem Herzen zu tragen, war bittersüß. Sie wusste, sie musste ihm ihr Geheimnis beichten – aber nicht jetzt.

„Du hast ihre Augen", sagte sie.

„Ja. Und …" Er brach ab. Als Jasmine fragend aufblickte, lächelte er sein gefährliches raubtierhaftes Lächeln. „Manche sagen, ich habe ihr Temperament."

„Das mag wohl sein." Sie nahm eine getrocknete Aprikose und schob sie ihm zwischen die Lippen. Schnell wie der Blitz hatte er ihr Handgelenk gepackt und leckte ihre Finger sauber wie eine große Raubkatze. Dabei ließ er keine Sekunde den Blick von ihren Augen.

„Du musst sie sehr vermissen", sagte Jasmine.

Tariq wandte den Blick ab. „Sie sind fort. Jetzt muss ich mein Volk führen. Ich habe keine Zeit zum Trauern."

Jasmine empfand tiefes Mitgefühl. Jedem sollte die Möglichkeit gegeben werden zu trauern. Auch einem Scheich. Sie wollte gerade etwas Tröstliches sagen, da nahm er das Tablett und stellte es auf den Boden. „Genug geredet."

Tariq wollte nicht über seine Eltern sprechen. Der Schmerz über ihren Tod war zu groß. Und was er im Nachhinein herausgefunden hatte, hatte ihn fast verrückt gemacht vor Enttäuschung. Seine schöne, liebevolle Mutter hatte Krebs gehabt und hatte gewusst, dass sie sterben würde. Seine Eltern waren auf dem Rückweg von einer Klinik gewesen, als der Unfall passierte.

Die Frau, der er von allen Menschen am meisten vertraut hatte, hatte ein Geheimnis vor ihm gehabt und sich ihm dadurch noch vor ihrem Tod entzogen. Er hätte ihr noch so vieles sagen wollen, doch sie hatte nicht genug Vertrauen in ihn gehabt, um ihm ihr Geheimnis anzuvertrauen. Und er würde niemals erfahren, ob er nicht vielleicht etwas hätte tun können, um ihren Tod zu verhindern.

Tariq verscheuchte die traurigen Erinnerungen und drückte Jasmine auf die Matratze. Hier, im Bett, würde es keine Lügen zwischen ihnen geben. Es gab nichts zu verschweigen, wenn sie sich gegenseitig mit ihren Körpern Vergnügen verschafften. Dass echte sexuelle Erfüllung nicht möglich war, ohne dass es Folgen für sein Gefühlsleben hatte, daran wollte er nicht denken. Dass diese zierliche Frau mit ihrem scheuen Lächeln und ihrer Sinnlichkeit vielleicht längst ihren Platz in seinem Herzen gefunden hatte, war er nicht bereit, sich einzugestehen.

„Hast du Schmerzen?" Tariq spürte, dass Jasmine errötete, denn ihre Haut erwärmte sich unter seiner Handfläche, und ihr Puls beschleunigte sich.

„Nein." Sie barg ihr Gesicht an seinem Hals.

„Ich werde dich nicht zwingen, Mina. Niemals werde ich mir etwas nehmen, was du mir nicht geben willst." Er streichelte ihren Rücken und drückte kleine Küsse auf ihren Hals. Er fand es köstlich, wie samtig ihre Haut war. Jasmines Körper weckte in ihm das Verlangen, diese wundervollen Kurven und die Geheimnisse, die sie bargen, langsam und ausgiebig zu erforschen.

„Und ich? Kann ich dich zwingen?"

Einen Augenblick lang war er verblüfft, dann lächelte er. „Begehrst du mich denn so sehr, mein Weib?"

„Das weißt du doch." Ihre Augen funkelten. Dass sie so herausfordernd werden könnte, damit hatte er nicht gerechnet, doch er fand es wunderbar. Wieder einmal musste er sich eingestehen, dass Jasmine nicht mehr das junge Mädchen war, das ihn vor vier Jahren fast zerstört hatte.

Er beugte sich vor und strich mit seinem Mund über ihre Unterlippe. Sie erwiderte die Zärtlichkeit, indem sie ihn ganz sacht ihre Zähne spüren ließ. Oh ja, seine Jasmine war alles andere als ein zahmes Kätzchen, das sich herumkommandieren ließ. Die neue Jasmine hatte Krallen. Würde sie sie einsetzen, um gegen ihn zu kämpfen oder für ihn?

Ein ganz neues Gefühl der Erregung erfüllte Tariq.

Zwei Tage später betrat Tariq eines der Turmzimmer am Ende ihrer Suite. Gerade rechtzeitig, um zu sehen, wie Jasmine die Arme ausbreitete und „Perfekt!" rief.

Der Raum war an drei Seiten fast völlig verglast und deshalb von Sonnenlicht erfüllt. Tariq erstarrte, als er Jasmine freudig lachend durch den Raum tanzen sah. Eisern verdrängte Gefühle drohten hervorzubrechen. So leicht fand sie Zugang zu seinem Herzen.

Schockiert darüber, wie ergeben er dieser Frau war, die diese Ergebenheit niemals wirklich erwidert hatte, verscheuchte er mit aller Kraft die zärtlichen Gefühle, die sie in ihm weckte.

„Was ist perfekt?", fragte er schließlich.

Erschrocken drehte Jasmine sich um. Tariqs charismatische Ausstrahlung schien stärker geworden zu sein in den Stunden, in denen sie sich nicht gesehen hatten. „Dieses Zimmer", brachte sie mühsam heraus. „Ich dachte, ich könnte es vielleicht als Arbeitsraum benutzen. Geht das?"

Tariq machte einen Schritt auf sie zu. „Du bist hier zu Hause, Mina. Tu, was dir gefällt."

Jasmine lächelte und warf die Arme um seinen Nacken. Er rührte sich nicht, und sie ließ ihn rasch wieder los, bevor er sie womöglich von sich schob. Zärtliche Gesten, das war etwas anderes als sinnliche Berührungen im Bett, und Tariq hatte ihr in keiner Weise zu verstehen gegeben, dass er außerhalb des Bettes irgendwelche Liebesbeweise von ihr erwartete. Das tat weh, doch sie war entschlossen, diese Mauer zu durchbrechen.

„Ich danke dir." Sie ging an eines der deckenhohen Fenster und blickte in den Garten. „Dieses Zimmer wäre auch perfekt für dich und deine Malerei. Wo ist dein Atelier?"

„Ich habe als Scheich keine Zeit für so etwas, Mina."

Jasmine war betroffen. „Aber du hast die Malerei immer so geliebt." Sie verwahrte das Bild, das er für sie in Neuseeland gemalt hatte, wie ein Kleinod. Es war für sie zu einem Talisman geworden, der ihr die Kraft gegeben hatte, an ihrem Traum festzuhalten.

„Man bekommt nicht immer das, was man sich wünscht."

„Nein", stimmte sie zu. Wie fremd und distanziert er plötzlich war. Ihr Tariq, der doch tief in seinem Herzen zärtlich und liebevoll war, war nun hinter der versteinerten Fassade dieses Scheichs verborgen. Wieder einmal wurde sie von Zweifeln gequält. Würde sie diese Fassade jemals durchdringen können? Aber sie kämpfte dagegen an. Für eine Frau, die niemals von denen geliebt worden war, die sie eigentlich mit all ihren Fehlern und Unzulänglichkeiten hätten annehmen und beschützen sollen, war das eine Aufgabe, die gewaltigen Mut und verzweifelte Hoffnung erforderte.

Tariq legte die Hände um ihren Nacken und ließ seine Daumen über ihre zarte Haut kreisen. „Wir haben keine Zeit für eine Hochzeitsreise", raunte er. „Aber ich muss morgen aufbrechen, um einen der Wüstenstämme zu besuchen. Du wirst mitkommen."

Er ließ ihr keine Wahl, aber sie wollte auch keine. Vier Jahre waren sie getrennt gewesen, das reichte. „Wohin werden wir gehen?" Jasmine hatte das Gefühl, schon wieder in Flammen zu stehen.

Tariq strich mit dem Daumen über eine bestimmte Stelle an ihrem Hals. „Ich habe dir heute Morgen mein Zeichen aufgedrückt."

Unwillkürlich lege sie eine Hand auf die Stelle. „Das habe ich noch gar nicht bemerkt."

Er sah sie schweigend an. Das Grün seiner Augen schien sich zu verdunkeln, bis es fast schwarz war. „Du gehörst ganz und gar mir, Mina."

Jasmine wusste nicht, was sie darauf erwidern sollte. Es war schon beängstigend, die Frau dieses Mannes zu sein. Manchmal entdeckte sie in ihm ihren Tariq, doch meistens nahm sie nichts anderes wahr als diese kalte, versteinerte Maske.

„Wie weiß und weich deine Haut ist, meine Jasmine."

Sein heiseres Flüstern beruhigte sie. Mit Tariqs Begierde konnte sie fertigwerden, doch wenn er sich kalt und unberührt gab, hätte sie aufschreien mögen vor Verzweiflung.

„Sie lässt sich so leicht markieren."

„Tariq, was ..." Überrascht wollte sie protestieren, als er ihre Bluse aufknöpfte.

Er ignorierte ihren Protest. Mit großen Augen sah Jasmine zu, wie er seinen Kopf senkte, und im nächsten Moment spürte sie seine Lippen auf ihrer Brust. Siedend heiß. Sie krallte ihre Finger in sein Haar, als er begann, an der empfindlichen Stelle zu saugen. Ihr Körper glühte. Schließlich hob Tariq den Kopf, nahm ihre Hand und tippte mit einem ihrer Finger auf die markierte Stelle. „Sieh das an, und denk daran, dass du mir gehörst."

Jasmine konnte ihn nur stumm anschauen. Er war so besitzergreifend, so dominierend. Nichtsdestotrotz war sie unglaublich erregt. Ihr Körper reagierte einfach auf dieses primitiv männliche Verhalten.

„Hör nicht auf, daran zu denken." Er küsste sie, um ihre Sehnsucht zu steigern. „Heute Nacht werden wir beide Erfüllung finden." Damit wandte er sich um und ging hinaus.

Jasmine spürte, wie ihre Knie weich wurden. Sie musste sich an dem Fenstersims hinter ihr festhalten. Er hatte ihr sein Zeichen aufgedrückt, ganz bewusst und absichtlich, um sie als seinen Besitz zu markieren. Ganz deutlich hatte sie das triumphierende Funkeln in seinen Augen gesehen, den Ausdruck von Befriedigung auf seinem Gesicht. Sie erschauerte, teils aus Lust, teils aber auch, weil sie zutiefst verunsichert war. Sie wollte nicht glauben, dass Tariq nichts weiter als körperliche Begierde für sie empfand, behandelte er sie doch manchmal äußerst liebevoll. Doch was er eben getan hatte, das war weniger aus Liebe geschehen als vielmehr aus einem niederen Beweggrund. Jasmine wusste, dass das ihre Beziehung prägen würde, wenn sie nicht herausfand, was genau in Tariq vorging.

Am nächsten Tag war der Himmel so blau und kristallklar, dass Jasmine sich überwältigt fühlte von so viel Schönheit.

Sie verließen Zulheina in einer Limousine. Die Fahrt würde fünf Stunden dauern. Danach würden sie mit Kamelen weiterreiten müssen.

„Wer sind die Leute, die uns folgen?", fragte sie, als sie losfuhren.

„Drei von meinen engsten Beratern begleiten uns." Tariq winkte mit seinem Zeigefinger, und Jasmine setzte sich lächelnd neben ihn, sodass er sie an sich drücken konnte. Im Gegensatz zu der geradezu wütenden Leidenschaft, mit der er sie in der Nacht zuvor geliebt hatte, war er jetzt ganz entspannt. „Am Ende der Straße werden uns zwei Boten abholen und zu dem Vorposten von Zeina führen."

„Diese Stadt scheint sehr isoliert zu sein."

„So lebt mein Volk nun einmal. Wir sind nicht wie die umherziehenden Beduinenstämme. Wir sind sesshaft und bauen Städte. Doch meistens sind diese klein und liegen weit voneinander entfernt."

„Selbst Zulheina ist nicht allzu groß, oder?"

Tariq öffnete das Band um ihren Zopf und löste ihr Haar. Jasmine legte den Kopf an seine Brust und genoss die unverhoffte Zärtlichkeit.

„Nein, sehr groß ist Zulheina nicht. Unsere einzige echte Großstadt ist Abraz. Sie ist die Stadt, die wir auch nach außen hin zeigen, aber Zulheina ist das Herz des Scheichtums."

„Welche Bedeutung hat Zeina?"

Tariq streichelte ihren Nacken, und Jasmine schmiegte sich an ihn wie eine Katze. „Ah, Mina, du bist so voller Widersprüche."

Erstaunt sah sie ihn an. „Inwiefern?"

Er berührte ihre halb geöffneten Lippen mit den Fingerspitzen. „In meinen Armen so sinnlich und ungehemmt, doch in der Öffentlichkeit wie eine echte Dame. Eine wundervolle Kombination."

„Und ich bin sicher, dass du noch etwas hinzuzufügen hast."

„Ich ertappe mich immer wieder dabei, wie ich mir vorstelle, deine damenhafte Fassade zu Fall zu bringen. Es macht mir sehr viel Spaß, mir zu überlegen, wie ich dich dazu bringe, vor Lust laut zu schreien."

„Von jetzt an werde ich jedes Mal, wenn du mich ansiehst, denken, dass du daran denkst", erwiderte Jasmine und wurde rot.

„Damit hättest du wohl recht." Im nächsten Moment küsste er sie liebevoll.

Jasmine schlang die Arme um seinen Nacken und gab sich seinen Zärtlichkeiten hin. Tariq schien keine Eile zu haben. Er zog sie auf seinen Schoß, liebkoste ihre Brüste und erteilte ihr gleichzeitig eine Lektion in der Kunst des Küssens. Wenn sie Atem schöpfen musste, ließ er von ihr ab und strich zärtlich mit einem Finger über ihre Lippen, um sie dann erneut mit seiner Zunge zu liebkosen. Jasmine war es, die schließlich so erregt war, dass sie glaubte, sich wehren zu müssen.

„Genug", flüsterte sie atemlos und spürte dabei deutlich, wie sehr er sie wollte.

Tariqs Blick war verschleiert, doch er hielt sie nicht zurück, als sie von seinem Schoß rutschte. „Du hast recht, Mina. Ich würde Stunden brauchen, um das hier zu Ende zu bringen."

Sie rutschte vorsichtshalber ans andere Fenster. „Erzähl mir noch ein bisschen von Zeina."

Mit einem typisch männlich triumphierenden Lächeln betrachtete er ihre Brüste, die sich unter dem Stoff ihres Gewands hoben und senkten. „Zeina ist einer unserer größten Zulheil-Rose-Lieferanten. Aus noch unbekannten Gründen findet man diesen eigenartigen Edelstein nur in der unmittelbaren Nachbarschaft von Ölvorkommen."

Jasmine pfiff durch die Zähne. „Na, da hat Zeina es ja in doppelter Hinsicht gut getroffen."

„Stimmt, aber im Lauf der Jahrhunderte hat sich zwischen den verschiedenen Stämmen eine Art Netzwerk entwickelt, sodass nicht nur die Menschen profitieren, die direkt neben diesen Bodenschätzen leben. Zum Beispiel liefert Zeina den Edelstein nur in unbearbeiteter Form aus, und zwar an zwei Stämme im Norden unseres Landes, die die besten Kunsthandwerker der Welt hervorbringen."

Jasmine wusste, dass Tariq zu Recht stolz war. Die Kunsthandwerker von Zulheil galten als wahre Magier ihres Fachs. „Moment mal", sagte sie. „Wenn man diesen Edelstein nur in der Nähe von Erdöl findet, warum ist Zulheina dann keine Ölstadt?"

„Zulheina ist in mehr als einer Hinsicht ein Phänomen. So widersprüchlich es auch klingt, unsere Ingenieure und Geologen sagen, dass es in der ganzen Gegend keinen Tropfen Öl gibt", erklärte Tariq. „Deshalb glauben wir, dass der Kristallpalast ein Geschenk der Götter ist."

„Dem lässt sich nichts hinzufügen. Er ist unglaublich schön." Jasmine seufzte unwillkürlich. „Was ist eigentlich der Zweck dieser Reise?"

„Unser Volk lebt sehr weit verstreut. Ich lege großen Wert darauf, jeden einzelnen Stamm einmal im Jahr zu besuchen." Tariq streckte seine langen Beine aus. „Ich fürchte, ich muss mich jetzt mit diesen Berichten beschäftigen, Mina." Er deutete auf die Papiere, die er zuvor in die Tasche an der Innenseite der Wagentür geschoben hatte.

Jasmine nickte verstehend und dachte über ihr Gespräch nach. Offenbar vertraute Tariq ihr nicht genug, um ihr seine Liebe zu zeigen, doch er hatte keine Bedenken, mit ihr über die Geschäfte seines Landes zu sprechen. Zum ersten Mal in ihrem Leben fühlte sie sich als Teil von etwas, nicht nur als Zuschauerin. Mit neuer Hoffnung auf eine gemeinsame Zukunft mit Tariq nahm sie ihren Skizzenblock zur Hand und begann ein Kleid in den Farben des Nachthimmels zu entwerfen.

Als Tariq von seinen Unterlagen aufblickte, sah er Minas Hand mit geübtem Strich über das Papier gleiten. Ihrem Gesicht war anzusehen, wie konzentriert sie war. Er war fasziniert.

Als sie sich damals kennenlernten, war sie Studentin gewesen, doch ihr Studium hatte sie nicht interessiert. Jetzt war sie völlig eingenommen von dem, was sie tat.

„Darf ich mal sehen?", fragte er, begierig, mehr zu erfahren über diese neue Jasmine, die ihn noch viel stärker zu verzaubern drohte als die Jasmine von damals.

Große blaue Augen blickten ihn verwundert an. Dann lächelte sie. „Wenn du möchtest."

Er rutschte zu ihr hinüber und legte seinen Arm auf ihre Rückenlehne. „Ein Abendkleid", stellte er fest.

„Ich dachte, ich verwende dafür einen mit Silberfäden durchwirkten Stoff."

Tariq beugte sich vor und betrachtete ganz genau die klaren Linien ihrer Skizze. „Du bist begabt. Das ist wunderschön."

Jasmines Wangen färbten sich rosa. „Wirklich?" Es gelang ihr nicht, ganz zu verbergen, wie sehr sie sich nach Anerkennung sehnte.

Tariq dachte daran, wie defensiv sie reagiert hatte, als er sie bei ihrer Ankunft ausgefragt hatte. Sie hatte sich wie jemand verhalten, der niemals Unterstützung bei der Verwirklichung seines Traumes erfahren hatte. Zum ersten Mal bekam er eine Ahnung davon, wie und wodurch diese Frau geprägt worden war. Ein geradezu zorniges Verlangen, sie zu beschützen, stieg in ihm auf. Der Wunsch, jene zu bestrafen, die ihr wehgetan hatten, während sie für ihn außerhalb seiner Reichweite war, wurde so stark, dass es ihn eine bewusste Anstrengung kostete, sich unter Kontrolle zu halten.

„Ja, wirklich. Vielleicht findest du etwas, das dir gefällt in der nächsten Lieferung aus Razarah." Er würde persönlich dafür sorgen, dass man ihr Muster von jedem Stoff lieferte. „Erzähl mir von deinen Entwürfen."

Freudig strahlend ging sie auf seine Bitte ein, und für den Rest der Fahrt herrschte eine zwanglose, freundschaftliche Atmosphäre, was Tariq überraschte. Seit er den Thron bestiegen hatte, hatte er nie mehr einfach so mit jemandem zusammen sein können. Und jetzt war da Jasmine mit ihrem Lachen und ihren Träumen und brachte ihn in Versuchung, sich gehen zu lassen. Sich ihr zu öffnen und einfach Spaß zu haben. Aber vertraute er ihr genug, um so weit zu gehen?

5. Kapitel

„Ich habe Angst", platzte Jasmine heraus.
Tariq drehte sich zu ihr um. „Angst?"
Sie nickte. „Die Kamele sind so groß und …" Ihre Stimme zitterte. Sie hatte sich nicht wirklich überlegt, was eine Reise auf dem Rücken eines Kamels bedeutete.
Tariq legte die Hände auf Jasmines Schultern. „Du bist ja ganz außer dir."
Sie nickte kläglich. „Ich kann Höhe nicht vertragen, und ein Kamelrücken ist schrecklich hoch."
„Es gibt keine andere Möglichkeit, sonst hätte ich sie dir angeboten."
„Ist schon gut. Ich werde schon damit fertigwerden", log sie.
„Du bist so tapfer, Mina." Er strich mit der Daumenspitze über ihre zitternde Unterlippe. „Der Wagen ist noch hier. Du kannst zurückfahren."
Überrascht blickte Jasmine auf. Er hatte doch so kompromisslos von ihr gefordert, ihn zu begleiten. „Du willst nicht mehr, dass ich mitkomme?"
„Ich will nicht, dass du leidest."
Sie biss sich auf die Unterlippe. „Wie lange wird es dauern?"
„Wir brauchen drei Tage bis Zeina. Einschließlich unseres Aufenthalts und der Rückreise werden mindestens eineinhalb Wochen vergehen."
„Eineinhalb Wochen …" Sie würde es nicht ertragen, so lange von ihm getrennt zu sein. „Ich komme mit. Kann ich mit dir reiten?"
Er nickte und küsste sie auf den Mund. „Du kannst dein Gesicht an meiner Brust verbergen und die Augen schließen, so wie du es im Bett machst."
Jasmine wurde verlegen. Tatsächlich schlief sie am liebsten mit dem Kopf auf seiner Brust. Zärtlich streichelte sie seine Wange, die von seinem weißen Kopfschutz halb verdeckt wurde. „Danke, Tariq."

„Bitte sehr, mein Weib. Und jetzt komm, es wird Zeit."

Manchmal kann Tariq wirklich sehr, sehr lieb und rücksichtsvoll sein, dachte sie, als er ihr auf den schwindelerregend hohen Rücken des Tieres half. Er stieg sofort nach ihr auf, bevor sie überhaupt an Panik denken konnte. Sie waren beide für den Ritt in weite Hosen, Tuniken und Kopfschutz gehüllt, um gegen die Sonne und die Hitze geschützt zu sein.

Jasmines Magen drehte sich fast um, als das Kamel sich in Bewegung setzte, doch sie hielt den Blick nach vorne gerichtet, wild entschlossen, Angst und Übelkeit zu besiegen. Der Anblick der endlosen Wüste war ihr eine unerwartete Hilfe.

Als sie schließlich am Abend Rast machten, war die Übelkeit kein Problem mehr. Solange sie nicht nach unten schaute, machte der schaukelnde Gang des Kamels ihr nicht mehr so viel aus. Außerdem hatte Tariq seine starken Arme um ihre Taille gelegt.

Aber selbst die starken Arme ihres Mannes konnten sie nicht vor den Folgen bewahren, die ein Tagesritt auf dem Rücken eines Kamels für einen ungeübten westlichen Po hatte. Erst als sie vom Kamel abstieg, bemerkte sie, wie furchtbar weh es tat. Sobald wie möglich entschuldigte sie sich und entfernte sich vom Nachtlager, bis sie außer Sichtweite war. Rasch erledigte sie ihre Notdurft, und dann stand sie im Schatten eines kleinen Baumes und rieb sich ihren schmerzenden Po.

Tariqs leises Lachen ließ sie mit hochrotem Kopf herumfahren. Er war keinen Meter von ihr entfernt, hatte die Arme vor der Brust verschränkt und ein breites Lächeln in seinem aristokratischen Gesicht.

„Was machst du denn hier?" Peinlich berührt wollte sie an ihm vorbeigehen.

Er fing sie jedoch ab, indem er einen Arm um ihre Taille legte und sie mit einer Bewegung zu sich herumdrehte. „Sei nicht böse, Mina. Ich habe mir Sorgen um dich gemacht, als du so lange fort warst."

Allein schon durch seine Berührung besänftigt antwortete sie: „Es tut so weh." Zum ersten Mal seit ihrer Ankunft fühlte sie sich ausgesprochen unwohl, wie eine Fremde, weit davon entfernt, sich an die Sitten dieses exotischen Volkes zu gewöhnen. Sie brauchte jetzt Tariqs Trost. Aber sie bekam etwas ganz anderes, als sie erwartet hatte.

Er legte die Hände auf ihren Po und begann ihre schmerzenden Muskeln sanft zu massieren. „Es kann nur besser werden. Ist das nicht einer von euren typischen Sprüchen im Westen?"

Jasmine stöhnte, zu erleichtert, um noch peinlich berührt zu sein. Die Bewegungen seiner Hände wirkten wie ein Zauber, doch sie wusste, wenn er so weitermachte, dann würde sie bald etwas sehr Unvernünftiges tun. Deshalb legte sie ihre Hände auf seine Brust und schob ihn von sich. „Wir sollten besser zurück zum Camp gehen, sonst bekommen wir vielleicht nichts mehr zu essen."

Tariq seufzte enttäuscht. „Du hast recht, Mina. Komm." Er streckte die Hand aus, und dann gingen sie Hand in Hand zu den anderen zurück.

Als Jasmine am Morgen die Augen öffnete, war Tariq bereits angekleidet.

„Guten Morgen, Mina."

„Guten Morgen." Sie setzte sich auf und rieb sich die Augen.

„Ich habe dich so lange wie möglich schlafen gelassen, doch wir müssen bald los, wenn wir die nächste Oase vor der Dunkelheit erreichen wollen." Tariqs Stimme genügte, um sie wieder an die leidenschaftlichen Umarmungen der vergangenen Nacht denken zu lassen.

„Ich beeile mich. Gib mir zehn Minuten", erwiderte sie.

„Zehn Minuten", sagte er und küsste sie kurz.

Sehnsüchtig blickte Jasmine ihm nach. Wie sehr die Wüste sich doch in Tariqs Wesen widerspiegelte. Auch er konnte kalt wie die Wüste bei Nacht sein, dann wieder heiß wie Feuer. Seit sie in Zulheil war, hatte sie immer wieder diese beiden Seiten an ihm kennengelernt. Damals, vor vier Jahren, war sie seiner eisigen Seite niemals begegnet. Hatte sie nur eine Hälfte von ihm gekannt? Vier Jahre … vier verlorene Jahre. Plötzlich sehnte sie sich danach, alles über Tariqs Leben in diesen verlorenen Jahren zu erfahren. Sie wünschte es sich so sehr, dass es fast schmerzte. Tariq hatte bis jetzt jeden ihrer Versuche, über die Vergangenheit zu sprechen, abgewehrt. Doch sie wusste, solange sie nicht darüber sprachen, würden sie niemals wirklich Frieden finden.

„Mina! Bist du bereit?" Tariqs Ruf unterbrach ihre düsteren Gedanken.

„Geht es schon los?" Sie blickte hinüber zu den anderen. Nur ein paar umgeknickte Grashalme verrieten noch, dass hier ein Nachtlager war.

„Ich würde dich nicht hungern lassen. Schon gar nicht, wenn ich schuld bin an deinem Hunger." Seine Stimme war wie ein Streicheln. Er stieß sich von dem Baum ab, an den er sich gelehnt hatte, und ließ den Blick über ihren Körper wandern, so eindeutig besitzergreifend, dass ihr fast der Atem stockte. Als sich schließlich ihre Blicke trafen, hätte sie ihn fast angefleht, sie jetzt sofort zu lieben.

Er winkte wieder nur mit dem Zeigefinger.

Einerseits hätte sie sich am liebsten in seine Arme geworfen und gesagt: Ja, ja, bitte. Andererseits wehrte sich die erwachsene Frau in ihr gegen so viel männliche Arroganz. Sie stemmte also eine Hand in gespielter Entrüstung in die Hüfte und wiederholte mit der anderen Tariqs Geste.

Tariq lächelte breit. Zu ihrer Überraschung gehorchte er und kam zu ihr, so dicht, dass ihre Brust seinen Körper berührte. „Was möchtest du, mein Weib?"

Plötzlich wusste sie nicht, was sie sagen sollte.

Tariq strich mit dem Finger über ihre Wange. Sie senkte den Kopf, legte jedoch ihre Hand auf seine. Lächelnd beugte er die Knie, um ihr von Angesicht zu Angesicht gegenüberzustehen. Damit hatte sie nicht gerechnet, und nur deshalb gelang es ihr nicht rechtzeitig, ihren betrübten Ausdruck vor ihm zu verbergen.

Befremdet richtete er sich wieder auf. Sein Puls raste. Sie verbarg etwas vor ihm. „Was bedrückt dich?"

Jasmine hob den Kopf. „Was meinst du? Nichts."

Ihre Lüge machte ihn noch entschlossener. Was glaubte sie, vor ihm verbergen zu müssen? Im Hinblick auf Jasmine konnte er nur instinktiv reagieren. Sie sprach alles in ihm an, was wild, primitiv und ungezähmt war. Das war ein Teil seiner Persönlichkeit, der gefährlich werden konnte, das wusste er, ein Teil, der eisern unter Kontrolle gehalten werden musste. Und die völlige Kontrolle über Minas Leben war der Preis, den sie für vier Jahre Qual zahlen musste.

„Ich bin dein Mann. Du wirst mich nicht belügen. Antworte mir." Er legte ihr eine Hand in den Nacken und zwang sie, ihn anzusehen.

Das letzte Mal, als sie ihre Gedanken vor ihm verborgen hatte, hatte sie sich eingeredet, ihn verlassen zu müssen. Das hatte ihn fast zerstört. Er konnte sich nicht vorstellen, dass er es überleben würde, falls sie ihn noch einmal verlassen sollte.

„Wir verspäten uns", sagte Jasmine ausweichend.

Zeit spielte jetzt keine Rolle mehr. „Man wird auf uns warten", sagte er rau. Warum nur war er ihr gegenüber so verletzlich?

„Es ist jetzt nicht der richtige Augenblick." Sie legte die Hände auf seine Brust, um ihn wegzuschieben.

„Antworte mir."

Ihre kleinen Hände ballten sich zu Fäusten. „Du bist so schrecklich arrogant. Manchmal könnte ich schreien vor Wut!"

Fast hätte er sich zu einem Lächeln hinreißen lassen. Jasmines Temperament entzückte ihn. Aber dass sie etwas vor ihm verheimlichte … Seine Mutter hatte ihre Krankheit verheimlicht und ihm damit die Chance genommen, von ihr Abschied zu nehmen oder vielleicht mehr für sie zu tun. Jasmines Geheimnis würde vielleicht dazu führen, dass er sie erneut verlor. „Wenn ich etwas möchte, dann tue ich alles, um es zu bekommen", sagte er.

„Ich auch", erwiderte sie. „Ich bin zu dir gekommen."

„Und du wirst bleiben." Er würde ihr keine Wahl lassen. „Dieses primitive Land fängt wohl an, seinen Zauber zu verlieren?"

Entnervt verdrehte sie die Augen. „Nein, aber du machst mich noch verrückt mit deinen Fragen."

„Antworte mir, dann lasse ich dich in Ruhe." Seine kühle Erwiderung machte sie nur noch wütender. Ihre wunderschönen Augen schleuderten Blitze.

„Später."

„Jetzt." Er hatte immer noch eine Hand auf ihrem Nacken und hielt sie fest.

Jasmine sah an ihm vorbei und drehte sich weg. Doch wohin sollte sie gehen? Dieses Land mit seiner Hitze und seiner endlosen Weite war Tariqs stärkster Verbündeter.

„Du bist stärker und nutzt diesen Vorteil aus." Jasmine sah ihn anklagend an.

„Ich werde jeden Vorteil nutzen, den ich habe." Er konnte, durfte sie nicht verlieren. Er brauchte sie wie die Luft zum Atmen.

Eine Sekunde lang trafen sich ihre Blicke. Das Schweigen wurde fast körperlich spürbar.

„Was spielt es schon für eine Rolle, woran ich gedacht habe?"

Sie wollte ihm noch immer ausweichen. „Du gehörst zu mir, Mina." Diesmal würde sie keine Geheimnisse vor ihm haben. Vielleicht war sie damals zu jung gewesen, um dem Druck standzuhalten, der auf sie ausgeübt worden war. Aber hätte er von diesem Druck gewusst, dann hätte er um sie kämpfen können.

Schließlich gab Jasmine seufzend nach. „Ich habe an die Vergangenheit gedacht."

Plötzlich erschien die Luft zwischen ihnen um mehrere Grad abzukühlen. „Warum?", fragte Tariq eisig. Die Vergangenheit bedeutete Schmerz und Verrat.

„Ich kann nicht anders. Nicht, solange sie zwischen uns steht", rief sie verzweifelt.

Wie sie befürchtet hatte, wurde Tariq wieder zu dem Wüstenkrieger mit dem harten Gesicht. Er ging nicht auf das ein, was sie gesagt hatte, und das Schweigen zwischen ihnen wurde unerträglich. Vorsichtig legte sie die Hand auf seinen Oberarm. Er fühlte sich hart an wie Eisen.

„Vier Jahre, Tariq." All ihre Gefühle lagen im Zittern ihrer Stimme. „Vier Jahre waren wir getrennt, und du weigerst dich, auch nur ein kleines bisschen von deinem Leben in dieser Zeit mit mir zu teilen."

Sein Gesichtsausdruck wurde noch düsterer. „Was möchtest du wissen?"

Einen Moment lang war sie zu verblüfft, um etwas zu sagen. „Irgendetwas!", platzte sie dann heraus. „Alles! Nichts über diese Zeit zu wissen ist schrecklich. Es ist, als hätte ich ein tiefes Loch in mir."

„Es war deine Entscheidung."

„Aber jetzt habe ich mich anders entschieden."

Tariq wandte sich nur schweigend ab.

„Bitte", flehte sie.

Er ließ sie los und trat einen Schritt zurück. „Auf dem Rückweg von Neuseeland wurde ein Attentat auf mich verübt."

„Nein! Haben sie ..."

Er schüttelte unwirsch den Kopf. „Sie hatten keine Chance."

Jasmine fühlte sich schrecklich einsam, da er sie nun nicht mehr festhielt. „Sind sie immer noch aktiv?"

„Nein, sie waren von einer Regierung unterstützt worden, die inzwischen nicht mehr im Amt ist. Die neue Regierung ist uns freundlich gesinnt."

Offenbar versuchte er sie zu beruhigen. Das gab ihr den Mut, weiterzusprechen, obwohl sein eisiger Ton mehr als abweisend war.

„Aber dass es überhaupt passiert ist!"

Seine nächsten Worte trafen sie wie ein Schlag ins Gesicht: „Sie hielten mich für ein leichtes Ziel, nachdem ich kurz zuvor von einer Frau in die Knie gezwungen worden war."

Jasmine hätte fast aufgeschrien vor Verzweiflung. Ihretwegen wäre Tariq fast getötet worden, das machte ihr Angst. Und natürlich wurde es dadurch für sie noch unendlich schwieriger, alles wieder einzurenken, vielleicht sogar unmöglich. Inzwischen war ihr klar, welche Rolle Stolz und Ehre in Tariqs Leben spielten. Er war von Natur aus ein stolzer Mensch, und sein Stolz war auf grässliche Weise verletzt worden. Seine Stärke als Krieger und Führer seines Volkes war infrage gestellt worden, weil er sich den Luxus von Emotionen gestattet hatte. Wie könnte er jemals der Frau verzeihen, die schuld daran war, dass es überhaupt zu dieser schweren Beleidigung kommen konnte?

Ein Ruf von einem der Männer unterbrach das schwer lastende Schweigen. Tariq antwortete, ohne den Blick von Jasmine zu lösen. Sein Ausdruck war undurchdringlich, seine Stimme rau und kehlig, als ob auch er starke Gefühle unterdrücken müsste.

„Wir müssen gehen."

Betäubt von dem Schock nickte Jasmine und folgte Tariq. Als er ihr etwas zu essen in die Hand drückte, rührte sie sich nicht. Da flüsterte er ihr ins Ohr: „Iss, Mina, sonst nehme ich dich auf den Schoß und füttere dich."

Sie glaubte ihm und zwang sich einen Bissen nach dem anderen hinunter. Auch sie hatte ihren Stolz.

Vorsichtig hob Tariq Jasmine auf das Kamel. Er wusste, dass sie einen Brechreiz bekämpfen musste, aber sein Beschützerinstinkt ließ es nicht zu, dass sie diese beschwerliche Reise mit leerem Magen antrat. Sie würde ihre Kräfte brauchen.

Geschickt stieg er hinter ihr auf, ohne sie anzurempeln. Seit seinem Bericht über das Attentat schwieg sie. Es missfiel ihm, dass sie so still war. Seine Jasmine war sprühende Lebendigkeit und Fröhlichkeit. Er wusste, dass er sie mit seinem unwirschen Verhalten abgestoßen hatte. Er hatte im Zorn mit seiner Frau gesprochen. Und nun, da dieser verraucht war, wusste er nicht, wie er zu ihr zurückfinden sollte.

„Halt dich fest", sagte er, dabei hatte er den Arm so fest um ihre Taille gelegt, dass gar nichts passieren konnte. Niemals würde er sie fallen lassen, niemals zulassen, dass ihr etwas geschah.

Sie hielt sich an ihm fest, doch nur so lange, bis das Kamel aufgestanden war. Ihr weißer Kopfschutz gab ihr die Möglichkeit, sich vor ihm zu verbergen, das missfiel ihm. Sie sollte wieder mit ihm sprechen, er brauchte das. Diese Tatsache machte ihn wütend. Ein Scheich brauchte niemanden. Der Mann war ein Narr, der eine Frau brauchte, die ihre Unfähigkeit, treu zu sein, unter Beweis gestellt hatte. Er hatte sich einfach an ihre Anwesenheit und an ihre Stimme gewöhnt. Das war alles.

„Wirst du den ganzen Tag ein langes Gesicht machen?" Er wusste, er war nicht fair, aber er konnte nicht anders und hoffte, dass sie sich zur Wehr setzten würde. Sie sollte auch etwas empfinden, selbst wenn es nur Wut war.

„Ich mache kein langes Gesicht." Ein wenig von ihrem Temperament war Jasmines Stimme anzuhören.

Ein Teil von ihm, der Teil, den er verleugnete, fühlte sich erleichtert. Sie war also nicht völlig am Boden zerstört. „Es ist besser, wenn du die Wahrheit weißt."

„Du meinst, dass du mir niemals wieder dein Herz öffnen wirst?"

Fast hätte ihre direkte Frage ihn aus dem Gleichgewicht gebracht. „Ja. Ich werde nicht noch einmal so ein leichtes Ziel sein."

„Ziel?" Es war nur ein Flüstern. „Aber wir sind doch nicht im Krieg."

„Schlimmer." Nach ihrer Zurückweisung vor vier Jahren war er kaum noch zu einem klaren Gedanken fähig gewesen. Er hatte sie mehr geliebt als die endlose Wüste seines Heimatlandes, doch es war diese endlose Wüste gewesen, die ihm geholfen hatte, über den Schmerz hinwegzukommen, den sie ihm zugefügt hatte.

„Ich will nicht mit dir streiten."

Ihre Antwort besänftigte ihn. „Du gehörst jetzt zu mir, meine Jasmine, für immer. Es gibt keinen Grund zu streiten." Sein Herz würde er ihr nicht mehr anvertrauen, doch er würde sie auch nie wieder gehen lassen.

Für immer. Jasmine legte den Kopf an Tariqs Brust und kämpfte gegen die Tränen an. Früher wäre sie mit nackten Füßen über Glasscherben gegangen, um dieses Versprechen von ihm zu bekommen. Doch jetzt war es nicht genug. Für immer mit einem Tariq, der sie nicht liebte und niemals lieben würde, das war nicht genug.

Die Hindernisse, die sie überwinden musste, waren ins Unermessliche gewachsen. Tariq davon zu überzeugen, dass sie ihn und nur ihn liebte und ihm immer treu ergeben sein würde, war schon schwierig genug. Vielleicht würde er ihr sogar eines Tages verzeihen, dass sie nicht stark genug gewesen war, gegen ihre Familie für ihre Liebe zu kämpfen. Aber würde der stolze Krieger in ihm ihr jemals verzeihen, welch schwere Beleidigung er ihretwegen hatte hinnehmen müssen?

Und was, wenn sie ihm einen weiteren Hieb versetzte mit der Enthüllung des Geheimnisses, das ihr als Kind das Herz gebrochen hatte?

Panik stieg in ihr auf. Nein! Niemand würde jemals davon erfahren, dass sie ein uneheliches Kind war! Niemand sollte Schande über ihren Mann bringen. Nur ihre Familie wusste davon, und die würde lieber schweigen, als ihre gesellschaftliche Stellung zu riskieren.

„Glaubst du wirklich, ein Prinz würde ein Mädchen heiraten, das nicht einmal den Namen seines Vaters kennt? Und was träumst du nachts, Schätzchen?"

Damals, vor vier Jahren, hatte Sarah ihren wunden Punkt getroffen, mit aller Härte. Jasmine hatte sich nie wirklich von diesem Schlag erholt, denn sie wusste, ihre Schwester hatte recht. Wie könnte Tariq sie akzeptieren, geschweige denn lieben, wenn nicht einmal ihre Adoptiveltern es konnten?

Er würde ihr niemals glauben, dass sie von der Hochzeitszeremonie so überwältigt gewesen war, dass sie diese wichtige Tatsache vergessen hatte, derentwegen sie nicht die richtige Wahl für ihn war. Als achtzehnjähriges Mädchen hatte sie vorgehabt, es ihm zu erzählen … bis Sarah ihr rücksichtslos die Konsequenzen vor Augen geführt hatte. Jasmine hatte ihrer Schwester geglaubt und das schändliche Geheimnis für sich behalten. Und ihre Familie hatte es später benutzt, um ihr den Mut zu nehmen, als sie sie vor die Wahl gestellt hatten.

„Du wirst gefälligst wieder mit mir sprechen."

Jasmine musste lächeln. Offenbar mochte Tariq es, wenn sie mit ihm plauderte. Dabei hatte er sie erst am Tag zuvor damit aufgezogen, schwatzhaft zu sein.

Vielleicht würde es ihr ja doch gelingen, diesen komplizierten Mann zur Liebe zu inspirieren. Es würde schwieriger werden, als sie es sich vorgestellt hatte. Und wenn schon. Getrennt von ihm wäre sie fast gestorben. Solange ihr Panther mit ihr zu reden wünschte, bestand Hoffnung. Solange er ihren Körper begehrte wie ein Verdurstender ein Glas Wasser, würde sie durchhalten.

Vielleicht würde er ihr eines Tages genug vertrauen und sie genug lieben, um sie voll und ganz zu akzeptieren. Bis dahin würde sie das Geheimnis, das sie so gern mit ihm geteilt hätte, für sich behalten.

„Erzähl mir von dem Anschlag auf dich", bat sie.

„Mina", sagte er unwillig. „Ich sagte doch, das Vergangene ist vergangen. Wenn du nicht mit mir streiten willst, dann fang nicht davon an." Er verlagerte sein Gewicht hinter ihr und nahm die Zügel von einer Hand in die andere.

„Und ich soll also deine Anweisung akzeptieren?" Sie konnte so viel Arroganz nicht einfach hinnehmen.

„Niemand widerspricht dem Scheich."

„Du bist mein Ehemann."

„Und doch benimmst du dich nicht so, wie es eine treu ergebene Ehefrau tun sollte."

Fast hätte Jasmine den ironischen Unterton überhört. Aha, er war nicht mehr zornig, sondern machte sich lustig über sie. Jetzt durfte sie auf keinen Fall klein beigeben, sonst würde er niemals mit ihr über Vergangenes sprechen. Er war so unglaublich stark, nicht nur körperlich, dass er eine starke Frau als Partnerin brauchte. Eine, die es wagte, ihm zu widersprechen und ihn herauszufordern.

„Wenn du totale Ergebenheit möchtest, hättest du dir besser ein Haustier gekauft." Sie hätte hinzufügen können, dass eine total ergebene Ehefrau ihn zu Tode langweilen würde. „Und jetzt sag mir endlich, was damals geschehen ist."

„Wir sind auf dem Rückflug aus diplomatischen Gründen in Bahrain zwischengelandet. Auf dem Weg vom Flughafen wurde meine Limousine durch zwei Lastwagen von den übrigen getrennt."

„Und Hiraz?"

„Ich war keine sehr angenehme Gesellschaft damals." Tariqs Erklärung versetzte Jasmine einen weiteren Stich in ihr wundes Herz. „Hiraz fuhr im vorderen Wagen mit zwei Leibwächtern. Zwei weitere Leibwächter befanden sich in dem Wagen hinter uns."

„Du warst also allein." Unwillkürlich legte sie ihre Hand auf Tariqs.

„Ich brauchte Zeit für mich, Mina." Es klang bitter. Sie verstand. Selbst ein Scheich brauchte ab und zu das Alleinsein. Ein Mann wie Tariq jedoch erst recht. „Meine Fahrer sind stets auch ausgebildete Leibwächter."

„Und was geschah dann?", fragte Jasmine gespannt. Durch jenes Attentat wäre ihr Tariq fast genommen worden. Auf jeden Fall war der emotionale Schaden, den er erlitten hatte, immens.

Er beugte sich vor und strich den Stoff ihres Kopfschutzes beiseite, sodass er ihr ins Ohr flüstern konnte. „Wir haben sie erledigt."

Jasmine genoss es, seine Wärme zu spüren, seinen Duft zu atmen. „Ist das alles?", fragte sie, voller Angst, dass er sich aufs Neue zurückziehen würde.

„Es gibt nicht viel zu sagen. Es handelte sich um religiöse Fanatiker aus einem Staat, in dem Bürgerkrieg herrschte. Sie wollten mich mit bloßen Händen umbringen. Ich habe drei kampfunfähig gemacht, mein Fahrer zwei." Er küsste sie auf den Hals.

„Und die anderen Leibwächter haben sich um die übrigen Attentäter gekümmert, sobald sie die Lastwagenblockade durchbrochen hatten?"

Statt einer Antwort zog Tariq ihr wieder den Kopfschutz übers Gesicht. „Deine Haut ist zu empfindlich", brummte er.

„Vielleicht werde ich ja braun."

Er schnaubte ungläubig. „Genug davon. Jetzt reden wir über etwas anderes."

Sie hätte protestieren können, doch sie wollte nicht zu weit gehen. Er war ihr schon sehr entgegengekommen, nachdem er anfangs überhaupt nicht über die Vergangenheit reden wollte. „Einverstanden."

„Und das soll ich dir glauben?"

„Unerhört." Sie versuchte, den lockeren Plauderton zu genießen und die schreckliche Wahrheit zu vergessen.

„Wie fühlst du dich?", fragte er.

Jasmine nahm an, er bezog sich auf ihren Streit. „Es ist ein schöner Tag. Ein Tag zum Glücklichsein."

Tariq schmunzelte. „Ich meinte deinen süßen Po."

Jasmine stieß ihm den Ellbogen in die Rippen. „Benimm dich." Die Zeit des Frostes war vorüber, doch das Glück, das Jasmine empfand, war bittersüß. Es würde keinen Schmerz und keinen Streit mehr geben an diesem wundervollen Tag. Sie würde so tun, als wäre alles in Ordnung und als würde der Mann, der sie so sorgfältig festhielt, sie tatsächlich lieben.

Am Abend war Jasmine jedoch viel zu erschöpft, um weiter so zu tun, als wäre alles in Ordnung. „Wärst du einverstanden, wenn ich mich heute früher zurückziehe?", fragte sie Tariq. Der Schein des Lagerfeuers, der am Abend zuvor so malerisch gewirkt hatte, reizte ihre ausgetrockneten Augen heute.

Tariq blickte über die Schulter. „Du möchtest nicht länger hierbleiben?" Sein Ton war leicht tadelnd.

„Ich bin schrecklich müde. Das alles ist neu für mich", sagte sie und verbarg damit eine Wahrheit hinter der anderen.

Tariq drückte sie an sich. Jasmine war überrascht. Er berührte sie kaum, wenn sie nicht allein waren. Sie hatte es bis jetzt nicht gewagt, ihn zu fragen, ob er es nicht wollte oder glaubte, es nicht mit seiner Position als Scheich vereinbaren zu können.

„Verzeih mir, Mina. Du beklagst dich nie, deshalb vergesse ich immer wieder, wie hart diese Reise für dich sein muss." Seine Worte waren wie eine Liebkosung.

Jasmine legte den Kopf an seine Schulter und spürte, wie ein Teil des Schmerzes in ihrem Innersten sich in nichts auflöste. Tariq hielt sie im Arm, als würde sie ihm tatsächlich etwas bedeuten. „Erwartet man, dass ich bleibe, weil ich deine Frau bin?"

Er drückte sie noch fester an sich. „Dass du so intelligent bist, ist einer der Gründe, weshalb du meine Frau bist", murmelte er. „Die Menschen in meinem Land vergleichen Fremde stets mit sich selbst. Es ist nicht fair, hat aber vielleicht auch einen Sinn. Wir vertrauen Fremden nicht so leicht." Das hatte Jasmine schon bei ihrer allerersten Begegnung gespürt.

„Sie haben dich akzeptiert, weil ich dich zu meiner Frau gemacht habe", fuhr er fort. „Und man wird dir gehorchen. Aber wie sehr man dich tatsächlich respektieren wird, wird von vielen Dingen abhängen, unter anderem davon, wie gut du mit Land und Klima fertigwirst."

Was er nicht sagte, verstand sie auch ohne Worte, nämlich dass seine Ehre jetzt untrennbar mit ihrer verbunden war. Eine zerbrechliche Verbindung, aber immerhin etwas. „Dann bleibe ich. Kannst du mich weiter im Arm halten?"

Er strich ihr mit der freien Hand über die Wange, und sie hoffte, dass er stolz auf sie war. Verstohlen betrachtete sie sein Gesicht im Schein des Feuers. Was für ein schöner Mann, schön und gefährlich. Ob sie jemals einen Weg zu seinem Herzen finden würde?

6. Kapitel

Am Morgen des vierten Tages erreichten sie die kleine Industriestadt Zeina. Sämtliche Gebäude, obwohl aus Stahl und Beton erbaut, fügten sich optisch perfekt in die Umgebung ein. Zu Jasmines Überraschung ritten sie jedoch durch die Stadt hindurch und noch ein gutes Stück weiter in die Wüste hinein, wo sich eine Ansammlung bunter Zelte befand.

„Willkommen in Zeina", raunte Tariq ihr ins Ohr.

„Ich dachte, was hinter uns liegt, ist Zeina." Sie wies mit dem Kopf auf die Stadt hinter ihnen.

„Das ist nur ein Teil davon. Hier liegt das eigentlich Herz der Stadt."

„Keine Häuser, nur Zelte", bemerkte sie.

„Arin und sein Volk haben es lieber so. Da alle damit zufrieden sind, liegt es nicht an mir, das infrage zu stellen. Übrigens, sie mögen ein bisschen altmodisch sein, aber sie gehen auch mit der Zeit. Siehst du die hellblauen Zelte dort drüben?"

„Es sind ziemlich viele."

„Sie sehen genauso aus wie die anderen, aber schau einmal genau hin."

Jasmine blinzelte. „Sie bewegen sich nicht im Wind! Woraus bestehen sie? Aus Plastik?"

„Ein äußerst widerstandsfähiger Kunststoff, den unsere Ingenieure entwickelt haben. Jedes von ihnen enthält sanitäre Einrichtungen, die von jeweils vier einander nahestehenden Familien benutzt werden."

„Wie praktisch." Jasmine war beeindruckt. Was für eine geniale Art, Tradition und Moderne miteinander zu verbinden.

„Das ist typisch Arin."

Wenige Minuten später lernte Jasmine den legendären Arin persönlich kennen. Er war ein Bär von einem Mann mit einem kurzen, sehr gepflegten Bart. Sein herzliches Lächeln ließ ihn etwas weniger bedrohlich erscheinen.

„Willkommen." Er winkte sie beide in sein riesiges Zelt. „Bitte, nehmt Platz."

„Danke." Lächelnd setzte Jasmine sich auf eines der um einen runden Tisch verteilten dicken Kissen. Sie versuchte der Unterhaltung der Männer zu folgen, doch sie fand in der Landessprache statt, weil Arin sich im Englischen nicht sicher genug fühlte.

„Ich bitte um Vergebung", sagte er. Es schien ihm peinlich zu sein.

„Bitte sagen Sie das nicht", erwiderte Jasmine. „Das ist Ihr Land, und ich sollte Ihre Sprache lernen. Umso besser ist es für mich, wenn ich so viel wie möglich davon höre."

Arin schien erleichtert zu sein. Tariq verstärkte den Druck seiner Hand um ihre Finger, ein Ausdruck stummer Dankbarkeit.

Wenn sie sich konzentrierte, gelang es ihr, die Grundzüge der Unterhaltung mitzubekommen. Die beiden Männer schienen sich gegenseitig die letzten Neuigkeiten mitzuteilen, allerdings schien ihr Ton ziemlich ernst zu sein. Anscheinend erkundigte sich der Scheich nach dem Gesundheitszustand von Arins Leuten.

Wieder einmal staunte Jasmine, wie sehr Tariq sich verändert hatte. Als sie sich das erste Mal begegnet waren, war er zwar auch schon sehr aristokratisch aufgetreten, jedoch viel entspannter. Jetzt lastete die volle Regierungsverantwortung auf seinen Schultern, und er trug sie wie ein maßgeschneidertes Gewand.

„Genug", sagte Arin schließlich auf Englisch. „Ich bin ein schlechter Gastgeber, euch so lange aufzuhalten, noch bevor ihr überhaupt den Staub von der langen Reise abschütteln konntet." Erstaunlich anmutig für einen Mann seiner Größe, erhob er sich von seinem Platz.

„Ja, schrecklich", stimmte Tariq mit einem Augenzwinkern zu. Jasmines Einschätzung, dass die beiden gute Freunde sein mussten, wurde bestätigt, als beide sich umarmten und sich auf die Schulter klopften, bevor Arin sie zu einem wesentlich kleineren Zelt führte, das für sie aufgestellt worden war. Die anderen Mitglieder von Tariqs Delegation waren von Arins Beratern bereits begrüßt und ebenfalls in Zelten untergebracht worden.

„Ihr Zelt sollte viel größer sein. Ich würde Ihnen meines geben, aber Ihr Mann will einfach nicht wie eine königliche Hoheit behandelt werden." Arin blickte Tariq über Jasmines Kopf hinweg tadelnd an.

„Wenn ich in dem Thronsaal, den du Zelt nennst, residiere, wird es den Leuten schwerer fallen, zu mir zu kommen, als wenn ich sie in einem Zelt empfange, das ihrem eigenen ähnelt." Ohne seinen Schritt zu verlangsamen, streckte Tariq die Hand aus und zupfte an Jasmines Kopfschutz herum, bis ihr Gesicht ausreichend geschützt war. „Bei dir ist das etwas anderes. Dich kennen sie schon ihr ganzes Leben."

Mit einem resignierten Seufzer machte Arin eine einladende Handbewegung. „Ich hoffe, Sie fühlen sich hier zu Hause für die nächsten drei bis vier Tage."

Im Gegensatz zu seinem mausgrauen Äußeren war die Inneneinrichtung des Zeltes prachtvoll. Dicke Polsterkissen in verschiedenen Farben waren auf dem Boden verstreut, und seidene Wandbehänge verdeckten die profanen Zeltwände. Neugierig spähte Jasmine hinter den Vorhang, der den hinteren Raum abtrennte, und entdeckte voller Entzücken einen Schlafplatz mit allem Komfort.

„Danke. Es ist wundervoll", rief sie und schenkte Arin ein strahlendes Lächeln. Er schwieg verblüfft.

Tariq blickte ihn erbost an. „Geh jetzt", befahl er. „Ich muss mit meiner Frau darüber sprechen, wie sie dich immer anlächelt."

Arin lachte gutmütig, zwinkerte Jasmine zu und verschwand. Jasmine ging zu ihrem Mann und zog seinen Kopf zu sich herunter, um ihn zu küssen.

„Das ist erlaubt, Mina. Küssen kannst du mich jederzeit."

„Oh, danke schön. Aber was hast du dagegen, dass ich Arin anlächle?"

„Frauen fliegen auf ihn. Das ist sehr ärgerlich", erwiderte Tariq trocken.

„Ich finde ihn nett."

Er packte sie und hob sie hoch. „Wirklich?"

„Hm." Sie schlang Arme und Beine um ihn. „Aber dich finde ich am nettesten von allen."

Tariq grinste und belohnte sie mit einem Kuss, der so heiß war wie die Wüstensonne.

Sie aßen zusammen mit anderen Zeltstadt-Bewohnern in Arins riesigem Zelt. Jasmine liebte es, Tariq zu beobachten, wenn er mit seinen Leuten zusammen war. Sie fand ihn einfach großartig. Er strahlte ein Charisma aus, das fast körperlich spürbar war. Das machte ihn unglaublich attraktiv. Die Menschen lauschten konzentriert, wenn er redete, und beantworteten seine Fragen ohne Zögern, froh über die Aufmerksamkeit, die er ihnen schenkte.

„Sind Sie mit Ihrer Unterkunft zufrieden?", hörte sie Arin fragen und musste sich zwingen, den Blick von ihrem Ehemann abzuwenden. Beglückt nahm sie wahr, dass Tariq zu ihr herübersah, kaum dass sie den Blick von ihm abwandte.

„Es ist alles wundervoll, danke sehr." Jasmine lächelte. „Ich darf Sie nicht mehr anlächeln, weil die Frauen Sie zu sehr mögen."

Arin strich sich über den Bart. „Das ist ein schweres Los, aber ich muss es tragen. Das macht es schwer, eine Frau zu finden."

Jasmine glaubte, sich verhört zu haben. „Schwer, eine Frau zu finden?"

„Ja." Er machte ein sorgenvolles Gesicht. „Wie kann ein Mann sich für eine köstliche Frucht entscheiden, wenn er jeden Tag von Neuem durch einen üppigen Garten geht?"

Jasmine legte eine Hand auf ihren Mund, um nicht laut zu lachen. Kein Wunder, dass er und Tariq Freunde waren. In dem Augenblick zog Tariq leicht an ihrer Hand. Obwohl er sich mit jemand anderem unterhielt, wollte er ihre Aufmerksamkeit. Dass er sich wegen Arin nicht wirklich Sorgen machte, wusste sie. Weshalb war er dann so besitzergreifend?

„Er ist wie ein Kind. Er will Sie mit niemandem teilen." Arin beugte sich vertraulich vor. „Und er hat recht damit."

Es stimmte. Tariq war nicht bereit, sie zu teilen – manchmal. Er mochte es, wenn sie mit anderen Kontakt aufnahm und sich mit Frauen wie Mumtaz anfreundete. Er wollte sie also nicht absolut beherrschen. Doch er schien sie immer in seiner Nähe haben zu wollen.

Wollte er das, weil er sie so sehr brauchte oder weil er ihr nicht vertraute?

Sie schluckte schwer bei dem Gedanken, dass wahrscheinlich Letzteres zutraf, und setzte ein besonders freundliches Lächeln auf. Die Frau, die ihr gegenübersaß, fasste das als Ermutigung auf und verwickelte Jasmine in ein Gespräch.

„Heute werde ich einige Edelsteinminen besichtigen", erklärte Tariq am nächsten Morgen nach dem Frühstück. „Es ist ein sehr langer, beschwerlicher Ritt. Du wirst mich nicht begleiten können."

Jasmine sah ihn enttäuscht an. „Vielleicht nächstes Mal. Wenn wir wieder zu Hause sind, musst du mir Unterricht geben, wie man auf diesen Tieren reitet."

„Das werde ich, Mina", erwiderte er lächelnd. „Und während du hier allein bist, würdest du vielleicht gerne – wie nennt man das … Ich meine, es wäre gut, wenn du mit den Menschen …"

„Du meinst, ich soll mich unters Volk mischen?"

„Ja. Besonders unter die Frauen. Hier draußen in der Wüste sind die meisten von ihnen viel scheuer als in der Stadt."

„Du möchtest also, dass ich mit ihnen rede, um zu erfahren, ob es ihnen gut geht?"

Er nickte. „Du bist eine Frau, und du bist freundlich und sympathisch, zumal du ja dauernd aller Welt zulächelst." Sein Ton war tadelnd, doch er lächelte. „Die meisten Bürger von Zeina werden versuchen mit uns zu sprechen. Auf diese Art stärken wir die Bande, die unser Land zusammenhalten. Die Männer wollen normalerweise lieber mit mir sprechen, aber die Frauen werden sich wohler fühlen bei dir."

Jasmine biss sich auf die Unterlippe.

„Du möchtest es nicht tun?", fragte Tariq.

„Oh, doch. Ich will schon. Aber … glaubst du denn, dass ich das kann? Ich meine, ich bin ja nur eine ganz normale Frau. Werden die Menschen aus deinem Volk wirklich mit mir sprechen wollen?" Ihr ganzes Leben hatte Jasmine das Gefühl gehabt, niemals gut genug zu sein, und manchmal drohte die Vergangenheit ihr mühsam errungenes Selbstwertgefühl zunichtezumachen.

„Ah, Mina." Tariq zog sie auf seinen Schoß und drückte sie an sich. „Du bist meine Frau, und sie haben dich längst akzeptiert."

„Woher weißt du das?"

„Ich weiß es einfach. Und du wirst deinem Mann vertrauen und tun, was er sagt."

Sie musste lächeln. Wenn er so etwas von ihr verlangte, dann musste er wohl ein gewisses Vertrauen zu ihr haben. Vielleicht war das ein Anfang. Vielleicht würde er ihr eines Tages völlig vertrauen. Die Flamme der Hoffnung begann von Neuem aufzuflackern.

„Jawohl, Meister." Sie machte ein unterwürfiges Gesicht, sodass er lachen musste und sie küsste.
Bald darauf nahm er Abschied und ritt los.
Jasmine winkte ihm nach, dann fasste sie sich ein Herz und schlenderte ins Zentrum der Zeltstadt. Innerhalb kürzester Zeit war sie von Frauen umringt.
Erst als die Sonne violette Streifen auf den Abendhimmel malte, kehrte Jasmine zu ihrem Zelt zurück. Sie wusch sich den Staub und den Schweiß dieses anstrengenden Tages vom Körper, kleidete sich in einen knöchellangen Rock mit passendem Oberteil aus golden schimmerndem Stoff und setzte sich auf eines der niedrigen Sofas.

Wieder einmal fand Tariq seine Frau schlafend vor. „Wach auf, meine Jasmine." Seine Stimme war rau.
„Tariq." Sie öffnete die Augen mit einem Lächeln und streckte die Arme nach ihm aus. „Wann bist du zurückgekommen?"
„Vor einer guten halben Stunde. Du musst jetzt aufwachen, damit wir essen können." Er beugte sich vor und ließ sich von ihr umarmen. Den ganzen Tag von ihr getrennt zu sein – zum ersten Mal seit sie verheiratet waren – hatte den alten Schmerz wieder aufleben lassen. Einen wilden, nicht zu bändigenden Schmerz, der sich über ihn lustig zu machen schien, da er sich einredete, er brauche Jasmine nicht wirklich. Tatsächlich brauchte er sie viel mehr, als sie jemals ihn brauchen würde.
„Ist Arin auch da?"
„Nein." Er strich ihr die vom Schlaf zerzausten Haare aus dem Gesicht. „Heute sind wir allein. Morgen werden wir wieder mit den anderen zusammen essen."
Er versuchte sich von ihr zu lösen, um aufzustehen. Er wollte ihr ausweichen, den Gefühlen ausweichen, die sie in ihm wachrief, doch sie hielt ihn fest. „Geh nicht weg. Ich habe dich so vermisst."
„Tatsächlich, Mina?" Wieder war sein Ton schärfer als beabsichtigt. Ja, er brauchte sie, aber niemals würde er das Risiko eingehen, sie das wissen zu lassen.
„Ja. Ich habe den ganzen Tag nach dir Ausschau gehalten." Ihr Blick war verschleiert, ihr Körper noch ganz warm vom Schlafen.
„Zeig mir, wie sehr du mich vermisst hast, Mina. Zeig es mir." Er

riss sie an sich. Der Schmerz in ihm war wie ein wildes Tier, das Jasmine verschlingen wollte, sie ganz und gar besitzen wollte.

Tariq streifte ihr die Kleider ab, so schnell, dass ihr fast der Atem stockte, doch sie protestierte nicht. Und dann legte er sie auf dem dicken Teppich auf den Boden. Ihre Haut und ihr rotgoldenes Haar schimmerten seidig. Jasmine kam Tariq wie eine Gestalt aus einer alten heidnischen Sage vor, wie ein Traum, der Männer um den Verstand bringen soll.

Er umfasste ihren Nacken und küsste sie wild und fordernd. Jeden Zentimeter ihres Mundes erforschte er, während er mit seiner freien Hand ihren Körper in Besitz nahm. Schließlich liebkoste er ihre Brust. Jasmine stöhnte leise, und Tariq beugte sich über ihre Brust, nahm die hart gewordene Knospe in den Mund und massierte sie mit seiner Zunge.

Jasmine wand sich unter ihm und fuhr ihm wild durchs Haar. „Bitte … bitte …"

Ihr lustvolles Stammeln erregte ihn noch mehr. Mit einem Knie schob er ihre Schenkel auseinander, während er eine Hand über ihren Körper gleiten ließ, tiefer und tiefer. Ihre strahlend blauen Augen schienen dunkler zu werden, ihre Lippen öffneten sich halb, ihr Atem wurde flach, als seine Finger das kleine Herz ihrer Lust fanden.

Zwar war er darauf bedacht, ihr nicht wehzutun, aber sein Streicheln war diesmal nicht behutsam. Jasmine klammerte sich an seine Arme, und er spürte, wie ihre Lust zunahm. Er fuhr fort, sie zu streicheln, fester und schneller, und ließ sie nur einmal kurz los, um ihr rechtes Bein über seine Hüfte zu schieben, sodass er einen noch besseren Zugang zu den Geheimnissen ihres Körpers hatte.

Ihr lustvolles Stöhnen, während er sie streichelte, war ihm nicht genug. Er wollte mehr. Er brauchte Jasmines Lustschreie, ihre totale Unterwerfung. Er wollte, dass sie nichts vor ihm zurückhielt. Er wollte, dass sie ihn brauchte, wie er sie brauchte. Er wollte, dass sie ihn so sehr liebte, dass sie ihn nie wieder verlassen würde.

Sein Druck auf ihren sensibelsten Punkt wurde fester, und Jasmines Körper bäumte sich auf. Ihre Haut war feucht. Tariq beugte sich herunter und liebkoste ihre Brust vorsichtig und zärtlich mit seinen Zähnen. Jasmines Lust steigerte sich augenblicklich. Er drang mit seinen Fingern in sie ein und fühlte, wie feucht und bereit sie war.

In diesem Moment presste Jasmine sich eine Faust auf den Mund, um vor Lust nicht lauf aufzuschreien, und Tariq hörte augenblicklich auf, sie zu streicheln. Er befreite sich von seiner Hose, schob sich auf sie und drang in sie ein. Sie presste sich an ihn und biss ihn in die Schulter, um nicht laut zu stöhnen.

Ihre Bisse taten ihm weh, aber es war ein süßer Schmerz. Jasmine hatte ihren Höhepunkt erreicht, und auch er stand kurz davor. Doch er ließ es nicht zu. Noch nicht. Er hielt ihre Hüften fest und bewegte sich mit wütender Begierde in ihr. Schneller. Tiefer. So, als wollte er ihr sein Zeichen aufdrücken.

Erst als Jasmine den Versuch, lautlos Erfüllung zu finden, aufgab und ihr Lustschrei durch die nächtliche Stille drang, erlaubte auch Tariq sich den letzten Schritt zum Höhepunkt seiner Lust.

Bei ihrem letzten gemeinsamen Abendessen sollte Jasmine mehr über die Beziehung zwischen Arin und Tariq erfahren. Als Tariq in ein Gespräch vertieft war, nutzte sie die Gelegenheit, Arin Fragen zu stellen.

„Tariq verbrachte ab seinem dreizehnten Lebensjahr eine gewisse Zeit mit jedem der zwölf Stämme unseres Landes. Auf diese Weise sollte er sein Volk kennenlernen."

Jasmine war beeindruckt. Wie einsam musste er sich gefühlt haben. Unter seinesgleichen zu sein und doch – als deren künftiger Führer – seine Andersartigkeit ständig zu spüren. Sie empfand tiefes Mitgefühl für den Jungen von damals, doch offenbar war es ein gutes Training gewesen. Tariq verstand sich mühelos mit diesen Wüstenbewohnern, genau wie mit den Menschen, die in der Stadt lebten.

„Mit fünfzehn kam er nach Zeina. Seit damals sind wir Freunde."

„Und Sie sind es geblieben." Jasmine spürte plötzlich einen dicken Kloß in der Kehle. Rasch setzte sie ein strahlendes Lächeln auf.

Arin nickte. „Er ist mein Freund, aber auch mein Scheich. Machen Sie ihn zu Ihrem Mann, Jasmine, nicht zu Ihrem Scheich."

Arins Rat entsprach ihren eigenen Gedanken. Sie wusste, Tariq brauchte einen gewissen Freiraum, um für ein paar Stunden des Tages die Last der Verantwortung abzulegen. Das war leicht gesagt, aber nicht so leicht zu verwirklichen, zumal er so schrecklich stur war. Von einem Moment auf den anderen konnte er sich völlig verändern, sobald er in ihr die Schatten der Vergangenheit zu sehen glaubte.

Sie musste daran denken, mit welch erbitterter Begierde er sie in der Nacht zuvor geliebt hatte. Eine bittersüße Erinnerung. Dieser komplizierte Mann, den sie geheiratet hatte, würde ihr weder sein Vertrauen noch seine Liebe schenken, solange sie sich dessen nicht als würdig erwies. Aber sie würde den Versuch nicht aufgeben, die Kruste um sein Herz aufzubrechen. Stur sein konnte sie auch.

Später saß Jasmine im Schneidersitz auf ihrer seidigen Bettstatt und sah zu, wie Tariq sich im warmen Schein der Laternen auszog. Er drehte sich zu ihr um und winkte sie mit einer hoheitsvollen Kopfbewegung zu sich. Jasmine stand auf und schritt auf ihn zu. Sie verstand auch ohne Worte, was er von ihr wollte, und half ihm beim Ausziehen. Genüsslich strich sie über seinen braungoldenen Rücken. Was für einen schönen Körper er hatte.

„Du wärest perfekt als Haremssklavin", stellte Tariq augenzwinkernd fest.

Zur Strafe biss sie ihn in den Rücken und sagte: „Ich glaube, dieses Wüstenklima ist gar nicht gut für dich."

Statt einer Antwort schmunzelte er nur. Jasmine trat zurück, als er nur noch mit seiner lose geschnittenen weißen Hose bekleidet war. Ohne eine Sekunde den Blick von ihr zu lassen, streifte er sie ab. Fasziniert betrachtete sie ihn, als er völlig nackt auf sie zuschritt. Es war nicht das erste Mal, dass sie ihn nackt sah, aber noch nie zuvor hatte er sein sexuelles Verlangen so unmissverständlich gezeigt.

Er hatte einen wundervollen Körper, den starken, muskulösen Körper eines Kriegers, der seine Kraft im Zaum hält für seine Frau. Sie wusste, Tariq würde ihr niemals Schmerzen zufügen, und das machte ihn erst recht männlich und begehrenswert. Mit vor sehnsüchtiger Begierde halb geöffneten Lippen hob sie den Kopf und begegnete seinem Blick.

„Du hast viel zu viel an für eine Haremssklavin", murmelte er und zog ihr das Nachthemd über den Kopf, sodass sie ebenfalls nackt vor ihm stand.

„Und die Frauen?", fragte sie mit trockener Kehle.

„Hm?", machte er und fuhr fort, mit dem Mund ihren Hals zu liebkosen.

„Die Frauen. Hatten sie auch Harems?"

Er hob den Kopf und sah ihr in ihre schalkhaft aufblitzenden Augen. „Du möchtest einen Harem, Mina?"

Sie tat, als müsste sie darüber nachdenken. Er presste sie warnend an sich. „Okay! Okay! Ich denke, ich habe keine Verwendung für mehr als einen Mann."

„Und zwar niemals für einen anderen als mich", erwiderte er.

Jasmine lächelte und sagte, ohne zu überlegen: „Natürlich. Du bist der Einzige, den ich liebe."

In dem Augenblick schien Tariq sich in Stein zu verwandeln. Am liebsten hätte sie ihre Worte ungesagt gemacht. Er war noch nicht bereit dafür. Sie wusste, er war nicht bereit. Aber es war ihr einfach so herausgerutscht, denn es entsprach so sehr dem, was sie empfand.

„Du brauchst mir nicht solche Dinge zu sagen." Plötzlich fühlte sich seine Haut viel kühler an.

„Ich meine es aber so, wie ich es sage. Ich liebe dich." Es gab keinen Weg zurück. Ohne Rücksicht auf ihren verletzten Stolz sah sie ihn flehend an.

Tariqs Augen wirkten fast schwarz in dem matten Schein der Laternen. „Du kannst mich nicht lieben."

„Wie kann ich dich dazu bringen, dass du mir glaubst?", rief sie verzweifelt. Alles war verloren, ihre Freude, ihr gemeinsames Lachen, ihre paradiesische Liebe.

Zu spät. Vier Jahre zu spät.

Er schüttelte den Kopf. Schweigen war seine Antwort. Damals hatte er mit seiner eisernen Kontrolle über sich den Eindruck bei ihr erweckt, seine Gefühle für sie wären nicht so stark wie ihre. Erst jetzt, da es zu spät war, verstand sie, dass sie ihn viel stärker verletzt hatte, als sie es für möglich gehalten hatte. Er hatte sein Kriegerherz in ihre Hände gelegt, und sie hatte es abgewiesen in ihrer Unwissenheit um seinen Wert.

Wie könnte er ihr nach diesem schrecklichen Verrat jemals glauben? Und doch war ihre Liebe zu ihm jetzt sogar noch tiefer, noch stärker. Die Kindfrau, die ihn damals geliebt hatte, war zu einer erwachsenen Frau geworden, die ihn so sehr liebte, dass sie manchmal glaubte, an dieser Liebe zu verglühen.

Als er sie küsste, gab sie sich seiner Zärtlichkeit hin und schluckte ihre Tränen hinunter. Tariq spielte mit ihrem Körper, als wäre er ein Musikinstrument, dessen Töne er in allen Variationen zu spielen wusste. Doch sein Herz hielt er verschlossen. Ihr Krieger der Wüste glaubte nicht an ihre Liebe, hatte Angst, dass sie ihn wieder verletzen könne.

Noch lange nachdem er eingeschlafen war, lag Jasmine wach. Sie dachte an die Vergangenheit und wie unwiderruflich diese ihre Zukunft geprägt hatte. Dass ihr eigener Mann ihr misstraute, das schmerzte so sehr, dass ihr jeder einzelne Atemzug schwerfiel. Noch schlimmer war, dass er glaubte, Liebe mache ihn schwach.

„Du wirst mir nie wieder dein Herz öffnen?"

„Nein. Ich werde kein zweites Mal so ein leichtes Ziel sein."

Die Erinnerung an den unnachgiebigen Ausdruck auf seinem Gesicht und an seine Entschlossenheit, niemals wieder ein Opfer seiner Liebe zu werden, quälte sie. Wie sollte sie mit beidem gleichzeitig fertigwerden, mit Tariqs verletztem Kriegerstolz und mit seinem Misstrauen hinsichtlich ihrer Treue?

Als Jasmine erwachte, war Tariq fort. Sofort vermisste sie ihn. Vermisste sein Lächeln, seine morgendlichen Zärtlichkeiten, seinen Körper auf ihrem, das Gefühl der vollkommenen Einheit, von dem sie nie geglaubt hatte, dass es möglich wäre zwischen Mann und Frau. Wenn ihre Körper eins waren, dann hatte sie das Gefühl, als könne sie in Tariqs Seele blicken. Letzte Nacht allerdings hatte er sie ausgeschlossen, hatte sie geliebt und ihr das größte Vergnügen bereitet, jedoch nur mit seinem Körper.

Als ihr schon wieder die Tränen kommen wollten, stand sie auf und zog sich rasch an. Selbst innerhalb des Zeltes fühlte sie sich immer etwas unsicher, solange sie unbekleidet war, deshalb zog sie einen langen Rock an, bevor sie an Unterwäsche überhaupt dachte.

Ihre Sorge war berechtigt. Gerade als sie nach ihrem BH griff, schlug jemand die Zeltwand am Eingang zurück. Ängstlich blickte sie über die Schulter.

„Oh", sagte sie erleichtert.

Tariq hob eine Braue. „Hast du jemand anderen erwartet?" Die Zeltwand fiel hinter ihm herab.

Jasmine wurde rot. Niemand würde es wagen, ohne Tariqs ausdrückliche Genehmigung hereinzukommen. „Ich kann mich einfach nicht an diese Zelte gewöhnen. Sie sind so ... offen." Sie schüttelte den Kopf über sich selbst und begann den BH anzuziehen.

„Lass das." Tariqs Stimme war heiser. Überrascht ließ sie die Hand mit dem BH sinken.

Im nächsten Moment spürte sie seine nackte Brust an ihrem Rücken. Eben noch war er voll bekleidet gewesen. Sie hatte ihm nur für Sekunden den Rücken zugewandt. Im Gegensatz zu letzter Nacht waren seine Hände jetzt fordernd und ungeduldig. Als er ihre Brüste streichelte, lag in seinen Bewegungen mehr Begierde als Zärtlichkeit. Er war ungestüm und sehr besitzergreifend.

Ihr wurde heiß zwischen den Schenkeln. Als ob Tariq das gewusst hätte, ließ er eine Hand unter ihren Rock gleiten. Während er mit einer Hand fortfuhr, ihre Brust zu streicheln, glitt er mit der anderen zwischen ihre Schenkel und drang mit einem Finger in sie ein.

„Du bist bereit." Er schien befriedigt darüber, wie bereitwillig sie auf sein Verlangen reagierte.

Bevor sie wusste, wie ihr geschah, schob er ihr den Rock hoch und entblößte ihren Po, doch sie war viel zu erregt, um deswegen verlegen zu sein. Sie vergrub die Nägel in seinen Schenkeln, als er sie an den Hüften packte, sie hochhob und dann langsam in sie eindrang, so langsam, dass sie glaubte, verrückt zu werden.

„Tariq, bitte, bitte", flehte sie. „Oh, bitte."

Er stöhnte befriedigt, und sie wusste, er liebte es, wenn sie ihr Verlangen so offen zeigte, liebte es, wenn sie sich ihrer Lust hingab und ihn aufforderte, seinen Rhythmus zu beschleunigen. Sie stellte sich vor, was Tariq jetzt sah: ihre beiden vereinigten Körper in wilder Ekstase. Die Vorstellung war so erotisch, dass sie im selben Moment den Gipfel erreichte. Sie wusste, dass sie Tariq mitriss, denn sein heiserer Aufschrei vermischte sich mit ihrem.

Danach hielt er sie auf seinem Schoß. Sie legte den Kopf zurück, lehnte sich an seine starke Schulter und wartete darauf, dass sich ihr

Herzschlag beruhigte. Sehr viel später befeuchtete sie sich die trockenen Lippen. „Wow."

Tariq küsste sie schmunzelnd aufs Ohr und knabberte an ihrem Ohrläppchen. „Nicht zu schnell? Ich dachte, Frauen mögen es langsam." Sein Ton triefte nur so vor Sarkasmus, denn Jasmine hatte lichterloh in Flammen gestanden, kaum dass er sie berührt hatte.

Sie stieß ihm den Ellbogen in die Seite. „Du bist ganz schön frech. Aber ich fühle mich viel zu gut, um mit dir zu streiten."

„So muss ich es also machen, damit du wirklich zufrieden bist. Das könnte auf Dauer anstrengend werden." Sie spürte, dass er lächelte.

Jasmine lachte. Tariq nahm noch einmal zärtlich ihre Brüste in beide Hände, bevor er widerstrebend von ihr abließ. „Wir müssen uns auf die Abreise vorbereiten, meine Jasmine. Es wird Zeit, nach Hause zurückzukehren."

Kurz bevor er ging, legte sie die Hand auf seinen muskulösen Unterarm.

Er lächelte nachsichtig. „Was ist? Ich verspreche dir, wenn wir erst zu Hause sind, können wir spielen, so viel du willst."

Sie hatte ihren Mann wieder. Er hatte sich ihr wieder geöffnet, jedoch nicht mehr als vor ihrer Liebeserklärung. Und das war nicht genug. Wenn er ihr seine Liebe verweigerte, dann würde sie niemals mehr bekommen als dieses ständige Hoffen und Sehnen. Aber sie war es leid, niemals gut genug zu sein. Sie war es leid, niemals wirklich geliebt zu werden. Vielleicht war sie ja tatsächlich der Liebe nicht wert, aber bevor sie in Hoffnungslosigkeit versank, würde sie kämpfen. Diesmal würde sie sich von niemandem, nicht einmal von Tariq, davon abhalten lassen, um ihre Liebe zu kämpfen.

„Deine Augen werden größer und größer." Er strich mit einer Fingerspitze über ihre Lippen.

„Ich meinte es ernst. Ich liebe dich."

Sein Ausdruck veränderte sich schlagartig und wurde innerhalb einer Sekunde steinern. „Wir müssen gehen." Er drehte sich um und ging voraus.

Jasmine versuchte zu atmen, doch jeder Atemzug fühlte sich an wie ein Messerstich. Es schmerzte so sehr, dass ihre Liebe nicht anerkannt wurde.

Tariq wartete vor dem Zelt und bemühte sich mit aller Kraft, seine Emotionen unter Kontrolle zu bringen. Es wäre nicht gut gewesen, wenn seine Leute ihren Führer dabei ertappten, wie er sich von Gefühlen übermannen ließ.

Warum tat sie ihm das an?

Glaubte sie wirklich, ihn mit einer Liebeserklärung manipulieren zu können? Worte, so leicht ausgesprochen ... Versprechen, so leicht gebrochen. Er hatte ihr nichts weniger als seine Seele dargeboten, und sie hatte dieses Geschenk zurückgewiesen wie ein Muster ohne Wert, nachdem sie ihm versprochen hatte, ihn für immer zu lieben. Es tat immer noch weh. Aber das würde er sie niemals wissen lassen.

Dass sie selbst jetzt Geheimnisse vor ihm hatte, konnte er ihr nicht verzeihen. Die Geheimnisse der Frauen – immer hatten sie ihm nur Schmerzen bereitet.

Mit all seiner Willenskraft brachte er jene Seite in ihm zum Schweigen, die sich von Jasmine verzaubern lassen wollte. Es erschreckte ihn, dass er so kurz davor gewesen war, ihr erneut sein Herz zu Füßen zu legen. Dabei war es doch so offensichtlich, dass sie ihm nicht vertraute. Nein, er würde diesen Fehler nicht noch einmal machen. Das durfte er nicht. Seine Verletzlichkeit war zu seiner größten Schwäche geworden.

7. Kapitel

Die folgenden Tage waren ein Albtraum. Tariq hatte sich so sehr in sich zurückgezogen, dass es Jasmine Angst machte. Ganz gleich, womit sie es versuchte – mit Wutausbrüchen, mit flehenden Liebeserklärungen –, sie drang nicht zu ihm durch. Dass er sie gefühlsmäßig so total aus seinem Leben ausschloss, war ein herber Schlag für ihr ohnehin schwaches Selbstvertrauen.

„Tariq, ich bitte dich", sagte sie, als sie auf dem Rückweg nach Zulheina wieder in der Limousine saßen. „Sprich mit mir." Sie war völlig verzweifelt.

„Worüber möchtest du reden?" Er blickte aus purer Höflichkeit von seinen Papieren auf.

„Über irgendetwas! Ganz gleich. Aber schließ mich nicht länger aus!", rief sie, den Tränen nahe.

„Ich weiß nicht, was du meinst." Erneut senkte er den Kopf und beachtete sie nicht weiter.

Mit einem verzweifelten Aufschrei riss sie ihm die Papiere aus der Hand und warf sie zu Boden. „Ich lasse mir das nicht länger gefallen!"

Tariqs grüne Augen blitzten, als er ihr Kinn in die Hand nahm. „Du hast wohl die Regeln vergessen. Ich folge nicht mehr deinen Wünschen." Keine Wut, kein Gefühl, nur eiskalte Selbstkontrolle. Selbst der Griff seiner Hand war nicht sehr fest.

„Ich liebe dich. Bedeutet dir das denn gar nichts?", wisperte sie mit gebrochener Stimme.

„Danke für deine Liebe." Er sammelte die Papiere wieder ein und sortierte sie. „Ich bin sicher, sie ist ebenso viel wert wie vor vier Jahren."

Seine sarkastische Erwiderung traf sie mitten ins Herz. „Wir sind nicht mehr die Gleichen, die wir damals waren. Gib uns eine Chance!", flehte sie.

Tariq sah sie gleichgültig an. „Ich muss das hier lesen."

Er hatte sie besiegt. Mit dem zornigen Tariq konnte sie umgehen, aber gegen diesen kalten, unzugänglichen Fremden war sie machtlos. Es war offensichtlich, dass er die Intimität während ihres Aufenthalts in der Wüste bereute. Wahrscheinlich dachte er, sie glaubte, ihn manipulieren zu können, weil er ihr gegenüber so offen gewesen war.

Aber sie würde nicht so schnell aufgeben. Tariq war sehr eigensinnig, aber wenn es um ihre Liebe zu ihm ging, dann war sie es ebenso.

Am Abend hätte sie sich fast in ihr eigenes Zimmer zurückgezogen. Sie war verletzt und nicht sicher, ob er sie überhaupt bei sich haben wollte. Aber dann bürstete sie sich das Haar vor Tariqs Spiegel und legte sich in sein Bett. Als er sie in die Arme nehmen wollte, gab sie sich bereitwillig hin. Auf dieser Ebene waren sie sich immer einig. Immer liebten sie sich wild und leidenschaftlich. Das gab ihr Hoffnung, denn wie könnte er sie lieben und flüstern: „Du gehörst mir, Mina", wenn er nichts weiter für sie empfand als körperliche Begierde?

Eine Woche später saß Jasmine in ihrem Studio, Stecknadeln zwischen den Lippen und ein Stück silbrig glänzenden Stoff in den Händen, und griff nach der Schere.

„Ich möchte mit dir sprechen."

Erschrocken ließ sie die Stecknadeln fallen. „Schleich dich bitte nicht so an!" Sie legte eine Hand auf ihr pochendes Herz. „Und steh nicht so riesengroß hinter mir!"

Unwillig zog Tariq die Brauen zusammen. Sie wusste, gleich würde er sie wieder daran erinnern, dass er es war, der hier Befehle gab. Seit ihrer Rückkehr aus Zeina gab er sich kalt und aristokratisch. Es war anstrengend, Tag für Tag diesem hoheitsvollen Krieger entgegenzutreten, doch sein Zorn bestärkte sie nur in ihrer Entschlossenheit. So ein Zorn konnte nur aufgrund von sehr starken Gefühlen entstehen.

Also hob sie die Arme und lächelte. Ihn zu lieben war die einzige Chance, ihm zu beweisen, dass sie sich geändert hatte. Einen Moment lang fürchtete sie, er würde sie abweisen, aber dann ging er neben ihr in die Hocke.

Sie legte die Arme um seinen Nacken und küsste ihn. Er ließ es geschehen.

Als sie von ihm abließ, nahm er ihre Hände in seine. „Ich werde für eine Woche nach Paris fliegen." Falls ihr Kuss ihm irgendetwas bedeutet hatte, ließ er es sich nicht anmerken.

„Was?" Sie konnte ihre Überraschung nicht verbergen. „Wann?"

„In einer Stunde."

„Warum hast du mir nicht früher etwas davon gesagt?"

Seine Kiefermuskeln verhärteten sich. „Ich brauche dir so etwas nicht zu sagen."

„Ich bin deine Frau!"

„Ja. Und du wirst dich fügen, wie es sich gehört."

Es war wie ein Schlag ins Gesicht. Jasmine senkte den Kopf und atmete tief durch. „Du weißt doch, dass mehrere französische Modeschöpfer diese Woche Modenschauen durchführen. Wenn du es mir früher gesagt hättest, hätte ich mitkommen können." Sie hatte ein gewisses Verständnis für seine Dominanz entwickelt, aber noch nie hatte er sie so rabiat behandelt. Sie hatte nicht gewusst, dass er das, was in Zeina zwischen ihnen entstanden war, so sehr bereute.

Er ließ ihre Hände los und packte sie am Kinn, sodass sie gezwungen war, ihn anzusehen. „Nein, Jasmine. Du darfst Zulheil nicht verlassen."

„Du vertraust mir also nicht? Was glaubst du, was ich tun würde – bei der erstbesten Gelegenheit davonlaufen?"

„Ich war vielleicht einmal ein Narr, aber du wirst nicht noch einmal einen Narren aus mir machen."

„Ich bin freiwillig gekommen und geblieben. Ich werde nicht weglaufen."

„Als du kamst, wusstest du nicht, worauf du dich einlässt." Sein Gesicht war völlig ausdruckslos. „Du kannst mich nicht mehr um den kleinen Finger wickeln, wie du es dir sicher erhofft hast. Nachdem du das jetzt weißt, wirst du vermutlich fliehen wollen. Ich habe nicht die Absicht, dich gehen zu lassen."

Jasmine wollte den Kopf schütteln, aber er ließ sie nicht los. „Ich liebe dich", erwiderte sie mit fester Stimme. „Weißt du nicht, was das bedeutet?"

„Es bedeutet, dass du mir jederzeit den Rücken zuwenden und mich verlassen kannst." Seine Worte waren wie Messerstiche. Jasmine hatte das Gefühl, innerlich zu bluten. Aber sie gab noch nicht auf.

„Wie lange willst du so weitermachen?", fragte sie verzweifelt. „Wie lange willst du mich noch bestrafen? Wann bist du endlich fertig mit deiner Rache?"

Sein Blick verdüsterte sich. „Ich will dich nicht bestrafen. Um Rache zu nehmen, müsste ich etwas für dich empfinden, das über körperliches Verlangen hinausgeht, was ich nicht tue. Du bist mein Besitz, von mir geschätzt, aber nicht unersetzlich."

Sie spürte, wie ihr alle Farbe aus dem Gesicht wich. Sie fühlte sich völlig vernichtet und brachte keinen Ton mehr heraus.

„Ich werde mit Regierungsangelegenheiten beschäftigt sein. Hiraz weiß, wie ich zu erreichen bin."

Jasmine schwieg noch immer und hörte kaum, was er sagte, so laut dröhnte ihr das Blut in den Ohren. Als er den Kopf neigte, um sie zu küssen, ließ sie es wie betäubt einfach geschehen, ohne den Kuss zu erwidern. Er fasste das als Zurückweisung auf, fuhr mit den Händen in ihr Haar und zog ihren Kopf mit einer herrischen Bewegung an sich.

„Du wirst mich nicht zurückweisen", sagte er kalt. Und er hatte recht. Er kannte ihren Körper viel zu gut. Sie konnte ihn nicht zurückweisen. Viel zu sehr und viel zu lange schon sehnte sie sich nach ihm.

Als er sich von ihr löste, glitzerten seine Augen triumphierend. „Ich kann dich jederzeit dazu bringen, dass du dich nach mir verzehrst, Jasmine. Also versuch gar nicht erst, mich mit deinem Körper zu manipulieren."

Was er an Verlangen in ihr geweckt hatte, wurde sofort erstickt.

„Ich werde in vierzig Minuten die Stadt verlassen." Damit stand er auf und verließ das Zimmer.

Jasmine wusste später nicht mehr, wie lange sie dort sitzen geblieben war, unfähig, irgendetwas zu tun. Es war, als hätte Tariq ihr das Herz aus dem Leib gerissen und sich dann über ihren Schmerz lustig gemacht. Der Schmerz war zu groß, um wirklich spürbar zu sein. Irgendwann stand sie auf, lief aus dem Turmzimmer und schloss sich kurz darauf in ihrem kostbar eingerichteten Schlafzimmer ein. Von dort aus ging sie in den privaten Garten und setzte sich unter den Baum mit den blau-weißen Blüten, die einen schweren Duft verströmten.

Ihre Schluchzer kamen von ganz tief aus ihrem Körper und waren so heftig, dass sie nicht genug Luft übrig hatte, um dabei auch nur einen Laut von sich zu geben. Zu vernichtend war die Erkenntnis, dass sie sich etwas vorgemacht hatte. Sie hatte geglaubt, sie könne Tariq mit ihrer Liebe dazu bringen, sie wieder zu lieben. Sie, ein Mädchen, das noch nie von jemandem geliebt worden war. Alles hatte sie ihm gestattet, sogar dass er sie für den Rest ihres Lebens an sich band. Sie hatte sich ihm hingegeben mit Leib und Seele. Nichts hatte sie zurückgehalten.

Und jetzt hatte er dieses Geschenk auf die grausamste Art zurückgewiesen. Sie war nichts als sein Besitz, geschätzt, aber nicht unersetzlich. Er empfand nichts für sie außer Begierde. Rein körperliche Lust! Sie hatte geglaubt, sein Verhalten sei damit zu erklären, dass er schrecklich verletzt war. In Wirklichkeit aber empfand er einfach nichts für sie.

Hatte er sie also nur geheiratet, um sie zu demütigen? Um sie zu vernichten?

Irgendwann hatte sie alle Tränen geweint, doch der Schmerz wollte nicht nachlassen. Und jetzt zeigte auch der alte Dämon Furcht wieder sein hässliches Gesicht. In Tariqs Land, in Tariqs Armen hatte sie fast vergessen, mit welch grässlichem Makel sie behaftet war. Ein Makel, der es vermutlich unmöglich machte, dass sie jemals wirklich geliebt werden würde. Die Erinnerung an den schrecklichsten Tag ihrer Kindheit überwältigte sie.

„Findest du es wirklich in Ordnung, dass du die Hälfte von Marys Erbe gefordert hast, bevor du Jasmine adoptiertest?", hatte Tante Ella die Frau gefragt, von der Jasmine geglaubt hatte, sie sei ihre Mutter. „Schließlich ist Mary deine kleine Schwester."

„Natürlich. Schließlich hätte sie sich ja nicht von irgendeinem dahergelaufenen Kerl, den sie in einer Bar aufgegabelt hat, schwängern zu lassen brauchen." Dann war da das Geräusch von Eiswürfeln, die in ein Glas fielen, zu hören gewesen. „Wir sind schließlich kein

Wohltätigkeitsverein. Wie sonst hätten die Ausgaben für Jasmine gedeckt werden sollen?"

„Ihr habt aber viel mehr bekommen", hatte Ella erwidert. „Mary hat doppelt so viel von Grandpa geerbt wie wir."

„Ich denke, es ist ein adäquater Ausgleich dafür, dass wir schlechtes Blut in unsere Familie aufgenommen haben. Der Himmel weiß, was für ein Versager Jasmines Vater gewesen sein mag. Mary war so betrunken, als sie sich mit ihm eingelassen hat, dass sie sich nicht einmal an seinen Namen erinnern kann."

Später, als Jasmine sich gezwungen hatte nachzufragen, hatte Tante Ella Mitleid bekommen und ihr von Mary erzählt. Offenbar war Mary sofort nach Jasmines Geburt in die Vereinigten Staaten gegangen, damit auch jeder Hauch eines Skandals vermieden wurde. Sie war niemals zurückgekehrt. Die Leute, die Jasmine aufgezogen hatten, Marys ältere Schwester Lucille und deren Ehemann James, hatten selbst bereits zwei Kinder, Michael und Sarah, und waren ohne finanziellen Anreiz nicht bereit gewesen, ein weiteres Kind aufzunehmen. Trotzdem hatten sie danach noch ein eigenes Kind bekommen, ihren geliebten Matthew.

An jenem Tag hatte Jasmine erfahren, dass jedes bisschen Zuwendung, das sie jemals erfahren hatte, mit Geld bezahlt worden war. Auf der Suche nach Liebe hatte sie an Mary geschrieben. Deren Antwort war an ihrem dreizehnten Geburtstag gekommen, eine kühle Bitte, keine weiteren Briefe zu schreiben, da sie nichts mit den „Fehltritten" ihrer Vergangenheit zu tun haben wolle.

Ein „Fehltritt". Mehr war Jasmine nicht für ihre leibliche Mutter. Und für ihre Adoptivmutter war sie „schlechtes Blut". Und jetzt musste sie einsehen, dass dieser Makel nicht wie durch einen Zauber verschwunden war. Sie war immer noch ungeliebt. Ungewollt.

Am nächsten Tag beschloss Jasmine, dass es wenig Sinn hatte, Tränen zu vergießen wegen etwas, das sie nicht ändern konnte. Trotz ihres Kummers zwang sie sich, in ihr Studio zu gehen. Dort hob sie die Schere auf, wo sie sie am Tag zuvor fallen gelassen hatte.

Nachdem sie etwa eine Stunde gearbeitet hatte, hörte sie ein Telefon klingeln. Kurz darauf klopfte jemand an die Tür.

„Madam?"

Sie blickte auf. „Ja, Shazana?"

„Scheich Zamanat wünscht Sie zu sprechen."

Jasmines Kehle war wie zugeschnürt. Am liebsten hätte sie gesagt, sie sei zu beschäftigt. Aber was hätte es wohl für Konsequenzen, wenn sie ein loyales Mitglied des Personals auffordern würde zu lügen?

„Bitte legen Sie das Gespräch auf diesen Apparat." Sie deutete auf das Telefon neben der Tür. Doch als es Sekunden später klingelte, nahm sie den Hörer kurz auf und legte ihn wieder auf die Gabel. Mit pochendem Herzen eilte sie den Flur hinab zu ihrem Zimmer und hinaus in den Garten. Wieder verbarg sie sich unter dem Baum, während drinnen das Telefon erneut klingelte.

Es war feige, sich vor Tariq zu verstecken, aber sie konnte es nicht ertragen, seine Stimme zu hören, die ihr womöglich noch einmal das Herz brechen und sie auf ihre Unzulänglichkeit und Minderwertigkeit hinweisen würde. Noch war sie nicht bereit, sich den letzten Rest Hoffnung nehmen zu lassen.

Etwa eine Stunde später kehrte sie in ihr Studio zurück. Sie fand eine Notiz, auf der sie darum gebeten wurde, eine bestimmte Nummer anzurufen.

„Geh zum Teufel!" Sie zerknüllte das Papier, warf es in den Papierkorb und begann mit wilder Entschlossenheit weiterzuarbeiten. Heißer Zorn begann unter all ihrer Verletztheit zu brodeln. Scheich Zamanat erwartete also von ihr, dass sie kam, wenn er pfiff? Er würde lernen müssen, dass seine Frau kein Spielzeug war, das er nach Belieben fortwerfen und wieder hervorholen konnte.

Zum vierten Mal legte Tariq den Hörer auf. Er war verärgert über den Widerstand seiner Frau, aber da war noch ein anderes Gefühl. Er konnte nicht den Schmerz in ihrem Blick vergessen, als er zuletzt mit ihr gesprochen hatte.

Nach all der Zeit hatten sich sein Zorn und sein verletzter Stolz endlich Luft gemacht. Als Jasmine ihm ihre Liebe erklärt hatte, hatte sie seine alten, kaum verheilten Wunden aufgerissen. Und diese Wunden hatten damit zu tun, dass er Jasmine brauchte, was er sich jedoch nicht eingestehen wollte. Und deshalb hatte er Dinge gesagt, die er nicht hätte sagen sollen.

Es war etwas ganz und gar Ungewohntes für Tariq, Schuldgefühle zu haben. Aber nun wurde er von ihnen fast erdrückt. Er hatte das Gefühl, als hätte er etwas sehr Zerbrechliches zwischen ihnen zerstört. Nur sein wütender Stolz hielt ihn davon ab, sofort zu ihr zurückzukehren.

Er sagte sich, dass Jasmine nicht nachtragend war. Sobald er mit ihr sprechen würde, würde alles wieder normal sein. Und das nächste Mal, wenn er sie anrief, dann würde sie ihm nicht wieder ausweichen!

Jasmine war zu dem Schluss gekommen, dass sie einfach Zeit brauchte, um sich über ihre Gefühle klar zu werden. Tariq hatte ihr einen entsetzlichen Schock versetzt und ihr ein für alle Mal klargemacht, dass der Mann, den sie liebte, nicht der Mann war, den sie geheiratet hatte.

Liebte sie diesen Tariq?

Sie wusste es nicht, aber dass sie zornig war, stand außer Frage. Sie nahm sich vor, ihm bei seinem nächsten Anruf nicht auszuweichen. Der Anruf kam, als über Zulheil der Morgen dämmerte. Beim zweiten Klingeln nahm sie ab.

„Hallo, hier ist dein geschätzter Besitz", platzte es aus ihr heraus, und sie war stolz darauf.

Am anderen Ende der Leitung herrschte völliges Schweigen. „Ich finde das nicht lustig, Jasmine", sagte er schließlich.

„Nun ja, zum Glück bin ich keine exzentrische Schauspielerin. Deshalb ist mein Ego wohl nicht allzu sehr verletzt." Sie spürte, wie der Zorn in ihr immer heftiger brodelte. „Hast du mir etwas zu sagen, oder wolltest du mich nur erinnern, dass ich mich zu fügen habe?" Nanu, wie war ihr das eingefallen?

„Du benimmst dich ziemlich widerspenstig."

„Genau."

„Was hast du denn erwartet, als du zu mir zurückgekommen bist?" Jetzt hatte seine viel zu ruhige Stimme einen wütenden Unterton. „Dass alles wie früher sein würde? Dass ich dir mein Herz in den Schoß legen würde?"

„Nein. Ich hatte erwartet, dass du mich vergessen hast. Aber das hast du nicht. Du hast mich entführt und geheiratet und mir damit einen Platz in deinem Leben gegeben. Wie kannst du es wagen, mich wie einen Gegenstand zu behandeln? Wie etwas, das du mit deinen königlichen Füßen treten kannst? Wie kannst du es wagen?" Die aufsteigenden Tränen drohten ihre Stimme zu ersticken.

„Niemals habe ich dich so behandelt!", erwiderte er erbost.

„Doch, das hast du. Und weißt du was? Einem Mann, der mir das antut, habe ich nichts zu sagen. Ich könnte dich fast hassen. Ruf mich nicht mehr an. Vielleicht werde ich mich beruhigt haben, bis du zurückkommst. Im Moment jedenfalls habe ich dir nichts zu sagen. Nichts!"

„Wir werden reden, wenn ich wieder da bin." Seine Stimme hatte einen eigenartigen Unterton, den sie bis jetzt nie an ihm wahrgenommen hatte.

Jasmins Hände zitterten, als sie auflegte. Oh ja, sie verdiente etwas Besseres als diese Behandlung. Auch wenn sie nicht geliebt wurde, so verdiente sie doch etwas Respekt.

Den sie jedoch möglicherweise von ihrem Ehemann nie bekommen würde.

„Ich könnte dich fast hassen."

Tariq starrte aus dem Fenster auf die gepflasterten Straßen von Paris. Jasmines Worte hallten in seinem Kopf wider. Er war es gewohnt, von ihr angebetet zu werden, stets im Mittelpunkt ihrer Aufmerksamkeit zu stehen. Niemals hätte er sich vorgestellt, dass es auch anders sein könnte.

Es gefiel ihm gar nicht. Seine Sehnsucht nach ihr war so groß, dass er sie jede Sekunde vermisste, die sie nicht an seiner Seite war. Die vier Jahre ohne sie hatte er nur überstanden, indem er Tag und Nacht gearbeitet hatte. Ihr Lachen, ihre Lebendigkeit und ihre Zärtlichkeit waren wie Balsam für seine Seele. Und nun war sie böse auf ihn.

Er hatte sie unterschätzt. Offenbar empfand sie inzwischen viel tiefer, als er sich vorgestellt hatte. Immer schon war sie auf weibliche, zurückhaltende Art mutig gewesen, aber jetzt hatte sie es zum ersten Mal gewagt, ihn zurückzuweisen. Endlich gestand er sich ein, dass sie auf dramatische Weise anders war als die Jasmine von früher.

Jene Jasmine hätte ihn niemals gehasst.
Jene Jasmine hatte ihn aber verlassen.
Wenn er ihr sein Herz nur ein wenig öffnete, was würde diese Jasmine wohl tun? Würde sie ihn mit derselben Gleichgültigkeit behandeln wie damals?
Er musste seine Jasmine zurückgewinnen. Sie war sein. Sie durfte ihn nicht hassen.

8. Kapitel

Vom Flur her waren schwere Schritte zu hören. Jetzt schon? Er wollte doch erst in drei Tagen zurückkehren! Mit einem halb unterdrückten Aufschrei band Jasmine den Gürtel ihres azurblauen Seidenmantels zu. Sie wollte Tariq nicht in einem Fähnchen begrüßen, das nur bis zur ihrer Schenkelmitte reichte, und mit offenem Haar, doch die Klinke wurde bereits heruntergedrückt. Rasch setzte sie sich vor den Frisierspiegel und nahm die Haarbürste zur Hand.

Im nächsten Moment stand Tariq hinter ihr. Er beugte sich vor und stützte sich mit beiden Händen links und rechts von ihr auf der Frisierkommode ab. Jasmine fuhr fort, sich das Haar zu bürsten, obwohl sie fast die Bürste fallen ließ, so sehr zitterten ihre Finger.

„Was macht deine Halsentzündung?", fragte er und bezog sich damit auf einen ihrer Vorwände, um nicht ans Telefon zu gehen.

„Es ist viel besser geworden."

„Das hört man. Und geht es dir jetzt gut?"

„Ja." Sie versuchte, nicht mit dem Kopf seine Brust zu streifen. Aber jedes Mal, wenn sie ein Stück weiter vorrutschte, beugte auch er sich weiter vor, bis sie auf der vordersten Kante des Stuhles saß.

„Gut. Ich hatte mir Sorgen gemacht, weil du so oft geschlafen hast, wenn ich angerufen habe." Er sprach ganz ruhig, aber sie wusste, er war wütend. Er war es nicht gewohnt, auf Widerstand zu stoßen.

Und sie war noch nicht bereit, seinem Zorn zu begegnen. So mutig sie ihr eigener Zorn auch gemacht hatte, sie hasste Tariq nicht. Ihre Gefühle für ihn waren sehr intensiv, aber ganz genau war sie sich darüber noch nicht im Klaren. Mit Hass hatten sie jedenfalls ganz sicher nichts zu tun. Liebte sie ihn womöglich noch tiefer als zuvor?

Die Hitze, die sein Körper ausstrahlte, umgab sie wie eine Wolke. Sie sah unauffällig auf seine Arme. Er trug ein blaues Hemd, hatte die Jacke offenbar schon ausgezogen.

Tariq nahm ihr einfach die Bürste aus der Hand. Dann schob er ihr das Haar zurück bis hinter die Ohren, sodass ihr Gesicht frei war. Sie erstarrte, als er sachte mit den Knöcheln seiner Finger über ihre Wangen strich. So machte er es immer, nachdem sie sich geliebt hatten. Oh, warum nur reagierte sie immer so schnell und so stark auf seine Berührungen! Ihr Körper war in Aufruhr.

„Wirst du dich auch jetzt weigern, mit mir zu reden, da ich wieder zu Hause bin?"

„Ich rede doch mit dir." Wie gut, sie hatte es geschafft, ohne dass ihr die Stimme versagt hatte.

„Nein, du antwortest nur auf meine Fragen und versuchst, dich mir zu entziehen."

Sie erwiderte nichts.

„Du bist also wütend auf mich, meine Jasmine?" Seine Stimme war rau und sexy und so nah an ihrem Ohr. „Du hast dich also noch nicht beruhigt?"

„Ich bin nicht wütend." Ihr Herz hämmerte wild gegen ihre Rippen. Ihre Wut war längst verraucht. Übrig geblieben war ein Gefühl der Verletztheit, ein scharfer Schmerz, der sie fast betäubte.

Tariq küsste ihr Ohrläppchen. Sie konnte einen Schauer nicht unterdrücken, rührte sich jedoch nicht.

„Ah, Mina, du kannst mir nichts vormachen. Komm, schau mich an. Begrüße deinen Ehemann, der nach Hause gekommen ist." Er klang fast so bestimmend wie vor seiner Reise.

„Möchtest du Sex? Wenn du mich aufstehen lässt, lege ich mich aufs Bett." Wieder stieg heißer Zorn in ihr auf. Mühsam unterdrückte sie den Wunsch, Tariq spüren zu lassen, wie sehr er ihr wehgetan hatte.

Es war, als hätte er sich plötzlich in Stein verwandelt. Er zog sich so schnell zurück, dass Jasmine fast vom Stuhl gefallen wäre. Dann packte er sie und zog sie hoch, sodass sie ihm gegenüberstand. Barfuß reichte sie ihm gerade bis zur Brust. Vor Überraschung hätte sie ihm fast in die Augen geschaut. Doch sie schaffte es, starr auf seine Schultern zu blicken.

„Mina, tu das nicht. Du weißt doch, in meinen Armen wirst du dahinschmelzen." Er legte einen Arm um ihre Hüfte und legte die freie Hand auf ihre Wange, zwang sie jedoch nicht, ihn anzusehen.

„Ja, ich weiß, du kannst mich jederzeit dazu bringen, dass ich mich nach dir verzehre", erwiderte sie. Sie hätte schreien mögen. „Ich werde mich nicht gegen dich wehren."

Als er sie mit einer heftigen Bewegung an sich riss, musste Jasmine all ihre Willenskraft aufbieten, um sich nicht an ihn zu schmiegen. Zu gern hätte sie ihrem Verlangen nachgegeben. Sie ermahnte sich, daran zu denken, dass sie „geschätzt, aber nicht unersetzlich" war. Nicht unersetzlich! Als sie starr und unbeweglich blieb, ließ Tariq sie los.

„Geh schlafen, Jasmine", sagte er resigniert und ließ sie allein. Die Tür schloss sich hinter ihm mit einem leisen Klicken.

Plötzlich fühlte Jasmine sich völlig erschöpft. Aus Angst vor der Konfrontation mit Tariq hatte sie die letzten fünf Nächte kaum geschlafen. Sie kroch einfach so, wie sie war, unter die Decke. Trotzdem konnte sie noch immer nicht schlafen. Sie wollte zu ihrem Mann gehen, ihn in den Armen halten … ihn trösten.

„Nein." Nein, sie würde sich nicht von Sehnsucht überwältigen lassen, solange er offensichtlich sein Verhalten kein bisschen bereute. Respekt. Sie wollte Respekt.

Tariq warf sein zusammengeknülltes Hemd quer durchs Zimmer. Sie hatte ihn abgewiesen! Nie hätte er das von Jasmine gedacht. Er hatte sich auf ihr großzügiges Wesen verlassen, war sicher gewesen, dass sie ihm vergeben würde. Seine grausamen Worte hatte er längst bereut. Damals in ihrem Studio hatte er zugelassen, dass all seine verletzten Gefühle auf einmal zum Ausbruch gekommen waren. Jahre der aufgestauten Wut, des unterdrückten Schmerzes. Es wäre besser gewesen, er hätte diesen Teil von sich unter Kontrolle gehalten.

Er hatte sich von Gefühlen leiten lassen anstatt von seinem Verstand, und die Worte, die über seine Lippen gekommen waren, waren wie eine tödliche Waffe gewesen. Gegen seine Frau. Schlimmer noch, sie waren nicht zutreffend. Vier schlaflose Nächte waren Beweis genug, dass sie sehr wohl unersetzlich war.

Was, wenn es nicht wiedergutzumachen war? Was, wenn Jasmine ihn wirklich hasste? Ihr Körper war so starr gewesen, ihr Mund so still. Er musste sich eingestehen, dass Jasmine keineswegs wütend oder rachsüchtig gewirkt hatte, sondern verletzt. Er hatte seiner

Frau wehgetan. Und bei dieser Erkenntnis verspürte er keineswegs Befriedigung, sondern nur Abscheu vor sich selbst. Es lag doch an ihm, sie zu beschützen. Jetzt sogar vor sich selbst.

Zum ersten Mal seit sehr langer Zeit wusste Tariq nicht recht, was er tun sollte. Ein Scheich konnte sich eigentlich den Luxus von Unentschlossenheit nicht leisten, ein Ehemann kam anscheinend manchmal nicht darum herum. Er wusste, er hatte sich falsch verhalten, aber er war kein Mann, dem es leichtfiel, um Verzeihung zu bitten.

Vertraute Hände, rau, aber zärtlich, strichen über ihren nackten Rücken. Jasmine überlegte. War sie nicht bekleidet gewesen, als sie sich hingelegt hatte? In diesem Traum jedoch berührte nackte Haut nackte Haut. Es folgte ein Kuss auf ihren Nacken, auf jeden einzelnen Rückenwirbel. Fordernde Hände packten ihre Hüften …

Seufzend drehte sie sich auf den Rücken, um ihren Geliebten zu begrüßen. Als er die Lippen auf ihre Brüste drückte, bog sie sich ihm entgegen. Wie von selbst fuhren ihre Hände durch sein dichtes, seidiges Haar. Ein unrasiertes Kinn streifte ihre Brust. Sie erschauerte, und sofort wurde die Stelle zärtlich geküsst.

„Tariq", flüsterte sie, jetzt völlig wach. Es war zu spät, sich ihm zu verweigern. Ihr Körper hatte bereits Ja gesagt. Was immer er tat, was immer er sagte, er war ihr Mann. Wie sollte sie ihn abweisen, wenn er sie doch berührte, als wäre sie das Kostbarste, das es gab in seinem Leben?

Sie erwiderte seine Küsse. Sie konnte nicht länger verbergen, wie sehr sie ihn vermisst hatte. Er schmiegte sich an sie und löste sich kurz darauf wieder von ihr, um eine Spur von Küssen über ihre Brüste und über ihren Bauch zu ziehen.

Sie erschauerte heftig. Unwillkürlich hob Jasmine die Hüften und presste sich an ihn. Sogar seinen Puls konnte sie spüren, so nah war sie ihm.

Sie öffnete die Schenkel, doch er nahm sie noch nicht in Besitz. Stattdessen hob er ihr linkes Bein über seine Schulter. Und dann strich er mit seiner rauen Wange über die empfindliche Haut an der Innenseite ihrer Schenkel.

Sie keuchte. „Tariq, bitte."

Da streichelte er diese Stelle mit seiner Zunge, erst an ihrem linken Bein, dann an ihrem rechten. Und dann, als sie schon glaubte, noch mehr Lust gar nicht ertragen zu können, senkte er den Kopf und küsste sie auf die intimste Weise.

Sie schrie auf und wäre ihm ausgewichen, doch er hielt sie fest, während er sie langsam und mit größtem Geschick mit dieser zärtlichsten Form der körperlichen Liebe vertraut machte. Sein einziges Ziel war ihre Lust.

Mit einem letzten Rest von klarem Bewusstsein erkannte Jasmine, dass dies Tariqs Bitte um Vergebung war. Ihr Krieger konnte die Worte nicht aussprechen, doch er zeigte ihr ohne Worte, dass sie mehr war für ihn als ein Objekt seiner Begierde. Wie viel mehr, das wusste sie nicht, aber so verletzt sie auch war, sie konnte ihm nicht länger böse sein, angesichts solcher Zärtlichkeit.

Jasmine krallte die Finger in das Bettlaken und gab sich völlig seinen Liebkosungen hin. Wieder einmal ergab sie sich Tariq mit Leib und Seele. Vergessen war ihr Vorsatz, Abstand zu ihm zu halten. Sofort spürte sie die Veränderung in seinem Körper. Seine Schultern waren nicht mehr so angespannt, seine Hände auf ihren Hüften fühlten sich nicht mehr wie Schraubstöcke an. Und dann hörte sie auf zu denken und ließ sich auf einer Woge unbeschreiblicher Lust höher und höher gleiten. Er hielt sie fest, bis die letzten Schauer der Lust verebbt waren, um dann behutsam in sie einzudringen.

Jasmine hätte fast geweint angesichts seiner Unsicherheit. Jetzt war er gar nicht wie der große autoritäre Despot. Vergessen war auch der letzte Rest ihrer Wut und Verletztheit. Sie schlang die Beine um ihn und presste sich an ihn, um ihm ihrerseits ohne Worte zu sagen, wie sehr sie ihn wollte, wie sehr sie ihn liebte. Gleichzeitig legte sie die Arme um seinen Nacken und drückte zärtliche Küsse auf seine Schultern.

„Willkommen zu Hause", flüsterte sie, kurz bevor sie zum zweiten Mal in dieser Nacht den Gipfel der Lust erreichte.

Später, als sie darüber nachdachte, wurde ihr klar, dass sie zu schnell kapituliert hatte, ohne abzuwarten, ob er sich nicht doch bei ihr entschuldigen würde. Aber sie wusste ja, Tariq würde sich nicht auf diese Weise erniedrigen. Dafür war er viel zu sehr Scheich, viel zu sehr ein Wüstenkrieger. Vorerst würde ihr seine Zärtlichkeit genügen.

Es war immerhin ein Anfang.

Ganz früh am nächsten Morgen – Tariq schlief noch – saß Jasmine am Rand des Springbrunnens in ihrem Garten. Sie musste sich endlich mit den schmerzlichen Tatsachen des Lebens auseinandersetzen.

Als Erstes musste sie wohl akzeptieren, dass sie niemals von Herzen geliebt werden würde. Nicht so, wie sie es brauchte.

Hätte sie sich vor vier Jahren für Tariq entschieden, vielleicht hätte er gelernt, sie so zu lieben. Vielleicht. Aber damals war sie so jung und naiv gewesen im Vergleich zu Tariq, der über innere Stärke und Selbstvertrauen verfügt hatte. Seine Liebe war damals sehr beschützend gewesen, sie dagegen war eher scheu und leicht zu verunsichern gewesen.

Inzwischen war sie sehr viel reifer geworden. Und sie hatte inzwischen auch verstanden, wie tief sie ihn verletzt hatte. Doch sie wurde nicht geliebt. Und das war entsetzlich. Ihre naive Hoffnung, mit ihrer Liebe doch noch Tariqs Herz erreichen zu können, war am Vortag seiner Abreise nach Paris unwiederbringlich zerstört worden. Sie hatte in ihrem Leben so viel Zurückweisung erfahren müssen, dass sie glaubte, nicht ein einziges weiteres Mal ertragen zu können. Sie würde also weiterhin um Tariqs Liebe kämpfen, jedoch nicht ihr Herz öffnen und preisgeben, wie sehr sie sich danach sehnte, dass ihre Liebe erwidert wurde.

„Bist du beschäftigt?" Jasmine spähte durch den Türspalt in Tariqs Büro. Er blickte von seinem Schreibtisch auf.

„Du bist immer willkommen, Jasmine."

Am liebsten hätte sie ihn provoziert, nur damit er ein bisschen Gefühl zeigte. Wut wäre immer noch besser als diese Sanftheit. Jedenfalls wüsste sie dann, dass er tiefe Gefühle für sie hatte.

Wie auch immer, jetzt hatte sie keine Zeit für derlei trübe Gedanken. Sie nahm das riesige Paket, in dem ihre Einkäufe verpackt waren, und stellte es auf Tariqs Schreibtisch. Nur die Staffelei hatte sie noch vor der Tür stehen gelassen, um nicht die Überraschung zu verderben.

„Was ist das?"

„Ein Geschenk. Pack es aus." Sie setzte sich auf seinen Schoß. „Nun mach schon."

Zögernd gehorchte er – und erstarrte, als er mehrere Stücke Leinwand, Pinsel und Farbtuben sah.

„Ich weiß, du hast viel zu tun", erklärte Jasmine eifrig. „Aber sicher findest du doch eine Stunde Zeit am Tag? Stell dir vor, du tust es für dein Land."

Er hob fragend eine Braue.

„Nun ja, ein Workaholic als Scheich wird auf die Dauer seinem Volk nicht von großem Nutzen sein, da der Stress ihn krank machen wird", verkündete Jasmine strahlend. „Du hast früher doch auch gemalt, um dich von der Anspannung des Tages zu befreien. Warum willst du es nicht wieder versuchen?"

„Meine Pflichten …"

Jasmine legte ihm eine Hand auf die Lippen. „Eine Stunde. Das ist doch nicht zu viel? Und ich helfe dir."

„Wie?"

„Ich bin sicher, ich kann dir einen Teil der Last abnehmen. Mich um die Ablage kümmern? Berichte lesen und zusammenfassen? Ich bin intelligent, weißt du?"

Er schmunzelte. „Ich weiß, Mina. Na schön, du darfst mir helfen, und du darfst mir auch Modell sitzen."

„Du willst mich malen?" Sie küsste ihn auf die Wange, glücklich über seine positive Reaktion, und sprang von seinem Schoß. „Ich habe auch eine Staffelei gekauft." Sie sammelte die Malutensilien wieder ein. „Ich bringe alles in mein Studio, und dann komme ich wieder und helfe dir."

So kam es, dass sie den Rest des Tages mit Tariq verbrachte und Berichte las, um sie anschließend zusammenzufassen. Er hatte ihr freigestellt, jederzeit zu gehen, wenn es ihr zu viel werden sollte, aber wenn sie sich die Stapel ansah, die er zu bewältigen hatte, konnte sie ihn gar nicht damit allein lassen.

Einer der Berichte schockierte sie. „Tariq?"

Er hob den Kopf, überrascht über ihren scharfen Ton.

„Hier steht, der Scheich kann mehr als eine Frau haben?" Ihre Brauen waren dicht zusammengezogen.

Tariqs Mundwinkel zuckten. „Ein uraltes Gesetz."
„Wie uralt?" Auf keinen Fall würde sie ihren Ehemann teilen. Niemals.
„Sehr. Praktisch ein archaisches Relikt. Sowohl mein Großvater als auch mein Vater hatten nur eine Frau."
„Und dein Urgroßvater?"
„Vier."
Sah sie da so etwas wie Belustigung in seinem Blick?
„Mach dir keine Sorgen. Ich glaube nicht, dass ich Kraft für mehr als eine Frau habe."
„Ich werde dafür sorgen, dass dieses Gesetz abgeschafft wird."
„Die Frauen von Zulheil würden es dir danken. Es gilt nur für den Scheich, aber manche halten dieses Gesetz für nicht sehr geeignet, um unserem Land ein modernes, fortschrittliches Image zu geben."
Jasmine nickte. Sein trockener Kommentar hatte sie ein wenig beruhigt. Mit einer zweiten Ehefrau würde sie sich also nicht herumärgern müssen. Sie machte sich wieder an die Arbeit. Ihrem Mann auf diese Weise beistehen zu können war auf eine stille, ruhige Art sehr erfüllend, fand sie.
„Genug, Mina." Tariq stand auf und streckte sich. „Hoffentlich bereust du dein Angebot nicht. Ich finde, du machst das ausgezeichnet. Ich werde deine Hilfe von jetzt an oft anfordern."
Strahlend legte Jasmine ihre Hand in seine. „Gut. Und jetzt lass uns gehen, bevor jemand anders dich mir wegnimmt."
Heute war ihr zum ersten Mal aufgefallen, wie viele Menschen glaubten, Tariq sei der einzige Schlüssel zur Lösung ihrer Probleme. Oft kamen sie persönlich. Hiraz und Mumtaz fingen die meisten ab, aber manche waren sehr beharrlich. Jasmine fand diese offene Form der Regierung immer wieder erstaunlich. In diesem kleinen, spärlich bevölkerten Land schien das System jedenfalls sehr gut zu funktionieren.
„Würdest du mich denn beschützen, Jasmine?", fragte er und schmunzelte, denn er war praktisch doppelt so groß wie sie.
„Ich denke, du brauchst jemanden, der dich abschirmt. Mumtaz und Hiraz haben Probleme damit, weil sie nicht als Mitglieder der Königsfamilie gelten", erklärte Jasmine ernsthaft. „Ich aber schon. Ich könnte die meisten Dinge, derenwegen die Leute zu dir kom-

men, regeln, ohne dass du überhaupt damit belangt wirst. Du hättest dann den Kopf frei für wichtigere Dinge."

Tariq war plötzlich ganz still und blickte sie nachdenklich an.

„Ich meine, natürlich nur, wenn du möchtest." Plötzlich war sie sich ihrer selbst wieder unsicher. „Ich weiß, ich bin Ausländerin und …" Rasch schob sie den Gedanken an ihr hässliches Geheimnis beiseite. Nicht jetzt daran denken, wo ihr Mann sie mit einem Blick bedachte, der geradezu zärtlich war.

Tariq legte einen Finger auf ihre Lippen. „Du bist meine Frau. Ich sagte dir ja schon, dass mein Volk dich in der Hinsicht bereits akzeptiert hat. Was ist mit deiner eigenen Arbeit?"

„Mein Modedesign muss eben fürs Erste mein Hobby bleiben, genau wie deine Malerei." Es war ein Opfer, aber sie brachte es gern. Als sie Tariq heiratete, war ihr klar gewesen, dass die Belange des Landes manchmal wichtiger sein würden als ihre persönlichen Wünsche.

Sein Blick drückte Zustimmung aus. Jasmine fühlte sich ermutigt. Es war Zeit, dass sie erwachsen wurde und die Verantwortung übernahm, die das Leben als Frau eines Scheichs mit sich brachte.

„Wenn du das wirklich möchtest, bin ich einverstanden."

Jasmine lächelte und lehnte sich an ihn. Eine leichte, aber spürbare Anspannung seiner Muskeln war die einzige Reaktion.

Merkwürdig, seit seiner Reise nach Paris war es vorbei mit den kleinen Gesten unbefangener Zärtlichkeit zwischen ihnen. Jetzt kam es ihr vor, als würde Tariq die Intensität ihrer sinnlichen Begegnungen eisern unter Kontrolle halten. Er liebte sie nach wie vor wie ein perfekter Liebhaber und sorgte immer dafür, dass es für sie ein Genuss war. Aber etwas fehlte. Als ob jemand der wilden Leidenschaft ihrer Umarmungen einen Dämpfer aufgesetzt hätte.

Warum nur? Warum sollte er versuchen, die Sinnlichkeit ihres Liebeslebens zu dämpfen, während sie beide doch gerade in dieser Hinsicht so perfekt harmonierten? Sie war sich sicher, dass es nichts damit zu tun hatte, dass sie ihn bei seiner Rückkehr nicht sofort mit offenen Armen empfangen hatte. Nein, Tariq hatte sich auf seine Weise entschuldigt, daran gab es keinen Zweifel. Sie hatten ihren Frieden gemacht.

Aber warum dann?

9. Kapitel

„Genug für heute, Jasmine."

Sie blinzelte überrascht. Erst als sie versuchte aufzustehen, wurde ihr bewusst, wie lange sie in dieser halb liegenden Position verharrt hatte. Sie lag auf der dick gepolsterten roten Couch in ihrem Studio, streckte die Arme weit über den Kopf und spürte genüsslich, wie sich ein Muskel nach dem anderen entspannte.

Tariq war mit ihr gekommen, nachdem sie ihren Arbeitstag beendet hatten, hatte seine Staffelei aufgestellt und sie gebeten, ihm Modell zu sitzen.

„Ich nehme jetzt erst einmal eine Dusche", verkündete sie. „Wir sehen uns beim Abendessen."

Tariq blickte auf. Plötzlich war heiße Begierde in seinem Blick, doch im nächsten Moment hatte er sich wieder unter Kontrolle. Jasmine atmete erleichtert auf. Sein Verlangen nach ihr war also so stark wie immer. Er hatte lediglich beschlossen, es vor ihr zu verbergen. Ihr wurde fast schwindlig vor Erleichterung. Sie ließ ihn keineswegs kalt.

Ich muss versuchen, ihn zu verführen, sagte sie sich, als sie später vor ihrer Frisierkommode saß, und plötzlich fiel es ihr wie Schuppen von den Augen. Vielleicht glaubte Tariq ja, dass sie ihn nicht im selben Maß begehrte wie er sie? Sein Verlangen nach ihr war offensichtlich gewesen, jedenfalls bis er beschlossen hatte, es vor ihr zu verheimlichen. Selbst wenn er noch so wütend war, liebte Tariq sie immer, bis sie vor Lust aufschrie. Nachdenklich trommelte sie mit den Fingern auf die Kommode. Sie hatte ihm nach seiner Rückkehr zunächst widerstanden, aber nur, weil sie schrecklich verletzt gewesen war. Und selbst dann hätte er sie verführen können, wenn er beharrlicher gewesen wäre …

Aber das wusste er nicht. Ihm musste es so erscheinen, als wäre ihr Verlangen nach ihm nur ein schwacher Abklatsch der Begierde, die er für sie empfand. Für einen Mann wie ihn musste das ein schwerer Schlag gegen seinen männlichen Stolz sein. Mehr noch, es war ganz bestimmt verletzend. Er weigerte sich zwar hartnäckig, an Jasmines Liebe zu glauben, doch ihre Leidenschaft hatte er als echt und nicht vorgetäuscht hingenommen. Wie wäre es wohl für sie, wenn sie eines Tages das Gefühl hätte, Tariq begehre sie nicht mit derselben Leidenschaft wie sie ihn?

„Um Himmels willen", sagte sie laut zu ihrem Spiegelbild. „Ich muss ihn davon überzeugen, dass ich ihn will. Sonst zieht er sich weiter zurück, bis ich nichts mehr habe, worauf ich bauen kann, nicht einmal unsere Leidenschaft." Doch der Gedanke, ihren Mann zu verführen, machte ihr fast Angst. Er neigte dazu, stets die Kontrolle an sich zu reißen, und seine Fähigkeiten in der Hinsicht waren beeindruckend. Und empörend. Wenn sie die Kontrolle verlor, dann sollte er das auch tun.

„Hm. Ich bitte um Vorschläge", sagte sie zum Spiegel.

„Sprichst du immer laut mit dir selbst?"

Jasmine fuhr herum. Tariq lehnte in der Tür.

„Es ist gut für die Nerven", wich sie aus und wollte den Gürtel ihres Bademantels enger binden. Da bemerkte sie, wie Tariq sie unter halb gesenkten Lidern anstarrte. Fast wäre ihr das entgangen. Rasch ließ sie den Gürtel los, nahm das Rougedöschen und wandte sich wieder ihrem Spiegelbild zu.

Als sie sich vorbeugte, war sie sich genau der Tatsache bewusst, dass sie ihm eine verführerische Aussicht auf den Ansatz ihrer Brüste bot. Jedenfalls hoffte sie, dass sie verführerisch war. Wenn er weiterhin in der Tür stehen bleiben würde, weil er sie nicht mehr so begehrenswert fand wie am Anfang, dann wäre alles verloren.

„Ach was", murmelte sie vor sich hin. Tariqs Feuer war von der Art, die niemals erlosch. Genau das machte ihn ja so begehrenswert.

„Was ist?" Er trat hinter sie, die Hände in den Hosentaschen. Meistens kleidete er sich traditionell, doch manchmal auch westlich. Wie heute Abend. Die konservativ schlichte Kleidung brachte seine männliche Schönheit besonders zur Geltung.

Jasmine verspürte ein Prickeln im Nacken. Seine Nähe machte sie fast verrückt. Der Impuls, sich zurückzulehnen und den Kopf an seinen muskulösen Bauch zu schmiegen, war so stark, dass sie all ihre Willenskraft aufbieten musste, um sich unter Kontrolle zu halten.

Wenn sie jetzt nachgab, dann würde dieser Mann, schön, arrogant und sexy, wie er war, sie einmal mehr in Ekstase versetzen und selbst dabei die Kontrolle behalten.

Der Gedanke gab ihr Kraft, an ihrem Plan festzuhalten. Sie beugte sich noch ein Stück weiter vor. Tapfer kämpfte sie gegen ihre Angst zu versagen an und schlug scheinbar unbewusst die Beine übereinander. Wie erhofft fiel dabei ihr Mantel auseinander und enthüllte praktisch völlig ihre Beine. Eigentlich war sie schon so gut wie nackt.

„Ach, ich habe mir gerade überlegt, was in letzter Zeit so an Mode auf den Laufstegen zu sehen war." Sie machte eine wegwerfende Handbewegung, legte das Rouge beiseite und griff zum Lippenstift. Der Schmollmund, zu dem sie jetzt die Lippen verzog, war sehr viel runder und provozierender als sonst. Mit lasziven Bewegungen füllte sie die Form ihrer Lippen mit Lipgloss.

Tariq hüstelte und verlagerte sein Gewicht von einem Fuß auf den anderen, blieb jedoch hinter ihr stehen. Jasmine nahm das als gutes Zeichen, fragte sich jedoch, wie weit sie wohl gehen konnte. Auf keinen Fall durfte er merken, worauf sie aus war, bevor sie ihn da hatte, wo sie ihn haben wollte: im Bett, ihr ausgeliefert. Sie musste kurz lächeln.

„Was ist so lustig?" Seine Stimme war rau. Ah, sie kannte diese Stimme. Vorfreude ließ ihr Herz höher schlagen.

„All diese schwulen Modeschöpfer und ihre Vorstellungen vom weiblichen Körper", erwiderte sie und war stolz darauf, was für einen klaren Kopf sie behalten konnte. „Ich meine, sieh doch nur." Sie bewegte die Hand über ihre Brüste und Hüften. „Wie schon gesagt, Frauenkörper haben Rundungen, nicht wahr?"

„Ja." Tariq hörte sich an, als bekäme er kaum noch Luft.

„Aber warum ..." Sie legte die Hand auf ihren Schenkel und lenkte damit Tariqs Aufmerksamkeit auf die Stelle, wo der Mantel ganz knapp ihre roten Löckchen bedeckte, „... ist der neueste Trend dann so kastenförmig?"

Als er nicht antwortete, blickte sie in den Spiegel. Bevor ihre Blicke sich trafen, stellte sie entzückt fest, dass seine Wangen gerötet waren und sein Blick auf ihrem Schenkel ruhte. Ob er schon vergessen hatte, worüber sie gesprochen hatten? Wunderbar.

„Ich bin sicher, du hast völlig recht", sagte er endlich.

Jasmine nickte lebhaft und konzentrierte sich wieder auf ihr Make-up. Als sie aufstand und zum Kleiderschrank ging, legte sich Tariq aufs Bett und verschränkte die Arme hinter dem Kopf, um ihr zuzusehen. Wieder einmal erinnerte er sie an einen Panther, jeder Zoll geschmeidige, kaum gebändigte Muskelkraft.

Jasmine fand es zu dumm, dass der begehbare Kleiderschrank sich am Kopfende des Bettes befand. Wie sollte sie Tariq verführen, wenn er sie nicht sehen konnte? Sie wollte sich gerade achtlos das Gewand, das sie ausgewählt hatte, überstreifen, als sie merkte, wie clever ihr Tariq war.

Es war keineswegs so, dass er sie nicht sehen konnte. Im Gegenteil. Er hatte im Spiegel eine hervorragende Aussicht. Plötzlich wurde sie wieder nervös. Doch bevor sie der Mut ganz verließ, schlüpfte sie rasch aus dem Bademantel.

„Wo werden wir essen?", fragte sie, während sie einen Hauch von Slip aus Spitze und Satin über ihren Po streifte. Ihre Hände zitterten. Rasch griff sie nach dem Rock und beugte sich vor, um hineinzusteigen. Sie konnte sich genau vorstellen, was für einen Anblick sie jetzt bot, und hoffte, dass man in dem gedämpften Licht nicht sah, dass sie rot wurde.

„Ich hatte gedacht, im Speiseraum, mit Mumtaz und Hiraz, aber ich habe es mir anders überlegt. Wir werden in unseren Privaträumen essen."

Jasmine bemerkte den besitzergreifenden Ton in seiner Stimme. Zum ersten Mal seit zwei Wochen. Anfangs hatte sie geglaubt, er bedeute, dass Tariq sie als Objekt betrachtete, doch jetzt verstand sie langsam, dass Tariq seiner Frau gegenüber nicht anders konnte. Er war einfach so. Nun, dass er besitzergreifend war und glaubte, sie beschützen zu müssen, damit konnte sie leben. Es gab ihr sogar das Gefühl, besonders geschätzt zu werden.

„Hm." Sie knöpfte den Rock zu, griff dann nach dem Oberteil und drehte dabei ein wenig den Oberkörper, sodass ihre Brüste deutlich im Spiegel sichtbar waren, während ihr Gesicht im Schatten blieb.

Schließlich knöpfte sie das Oberteil zu. Es war überraschend eng, doch die Knopfleiste wirkte keineswegs verzerrt, also war es wohl so gedacht.

Zum Schluss schlüpfte sie in ein Paar Sandalen, die leicht abzustreifen waren, denn ihr privater Speiseraum bestand im Wesentlichen aus einem Zimmer voller riesiger Kissen.

„Fast fertig", verkündete sie, froh, dass ihre Stimme kaum zitterte.

„Wir haben keine Eile." Er klang ganz gelassen. Hatte er etwa gar nicht zugesehen? Jasmine ging zum Bett, stemmte die Hände in die Hüften und wirbelte herum.

„Wie findest du es?"

Tariq zog unauffällig ein Knie an, allerdings nicht schnell genug, sodass Jasmine die Wölbung zwischen seinen Beinen gerade noch bemerkte und erleichtert seufzte.

„Perfekt." Sein scheinbar unbeteiligter Ton konnte sie nicht täuschen.

„Hm, aber ich glaube, ich brauche noch ein bisschen Schmuck."

Mit einer Nonchalance, von der sie nicht gewusst hatte, dass sie dazu fähig war, schlenderte sie zur Frisierkommode. Sie blickte nicht einmal in den Spiegel, aus Angst, ihre Blicke könnten sich treffen und sie könnte sich dabei verraten. Aus der Schmuckschublade holte sie das feine goldene Geschmeide, das sie am Hochzeitstag um den nackten Bauch getragen hatte, und legte es an. Ihr einziger sonstiger Schmuck bestand aus einer Halskette, deren kugelförmiger Anhänger aus Zulheil-Rose zwischen ihren Brüsten baumelte.

„Komm, mein Faulpelz. Ich bin hungrig wie ein Wolf." Sie nahm Tariqs Hand und zog ihn mit sich.

„Ich auch", brummte er. Und es klang ganz und gar nicht mehr gelassen. Jasmine lächelte. Ein hungriger Panther war ihr allemal lieber als einer, der auf Schmusekätzchen machte.

Ihre Hand lag schon auf der Türklinke zum Speiseraum, als Tariq sie um die Taille fasste. Ein wohliger Schauer lief ihr über den Rücken, als seine Hände ihre nackte Haut berührten. Er drückte sie mit seinem großen Körper gegen die Tür.

„Du wartest hier, während ich den Dienern helfe."

„Schon gut. Ich habe nichts dagegen, ihnen zu helfen."

Sein Griff um ihre Taille verstärkte sich. „Du wartest hier." Er küsste sie heftig, bevor sie protestieren konnte. Dann öffnete er die Tür, sah sie noch einmal warnend an und verschwand.

Jasmine legte die Finger auf ihre prickelnden Lippen. So hatte er sie seit Wochen nicht mehr geküsst. Sie musste sich an die Wand lehnen, weil ihre Beine fast unter ihr nachgaben. Die Stelle, an der er ihre nackte Haut berührt hatte, brannte.

„Ich glaube, dieses eine Mal kann ich seine Arroganz in Kauf nehmen", murmelte sie lächelnd. Aber warum hatte er ihr nicht erlaubt, den Speiseraum zu betreten? Da fiel ihr Blick auf den Spiegel.

Es war unglaublich.

Am liebsten hätte sie sich versteckt. Ihr Rock war auf absolut skandalöse Weise durchsichtig. Die Umrisse ihrer Beine waren deutlich sichtbar, und bei jeder Bewegung entblößte dieser feine Stoff mehr, als er verbarg. Zu allem Überfluss verhüllte auch die Vorderseite ihres Slips so gut wie nichts. Jeder hätte ohne Weiteres durch den Stoff hindurch einen Blick auf das Dreieck aus dunkelroten Löckchen zwischen ihren Beinen werfen können.

Das Oberteil, von dem sie gedacht hatte, es sei sexy, war nicht nur aufreizend, es war geradezu obszön. Das Material schmiegte sich an ihre Brüste, und deren Spitzen zeichneten sich mehr als deutlich darunter ab. Zwei schamlos zur Schau gestellte steil aufgerichtete Knospen.

„Um Himmels willen!", entfuhr es ihr, und sie griff haltsuchend nach der Wand. Kein Wunder, dass Tariq ihr verboten hatte, mitzukommen. Sie sah aus wie eine Haremsdame, die bereit ist, ihrem Herrn auf jede Art, die er sich wünscht, zu Diensten zu sein.

Verzweifelt versuchte sie, tief durchzuatmen.

Andererseits … er hatte ihr nicht befohlen, sich umzuziehen. Im Gegenteil, er hatte ihre Kleidung als perfekt bezeichnet. Und er hatte sie geküsst.

Lächelnd setzte sie sich auf den Bettrand. Als Tariq die Tür öffnete und stehen blieb, wusste sie zum ersten Mal ganz genau, was er dachte. Er dachte daran, sie aufs Bett zu werfen und ihr eine Lektion zu erteilen. Sein Problem war nur, dass er nicht wusste, dass sie ihn absichtlich reizte. Aber für Jasmines Geschmack hatte er sich noch viel zu sehr unter Kontrolle, wenn er diesem Impuls noch widerstehen konnte.

Sie sprang auf und ging zu ihm. „Fertig?"

Er nickte, schien aber vergessen zu haben, dass er in der Tür stand. Sie musste ihm einen Schubs geben, damit er zur Seite trat.

Im Speiseraum nahm er nicht eines der Kissen auf der gegenüberliegenden Seite des niedrigen Tisches. Stattdessen setzte er sich direkt neben Jasmine und stützte sich mit einem Arm hinter ihrem Rücken ab, sodass er sie mit Brust und Schulter berührte.

Jasmine versuchte, ganz ruhig weiter zu atmen, nahm eine Platte mit kleinen Pasteten und bot Tariq davon an. Er sah sie stumm mit hochgezogenen Brauen an. Errötend nahm sie eine Pastete und fütterte ihn damit. Beim zweiten Bissen hätte er fast ihren Finger erwischt. Lachend zog sie gerade noch rechtzeitig die Hand zurück.

Das Glühen in den Augen ihres Ehemanns zeugte eindeutig von Erregung und Begierde, aber sie war fest entschlossen, diesmal nicht die Einzige zu sein, die die Beherrschung verlor. Er sollte sie dabei begleiten. Allerdings wurde es von Minute zu Minute schwieriger, zu ignorieren, wie der Panther an ihrer Seite ihren Körper in Aufruhr versetzte.

Mit gezwungenem Lächeln nahm sie eine Pastete und biss hinein. „So etwas habe ich noch nie gegessen." Es schmeckte würzig, nach unbekannten Kräutern, aber sehr lecker. Zu ihrer Überraschung nahm Tariq ihr die Pastete aus der Hand und verschlang sie.

„Na, na!", rief sie überrascht.

„Ich sagte doch, ich bin hungrig. Füttere mich. Schnell."

Hungrig? Ob er es so doppeldeutig gemeint hatte, wie sie glaubte? Jasmine nahm ein Stück Kebab und fütterte ihren Panther. Tariq streckte sich lang neben ihr aus und schien zufrieden zu sein, mit allem, was sie ihm anbot. So hatte er sich noch nie zuvor verhalten. Jasmine war erstaunt, welchen Spaß es ihr machte, ihn zu verwöhnen. Sie hatte gerade erst angefangen zu verstehen, welche enorme Last auf Tariqs Schultern ruhte, und sie wünschte sich, sein Leben mit Freude zu füllen, damit diese Last nicht eines Tages das Feuer erlöschen ließ, das in ihm brannte.

„Ich glaube nicht, dass ich noch etwas vom Nachtisch essen kann", sagte sie etwas später und legte eine Hand auf ihren Bauch. Nicht dass er sehr voll gewesen wäre, aber sie hatte so eine Ahnung, dass sie an diesem Abend noch ihre Kräfte brauchen würde.

Tariqs Blick wanderte langsam von ihren Lippen über ihre Brüste hinab zu ihrem Bauch. Diesmal konnte sie nicht ganz ihre Erregung verbergen. Prompt strich er mit einem Finger über ihre Brustspitzen. Ihr wurde ganz flau.

„Wir lassen den Nachtisch hier." Tariq stand auf und streckte ihr die Hand hin. „Falls du später noch Hunger bekommst."

Jasmine verlor fast das Gleichgewicht, als sie sich über die Bedeutung seiner Worte klar wurde. Doch als sie aufblickte, musste sie erkennen, dass Tariq sich immer noch eisern unter Kontrolle hatte. Wenn sie jetzt ihrem Verlangen nachgab, dann würde sie ihrem Ziel, die Kluft zwischen ihnen zu überwinden, keinen Schritt näher kommen.

Was jetzt? dachte sie verzweifelt. Tariq war keinesfalls erregt genug, wenn er ihr noch immer nicht die Kleider vom Leib riss. Sie war es leid, jeden Abend behutsam aus ihren Kleidern geschält zu werden. Sie wollte ihren leidenschaftlichen, unersättlichen und vergnüglichen Geliebten zurückhaben. Er zog sie mit sich ins Schlafzimmer, blieb am Bett stehen und griff nach den Knöpfen an ihrem Oberteil.

Jasmine nahm allen Mut zusammen und schob seine Hände weg. Er zuckte zurück, hatte jedoch bereits die Hälfte der Knöpfe geöffnet, sodass ihre Brüste fast aus dem Ausschnitt quollen.

„Du möchtest nicht, dass wir weitermachen?", fragte er geradezu unerträglich höflich.

„Tariq, darf ich mir etwas wünschen?"

„Du musst nicht darum bitten, Jasmine. Ich akzeptiere es, wenn du nicht ..." Er begann, rückwärts zu gehen. Nur die Art, wie er die Hände verkrampfte, zeigte, was er in Wirklichkeit empfand.

Jasmine packte ihn am Hemdkragen. „Ich will dich."

Sofort waren seine Hände wieder an ihren Knöpfen, doch sie schüttelte den Kopf.

„Was ist los, Mina?" Jetzt klang er sehr viel mehr nach dem ungeduldigen Liebhaber, den sie sich so sehr zurückwünschte. Und er nannte sie Mina.

„Ich möchte einfach ..." Sie biss sich auf die Unterlippe. „Wärst du einverstanden, wenn ich dich heute anfasse?" Jetzt griff sie nach seinen Knöpfen.

„Du weißt doch, dass du mich jederzeit anfassen darfst", entgegnete er.

„Aber ich will nicht, dass du mich berührst."

„Ich verstehe nicht." Es klang misstrauisch.

„Ich verliere den Verstand, wenn du mich berührst, aber ich möchte einmal imstande sein, deinen Körper zu erforschen. Bitte." Sie wusste, ihn darum zu bitten, ihr die Kontrolle zu überlassen, war riskant. Aber immerhin verhielt er sich jetzt schon sehr viel leidenschaftlicher als in den letzten zwei Wochen. Sie öffnete also einen Knopf und dann noch einen.

Tariq berührte ihr Haar. Dann zog er die Spangen heraus, sodass ihr die Lockenpracht wie eine feurig rote Kaskade über die Schultern fiel. „Und was soll ich tun, während du mich erforschst?", fragte er heiser.

10. Kapitel

Jasmine öffnete einen weiteren Knopf. „Lehn dich einfach zurück, genieße es, und überlass alles andere mir."

Stille erfüllte den Raum. Es war nichts zu hören bis auf ihre Atemzüge. Jasmine biss sich auf die Lippen, um nicht weiter zu betteln.

„Ich werde es dir erlauben", sagte er förmlich.

Sie stellte sich auf die Zehenspitzen und hauchte einen Kuss auf seine Lippen. „Danke." Sie strahlte.

Tariq schien erstaunt darüber, dass sie die Situation so sehr genoss. Sie knöpfte sein Hemd vollends auf. Seine herrliche Brust fühlte sich unter ihren forschenden Händen hart wie Stahl an. Genüsslich ließ sie die Fingerspitzen über seine nackte Haut gleiten. Sie hatte den Eindruck, dass Tariq dabei den Atem anhielt.

„Ich liebe deinen Körper." Jasmine warf sämtliche Bedenken über Bord. „Jedes Mal, wenn ich dich aus der Dusche kommen sehe, möchte ich dich am liebsten aufs Bett werfen und überall küssen."

Sie legte die Arme um seinen muskulösen Oberkörper und strich mit den Händen über seinen Rücken. Sie schmiegte ihr Gesicht an seine Brust und liebkoste seine nackte Haut mit ihrer Zungenspitze. Er fuhr keuchend mit seinen Händen in ihr Haar. Entzückt über seine Reaktion drückte Jasmine kleine Küsse auf seine Brust, mal zärtlich, mal begierig mit offenen Lippen. Sie zeichnete einen Pfad aus Küssen von seiner Brust über seinen Bauch und tiefer. Schließlich kniete sie vor ihm. Als sie am Bund seiner Hose ankam, zog er sie zu sich hoch.

„Mina", flüsterte er an ihren Lippen. „Hast du jetzt genug geforscht?"

Zärtlich saugte er an ihrer Unterlippe. Er nahm sich alle Zeit der Welt, sie zu küssen, liebkoste ihre Lippen erst mit zärtlichen Bissen, bevor er sie drängte, sie zu öffnen. Als sie es schließlich tat, verwöhnte er sie mit seiner Zunge. Er küsste sie ausgiebig und fordernd, als gehöre sie ihm. Als er sich endlich wieder von ihr löste, schüttelte sie den Kopf. „Ich fange gerade erst an."

Langsam strich sie mit ihren Fingern über seine Arme, spürte die mühsam gebändigte Kraft seiner Muskeln unter der goldbraunen Haut. Sie nahm seine Hand, küsste seine Fingerspitzen und nahm dann einen Finger nach dem anderen in den Mund, um daran zu saugen. Sie wiederholte die Liebkosung an seiner anderen Hand, bevor sie endlich seine Manschetten aufknöpfte.

Als sie damit fertig war, glühten Tariqs Augen wie Smaragde. „Soll ich das ausziehen?" Er zeigte auf sein Hemd.

„Ja." Jasmine trat hinter ihn und half ihm, es abzustreifen. Die Haut auf seinen Schultern war heiß und wundervoll glatt. Fasziniert strich sie über seine kräftigen Muskeln, die sich unter der Berührung anspannten.

Das Hemd fiel zu Boden. Jasmine kickte es fort. Als Tariq sich umdrehen wollte, legte sie die Arme um seine Taille und schmiegte sich an ihn. „Bleib. Ich möchte deinen Rücken berühren." Er erschauerte, und sie spürte die Bewegung an ihren erregten Knospen.

Sie legte den Kopf zurück, um die Rückseite seines prachtvollen Körpers zu bewundern. Er erinnerte sie an die antiken Statuen. Muskeln bewegten sich wie flüssiger Stahl unter seiner Haut, als er die Hände hob und sie auf ihre legte.

„Du bist so stark." Sie lehnte sich zurück. „So schön."

Tariq lachte rau. „Du bist schön. Ich bin ein Mann."

Jasmine biss ihn zärtlich in die Schulter. „Und absolut schön."

Er ergriff ihre Finger und drückte sie. „Ich finde es nett, dass du mich schön findest, Mina. Aber erzähl es nicht weiter."

Jasmine musste lachen. Sie befreite ihre Hände aus seinem Griff und begann, die sich deutlich abzeichnenden Muskeln an seinem Rücken nachzuzeichnen, ganz langsam. Sein Atem wurde flacher.

„Würde es deinem Ruf als Scheich und Macho schaden?" Mit vielen kleinen Küssen bahnte sie sich einen Weg an seiner Wirbelsäule herab. Ihre halb entblößte Brust drückte sie dabei an ihn. Sie hoffte, dass ihn das genauso erregte wie sie.

Tariq atmete tief ein und wieder aus. „Ich kenne dieses Wort nicht, Macho."

Jasmine öffnete die restlichen Knöpfe ihres Oberteils und fuhr gleichzeitig fort, seinen Rücken zu streicheln und zu küssen. „Macho, das ist genau das, was du bist." Sie strich mit den Zähnen über seine heiße Haut. „Stark und männlich. Unverschämt männlich." Sie streifte das Oberteil ab und strich mit der Zunge an seiner Wirbelsäule aufwärts. Und dann drückte sie sich wieder an ihn.

Die Luft schien zu knistern, als sich nackte Haut an nackte Haut schmiegte.

Jasmine spürte, dass ihr Panther fast am Ende war, und trat vor ihn. Aus seinem Blick sprach unverhülltes Verlangen, seine Augen wirkten fast schwarz.

Tariq konnte nicht anders, er musste Jasmine berühren. Er legte eine Hand auf ihre Brust. Seufzend drückte sie mit beiden Händen gegen seine Brust.

„Bitte nicht", flehte sie.

„Du bringst mich noch um mit deiner Forscherei, Mina." Kurzerhand hob er sie an und legte sie aufs Bett. Er musste sie jetzt einfach haben. Sie schien enttäuscht, dass sie ihr Spiel so rasch beenden sollte, und das steigerte sein Verlangen mehr als alles andere. Er kickte seine Schuhe fort, öffnete den Reißverschluss seiner Hose und sah sie fragend an.

Sie nickte stumm.

Mit einer schnellen Bewegung schälte er sich gleichzeitig aus Hose und Slip. Jasmine verblüffte ihn, indem sie die Hand ausstreckte und ihn berührte. Sein Körper spannte sich an vor Erregung. „Geh zur Seite, Mina, oder ich werfe mich auf dich, und die Forscherei hat ein Ende."

Sie gehorchte so eifrig, dass Tariq gar nicht anders konnte, als sich wie der begehrteste aller Männer zu fühlen.

Er legte sich aufs Bett und verschränkte die Arme hinter dem Kopf. „Du hast noch ungefähr fünf Minuten", sagte er und ließ den Blick voller Begierde über ihren Körper gleiten. Er hatte geglaubt, er könnte sein Verlangen kontrollieren, doch er hatte sich getäuscht. Er hatte sich nur selbst ausgehungert. Vorbei war es mit der selbst auferlegten Enthaltsamkeit.

Jasmine setzte sich rittlings auf seine Schenkel. Ihr hauchdünner Rock bauschte sich wie ein Schleier um ihre Hüften.

„Na, dann komme ich wohl besser zur Sache." Ohne weitere Vorwarnung nahm sie ihn in die Hand.

Tariq stöhnte auf und hob unwillkürlich die Hüften an. Jasmines

Finger umhüllten ihn warm und zärtlich. Aus ihrem Ausdruck schloss er, dass sie völlig fasziniert war. Dass sie seinen Körper so genoss, steigerte seine Lust. Jetzt gab er sich seiner Frau einfach hin und ließ sie mit ihm tun, was ihr beliebte.

Von seiner Reaktion ermutigt, verstärkte Jasmine den Druck ihrer Finger und begann ihre Hand auf und ab zu bewegen. Samt und Stahl. Feuer und Glut. Sie seufzte leise. Seine lustvolle Reaktion steigerte auch ihre Erregung. Und sie sehnte sich danach, ihm mehr zu geben, ihm alles zu geben. Also beugte sie sich vor und ersetzte ihre Hände durch Lippen und Zunge.

Tariqs Schenkel wurden hart wie Stein. Mit einem Ruck richtete er sich auf und griff in ihr Haar. Jasmine fühlte sich durch seine heiseren Lustschreie ermutigt und ließ keineswegs von ihm ab.

„Genug." Mit einer heftigen Bewegung zog Tariq sie zu sich hoch und griff tastend unter ihren Rock. Im nächsten Moment flog der in zwei Teile zerrissene Slip zur Seite. Endlich konnte Tariq seine Mina berühren.

„Du bist so bereit, Mina." Seine Stimme zitterte.

Jasmine war durch ihr erotisches Vorspiel so erregt, dass sie es nicht länger zu ertragen glaubte. Fordernd bewegte sie sich seiner Liebkosung entgegen. „Jetzt. Jetzt!"

Tariq hob sie hoch – und ließ sie langsam auf sich herabgleiten. Zu langsam für Jasmine. Sie klammerte sich an seine von Schweiß glänzenden Schultern und beschleunigte die Bewegung. Er stöhnte vor Lust. Jasmine blickte ihn an und wusste, dieses Mal würde ihr Geliebter ihr in die Ekstase folgen. Hatte er nicht ihren Slip zerrissen? Mit einem triumphierenden Lächeln brachte sie ihn zum Höhepunkt.

Jasmine hatte ihren Panther wieder.

„Du wirst meinen Anordnungen Folge leisten. Du wirst heute nicht nach Zulheina gehen", hatte Tariq gesagt und dabei mit der flachen Hand auf den Schreibtisch geklopft.

Jasmine hatte die Hände in die Hüften gestemmt. „Und warum nicht?"

„Ich habe eine Anordnung erteilt. Ich erwarte, dass man sie befolgt."

„Ich bin keine Dienerin, der man Anweisungen gibt! Gib mir eine plausible Erklärung, dann bleibe ich."

Darauf hatte Tariq sie einfach hochgehoben und ins Schlafzimmer getragen.

Nun lag sie auf dem Bett und er auf ihr. „Soll das ein Ablenkungsmanöver sein?", fragte sie.

„Wäre es denn erfolgreich?"

„Oh ja", sagte sie seufzend. „Aber bitte sag mir endlich die Wahrheit."

„Du eigensinniges kleines Biest", sagte er, aber sein Ton war zärtlich. „Heute ist das Festival der Jungfrauen." Er küsste sie auf den Hals. „Wenn du ein paar Wochen früher angekommen wärst, hättest du mitmachen können. Aber nein, du wärst nicht lange genug Jungfrau geblieben. Ich hätte dich ja fast schon im Auto genommen."

„Hör auf damit."

„Womit?"

„Mich verrückt zu machen."

„Ich liebe es, dich verrückt zu machen." Seine Lippen verzogen sich zu einem zufriedenen Lächeln.

„Na, dann sag schon."

„Es ist der Tag, an dem alle unberührten Mädchen, die ein bestimmtes Alter erreicht haben, zu einem geheiligten Ort pilgern."

„Wo?"

Er wirkte betreten. „Kein Mann weiß das."

Jetzt war sie erst richtig neugierig geworden. „Wirklich? Wie lange gibt es dieses Festival schon?"

„So lange wie Zulheil."

„Und weshalb soll ich nicht hinausgehen?"

Tariq drückte seine Stirn an ihre. „Wenn du mich ausreden lässt, Mina, sage ich es dir."

Jasmine machte einen Schmollmund und sah ihn auffordernd an.

„Ich weiß nicht, was sie tun, aber das ist wohl auch egal. Kein Mann darf sich auf den Straßen aufhalten."

Jasmines Blick drückte ungläubiges Erstaunen aus.

„Geduld, kleine Raubkatze. Es besteht keine Gefahr, denn die verheirateten Frauen begleiten sie, ebenso wie die Polizistinnen."

„Polizistinnen? Zulheil hat weibliche Polizisten?"

„Wie schon gesagt, Frauen sind bei uns sehr geschätzt. Dass wir sie beschützen, heißt nicht, dass wir sie einsperren." Er strich mit der Zungenspitze über ihre Oberlippe. Am liebsten hätte sie sich ihm einfach hingegeben.

„Warum kann ich dann nicht mitgehen?"

„Weil …", er küsste sie, „… außer Jungfrauen nur Mütter zugelassen sind." Er legte bedeutungsvoll eine Hand auf ihren Bauch. „Wenn du ein Kind von mir geboren hast, dann darfst du mitgehen."

Jasmine schluckte. Ein Kind von Tariq. Diesen Traum hatte sie noch nicht zu träumen gewagt. Immer noch stand ja das Geheimnis hinsichtlich ihrer eigenen Geburt zwischen ihnen. Sie musste Tariq die Wahrheit sagen.

„Zulheil schließt alljährlich die Grenzen wegen dieses Festivals", erklärte er. „Alle bestehenden Visa laufen in dieser Woche aus. Wer sich weigert, das Land zu verlassen, der wird hinauseskortiert."

„Nach dem Tod deiner Eltern hast du auch die Grenzen schließen lassen, nicht wahr?" Sie hatte die Frage ausgesprochen, ohne nachzudenken. Aber bis jetzt war Tariq in allen persönlichen Fragen immer sehr verschlossen gewesen.

Er küsste sie. Zärtlich und ohne sexuelles Verlangen. Jasmine erwiderte den Kuss, ohne zu verstehen, was in Tariq vorging.

„Ja", flüsterte er an ihren Lippen. „Für zwei Monate war Zulheil für Fremde geschlossen. Mein Volk und ich, wir brauchten Zeit, um über den Verlust hinwegzukommen."

„Zwei Monate? War es nicht nur einer?" Jasmine streichelte seine Wange. Sie hätte weinen können vor Freude. Tariq war im Begriff, ihr etwas Wichtiges anzuvertrauen, etwas, das ihn bis ins Innerste verletzt hatte. „Ich bin doch einen Monat danach gekommen, erinnerst du dich?"

11. Kapitel

Tariq lächelte. „Du hattest ein Sondervisum."

Jasmine stockte der Atem. „Du hast es gewusst. Du hast die ganze Zeit gewusst, dass ich kommen würde."

Er hob die Schultern. „Ich bin der Scheich von Zulheil. Ja, ich habe es gewusst. Und warum bist du gekommen?"

Es war die eine Frage, die er ihr noch nie gestellt hatte und die sie ihm nicht beantworten konnte, ohne die ganze Wahrheit preiszugeben. Aber vielleicht, überlegte sie, könnte ich Tariqs Liebe zurückgewinnen, wenn ich nur mutig genug wäre ...

„Ich bin gekommen, weil ich von deinem Verlust gehört hatte und weil ich dachte, du würdest mich vielleicht brauchen. Aber mehr noch als das, weil ich dich brauchte. Das hatte ich mir schon seit längerer Zeit eingestanden."

„Warum, Mina?" Sein Blick war undurchdringlich.

Sie spürte, wie ihr die Tränen in die Augen stiegen. „Weil ich nicht mehr ohne dich leben konnte. Ich konnte es einfach nicht. Tag für Tag wachte ich auf und dachte an dich. Und Abend für Abend schlief ich ein mit deinem Namen auf den Lippen. Ich liebe dich so sehr, Tariq. Du hast ja keine Ahnung."

Statt einer Antwort küsste er sie nur überaus zärtlich.

Dann drehte er sich auf den Rücken und zog Jasmine an seine Seite. „Ich vermisse sie."

Jasmine wartete ab.

„Ich wusste immer, welche Verantwortung ich einmal tragen würde, aber ich hatte eine ziemlich unbeschwerte Kindheit. Meine Eltern ließen mich langsam in meine Position hineinwachsen." Er drückte Jasmine noch fester an sich. „Ich bin viel gereist und habe viel gelernt. Dafür bin ich meinen Eltern dankbar."

„Sie scheinen wunderbare Menschen gewesen zu sein."

„Das waren sie." Er zögerte, als ob er nicht recht wüsste, ob er weiterreden sollte. „Meine Mutter war todkrank und hat mir nichts davon gesagt."

Jasmine erschrak. „Todkrank?"

„Krebs." Tariqs Stimme klang hart. „Sie waren auf der Rückfahrt von einer ärztlichen Behandlung, als der Unfall passierte."

Jasmine unterdrückte ihre Tränen. „Gibst du ihr etwa die Schuld dafür?"

Er schüttelte den Kopf. „Nein, aber ich werfe ihr vor, dass sie mir nicht vertraut hat. Dass sie mir die Chance genommen hat, ihr zu helfen oder es wenigstens zu versuchen. Und mich von ihr zu verabschieden."

„Sie wollte ihrem Sohn unnötiges Leid ersparen", sagte Jasmine, aber sie verstand durchaus, dass der Kämpfer in Tariq das Gefühl von Hilflosigkeit, zu dem er durch das Schweigen seiner Mutter verdammt war, hassen musste. „Es war keine Frage von Vertrauen, sondern von Mutterliebe."

„Ich habe das mehr oder weniger akzeptiert, aber irgendwie bin ich trotz allem noch wütend auf sie, weil sie die Entscheidung einfach so für mich getroffen hat. Vielleicht hätte ich etwas für sie tun können. Das werde ich jetzt niemals erfahren", sagte Tariq mit gequälter Stimme. „Als meine Eltern starben, war ich bereit, die Verantwortung als Thronfolger zu übernehmen, aber nicht, ohne meine Eltern zu leben. Ich fühlte mich verloren. Du musst wissen, ich war ihr einziges Kind. Außerdem waren meine Eltern die Einzigen, die verstanden, welche Anforderungen mit meiner Rolle in diesem Land verbunden sind. Ich muss mein Volk leiten und schützen. Es ist eine Ehre, aber auch eine schwere Verantwortung. Aber damals fühlte ich mich wie in einem Eisblock eingeschlossen, völlig unfähig, irgendetwas zu empfinden, bis …"

„Bis?" Jasmine hielt den Atem an.

„Nichts." Schnell wie der Blitz hatte er sich auf sie geschoben.

Sie protestierte nicht. Er hatte schon weit mehr von sich preisgegeben, als sie erwartet hatte.

Nachdem sie sich geliebt hatten, hielt Tariq Jasmine noch lange in den Armen, tief gerührt davon, wie offen und ungehemmt sie ihrem Verlangen Ausdruck gegeben hatte. Dennoch fiel es ihm schwer, ihr wirklich völlig zu vertrauen. Immer noch hatte sie Geheimnisse, das war offensichtlich, denn er ertappte sie immer wieder dabei, wie ihr Blick sich plötzlich verdüsterte. Er hatte sich zwar geschworen, dass es zwischen ihnen nie etwas anderes als Ehrlichkeit geben sollte, aber er würde sie niemals bitten, ihm ihr Geheimnis zu verraten. Er würde ihretwegen nicht seinen Stolz aufgeben. Nicht noch einmal. Niemals wieder.

Er hatte gedacht, Jasmine sei eingeschlafen, doch plötzlich fing sie an zu sprechen. „Ich muss dir etwas sagen."

Es fiel ihm schwer, sich die plötzliche Anspannung nicht anmerken zu lassen. „Ja?"

Sie senkte den Blick. „Als wir uns kennenlernten ... damals hatte ich Angst, es dir zu sagen, ich habe gefürchtet, dich zu verlieren."

„Was?", fragte Tariq mit einer Mischung aus Hoffnung und Verzweiflung.

„Versprich mir erst etwas", bat sie.

Aus ihrem Blick sprach solche Verletzlichkeit, dass er nicht anders konnte. „Was möchtest du von mir, Mina?", fragte er sanft.

„Dass du mich deswegen nicht hassen wirst." Ihre Stimme klang dünn.

Sie hassen? Auch wenn er oft vor Zorn nahe daran gewesen war, könnte er Jasmine niemals hassen. „Bei meiner Ehre als dein Ehemann." Er drückte sie an sich. Ein Gefühl tiefer Zärtlichkeit überwältigte ihn.

Ihre Hände verkrampften sich zu Fäusten, so hart, dass die Knöchel sich weiß färbten. „Ich bin ein uneheliches Kind."

„Unehelich?" Er spürte, wie sie erschauerte, und zog die Decke über sie, bevor er sie wieder an sich drückte.

„Meine angeblichen Eltern sind in Wirklichkeit Onkel und Tante. Meine leibliche Mutter, sie heißt Mary, bekam mich, als sie noch ein Teenager war." Jasmine schluckte schwer. „Ich war noch ein Kind, als ich herausfand, dass meine Eltern mich nur deshalb adoptiert hatten, weil sie dafür einen Teil von Marys Erbe bekamen. Sie haben mich nie geliebt. Für sie war ich ... schlechtes Blut." Die Worte brachen aus ihr heraus wie eine lange aufgestaute Flut.

Tariq nahm ihre Hände in seine. Es war fast körperlich spürbar, wie tief verletzt sie war. In diesem Moment hätte er ihre Eltern erwürgen mögen. Wie konnten sie nur? Wie konnten sie seine Frau, seine geliebte Jasmine, nicht wie ein kostbares Kleinod schätzen und lieben? „Und du glaubst, das wäre von Bedeutung für mich?"

„Du bist ein Scheich. Du hättest eine Prinzessin heiraten sollen oder zumindest eine Frau mit adligem Hintergrund. Ich weiß ja nicht einmal, wer mein Vater ist", erwiderte sie mit erstickter Stimme.

Das war eine Schande, das musste er zugeben. Doch es war nicht Jasmines Schande, sondern die des Mannes, der dieses wundervolle Wesen gezeugt hatte und dann seiner Wege gegangen war, die Schande der Frau, die sie zur Welt gebracht und dann verlassen hatte, und die Schande der Menschen, die bezahlt werden wollten für dieses unbezahlbare Geschenk, das er in den Armen hielt.

„Sieh mich an", sagte er.

Jasmine hob den Kopf und erwiderte tapfer seinen Blick. „Mein Volk hat noch viel von seinen ursprünglichen Wurzeln erhalten. Manchmal kommt es bei uns Barbaren heute noch vor, dass ein Stammesfürst es sich erlaubt, seine Auserwählte einfach zu kidnappen." Er strich mit der Fingerspitze über ihre Lippen. „In der Wüste zählt in erster Linie die Entscheidung eines Mannes. Und ich habe mich für dich entschieden, du bist meine geliebte Frau."

„Und du bist mir nicht böse, weil ich es dir nie gesagt habe?" In Jasmines blauen Augen schimmerten Tränen.

„Natürlich nicht. Es wäre besser gewesen, du hättest es mir früher gesagt, aber ich bin nicht so barbarisch, dass ich dein Zögern nicht verstehen kann." Er küsste sie. Wie überaus zerbrechlich sie sich jetzt anfühlte. Sie brauchte seinen Schutz und seine Fürsorge.

Als sie sich ein wenig entspannte, fragte er: „Warum hast du es mir denn nicht gleich gesagt?"

Sie biss sich auf die Lippe und holte tief Luft. „Ich wollte einfach ... Als ich älter wurde, dachte ich mir, Mary würde vielleicht gern etwas von mir hören, also schrieb ich ihr." Sie schluckte. „Sie schrieb zurück, dass ich nie wieder Kontakt zu ihr aufnehmen solle. Sie schrieb, ich sei ein Fehltritt. Und dann kamst du. Ich wollte nicht wie eine Ausgestoßene behandelt werden. Ich wollte einfach akzeptiert werden." Tapfer unterdrückte sie immer noch die Tränen.

Tariq verstand, was für ein wichtiges Geständnis dies war. „Dann hab keine Angst. Du bist akzeptiert. Als meine Frau, Jasmine. Was du zuvor warst, hat nur die Bedeutung, die du dem beimisst." Alle Gefühle des Zorns und des verletzten Stolzes starben einen raschen Tod. Er fühlte nur noch eines: das Bedürfnis, seine Frau vor weiteren Verletzungen zu schützen.

Seine Jasmine, seine geliebte, liebevolle, empfindsame Frau, war an einem Ort aufgewachsen, wo man ihr Herz mit Füßen getreten hatte. Umso mehr konnte er verstehen, dass sie geglaubt hatte, sich schützen zu müssen. Nichtsdestotrotz hatte sie ihm ihr Geheimnis enthüllt. Sie hatte ihm ihr Herz zu Füßen gelegt und ihm doch noch die Waffen in die Hand gegeben, es zu zerstören. Es war ein Beweis unendlichen Vertrauens, und er würde dieses Vertrauen würdigen.

Langsam, fast scheu, legte sie ihre Arme um seine Taille. „Wirklich?"

„Willst du etwa andeuten, der Scheich von Zulheil könnte dich belügen?"

Ihre Lippen zitterten, doch sie verzogen sich zu einem vorsichtigen Lächeln. „Vielleicht. Wenn er glaubt, damit seinen Willen zu bekommen." Ihre Stimme klang schon nicht mehr ganz so erstickt.

Tariq musste lächeln. „Ich glaube, da hast du recht, aber in dieser Sache darfst du niemals an meinem Wort zweifeln. Du bist jetzt praktisch eine Königin. Niemand hat das Recht, dich wie eine Ausgestoßene zu behandeln." Er würde jeden töten, der es versuchen sollte. „Niemand. Verstehst du?"

Sie nickte, und jetzt war ihr Lächeln strahlend. Tariq küsste sie, außer sich vor Freude, dass endlich die Barriere beseitigt war, die ihn davon abgehalten hatte, Jasmine rückhaltlos zu lieben.

12. Kapitel

„Freust du dich nicht über diese Reise, meine Jasmine?"

Jasmine, die aus dem Flugzeugfenster gesehen hatte, sah Tariq an. „Natürlich tue ich das. Die australischen Modewochen werden bestimmt sehr interessant."

Tariq runzelte die Stirn. „Aber du wirkst so nachdenklich."

Sie biss sich auf die Unterlippe. „Ja, das stimmt wohl. Es ist das erste Mal, dass du mir erlaubst, Zulheil zu verlassen."

„Und du wirst nach Zulheil zurückkehren", erklärte er. Seine Stimme klang hart.

„Ja." Sie würde immer nur dort sein wollen, wo Tariq war. „Wirst du mit dieser Energiekonferenz eigentlich sehr beschäftigt sein?"

Er schien sich ein wenig zu entspannen. Und doch, dass er nur eine Sekunde geglaubt hatte, sie könnte fliehen wollen, sagte ihr, dass da immer noch ein Rest von Misstrauen war.

„Es tut mir leid, dass du nicht teilnehmen kannst." Er lächelte bitter. „In Zulheil nehmen die Frauen gleichberechtigt am politischen Geschehen teil, aber die meisten arabischen Staaten, die an dieser Konferenz beteiligt sind, haben eine andere Weltanschauung. Diejenigen, die gleiche Anschauungen haben wie wir in Zulheil, unterstützen mich in dem Versuch, die anderen von unserem Standpunkt zu überzeugen, aber es ist ein sehr langsamer Prozess."

„Und sie ausgerechnet jetzt mit meiner Anwesenheit zu provozieren würde deine bisherigen Bemühungen zunichtemachen?"

Tariq lächelte verschmitzt. „Richtig. Obwohl auch westliche Staaten beziehungsweise deren zum Teil weibliche Delegierte teilnehmen, müssen wir doch in erster Linie Rücksicht auf unsere unmittelbaren Nachbarn nehmen. Ich kann es mir nicht leisten, einen zu radikalen Standpunkt zu vertreten und damit die mächtigen Staaten um uns herum vor den Kopf zu stoßen."

Jasmine nickte verständnisvoll. „Wer weiß, wenn ich fünfzig bin, werde ich vielleicht sogar einmal so eine Konferenz leiten", scherzte sie.

Tariq antwortete nicht. „Was ist?", fragte sie, als er sie nur wortlos ansah.

„Dann werden wir fünfundzwanzig Jahre verheiratet sein."

„Du liebe Güte. Daran habe ich nicht gedacht."

„Solltest du vielleicht."

Sie dachte noch über seinen rätselhaften Ausspruch nach, als sie um zwei Uhr morgens in Sydney landeten. Beim Zoll verwechselte Jasmine ihre Pässe.

„Entschuldigung. Der hier ist für Sie." Sie reichte dem Beamten ihren neuen Pass, der in Zulheil auf sie ausgestellt worden war, und schob den anderen wieder in ihre Handtasche.

Bis sie in der Limousine saßen, die sie zum Hotel brachte, sagte Tariq nichts. Dann fragte er: „Warum hast du beide Pässe mitgenommen?"

Jasmine betrachtete hingerissen die nächtliche Skyline von Sydney. „Der alte war noch in meiner Tasche. Ich habe nicht weiter darüber nachgedacht", erwiderte sie geistesabwesend.

Tariq erwachte kurz vor Sonnenaufgang. Jasmine schlief noch, ihr Kopf lag auf seiner Brust. Zärtlich verflocht er die Finger mit ihrem wundervollen Haar. Er musste sie einfach immer wieder berühren, musste sich ihrer immer wieder versichern. Er hatte sich entschieden, Jasmine zu vertrauen. Sie war schließlich kein Teenager mehr. Was er nicht bedachte hatte, war seine Eifersucht und wie zerbrechlich noch immer die Bande des Vertrauens waren. Er hätte es gebraucht, seine Frau noch eine Weile ganz für sich allein zu haben.

Dass er sie im Flugzeug so angefahren hatte, hatte ihm im gleichen Moment leidgetan. Aber Jasmine war großzügig, sie hatte ihm verziehen. Er würde, so schwor er sich, seine übertriebene Eifersucht von nun an im Zaum halten. Was konnte sie schließlich dafür, dass sie hier in diesem Land waren, das sie sicherlich an ihre Heimat erinnerte? Und was konnte sie dafür, dass er Angst hatte? Angst, dass sie noch einmal eine Entscheidung treffen könnte, die ihn zerschmettern würde? Er hasste dieses Gefühl.

„Ich habe Tickets für fast alle Shows." Jasmine saß auf dem Bett und wedelte triumphierend mit den Billets.

Tariq knöpfte gerade sein Hemd zu. „Jamar wird dich begleiten."

Sie stand auf und machte die restlichen Knöpfe an seinem Hemd zu. „Er wird sich zu Tode langweilen."

Tariq packte ihre Handgelenke und zwang sie, ihm in die Augen zu sehen. „Es geht nicht darum, dass ich dir die Flügel stutzte, Mina. Du bist die Frau des Scheichs von Zulheil. Man muss damit rechnen, dass es Leute gibt, die bereit sind, dir wehzutun, um mich zu treffen", sagte er ruhig.

Ihre Augen weiteten sich vor Schreck. „So weit hatte ich nicht gedacht. Ich schätze, ich habe mich immer noch nicht daran gewöhnt, deine Frau zu sein." Sie wusste im selben Moment, dass sie ihre Worte falsch gewählt hatte.

Tariqs Lippen wurden zu einer schmalen Linie, und sein Griff um ihre Handgelenke wurde plötzlich stahlhart. „Daran wird sich nichts ändern, also gewöhn dich besser daran." Er küsste sie, hart und fordernd. „Du gehörst zu mir."

Auf halbem Weg zur Tür kehrte er jedoch wieder um. „Mina", sagte er nur, und die zarte Berührung seines Fingers auf ihrer Wange war wie eine Entschuldigung.

Sie stellte sich auf die Zehenspitzen und küsste ihn auf den Mund. „Ich weiß, dass ich deine Frau bin, Tariq."

Die Australische Modewoche war eines der größten Spektakel der Welt. Es gab keinen Stil, keine Farbe, keine Extravaganz, die hier nicht vertreten gewesen wäre. Jasmine war hingerissen, auch wenn ihr Tariqs Worte dabei niemals aus dem Kopf gingen. War es Liebe, die Tariq immer wieder so eifersüchtig und besitzergreifend werden ließ? Oder war es ein anderes, viel hässlicheres Gefühl?

Was Jamar betraf, so musste sie sich keine Sorgen machen. Ihr großer, muskulöser Bodyguard genoss es, den Models auf dem Laufsteg zuzusehen. Er machte gerade eine Bemerkung über eine wohlgeformte Brünette, als sich von hinten eine Hand auf Jasmines Schulter legte. Überrascht schrie sie auf.

Jamar bewegte sich blitzschnell. Im nächsten Moment sah Jasmine nichts mehr außer seinem riesigen Körper.

Das kehlige Lachen einer Frau ließ Jasmine aufatmen. „Schon gut, Jamar, das ist meine Schwester."

„Hallo, Jasmine", sagte Sarah betont lässig.

„Sarah." Ihre Schwester schien noch schöner geworden zu sein.

Sarahs Mund verzog sich zu einem Lächeln ohne Wärme. „Na, wie lebt es sich denn so in einem Harem?"

„Ich bin Tariqs Frau."

Es gelang Sarah nicht, ihre Überraschung ganz zu verbergen. Sekundenlang wirkte ihr Ausdruck bitter. „Ach ja? Na, dann hast du dir also doch noch den dicken Fisch geangelt." Sie blickte über ihre Schulter. „War nett, dich zu sehen. Aber ich muss mich beeilen. Harry sucht mich wahrscheinlich schon."

Bevor Jasmine etwas sagen konnte, verschwand Sarah im Gedränge, das rund um den Laufsteg herrschte. Jasmine sah ihr mit gemischten Gefühlen nach.

„Sie ist ganz anders als Sie", stellte Jamar fest. Sein Gesicht drückte unverhohlenes Missfallen aus.

„Nein. Sie ist sehr schön."

„Und eiskalt."

Dasselbe hatte auch Tariq einmal über Sarah gesagt. Jasmine fühlte sich plötzlich viel leichter. Ihr Mann hatte sich für sie entschieden. Er hielt sie für gut genug, so wie sie war. Das allein zählte.

„Wie sind die Eingangsverhandlungen gelaufen?", fragte Jasmine, als sie in ihrer Suite das Abendessen einnahmen.

Tariq fuhr sich mit der Hand durchs feuchte Haar. Er hatte geduscht und war nur mit einem Frotteemantel bekleidet. „Wie ich es erwartet habe. Die, die Öl haben, wollen ihre Machtposition halten und zeigen wenig Bereitschaft, nach Alternativen zu suchen."

„Ist das nicht sehr kurzsichtig? Öl wird es eines Tages nicht mehr geben."

„Richtig. Und dabei geht es nicht nur um Geld, sondern auch um die Umwelt."

Jasmine legte ihre Hand auf seine. „Als Ex-Neuseeländerin muss ich dir da voll und ganz zustimmen. Kiwis sind sehr, sehr umweltbewusst."

„So, bist du das?"

„Was? Umweltbewusst?"

„Nein, ich meine Ex-Neuseeländerin."

Sie zog die Brauen hoch. „Etwa nicht? Ich dachte, indem ich dich geheiratet habe, habe ich automatisch die Staatsbürgerschaft von Zulheil angenommen?"

Er nickte kurz. „Zulheil erlaubt doppelte Staatsbürgerschaften."

„Das wusste ich nicht." Sie lächelte. „Mein Herz gehört dir und deinem Land, Tariq. Es ist mein Zuhause."

Er streichelte ihr Handgelenk mit der Daumenspitze. „Hast du gar nicht den Wunsch, zu deiner Familie zurückzukehren?"

Sie wusste, dass ihr Lächeln jetzt ein wenig dünn wirkte. Obwohl man ihr dort so wehgetan hatte, war es doch ihre Familie. Diese Tatsache ließ sich nicht so ohne Weiteres abschütteln. „Ich bin heute Sarah begegnet."

„Und es geht ihr gut?" Tariqs Ton war gleichgültig, doch sein Blick verriet lebhaftes Interesse.

Jasmine hob die Schultern. „Du kennst ja Sarah."

Er sagte nichts, beobachtete nur ihr Gesicht mit Augen, die direkt in ihre Seele zu blicken schienen. In dieser Nacht liebte er sie mit besonderer Zärtlichkeit, und sie vergaß Sarahs Grausamkeiten, sobald er sie in die Arme nahm.

Die nächsten Tage verbrachte Jasmine mit dem Kaufen von Geschenken. Jamar folgte ihr wie ein braves, wenn auch überdimensionales Hündchen und steuerte sogar ein paar nützliche Vorschläge zu ihren Einkäufen bei.

„Da kommt Ihre Schwester", sagte er plötzlich.

Überrascht blickte Jasmine auf. Tatsächlich, Sarah steuerte direkt auf sie zu.

„Wie wär's, kleine Schwester? Lass uns zusammen Mittag essen." Zum ersten Mal schwang in Sarahs Worten weder Bitterkeit noch Sarkasmus mit. Jasmine konnte nicht widerstehen. Dieses Versöhnungsangebot einer stets unzugänglichen älteren Schwester war zu verlockend.

Bevor sie in den Wagen stiegen, fragte Sarah, ob sie kurz an einem Reisebüro anhalten könnten. „Ich muss nur rasch Flugtickets besorgen." Sie lächelte und winkte Jamar herbei, der sich diskret ein paar Schritte zurückgezogen hatte.

Jasmine lächelte ihm zu. „Wir möchten kurz zu einem Reisebüro fahren. Können Sie das dem Fahrer sagen?"

Jamar tat, worum sie ihn bat, wenn auch stirnrunzelnd. Er setzte sich auf den Beifahrersitz, während Jasmine mit Sarah im Fond saß. Die Limousine war ihnen von der australischen Regierung zur Verfügung gestellt worden und hatte keine Abtrennung zwischen den Vorder- und Rücksitzen. Deshalb sprach Jasmine sehr leise, als sie sich mit Sarah unterhielt. Als sie schließlich zugab, ihre Familie ein wenig zu vermissen, sagte Sarah plötzlich ziemlich laut: „Und wann kommst du nach Neuseeland? Ich kann dein Ticket ja gleich buchen."

Jasmine antwortete wesentlich leiser. „Ich werde sehen, ob Tariq nach dieser Konferenz noch etwas Zeit hat." Sie wusste nicht, ob sie ihren Mann dazu überreden konnte, an einen Ort zurückzukehren, an den sie beide so schmerzliche Erinnerungen hatten.

Das Mittagessen gestaltete sich überraschend vergnüglich. Jasmine wurde erst jetzt bewusst, wie sehr sie sich danach gesehnt hatte, etwas von ihrer Familie zu hören. Begierig nahm sie alles in sich auf, was Sarah zu erzählen hatte. „Ich danke dir", sagte sie, nachdem sie die Rechnung für sie beide bezahlt hatte. „Es war schön, zu erfahren, wie es allen so geht."

Sarah lächelte. „Vielleicht sehen wir uns ja wieder. Wir sind ja jetzt beide erwachsen."

Jasmine nickte. Sie war nicht mehr das naive kleine Mädchen, und offenbar hatte Sarah das erkannt. Und vielleicht war Sarah nach ihrer Heirat mit dem blaublütigen Harrison Bentley aus Boston auch etwas reifer geworden und hatte ihren Hass auf Tariq vergessen.

Erst spät am Abend sollte Jasmine erfahren, wie sehr sie sich geirrt hatte.

Sie stand unter der Dusche, als Tariq kurz nach acht ins Hotel zurückkehrte. Als sie, nur in ein Badetuch gehüllt, ins Zimmer trat, stand er da und wartete auf sie. Seine Augen glühten vor Zorn.

„Tariq. Was ist los?" Jasmine erstarrte.

Er blieb auf der anderen Seite des Bettes stehen. „Hat es dir Spaß gemacht, dich über mich lustig zu machen, Jasmine?" Er sprach ganz ruhig, doch seine Stimme zitterte vor Wut.

„Wovon redest du?"

„Welche Unschuld! Und ich glaubte wirklich, du hättest dich geändert."

Sein Blick war so hasserfüllt, dass er ihr Angst machte. Gleichzeitig tat es ihr weh, dass er so großen Wert auf Distanz legte.

„Leider hat deine Schwester mir deine Pläne verraten."

Jasmines Kopf fuhr hoch. „Was für Pläne?"

„Deine Schwester hat mit mir über deinen Fluchtplan gesprochen. Sie sagte, ich müsse verstehen, dass du es nicht über dich bringen kannst, einen Mann wie mich zu heiraten."

Jasmine starrte ihn wie betäubt an. Als er etwas aus seiner Hosentasche zerrte und ihr gegen die Brust warf, rührte sie sich nicht.

„Du hast ihr nicht gesagt, dass ich dein Mann bin! Was hattest du vor? Wolltest du die Ehe annullieren lassen oder einfach die Tatsache, dass du mit mir verheiratet bist, ignorieren?" Aus seiner Stimme sprach ein solcher Schmerz, dass es Jasmine ins Herz schnitt.

Das also hatte Sarah getan. Aber sie würde nicht gewinnen. Ihre Lüge war so niederträchtig und so offensichtlich eine Lüge, dass Tariq ganz sicher bald die Wahrheit erkennen würde. Er kannte doch Sarah. „Ich habe keine Fluchtpläne, ich will dich nicht verlassen. Sie hat gelogen."

Er schien noch zorniger zu werden. „Mach es nicht noch schlimmer mit weiteren Lügen. Das Flugticket, das sie mir gab, damit ich es dir gebe, ist auf deinen Namen ausgestellt."

Mit zitternden Händen hob Jasmine das Ticket auf. Es lautete auf ihren Namen und enthielt sogar ihre Passnummer. Merkwürdig.

„Nein", rief sie. „Ich würde das niemals tun. Meine Familie hat meine Passnummer und alle Details irgendwo gespeichert."

Sein Mund verzog sich zu einem verächtlichen Lächeln. „Genug! Ich war ein Narr, trotz allem an dich zu glauben. Aber Jamar hat gehört, wie du mit Sarah alles besprochen hast!"

Jamar hatte offenbar nicht gehört, was sie Sarah geantwortet hatte. Sie streckte die Arme nach Tariq aus und vergaß dabei völlig, das Badetuch festzuhalten. „Hör zu …"

„Es gibt nichts mehr zu erklären. Ich habe ja schon immer gewusst, worum es dir in Wirklichkeit geht. Dein Körper reicht nicht aus, um mich noch einmal zum Narren zu machen. Natürlich bediene ich mich gern, wenn du es unbedingt möchtest." Die Art, wie er sie ansah, brach ihr das Herz.

Die Scham über ihre Nacktheit war unerträglich. Mit zitternden Händen wickelte sie das Tuch erneut um ihren Körper. „Tariq, ich bitte dich, hör mich an. Ich liebe dich ..."

Er lachte. „Du musst mich für einen Idioten halten, Jasmine. Deine Liebe ist wertlos."

Außer sich vor Verzweiflung warf sie ihm plötzlich das zerknüllte Ticket ins Gesicht. „Ja, es ist die Wahrheit!", log sie. „Ich gehe nach Neuseeland und lasse mich scheiden!"

Tariq erwiderte nichts. Sein Gesicht wirkte wie eine Maske aus Stein.

„Ich gehe zurück und heirate jemanden, der besser zu mir passt!" Sie wollte sich zu Boden werfen und weinen, doch ein letzter Rest von Stolz hielt sie davon ab.

„Du wirst Zulheil nicht verlassen."

„Ich habe Zulheil schon verlassen! Ich gehe nicht mehr zurück!"

Der Ausdruck in seinem Gesicht hätte ihr eigentlich Angst machen müssen. „Du wirst zurückkehren", stellte er fest.

„Nein! Du hast kein Recht, mich dazu zu zwingen."

„Zieh dich an. Wir fliegen noch heute." Seine Stimme war ohne jede Emotion. „Wenn du versuchst, dich zu wehren, werde ich dafür sorgen, dass du nach Zulheil zurückgebracht wirst."

„Du würdest keine Szene machen."

Er verengte die Augen zu schmalen Schlitzen. „Ich werde tun, was nötig ist."

Sie wusste, sie stand auf verlorenem Posten. Er war der Scheich von Zulheil und hatte die Macht zu tun, was ihm beliebte. „Ich habe nichts, wohin ich gehen könnte." Die Worte fielen von ihren Lippen wie lang zurückgehaltene Tränen. „Ich habe alles für dich aufgegeben. Alles."

Die einzige Antwort, die sie erhielt, war das Krachen der Tür, die hinter ihm ins Schloss fiel.

Als Tariq durch die Drehtür nach draußen stürmte, war er kaum noch zu einem klaren Gedanken fähig. Er kannte Sarah und hatte ihr natürlich nicht geglaubt. Selbst als sie ihm das Ticket gegeben hatte, hatte er ihr nicht geglaubt, und er hatte Jasmine so schnell wie möglich davon erzählen wollen und davon, wie abstoßend er Sarahs Intrige fand. Aber dann hatte Jamar ihn auf dem Weg zu seiner Suite gesehen und gefragt, ob Jasmine ihm erzählt hatte, dass sie nach Neuseeland fliegen wolle.

„Auf dem Weg zum Reisebüro hat diese ... Sarah Jasmine al-Huzzein Zamanat gefragt, auf welches Datum ihr Ticket gebucht werden soll." Jamar hatte noch etwas hinzufügen wollen, war aber vom Chef des Sicherheitsdienstes angefunkt worden und hatte sich sofort entschuldigt.

Tariq hatte sich gefühlt, als würde sein Herz in tausend Stücke zersplittern. Jamar war ihm treu ergeben und hatte keinen Grund, ihn zu belügen, umso weniger, als er Jasmine mindestens ebenso ergeben war. Tariq verfluchte seine Leichtgläubigkeit, was Jasmines Erklärung für ihren zweiten Pass betraf. Er hatte ihr vertraut. Selbst nach allem, was sie ihm bereits angetan hatte, hatte er ihr vertraut.

Zorn und Schmerz machten ihn fast blind und unfähig zu denken, aber er hatte Jasmines Zurückweisung schon einmal überlebt, er würde sie auch jetzt überleben.

Auch wenn das, was er für sie empfand, tausendmal stärker war als zuvor und der Schmerz ihn fast um den Verstand brachte.

13. Kapitel

Es war Vormittag, als sie in Zulheil landeten. Widerspruchslos ließ Jasmine sich durch die Flure des Palastes bis ins Schlafzimmer zerren, so demütigend es auch war. Doch als Tariq sich wortlos umdrehen und den Raum verlassen wollte, ertrug sie es nicht länger.

„Wo gehst du hin?"

„Nach Abraz."

„Warum?"

Er sah sie an. Seine Augen glühten vor Zorn. „Ich werde meine zweite Frau heiraten. Du erfreust mich nicht mehr. Vielleicht wird sie treuer sein als du."

Jasmines Herz wurde zu Eis. „Du nimmst dir eine andere Frau?"

„Ich werde sie in Abraz heiraten. Am besten stellst du dich jetzt schon auf deine untergeordnete Rolle ein."

„Wie kannst du mir das antun?"

„So, wie du mich verraten wolltest, sollte dich das nicht überraschen."

„Nein! Das habe ich nicht. Warum glaubst du mir nicht?" Sie wollte ihn festhalten, aber er schüttelte ihre Hand ab.

„Ich möchte mich nicht verspäten." Er warf ihr noch einen gleichgültigen Blick über die Schulter zu und ging hinaus.

In diesem Augenblick zerriss etwas in ihr. Der Schmerz war so groß, dass sie sich nicht gestatten konnte, ihn zu fühlen, sonst wäre sie womöglich daran zugrunde gegangen.

Stattdessen begann sie fieberhaft über eine Fluchtmöglichkeit nachzudenken.

Natürlich könnte sie das Land nicht mit einem Flugzeug verlassen. Tariq hatte sicher seine Leute angewiesen, aufzupassen, dass sie keinen Fluchtversuch unternahm. Er wollte sie leiden sehen, wollte sie bestrafen. Früher hatte sie das zugelassen, in dem Glauben, die Liebe würde irgendwann siegen.

Vorbei. Diesmal war er zu weit gegangen.

Auch auf dem Landweg würde sie nicht weit kommen. Die Grenzpatrouille war bestens ausgebildet und sehr wachsam. Außerdem fiel sie in der Wüste mit ihrer hellen Haut und ihrem roten Haar viel zu sehr auf.

Aber zu Wasser ... Ihr Herz begann heftig zu klopfen. Natürlich. Zulheil hatte einen schmalen Küstenstreifen und einen sehr stark frequentierten Hafen. Es wäre relativ einfach, sich an Bord eines der ausländischen Schiffe zu stehlen, die stets nur kurz am Quai lagen, um Treibstoff aufzunehmen. Seeleute kümmerten sich im Allgemeinen nur um ihre eigenen Belange, und die Hafenpolizei konnte nicht jede einzelne Bewegung kontrollieren. Außerdem war sie mehr damit beschäftigt, Fremde aus Zulheil fernzuhalten, als jene zu kontrollieren, die das Land verlassen wollten.

Jasmine holte tief Luft und ging zu dem kleinen Safe im Schlafzimmer. Tariq hatte ihr gesagt, er enthalte immer genug Bargeld für sie, für den Fall, dass sie etwas brauchen sollte. Sie wollte sein Geld nicht, aber sie würde sich verraten, wenn sie versuchen würde, etwas von ihrem Konto in Neuseeland abzuheben. Es blieb ihr also nichts anderes übrig. Es war tatsächlich genug Geld im Safe, um ihre Schiffspassage und einige Wochen Aufenthalt in einem kleinen Hotel zu finanzieren.

Anschließend setzte sie sich an den Schreibtisch und nahm Papier und Stift zur Hand. Ihre Finger zitterten, doch mit einer Kraft, die sie selbst überraschte, zwang sie sich zur Ruhe.

Tariq, seit ich nach Zulheil gekommen bin, wartest Du darauf, dass ich Dich verrate und fortgehe. Heute werde ich Deine Erwartungen erfüllen, doch ich will nicht heimlich verschwinden wie eine Diebin.

Ich liebe Dich so sehr, dass ich keinen Atemzug tue, ohne an Dich zu denken. Du warst meine erste Liebe und meine einzige. Ich dachte, ich würde alles für Dich tun, sogar Deine Strafe dafür ertragen, dass ich vor vier Jahren die falsche Entscheidung getroffen habe. Aber nun habe ich meine Grenzen erkannt. Du gehörst zu mir und nur zu mir. Wie kannst du von mir verlangen, Dich zu teilen?

Um Deines Stolzes willen wirst Du mich suchen wollen, aber ich bitte Dich, wenn du jemals etwas für mich empfunden hast, tu es nicht. Ich könnte niemals mit dem Mann, den ich liebe, leben, wenn er mich hasst. Es würde mich umbringen. Ich weiß nicht, was ich tun soll. Ich weiß nur, dass mein Herz gebrochen ist und dass ich von hier fort muss. Auch wenn wir uns nie wiedersehen, sei gewiss, dass Du immer mein einzig Geliebter sein wirst.

Jasmine

Mit trockenen Augen – ihr Schmerz war zu groß, als dass sie hätte weinen können – schob sie den Brief in ein Kuvert und verschloss es. Dann nahm sie ihre Handtasche und den Brief und ging damit in Tariqs Arbeitszimmer – den einzigen Ort, den bis zu seiner Rückkehr niemand betreten würde – und legte den Brief mitten auf den Schreibtisch. Wehmütig strich sie über die polierte Mahagonioberfläche. Hier waren sie sich wieder nähergekommen, und sie hatte seine Pflichten mit ihm teilen dürfen.

Doch es war nicht genug gewesen.

Jasmine rannte fast aus dem Zimmer, denn die Erinnerungen drohten sie zu überwältigen.

Am Hafen herrschte reger Verkehr. Der Fahrer parkte vor dem beliebten Café mit Blick aufs Meer, das sie ihm als Zielort genannt hatte. „Ich treffe mich mit einer Freundin zum Mittagessen. Sie müssen also nicht auf mich warten."

„Ich werde warten", erwiderte er mit undurchdringlicher Miene.

Jasmine hatte nichts anderes erwartet. Natürlich hatte Tariq Anweisungen gegeben, sie wie eine Gefangene zu behandeln.

Im Restaurant gelang es ihr, einer Kellnerin weiszumachen, sie werde von ausländischen Journalisten verfolgt. „Wenn Sie mir rasch den Hinterausgang zeigen könnten. Mein Fahrer hat einen anderen Wagen bestellt, der mich dort abholen wird. Es ist wirklich unglaublich, wie man manchmal belästigt wird."

Die Kellnerin war stolz, ihr helfen zu können. Der Hinterausgang führte auf eine schmale Gasse, die wie ausgestorben wirkte.

„Hier ist niemand", stellte die Kellnerin stirnrunzelnd fest.

„Oh, er wartet dort vorne auf mich. Ich danke Ihnen." Bevor die junge Frau protestieren konnte, war Jasmine schon hinausgegangen und eilte mit langen Schritten den gepflasterten Weg hinab. Als sie außer Sichtweite war, änderte sie die Richtung und ging zum Hafen.

Das Glück meinte es gut mit ihr. Ein Kreuzfahrtschiff hatte für drei Stunden angelegt, um Treibstoff aufzunehmen. In der Menge der europäischen Touristen fiel Jasmine nicht weiter auf. Niemand bemerkte die junge Frau mit den roten Haaren.

Die Crew freute sich über einen neuen Passagier, da beim letzten Zwischenstopp einer der Reisenden vorzeitig von Bord gegangen war. Um sich nicht zu verraten, benutzte Jasmine ihren neuseeländischen Pass.

Eine Stunde später stand sie an der Reling und blickte gebannt auf die Küste von Zulheil, die langsam am Horizont verschwand. Der Wind blies ihr ins Gesicht. Ihr war, als könnte das Band zwischen ihr und Tariq nicht zerreißen, solange sie sein Land im Blick behielt. Aber dann senkte sich die Nacht herab, und der Traum ihres Lebens verschwand endgültig in der Dunkelheit.

Die Minarette von Zulheina schimmerten im Mondlicht, aber Tariq fand keine Ruhe. Die Gewissheit, etwas Kostbares unwiederbringlich verloren zu haben, fraß an ihm.

Auf halbem Wege nach Abraz war sein rasender Zorn verraucht gewesen. Stattdessen hatte er nur noch tiefen Schmerz gespürt. Er hatte Jasmine sein Herz anvertraut, und sie hatte seine Gefühle mit Füßen getreten, zum zweiten Mal. Und doch – immer wieder musste er an das nackte Entsetzen in ihren Augen denken, als er ihr gesagt hatte, dass er sich eine andere Frau nehmen werde, als er sie zurückgewiesen hatte, so wie sie von ihrer Familie zurückgewiesen worden war. Er fühlte sich schlecht. So, als habe er sie geschlagen; als sei er es, der Vergebung brauchte; als habe er einen Fehler gemacht.

Irgendwann hatte er endlich begonnen, die Sache vom Standpunkt der Logik aus zu betrachten, und hatte festgestellt, dass das eigentlich alles keinen Sinn ergab. Wenn Jasmine ihn wirklich hätte verlassen wollen, hätte sie das auch ohne Sarahs Hilfe tun können. Eine grässliche Furcht beschlich ihn bei diesem Gedanken, und bei der Erinnerung an Jamars Äußerung blieb ihm fast das Herz stehen. Weshalb hätte der Leibwächter ihm von Jasmines Fluchtplan so beiläufig berichten sollen, noch dazu mitten auf dem Hotelflur, wo jeder, der vorbeiging, mithören konnte?

Nicht bereit zu glauben, dass er in einer Mischung aus Misstrauen und Angst so einen schrecklichen Fehler gemacht hatte, und doch insgeheim sicher, dass dem so war, hatte Tariq den Befehl gegeben, sofort nach Zulheina zurückzufahren. Vom Wagen aus hatte er im Palast angerufen, nur um nicht daran denken zu müssen, dass er vielleicht seine Frau für immer verloren hatte.

Jamar hatte sich gemeldet. „Sir?"

„Jamar, ich überlege gerade, was ich meiner Frau schenken könnte, und dachte daran, was Sie in Australien im Hotel gesagt haben. War Jasmine sehr enthusiastisch, als ihre Schwester sie fragte, auf welches Datum ihr Ticket nach Neuseeland gebucht werden soll?" Tariqs Hand umklammerte den Hörer wie ein Schraubstock.

„Ich hörte, wie Ihre Frau sagte, dass sie mit Ihnen sprechen wolle, ob Sie Zeit hätten. Ich glaube, sie würde sich über eine solche Reise freuen."

„Ich denke auch. Danke, Jamar." Tariq hatte kaum noch ein Wort herausgebracht. Das Herz setzte ihm fast aus angesichts der Erkenntnis, dass er wirklich einen entsetzlichen Fehler gemacht hatte.

So war er nach Zulheina zurückgekehrt.

Zu spät. Viel zu spät.

Bei dem Geräusch von zerknitterndem Papier blickte er überrascht auf seine Hände. Es waren seine Finger, die sich um Jasmines Abschiedsbrief krümmten.

Nie wieder würde er sich an Jasmines Liebe erfreuen können. Er hatte ihr Vertrauen mit Füßen getreten, und doch hatte sie ihn weiter geliebt. Nur diesen letzten schweren Schlag hatte selbst ihr großzügiges Herz nicht verkraftet.

Tariq war bereit, das zu akzeptieren. Aber er war nicht bereit zu akzeptieren, dass er sie für immer verloren hatte. Die Frau, zu der seine Jasmine geworden war, hatte ihn verändert. Sie besaß eine große innere Kraft und verstand es hervorragend, ihre Rolle an seiner Seite zu spielen. Sie war so herrlich sinnlich … sie war unersetzlich. Er konnte es nicht ertragen, ohne seine Seelenverwandte zu leben. Selbst wenn sie ihn hassen sollte.

„Du gehörst zu mir, Mina."

Nur die Wüste hörte seine Stimme. Nur die Wüste wusste, wie einsam er war – und wie entschlossen.

Das Schiff legte in mehreren Häfen im Mittleren Osten an, doch Jasmine ging niemals an Land, aus Angst, erkannt zu werden. Erst als sie zu einem ungeplanten Zwischenstopp an einer kleinen griechischen Insel anlegten, weil einer der Passagiere krank geworden war, nutzte sie die Gelegenheit und verließ das Schiff. Im Grunde war es ihr völlig egal, wo sie landen würde.

Es gelang ihr, eine winzige Dachwohnung zu mieten. In der ersten Nacht dort ließ sie sich einfach aufs Bett fallen und rührte sich stundenlang nicht mehr. Der Gedanke an Tariq quälte sie ununterbrochen, sie hatte dunkle Schatten unter den Augen bekommen und immer mehr Gewicht verloren. Immer wieder spielte sie in Gedanken den hässlichen Streit mit Tariq durch und fragte sich, ob es nicht einen anderen Weg gegeben hätte. Doch sie fand keinen.

Erst nach einer Woche fand sie die Kraft, das Haus zu verlassen. Sie sagte sich, dass sie stark war. Sie würde überleben. Zwar würde sie mit dem Herzen immer bei Tariq sein, doch sie liebte ihn freiwillig und würde es nie bereuen.

Zufällig sah sie in einem Schaufenster ein Schild, auf dem stand, dass eine Näherin gesucht wurde. Jasmine atmete tief ein und wieder aus. Dann stieß sie die Tür auf und ging hinein.

Jasmine ignorierte das hartnäckige Klopfen so lange wie möglich. Als es nicht aufhören wollte, ging sie entnervt an die Tür. Sie hatte die Miete bezahlt. Ihr Vermieter hatte keinen Grund, sie zu belästigen.

„Du!" Ihre Knie gaben nach, als sie den Mann erkannte, der die Türöffnung ausfüllte. Er streckte die Arme aus und fing sie auf. Plötzlich wirkte die kleine Dachwohnung wie ein Puppenhaus.

„Lass mich los."

„Du wärst fast gefallen."

„Es geht schon wieder." Jasmine stemmte sich mit beiden Händen gegen Tariqs Schultern. Zu ihrer Überraschung ließ er sie vorsichtig los. Sie stolperte rückwärts. „Du hast abgenommen." Bartstoppeln ließen seine Wangen dunkler erscheinen. Ein gequälter Ausdruck lag in seinem Blick, und seine Kleider hingen Besorgnis erregend lose an ihm. „Was ist passiert?"

„Du hast mich verlassen."

Mit dieser Antwort hatte sie nicht gerechnet. Sie ging weiter rückwärts, bis sie an die Wand stieß. „Wie hast du mich gefunden?"

Tariq ließ keine Sekunde den Blick von ihrem Gesicht. „Zuerst war ich in Neuseeland."

Ihr Herz pochte wild.

„Du hast mir nie erzählt, dass du deiner Familie für immer Lebwohl gesagt hast, um zu mir zu kommen."

Jasmine antwortete nicht. Er liebte sie also immer noch genug, um nach ihr zu suchen.

„Du hast mich gewählt, Mina." Seine Stimme versagte fast. „Du hast mich gewählt vor allen anderen auf dieser Welt. Hast du geglaubt, ich würde dich gehen lassen, nachdem du meine Frau geworden bist?"

„Ich werde nicht zurückkommen."

„Mina." Er streckte die Hand aus.

„Nein!"

Tariq trat auf sie zu und stützte sich links und rechts von ihr an der Wand ab, sodass sie praktisch eingesperrt war.

„Ich werde dich nicht teilen." Sie versuchte, ihn wegzuschieben.

„Weil du mich liebst und dich für mich entschieden hast."

Sie nickte und gab es auf, gegen die Tränen anzukämpfen. Nun, da er so nah war, wollte sie nur noch in seinen Armen liegen und ihre Angst und Verzweiflung vergessen.

„Mina, du musst mit mir kommen. Ich kann ohne dich nicht leben, meine Jasmine. Ich brauche dich, wie die Wüste den Regen." Er nahm ihr Gesicht in beide Hände und strich mit den Daumenspitzen die Tränen von ihren Wangen. „Ich habe dich gewählt, Jasmine. Du bist meine Frau. Dieses Band kann niemals zerreißen. Ich liebe dich. Ich bete dich an."

„Aber du hast eine andere …"

„Das würde ich niemals tun", murmelte er. „Ich war an jenem Tag sehr böse auf dich, aber ich war auch furchtbar verletzt. Ich glaubte, du hättest mich wieder verraten. Es war die einzige Waffe, die ich hatte, um sie gegen dich einzusetzen. Damals glaubte ich, du liebtest mich nicht genug, und ich könnte dir niemals das Herz brechen. Es tut mir so leid, Mina."

„Du hattest gar nicht vor, eine andere Frau zu heiraten?" Es gelang Jasmine kaum zu sprechen, so dick war der Kloß in ihrem Hals.

„Niemals", flüsterte er. „Verzeih deinem dummen Ehemann, Mina. In deiner Nähe ist er oft nicht imstande, klar zu denken." Er wirkte sehr reuevoll, doch er hielt sie immer noch gefangen. Es war klar, dass er keine Ruhe geben würde, ganz gleich, wie lang es dauern mochte, sie zu überzeugen.

Jasmine musste lächeln. Selbst wenn er um Verzeihung bat, war er immer noch der stolze Wüstenkrieger. Und sie wollte ihn auch gar nicht anders. „Nur, wenn er mir vergibt, dass ich vor vier Jahren die falsche Entscheidung getroffen habe", erwiderte sie.

„Das habe ich dir in dem Augenblick vergeben, als du deinen Fuß auf den Boden von Zulheil gesetzt hast." Tariq lächelte sein Kriegerlächeln. „Ich habe nur Zeit gebraucht, um meinen verletzten Stolz zu heilen."

„Und ist er jetzt geheilt? Oder wirst du wieder an mir zweifeln?"

„Alles, was ich wissen musste, war, dass du um mich kämpfen würdest, falls du noch einmal vor der Wahl stehen solltest."

Wie einfach, und doch hatte sie es nicht verstanden. Vorsichtig berührte sie sein Haar. „Es gibt keine Wahl. Du kommst immer an erster Stelle."

„Jetzt weiß ich das, Mina." Er schmiegte sein Gesicht in ihre Hand und umfasste ihren Po. „Wirst du mit mir kommen?"

Jasmine lachte. Es war so typisch Tariq, so zu tun, als ließe er ihr die Wahl, während sie doch beide wussten, dass er den Raum nicht ohne sie verlassen würde. „Versprichst du, mir ein braver Ehemann zu sein und zu tun, was ich sage?"

Er gab sich entrüstet. „Du nutzt die Situation aus."

„Und es funktioniert nicht, was?"

„Ich weiß nicht." Abschätzend musterte er Jasmines schmale Bettstatt in der Ecke des Zimmers. „Wenn diese Liege unser Gewicht aushält, dann erlaube ich dir, die Situation auszunutzen." Seine Augen funkelten. Jasmine wollte sich in seine Arme werfen, doch eines musste sie noch wissen.

„Ich liebe dich. Glaubst du mir?"

„Mina!" Er presste sie an sich. „Deine Liebe spricht aus deinen Blicken, aus jeder deiner Berührungen, aus jedem deiner Worte. Selbst aus deinem Abschiedsbrief. Ich fühle mich deiner Liebe nicht wert, aber ich werde dich niemals gehen lassen. Du bist mein. Verzeih mir, Mina. Ich kann es mir selbst nicht verzeihen, wie sehr ich dir wehgetan habe."

„Ich glaube, ich könnte dir alles verzeihen." Jetzt machte ihre Verletzlichkeit ihr keine Angst mehr. Nicht, wenn er sie mit der ganzen Kraft seines wilden Herzens liebte. „Mir tut es nur leid, dass wir vier Jahre vergeudet haben."

Tariq schmunzelte. „Nicht vergeudet, Mina. Ich dachte, ich müsste dir fünf Jahre Zeit geben, um erwachsen zu werden. Ich war sehr geduldig, nicht wahr?"

„Fünf Jahre?" Jasmine lächelte und fragte sich, worauf er hinauswollte, schließlich waren nicht fünf, sondern nur vier Jahre vergangen. „Und nach den fünf Jahren?"

„Hättest du beschlossen, eine Reise in die Wüste zu machen."

„Soso."

„Hm, hm." Er beugte sich vor und küsste sie. Sie schmiegte sich an ihn, erwiderte seinen Kuss und wurde wieder seine Frau. „Und dort hättest du einen Mann geheiratet, der immer schon wusste, dass du für ihn bestimmt bist."

„Ich hätte also noch ein Jahr warten und mir damit all das Leid ersparen können?", wagte sie zu scherzen.

„Vielleicht hätte ich es doch nicht fünf Jahre ausgehalten." Plötzlich wurde Tariq wieder ernst. „Du wurdest geboren, um meine Frau zu sein, Mina."

Jasmine hätte weinen mögen vor Freude. Sie stellte sich auf die Zehenspitzen und küsste ihn zärtlich. „Und dein Volk?", fragte sie dann. „Es muss mich doch hassen?"

„Unser Volk ist an die stürmischen Ehen seiner Scheichs gewöhnt." Er lächelte breit. „Meine Mutter hat einmal zwei Monate allein in Paris verbracht."

„Oh."

„Ich bin es, der als Scheich an Ansehen verlieren würde, wenn ich dich nicht überreden könnte, zurückzukehren." Er beugte sich vor. „Meine Ehre liegt also in deinen Händen", sagte er, doch seine Augen funkelten schelmisch.

„Komm, mein guter Ehemann." Jasmine nahm seine Hand. „Dein Weib wünscht, die Situation auszunutzen."

„Niemals würde ich meiner Frau eine solche Bitte abschlagen", raunte er.

Und die Liege hielt tatsächlich ihr Gewicht aus.

– ENDE –

Nalini Singh

Die schöne Hira und ihr Verführer

Roman

Aus dem Amerikanischen von
Gabriele Braun

1. Kapitel

„Durch diesen Bund lege ich mein Leben in die Hände von Marc Pierre Bordeaux. Für immer und ewig." Während Hira die rituellen Worte als Braut wiederholte, fühlte sie sich, als würde ihr Herz in tausend Stücke zerspringen.

Feierlich lächelnd nahm der Priester das lose Ende des roten Seidenbandes auf, das um Hiras Handgelenk geschlungen war, und führte es durch das geschnitzte Gitter über der Wand, die Frauen und Männer voneinander trennte. Damit war die Hochzeits-Zeremonie fast abgeschlossen. In wenigen Minuten würde Hira die Ehefrau des Mannes mit den nebelgrauen Augen sein.

Was der wundervollste Tag in Hiras Leben hätte sein sollen, bedeutete für sie, dass all ihre Träume starben. Träume von Liebe, von grenzenloser Zärtlichkeit und einer eigenen Familie. Denn anstatt umworben und schließlich erobert zu werden, war Hira Dazirah nur Bestandteil eines Handels.

Ihr Handgelenk zuckte, als das seidene Band sich straffte. Im selben Moment hörte sie den Priester sagen: „Er ist jetzt mit dir verbunden."

Auf der anderen Seite der Wand stimmte der Vorsänger des Hochzeits-Chors den feierlichen Schlussgesang an.

Nach dem Brauch ihres Heimatlandes Zulheil würde Marc Pierre Bordeaux danach ihr rechtmäßiger Ehemann sein. Marc mit dem charmanten Lächeln und dem leidenschaftlichen Blick, Marc mit den wachen Augen und dem schleichenden Gang eines Jägers. Marc, der von ihrem Vater ihre Hand gefordert hatte, um dadurch ein großes Geschäft zwischen den beiden zu besiegeln.

Zunächst hatte Hira einen ganz anderen Eindruck von ihm gehabt. Als sie ihm zum ersten Mal begegnet war, hatte seine erotische Ausstrahlung sie genauso fasziniert wie seine Art, sie anzusehen, als sei sie ein kostbarer Schatz. Dann hatte er ihr ein Lächeln zugeworfen, so charmant und unbeschreiblich sexy, dass Hira einfach darauf reagieren musste. Sie konnte diesem Mann nicht widerstehen und hatte sein Lächeln offen erwidert. Sein leidenschaftlicher Blick hatte sie gefangen genommen.

Tief beeindruckt von dieser ersten Begegnung, hatte Hira natürlich erwartet, dass er weiter um sie werben würde. Seit Romaz ihre Gefühle mit Füßen getreten hatte, waren Männer für sie nicht mehr von Interesse gewesen. Aber von diesem Moment an keimte neue Hoffnung in ihr auf.

Doch es kam anders. Marc hielt schon zwei Tage später bei ihrem Vater um ihre Hand an, ohne zuvor mit Hira gesprochen zu haben. Damit zerstörte er alle Illusionen, die sie sich von dem charmanten Amerikaner gemacht hatte. Anstatt sie erst einmal näher kennenlernen zu wollen, schien er sich nur für ihr attraktives Äußeres, ihre wunderbare Figur und ihr bildschönes Gesicht zu interessieren. Das hatte sie zutiefst verletzt, und sie litt immer noch sehr darunter. Die bittere Enttäuschung lastete wie Blei auf ihr.

„Es ist besiegelt", erklärte Amira, Hiras Mutter, jetzt. „Der Chor hat den Schlussgesang beendet. Du bist verheiratet, meine Tochter."

Hira nickte, ohne sich ihren Schmerz anmerken zu lassen. Die beiden saßen in dem prunkvollen Salon mit allen Frauen der Dazirah-Familie zusammen. Hira war sich wohlbewusst, dass sie sehr aufmerksam beobachtet wurde, und sie hätte es ihrer Mutter niemals angetan, die Fassung zu verlieren.

Liebevoll strich Amira ihrer Tochter über die Wange. „Ich weiß, dass du dir deine Hochzeit anders vorgestellt hast, aber es wird sich alles finden. Dein Ehemann scheint ein gutes Gemüt zu haben."

Wenn man davon absieht, dass ihm jedes Einfühlungsvermögen fehlt, dachte Hira bitter. Aber sie wollte ihrer Mutter keine Schande bereiten und antwortete brav: „Ja, Mutter, das glaube ich auch."

Doch was bedeutete das schon? Romaz hatte auch ein gutes Gemüt, wie man so sagte. Dennoch hatte er ihr das Herz gebrochen und sich dabei noch über sie lustig gemacht. Hira war damals viel zu verliebt gewesen, um es zu bemerken. Sie hätte alles für ihn getan, wäre sogar mit ihm durchgebrannt, um ihn ohne Einverständnis ihres Vaters zu heiraten.

Es war das einzige Mal in ihrem Leben, dass sie bereit gewesen war, die strengen gesellschaftlichen Regeln ihres Landes zu verletzen und somit den guten Ruf ihrer stolzen Familie zu beschmutzen. An jenem schrecklichen Tag war sie davon überzeugt gewesen, das große Glück zu ergreifen, das pure grenzenlose Glück ihres Lebens.

Als Romaz sie jedoch durch die Tür seines Apartments kommen sah, hatte er sie erstaunt angesehen. „Hira! Was willst du denn hier?"

Ohne ihm zu antworten, war sie einfach auf ihn zugegangen, völlig sicher, dass sie willkommen war. Er hatte ihr doch so oft gesagt, wie sehr er sie liebe. „Ich werde für immer bei dir bleiben", erklärte sie. Ein bisschen aufgeregt war sie schon, aber auch sehr froh, dass sie sich dazu durchgerungen hatte. Niemand mehr sollte sie von dem geliebten Mann trennen können.

Romaz verhielt sich ganz anders, als sie es sich vorgestellt hatte, er umarmte sie nicht einmal. „Was sagt deine Familie dazu?", fragte er nur stirnrunzelnd.

Zuerst hatte Hira vermutet, dass er nur so reserviert war, weil sie von sich aus die Initiative ergriffen hatte. Sie zweifelte keinen Moment daran, dass er ihr das nachsehen würde, sobald er hörte, was sie ihm zu sagen hatte. „Bis zum Abendessen wird mich keiner zu Hause vermissen. Lass uns sofort heiraten, Liebster. Dafür ist genug Zeit, und danach können sie uns nicht mehr auseinanderreißen."

Als er nicht darauf reagierte, wurde sie etwas nervös. „Romaz?" Jetzt fiel ihr auch auf, dass er die Tür immer noch nicht geschlossen hatte. Dabei durfte Hira doch keiner bei ihm sehen, und sie hatten geheime Pläne zu schmieden.

Er lächelte angespannt. „Dein Vater wird dich enterben. Daher solltest du dir das noch einmal gründlich überlegen."

„Das habe ich doch! Er wird niemals einverstanden sein, dass ich deine Frau werde, Romaz. Nie und nimmer. Das Schlimmste ist, dass er sich schon nach anderen Heiratskandidaten für mich umsieht." Hira hätte sich so gern an den geliebten Mann geschmiegt, aber sein ungewohnt harter Blick hielt sie davon ab. „Wir brauchen das Geld meines Vaters nicht", fuhr sie eindringlich fort. „Du hast einen guten Job, und ich werde auch arbeiten. Wir schaffen es auch allein."

Zu Hiras Entsetzen verzog Romaz verächtlich das Gesicht. „Du und arbeiten? Du hast ja gar keine Vorstellung davon, was Arbeit bedeutet."

Sie war schockiert und traute ihren Ohren nicht. „Romaz?"

„Glaubst du etwa, ich könnte dir all den Luxus bieten, den du gewohnt bist?" Sein Blick wanderte von den mit Edelsteinen besetzten Armreifen an ihren Handgelenken bis zu ihren funkelnden Ohrringen.

Er fühlt sich wohl in seinem Stolz verletzt, ging es Hira durch den Kopf. In diesem Moment war sie sehr erleichtert und gleich wieder hoffnungsvoll. „Der Schmuck gehört mir doch gar nicht persönlich, sondern der Familie. Ich brauche weder Gold noch Diamanten, wenn ich nur deine Liebe habe." Sie war arglos genug, um zu glauben, dass Romaz durch diese Erklärung seine Selbstsicherheit zurückgewinnen würde.

Er verzog jedoch keine Miene, sondern erwiderte ungerührt: „Du vielleicht nicht, aber ich."

Später war Hira klar geworden, dass es gerade ihre naive Offenheit war, die ihn dazu gebracht hatte, die Maske des verliebten jungen Mannes fallen zu lassen und sein wahres Gesicht zu zeigen. Sie hatte seinen Stolz nicht verletzen wollen, aber gerade dadurch hatte sie ihn entlarvt. Er warb nur um sie, weil er in ihr die reiche Erbin sah. Ohne den Reichtum ihrer Familie hatte er kein Interesse an Hira.

Niemals würde sie seine Worte und die Art, wie er sie dabei abschätzig gemustert hatte, vergessen können. „Was macht es für einen Sinn, dich zu heiraten, ohne an den Reichtum der Dazirah-Familie heranzukommen? Du bist zwar sehr schön, aber im Dunkeln fühlt sich jeder weibliche Körper gleich an."

Hira hatte das Gefühl, zu Eis zu erstarren. „Soll das heißen, dass du mich nur heiraten willst, wenn ich das Geld meines Vaters mit in die Ehe bringe?"

Romaz zuckte die Schultern. „Was denkst du, wie ich es sonst im Leben zu etwas bringen kann? Ich komme nicht aus einer so reichen Familie wie du. Alles, was ich habe, ist mein gutes Aussehen, und daraus will ich Kapital schlagen. Ich möchte nicht wie mein Vater gezwungen sein, mein ganzes Leben lang hart zu arbeiten."

Diese schrecklichen Worte raubten Hira jede Illusion über Romaz' Charakter. Dennoch klammerte sie sich an einem letzten Fünkchen Hoffnung fest. „Aber ... du hast doch gesagt, dass du mich liebst."

Er warf ihr einen boshaften Blick zu. „Jeder Mann will eine so schöne Frau wie dich haben. Natürlich würde ich deinen makellosen Körper auch nicht verachten. Aber dich nur deswegen zu heiraten, nein, der Preis ist mir zu hoch."

Hira fühlte sich wie von einer eisernen Faust getroffen, war für Sekunden völlig benommen. Dann flüchtete sie in wilder Panik aus Romaz' Apartment. In ihrer Verzweiflung konnte sie kaum einen klaren Gedanken fassen und irrte stundenlang durch die stillen Gassen der Stadt.

Es dämmerte schon, als sie auf demselben geheimen Weg, auf dem sie das Haus verlassen hatte, zurückkehrte. Niemand hatte bemerkt, dass Hira an diesem Tag eigentlich von zu Hause fortlaufen wollte. Aber jedem in der Familie fiel auf, dass ihr Kampfgeist ein für alle Mal gebrochen war. Romaz hatte an einem Nachmittag das erreicht, was ihr Vater vierundzwanzig Jahre lang vergebens versucht hatte.

Das alles war kaum mehr als sechs Monate her. Romaz hatte sie damals abgewiesen, weil Hiras schöner Körper ihm nicht genügte. Es war wie eine Ironie des Schicksals, dass Hira heute mit einem Mann verheiratet wurde, dem es nur um ihre Schönheit und überhaupt nicht ums Geld ging.

„Tochter?"

Sie fuhr hoch, als sie die Stimme ihrer Mutter hörte. „Ja."

Amira lächelte. „Komm, es wird Zeit, dass du dich für deinen Gatten bereit machst."

Die Zeit ist gekommen, dass ein Fremder mich anfassen darf, dachte Hira zornig. Auch wenn dieser Mann sie bei ihrer ersten Begegnung fasziniert hatte, so hatte er Hiras aufkeimende Zuneigung längst erstickt, weil er mit ihrem Vater um sie gefeilscht hatte wie um eine Sache. Wie hatte er es wagen können, sein Interesse an ihr mit Geschäften zu verbinden?

Mit düsterer Miene folgte Hira ihrer Mutter die Treppe hinauf. Marc Bordeaux mochte ihr rechtmäßiger Ehemann sein, aber sie würde nicht ihm gehören. Sie würde sich ihm nicht mit ihrer Seele hingeben, bevor sie sein Herz gründlich erforscht hatte.

Marc hatte die Braut an der offenen Tür des Schlafzimmers empfangen. Er war in Erwartung des Kommenden bis aufs Äußerste angespannt, blieb jedoch lässig am Türrahmen stehen und bemühte sich um einen lockeren Ton. „Warum machst du so ein finsteres Gesicht, Hira? Es ist deine Hochzeitsnacht, nicht deine Hinrichtung."

Hira saß in der Mitte des breiten arabischen Himmelbetts, das an beiden Seiten von schweren goldfarbenen Samtvorhängen umrahmt wurde. Ebenso wie die Bettwäsche aus glänzender weißer Seide verströmte sie geradezu Verführung und Sinnesfreuden. Ein warmer Wüstenwind wehte durch die offenen Balkontüren herein und ließ die kostbaren Gardinen rascheln, als murmelten sie einen Willkommensgruß.

Alles hier war eine einzige Einladung an Marc, in dieser Nacht seinen unbändigen Appetit auf die schöne Braut zu stillen. Um ihren Anblick noch verführerischer zu machen, war sie auf Rosenblätter gebettet, die den hellen Pinkton ihres Hochzeitsgewands spiegelten.

Hira hätte ein Traum sein können, Marcs Traum.

Aber anstatt den Bräutigam glücklich zu begrüßen, schaute sie ihn nur kühl und distanziert an. Die schöne Hira, die Marc mit einem einzigen Lächeln bezaubert hatte, wirkte jetzt unnahbar.

Sie hob die sanft geschwungenen Augenbrauen. „Was hat mein Vater dir bei eurem Geschäft versprochen? Sag es mir, und ich werde den Vertrag erfüllen." Hira hatte ja keine Ahnung, dass allein ihre wohlklingende Stimme mit dem exotischen Akzent Marcs Blut in Wallung brachte.

Er versuchte, sich nichts anmerken zu lassen, und ballte die Hände in den Taschen seines Smokings zu Fäusten. Eine böse Ahnung überschattete mehr und mehr seine Vorfreude. „Du warst doch einverstanden mit unserer Hochzeit, Prinzessin." Aber es klang nicht wie ein Kosename, sondern eher höhnisch, denn Hiras Kälte kränkte ihn sehr. „Ich wollte niemals eine Frau, die unglücklich ist, mich zu heiraten."

Wie hatte Marc sich nach diesem Tag gesehnt, seit er Hira im Haus ihrer Eltern zum ersten Mal begegnet war. Ihr wunderschönes Gesicht mit diesem unvergleichlich anmutigen Lächeln hatte ihn Tag und Nacht verfolgt.

„Dein Vater hatte mir strengstens verboten, auch nur einmal mit dir zu reden", gestand er ihr. „Er ist furchtbar altmodisch. Um dich wiederzusehen, könnte ich dich heiraten, bot er mir an. Aber er versprach, dich zumindest um deine Zustimmung zu bitten." Marc hatte zuerst gar nicht glauben können, dass Kerim Dazirah es ernst meinte mit seiner Bedingung. Kein Mann durfte mehr in Hiras Nähe kommen, wenn er sie nicht heiraten wollte. Vor eine so gnadenlose Wahl gestellt, hatte Marc sich spontan entschieden, um Hiras Hand anzuhalten.

Dabei verstand er selbst immer noch nicht, was ihn dazu getrieben hatte, eine Frau zu heiraten, die er überhaupt nicht kannte. Sie hatte ihm nur ein einziges Lächeln geschenkt, aber dieser Augenblick puren Glücks hatte für Marc alles bedeutet. Keine Frau hatte ihn jemals so tief beeindruckt. Von da an brannte er vor Sehnsucht nach Hira, er war unsterblich in sie verliebt.

„Ja, mein Vater hat mich um Zustimmung zu unserer Hochzeit gebeten", erklärte sie. „Ich hatte die gleiche Wahl wie alle Frauen ohne eigenes Einkommen und ohne die Möglichkeit, für ihre Freiheit zu kämpfen oder wenigstens zu fliehen." Bis dahin hatte Hiras Stimme völlig gefühllos geklungen, aber im nächsten Satz schwang Verachtung mit. „Auf jeden Fall fand ich dich besser als die Alternative."

„Aha, du hattest also die Wahl zwischen mir und einem anderen Mann. Wer war das?"

„Du kennst ihn vielleicht. Er heißt Marir."

„Ja, dein Vater hat ihn mir vorgestellt." Marc konnte sich gut an den schmierigen Kaufmann erinnern und wusste, dass er ein alter Bekannter von Hiras Vater war. Aber dass er auch als Schwiegersohn in Betracht gekommen war, daran hätte Marc nicht im Traum gedacht. Marir schien nicht sehr vermögend zu sein, und vom Alter passte er erst recht nicht zu Hira, denn er war an die sechzig. „Wieso hatte dein Vater gerade Marir als Heiratskandidaten für dich erwogen?", wollte Marc wissen. Ihm war wohlbewusst, dass die Familie Dazirah ihn nur akzeptiert hatte, weil er als Millionär und Geschäftsmann weltweit bekannt war.

„In Marirs Adern fließt blaues Blut. Er ist, wenn auch nur sehr weitläufig, mit unserem Herrscherhaus verwandt", antwortete Hira und verzog den Mund. „Mein Vater wollte immer schon Verbindungen zur Familie des Scheichs haben."

Damit kann ich nun wirklich nicht dienen, ging es Marc durch den

Kopf. Ich habe ebenso wenig blaues Blut in den Adern wie eine Ratte aus dem Cajun-Sumpf. „Aber warum hat dein Vater sich dann für mich entschieden?"

„In den Augen meines Vaters bist du als Amerikaner auch etwas Besonderes. Zudem hast du viel Geld und machst sogar mit unserem Scheich Geschäfte. Das ist für meine Familie fast genauso viel wert wie die Abstammung vom Herrscherhaus."

Marc ballte seine Hände in den Taschen noch fester zusammen. „Das war es also, warum du mich Marir vorgezogen hast. Außerdem bin ich nicht so alt und nicht so fett wie er." Er versuchte zwar, sich nichts anmerken zu lassen, aber im Grunde seines Herzens war er sehr enttäuscht von Hira.

Als sie graziös mit dem Kopf nickte, brach sich das Licht der edlen Kristalllüster in den Brillanten ihrer Ohrgehänge, sodass sie prächtig funkelten. „Ich kenne dich gar nicht. Du bist ein Fremder für mich. Auch wenn mein Vater dagegen war, dass du Kontakt zu mir aufnimmst, hättest du wenigstens versuchen können, mit mir zu sprechen."

Tatsächlich hatte Marc Hiras Vater mehrmals um Erlaubnis dazu gebeten. Dazirah war jedoch hart geblieben und hatte sich auf die strengen Hochzeitsbräuche von Zulheil berufen. Da Marc sich mit der Tradition des fremden Landes nicht auskannte, hatte er das Verbot schließlich akzeptiert. Er wollte auf keinen Fall die Hochzeit mit Hira gefährden. Aber jetzt sah er ein, dass er wahrscheinlich zu früh aufgegeben hatte. Er hätte darauf bestehen sollen, selbst mit der Braut zu sprechen.

„Kannst du dir vorstellen, dass sich deine Gefühle für mich ändern, wenn du mich näher kennenlernst?" Trotz allem sehnte sich Marc zumindest nach ein bisschen Wärme von Hira, nach einem Lächeln, wie sie es ihm damals geschenkt hatte. Aber er würde sich ihr niemals aufdrängen, selbst wenn sein Verlangen nach ihr wie Feuer in ihm brannte und er sich vor Leidenschaft verzehrte.

Ein Schatten huschte über Hiras Gesicht und trübte den strahlenden Goldton ihrer Iris. „Du musst wissen, dass ich einmal einen Mann geliebt habe." Ihre langen schwarzen Wimpern flatterten. „Aber ich kann mir nicht vorstellen, dass ich mich jemals wieder verlieben werde."

Ihre Worte glichen Pfeilen, die seinen Traum zunichtemachten. Dieser Traum war ihm selbst zwar erst seit Kurzem bewusst, dafür spielte er jetzt aber eine umso wichtigere Rolle. Ja, er war für Marc lebenswichtig. „Warum hast du mich dann überhaupt geheiratet?", fragte er Hira vorwurfsvoll. „Warum willst du uns beide so quälen?"

Marc entging nicht, wie ihre Augen vor Ärger aufblitzten, als sie den Kopf hob. „Mein Vater sagte mir, dass du den Vertrag mit ihm nur unterschreiben würdest, wenn ich dich heirate. Diese Geschäftsverbindung mit dir ist für unseren ganzen Clan außerordentlich wichtig."

Er fluchte leise. „Aber das Kernstück des Vertrags war schon von mir unterschrieben und rechtskräftig, bevor ich um deine Hand angehalten hatte. Es blieben nur noch Kleinigkeiten zu vereinbaren." Im Stillen stellte er sich die bange Frage, ob sie ihm glauben würde, seine schöne geheimnisvolle Wüstenrose. Sein Wort stand gegen das ihres Vaters.

Zu seinem Entsetzen schimmerten auf einmal Tränen in ihren Augen. „Ich dachte, er hätte mich wenigstens ein bisschen lieb", flüsterte sie. „Aber ... ihm ging es immer nur darum, aus meinem Aussehen Kapital zu schlagen." Ihre Stimme war so von Schmerz erfüllt, dass Marc schon beim Zuhören litt. „Jetzt weiß ich, dass er nichts für mich fühlt. Wie kann ein Vater nur dermaßen kaltherzig sein, seine Tochter um eines Geschäfts willen mit einem Fremden zu verheiraten."

Hira so gedemütigt zu sehen, konnte Marc kaum ertragen. Diese stolze Schönheit, vom eigenen Vater verraten. Er eilte zu ihr, setzte sich neben sie aufs Bett. Als er jedoch die Hand ausstreckte, um ihre Wange zu streicheln, war Hira wie erstarrt. „Ich werde nichts gegen deinen Willen tun. Also guck nicht wie ein scheues Reh im Scheinwerferlicht."

Sie warf den Kopf in den Nacken. Ihre Augen funkelten. „Rede nicht so mit mir!"

Ja, das war die Frau, in die er sich verliebt hatte. Voller Temperament, eine Mischung aus Feuer und Eis. Marc überkam von Neuem heißes Verlangen. Unbewusst strich er ihr über Wange und Hals. Die zärtliche Berührung ließ Hira erzittern. Als er es bemerkte, erfüllte ihn sogleich neue Hoffnung. Seine kühnen Träume spornten ihn an. Er neigte sich zu ihr, um Hiras Lippen zu küssen.

Sie wandte jedoch schnell den Kopf ab und zeigte ihm ihr edles Profil. Die schroffe Geste brachte Marc wieder auf den Boden der Tatsachen zurück.

Er ließ die Hand sinken und stand vom Bett auf. Während er zur Tür zurückging, versuchte er sich einzureden, dass Hiras Ablehnung ihm nichts ausmachte. „Begehrst du mich denn nicht auch ein bisschen?" Es war eine sehr direkte Frage, aber er brauchte Gewissheit. Eine wunderschöne temperamentvolle Frau wie sie, die schon einmal einen Mann geliebt hatte, musste ihn verstehen.

Er hasste allein schon die Vorstellung, dass sie sich mit ihrem sonnenverwöhnten makellosen Körper vielleicht an einen anderen Mann geschmiegt hatte! Eigentlich beurteilte Marc Frauen nicht nach ihrem früheren Liebesleben und gestand jeder Frau ihre Freiheit zu, denn er war kein Heuchler. Aber bei Hira erging es ihm ganz anders.

Hira hatte sich eine Weile in die kunstvolle Stickerei der Tagesdecke vertieft. Jetzt schaute sie ihren frisch angetrauten Ehemann mit großen Augen an. Dabei zerrieb sie ein zartes rosa Blütenblatt zwischen den Fingern, sodass ein Hauch von Rosenduft in der Luft lag. „Du kennst nur mein Gesicht und meinen Körper, mehr weißt du nicht von mir, und wir haben nichts gemeinsam. Aber ich möchte nicht mit einem Mann schlafen, für den ich keine Zärtlichkeit empfinde." Bei den letzten Worten zitterte ihre Stimme kaum merklich.

Marc hatte aufmerksam zugehört. Hira glaubt auch nicht daran, dass sie jemals wieder einen Mann lieben kann, hämmerte es in seinem Kopf. Dazu kam der brennende Schmerz in seiner Brust. „Soll das heißen, dass ich dich während unserer Ehe niemals anrühren darf?"

Hira fuhr fort, Rosenblütenblätter zwischen ihren eleganten Fingern zu zerreiben. „Mein Vater hatte auch immer andere Frauen neben meiner Mutter. Können das amerikanische Männer nicht ebenso machen?"

Marc straffte die Schultern. „Ist es tatsächlich Sitte, dass die Männer hier neben ihrer Frau eine Geliebte haben?" Er hatte geglaubt, dass Zulheil ein Land mit ehrbaren, aufrichtigen Menschen war. Ein Land, wo ein Mann eine Frau finden konnte, die zugleich schön und auch bereit war, eine liebende Ehefrau zu sein.

Hiras Stimme riss ihn aus seinen Gedanken. „Nein, es gilt als unehrenhaft, und die meisten Frauen akzeptieren es auch nicht. Wenn sie sich nicht aus eigener Kraft gegen ihre untreuen Ehemänner durchsetzen können, wird ihr Clan ihnen beistehen. Das kann bis zur Scheidung gehen."

Die ganze Zeit hatte Hiras ernster Blick auf ihm geruht. Aber jetzt verzog sie ihren hinreißenden Mund zu einem bitteren Lächeln. „Ich fürchte, in meiner Familie läuft das nicht so. Meine Mutter hat niemals Hilfe bei ihrem Clan gesucht, sondern sich immer meinem Vater untergeordnet. Er hat nur mit ihr geschlafen, bis er mit ihr Erben gezeugt hatte – meine beiden Brüder. Du kannst es meinetwegen auch so halten."

Hira verletzte mit ihrem Vorschlag Marcs Stolz. „Du machst nicht den Eindruck, dass du dich über ein Kind von mir freuen würdest."

Was bin ich doch für ein Narr, dachte er betroffen. Offenbar habe ich damals nach dieser unglückseligen Geschichte mit Lydia nichts dazugelernt. Diesmal hatte er sich in eine exotische Schönheit verliebt und gehofft, bei ihr unter der bezaubernden Hülle einen Schatz aus Zärtlichkeit und Liebe zu finden. All das, wonach sich der einsame arme Junge aus dem Bayou ein Leben lang gesehnt hatte. Stattdessen wurde Marc jetzt für seine Leichtgläubigkeit bestraft. „Mach dir keine Sorgen, Hira. Ich denke noch gar nicht an Erben", sagte er tonlos.

Dann wandte er sich um und stieß viel zu heftig die Tür auf. Er war so wütend auf sich selbst, dass er jetzt lieber allein sein wollte. Vielleicht fürchtete er aber auch nicht nur seine Wut, sondern auch das Fünkchen Hoffnung, das in seinem Herzen noch nicht erloschen war und ihn dazu anhielt, um die geliebte Frau zu kämpfen.

Solange dieses Fünkchen noch glühte, würde Marc nicht aufgeben und versuchen, hinter die schöne Hülle zu blicken. Wer war Hira wirklich? War sie eine eiskalte Selbstdarstellerin, verliebt in ihre eigene Schönheit, oder die warmherzige unschuldige Wüstenrose, die ihm damals mit ihrem zaghaften Lächeln Hoffnung gemacht hatte?

Hilflos sah Hira auf die Tür, die sich gerade hinter ihrem enttäuschten Ehemann geschlossen hatte. Ihr Magen krampfte sich zusammen, und die Maske kalter Gleichgültigkeit, die ihr wahres Gesicht verhüllte, drohte jeden Moment zu zerreißen.

In dem Moment, als Marcs Schritte auf dem Gang verhalten, sprang Hira auf und verriegelte mit zitternden Fingern die Schlafzimmertür.

Danach brach sie verzweifelt auf dem Boden zusammen. Damit niemand ihr Schluchzen hörte, presste sie eine Faust auf den Mund. Sie fand jedoch keine Kraft mehr, sich die reichlich fließenden Tränen vom Gesicht zu wischen.

Du machst nicht den Eindruck, dass du dich über ein Kind von mir freuen würdest. Marcs Worte marterten ihr Hirn. Er war nicht anders als all die anderen Männer, auch er begehrte ihren schönen Körper. Aber er schien sie selbst dafür verantwortlich zu machen und war deshalb wütend auf sie. Nein, es war noch schlimmer, er warf ihr etwas vor, das gar nicht zutraf.

Früher hatte Hira davon geträumt, so viele Kinder zu bekommen, wie es nur ging. Von einem Mann, den sie liebte und der sie ebenso liebte. Aber das junge, sorglose Mädchen gab es nicht mehr, weil ein Mann Hira das Herz gebrochen hatte. Sie hatte furchtbar gelitten, und die Wunden waren so tief, dass sie daran zweifelte, jemals wieder lieben zu können.

Nachdem sie sich so in Romaz getäuscht hatte, war für Hira eine Welt zusammengebrochen, und ihr Vater hatte leichtes Spiel gehabt. Er hatte an ihren Familiensinn appelliert und ihr eingeredet, sie müsse Marc heiraten, weil die Familie sonst durch das ausbleibende Geschäft ruiniert werde. Ihr frisch angetrauter Ehemann hatte ihr jedoch etwas ganz anderes erzählt und ihren Vater als Lügner entlarvt. Sie zweifelte nicht an Marcs Version. Er log sie nicht an, das spürte sie deutlich, und Erpressung passte auch nicht zu ihm.

Aber warum hatte Marc nichts gegen ihren Vater unternommen? Sie wusste darauf nur eine Antwort. Marc wollte sie unbedingt zur Frau haben.

Dabei interessierte er sich gar nicht für ihre Persönlichkeit. Ob seine Frau ein guter Mensch war, ob sie intelligent war, das kümmerte ihn nicht. Es ging ihm nur um ihr attraktives Aussehen.

Ihr Vater hatte das sicher klar erkannt, aber er hatte keine Skrupel, seine Tochter für ein gutes Geschäft zu opfern. Auch Marc hatte auf diese Weise bekommen, was er wollte.

Hira fand den Gedanken unerträglich, dass sie zum Gegenstand eines Geschäfts geworden war. Die Männer hatten sie nicht als Menschen geachtet, sondern wie eine Ware gehandelt.

Über das Verhalten ihres Vaters wunderte sie sich nicht, denn sie hatte keine hohe Meinung von ihm. Umso ärgerlicher war sie über Marc. Er hatte die zarte Zuneigung, die sie füreinander spontan empfanden, durch diese überstürzte Heirat im Keim erstickt. Wie hatte Hira sein Werben und ein bisschen Romantik vermisst. Soweit sie wusste, hatte er nicht einmal versucht, das Verbot seines zukünftigen Schwiegervaters zu umgehen.

Als sie Marc zum ersten Mal sah, hatte ihr Herz wild gepocht. Und bei jedem Gedanken an ihn hatte sie seither Schmetterlinge im Bauch zu spüren geglaubt. Zwischen ihnen hatte es eine Faszination gegeben, die über die rein körperliche Anziehung weit hinausging. Aber diese geheimnisvolle Magie war längst verflogen. Und Marc war daran schuld.

2. Kapitel

Am nächsten Morgen erwachte Hira etwas später als gewohnt, aber sie hatte sehr schlecht geträumt. Nachdem sie rasch geduscht und sich angekleidet hatte, bereitete sie sich seelisch auf eine Konfrontation mit ihrem ärgerlichen Gatten vor. Denn welcher Mann würde eine Frau nicht hassen, wenn sie sich ihm in der Hochzeitsnacht verweigerte?

Hira sah ja ein, dass sie sich unmöglich verhalten hatte, aber es tat ihr dennoch nicht leid. Mit einem Mann zu schlafen, mit dem sie kaum ein Wort gewechselt hatte und für den sie nichts empfand, hätte gegen ihre Überzeugung verstoßen. Sie betrachtete den Liebesakt als zärtlichste und intimste Begegnung zwischen Mann und Frau.

Aber obwohl du ihn abgewiesen hast, musst du zugeben, dass du gestern Nacht heißes Verlangen nach diesem Mann hattest, hörte Hira auf einmal eine innere Stimme sagen. Das stimmte, Hira konnte nicht widersprechen. Je mehr sie darüber nachdachte, desto erschütterter war sie. *Warum kenne ich mich selbst nicht mehr?*

Auch jetzt überlief sie bei dem Gedanken an gestern Abend ein wohlig warmer Schauer. Aber das machte sie wütend, und sie versuchte, schnell an etwas anderes zu denken. Das war jedoch nicht so einfach, weil der Mann, der dieses Verlangen in ihr weckte, Marc Pierre Bordeaux war, ihr rechtmäßiger Ehemann.

Dann blieb ihr nichts anderes übrig, als nach unten zu gehen, wo er sicher mit ihr streiten würde. Aber was sie in der Halle im Erdgeschoss vorfand, war weitaus beunruhigender als ein verärgerter Ehemann. Da stand eine ganze Reihe gepackter Koffer. Einige davon gehörten Hira.

Als sie daran vorbei in den Salon ging, traf sie dort auf Marc. Er beugte sich über einen Tisch und unterschrieb irgendwelche Papiere. „Reisen wir ab?", fragte sie unvermittelt.

Er hob kurz den Kopf, sodass sein dunkelbraunes Haar in der

schräg einfallenden Sonne glänzte. „Ja, in einer Stunde." Dann widmete er sich wieder seinen Papieren.

„Wohin?", erkundigte sich Hira prompt, obwohl sie seine abweisende Art sehr kränkte.

„Zu mir nach Hause, nach Louisiana, in die Nähe der Stadt Lafayette", antwortete er kühl.

Sie überlegte kurz. „Das ist ein amerikanischer Bundesstaat mit viel Wasser, aber auch Grasland, und er grenzt an den Golf von Mexiko. Lafayette liegt in der Nähe von Baton Red, nein, Baton Rouge heißt es. Manchmal wird das Land auch Cajun Country genannt, nicht wahr?"

Marc schaute sie erstaunt an. „Liest du in deiner Freizeit etwa Lexika?"

Erraten, genau das tat Hira. Sie ärgerte sich jedoch über seinen spöttischen Unterton. „Aus Lexika kann man eine Menge lernen", verteidigte sie sich. Sie war für jede Information dankbar, die ihren Horizont erweiterte.

Hiras Vater hielt nichts von höherer Bildung für Frauen, und so hatte sie sich ihr Wissen selbst aneignen müssen. Zunächst durch Bücher, und später hatte sie sich heimlich an den Computer gesetzt und auch mithilfe des Internets gelernt. Als Teenager hatte sie noch dagegen protestiert, dass sie nicht die gleichen Bildungschancen wie ihre total desinteressierten Brüder bekam. Aber sie hatte schnell begriffen, wie zwecklos das war.

„Was ist dein Lieblingsfach?" Marcs Ton klang plötzlich gar nicht mehr sarkastisch und ließ Hira aufhorchen.

„Machst du dich auch nicht über mich lustig?", fragte sie vorsichtig. Sie verstand nicht, wieso er sich dafür interessierte. Er hatte doch allen Grund, sich über seine misslungene Hochzeitsnacht zu beklagen. Stattdessen versuchte er, seine frisch angetraute Frau in ein Gespräch über ihre Vorlieben zu verwickeln. Das hätte sie wirklich nicht von ihm erwartet.

Marc schaute sie fest an. „Nein."

„Gut, wenn du es tatsächlich wissen willst, ich interessiere mich sehr für Wirtschaftswissenschaften, Management-Theorien und solche Dinge." Hira war sich durchaus bewusst, dass dies keine typisch weiblichen Interessengebiete waren, und sie erwiderte Marcs Blick fast trotzig.

„Schon gut, Prinzessin, ich glaube dir ja." Bei diesen Worten schien er ein Lächeln zu unterdrücken.

Plötzlich brach Hiras ganze aufgestaute Wut aus ihr heraus. „Wie kannst du so ... herablassend sein! Du siehst doch nur, was du sehen willst. Was in meinem Kopf steckt, das interessiert dich nicht, wenn nur die äußere Hülle hübsch genug ist!" Sie drehte sich auf dem Absatz um und riss die Tür auf.

Während der Wind Hira ihren langen weiten Rock um die Beine wehte, rief Marc ihr nach: „Ich bin in einer Stunde reisefertig!"

Seine Arroganz machte sie noch wütender. Aber unter dieser Wut verbarg sich weit mehr. Es waren die Scherben eines Traums, dass ihr amerikanischer Ehemann ihr erlauben würde, ihre Flügel auszubreiten und selbstständig zu fliegen. Diese Hoffnung schien ihr jetzt in weite Ferne gerückt zu sein.

Marc war genau wie ihr Vater und wollte sie in einen goldenen Käfig sperren, glaubte Hira. Sie war auf sein charmantes verführerisches Lächeln hereingefallen. Dabei hätte sie es ihm schon am Gesicht ansehen können. Er war eine Kämpfernatur, ein harter Mann, gegen den sie kaum eine Chance hatte.

Die beiden wechselten kein Wort mehr miteinander, auch als sie bereits nebeneinander in der Ersten Klasse einer Linienmaschine saßen und über den Wolken schwebten. Da es Hiras allererster Flug war, fühlte sie sich jedoch bald sehr alleingelassen und wünschte, Marc würde sich ein wenig um sie kümmern, anstatt sich in seine Unterlagen zu vertiefen. Er behandelte sie zwar manchmal herablassend, dennoch war er der einzige Mensch, den sie hier kannte. Um sie herum saßen nur Fremde, und selbst die ewig lächelnden Stewardessen musterten Hira mit kalten Blicken.

Ihr war schon klar, dass sie sie auch nur nach ihrem Äußeren beurteilten. Die Stewardessen mussten sie für das neueste Spielzeug eines reichen Mannes halten. Die lässige Art, wie Marc sich ihr gegenüber benahm, verstärkte diesen Eindruck nur noch.

Im Grunde kannte Hira das ja. Überall wurde sie nur als schönes Dummchen betrachtet. Niemand machte sich die Mühe, ihre Persönlichkeit entdecken zu wollen. Es tat Hira so weh, dass sie sich immer mehr zurückzog. Sie hatte sich längst eine dicke Haut zugelegt und gelernt, eine Maske der Gleichgültigkeit aufzusetzen.

Manchmal, wenn es ihr zu viel wurde, schrie sie vor Zorn, oder sie brach in Tränen aus. Aber das erlaubte sie sich höchstens, wenn sie nachts allein in ihrem Zimmer war und niemand sie hörte.

Wem hätte sie sich auch anvertrauen können? Armes reiches Mädchen! hätte jeder sie nur verhöhnt. Aber ein schönes Gesicht und eine reiche Familie bedeuteten nicht alles für Hira. Gibt es den niemanden, der mich versteht? fragte sie sich oft verzweifelt.

Wie sie die Durchschnittsfrauen beneidete, die um ihrer selbst willen geheiratet wurden. Sie mussten sich keine Sorgen machen, dass ihre Haut im Alter faltiger wurde und sie ihre jugendlich schlanken Figuren verloren. In den Augen ihrer Männer blieben sie immer Schönheiten.

Eine Weile versank Hira in solch düstere Gedanken. Wieder einmal hätte sie vor Verzweiflung über ihr Schicksal aufschreien oder sogar in Tränen ausbrechen können.

Natürlich tat sie keins von beidem, denn sie war zur perfekten Tochter und Ehefrau erzogen worden. Eine bildschöne junge Dame, die bezaubernd anzuschauen war, der man sonst aber nichts zutraute.

Als die blonde Stewardess jetzt durch den Gang kam, lächelte sie Marc besonders liebenswürdig an. Er reagierte zu Hiras Erleichterung jedoch überhaupt nicht darauf. Wenigstens ist er so taktvoll, nicht in meinem Beisein mit anderen Frauen zu flirten, ging es ihr durch den Kopf. Aber er wird schon genug andere Gelegenheiten dazu finden.

Marc war kein besonders gut aussehender Mann, hatte jedoch eine starke Ausstrahlung. Kraft, Entschlossenheit und Leidenschaft, all das drückte er aus und beeindruckte Frauen damit sehr. Hira machte da keine Ausnahme, auch wenn sie mehr oder weniger gezwungen worden war, ihn zu heiraten. Obwohl es ihr peinlich war, musste sie sich selbst eingestehen, dass er durchaus erotische Fantasien in ihr weckte.

Damals, bei der ersten Begegnung in ihrem Elternhaus, als sie Marc zunächst noch heimlich beobachtete, hatte sie ihn schon sehr attraktiv gefunden. Von der Galerie hatte sie sich eigentlich nur vergewissern wollen, dass beim Bankett für die Geschäftsfreunde ihres Vaters nichts fehlte. Da war ihr plötzlich Marc unter den Gästen aufgefallen, ein interessanter junger Mann mit kantigen Gesichtszügen. Er hatte ihr spontan gefallen, und sie hatte ihren Blick gar nicht mehr von ihm abwenden können.

Auf einmal war er aufgestanden und hatte nach oben geschaut, als ob er ihre Gegenwart spürte. Der Blick seiner nebelgrauen Augen war ihr durch und durch gegangen. Und dann hatte Marc sie so unvergleichlich charmant angelächelt. Es war mehr als nur ein verwegenes Lächeln, mehr als ein stummer Flirt gewesen. Auf Hira hatte es wie Magie gewirkt.

Gedankenverloren schaute sie aus dem Fenster in die weißen Wolkenberge. Warum soll ich es leugnen, mein Mann ist sexy, dachte sie.

Aber auch das machte es für sie nicht leichter. Von einem Ehemann, den sie aus ihrem Bett verbannt hatte, konnte sie kein Verständnis und keine Nettigkeiten verlangen. Ihr graute schon vor der Langeweile, die sie in seiner Heimat erwartete. Um sich abzulenken, blätterte sie in einer Zeitschrift.

Als das Flugzeug jedoch leicht erbebte, rutschte Hira das Hochglanz-Heft aus der Hand. Es kümmerte sie nicht. Sie umklammerte ängstlich die Armlehnen, denn so etwas hatte sie noch nie erlebt.

Ohne ein Wort steckte Marc seinen Stift weg, bückte sich nach der Zeitschrift und legte sie auf seine Unterlagen. Dann schob er seine große Hand über Hiras zitternde Finger.

„Du fliegst wohl nicht gern, Prinzessin." Es hörte sich nicht spöttisch an, sondern ehrlich besorgt.

Sie lächelte gequält. „Das ist mein erster Flug."

„Tatsächlich?" Marc schien sehr überrascht zu sein. „Aber ich habe deinen Vater schon so oft in Los Angeles oder München, ja kürzlich sogar in Madrid getroffen."

Natürlich kannte Hira diese Städte mit ihren Sehenswürdigkeiten, und die Namen der berühmten Straßen und Plätze waren ihr vertraut. Aber sie war noch niemals selbst dort gewesen. „Mein Vater meint, dass unverheiratete Frauen nicht reisen sollten", gab sie offen zu. „Andererseits nimmt er aber auch meine Mutter nicht mit. Ja, ich glaube, er möchte, dass alle Frauen nur zu Hause bleiben."

Für einen Moment hatte Hira das Gefühl, Ärger in Marcs Augen aufblitzen zu sehen. Sie fürchtete schon, er würde ihr die Kritik an ihrem Vater übel nehmen. Aber dann bemerkte er: „Ich hätte nicht gedacht, dass man in Zulheil die Frauen noch wegsperren kann."

„Wir sind eine sehr traditionelle Gesellschaft, weißt du. Manch einer lebt noch genauso wie seine Vorfahren, und niemand stört sich daran." Hira selbst hatte sich jedoch schon oft gewünscht, dass die Bevormundung von Frauen nicht toleriert würde.

Der Fairness halber musste sie aber zugeben, dass es ihr durchaus möglich gewesen wäre, zu studieren oder einen Beruf auszuüben. Die Scheichs der letzten drei Generationen hatten eine Vielzahl von Gesetzen erlassen, damit Frauen ein selbstbestimmtes Leben führen konnten.

Aber Hira hätte sich mit ihrem Vater auseinandersetzen müssen, und das hätte großes Aufsehen in ihren gesellschaftlichen Kreisen erregt. Die Dazirahs waren seit Jahrhunderten eine stolze, ehrenwerte Familie. Hira wollte nicht daran schuld sein, dass der gute Ruf des ganzen Clans beschmutzt würde, nur weil ihr Vater ein altmodischer Starrkopf war. Ihre Onkel waren viel moderner eingestellt und förderten die Begabungen ihrer Töchter, wo sie nur konnten.

Marc hatte Hira aufmerksam zugehört, verfolgte das Thema dann aber nicht weiter. Zu ihrem Erstaunen erzählte er ihr von seiner Heimat, wobei sich seine Miene zusehends aufhellte.

„Ich werde dir das French Quarter, das alte französische Viertel von New Orleans, zeigen, wenn wir uns eingelebt haben. Du wirst staunen, Prinzessin, was es da alles gibt." Er lächelte auf einmal über das ganze Gesicht. „Vielleicht mache ich mit dir sogar eine Fahrt durch das Bayou, wenn du mich besonders nett darum bittest."

Marcs liebevolle Neckerei wärmte Hira das Herz, zumal seine tiefe Stimme ungewohnt weich und verführerisch klang. Trotz allem, was zwischen ihnen stand, wollte er sie offensichtlich von ihrer Flugangst ablenken.

Beim Blick in seine glänzenden Augen musste Hira wieder an ihre erste Begegnung denken. Schon damals waren ihr die Knie weich geworden, als er sie so unvergleichlich charmant angelächelt hatte. Sie hatte auch über die Entfernung hinweg gleich gespürt, dass sie etwas Besonderes für ihn war. Als er jedoch näher kommen wollte, hatte sie sich stolz abgewandt.

Sie hatte sich eingeredet, dass sein Blick etwas Machohaftes habe, dass Marc sie nur besitzen wolle wie all die anderen Männer auch. Aber mittlerweile war ihr klar geworden, dass es seine starke erotische Ausstrahlung war, die sie verunsichert hatte.

Hira musste sich eingestehen, dass sie Marc sehr sexy fand. Aber deswegen hatte sie doch kein Recht, wütend auf ihn zu sein. Sie hatte ihn aus freien Stücken geheiratet. Auch wenn ihr Vater es ihr nicht leicht gemacht hätte, sie hätte sich gegen die Heirat wehren können.

Als Marcs Ehefrau hatte sie sich bisher sehr spröde benommen. Trotzdem war er jetzt so nett zu ihr und versuchte sie abzulenken.

Auf einmal wärmte Hoffnung ihr Herz. *Vielleicht ist Marc ja doch der richtige Mann für mich, mit dem es sich lohnt, eine gemeinsame Zukunft aufzubauen. Vielleicht hat er ja neben Geld und Sexappeal auch ein gutes Herz.*

Während die beiden die Stufen zum im Kolonialstil erbauten Haus hinaufgingen, atmete Marc seit Wochen zum ersten Mal wieder richtig tief durch. Die würzige feuchte Luft des Bayou durchströmte wie ein Willkommensgruß seine Lungen.

Aus dem Augenwinkel betrachtete er die lange Reihe von Zypressen, die sein Anwesen säumte. Als die Zweige in der aufkommenden Brise raschelten, huschte ein Lächeln über Marcs Gesicht.

Sein Besitz lag südöstlich von Lafayette, in sicherer Entfernung vom Trubel der Großstadt New Orleans. Das Land war vom saftigen Grün des Cajun-Sumpfes umgeben, der sogenannten Wetlands. Marc hatte sich mit dieser alten Plantage, die zu einem luxuriösen Wohnsitz umgestaltet worden war, einen lang gehegten Traum erfüllt. Er war stolz, ein Kind des Bayou zu sein, und er fühlte sich in dieser Gegend am wohlsten.

„Du hast ein wunderschönes Heim", hörte er Hira jetzt sagen. Sie erinnerte ihn daran, dass seine Heimkehr diesmal so ganz anders als sonst war. Er brachte seine frisch angetraute Frau mit, eine bildhübsche Wüstenprinzessin mit einem Herzen aus Eis, die im Grunde nichts mit ihm zu tun haben wollte. Trotz des Waffenstillstands, den sie sozusagen im Flugzeug geschlossen hatten, war ihm bewusst, dass sich zwischen ihnen sonst nichts geändert hatte.

Zwar hatte Marc sich während der Reise öfter ausgemalt, wie es mit ihr hätte sein können, aber er wollte sich nicht in Illusionen verrennen. „Danke", sagte er deshalb nur kurz angebunden. Insgeheim befürchtete er, dass sie sein geliebtes Heim in ein Schlachtfeld verwandeln würde.

Ohne sich nach ihr umzusehen, schloss er die Haustür auf und trug schnell zwei der Koffer hinein. Hira sollte erst gar nicht auf die Idee kommen, dass er sie über die Schwelle tragen wollte. Und doch verspürte er insgeheim den Wunsch, sie mit diesem alten Brauch in seinem Haus willkommen zu heißen.

Als sie ihm nicht gleich folgte, stellte er die Koffer ab und wandte sich um. Da sah er Hira, wie sie einen ihrer Koffer von der Ladefläche seines alten Jeeps zerrte, den er bei Reisen immer am Flughafen parkte. Ihre langen, in einem zarten Braunrosa lackierten Fingernägel waren für das Hantieren mit dem schweren Gepäckstück wirklich nicht geeignet und drohten abzubrechen. Außerdem hatte sich der bestickte Rand ihrer weit ausgestellten gelben Hose schon schmutzig verfärbt, weil Hiras hohe Absätze in den feuchten Boden eingesunken waren.

Eigentlich hatte Marc sich die Szene achselzuckend anschauen wollen, aber dann ließ ihm sein Beschützerinstinkt keine Ruhe. Hira war wohl oder übel seine Frau. Er musste ihr helfen, bevor sie sich verletzte. „Lass mich das machen, Prinzessin!"

Sie überhörte das Angebot jedoch und fing an, den Koffer mit beiden Händen die Treppen hinaufzuziehen. „Ich schaffe das schon. Der Koffer ist nicht so groß." Beim Gehen umfloss ihr seidiges langes Haar Gesicht und Schultern.

Marc hatte noch niemals solches Haar gesehen. Es war schwarz wie Ebenholz, dazwischen schimmerten helle Strähnen wie pures Gold. Irgendwie ahnte er, dass alles daran natürlich war, die Farbe ebenso wie die leichten Wellen. Er hätte zu gern die sich in der Feuchtigkeit kringelnden Haarspitzen um seine Finger gewickelt. Ja, plötzlich wurde ihm bewusst, wie er sich danach sehnte, Hira in seine Arme zu nehmen. Er brannte vor Verlangen.

Unsinn, alles Einbildung, du hast noch niemals jemanden wirklich gebraucht, meldete sich gleich darauf eine innere Stimme.

„Was ist in dem Koffer?", fragte er Hira, um sich abzulenken.

Eigentlich interessierte es Marc gar nicht, denn er war mit seinen Gedanken ganz woanders. Als ob Lydia mich nicht gelehrt hätte, dass die Schönheit der Frauen etwas Oberflächliches ist, dachte er ärgerlich. Dennoch hatte er von der bildschönen jungen Frau, die er geheiratet hatte, mehr erwartet, und er wollte die Hoffnung noch nicht aufgeben.

Hira stellte den Koffer vor der Haustür auf der Veranda ab. „Nichts, das heißt, nur Kleider", antwortete sie Marc mit leicht geröteten Wangen.

Er merkte gleich, dass sie log, und ihn packte die kalte Wut. „Lüg mich nicht an! Was hat dein verflossener Liebhaber dir als Abschiedsgeschenk mitgegeben?"

„Nein, nein! Ich hatte keinen Liebhaber, und das sind keine Geschenke, sondern meine Bücher." Jetzt schaute sie ihn fast trotzig an. Aber Marc entging dennoch nicht, wie ihre volle Unterlippe leicht bebte.

„Komm schon, sag mir die Wahrheit. Was ist wirklich in dem Koffer?"

Wütend warf Hira den Koffer auf die Holzplanken der Veranda und kniete sich daneben, um ihn zu öffnen. Das Schloss klickte, sie klappte den Deckel hoch. „Siehst du, es sind Bücher." Sie strich einen leicht zerknitterten Einband glatt. „Ich lüge dich nicht an", beteuerte sie mit zitternder Stimme.

Offensichtlich war Hira sehr verletzt, das konnte Marc deutlich heraushören. Es tat ihm leid, dass er sich so unbeherrscht benommen hatte, und er hockte sich neben sie. „Warum wolltest du denn die Bücher vor mir verstecken?"

Sie klappte den Koffer wieder zu. „Mein Vater hat etwas dagegen, wenn Frauen sich bilden. Er warf jedes Buch weg, das er bei mir entdeckte." Während sie mit gesenktem Kopf sprach, fiel ihr das Haar wie ein seidiger Vorhang ins Gesicht.

Diese Antwort hatte Marc nicht erwartet. Behutsam strich er Hira das Haar hinters Ohr und legte eine Hand auf ihre Wange. Hira zuckte leicht zusammen, ließ es jedoch geschehen. „Vor mir brauchst du deine Bücher nicht zu verstecken", erklärte er ihr lächelnd.

Eine Weile hielt sie den Blick gesenkt. Schließlich hob sie den

Kopf und fragte: „Meinst du das wirklich, oder ... willst du dich nur über mich lustig machen?"

Er war erschüttert über dieses Misstrauen. Hira musste sehr schlechte Erfahrungen gemacht haben und rechnete wohl immer damit, dass man sie demütigen oder über sie lachen wollte. Andererseits nahm Marc ihr übel, dass sie auch ihm so etwas zutraute. Sie ist eben ein gebranntes Kind, sagte er sich.

„Ich meine es wirklich ernst", versicherte er ihr. „Du kannst mir glauben, dass ich den Wert von Büchern sehr hoch schätze. Als Kind habe ich alles gelesen, was mir in die Finger gekommen ist. Ich würde dir niemals verbieten, dich weiterzubilden." Er deutete mit der Hand auf ein Fenster im Obergeschoss: „Dort oben habe ich eine Bibliothek. Du kannst sie benutzen, wann immer du willst."

Hira presste die Lippen zusammen und nickte eifrig. „Danke ... du bist ein lieber Mann." Es war das erste Mal, dass sie ihm so etwas sagte.

Erleichtert richtete Marc sich wieder auf. Als er ihr seine Hand anbot, zögerte Hira nur für den Bruchteil einer Sekunde, bevor sie ihre schmale Hand in seine legte und sich aufhelfen ließ. Sie trug ein ärmelloses, leicht ausgeschnittenes T-Shirt, sodass Marcs Blick zwangsläufig ihren anmutigen Nacken streifte. Da sie ein wenig schwitzte, glänzte ihre bronzefarbene Haut noch verführerischer.

Sogleich überkam Marc wieder heftiges Verlangen, und er wandte sich schnell Hiras Gesicht zu. Aber auch das half ihm kaum, denn der Anblick war nicht weniger verführerisch. Volle rote Lippen, hohe Wangenknochen und bernsteinfarbene Augen, die an eine exotische Katze erinnerten. Alles an ihr war perfekt.

„Du bist wunderschön", gestand Marc ihr spontan.

Hira verzog den Mund zu einem knappen Lächeln und ließ seine Hand los. „Ja, das sagen mir die Leute immer." Es klang überhaupt nicht eingebildet, sondern eher bekümmert.

Da legte Marc seinen Arm behutsam um ihre Taille. „Und das gefällt dir nicht?"

Hira schaute ihn mit ihren großen, glänzenden Augen an. „Ich bin mehr als nur ein Gesicht und ein attraktiver Körper. Ich bin Hira. Aber die Leute interessieren sich gar nicht für meine Persönlichkeit. Bitte, lass mich, ich bin müde."

Nachdem er sie losgelassen hatte, hob sie eigensinnig ihren Koffer wieder auf und ließ sich von Marc ins Haus führen. Dabei umschmeichelte ihn der blumige Duft ihres Parfüms, vermischt mit ihrer eigenen verlockenden Note.

Während Marc die restlichen Gepäckstücke hineintrug, fragte er sich, ob Hira ihn auch zu „den Leuten" zählte und ob sie damit recht hatte. Er hatte ihr ja auch nicht abgenommen, dass sie sich für Wirtschaftswissenschaften interessierte, und war erstaunt über ihre vielen Bücher, die sie wie einen Schatz hütete.

Oder führte ihn seine schöne verwöhnte Prinzessin nur an der Nase herum, spielte ihre Spielchen mit ihm?

Je länger er darüber nachdachte, desto ratloser wurde er. In der Hochzeitsnacht hatte sie ihm die kalte Schulter gezeigt, im Flugzeug war sie verängstigt und anlehnungsbedürftig gewesen, und gerade hatte er sie als verletzliche und sensible junge Frau kennengelernt. Wer aber war die echte Hira? Marc war noch zu keinem Ergebnis gekommen. Voreilige Schlüsse zu ziehen war nicht seine Art, sonst hätte er es wohl im Leben auch nicht so weit gebracht.

Dennoch hatte er sich auf den ersten Blick in diese wunderschöne Frau verliebt, hatte sie geheiratet, ohne sie näher zu kennen.

Aber ging es ihm wirklich um Hiras Persönlichkeit? Oder wollte er mit seiner Eroberung nur vor der ganzen Welt prahlen? *Will ich als armer Junge aus dem Bayou, der es zu Geld und Ansehen gebracht hat, andere Männer bloß vor Neid erblassen lassen, weil ich so eine wunderschöne Frau, von der andere nur träumen, mein Eigen nenne?*

Mein Eigen ... Plötzlich lief ihm ein kalter Schauer über den Rücken. *Kein Mensch gehört einem anderen.* War er schon so weit gesunken wie die reichen Männer, die er verachtete, weil sie sich mit jungen, schönen Frauen wie mit Kunstwerken umgaben?

Nein, dachte er, nein. Er war nicht wie sie. Wenn er Hira nur geheiratet hätte, um mit ihr zu prahlen, würde ihn das alles nicht so mitnehmen. Vielleicht bin ich ein bisschen arrogant, gestand er sich ein, aber das kommt wohl daher, dass ich früher wie ein Nichts behandelt worden bin. Und er selbst wollte das keinem anderen Menschen antun.

Auch nicht der schönen Eisprinzessin, die er geheiratet hatte.

3. Kapitel

Beim Dinner, das Marc von einem Restaurant anliefern ließ, kam kaum eine Unterhaltung mit Hira auf. Sie hatten gerade gegessen, als er einen Anruf von seiner Jugendfreundin Nicole bekam.

„Das Gespräch kann länger dauern", warnte er Hira. „Nic braucht meinen Rat in einer Vertragsangelegenheit." Weil Nicole sich hundertprozentig auf ihren alten Freund verließ, hatte sie Marc eigentlich gebeten, mit ihr nach New York zu fliegen.

Doch das kam für ihn jetzt überhaupt nicht infrage. Er würde Hira nicht allein lassen, um einer anderen Frau einen Gefallen zu tun. Denn das wäre Gift für seine Ehe, die bisher nur auf dem Papier besiegelt war. Dabei sehnte sich der einsame Junge in Marc doch so danach, mit seiner wunderschönen Prinzessin glücklich zu werden.

Hira ihrerseits konnte ja nicht ahnen, dass Nicole wie eine Schwester für ihn war. Nach dem, was sie bei ihren Eltern beobachtet hatte, musste es so aussehen, als sei Nicole Marcs Geliebte. Das war auch Marc völlig klar.

Äußerlich ließ Hira sich jedoch nichts anmerken. „Mach, was du für richtig hältst." Obwohl er beim Abendessen versucht hatte ihr näherzukommen, blieb sie sehr abweisend. Es schien fast so, als bedauerte sie, dass sie sich am Nachmittag vor der Haustür so verletzlich gezeigt hatte.

„Du hast Nic wahrscheinlich schon mal in einer Anzeige für *Xanadu Cosmetics* gesehen", erklärte Marc und wunderte sich insgeheim, dass seine Frau so kühl reagierte. *Nun sei schon eifersüchtig. Kämpf um deinen Ehemann, und zeig mir, dass dir unsere Ehe etwas wert ist.*

„Sie ist sehr hübsch." Das war Hiras einziger Kommentar.

Unglaublich, sie bleibt kalt wie Eis, ging es Marc durch den Kopf. Gleichzeitig war er wütend auf sich selbst, dass er etwas anderes erwartet hatte.

Leise fluchend, ging er aus dem Zimmer. „Vielleicht hätte ich Nic heiraten sollen!"

Die Worte waren eigentlich nicht für Hira bestimmt. Er hatte es mehr zu sich selbst gesagt.

Hira war diese Bemerkung jedoch nicht entgangen. Marcs Worte waren wie scharfe Klingen, die ihr Herz durchbohrten. Der Schmerz war so entsetzlich, dass sie im ersten Moment kaum Luft bekam.

Sie saß nur wie versteinert da, während Marc in seinem angrenzenden Arbeitszimmer telefonierte. Er hatte die Tür zum Esszimmer einen Spalt offen gelassen, sodass Hira zwar nicht verstehen konnte, was er sagte, aber seine tiefe Stimme vernahm.

Zwischendurch hörte sie ihn auch immer wieder amüsiert lachen.

Um ruhig zu bleiben, klammerte sie sich mit den Händen an den Armlehnen ihres Stuhls fest und zwang sich, tief ein- und auszuatmen. Im Grunde fühlte sie sich von Marc verraten. Sie wusste selbst nicht warum, aber eine solche Grausamkeit hatte sie nicht von ihm erwartet. Er ging sonst doch immer so sanft mit ihr um. Vor allem im Flugzeug hatte er sich sehr verständnisvoll gezeigt und ebenso am Nachmittag bei der Szene mit dem Koffer. Ich hätte ihm schon fast vertraut, dachte sie verzweifelt.

Es war ihr nur etwas zu schnell gegangen, deswegen war sie kühl und reserviert geblieben. Vor ein paar Minuten jedoch, beim Abendessen, hätte sie Marc am liebsten zugelächelt, weil er so nett zu ihr war. Aber sie hatte immer wieder an die Ehe ihrer Eltern denken müssen, an ihren tyrannischen Vater und ihre gedemütigte Mutter. Sonst hätte sie sich Marc längst geöffnet.

Wie gut, dass ich ihm nicht vertraut habe, ging es Hira durch den Kopf. Sie fühlte sich furchtbar alleingelassen und einsam. Schließlich fand sie die Kraft aufzustehen, um sich von ihrem Kummer abzulenken.

Aber sie verstand sich selbst nicht mehr. Von Kindheit an war sie gewohnt, von ihrem Vater unterdrückt und gedemütigt zu werden. Deshalb hatte sie sich einen Panzer zugelegt, der sie vor Enttäuschungen schützen sollte. Dennoch schmerzte sie Marcs Verhalten zutiefst.

Sie wollte sich aber nicht auf ihr Zimmer zurückziehen, denn sie war lange genug im Haus ihres Vaters eingeschlossen gewesen. So sollte es hier nicht weitergehen.

Dann fiel ihr Blick auf das schmutzige Geschirr auf dem Esstisch. Froh, etwas zu tun zu haben, trug sie es in die Küche und begann mit dem Abwasch.

Kurz darauf sah sie Marc in die Küche kommen. Aha, er ist wohl fertig mit seiner Nic, dachte sie bitter. Seine Worte gingen ihr wieder durch den Kopf: *Vielleicht hätte ich Nic heiraten sollen.*

Am liebsten hätte Hira etwas nach ihm geworfen und ihn angeschrien, warum er seine Nic nicht geheiratet hatte. *Warum hat er ausgerechnet mich aus der Wüste hierhergebracht, wenn er mich gar nicht will?*

Doch kein Wort davon kam über ihre Lippen. Sie hatte zu Hause viel zu schlechte Erfahrungen gemacht, wenn sie ihre Meinung sagte. Das hatte oft eine harte Bestrafung nach sich gezogen.

Aber all das hatte sie nicht gebrochen, sondern nur sehr, sehr vorsichtig werden lassen. Sie überlegte sich stets gut, wem sie sich anvertraute. Manchmal drohte Verrat gerade von den Menschen, die ihr nahestanden.

Marc war verwundert, seine Prinzessin abwaschen zu sehen, zumal es natürlich auch eine Geschirrspülmaschine in der Küche gab. Aber die musste sie wohl übersehen haben.

Er erwähnte nichts davon, sondern nahm ein Tuch, um das gespülte Geschirr abzutrocknen.

Hira schaute ihn erstaunt über die Schulter an. „Du machst Frauenarbeit?"

Er konnte sich ein Lächeln nicht verkneifen. „*Chérie*, ich habe als Junge in einem Restaurant als Topfspüler gearbeitet."

Sie schien darüber nachzudenken. Auf jeden Fall sagte sie nichts mehr, bis sie mit dem Abwasch fertig war. Obwohl der Abend bisher nicht besonders harmonisch verlaufen war, hatte Marc doch gehofft, mit ihr noch gemütlich einen Kaffee trinken zu können. Aber sie wollte gleich danach hinauf in ihr Schlafzimmer gehen.

„Hey." Sanft hielt er sie am Arm zurück. „Wir müssen reden." Er wusste selbst nicht, worüber er mit ihr sprechen wollte. Er wusste nur, dass es wichtig war. Sie konnten doch nicht so weitermachen, als wären sie zwei Fremde, die man nach einem Gelöbnis zusammen in eine Zelle gesperrt hatte.

„Warum? Verlangst du, dass ich zu dir ins Bett komme?" Ihre Stimme strahlte geradezu arktische Kälte aus, und von ihrer Treppenstufe blickte Hira wie auf einen Sklaven auf Marc herab.

Ärgerlich ließ er ihren Arm los. „Zum Teufel, ich werde doch keine Frau in mein Bett zwingen."

„Dann wirst du niemals mit mir schlafen." Sie hatte ihre kleinen Hände zu Fäusten geballt und die Lippen fest aufeinandergepresst. Es war das erste Mal seit der Szene auf der Veranda, dass Hira überhaupt Gefühl zeigte.

Marc bemerkte es in seiner Wut jedoch gar nicht. „Bin ich etwa nicht gut genug für dich, Prinzessin? Habe ich immer noch nicht genug Geld, damit du meine Herkunft vergessen kannst?"

Hira hatte mit finsterer Miene zugehört. „Ich verstehe nicht, was du meinst. Aber es hat mich tief getroffen, als du gerade gesagt hast, du hättest lieber Nic heiraten sollen. Ich möchte nicht mit einem Mann zusammen sein, der mir nur wehtun will."

Ihre rührend offenen Worte ließen Marcs Wut schnell abkühlen. „Verdammt, es tut mir leid." Er griff nach ihrer linken Hand und zog Hira die Stufen zu sich herunter. „Das war nicht für deine Ohren bestimmt, und ich habe es doch auch nur aus Ärger so dahingesagt. Nic ist wie eine kleine Schwester für mich."

„Entschuldigst du dich etwa bei mir?" Hira machte vor Erstaunen große Augen.

„Ja, denn ich habe mich sehr schlecht benommen. Dafür möchte ich mich in aller Form bei dir entschuldigen, Prinzessin."

„Ich ... In Ordnung." Sie schaute ihn an, als ob sie es immer noch nicht glauben könne. Es war auch keine Kälte mehr in ihrem Blick, sondern ihre Augen glänzten warm. Marc musste wieder an den Abend denken, als er Hira zum ersten Mal gesehen hatte.

„Was hast du, Chérie?", fragte er fast zärtlich und strich ihr eine Haarsträhne aus dem Gesicht.

Sie wehrte ihn nicht ab. „Mein Vater hat sich niemals entschuldigt", erklärte sie. „Er pflegte zu sagen, ein Ehemann sei immer im Recht."

Er hob die rechte Braue. „Sollte er damit unrecht haben?" Um der

Versuchung zu widerstehen, Hira über die Wange zu streicheln, steckte er seine Hände schnell in die Hosentaschen. Irgendwie ahnte er, dass für eine zärtliche Geste jetzt nicht der richtige Augenblick war.

„Mein Vater ist der Meinung, dass er nie Fehler macht."

„Das hört sich ziemlich nach Rechthaberei an." Marc nahm seine Hände wieder aus den Taschen und rieb sich mit der rechten den Nacken. „Dann macht es ja auch gar keinen Spaß zu streiten, nicht wahr?"

Verständnislos runzelte sie die Stirn. „Wieso kann Streiten denn überhaupt Spaß machen?"

Um Marcs Mundwinkel zuckte ein Lächeln. Er ergriff ihre Hand und beugte sich vor. „Weil du dann auch mal klein beigeben müsstest, Prinzessin", antwortete er mit seiner tiefen Stimme. Ganz der Verführer, kam er ihr dabei bewusst so nahe, dass sie seinen Atem spüren konnte. Nur noch ein paar Millimeter trennten seine Lippen von ihren.

In dem Moment, als er Hiras wunderbar sinnlichen Duft einsog, war es um ihn geschehen. Er konnte sich nicht länger beherrschen und hauchte einen Kuss auf ihre Wange.

In panischer Angst riss Hira die Augen auf und entzog ihm ihre Hand. Ehe Marc überhaupt reagieren konnte, hatte sie sich schon umgedreht und flüchtete vor ihm nach oben. Er stand nur ratlos da und schaute ihr nach. Mit jeder Treppenstufe, die sie hinauflief, schwand für ihn ein Stück Hoffnung.

Dann riss er sich zusammen. Nur nicht sentimental werden, sagte er sich, was habe ich denn erwartet? Wieso sollte gerade diese Wüstenrose von ihm so beeindruckt sein, dass sie ihn mit offenen Armen empfing, obwohl sie ihn kaum kannte. Daran änderte auch eine Heiratsurkunde nichts.

Marc wollte es zwar nicht wahrhaben, aber es tat verdammt weh. Einsam und mit verwundetem Herzen stieg er nach einer Weile selbst die Treppe hinauf. Als er schließlich in seinem Bett lag, kam es ihm noch kälter vor als sonst.

In dieser Nacht konnte Hira einfach keinen Schlaf finden. Sie wusste auch, wer daran schuld war. Es war Marc, ihr Ehemann.

Eigentlich verwunderte es sie nicht, dass er sie begehrte, denn das ging den meisten Männern so. Sie war jedoch keineswegs stolz darauf. Im Gegenteil, es verletzte sie, dass alle nur von ihrem Körper und ihrem Gesicht entzückt waren. Kein einziger interessierte sich dafür, was sie wirklich dachte. Sie fragte sich immer wieder, ob der Mann, den sie geheiratet hatte, genauso war.

Er nannte sie Prinzessin, weil er ihr wahrscheinlich weder Selbstständigkeit noch Intelligenz zutraute. Sie interessierte ihn einzig und allein als Bettgespielin. Aber Hira wollte sich auf keinen Fall mit diesen jungen amerikanischen Frauen vergleichen, die nur wegen des Geldes reiche Männer heirateten.

Obwohl Hiras Stolz sich dagegen wehrte, kamen ihr die Tränen. Sie wischte sie jedoch schnell wieder fort. Hatte sie im Laufe der Jahre nicht gelernt, hart zu werden und nichts mehr zu fühlen?

Dennoch konnte sie nicht einschlafen und entschloss sich aufzustehen. Sie schlüpfte in ihren champagnerfarbenen Morgenmantel, der auf dem Rücken mit einer großen roten Rose bestickt war, und schlich die Treppe hinunter. In der Küche wollte sie sich einen heißen Kakao machen, weil sie gelesen hatte, dass Schokolade gegen Unglücklichsein half. Solch süßen Trost brauchte Hira jetzt dringend.

Marc, der ebenfalls wach lag, hörte Hiras Tür gehen. Er wunderte sich, warum seine Frau mitten in der Nacht im Haus herumwandern wollte. Ihn selbst ließ sein erregter Körper keine Ruhe finden, aber solche Probleme konnte Hira nicht haben. Sie war am Abend vor Marc geflüchtet, als wäre er ein grässliches Ungeheuer, das sie verschlingen wollte.

Murrend stand er auf, zog sich nur seine graue Jogginghose über und ging die Treppe hinunter. Ihm kam schon der Gedanke, dass er Hira erschrecken könnte, weil sein nackter Oberkörper mit Narben übersät war. Aber das war ihm im Moment egal. Besser ich finde gleich heraus, ob sie meinen Anblick ertragen kann oder nicht, sagte er sich.

Als er in die Küche kam, nahm Hira gerade eine Dose Kakaopulver aus dem Vorratsschrank. Marc sah wie gebannt auf ihr dichtes langes Haar, das ihr schwarz und glänzend über die Schultern fiel.

Wie wunderschön sie ist, ging es ihm spontan durch den Kopf. Wenn ich nur wüsste, wie es bei ihr mit der Schönheit des Herzens steht. Aber falls das eine dem anderen nur in etwa gleichkäme, hatte er noch Hoffnung für seine Ehe.

Er lächelte ihr zu. „Hast du etwa Hunger?"

„Nein, ich konnte nur nicht schlafen."

„Ich auch nicht." Jetzt stellte er sich bewusst so vor Hira hin, dass sie ihn näher ansehen musste. Wie würde sie spontan reagieren, wenn sie seine Narben entdeckte?

Sie richtete den Blick jedoch ausschließlich auf sein Gesicht. „Möchtest du auch einen Kakao?" Nachdem sie die Dose abgestellt hatte, öffnete sie den Kühlschrank. „Da ist ja gar keine Milch drin", bemerkte sie nach einigem Suchen ein bisschen vorwurfsvoll.

Bedauernd zuckte Marc die Schultern. „Morgen werden wir alles einkaufen gehen, was du noch möchtest."

„Aber ich hätte jetzt so gern eine heiße Schokolade getrunken."

„Manchmal muss man eben etwas länger warten, bis man bekommt, was man will. Das hat noch keinem geschadet", tröstete er sie. In Gedanken fügte er hinzu: *Wenn das mein Körper nur auch akzeptieren würde, dann wäre uns beiden wohler.*

Hira warf den Kopf kokett in den Nacken und wiegte die Hüfte, während sie um Marc herumging. Ihre natürliche Anmut weckte von Neuem den Verführer in ihm. Er musste einfach ihren Oberarm fassen, der sich unter dem Seidenstoff angenehm warm anfühlte.

Sogleich herrschte Hira ihn an: „Lass mich los."

„Warum?", fragte Marc lächelnd. Eine leichte Röte war in ihre Wangen gestiegen, und ihre Augen glänzten.

„Weil ich das, was du willst, nicht tun möchte. Du hast mir versprochen, mich nicht zu zwingen."

„Davon kann auch keine Rede sein. Aber was hältst du davon, wenn du dich verführen lässt?" Er sagte es mit rauer Stimme und bemühte sich erst gar nicht, sein Verlangen zu verbergen. Er fühlte sich so stark zu ihr hingezogen, dass er überzeugt war, es könne gar nicht einseitig sein. Zumindest hoffte Marc, dass ein Funke seiner Leidenschaft auf seine Frau übersprang.

Hira blieb äußerlich jedoch kühl. „Ich würde mich niemals von dir überreden lassen, freiwillig etwas zu tun, was mir zuwider ist.

Wenn du dennoch darauf bestehst, bist du nicht mehr als ein brünstiger Stier für mich." Ihre Worte trafen ihn wie Dolche, die sich in sein Herz bohrten.

Marc hätte nie gedacht, dass Worte ihn so unglaublich tief verletzen könnten. Er ließ Hiras Arm los und wandte sich abrupt von ihr ab. Wenigstens wusste er jetzt, dass diese in aller Eile geschlossene Ehe keine Chance zum Überleben hatte. Warum hatte er sich nur solche Illusionen gemacht? Der Traum war endgültig aus. „Gute Nacht, Prinzessin."

Hira blickte ihm ratlos nach. Ihr war schlagartig klar geworden, dass sie Marc sehr verletzt hatte. Dabei hatte sie in ihrem Leben noch nie jemandem absichtlich wehgetan. Ihr schlechtes Gewissen riet ihr, sich zu entschuldigen, aber zum anderen fühlte sie sich auch von Marc herausgefordert. Auf jeden Fall war sie furchtbar verwirrt und verunsichert.

Sie hatte nämlich erkannt, dass ihr Ehemann ihr überhaupt nicht zuwider war. Obwohl sie ihn auf Distanz halten wollte, machte es ihr nichts aus, wenn er ihr körperlich nahe kam. Sie musste sich eingestehen, dass sie seine Nähe sogar genoss. Komisch, so ist es mir mit Romaz nie gegangen, dachte sie, dabei war ich davon überzeugt, ihn zu lieben.

Das Chaos der Gefühle, das über sie hereinbrach, war einfach zu viel für Hira. Sie wusste keinen anderen Ausweg, als wieder in ihr Zimmer zu flüchten.

Auch dort fand sie keine Ruhe. Denn es ging ihr nicht aus dem Kopf, wie sehr Marcs körperliche Nähe sie beeindruckt hatte. Ihr war richtig heiß geworden, als sie ihn mit nacktem Oberkörper gesehen hatte.

Dass so etwas passieren konnte, davon hatte ihre Mutter nie gesprochen. Sie hatte Hira nur beruhigt, dass Marc keinen gewalttätigen Eindruck mache und sicher sanft zu ihr sei.

Was Sex bedeutete, wusste Hira schon seit geraumer Zeit. Sie hatte jedoch noch keine eigenen Erfahrungen gemacht. Selbst Romaz, ihrer ersten großen Liebe, hatte sie keinerlei Intimitäten erlaubt, und das war ihr nicht einmal schwergefallen.

Es fiel mir ganz leicht, Nein zu sagen, wenn Romaz mich verführen wollte. Allzu leicht.

Herz und Verstand sagten Hira, dass sie es nicht länger verdrängen sollte. Sie hatte Romaz niemals wirklich geliebt, sondern nur davon geträumt, dass er sie aus der Enge ihres Elternhauses befreien würde. *Wenn ich ihn leidenschaftlich geliebt hätte, wäre es mir doch nicht so leichtgefallen, seine Zärtlichkeiten abzuwehren.*

Als sie Marc kennenlernte, hatte er sie vom ersten Tag an wesentlich mehr beeindruckt. Ihr Ehemann hatte hundertmal mehr ausgestrahlt als Romaz, und sie fühlte sich stark zu ihm hingezogen.

All das wurde Hira erst jetzt klar, denn zu Hause in Zulheil hatte sie wie im Kloster gelebt. Ihr fehlte jede Erfahrung mit dem anderen Geschlecht, weil sie bis auf Romaz kaum Kontakt zu fremden Männern gehabt hatte. Kein Wunder, dass sie als frischgebackene Ehefrau verunsichert war. Marc begehrte sie sehr, wollte sie jedoch zu nichts zwingen.

Auf einmal erkannte sie, dass es auch auf sie ankam, wenn sie eine glückliche Ehe mit Marc führen wollte. Sie beide durften nicht länger wie zwei Fremde im gleichen Haus leben. Hira musste ihre Schüchternheit überwinden und auf ihn zugehen. Nach ihrem Streit würde Marc von sich aus nichts mehr unternehmen, dafür war er zu stolz.

Doch am gestrigen Abend war der Funke auch bei ihr richtig übergesprungen. Sie fand ihren Ehemann wirklich aufregend attraktiv und sexy. Am liebsten hätte sie ihre Hände auf seine breiten Schultern gelegt, hätte zärtlich über die Narben auf seiner Brust gestrichen. Solche Wünsche hatte Hira bisher nie gekannt. Aber noch mehr befremdete sie der Wunsch, sich an seinen muskulösen Körper zu pressen.

Sie konnte sich auch kaum vorstellen, was passieren würde, wenn Marc auf ihre Zärtlichkeiten einginge. Darum hatte ihr eigenes Verlangen sie so sehr verunsichert, dass sie ihn gestern Abend zurückgestoßen hatte, obwohl er der erste Mann war, den sie wirklich begehrte.

Ich habe mich unmöglich benommen, ging es Hira immer wieder durch den Kopf. Was sollte jetzt aus ihrer Ehe werden? Sie wollte alles versuchen, um zu retten, was noch zu retten war.

Aber das war leichter gesagt als getan. Sie hatte keine Erfahrung mit stolzen Männern wie Marc, und sie hatte auch noch niemals einen Mann verführt.

Es dauerte eine Ewigkeit, bis sie endlich einschlief. Sie träumte von einem Jäger mit nebelgrauen Augen, der zu ihrem leidenschaftlichen Liebhaber wurde. Dieser Mann verlangte, dass sie sich ihm vorbehaltlos öffnete, aber er gab ihr auch unendlich viel zurück. Sie lag auf seidenen Kissen neben ihm, und alles in ihr sehnte sich danach, das unbekannte Land der Liebe zu entdecken.

4. Kapitel

Am nächsten Morgen beobachtete Hira ihren Mann vom Küchenfenster aus, wie er im Hof Holz hackte. Seit sie aufgestanden und heruntergekommen war, hatte er sie nicht beachtet. Wahrscheinlich arbeitete er auch jetzt nur draußen, um nicht mit ihr zusammen im Haus sein zu müssen.

Das machte Hira jedoch nichts aus. Dann würde sie eben zu ihm gehen. Er hätte sich nicht diese enge BlueJeans anziehen dürfen, wenn er mich auf Distanz halten will, dachte sie. Richtig sexy sieht er aus mit nacktem Oberkörper. Welche Frau könnte der Versuchung widerstehen, da näher hinzuschauen?

Nach Hiras Erfahrung blieb es nicht allein beim Hinschauen. So wie gestern Abend, als Marc, nur mit grauer Jogginghose bekleidet, vor ihr stand, wünschte sie sich auch jetzt wieder, seinen muskulösen Körper zu berühren.

Sie hatte sich noch nicht an den Gedanken gewöhnt, dass sie ihren Ehemann begehrte. Aber heute Morgen wurde ihr bei seinem Anblick bewusst, wie gut er gebaut war, und sie bewunderte das Spiel seiner Muskeln bei der schweren Arbeit. Allein die Tatsache, dass Marc diese ungeheure Kraft hatte, faszinierte Hira. Wie aufregend wäre es erst, seinen Körper nach Herzenslust zu erkunden!

Zu ihrem eigenen Erstaunen stellte sie fest, dass ihr ganz heiß wurde, wenn sie sich vorstellte, ihrer Neugier dabei freien Lauf zu lassen. Ihre Mutter hatte sie zwar darüber aufgeklärt, was im Ehebett vorging. Aber dass einer Frau heiß wurde, wenn sie nur an so etwas dachte, hatte sie nicht erwähnt. Was ist das für ein prickelndes Gefühl im Nabel, fragte sich Hira verwirrt, oder ist es weiter unten? Es war ihr etwas peinlich, aber sie fand das Gefühl herrlich.

Von draußen hörte sie Marc unentwegt weiter Holz hacken. Die Heftigkeit, mit der er die Axt in die Stämme hieb, ließ sie erahnen, wie wütend er war. Offensichtlich will er sich auf diese Weise abreagieren, dachte Hira erleichtert. Wenigstens macht er es nicht wie Vater, der seine Wut immer an Mutter auslässt.

Dann ging ihr noch etwas anderes durch den Kopf. *Wenn Marc wegen gestern Abend so ärgerlich ist, bin ich ihm also doch nicht gleichgültig.*

Je länger Hira darüber nachdachte, desto zuversichtlicher wurde sie, und in ihrem Herzen keimte Hoffnung auf. Ein Mann, der so heftig reagierte, der könnte vielleicht auch Zärtlichkeit, Zuneigung, ja Liebe mit der gleichen Leidenschaft für sie empfinden. Sie wünschte sich nichts sehnlicher, als dass Marc sich für sie als Person und nicht nur für ihr attraktives Gesicht und ihren Körper interessierte.

Auf einmal war sie sich sicher, dass sie sich nicht von ihrem temperamentvollen amerikanischen Ehemann trennen wollte, sondern ihm eine Chance geben musste.

Hira straffte die Schultern und atmete tief durch. Der Saum ihres langen Rocks streifte ihre schlanken Fesseln.

Im Haus trug sie nämlich bis auf einige Ausnahmen ihre traditionelle orientalische Kleidung. So hatte sie heute Morgen ein knappes Top aus pinkfarbener Seide mit Puffärmelchen angezogen. Es umhüllte effektvoll ihre Brüste, ließ jedoch die Haut darunter und größtenteils auch die Arme unbedeckt. Der Rock saß tief auf der Hüfte, sodass auch Taille und Nabel frei blieben.

Zu Hause hätte Hiras Vater ihr diese Freizügigkeit niemals erlaubt. Ein junges Mädchen durfte sich seiner Meinung nach nicht so gewagt anziehen, und in diesem Punkt hätte Hira ihm sogar recht gegeben. Das Outfit war viel zu sexy für ein junges Mädchen oder um in der Öffentlichkeit getragen zu werden. Aber für eine Frau, die allein mit ihrem Mann war ...

Rock und Top gehörten zu den Stücken, die der Schneider in letzter Minute vor der Hochzeit für die Braut angefertigt hatte. Hira hätte niemals gedacht, dieses äußerst aufreizende Ensemble, das wie zum Verführen gemacht war, so bald zu tragen.

Seufzend überlegte sie, ob es nicht voreilig war, sich gerade heute Marc darin zu zeigen. *Andererseits habe ich keine Zeit zu verlieren*, sagte sie sich, *wenn so viel auf dem Spiel steht*. Ihre Ehe mit Marc wollte sie auf keinen Fall scheitern lassen.

Also entschied sie sich, gleich so, wie sie war, zu ihm zu gehen. Barfuß und mit vor Aufregung trockenem Mund überquerte sie den gepflasterten Hof hinterm Haus. Marc hackte weiter Holz, obwohl er sie kommen sehen musste. Hira blieb in sicherer Entfernung stehen und rief: „Hallo, Marc, lieber Mann!"

Als er nicht reagierte, sondern fortfuhr, die Axt zu schwingen, ging sie trotz der umherfliegenden Holzsplitter weiter auf ihn zu. Da hielt er inne, so wie sie es erwartet hatte, denn sie wusste, dass er sie niemals in Gefahr bringen würde. „Was soll das?", fragte Marc, ohne seine Wut zu verbergen. „Bist du gekommen, um deinem Ehemann vorzuführen, wie schön du bist, und ihn zu quälen?"

Hira biss sich auf ihre nervös zitternde Unterlippe und musste insgeheim zugeben, dass sie die harten Worte verdiente, weil sie sich am vergangenen Abend so gemein benommen hatte. Im Grunde hatte sie jedoch nur Angst gehabt. „Ich bin hier, um etwas richtigzustellen. Du sollst die Wahrheit erfahren."

„Nur zu." Marc fuhr sich mit der Hand durch das schweißnasse Haar und lächelte zynisch. „Da bin ich aber gespannt."

Leicht machte er es ihr wirklich nicht, aber Hira riss sich zusammen. „Du bist mir überhaupt nicht zuwider, wenn du mir nahe kommst, und du bist für mich auch kein Tier."

Marc verhielt sich anders, als sie erwartet hatte. Die meisten Männer hätten nun die Gelegenheit genutzt, um sie auf der Stelle zu erobern. Aber er schien weit mehr als nur Hiras schönen Körper zu wollen.

Aus zusammengekniffenen Augen schaute er sie an. „Was für ein Spiel spielst du eigentlich mit mir?", rief er aufgebracht. „Ich habe doch selbst gemerkt, dass du vor mir zurückgeschreckt bist."

Das reichte Hira. „Ich hatte Angst!" Sie kreuzte die Arme wie zur Verteidigung vor der Brust. „Ich wollte dem guten Ruf unserer Familie nicht schaden."

„Das verstehe ich nicht. Wieso hattest du Angst?", fragte Marc barsch.

„Begreifst du denn nicht? Ich bin noch Jungfrau", antwortete sie ebenso barsch. „Meine Mutter sagte mir, wenn ich einen sanften Mann heirate, würde er schon darauf Rücksicht nehmen. Aber du bist nicht sanft, sondern ungeduldig und schreist mich an."

In diesem Moment hatte Marc das Gefühl, seine eigene Axt würde ihm einen Schlag auf den Hinterkopf versetzen. Er verstand jetzt, was Hira meinte, konnte es aber kaum glauben. Wie sie so schmollend vor ihm stand, wirkte sie auf ihn unbeschreiblich verführerisch. Ja, sie sah so verdammt sexy aus, dass er sich beherrschen musste, die Finger von ihr zu lassen. Und Hira wollte ihn glauben machen, dass sie noch unschuldig war. Er schaute sie prüfend an. „Du hattest doch schon einen Freund."

„Romaz war nicht mit mir verheiratet." Sie seufzte tief. „Du musst noch etwas wissen." Verlegen rang sie die Hände, aber sie wich Marcs Blick nicht aus.

„Was muss ich wissen?"

„Ich habe für ihn nicht das Gleiche empfunden wie für dich. Ich meine, ich hatte kein ... Verlangen nach ihm."

Marc traute seinen Ohren nicht. „Du meinst, ich mache dich an?"

„Ich bin kein Feuer, das man anmacht." Hira runzelte die Stirn.

„Aber du willst mit mir schlafen?" Er konnte es immer noch nicht fassen.

„Genau das habe ich doch gerade schon versucht, dir zu sagen", erklärte sie ungeduldig. „Hast du etwa kein Verlangen mehr nach mir?"

Als ob sie mein Verlangen nicht längst bemerkt hätte, ging es Marc durch den Kopf. Aber dann musste er einräumen, dass Hiras Blick nicht eine Sekunde unter seine Gürtellinie wanderte. War sie wirklich so unschuldig, wie sie tat, oder führte seine schöne Prinzessin ihn an der Nase herum?

Schließlich trat er näher zu ihr. Da stieg eine sanfte Röte in ihre Wangen, aber diesmal wich Hira nicht vor ihm zurück. „Du willst mich doch gar nicht." Marcs Stimme klang bitter. Kein Wunder, denn er argwöhnte, dass seine frischgebackene Ehefrau sich über ihn lustig machen wollte. Aber er war in dieser Hinsicht ein gebranntes Kind und würde sich das nicht bieten lassen.

Die Erinnerung an Lydia Barnsworthy, Tochter von Trevor Barnsworthy III., stieg in ihm auf. Marc würde niemals vergessen können, wie sie ihn gedemütigt hatte. Er war gut genug gewesen, ihren Wagen zu waschen, den Rasen zu mähen und manches andere für sie zu erledigen.

Damals, im letzten Jahr auf der Highschool, hatten die beiden einen heißen Sommerflirt, und als Marc sie zum Abschlussball einlud, hatte sie ihm zugesagt. Für sein hart verdientes Geld lieh er sich einen Smoking und kaufte ihr ein sündhaft teures Blumengesteck. Aber als er sie in der Villa ihrer Eltern abholen wollte, kam nur das Mädchen an die Tür, um ihm Lydias Botschaft zu übergeben. ‚Das war doch alles nur Spaß, tut mir leid. Wie konntest du nur denken, dass ich mit dir zum Abschlussball gehen würde?'

Schäumend vor Wut, war er allein zum Ball gegangen. Dort hatte er Lydia im Arm des Baseball-Stars der Schule gesehen, und sie hatte nur ein höhnisches Lachen für Marc übriggehabt.

Dabei hatte er es selbst auch ins Baseball-Team der Schule geschafft. Er spielte jedoch nicht aus Begeisterung, sondern nur, weil er dann eher ein Stipendium fürs Studium bekam. Aber offensichtlich genügte es nicht, gut in der Schule und beim Sport zu sein, um bei Lydia Barnsworthy anzukommen. Man musste auch Geld haben und aus einer angesehenen Familie stammen. Eine bittere Erfahrung für einen Schüler, der aus kleinsten Verhältnissen kam.

An jenem Abend hatte er keine Szene gemacht, so wie Lydia es sich wohl wünschte, sondern er war durch die Enttäuschung reifer geworden. Auf jeden Fall hatte er seine Lektion gelernt: Eine Frau kann noch so schön sein, sie ist nichts wert, wenn sie ein kaltes Herz hat. Marc schien es so, als ob die beiden Eigenschaften meistens zusammenträfen.

Hiras feuriger Blick rief ihn in die Wirklichkeit zurück. Verglichen mit seiner wunderschönen Frau war Lydia nur ein unscheinbares Mauerblümchen.

Aber auch Hiras Schönheit bedeutete Marc nicht mehr alles. Wäre sie die Eisprinzessin geblieben, wie er sie in der Hochzeitsnacht kennengelernt hatte, hätte er sich ganz von ihr zurückgezogen und die Ehe annullieren lassen. Denn er hatte schon genug Kälte in seinem Leben erfahren. Hira ließ ihm jedoch einen Hoffnungsschimmer, vor allem in solchen Augenblicken, in denen sie spontan reagierte und ihre ganze Verletzlichkeit zum Vorschein kam. Dann ahnte er, dass sich unter der Eisschicht eine romantische, warmherzige Frau verbarg.

„Warum sollte ich dich anlügen?", fragte sie jetzt etwas gekränkt, rückte aber dennoch dicht an ihn heran. „Ich bin keine Lügnerin. Zumindest versuche ich immer die Wahrheit zu sagen."

Das sind große Worte, dachte Marc. Er wollte sich nicht davon beeindrucken lassen, sonst konnte er am Ende zu sehr enttäuscht werden, und das würde dem armen Jungen aus dem Bayou das Herz brechen. Aber warum sollte er nicht ausprobieren, wie weit er gehen konnte?

Er legte seine Hände um Hiras nackte Taille. Ihre bronzefarbene Haut fühlte sich warm und samtig an. Diese Frau war für ihn eine einzige Versuchung. Kein Wunder, dass der Jäger in mir zum Vorschein kommt, der schnelle, süße Beute wittert, überlegte er.

Sie erbebte, als sie seine Hände auf sich spürte. „Das ist seltsam."

„Seltsam?"

Ihr Blick wirkte leicht vorwurfsvoll. „Wie kommt es nur, dass mir auch an Stellen heiß wird, wo du mich nicht anfasst?"

Darauf strich ihr Marc mit beiden Händen über den Rücken. Noch bezweifelte er, dass Hira ihn tatsächlich als Mann begehrte. Wenn nicht, sagte er sich, wird mein ungestümes Vorgehen sie sicher bald abschrecken. Davon konnte aber keine Rede sein. Hira legte die Hände auf seine breiten Schultern und schmiegte sich an ihn, den Mund leicht geöffnet.

Auch das überzeugte ihn nicht, zumal er ihr nicht in die Augen schauen konnte. So schwer es ihm auch fiel, er nahm sich vor, auf jeden Fall einen klaren Kopf zu behalten. Sanft ließ er seine Hände von Hiras Bauchnabel nach oben gleiten. Er zögerte nicht und umfasste ihre Brüste.

Sie erzitterte lustvoll. „Lieber Mann, was ... machst du mit mir?" Aber als er die Hände zurückzog, schmiegte sie sich noch ein bisschen fester an ihn.

„Gefällt dir das?", flüsterte er ihr ins Ohr.

Er spürte, wie sie seine Schultern umklammerte. „Ja." Sie klang so sehnsüchtig und ergriffen. Hiras Gefühle mussten echt sein.

Aufreizend strich er über ihre Oberschenkel. „Und wie findest du das?"

Da hob sie den Kopf und sah ihn besorgt an. „Solche Sachen sollten wir nicht im Freien tun."

„Aber es kann uns doch niemand sehen." Mittlerweile glaubte er ihr, dass sie ihn nicht angelogen hatte und wirklich noch unschuldig war. Am liebsten hätte er sie gleich dort im hellen Sonnenlicht unter dem blauen Himmel genommen.

Er war so froh, dass seine Frau seine Zuneigung erwiderte und ihn endlich auch begehrte. Andererseits hatte er ein schlechtes Gewissen, weil er geradezu forsch vorgegangen war. Aber nur, um Hira zu testen, beruhigte er sich, da habe ich ihr noch nicht getraut. Von nun an wollte er umso rücksichtsvoller und zärtlicher zu ihr sein.

„Bitte komm ins Haus", stieß sie hervor.

Für einen Moment spiegelte sich in ihren bernsteinfarbenen Augen eine so tiefe Verletzlichkeit, dass es ihn tief berührte. Heute Morgen beim Aufstehen hatte Marc so etwas noch nicht für möglich gehalten. Seine verwöhnte Prinzessin schien tatsächlich ein Herz zu haben. Was verbarg sich noch alles hinter ihrer entzückenden Fassade?

Auf einmal empfand er eine nie gekannte Zärtlichkeit für sie. „Einverstanden, Chérie."

Danach küsste er sie sanft und kostete ausgiebig von ihren süßen Lippen, ohne dass sie sich dagegen wehrte. Erst als er zärtlich seine Zungenspitze einsetzte, spürte er, wie Hira zögerte. „Du brauchst keine Angst zu haben, Baby", flüsterte er mit rauer Stimme.

Sie zitterte zwar am ganzen Körper, aber sie gehorchte und öffnete den Mund. Am liebsten hätte Marc sie ungestüm an sich gepresst und leidenschaftlich geküsst, aber er konnte sich gerade noch beherrschen. So küsste er sie nur sacht, um ihr Vertrauen zu gewinnen und in ihr Appetit auf mehr zu wecken.

Der Plan ging auf. Als er ihren Mund wieder freigab, hatte sie gerötete Wangen, und in ihren Augen lag ein leidenschaftlicher Glanz. „Gehen wir ins Haus", schlug er zufrieden lächelnd vor. „Ich wollte sowieso unter die Dusche."

„Ich werde dich waschen." Sie sagte es sanft und leise, ihre Worte verloren sich fast im Wind, der über das Bayou strich.

Aber Marc hatte Hiras Worte verstanden. „Wie bitte?" Er fragte sich ernsthaft, ob er nicht noch in seinem Bett lag und einen sehr erotischen Traum hatte. Es war kaum vorstellbar, dass eine Jungfrau wie Hira ihm einen solchen Vorschlag machte.

„In unserem Clan ist es Tradition, dass die Frauen ihren Männern beim Baden behilflich sind." Verlegen biss sie sich auf die Lippe. „Ich fürchte, ich habe meine Pflicht bisher vernachlässigt, weil ich wusste, dass du unsere Sitten nicht kennst."

Und sicher auch, weil du noch Jungfrau bist, ergänzte Marc im Stillen. Er bekam ein richtig schlechtes Gewissen, weil er Hira am vergangenen Abend bedrängt hatte. Sie musste ihm sein Verlangen angesehen haben und furchtbar verängstigt gewesen sein. Wieder überwältigte ihn ein Gefühl unsagbarer Zärtlichkeit, das er zuvor nicht für möglich gehalten hätte.

„Ist es dir auch nicht lästig, diese Pflicht zu erfüllen?" Mit klopfendem Herzen wartete Marc auf ihre Antwort.

Hiras Wangen glühten regelrecht. „Nein", hauchte sie und schlug den Blick nieder. Aber Marc hatte bei seiner Umarmung längst bemerkt, wie sie auf seinen Kuss reagierte. Er hatte ihre harten Brustspitzen gespürt. „Ich möchte dich sehr gern waschen."

„Machen dir meine Narben denn nichts aus?", fragte er schonungslos. Wenn die Wahrheit auch bitter wäre, er wollte sie lieber hören, als sich weiter Illusionen hinzugeben.

Vorsichtig ließ Hira den Finger über eine Narbe auf Marcs Brust gleiten. „In Zulheil gibt es sogar ein Ritual, bei dem die Oberhäupter der Clans sich zu Ehren des Scheichs Wunden beibringen, die vernarben sollen. Die Männer sind auch sehr stolz auf Narben, die sie sich im Kampf zugezogen haben." Sie lächelte und fuhr fort: „Du, lieber Mann, erinnerst mich an unsere tapferen Wüstenkrieger." Dann presste sie zärtlich einen Kuss auf seine Schulter.

Marc lief ein warmer Schauer über den Rücken. „Ja, irgendwie sind es durchaus Narben, die ich mir auf einem Schlachtfeld zugezogen habe." Er hatte seine Kindheit tatsächlich als Kampf erlebt – mit seinen Eltern. Beim geringsten Anlass, aber auch wenn es keinen gab, hatten ihn Vater und Mutter geschlagen.

Jetzt schmiegte sich Hira mit ihrem perfekten Körper verführerisch an ihn. „Ich finde deine Narben machen dich so … sexy", gestand sie. „Die Männer in euren Werbeanzeigen sind viel zu hübsch. Welche Frau würde sich schon einen Ehemann wünschen, der sie nicht verteidigen kann?"

„Und du meinst, ich könnte dich vor allen Gefahren beschützen?", fragte er lächelnd.

Hira nickte mehrmals. „Obwohl du sehr zivilisiert aussiehst in deinen Anzügen, bist du im Grunde deines Herzens ein Krieger." Sanft strich sie mit der Hand über seine breite Brust, was Marcs Verlangen erst recht anfachte. „Weil ich deine Frau bin und du mich als dein Eigentum betrachtest, wirst du mich immer gut beschützen, denke ich."

Da hat sie nicht unrecht, ging es ihm durch den Kopf. Selbst wenn seine Ehe bisher nur auf dem Papier bestand, war Hira seine Frau und gehörte zu ihm. Deswegen würde er sein Leben für sie aufs Spiel setzen, wenn sie in Gefahr wäre. Er hob ihr Kinn an, damit sie ihm ins Gesicht sah. „Wie gefällt es dir als meine Frau und mein Eigentum?"

Da runzelte sie ärgerlich die Stirn. „Ich gehöre niemandem. Ich habe nur gesagt, dass du mich als dein Eigentum betrachtest."

„Ein feiner Unterschied", bemerkte Marc etwas verlegen.

„Aber es ist ein Unterschied", betonte Hira. „Ich kann nur akzeptieren, dass ich dir als deine Frau gehöre." Dann tat sie etwas, was Marc wirklich nicht erwartet hatte. Sie umfasste sein Handgelenk, sodass es fast schmerzte. „Und, lieber Mann, wenn wir miteinander schlafen, gehörst du auch *mir*."

Donnerwetter, dachte er amüsiert und zugleich beeindruckt von Hiras Besitzanspruch, der sich ebenso in ihren Augen widerspiegelte. „Dann teilt die Prinzessin nicht gern?"

Noch einmal drückte sie fest zu. „Die Prinzessin wird dich niemals mit einer anderen Frau teilen. Du hast die Wahl."

Marc unterdrückte ein Lächeln, nahm aber vorsichtshalber ihre Hand von seinem Arm. „Meine Tigerin!" Er hatte überhaupt nicht vor, sie zu betrügen. Wenn er ein Frauenheld gewesen wäre und nicht treu sein wollte, hätte er nicht geheiratet. Selbst sein Vater war niemals so tief gesunken.

Zehn Minuten später fragte Marc sich insgeheim, ob er noch bei vollem Verstand war. Er hätte den fantastischen Körper seiner Frau längst erobert haben können. Denn Hira stand nackt vor ihm und seifte seine Beine ein. Es war allzu offensichtlich, dass Marc heftig erregt war. Aber Hira vermied es hinzusehen. Die Tigerin ist auf einmal wieder schüchtern, stellte Marc fest. Darüber brauchte er sich auch nicht zu wundern. Schließlich war er ein erfahrener Mann und sie wohl tatsächlich noch Jungfrau.

„Das genügt, Prinzessin, ich bin sauber. Nun kommst du an die Reihe." Er nahm ihr einfach die Seife aus der Hand.

Hira schaute ihn aus großen Augen an. „Das ist bei uns nicht Sitte."

„Aber in Amerika." Er schob sie sanft zurück und drehte sie um, damit er ihr den Rücken waschen konnte. „Ich muss gestehen, dass ich meine Pflicht bisher auch vernachlässigt habe."

Ihr Körper war so makellos und wunderschön, Marc glaubte zu träumen. Ihre Taille, von der er bereits wusste, wie sie sich anfühlte, war gertenschlank. Hira hatte eine perfekt gerundete Hüfte. Im Bett würde sie ihn herrlich wiegen, daran zweifelte Marc keine Sekunde. Und Hiras Beine schienen endlos lang zu sein. Wenn sie die Straße überquerte, zog sie allein damit die Blicke aller Männer auf sich. Wie gut, dass sie keine Shorts trägt, sonst würde es noch zu Verkehrsunfällen kommen, ging ihm durch den Kopf.

„Komisch, das wurde in meinem Unterricht über amerikanische Kultur gar nicht erwähnt." Hira warf ihm einen misstrauischen Blick über die Schulter zu. In der feuchten Luft schimmerten ihre langen Wimpern noch schwärzer und betonten ihre Augen.

„Solche Sachen gehören auch nicht in den Unterricht. Die sollte besser nur der Mann seine Frau lehren."

„Oh." Marc war froh, dass sie ihm den Rücken zuwandte. Das Verlangen in seinem Blick hätte sie zu sehr ängstigen können.

Vorhin hatte Hira sich wortlos ausgezogen und war tapfer zu ihm in die Duschkabine gestiegen. Es war ihm sehr schwergefallen, seine Begeisterung zu unterdrücken, als er sie zum ersten Mal nackt gesehen hatte. Auch jetzt, nachdem sie ihn „gewaschen" hatte, hielt er sich zurück und wollte sie zu nichts zwingen. Sie hatte ja schon ihren ganzen Mut aufbringen müssen, um nackt zu ihm unter die Dusche zu kommen.

Marc wollte in dieser Hinsicht einfühlsam sein. Er hatte Hira Zeit gelassen, sich an den Anblick seines kräftigen Körpers zu gewöhnen. Nach einer Weile hatte er bemerkt, wie sie sich entspannte. Er machte sich jedoch keine Illusionen. Bis sie die Freuden der körperlichen Liebe mit ihm genießen konnte, würde es noch dauern. Mit einer Frau zu schlafen, die ihn nicht begehrte oder Angst hatte, kam für ihn nicht infrage.

Hira hatte ihr üppiges Haar hochgesteckt, sodass Marc ihren schön geschwungenen Hals und Nacken betrachten konnte. Entzückt presste er einen Kuss auf die zarte Haut, woraufhin Hira erzitterte.

„Werde ich auch immer der einzige Mann für dich sein?" Marc flüsterte die Worte in ihr Ohr, während er sich mit den Handflächen an den Seitenwänden der Duschkabine abstützte. Auf diese Weise konfrontierte er Hira mit seiner Nähe, beim geringsten Protest würde er sich jedoch sofort zurückziehen.

„Ja." Hira hatte die Antwort nur gehaucht.

Dennoch hatte Marc sie verstanden. Er ließ eine Hand über ihre Schulter gleiten und umfasste ihre volle Brust. Hira rang nach Atem, während er begann, ihre zarte Haut zu streicheln. Obwohl er merkte, wie sie sich anspannte, wehrte sie ihn nicht ab. Endlich vertraut sie mir, dachte er froh und konnte es kaum erwarten, sie mit weiteren sinnlichen Zärtlichkeiten zu verwöhnen. „Prinzessin, wenn wir so etwas tun, gibt es keine getrennten Betten mehr."

Sie schwieg.

Da fuhr er fort: „Was meinst du? Bist du mit der Bedingung einverstanden?" Er ließ seine Hand auf ihrer Brust, um seinen Anspruch zu untermauern. Hira hatte A gesagt, jetzt sollte sie auch B sagen. Schließlich waren sie verheiratet.

Als sie immer noch schwieg, erklärte er nüchtern: „Wenn du nicht damit einverstanden bist, hören wir am besten sofort auf. Für heute sollte es dann genügen."

Egal wie Hira sich entscheiden würde, Marc wäre ihr nicht böse. Sein einziges Problem war, dass er sein unbändiges Verlangen nach ihr irgendwie zügeln musste. Aber das würde er schon schaffen, wenn sie noch nicht für ihn bereit war.

Endlich hörte er ihre Stimme. „Meine Eltern haben nie solche … Ich meine, ist das überhaupt richtig, was wir hier tun?"

Erst jetzt verstand Marc ihre Zurückhaltung und fühlte sich erleichtert. Hira war eben sehr behütet aufgewachsen, sie kannte nur die freudlose Ehe ihrer Eltern. Sex war für sie völliges Neuland, das sie erst entdecken musste. „Ich versichere dir, es ist ganz normal, was wir tun, Hira. Und du wirst die Worte deines Mannes doch wohl nicht anzweifeln, oder?" Lächelnd küsste er sie auf den Hals.

Es dauerte eine Weile, erst dann antwortete sie: „Nein." Sie klang jedoch nicht sehr überzeugt. Sie hatte ihn offensichtlich falsch verstanden und war nicht davon begeistert, dass sie sich Marc bedingungslos unterordnen sollte. Tatsächlich verlangte er das nicht. Eine Frau, die nicht wagte, ihm zu widersprechen, das hätte er äußerst langweilig gefunden. In einer guten Ehe durfte man sich seiner Meinung nach auch einmal streiten. Unstimmigkeiten gehörten ebenso dazu wie Lieben, Lachen und Zusammenhalten.

Vorfreudig seifte Marc sich die Hände ein, denn jetzt war Hira an der Reihe, gewaschen zu werden. Mit kreisenden Bewegungen glitt er über ihre Schultern, die Arme und die Hüfte. Als er schließlich auch ihren Po einseifte, presste sie die Oberschenkel zusammen.

Während er ihr behutsam den Schaum vom Körper spülte, hörte Marc sie seufzen. „War ich denn so schmutzig?" Hira hatte ja keine Ahnung, wie sexy sie auf ihn wirkte.

„Ja, entsetzlich schmutzig." Er neigte den Kopf und flüsterte ihr ins Ohr: „Ich muss mir auch deine Vorderseite vornehmen. Da ist es noch schlimmer."

„Nein, das kann ich doch selbst machen."

„Kommt nicht infrage. Ich übernehme das schon."

„Aber du machst mich ganz verrückt damit, lieber Mann. Du willst doch sicher keine Frau, die ihren Verstand verloren hat."

Ihre Worte reizten ihn nur noch mehr, sie nach allen Regeln der Kunst zu verführen. Er umfasste sie von hinten, legte die Hände auf ihre Brüste und presste sich an ihren Rücken. Um seiner Umarmung zu entkommen, wich sie bis zur Wand der Duschkabine aus – vergeblich, denn Marc stand gleich wieder hinter Hira und ließ sie seine Erregung spüren.

„Bitte ..."

Zunächst verstand er sie falsch. „Magst du das nicht, Chérie?" Anstatt zu antworten, bewegte sie die Hüfte, sodass sie gegen ihn stieß.

„Lass das, sonst werde ich dich auf der Stelle nehmen."

„Einverstanden." Sie nickte heftig mit dem Kopf. „Ich hab' keine Angst davor. Du hast mich bis jetzt gut behandelt und wirst mir nicht wehtun. Ich bin bereit."

Marc lachte tief. „Oh, nein, so leicht werde ich es dir nicht machen, Prinzessin."

„Warum willst du mich noch länger quälen?"

„Vielleicht weil ich mich für all das rächen möchte, was du mir angetan hast." Er knabberte zärtlich an ihrem Nacken. Sie sagte zwar nichts dazu, aber Marc spürte deutlich, wie sie wohlig erschauerte.

Hira war eine stille Geliebte. Das machte ihm überhaupt nichts aus, denn er war im Bayou aufgewachsen und hatte gelernt, auf die geheimnisvollen Geräusche und Düfte tropischer Sümpfe zu achten. Ihm entging auch jetzt nicht der leiseste Seufzer seiner Frau.

Auf einmal flüsterte sie: „Ich habe solche Sachen noch nie gemacht." Sie versuchte, ihn mit den Ellbogen wegzudrängen, aber das amüsierte ihn nur.

Lächelnd liebkoste er ihre festen Brustspitzen. Gleichzeitig schob er sein Bein zwischen ihre Oberschenkel. „Bist du schon bereit für mich, Hira?"

Sie rang nach Atem und begann am ganzen Körper zu zittern. „Ich ..."

„Am besten ich überzeuge mich selbst." Er nahm eine Hand von ihren Brüsten und ließ sie über ihren flachen Bauch gleiten. Er berührte sie jedoch so behutsam, dass sie ihn nicht aufhielt. Nur einmal zögerte er, denn er hörte sie fast hilflos seufzen. Erschrocken hielt er inne und blickte zu ihr auf. Aber als er die Leidenschaft in ihren dunklen Augen las, wusste er, dass sie seine Zärtlichkeiten genoss.

Wieder strich er sanft über ihre Haut und hielt den Atem an, während er die Hände langsam zwischen ihre Oberschenkel gleiten ließ. Er erschauerte, weil sie sich unvorstellbar zart und weich anfühlte.

Sie schloss die Augen und entspannte sich. Mühelos fand er ihre empfindsamsten Stellen und tauchte schließlich mit einem Finger in sie, um ihre Lust anzufachen.

Laut stöhnte sie auf.

Er war selbst so stark erregt, dass er kaum sprechen konnte.

Nachdem er die Hand zurückgezogen hatte, begegnete er Hiras enttäuschtem Blick. Er musste lächeln und nahm sie tröstend in die Arme.

Hira verzog den Mund. „Was du angefangen hast, musst du auch zu Ende bringen."

„Das hat doch keine Eile." Im Stillen wunderte er sich darüber, dass er sich immer noch beherrschen konnte. *Vielleicht liegt es daran, dass meine wunderschöne Prinzessin noch unschuldig ist.*

Plötzlich stieß sie einen verärgerten Schrei aus, im nächsten Moment umfasste sie ihn mit beiden Händen. „Ich will es jetzt."

Sekundenlang schloss er die Augen und genoss die unbeschreibliche Lust, die sie ihm bereitete. Jede ihrer Berührungen kam ihm vor wie Magie. Aber über diese Erfahrung konnte eine Jungfrau unmöglich verfügen. Sie hat gelogen, schoss es ihm durch den Kopf. Marc hasste jede Art von Lügen – und diese traf ihn besonders.

In seiner Empörung fuhr er Hira durchs Haar. Ein paar Nadeln lösten sich, und die langen Strähnen fielen ihr wie ein Wasserfall über den Rücken. „Wen hast du noch in deinen Händen gehabt?"

Sie verzog das Gesicht. „Niemanden." Plötzlich beugte sie sich vor und biss Marc in die Unterlippe. „Du hast mich verrückt gemacht. Ich habe dich ja gewarnt."

Er musste ihr recht geben. Ja, vielleicht habe ich es übertrieben und bin selbst schuld, dachte er. Er hätte sich niemals vorgestellt, wie temperamentvoll Hira sein konnte. Und sie wusste genau, was sie wollte.

Mit einiger Mühe konnte er sich aus ihrem Griff befreien. Entschlossen hob er ihre Arme, drückte sie über ihrem Kopf an die Wand und hielt sie mit der einen Hand fest. Mit der anderen griff er nach der Seife. Als Hira das sah, stöhnte sie auf und versuchte vergeblich, sich zu befreien. Marc war stark und konnte der Versuchung nicht widerstehen. Er begann ihre Brüste einzuseifen.

Sie wollte noch einmal protestieren. „Marc …"

„So ist es gut, Baby, sag meinen Namen." Nachdem er die Seife wieder abgespült hatte, senkte er das Gesicht auf Hiras Brüste und nahm erst die eine, dann die andere Brustwarze zärtlich in den Mund.

„Marc! Bitte! Bitte!"

Natürlich hätte er sie am liebsten jetzt gleich genommen. Er verzehrte sich danach, sodass er an fast nichts anderes denken konnte. Aber er hatte den festen Vorsatz, sie nach allen Regeln der Kunst zu verführen. Je länger er den Augenblick der absoluten Wollust hinauszögerte, desto heißer würde ihre Sehnsucht brennen. Und er wünschte sich nichts mehr, als dass seine Frau ihn ebenso leidenschaftlich begehrte wie er sie.

Nachdem sie sich ein wenig beruhigt hatte, ließ Marc ihre Arme wieder los. Er zog Hira an sich und hob dabei ihre Hüfte an. Jetzt wehrte sie sich überhaupt nicht mehr, sondern schlang lächelnd ihre Beine um ihn, damit er in sie eindringen konnte. „Noch nicht, Chérie." Um sie davon abzuhalten, zu widersprechen, küsste er sie einfach stürmisch auf den Mund.

Es war der wildeste Kuss, den Marc ihr je gegeben hatte, voll Hingabe, aber zugleich auch herausfordernd. Genießerisch strich er mit seiner Zungenspitze über ihre Lippen, kostete von ihrem Mund und umspielte ihre Zunge aufreizend.

Diese Taktik verfehlte ihre Wirkung nicht. Nach kurzem Zögern ging Hira auf seine Verführung ein. Mehrmals leckte sie beschwörend über seine Unterlippe, ließ die Hände über seinen Rücken gleiten und presste sich an ihn. Bald konnte er sie nicht länger warten lassen und drang behutsam in sie ein.

Das genügte ihr jedoch nicht. Lasziv wiegte sie die Hüfte, bis sie sich wie eine Einheit bewegten.

Abrupt hielt er inne. „Küss mich, Chérie, küss mich wild und leidenschaftlich. Zeig mir, wie ich dich erobern soll. Dann werde ich tief in dir sein, und wir werden eins."

Ihm war bewusst, dass er viel von ihr verlangte. In dieser Hinsicht gab es für ihn jedoch keine Kompromisse. Er wollte sich nur mit ihr zusammen in das Feuer der Lust stürzen, und das auch nur, wenn sie den Weg dorthin gemeinsam gingen.

Sie atmete jetzt heftig. Der Goldton ihrer Iris war durch die geweiteten dunklen Pupillen kaum noch zu erkennen. Ernst sah sie ihn an, als sie sein Gesicht umfasste, bevor sie ihn küsste. Er war schon von der Zärtlichkeit dieser Geste ergriffen und erst recht von ihrem langen, sehnsuchtsvollen Kuss. Hira bewies ihm, dass er ihr viel mehr bedeutete als ein Ehemann, den sie kaum kannte.

Irgendwann, als sie Luft holen musste, flüsterte sie: „Lieber Mann …"

Die zwei Worte genügten, um ihm die Selbstbeherrschung fast zu entreißen. Er verschränkte ihre Finger mit seinen und drang tiefer in sie ein. Sie erschauerte, ließ jedoch den Blickkontakt nicht abbrechen.

„Bist du bereit?"

„Ja." Ihre Miene spiegelte pure Sinnlichkeit.

Zunächst bewegte er sich vorsichtig in ihr, damit sie sich an das Gefühl gewöhnte. Doch sobald sie laut aufseufzte, hielt er wieder inne. „Soll ich weitermachen?", fragte er mit rauer Stimme.

Keuchend rang sie nach Atem. „Ja, ich bin mir sicher, lieber Mann … Marc, ich will dich."

Er hatte es nicht anders erwartet. Allein schon ihr glühender Blick verriet, wie sehr sie ihn begehrte. Sie empfand die gleiche ungestüme Leidenschaft für ihn wie er für sie. Ja, wir sind das perfekte Paar, begriff Marc. Das Feuer, das durch seine Adern pulsierte, konnte nicht bezähmt werden.

Unwillkürlich knirschte er mit den Zähnen. Es kostete ihn ungeheure Kraft, sich jetzt zurückzuhalten, zumal Hira auffordernd die Hüfte kreiste. Aber es ist doch ihr erstes Mal, ermahnte er sich immer wieder. Er musste Rücksicht nehmen und wollte ihr auf keinen Fall wehtun.

Schließlich war er so weit in sie eingedrungen, dass er eine Barriere spürte. Trotz seiner Zweifel hatte er es im Grunde nicht anders erwartet. Dennoch erfasste ihn ein starkes Glücksgefühl. Sie hatte noch keinem Mann gehört außer ihm, und das sollte immer so bleiben.

Er presste die Lippen auf ihren Mund. Während er seine Frau zärtlich küsste, drang er tiefer in sie. Hira hatte sich an seinen Schultern festgeklammert und erwiderte hingebungsvoll seinen Kuss.

Jetzt gab es nichts mehr, was ihn noch aufhalten konnte. Er tauchte vollkommen in sie ein und genoss es unsagbar, ihr so nah zu sein. Fest presste er die Lippen auf ihren Mund. Eine Hand lag auf ihrem Oberschenkel, mit der anderen liebkoste er ihre Brüste.

Und zweifellos genoss sie es genauso sehr. Aber auch wenn sie zwischendurch lustvoll seufzte, so schien sie doch zu versuchen, ihre Gefühle unter Kontrolle zu halten.

„Lass dich gehen, Baby. Tu's für mich", flüsterte er.

Und sie gehorchte. Als er ihre harten Brustspitzen mit Daumen und Zeigefinger reizte, hob sie plötzlich die Hüfte. Sie warf den Kopf zurück und stieß kleine wilde Schreie aus. Er spürte, wie sie erschauerte, und war sich bewusst, wie ihre entfesselte Lust ihn mitriss und an den Rand des Wahnsinns trieb.

Dennoch zügelte er sein Verlangen. Er wollte sich ganz auf seine Frau konzentrieren, während sie diesen Feuersturm der Leidenschaft zum ersten Mal erlebte.

Keuchend schlug sie die Augen auf und wirkte so überwältigt, dass er sekundenlang glaubte, sie würde schluchzen. Wie eine Ertrinkende klammerte sie sich an ihn und barg das Gesicht an seiner Schulter.

Jetzt ließ auch er seinen Gefühlen freien Lauf. Er bewegte sich in ihr, schneller und härter. Sie hatte die Arme um seinen Nacken geschlungen, bedeckte seinen Hals mit Küssen und strich ihm zärtlich durch das feuchte Haar.

Auf einmal spürte sie, wie glühend heißes Verlangen in ihr aufstieg. Was sie in ihrer Unerfahrenheit schockierte, begeisterte Marc. Er war schon glücklich, dass sie ihn überhaupt willkommen geheißen hatte. Aber jetzt gab Hira ihm noch viel mehr. Mit Lippen, Händen, ihrem ganzen verführerischen Körper sagte und zeigte sie ihm, dass sein Begehren ihrem in nichts nachstand.

Das dachte er noch, bevor ihn ein Strudel erfasste, der ihn in den Ozean der puren Lust riss. Dabei gelang es ihm, Hira mit sich zu ziehen, sodass sie gleichzeitig aufstöhnten, während die Wogen des Glücks über ihnen zusammenschlugen.

5. Kapitel

Hira fragte sich, ob sie bei vollem Verstand war, als sie den wilden Krieger betrachtete, mit dem sie das Bett teilte. Eigentlich hatte sie Marc für einen zivilisierten Menschen gehalten, aber das musste ein Trugschluss gewesen sein. Dieser Mann war nicht zivilisierter als ein Berglöwe. Er hatte sie im wahrsten Sinne des Wortes erobert. Dabei war er nicht nur ungeheuer leidenschaftlich, sondern zugleich auch zärtlich und verstand es, eine Frau zu verführen.

Dieser Mann schien sie selbst im Schlaf noch besitzen zu wollen. Mit seinem kräftigen Arm hielt er ihre Taille, sein muskulöser Oberschenkel lag schräg über ihr. Jetzt, da sie sich ihm hingegeben hatte, würde er ihre eheliche Pflicht stets einfordern.

Aber ist das Liebe? fragte sich Hira. Nein, antwortete eine Stimme in ihr, und es machte sie irgendwie traurig. Marc begehrte sie, aber er liebte sie nicht. Und wie war es mit ihr? Sie kannte sich mit ihren Gefühlen nicht mehr aus. Bei Romaz war sie sich so sicher gewesen, ihn zu lieben. Dennoch hatte sie niemals dieses Verlangen verspürt, wie sie es bei ihrem amerikanischen Ehemann empfand.

Vom ersten Moment an, als sie Marc gesehen hatte, war es über sie gekommen wie ein Wüstensturm. Er hatte eine nie gekannte Sehnsucht in ihr geweckt. Hira hob die Hand, um ihm das dunkle Haar aus dem Gesicht zu streichen. Aber damit nicht genug, sie fuhr ihm mit den Fingerspitzen liebkosend über die Wangen.

Dieser Krieger mit dem durchdringenden Blick faszinierte sie. Für Hira war er der aufregendste Mann auf der Welt. Dabei kam sie aus einer Kultur, in der die Männer den Ton angaben. Geprägt durch jahrhundertealte Traditionen, waren die Wüstensöhne wild, furchtlos und stolz.

Hatte Hira ihren Ehemann unterschätzt und sich vollkommen falsch verhalten? Wenn er wie die Männer in ihrer Heimat war, sollte sie ihm besser mit freundlicher Zurückhaltung begegnen, denn wilden Kreaturen war nicht zu trauen. Sie hatte in ihm bis heute einen amerikanischen Millionär gesehen, aber das war nur seine Tarnung. Tatsächlich glich er eher den Anführern der Wüsten-Clans, die sich manchmal Frauen nahmen, nur um sie zu besitzen.

Auf einmal schlug Marc die Augen auf. „Wie lange bist du schon wach, Prinzessin?"

„Stundenlang", log sie. So wie den Männern zu Hause sagte Hira ihm besser auch nicht alles, sonst könnte er sie ja vollkommen beherrschen.

Marc lächelte wieder sein sexy Lächeln, bei dem sie jedes Mal schwach wurde. Dann legte er sich halb auf sie, sodass sie sein wachsendes Verlangen deutlich spürte. Hiras Pupillen weiteten sich. „Schon wieder?"

„Die ersten beiden Male musst du als Vorspeise betrachten, Baby. Jetzt kommt bald der Hauptgang." Schon fühlte sie, wie er in sie eindrang. Aber ganz sanft, unendlich sanft.

Hira war selbst überrascht, dass er sie so damit beeindruckte. Es erstaunte sie aber noch mehr, ja, es schockierte sie, wie sehr er ihr willkommen war. Obwohl sie sich schon stundenlang geliebt hatten, machte es ihr nichts aus, ihn wieder in sich aufzunehmen. Sie fühlte sich sehr, sehr wohl, und der süße Appetit auf Sex war gleich wieder da.

Diesmal ließ Marc sich viel Zeit. Er bewegte sich bewusst langsam in ihr, was Hira sehr genoss. Allmählich steigerte sich sein Rhythmus und fachte sowohl seine als auch ihre Leidenschaft erneut an. Hira war ebenso sehr erregt wie er. Sie griff in das Laken, als er anfing, ihre Brüste zu liebkosen und an einer Brustwarze zu saugen.

Er konnte kaum glauben, dass Hira bis vor ein paar Stunden noch Jungfrau gewesen war, wenn er sah, wie sie höchst verführerisch die Hüfte kreisen ließ. Auf jeden Fall war sie eine sehr gelehrige Schülerin.

Heute Morgen war er ihr gnadenloser Lehrmeister in Sachen Sex gewesen, denn zwischen dem ersten und dem zweiten Mal hatte er ihr kaum Zeit zur Erholung gelassen.

Allzu schnell war es dann Nachmittag geworden, doch Marc konnte immer noch nicht genug von ihr bekommen. Er hatte jedoch stets darauf geachtet, dass sie seine Leidenschaft teilte, hatte sie immer wieder liebkost und gestreichelt, bis sie vor Lust erbebte. Hira war eine wunderbar sinnliche Frau. Beim Sex reagiert sie wie Dynamit im Feuer, dachte Marc.

Auch wenn er es ihr niemals gestehen würde, sie hatte ihn für alle anderen Frauen verdorben. Er hatte nur noch den einen Wunsch, für immer und ewig mit ihr verheiratet zu bleiben. Denn Hira war für ihn die ideale Partnerin, so offen, ehrlich und auch ein bisschen wild. Längst hatte er sich vorgenommen, ihr noch mehr von dieser süßen Wildheit zu entlocken, in seinem Bett und außerhalb.

Als er jetzt in sie eindrang, hörte er sie vor Lust aufstöhnen. Dennoch verlangsamte er das Tempo, um sie einfühlsamer streicheln und küssen zu können. Endlich war er in der Lage, ihr all die Zärtlichkeit zu geben, die Hira vielleicht bei den ersten Malen vermisst hatte.

„War ich heute Morgen eigentlich zu grob, Chérie?"

Mit glänzenden Augen sah sie ihn an. „Habe ich mich etwa beklagt?"

Er lächelte. „Du hast gesagt, ich würde dich verrückt machen."

Da zog sie seinen Kopf zu sich und umfasste sein Gesicht. „Ja, das stimmt. Ich bin verrückt. Das ist deine Strafe."

Nach dem unvergesslichen Tag voller Lust und Leidenschaft entschied Hira, dass sie für ihre Ehe kämpfen wollte. Schließlich hatte sie Marc in Zulheil das Eheversprechen gegeben. Auch wenn sie kaum eine Wahl gehabt hatte, wollte sie halten, was sie versprochen hatte.

Beim Spaziergang an einem Flüsschen in der Nähe des Hauses hing sie ihren Gedanken nach. *Marc liebt mich nicht, aber er begegnet mir mit mehr Höflichkeit und Respekt, als Vater je für Mutter gezeigt hat.*

In den letzten drei Wochen, seit Hira kein Geheimnis mehr aus ihrem Verlangen machte, verhielt Marc sich ihr gegenüber sehr aufmerksam und liebevoll. Wann immer er Geschäftliches delegieren konnte, nahm er sich Zeit, ihr *sein* Louisiana zu zeigen. Einmal war sie aus dem Staunen nicht herausgekommen, als er mit ihr einen Voodoo-Tempel besucht hatte. Und Hira genoss das Flusskrebs-Essen in einem für die Region typischen Restaurant ebenso wie die Bootsfahrt auf den träge dahinfließenden Wasserläufen des Bayou.

Die urwüchsige Landschaft, die Marc so liebte, war voller Überraschungen und verborgener Naturschönheiten. Hira konnte sich dem Charme dieses üppig grünen Paradieses nicht entziehen, vor allem wenn sie es mit seinen Augen betrachtete.

Aber es gab etwas, das ihr große Probleme bereitete: Sowohl mittwochabends als auch sonntagnachmittags verschwand Marc. Als sie ihn in der vergangenen Woche gefragt hatte, wohin er wolle, hatte er sich herausgeredet. Angeblich musste er sich um wichtige Geschäfte kümmern. Das konnte nicht stimmen, denn an dem Mittwoch zuvor hatte seine Sekretärin bei Hira angerufen, weil sie den Chef dringend brauchte und er auf seinem Handy nicht zu erreichen gewesen war.

Auch wenn es wehtat, machte sich Hira keine Illusionen. Es war möglich, dass Marc eine Geliebte hatte, obwohl sie so oft wie möglich miteinander schliefen. Romaz habe ich auch nicht genügt, dachte sie bitter. Warum sollte ein reicher, mächtiger Mann wie Marc sich mit mir zufriedengeben?

Bei diesem Gedanken ballte sie die Hände zu Fäusten, Tränen stiegen ihr in die Augen.

Dann atmete sie tief durch und wischte sich die Tränen mit dem Handrücken weg. Nein, beschloss sie, ich werde das nicht länger schweigend mit ansehen. Ihre Mutter ertrug die Untreue von Kerim Dazirah schon ein Leben lang. Ja, sie hatte sich damit abgefunden und führte in Zulheil vielleicht gar kein so unglückliches Leben. Aber für ihre Tochter kam das nicht infrage.

Durch den Park des Anwesens kehrte Hira zum Haus zurück und lief gleich die Treppe hinauf zum Schlafzimmer. Marc musste auch gerade zurückgekommen sein, sie hörte ihn im Bad duschen. Jetzt blieb ihr etwas Zeit.

Eine Ehefrau sollte ihrem Mann nicht nachspionieren, meldete sich ihr Gewissen.

Aber was bleibt mir anderes übrig?

Sie konnte ihn nicht offen zur Rede stellen. Denn dann würde sie vielleicht in Tränen ausbrechen, wenn er ihr gestand, dass es eine andere Frau gab. Nein, das wollte Hira nicht riskieren. Sie konnte sich ihm nicht offenbaren.

Sie war vorsichtig, während sie die Taschen seines Jacketts durchsuchte. Brieftasche und Wagenschlüssel steckte sie schnell wieder zurück. Dann schaute sie sich die Handvoll Quittungen an, die sie in der linken Seitentasche entdeckt hatte.

Sie waren für Benzin, Lebensmittel und Elektronik, also nichts Verdächtiges. Die nächste Quittung war jedoch für Kinderkleidung. Was bedeutet das, fragte sich Hira gequält. Und dann war da auch noch eine Rechnung von einem Blumengeschäft, die ihr zu denken gab.

Aber jetzt hörte sie, wie die Dusche abgestellt wurde. Hira stopfte die Zettel rasch wieder in die Tasche von Marcs Jackett und schlich sich in ihr Schlafzimmer, das direkt gegenüberlag. Obwohl sie dort keine Nacht mehr verbrachte, seit Marc sie in die Freuden der Liebe eingeführt hatte, war es ihr eigenes Reich. Sie hatte dort ihre privaten Sachen, und manchmal zog sie sich zurück, wenn sie allein sein wollte. Aber das war in den letzten Wochen kaum vorgekommen.

Hira saß in ihrem Zimmer und musste immerzu daran denken, was sie entdeckt hatte. Nichts von den Sachen, für die sie Quittungen gefunden hatte, war im Haus aufgetaucht. Weder die Lebensmittel noch die Elektronik oder die Kleidung. Auch nicht die Blumen, und gerade das tat Hira am meisten weh. Ihr Mann hatte ihr in der ganzen Zeit nicht ein einziges Mal Blumen geschenkt, nicht ein Sträußchen. Dabei war er sonst sehr großzügig.

Bereits einige Tage nach ihrer Ankunft in Amerika hatte er Hira mit einem schicken kleinen Sportwagen überrascht. In der letzten Woche hatte Marcs Sekretärin mit ihr einen Einkaufsbummel durch eine Reihe teurer Designer-Boutiquen gemacht, wo Marc für sie Konten eingerichtet hatte. Er hatte ihr jedoch noch nie etwas geschenkt, das auch nur einen Hauch von Romantik hatte. Vielleicht wollte er ja bewusst vermeiden, dass sie sich einbildete, mehr für ihn zu sein als eine Porzellanpuppe mit hübschem Gesicht und perfektem Körper.

Wohin hat er nur die Blumen gebracht, fragte sich Hira immer wieder. Wer hat sie bekommen? Sie hatte das Gefühl, ihr Herz müsste in tausend Stücke zerspringen. Wie konnte es überhaupt möglich sein, dass es noch eine andere Frau in Marcs Leben gab? Er hatte doch so viel zu tun. Aber vielleicht war Hira ja nur die Vorzeige-Frau, während sein Herz einer anderen gehörte, die er aus irgendeinem Grund nicht heiraten konnte.

Auf einmal pochten Hira die Schläfen. Ihr war gerade klar geworden, dass Marc, ihr amerikanischer Krieger mit den silbergrauen Augen, für sie mehr war als nur ein fürsorglicher Ehemann. Im Grunde hatte er ihr Herz schon damals erobert, als er sie in Zulheil zum ersten Mal so charmant angelächelt hatte.

Ob das Verliebtheit oder sogar Liebe war, wusste Hira selbst nicht so genau. Sie wusste nur, dass sie mehr für ihn empfand als für jeden anderen Mann. Deswegen konnte sie auch nicht untätig mit ansehen, wie Marc sie betrog. Sie wollte kein Spielzeug für ihn sein, mit dem er sich nach Belieben amüsierte und es dann zurück in den Karton legte.

Ob es nicht doch das Beste ist, wenn ich ihn auf der Stelle mit meinem Verdacht konfrontiere? überlegte sie. Sie wies den Gedanken gleich wieder von sich. Marc war nicht angezogen, und wenn sie jetzt zu ihm ginge, würde er wahrscheinlich nur glauben, dass sie ihn verführen wollte. Aber schon die Vorstellung, er könnte sie anfassen, während er an eine andere Frau dachte, war ihr unerträglich.

Dass sie mit einem Mann verheiratet war, der sie nicht liebte, damit konnte Hira sich abfinden. Sie würde jedoch verzweifeln, wenn er seine Liebe einer anderen Frau schenkte. Also musste sie unbedingt die Wahrheit herausfinden. Aber wie?

Marcs tiefe Stimme riss sie aus ihren Gedanken. „Hira?"

„Ja?" Sie stand rasch auf und ging zur Tür. Er durfte auf keinen Fall hereinkommen. Im Moment fiel es ihr zu schwer, sich hinter der Maske der Eisprinzessin zu verstecken. Heute würde Marc ihr wohl ansehen, dass sie Kummer hatte. Sie würden reden, und am Ende würde er sie noch bedauern, weil sie eifersüchtig war. Nein, so etwas durfte Hira nicht passieren. Sie war allein in einem fremden Land, aber sie hatte immer noch ihren Stolz.

Zum Glück blieb die Tür geschlossen. „Zieh dich an, Chérie. Lass uns zum Abendessen rausfahren. Ich weiß, wo es das beste Jambalaya der Stadt gibt." Es klang sehr freundlich, ja liebevoll, wie er es sagte.

Dafür hatte Hira jedoch kein Ohr. „Ich will nicht ausgehen." Sie merkte selbst, wie frostig ihr Ton war. Aber sie sah keine andere Möglichkeit, ihre verwundete Seele zu schützen. Zu Hause in Zulheil hatte Hira das auch immer so gemacht, wenn ihr Vater sie ungerecht behandelte und ihre Träume in dieser Männergesellschaft einer nach dem anderen zerplatzten.

Ein kurzes Schweigen, dann folgte eine knappe Antwort. „Wie du meinst. Du brauchst heute Abend auch nicht auf mich zu warten."

Gleich darauf hörte Hira, wie Marc mit dem Wagen wegfuhr. Da kam ihr eine Idee, wie sie die Wahrheit herausfinden konnte. Morgen war Mittwoch, und er wollte nicht ins Büro fahren, sondern am Vormittag im Haus arbeiten. Aber was machte er nachmittags? Sie würde dahinterkommen.

Am folgenden Tag gegen vier saß Hira in ihrem schicken Sportwagen. Sie wünschte, Marc hätte ihr das Luxusgefährt nicht ausgerechnet in Kirschrot geschenkt. Für das, was sie heute vorhatte, war die Farbe eigentlich zu auffällig. Hira hatte ihm erzählt, sie wolle ein wenig herumfahren, stattdessen wartete sie hinter einer Kurve auf seinen Jeep.

Wäre Marc am Abend zuvor eher nach Hause gekommen, hätte sie vielleicht den Mut gefunden, offen mit ihm über ihren Verdacht zu sprechen. Aber es war sehr spät gewesen, als sie ihn hatte heimkehren hören, und er war gleich ins Schlafzimmer gegangen. Hira lag jedoch in ihrem eigenen Zimmer wach. Sie hatte mehr oder weniger erwartet, dass er sie zurück ins Ehebett beordern würde. Aber nichts geschah. Er schien sie nicht einmal zu suchen, was ihr eigentlich nur recht sein konnte.

Tatsächlich war sie aber zutiefst gekränkt gewesen, hatte lange nicht einschlafen können und an die andere Frau gedacht, der Marcs Herz gehörte. Wenn Hira ehrlich war, musste sie zugeben, dass sich in ihren Schmerz auch eine gehörige Portion Wut gemischt hatte. Auch heute war sie noch wütend, sonst hätte sie sich nicht auf diese Verfolgungsjagd eingelassen.

Hira war nicht nur wütend auf ihren Mann, weil sie ihn verdächtigte fremdzugehen, sondern auch, weil er sie in der vergangenen Nacht doch noch verführt hatte. Er musste irgendwann, während sie fest schlief, zu ihr ins Bett gekommen sein und ihr Verlangen geweckt haben. Sie erinnerte sich nur, dass sie, bebend vor Lust, aufgewacht war. Da war sie schon so heftig erregt gewesen, dass sie sich nicht gewehrt hatte, als Marc sie nahm.

Er war nicht sehr sanft gewesen, aber das hatte sie nicht gestört, sondern eher die Art, mit der er ihr zeigte, dass sie ihm gehörte. Da kam der wilde Jäger im zivilisierten Mann zum Vorschein, der sie als Beute betrachtete. Sie fühlte sich ihm hilflos ausgeliefert, weil er es immer verstand, sie zu verführen.

Endlich hörte Hira ein vertrautes Motorgeräusch. Sie konnte gerade noch ihren Wagen starten, da fuhr Marc in seinem Jeep schon an ihr vorbei, und sie folgte ihm. Da es in der Gegend um das Haus wenig Verkehr gab, musste sie sehr vorsichtig sein und großen Abstand halten. Erst wenn der Jeep in der nächsten Kurve zwischen den Baumreihen der einsamen Chaussee verschwand, konnte sie wieder Gas geben.

Die Verfolgung zehrte an Hiras Nerven. Sie kannte sich überhaupt nicht aus und befürchtete immer, Marc zu verlieren. Nur einmal zeigte ein Straßenschild an, dass es nach Norden Richtung Lafayette ging. Eine Weile konnte sie sich am Vermillion River, dem die Straße folgte, orientieren. Dann nahm Marc eine Abzweigung.

Hira war erleichtert, als sie durch die Vororte von Lafayette fuhren. Die Verkehrssituation war ideal. Es gab nicht zu viele Autos, sodass sie Marc nicht aus den Augen verlieren konnte, und gerade genug, um nicht aufzufallen.

Schließlich bog er in die Auffahrt eines großen grauen Hauses ein und parkte dort.

Hira blieb schon ein paar Häuser davor stehen. Ein schwarzer Lieferwagen gab ihr die ideale Deckung, um dahinter zu parken.

Als sie ausgestiegen war und sich dem Haus näherte, fiel ihr das Kinderspielzeug im Garten auf, und es gab sogar eine Schaukel. Verwirrt blieb sie stehen. Bedeutete das etwa, Marc hatte Kinder?

Natürlich! ging es ihr durch den Kopf, ich habe ja auch eine Quittung für Kinderkleidung bei ihm gefunden. Weil ich so wütend war wegen der Blumen, habe ich das ganz vergessen.

Hira nahm all ihren Mut zusammen und ging weiter. Am Eingang des Hauses sah sie ein schlichtes Schild mit der Aufschrift *Waisenhaus der Heiligen Maria für Jungen*.

Im ersten Moment glaubte Hira, ihren Augen nicht zu trauen. *Ein Waisenhaus? Und ich dachte, er geht zu einer anderen Frau. Aber was will Marc dort? Und warum macht er daraus ein Geheimnis?*

Rasch lief sie zum Wagen zurück. Als sie den Motor startete, griff eine große Männerhand durchs Fenster und drehte den Zündschlüssel zurück.

Hira schrie auf, riss den Kopf herum und blickte in das wütende Gesicht ihres Mannes. „Marc!"

„Steig aus!" Er zog die Wagentür auf.

Verängstigt durch seinen Zorn, gehorchte Hira. Aber sie sprach kein Wort, als sie vor ihm stand. Ihr Herz klopfte aufgeregt. So wütend hatte sie Marc noch nie erlebt, deshalb rechnete sie auch mit harter Bestrafung. Er würde sie sicher demütigen.

„Hast du geglaubt, ich würde nicht merken, dass du mir folgst?" Marcs Augen blitzten gefährlich auf. „Was für ein Spiel spielst du eigentlich, Hira?"

„Ich dachte, du würdest zu einer anderen Frau fahren", gab sie unumwunden zu. Auf einmal fühlte sich ihr Mund furchtbar trocken an.

Ihre Worte schienen Marc nur noch mehr aufzubringen. „Wenn du wissen willst, was ich hier mache, dann komm mit. Mal sehen, wie du dich beim Anblick dieser armen Waisenkinder fühlst, die nicht so verwöhnt werden wie du."

Am liebsten hätte Hira ihm erwidert, dass er es ja selbst war, der sie mit all dem Luxus umgab. Er hatte die Konten in den exklusiven Boutiquen für sie eröffnet und schickte sie zu den teuersten Stylisten. Als ob ich nicht mehr als eine Modepuppe für ihn bin, dachte Hira bitter, aber sie schwieg.

In ihrem sonnengelben langen Kleid begleitete sie Marc in das etwas heruntergekommene Gebäude und folgte ihm in den ersten Stock. Direkt gegenüber der Treppe lag eine Art Büro, dessen Tür offen stand. Hira sah einen alten Mann an einem riesigen dunklen Schreibtisch sitzen.

Als Marc mit Hira das Büro betrat, hob der Mann den Kopf. „Pater Thomas", sagte Marc sehr respektvoll, „ich möchte Ihnen meine Frau Hira vorstellen."

Der Pater stand lächelnd auf und kam mit ausgebreiteten Armen, aber langsamen Schrittes auf Hira zu. „Wie schön, dass ich Sie endlich kennenlerne."

Er strahlte so viel Weisheit und Würde aus, dass sie sich ehrfürchtig vor ihm verneigte. „Ich fühle mich sehr geehrt, Pater." Obwohl er ein christlicher Ordensmann war, erinnerte er sie an die weisen Männer ihrer Heimat. Sie wünschte, sie hätte heute nicht gerade ihr dünnes sonnengelbes Kleid angezogen. In Zulheil hätte sie bei so einem Besuch formelle Kleidung getragen.

Pater Thomas nahm ihre Hände in seine, die faltig und blass waren. „Sie sind eine schöne junge Frau mit einem sanften Wesen."

Hira wurde durch sein Kompliment zu Tränen gerührt, denn sie hatte mittlerweile bemerkt, dass er fast blind war. Aber er sah sie als Hira, als Persönlichkeit und beachtete nicht nur ihr Äußeres, sondern auch ihr Wesen.

„Du hast eine gute Wahl getroffen, mein Sohn", fuhr er fort. „Ich nehme an, du willst mit ihr zu den Jungen. Gehen Sie nur mit, meine Tochter. Ich hoffe sehr, dass wir uns von nun an öfter sehen."

Hira nickte lächelnd. „Ganz bestimmt." Dieser zerbrechliche alte Mann hatte sie mit einer herzlichen Wärme empfangen, die sie bei ihrem eigenen Vater niemals gespürt hatte.

Dann folgte sie Marc ins Treppenhaus. Als sie außer Hörweite des Paters waren, flüsterte ihr Marc zu: „Gute Vorstellung, Baby, aber die Jungen wirst du nicht so leicht blenden." Auf einmal blieb er unschlüssig stehen. „Verdammt, was habe ich mir nur dabei gedacht, dich hierher mitzunehmen? Ich hätte dich nach Hause schicken sollen. Die Kinder haben genug gelitten." Hira wunderte sich, wie bitter Marcs Stimme klang. „Aber jetzt ist es zu spät. Bitte, tu den Jungen nicht weh."

Bevor sie ihn fragen konnte, was er eigentlich damit meinte, kamen sie in eine große Küche. Dort machten sich zehn Jungen verschiedenen Alters zu schaffen, angefangen von einem spindeldürren Fünfjährigen bis zu einem aufgeschossenen etwa Vierzehnjährigen. Bei näherem Hinsehen stellte Hira fest, dass sie wohl etwas backen oder kochen wollten. Sie hatten reichlich weißes Mehl auf dem Boden verstreut. Aber das war unwichtig. Sie mochte ihr kindliches Lachen und ihre vergnügten Gesichter. Dann bemerkten die Jungen Hira.

Im gleichen Augenblick wurde es ganz still.

6. Kapitel

„Hallo, Jungs, das ist meine Frau Hira!" Marc war es zwar nicht anzuhören, wie verärgert er war, aber Hira spürte die Spannung dennoch.

Die Kinder musterten sie sehr zurückhaltend und sagten kein Wort. „Ich freue mich, euch kennenzulernen." Auf Hiras Lächeln reagierte keiner der Jungen, nicht einmal der kleinste.

Sie behielt jedoch die Nerven. Warum sollten sie mir trauen, wenn sie mich gar nicht kennen? sagte sie sich. Sie liebte Kinder, und meistens freundete sie sich schnell mit ihnen an. Kinder hatten ein Gespür dafür, ob jemand sie mochte oder nicht.

Ohne auf das auf dem Boden verstreute Mehl zu achten, ging Hira vor dem kleinsten Jungen in die Knie. „Wie heißt du, *laeha*?"

Er zuckte zwar etwas zusammen, hielt jedoch Blickkontakt mit ihr. „Brian", antwortete er leise.

„Und was willst du Leckeres zubereiten, Brian?"

„Apfelkuchen. Der ist zum Nachtisch."

„Ich habe noch niemals Apfelkuchen gegessen."

„Noch nie im Leben?", staunte einer der Jungen.

Hira richtete sich wieder auf. „Ich bin nicht aus Amerika. Euren Apfelkuchen gibt es in meiner Heimat nicht."

„Wo kommst du denn her?", wollte ein schwarzhaariges Kerlchen wissen.

Sie schaute zu ihm hinüber. „Aus Zulheil, das ist ein kleiner Wüstenstaat. Mir kommt euer Louisiana, ehrlich gesagt, manchmal ein bisschen sehr grün vor. Hier wächst überall irgendetwas." Hira verwunderte es immer noch, wenn sie wild blühende Blumen im Gras sah. Sie brachte es nicht fertig draufzutreten, weil Blumen in der Wüste etwas sehr Kostbares waren.

Ein etwa Zwölfjähriger mit Brille lächelte sie schüchtern an. „Ich habe im Internet über Zulheil gelesen. Du siehst aus wie die Leute auf den Fotos, aber du bist anders angezogen."

„Nun, ich versuche ... wie sagt man noch ... mich zu integrieren. Glaubst du, dass mir das gelingt?"

Marc stand mit gekreuzten Armen scheinbar unbeteiligt neben der Tür, während Hira ihm den Rücken zudrehte. Dennoch war sie sich seiner Gegenwart sehr bewusst. Es kam ihr vor, als wäre sie durch ein unsichtbares Band mit ihm verbunden, seit sie sich jede Nacht liebten. Dieses Gefühl wollte sie vor Marc jedoch unbedingt geheim halten, weil sie fürchtete, er könnte es ausnutzen.

Der Junge mit der Brille schüttelte den Kopf. „Du bist viel zu hübsch, und du redest auch anders."

Sie zwinkerte ihm freundlich zu, denn seine kindliche Offenheit störte sie nicht. „Das macht mir nichts aus, weißt du. Ich möchte auch gar nicht genau wie alle anderen sein. Möchtest du das denn?"

Offensichtlich dachte er darüber nach. „Nein", sagte er schließlich. „Nur ‚Pod people' sind alle gleich."

Hira kannte den Ausdruck nicht und wandte sich Rat suchend zu Marc um. „Was sind ‚Pod people'?"

Statt Marc antwortete der Junge: „Du weißt nicht, dass das Außerirdische sind? Dann musst du aber noch eine Menge lernen. Wir gucken uns heute Abend noch mal das Video an, weil Damian nicht genug davon kriegen kann. Du kannst ja mitgucken."

Sie nickte. „Einverstanden. Ich weiß zwar immer noch nicht, wer die ‚Pod people' sind, aber den Film werde ich mir gern ansehen." Der Junge schnitt eine Grimasse, die sie zum Lachen brachte. Dann fuhr Hira fort: „Aber jetzt will ich erst lernen, wie man Apfelkuchen macht. Muss man dafür Mehl auf den Boden streuen?"

Darauf lachten alle bis auf ihren Sturkopf von Ehemann. Der kleine Brian fasste zutraulich ihre Hand, und Hira nahm den mit Mehl und Zucker vollgekleckerten Kleinen auf den Arm.

Das Kind war nur Haut und Knochen, stellte sie voller Sorge fest. „Du bist ja federleicht. Warum isst du denn so wenig, *laeha*?"

Brian legte seine spindeldürren Ärmchen um Hiras Hals und lehnte seinen Kopf an ihre Schulter. „Ich weiß nicht. Aber was bedeutet *laeha*?"

Sie strich ihm sanft über den Rücken. „In meiner Muttersprache bedeutet das *Lieblingskind*." Wörtlich übersetzt hieß es eher ‚Lieblingsbaby'. Aber das wäre dem Jungen sicher peinlich, dachte Hira und behielt es für sich.

Dann ging sie zur Arbeitsplatte, wo ein unförmiger Teighaufen auf die Weiterverarbeitung wartete. „Lasst uns den Apfelkuchen zusammen machen. Ich hab das schon einmal im Fernsehen in einer Koch-Show gesehen. Da gab es übrigens Eiscreme dazu."

In diesem Moment hörte sie eine vertraute tiefe Männerstimme. „Setz den Jungen doch nicht solche Flausen in den Kopf."

Wie froh Hira war, dass sie Marc endlich aus der Reserve gelockt hatte. Noch ehe sie etwas erwidern konnte, meldeten sich die Jungen laut zu Wort und bestärkten sie darin, dass zum Apfelkuchen Eiscreme gehöre.

„Ja, Eis dazu wäre super", fand auch der kleine Brian.

„Schon gut, ihr sollt euer Eis haben!", rief Marc lachend. „Wer kommt mit zum Einkaufen?" Schnell fanden sich zwei Freiwillige.

„Lieber Mann, kannst du bitte auch Mandeln mitbringen?" Weil Hira befürchtete, dass weder Zimt noch Kardamom in der Küche vorrätig waren, bat sie ihn, auch diese Gewürze zu besorgen.

Marc fragte nicht, wozu sie die Zutaten brauchte. „Das geht in Ordnung. Wir sind bald wieder zurück." Danach wandte er sich an die Jungen. „Ihr benehmt euch bitte anständig und bringt meine Frau nicht um."

Hira schüttelte über ihn den Kopf. „Aber das sind doch alles so nette Burschen, die tun mir schon nichts."

Als er gegangen war, wandte sie sich an die Jungen. „Mein Mann hat Angst, dass ihr wie eine Herde wilder Kamele über mich herfallt, sobald er fort ist. Wie kommt er nur darauf?"

Die Jungen setzten Unschuldsmienen auf und zuckten die Schultern. „Wir werden ihm beweisen, dass er unrecht hat."

„Ja, das wäre gut!" Hiras Augen glänzten. „Er denkt sonst nämlich, er hat immer recht."

Als die kleinen Teufel verschwörerisch grinsten, wusste Hira, dass sie sie mochten. Sie setzte sich auf die Küchenbank, und Brian machte es sich auf ihrem Schoß bequem. Einige der Jungen schienen ihn zu beneiden. Die Ärmsten würden auch gern mal kuscheln, ging es ihr durch den Kopf.

So wie sie ihren Mann kannte, würde er die Jungen nie in den Arm nehmen. Selbst im Umgang mit Hira legte er auf liebevolle Gesten keinen großen Wert, und außer beim Sex schmiegte er sich im Bett kaum an sie. Hira war von ihren Eltern in dieser Hinsicht auch nicht verwöhnt worden. Deshalb konnte sie den Hunger der Jungen nach Zärtlichkeit gut verstehen. Spontan wuschelte sie dem stillen, etwa zwölfjährigen Kerlchen neben ihr liebevoll durchs Haar. Er hielt auch ganz still, obwohl die meisten Jungen in seinem Alter das nicht mehr gemocht hätten.

Hira fiel auf, als er sie anlächelte, dass seine Augen viel zu alt für das kindliche Gesicht wirkten. „Du musst ziemlich okay sein, wenn Marc dich geheiratet hat."

Aha, dachte sie, ich genieße also das Vertrauen dieser Jungen, weil sie meinem Mann vollkommen vertrauen. „Aber du kennst mich doch kaum", gab sie zu bedenken. „Ich könnte auch ein böser Drachen in Frauengestalt sein wie in dem Märchen *Die geheimnisvolle Prinzessin*."

„Was ist das für ein Märchen?" Auf einmal wollten alle mehr darüber wissen.

„Das Märchen kommt aus meiner Heimat. Es ist die Geschichte einer schönen Prinzessin, die sich in einen bösen Drachen verwandelt." Hira machte eine Pause, um die Jungen noch neugieriger zu machen. „Ich werde es euch erzählen, aber erst müsst ihr mir zeigen, wie man Apfelkuchen backt."

„Oh ja!" Die Rasselbande war von dem Vorschlag ganz begeistert. Hira wurde so gründlich wie möglich in die Kunst des Apfelkuchenbackens eingeführt. Zum Schluss wischte einer der Jungen sogar noch den Küchenboden sauber.

Mittlerweile war Brian auf ihrem Schoß eingeschlafen. Damian bot sich an, ihr den Kleinen abzunehmen. Sie bedankte sich lächelnd. „Nein, lass nur, ich möchte ihn halten. Aber dass er so furchtbar dünn ist, macht mir große Sorgen."

„Er hat überhaupt keinen Hunger und ist ganz oft krank. Ich glaube, er vermisst Becky zu sehr."

„Becky?"

„Das ist seine Zwillingsschwester, weißt du. Als die Eltern der beiden gestorben sind, ist Brian hierhergekommen und Becky in ein Waisenhaus für Mädchen", erzählte Damian.

„Aber das geht doch nicht", flüsterte Hira empört. „In Zulheil sagt man, dass Zwillinge, die zusammen geboren sind, als Kinder nie getrennt werden dürfen, sonst reißt man ihnen das halbe Herz heraus." Sie wunderte sich nicht mehr darüber, dass der Kleine so schwach war.

Damian versuchte, sie zu beruhigen. „Marc will ja auch etwas unternehmen. Der hilft den beiden ganz bestimmt."

Hira nahm sich vor, später allein mit Marc darüber zu sprechen. Im Moment genoss sie die Gesellschaft dieser unverdorbenen liebenswerten Kinder, die noch offen sagten, was sie dachten. Welch ein Unterschied zu ihrem verschlossenen Ehemann, der so viele Geheimnisse vor ihr hatte. Eines aber war gewiss: Er liebte diese Waisenkinder von ganzem Herzen.

Als Marc mit Larry und Jake zurückkehrte, brachte er sechs große Kartons Eiscreme mit. Ein bisschen viel für heute Abend, dachte er, aber das macht nichts. Was die Jungen heute nicht aufessen, darüber werden sie sich morgen hermachen.

Er erwartete, in der Küche ein Chaos vorzufinden und mitten darin seine Prinzessin, der die Rasselbande auf dem Kopf herumtanzte. Wer wie diese Jungen so viel Schreckliches durchgemacht und trotzdem überlebt hatte, der benahm sich schon mal daneben.

Daher war Marc ja auch so wütend gewesen, als Hira ihm gefolgt war. Abgesehen davon, dass sie ihm nachspionierte, befürchtete er, dass sie die Jungen durch arrogantes Verhalten verletzen könnte. Mit viel Mühe hatte er ganz allmählich das Vertrauen der Kinder gewonnen. Ein falsches Wort von Hira, während er weg war, und alles wäre umsonst gewesen.

Marc musste ihr jedoch zugutehalten, dass sie niemals versucht hatte, ihn durch abfällige Bemerkungen zu verletzen. Sie hatte sich weder über seine Narben noch über seine Herkunft lustig gemacht. Andererseits hatte sie ihn letzte Nacht nach dem Sex furchtbar kalt und distanziert gemustert, sodass seine Hoffnung schwand, sie jemals zähmen zu können.

Dabei sehnte er sich danach, die Frau hinter der schönen, aber eisigen Fassade zu entdecken. Er wollte keine Modepuppe, die ihm immer nur die kalte Schulter zeigte, Marc wollte eine mitfühlende

Frau aus Fleisch und Blut. „Hoffentlich ist alles gut gegangen", murmelte er und öffnete die Haustür.

Zu seinem Erstaunen hörte er schon von Weitem ausgelassenes Kinderlachen. Als er in die Küche kam, saß Hira umringt von den Jungen auf der Küchenbank. Der kleine Brian auf ihrem Schoß war eingeschlafen. Der schüchterne Bill neben ihr, der immer gleich rot wurde, zog sie mit irgendetwas auf.

Hira klebte Mehl an der Nasenspitze und den Ellbogen. Auf ihrem gelben Kleid waren Abdrücke von Brians Schuhen und den verschmierten Händen der anderen Kinder zu erkennen. Heute Mittag war Hiras Haar ordentlich hochgesteckt gewesen, jetzt fielen ihr lose Strähnen ins Gesicht. Sie sah irgendwie zerzaust aus, aber ihr Gesicht strahlte förmlich vor Glück. Bei ihrem Anblick fühlte Marc sein Herz pochen. Seine Frau war bildschön, wenn sie zurechtgemacht war, aber zerzaust und mit einem Kind auf dem Arm fand er sie einfach atemberaubend.

In diesem Moment quoll sein Herz über vor Zärtlichkeit für Hira. Nein, dort saß keine Eisprinzessin. Wie hatte er sie nur so falsch einschätzen können?

Larrys Stimme riss Marc aus seinen Gedanken. „Worüber lacht ihr denn so?"

„Hira erzählt uns wahnsinnig lustige Geschichten", antwortete Damian vergnügt.

„Mensch, das haben wir jetzt verpasst!"

Hira tröstete Larry. „Das macht nichts, du wirst schon noch welche hören. Ich kenne genug davon."

Marc konnte kaum glauben, wie gut sie mit den Jungen zurechtkam. Sie schienen ganz vernarrt in sie zu sein. Je später es wurde, desto eher rechnete er damit, dass sie unter der Belastung durch die nach Aufmerksamkeit hungernden Kinder zusammenbrechen würde. Aber sie schien sich immer wohler zu fühlen und lächelte so, dass es ihr ganzes Gesicht veränderte. Die Rasselbande machte ihr überhaupt nichts aus.

Nach dem Abendessen durften die Jungen, wie versprochen, den ersten Teil ihres Lieblingsvideos anschauen. Es war eine Auszeichnung für gutes Benehmen, normalerweise gab es während der Woche keinen Fernsehabend.

Auch wenn sie es sich nicht anmerken lassen wollten, war die Stimmung gedrückt, weil sich alle Sorgen um Brian machten. Der Kleine hatte wieder einmal kaum etwas gegessen.

Da verschwand Hira heimlich während des Films in der Küche. Sie bereitete aus Milch, Zucker, Mandeln und den Gewürzen, die Marc mitgebracht hatte, eine Süßspeise aus ihrer Heimat zu. Danach nahm sie Brian wieder auf den Arm und hielt ihm einen Löffel davon hin. „Probier mal, *laeha*, das habe ich extra für dich gezaubert." Der exotische Singsang ihrer Stimme weckte die Vorstellung von einem weit entfernten, sonnenverwöhnten Land.

Der kleine, traurige Junge öffnete den Mund. Nachdem er einen Löffel von dem süßen Mandelbrei gekostet hatte, leuchteten seine Augen. Er aß auch den zweiten ohne Protest. Und während die anderen Kinder den spannenden Film verfolgten, schaffte es Hira, dass Brian ein ganzes Schüsselchen von der nahrhaften Süßspeise aß.

Müde vom ungewohnt vielen Essen kuschelte er sich danach in Hiras Arme und schlief, am Daumen lutschend, ein.

Marc nahm Hira die Schüssel mit dem Löffel lächelnd aus der Hand. „Das hast du toll gemacht. Danke."

„Er ist so schwach", flüsterte sie besorgt.

„Ich weiß, Chérie. Deswegen versuche ich ja auch, seine Zwillingsschwester zu finden." Sanft strich Marc ihr übers Haar, bevor er in die Küche verschwand.

Dort fand er noch eine ganze Schüssel von dem köstlich nach Mandeln duftenden Brei, den Hira zubereitet hatte. Ohne lange zu überlegen, verteilte er den Rest auf kleine Schälchen und gab sie den Jungen zum Probieren. „Das ist ein ganz besonderes Dessert von meiner Frau."

Gleich darauf waren begeisterte Rufe zu hören. Als er sich umwandte, um zu sehen, wie Hira die Komplimente gefielen, schlief sie ebenso fest wie Brian, der sich an sie geschmiegt hatte.

Marc seufzte. Im Schlaf sah seine Prinzessin ebenso arglos aus wie der kleine Junge. *Wenn ich nur wüsste, was ihr wahres Gesicht ist. Das stolze schöne oder das kindlich unschuldige? Dann könnte ich meine Frau endlich verstehen.*

Hira wachte auf, als Marc ihr Brian aus dem Arm nahm. „Wollen wir fahren?", fragte sie und rieb sich die Augen.

„Ja, die Jungen sind schon ins Bett gegangen. Ich soll dir von ihnen eine gute Nacht wünschen. Du möchtest bald wiederkommen." Obwohl sie sehr müde war, entging ihr nicht, dass er sie beinah zärtlich anschaute.

Während Marc den Kleinen in den Schlafsaal brachte, ging Hira in die Küche. Sie hatte schnell noch etwas aufräumen wollen, aber alles war bereits blitzblank. Ihre Schuhe fand sie genau dort, wo sie sie ausgezogen hatte. Sie schlüpfte hinein und lief die Treppe hinauf, um sich von dem Pater zu verabschieden. Doch sein Büro war leer.

Plötzlich umfasste jemand sie von hinten, und sie hörte Marcs vertraute Stimme. „Pater Thomas wollte sich verabschieden, bevor er ins Bett gegangen ist, aber du warst schon eingeschlafen."

Lächelnd wandte sich Hira zu ihm um. „Er ist so ein netter Mann."

Marc küsste sie sanft auf die Stirn. Es war eine für ihn völlig untypische Geste. Und Hira sah ihn so überrascht an, dass er amüsiert lächelte. Dann wurde er wieder ernst. „Du wirst nicht in deinem Wagen zurückfahren. Ich habe ihn auf dem Grundstück des Waisenhauses abgestellt. Wir können ihn später holen."

Hira nickte erleichtert.

Auf der Heimfahrt in Marcs Jeep überkam die Müdigkeit sie von Neuem. Hira erwachte erst wieder im Haus, als Marc sie die Treppe hinauftrug. „Habe ich die ganze Zeit geschlafen?"

Seine grauen Augen schimmerten warm. „Ja, und du hast dich genauso an mich gekuschelt, wie Brian es vorhin bei dir gemacht hat."

Gähnend schmiegte Hira sich wieder an ihn, und sogleich fielen ihr die Augen zu. Sie bekam kaum mit, wie Marc sie auszog und ins Bett legte, allerdings ohne ihr das Negligé anzuziehen. Nachdem er sich seiner Kleidung entledigt hatte, legte er sich nackt zu ihr und nahm sie in die Arme.

„Gute Nacht, Prinzessin." Er küsste sie zärtlich auf den Hals.

Wie schön, in den Armen eines amerikanischen Jägers zu liegen, dachte sie schlaftrunken, vor allem wenn er mit einem zufrieden ist. Das war ihr letzter Gedanke, bevor sie ins Traumland hinüberglitt.

Am nächsten Morgen machte sich Hira auf die Suche nach ihrem Mann. Sie hatte genug Selbstvertrauen gewonnen, um ihn um etwas zu bitten, das ihr sehr wichtig war. Wenn sie daran dachte, wie zärtlich er gewesen war, kam es ihr so vor, als hätte er seine Meinung über sie geändert, und das machte Hira glücklich.

Gestern habe ich ihn damit beeindruckt, wie gut ich mit Kindern umgehen kann, ging es ihr durch den Kopf. Da muss er wohl begriffen haben, dass ich eben keine verwöhnte Prinzessin, sondern eine Frau mit Herz bin.

Sie fand Marc wieder im Hof beim Holzhacken. Diesmal forderte er sie mit einem charmanten Lächeln auf, näher zu kommen. „Guten Morgen!"

Hira trug ein mintgrünes Top mit passendem langen Rock im Orientstil. Obwohl der Zweiteiler eher brav wirkte, signalisierte ihr Marcs Blick, dass sie ihm darin gefiel.

„Guten Morgen!" Zu ihrem Erstaunen überkam Hira ein Anflug von Schüchternheit, und sie errötete. „Warum hackst du eigentlich Holz, wenn wir das hier gar nicht brauchen?"

„Ich finde es besser, als Gewichte zu heben. Außerdem gibt es arme Leute, die das Holz gebrauchen können. Denen schenke ich es."

„Ich verstehe." Marc gefiel es, anderen Gutes zu tun. Das hatte Hira mittlerweile begriffen. Hoffentlich würde er sich bei ihr heute auch großzügig zeigen. „Ich möchte dich um etwas bitten."

Er schlug die Axt in den Baumstumpf und stützte die Hände in die Hüfte. Einen Moment lang nahm sie der Anblick seiner kräftigen Oberschenkel gefangen. Sie wusste genau, wie sich die Muskeln dort anfühlten. „Schieß los!", hörte sie Marc sagen.

Sie erschrak. Wieso hielt er sie für eine Revolverheldin? „Warum sollte ich schießen?"

„Das meine ich doch nicht wörtlich, Prinzessin. Es ist nur so eine Redensart. Man fordert den anderen damit auf, einfach zu sagen, was er denkt."

„Ihr Amerikaner seid vielleicht komisch." Sie sah kurz zu Boden, aber dann nahm sie wieder Blickkontakt zu Marc auf. „Ich möchte ein Studium beginnen."

„Aha, du willst also Unterricht nehmen. Denkst du an Töpfern oder etwas anderes Kreatives, um dir die Zeit zu vertreiben? Ich finde, das ist eine gute Idee."

„Nein, ich möchte Wirtschaftswissenschaften studieren, genauer gesagt, Betriebswirtschaft. Es gibt einen Studiengang mit dem Schwerpunkt Management und Personalwesen an der Universität von Louisiana in Lafayette."

„Soso, Prinzessin." Marc brach in schallendes Gelächter aus.

„Aber was gibt es denn da zu lachen?" Hira hasste es, wenn man über sie lachte. Vor allem von Marc, der seine Freunde so loyal behandelte, hätte sie das nicht erwartet.

Ihr Ton ließ ihn aufhorchen, und er fasste sich wieder. „Erwartest du wirklich von mir, dass ich deine Bitte ernst nehme?" Er fuhr sich etwas verlegen durchs Haar. „Ich weiß ja, dass du nicht dumm bist, Honey, und ich habe dir versprochen, dass ich dich niemals am Lernen hindern will. Aber um ehrlich zu sein, glaube ich einfach nicht, dass du den Strapazen eines intensiven Studiums gewachsen bist. Schließlich bist du dazu erzogen worden, die Frau eines reichen Mannes zu werden und keine Akademikerin."

Eigentlich hätte Hira ja froh sein können, dass Marc ihrem Traum vom Studium nicht im Weg stand. Aber sie hatte nicht nur auf sein Einverständnis gehofft, sondern auch auf seine Unterstützung. „Ich bin nicht nur intelligent, ich weiß auch, was ich will", erklärte sie selbstbewusst. „Für Betriebswirtschaft habe ich mich schon immer interessiert und meinem älteren Bruder oft geholfen, wenn er nicht weiterwusste. Er durfte es nur keinem erzählen, sonst wäre er bestraft worden. Mein Vater ist nämlich der Meinung, dass sich ein Mann nicht von einer Frau helfen lassen darf."

„Okay, okay!", rief Marc. „Ich habe nichts dagegen, wenn du studieren möchtest, Honey. Sag mir nur, was es kostet. Ich zahl das schon."

Er nickte ihr zu, was Hira so vorkam, als würde er sie huldvoll entlassen. Das machte sie furchtbar wütend, und sie rang nach Atem. All die Jahre hatte sie in einem frauenfeindlichen Land gelebt und war von ihrem Vater unterdrückt worden. In dieser Zeit hatte sich eine Menge Wut in ihr aufgestaut.

Marc ahnte davon nichts. Auch als sie mit ihren kleinen Händen gegen seine Brust trommelte, hielt er das nur für eine typisch weibliche Überreaktion, weil er sich nicht so brennend für ihre Pläne interessierte. Er begriff erst allmählich, wie sehr er sie gekränkt hatte.

Am ganzen Körper zitternd, schrie Hira ihn an: „Du bist ein ... schrecklicher Mann! Du tust mir weh und entschuldigst dich noch nicht einmal dafür." Ihre Augen sprühten regelrecht vor Zorn. „Im Grunde interessierst du dich gar nicht für mich. Ich bin nur ein Spielzeug für dich."

Als Marc schwieg, fuhr sie plötzlich mit aufgesetzter, ganz unpersönlicher Computerstimme fort: „Drücken Sie diesen Knopf, und die hübsche kleine Hira wird vor Lust vergehen, wenn Sie sie berühren. Ziehen Sie diesen Hebel, und sie wird sich in ihr Zimmer zurückziehen. Sie ist eben nur ein einfältiges dummes Ding."

Mittlerweile war Marc wie erstarrt. Vor ihm stand nicht die wunderschöne, stets beherrschte Prinzessin, die er kannte, sondern eine Frau mit zutiefst verletzter Seele. Und er befürchtete, dass er nicht unschuldig daran war.

7. Kapitel

Hira drehte sich auf dem Absatz um und wollte weglaufen, aber sie stolperte. Marc konnte gerade noch verhindern, dass sie hinfiel. Als er sie an den Armen fasste, erschrak er, so heftig zitterte sie am ganzen Körper.

„Lass mich los, lass mich los!" Sie flehte ihn mit tränenerstickter Stimme an. „Bitte, lass mich los." Dann verlor Hira die Fassung und fing doch noch an zu weinen.

Aus der Tiefe seiner Seele, die Marc längst verschüttet glaubte, stieg zärtliches Mitgefühl in ihm auf. „Wein doch nicht, Hira. Bitte hör auf zu weinen." Er zog ihren immer noch zitternden Körper an sich. „Es tut mir leid, Chérie."

Hira schluckte ihre Tränen herunter. „Wie nennst du mich immer? Chérie. Ist das eigentlich ein böses Wort?"

„Im Gegenteil, Chérie ist ein Kosewort." Marc war schon aufgefallen, dass er es immer öfter benutzte, obwohl er sonst viel zu nüchtern für so etwas war.

„Aber warum bist du dann nicht auch lieb zu mir?"

Der Vorwurf ging ihm zu Herzen. „Aber das will ich doch sein. Findest du nicht, dass ich lieb zu dir bin?"

„Nein." Sie hatte keine Hemmungen, es offen auszusprechen. „Du behandelst mich, als wäre ich dir lästig. Schickst mich zum Einkaufen, damit du deine Ruhe hast. Deine Sekretärin muss für mich Termine im Schönheitssalon machen, wo ich mich zu Tode langweile, weil ich schon alle Kreuzworträtsel in diesen albernen Frauenmagazinen gelöst habe."

„Ich möchte mich in aller Form bei dir entschuldigen, wenn ich dich so behandelt habe, als wärest du mir lästig." Marc drehte sie sanft zu sich, und sie schaute ihn an, wenn auch sehr reserviert. „Glaub mir, du bist mir überhaupt nicht lästig."

„Ich weiß nicht ..."

Hira war also nicht so leicht von seiner Reue zu überzeugen, aber das machte Marc nichts aus. Er fand es viel wichtiger, dass sie aufrichtig zu ihm war. „Was kann ich tun, um dir zu beweisen, wie leid es mir tut?"

„Nichts." Sie straffte die Schultern. „Ich brauche nichts von dir."

Nichts, ging es ihm durch den Kopf, sie will nichts von mir. Er war ratlos, und das machte ihn zornig. Ich bin wohl nicht gut genug für meine Frau, ich soll sie offenbar anflehen, dass sie mir ihre Aufmerksamkeit schenkt.

Das alles erinnerte ihn an eine frühere unglückselige Affäre mit einer schönen, jedoch furchtbar arroganten Frau. Auch wenn es schon eine Ewigkeit her war, Marc hatte die Kränkung nie vergessen können.

„Du brauchst nichts außer meinem Geld", bemerkte er höhnisch. „Wenn ich dir dein Luxusleben nicht finanzieren würde, wüsstest du nicht, wo du bleiben solltest."

Hira wurde so blass, dass man es trotz ihres bronzefarbenen Teints erkennen konnte. Ihre Miene war plötzlich wie versteinert. „Und du sagst, du willst lieb zu mir sein. Ich bin ganz allein in einem fremden Land. Du weißt, dass meine Familie weit weg ist. Nur deswegen kannst du derart gemeine Sachen sagen."

Marc hätte sich ohrfeigen können. „Hira, bitte ..."

Aber sie achtete gar nicht auf seine Worte, sondern fuhr fort: „Ich dachte, du seist ein anständiger Mensch, aber du bist genau wie mein Vater."

„Nein, ich bin nicht so ein Tyrann wie er", widersprach Marc energisch.

Hira ging nicht darauf ein und schaute ihn nur verächtlich an. „Meine Mutter muss meinen Vater auch ständig um Geld anbetteln, obwohl sie die teuersten Kleider und den wertvollsten Schmuck von ihm bekommt. Meinem Vater geht es nur um den Eindruck, den sie als Frau eines reichen Kaufmanns machen muss. Wie nennt ihr das noch? Image. Ja, ums Image geht es ihm, aber nicht um sie."

Marc stand nur hilflos da und hörte Hira zu. Ihre Stimme klang so ganz anders als sonst, viel leiser und tief gekränkt. Mit jedem Wort erkannte er deutlicher, wie abscheulich er sich benommen hatte. Vor seiner Hochzeit hatte er nie bemerkt, wie verletzend er offenbar im Umgang mit seinen Mitmenschen sein konnte.

„Obwohl meine Mutter von Luxus umgeben ist, muss sie meinen Vater um jeden Cent bitten, wenn sie uns Kindern ein Geschenk machen oder sich mit ihren Freundinnen zum Lunch treffen will." Marc sah den Schmerz, der sich in Hiras Augen widerspiegelte. Sie schien die Demütigungen ihrer Mutter nachzuempfinden.

„Mein Vater saß wie ein Pascha in seinem Arbeitszimmer und behandelte seine Frau wie eine Bittstellerin, wenn sie Geld brauchte. Dabei hat sie immer alles für ihn getan. Sie hat ihm drei Kinder geboren, obwohl sie sehr zart ist und ihr die Ärzte nur zu einem rieten. Und doch muss sie um jedes bisschen Geld betteln. Auch der niedrigste Angestellte bekommt von meinem Vater einen festen Lohn, nur meine Mutter ist vollkommen auf ihn angewiesen."

„Okay", sagte Marc, als Hira fertig war.

„Was heißt das?", fragte sie, ohne ihn anzusehen.

„Ich gebe zu, dass ich mich wie ein Idiot benommen habe. Es gibt keine Entschuldigung für das, was ich gesagt habe."

Auf einmal wirkte Hira sehr erstaunt. „Und warum hast du es gesagt?"

Er stöhnte. „Ich wünschte, ich wäre nicht so unbeherrscht. Auf jeden Fall war es sehr unfair von mir, dir so etwas zu sagen. Aber ich schwöre, dass du mich niemals um Geld wirst bitten müssen." Und das meinte Marc wirklich ernst. Er bewunderte seine schöne Frau, und er hasste den Gedanken, ihren Stolz zu verletzen.

Außerdem nahm er sich vor, seiner Schwiegermutter ein eigenes Konto einzurichten, wenn er das nächste Mal nach Zulheil kam. Von ihm würde Amira Dazirah es wahrscheinlich nicht annehmen, aber als Geschenk ihrer Tochter könnte sie es vielleicht akzeptieren.

Marc hatte die Hände in die Hüfte gestemmt, um nicht in Versuchung zu geraten, Hira an sich zu ziehen. Er verstand sich nicht darauf, seine Frau mit Worten um Verzeihung zu bitten. Am liebsten hätte er ihr auf der Stelle bewiesen, wie sehr er sie liebte. „Übrigens, ich habe dir zur Hochzeit gleich ein Konto eingerichtet. Darauf wird monatlich Geld überwiesen."

„Und wofür soll das Geld sein?", fragte Hira vorsichtig.

„Du kannst damit machen, was du willst. Du kannst es anlegen, dir Bücher dafür kaufen oder es in Las Vegas verspielen."

„Warum hast du mir das nicht schon früher erzählt?"

„Ich hatte es ganz vergessen." Doch da sagte Marc nicht die Wahrheit. In Wirklichkeit zahlte er Hiras Rechnungen viel lieber selbst. So war sie auf ihn angewiesen, und er hatte sie unter Kontrolle. „Die Unterlagen zu deinem Konto sind in meinem Arbeitszimmer."

Er schlug den Weg zum Haus ein, und sie folgte ihm. In seinem Arbeitszimmer übergab er Hira den Kontoauszug und die Bankkarte, die auf ihren Namen ausgestellt war.

Sie machte große Augen, als sie den eingezahlten Betrag sah. „Lieber Mann, das ist viel zu viel Geld."

Lässig zuckte er die Schultern. „Ich bin auch sehr reich."

Aber sie legte den Kontoauszug und die Bankkarte wieder auf seinen Schreibtisch. „Das kann ich nicht annehmen."

„Das verstehe ich nicht. Warum willst du kein eigenes Konto? Ich denke, du möchtest unabhängig sein."

Sie sah ihm offen ins Gesicht. „Ich habe nichts getan, womit ich das Geld verdiene."

„Du bist meine Frau." Marc begehrte sie nicht nur, es gefiel ihm einfach alles an ihr. Sie beeindruckte ihn mit ihrem Verstand, sie verblüffte ihn mit ihrer Ehrlichkeit, und er bewunderte, wie sie mit den Jungen umging.

„Aber ich habe hier nichts zu tun, was eine Frau normalerweise macht", erwiderte sie, ohne den Blickkontakt abreißen zu lassen. „Ich führe nicht den Haushalt, und auch die anderen Arbeiten werden von Fremden übernommen, die regelmäßig herkommen, diskret alles erledigen und wieder verschwinden. Ich helfe dir nicht bei deinen Geschäften, und wir haben auch keine Kinder." Hira straffte die Schultern. „Meine Mutter ist zarter als ich, und doch hat sie ungleich mehr zu tun."

Marc hatte ihr aufmerksam zugehört. „Wundere dich nicht, wenn du bald auch eine Menge zu tun hast", entgegnete er. „Seit unserer Hochzeit war es ziemlich ruhig in der Firma, aber jetzt stehen bedeutende Geschäfte an. Die wichtigsten Verhandlungen führe ich gern im privaten Rahmen hier im Haus. Da kannst du mir eine große Hilfe sein, wenn du Augen und Ohren offen hältst und Informationen für mich sammelst. Jedes Detail kann enorm wichtig sein, denn es geht um Millionen. Verstehst du, Hira? Ich brauche jemanden, der absolut zuverlässig ist. Meinst du, du könntest diese Aufgabe übernehmen?"

Hiras Augen glänzten vor Aufregung. „Du würdest mir wirklich so etwas anvertrauen?" Sie konnte kaum glauben, dass Marc es ernst meinte.

„Natürlich", versicherte er ihr. „Ich bin doch kein Dummkopf und kenne dich gut genug. Du bist eine intelligente Frau, und außerdem hast du mein Vertrauen noch nie enttäuscht." Im Stillen fragte er sich, warum er Hira zuvor noch nie in seine Geschäfte eingeweiht hatte. Es musste sie gekränkt haben, immer nur als einfältige Modepuppe betrachtet zu werden. Vielleicht war das auch der Grund dafür, dass sie sich vor ihm verschloss.

„Was dein Studium anbetrifft", fuhr er fort, „wirst du dir und den anderen noch beweisen müssen, wie begabt du bist. Aber das muss jeder Student. Ich bin jedenfalls sehr gespannt darauf."

Hira nickte. „Ich habe schon begriffen. Du weißt nicht, ob ich genug Verstand habe und die nötige Ausdauer. Daher willst du dir jetzt noch kein Urteil erlauben. Das finde ich auch okay. Aber warte nur ab."

Allmählich ahnte Marc, dass seine Frau nicht nur wunderschön war, sondern auch ein Rückgrat aus Stahl hatte. Da kam ihm noch eine andere Idee. „Das Waisenhaus ist ziemlich heruntergekommen, findest du nicht auch?"

Sie verstand sofort. „Ja, und außerdem wird es dort immer enger, je älter die Jungen werden."

„Du hast recht. Deshalb wird das Gebäude auch in ein paar Monaten umgebaut und erweitert. Aber ich möchte den privaten Charakter des Heims auf jeden Fall erhalten. Es soll ein richtiges Zuhause für die Kinder werden." Er lächelte. „Übrigens werden wir dann auch ein eigenes Apartment dort bekommen, falls wir mal übernachten möchten."

Sie erwiderte sein Lächeln nur verhalten. „Aber was ist mit all den anderen Waisenkindern?"

„Ich kann nicht allen Waisen der Welt helfen, aber ich kann für diese zehn Jungen sorgen und für Becky, sobald ich sie gefunden habe." Marc hätte Hira gern noch gefragt, was sie über Kinder und ihre Erziehung dachte, stattdessen redete er von den Bauplänen und darüber, wie er alles organisieren wollte.

Auf einmal kam Hira mit anmutigen Schritten auf ihn zu und

schlang die Arme um ihn. Marc konnte kaum glauben, dass sie sich mit ihrem schlanken Körper an ihn schmiegte. Dabei verströmte sie auch heute wieder diesen exotischen Duft, der ihn berauschte.

„Du hast also nichts dagegen, zehn Jungen und ein kleines Mädchen zu bemuttern?" Er fand seine Frau bezaubernd und genoss es sehr, sie in den Armen zu halten. „Natürlich werde ich noch zusätzlich Fachkräfte einstellen, falls du …"

Strahlend lächelnd legte sie ihm einen Finger auf den Mund. „Das wird nicht nötig sein. Ich freue mich wirklich darauf, weil ich mir immer viele Kinder gewünscht habe. Leider hatte meine Mutter sehr schwere Geburten, und ich kann wahrscheinlich auch nur ein oder zwei eigene Kinder bekommen. Daher bin ich dir sehr dankbar für diese Kinderschar, lieber Mann."

Marc verstand selbst nicht, warum er sich Hira bisher nie als Mutter seiner Kinder vorgestellt hatte. Sie liebte Kinder und konnte gut mit ihnen umgehen. Das hatte sie ihm mit den Jungen bewiesen. „Ist es denn sehr gefährlich für dich, Kinder zu bekommen?" Während er sie im Arm hielt, legte er eine Hand sanft auf ihren Bauch.

„Meine Mutter hat mich untersuchen lassen, als ich alt genug war, um zu verstehen, worum es ging", antwortete Hira offen. „Der Arzt sagte mir, ich könnte ohne Weiteres schwanger werden. Aber um meinen Körper nicht zu überanstrengen, sollte ich mich möglichst auf zwei Kinder beschränken."

Marc nickte erleichtert. Obwohl er sich gerade erst mit der Idee vertraut gemacht hatte, sah er Hira in Gedanken schon hochschwanger vor sich.

Im nächsten Moment trafen sich ihre Blicke. Da schöpfte Marc Hoffnung, dass sie ihm sein schlechtes Benehmen verziehen hatte, und berührte ihre Lippen zärtlich mit dem Mund.

Sogleich knisterte es wieder vor unterdrückter Leidenschaft zwischen ihnen. Während Hira sich an seinen Schultern festhielt, küsste Marc sie stürmisch und drang in ihren Mund ein. Sie schmeckte so unvergleichlich gut. Wie eine Mischung aus Honig und Gewürzen, wie aus Feuer und Eis, eben ganz wie Hira.

Aber der Genuss währte nicht lang. Denn Hira stieß Marc gegen die Brust und machte schnell einen Schritt zurück. Vollkommen überrascht, fragte er sich, ob er sie etwa gegen ihren Willen geküsst oder sonst etwas falsch gemacht hatte. Ratlos beobachtete er, wie Hira die Hände an die geröteten Wangen legte. In ihrem Blick spiegelte sich eine Mischung aus Unschuld und purem Verlangen. Ehe Marc sich versah, drehte sie sich auf dem Absatz um und verschwand.

Jetzt begann er leise zu lachen. Ihr musste gerade klar geworden sein, welches Begehren er in ihr auslöste, sogar wenn sie böse auf ihn war. Vergnügt pfiff er durch die Zähne. Unter dieser Voraussetzung würde er bei Hira immer erreichen, was er wollte. Er träumte von langen, heißen Nächten, in denen er leidenschaftlichen Sex mit seiner wunderschönen Frau erleben würde.

Noch am selben Abend sollte sein Traum sich erfüllen.

Am nächsten Morgen erwachte Marc schon kurz vor Sonnenaufgang. Hira lag neben ihm auf dem Bauch. Sein linker Arm diente ihr als Kopfkissen, während Marc sie mit dem rechten Arm umfasst hielt und sein rechtes Bein über sie gelegt hatte. Ihre Schönheit faszinierte ihn immer wieder. Er blieb ganz ruhig liegen, damit sie nicht aufwachte und er sie ungestört betrachten konnte.

Als Kind ohne Liebe aufgewachsen, war Marc schon immer einsam gewesen. Auch als Erwachsener hatte er sich allein am wohlsten gefühlt – bis zu jenem denkwürdigen Abend, als er Hira Dazirah auf der Galerie ihres Elternhauses entdeckt hatte. Ihr Anblick hatte ihm den Atem geraubt, er musste sie einfach haben. Vom ersten Moment an hatte ihre exotische Schönheit seine Leidenschaft entflammt.

Gestern jedoch war noch etwas anderes mit den beiden geschehen. Über die rein körperliche Anziehung hinaus empfanden sie nun mit einem Mal auch Interesse an der Persönlichkeit des anderen. Anstatt sich bei jeder Unstimmigkeit gleich zurückzuziehen, wollten sie sich lieber zusammenraufen.

Nach einer Weile schlug Hira die Augen auf, aber sie gähnte und blieb zunächst schlaftrunken neben Marc liegen. Irgendwann hob sie jedoch die Hand und streichelte seine Wange. „Du guckst so traurig, Marc." Ein Lächeln umspielte ihre Lippen. „Was kann ich tun, um dich aufzuheitern?"

Ihre Fürsorge rührte ihn. Dass sich jemand einfach so anbot, ihm eine Freude zu machen, hatte er nur selten erlebt. „Lass nur, Baby, alles okay."

Als er sein Bein wegzog, stützte sie sich auf den Ellbogen und streichelte seine Wange noch zärtlicher. „Lieber Mann, erzähl mir von deiner Kindheit."

Lächelnd spielte Marc mit einer seidigen Strähne ihres Haars. „Was willst du denn wissen?"

„Es heißt, schon im Kind erkennt man den Mann." Hira küsste ihn wie zufällig auf das Kinn. In der vergangenen Nacht war sie seine leidenschaftliche Geliebte gewesen. Aber später, als er sich von ihr abwenden wollte, hatte sie ihn festgehalten, und er hatte verstanden. Seine Frau wollte mehr als nur Lust mit ihm teilen, sie wollte Wärme und Zärtlichkeit. Darum hatte er sie die ganze Nacht im Arm gehalten, obwohl Marc nie ein besonders zärtlicher Mann gewesen war.

„Es ist so schwer, dich zu verstehen. Vielleicht könnte es mir helfen, mehr über deine Kindheit zu wissen", erklärte Hira mit ernster Miene.

„Hast du eigentlich jemals gelernt zu lügen, Chérie?" Er strich ihr mit einer Hand über den Rücken und berührte genießerisch ihre wundervoll geformten Oberschenkel.

Ohne sich davon ablenken zu lassen, beantwortete sie seine Frage: „Ja, ich habe meinen Vater oft angelogen."

Marc zog die Augenbrauen hoch, aber er ließ sie weiterreden.

„Zum Beispiel habe ich damals gelogen, als er mich fragte, ob ich Fariz' alten Computer verschenkt hätte. Ich sagte natürlich Ja, obwohl ich ihn für mich behalten hatte. Mein Vater kam nämlich nie in mein Zimmer, und mein Bruder Fariz hätte mich niemals verraten. Im Gegenteil, er hat mir sogar noch seine neuen Programme kopiert."

„Aber ich dachte, Mädchen hätten in Zulheil die gleichen Bildungschancen wie Jungen", wandte Marc ein.

„Natürlich, auf dem Papier. Ich durfte ja auch zur Schule gehen. Nur sah mein Vater nicht ein, dass er seiner Tochter auch noch eine Ausbildung oder ein Studium bezahlen sollte. Das war in seinen Augen reine Geldverschwendung, weil er mich möglichst schnell verheiraten wollte." Hira zuckte scheinbar gleichgültig die Schultern, aber Marc ahnte dennoch, wie sehr ihr Vater sie gekränkt haben musste.

„Warum hast du dich denn nicht über diese Behandlung beschwert?"

„Dann hätte ich nicht nur die Ehre unserer Familie, sondern des ganzen Clans beschmutzt. Wenn ein Mitglied sich nämlich beschwert und recht bekommt, heißt das, die Familie hat versagt."

„Das hat sie in deinem Fall ja auch."

„Ja schon, aber es gibt auch Fortschritte. Letztes Jahr durften zum Beispiel etliche Verwandte von mir zum Ingenieurstudium nach England gehen, und zwar sowohl Jungen als auch Mädchen. Hätte ich mich damals beschwert, wäre die Familienehre verletzt worden und sie hätten das Stipendium alle nicht bekommen. Ich konnte doch nicht die Träume der anderen zerstören, nur weil ich selbst keine Chance bekommen hatte."

Das leuchtete Marc ein, dennoch fand er es furchtbar ungerecht, wie ihr Vater Hira behandelt hatte. „War denn außer deiner Familie niemand da, der dir hätte helfen können?"

Sie versuchte zu lächeln. „Als ich älter wurde, war ich in der Schule bei meinen Cousinen nicht mehr sehr beliebt. Sie fürchteten meine Konkurrenz bei den jungen Männern. Die wirklich hübschen Mädchen, mit denen ich mich hätte anfreunden können, hatten leider mit der Schule nicht viel im Sinn. Ich konnte, ehrlich gesagt, nichts mit ihnen anfangen."

„Und was war mit den Jungen?"

„Die interessierten sich natürlich für mich, aber selbst die guten Schüler wollten mehr als nur Freundschaft."

Marc hatte höchst aufmerksam zugehört. „Kein Wunder, dass alle Jungen in dich verliebt waren. Haben sie dich belästigt?"

„Ich musste vorsichtig sein, vor allem bei den älteren Schülern, die mehr wollten als nur einen Kuss." Hira schnitt eine Grimasse. „So war das eben, die Jungen mochten mich zu sehr, die Mädchen dafür überhaupt nicht."

Sie ließ es wie einen Scherz klingen, trotzdem war Marc erschüttert. Seine schöne Frau musste eine einsame Jugend gehabt haben. „Jetzt bin ich ja da", tröstete er sie. „Du kannst mir alles anvertrauen."

„Ja, lieber Mann."

Ihre Stimme klang so ungewohnt sanftmütig, dass er Verdacht schöpfte. „Machst du dich etwa über mich lustig?"

Auf einmal stahl sich ein schelmischer Ausdruck in Hiras Augen. „Nur ein ganz kleines bisschen."

Marc schaffte es, keine Miene zu verziehen. „Soso, Prinzessin." Er zog Hiras Kopf zu sich heran und küsste sie hart auf den Mund. „Du möchtest also, dass ich dir von meinem Leben als Bayou-Balg erzähle?"

„Oh ja, bitte", bat sie ihn lächelnd. „Warum nennst du dich eigentlich so?"

„Weil der Name zutrifft. Ich bin im Bayou-Sumpf aufgewachsen. Unsere Baracke drohte immer zusammenzubrechen, wenn das Wasser anstieg. Meinen Eltern machte das nichts aus, denn sie waren beide Alkoholiker. Ich war ihnen auch völlig gleichgültig, solange sie Geld hatten, um ihren Schnaps zu kaufen."

„Und wenn sie kein Geld hatten?"

„Dann haben sie mich herumgestoßen und geschlagen, um sich abzulenken." Marc konnte sich noch gut an die Schmerzen und all die Kälte erinnern.

„Wie gemein!", rief Hira außer sich vor Empörung.

Er strich ihr beruhigend über die Schultern. „Halb so schlimm. Ich war sehr flink und habe mich einfach versteckt, bis sie wieder betrunken und friedlicher waren."

Unendlich sanft, als berührten ihn Schmetterlingsschwingen, fuhr Hira mit dem Finger über die Narbe auf seiner Brust. Marc stockte fast der Atem, weil er fühlte, dass sie beide anfingen, einander zu verstehen.

„Aber wenn ich diese Narben sehe, würde ich sagen, du warst nicht flink genug. Sie haben dich grausam misshandelt."

Er war von Hiras Mitgefühl tief beeindruckt. Seine Prinzessin würde für ihn einstehen und ihn nicht im Stich lassen. Er hätte zu gern gewusst, wie stark ihr Zusammengehörigkeitsgefühl bereits war, wollte es aber auch nicht aus Versehen im Keim ersticken. So beantwortete er nur ehrlich ihre Fragen.

Und dann erzählte er ihr die ungeschminkte Wahrheit über seine Kindheit und vertraute ihr Dinge an, die niemand außer ihm selbst wusste. „Als ich sieben Jahre alt war, brauchten meine Eltern so nötig Geld, dass sie mich verkauft haben."

8. Kapitel

Hira fuhr hoch. Sie hielt sich das Laken vor die nackten Brüste und rief entrüstet: „Aber man kann Menschen doch nicht verkaufen! Das geht weder in meinem noch in deinem Land!"

„Es hätte schlimmer für mich kommen können", beruhigte Marc sie. „Man hört ja die entsetzlichsten Dinge, die unschuldigen Kindern angetan werden."

Sie nickte traurig. „Ja, ich weiß."

„Zum Glück ist mir nichts dergleichen geschehen", versicherte er ihr eilig. „Der Grund, warum Muddy für mich Geld bezahlt hat, waren meine flinken Beine. Diebe müssen nämlich schnell wie der Wind sein."

Hiras Pupillen weiteten sich. „Du wurdest an einen Dieb verkauft?"

„Ja, an einen alten Dieb. Seine Hände waren schon zu zittrig, als dass er die Leute noch selbst hätte bestehlen können. So nahm er mich mit nach New Orleans, um mich anzulernen. In erster Linie waren unsere Opfer Touristen, die sich im French Quarter verlaufen hatten. Wir haben ihnen die Taschen gestohlen, aber sie auch brutal ausgeraubt. Zwei Jahre blieb ich bei Muddy, und die meisten Narben habe ich mir bei dieser Arbeit zugezogen. Manche stammen auch aus der Zeit davor."

Marc zeigte auf eine gezackte Linie, die von seiner Brust bis zu den mittleren Rippen verlief. „Einmal wurde ich mit dem Messer angegriffen. Das war, als Muddy mich in das Revier eines anderen Diebs schickte. Eigentlich hätte die Stichwunde genäht werden müssen, dann hätte ich nicht solch hässliche Narben davon behalten. Aber leider konnte ich keinen Chirurgen bezahlen."

Hira legte ihre Hand auf seine Hand. „Ich finde deine Narben nicht hässlich. Das habe ich dir doch schon gesagt."

„Aber es sind nicht die Narben eines tapferen Kriegers, Prinzessin, sondern die eines gemeinen Diebes." Marc hatte einen bitteren

Zug um den Mund. „Und ich verstand es verdammt gut, die Leute zu bestehlen."

Hira drückte seine Hand erstaunlich fest. „Oh doch, das sind die Narben eines Kriegers. Wie hättest du sonst diese furchtbare Zeit überleben können ohne das Herz eines tapferen Kriegers?"

Als Marc seine Frau anschaute, stand ihr das Mitgefühl ins Gesicht geschrieben. „Du bist eigentlich viel zu unschuldig für einen so rauen Burschen wie mich. Trotzdem bin ich froh, dass du bei mir bist."

„Ich bin auch sehr froh, bei dir zu sein", gestand sie ihm lächelnd. „Aber jetzt erzähl mir, was du nach diesen zwei Jahren, als du nicht mehr stehlen musstest, gemacht hast."

„Zuerst kam es noch schlimmer. Muddy schickte mich ins Drogenmilieu. Das hätte er mir wirklich nicht antun sollen, weil Drogenhändler äußerst brutal vorgehen. Ich geriet zwischen zwei konkurrierende Gangs, und sie haben mich regelrecht aufgeschlitzt mit ihren Messern." Damals hatte Marc so viel Blut verloren, dass er sich kaum an Einzelheiten erinnerte. Aber er schilderte Hira alles, so gut er konnte. „Danach habe ich Muddy nie wieder gesehen. Keine Ahnung, ob ihn die Drogenbosse gekriegt haben oder ob er untertauchen konnte. Auf jeden Fall hat mich die Polizei halb tot auf der Straße gefunden."

„Zum Glück noch so rechtzeitig, dass du überlebt hast." Behutsam strich Hira über die feinen weißen Linien.

„Ja, die Ärzte haben mich großartig wieder zusammengeflickt. Die Wunden wurden ordentlich genäht, und die Narben fallen heute am wenigsten auf."

„Aber es waren eine Menge Messerstiche, das kann man noch erkennen", bemerkte sie. „Was ist dann passiert, nachdem du aus dem Krankenhaus kamst?"

„Ich hatte der Polizei erzählt, dass ich von zu Hause weggelaufen sei. Sie brachten mich zurück zu meinen Eltern statt in ein Waisenhaus."

Hira runzelte die Stirn. „Aber warum wolltest du zu deinen Eltern zurück? Sie hätten dich doch noch einmal verkaufen können."

„Ich war mir sicher, dass sie es nicht versuchen würden, weil ich ihre Einnahmequelle war."

„Hast du für sie gestohlen?" Es klang überhaupt nicht vorwurfsvoll, wie sie es sagte, sondern voller Verständnis für den armen kleinen Jungen, der ums Überleben hatte kämpfen müssen.

Und deshalb vertraute Marc ihr ein weiteres Kapitel seiner bewegten Vergangenheit an. „Nein, ich habe nicht mehr gestohlen, als ich Muddy los war. Ich begann zu arbeiten, nahm jeden Job an, damit ich meinen Eltern Geld geben konnte und sie mich in Ruhe ließen. Das war ja der Grund, warum ich zu ihnen zurückging. Solange sie ihren Schnaps kaufen konnten, fragten sie nicht, was ich eigentlich mache, während Pflegeeltern mich wahrscheinlich eher kontrolliert hätten."

Hira hatte sich wieder neben Marc gelegt. Sie verschränkte die Finger der rechten Hand mit seinen, während sie sich die linke Hand unter den Kopf schob. „Aber warum war es dir so wichtig, dass dich niemand kontrollierte?"

„Ich hatte konkrete Pläne. Denn als ich im Krankenhaus lag, hatte ich mir geschworen, niemals wieder der Prügelknabe für irgendjemanden zu sein." Marc spürte, wie die grimmige Entschlossenheit von damals in ihm aufstieg.

Er hielt kurz inne und fuhr dann fort: „Das bedeutete für mich, ich brauchte Geld, und dafür musste ich arbeiten. Es kümmerte meine Eltern nicht, dass ich schon als Kind bis in die Nacht hinein in heruntergekommenen Fabriken geschuftet habe. Glaub mir, Hira, ich war ein zäher, sehr entschlossener Junge, der genau wusste, was er wollte. Als ich mit der Highschool fertig war, hatte ich bereits einige Tausend Dollar gespart und angelegt."

Jetzt hob Hira den Kopf, sodass ihr das schwarze, wie mit Goldfäden durchzogene Haar über die Schultern glitt. „Du hast dein Imperium also mit dem Geld aufgebaut, das du als Schüler gespart hattest?"

„Ja, und mit ein bisschen Geld von der Bank", bestätigte Marc. „Die erste Firma, die ich gekauft habe, war ein kleiner unrentabler Familienbetrieb, der niedliches Spielzeug herstellte. Nachdem ich die Firma saniert hatte, habe ich sie weiterverkauft und dann die nächste erworben. Da hatte ich gerade mein Studium der Wirtschaftswissenschaften am College abgeschlossen. Fünf Jahre danach war ich bereits Millionär."

Hira lächelte anerkennend. „Und ich weiß, dass du die Firmen nicht ausplünderst, sondern sie wirklich sanierst, bevor du sie weiterverkaufst. So bleiben die Arbeitsplätze erhalten."

„Ich bin überzeugt davon, dass man es nur so machen darf", erklärte Marc bescheiden. Er achtete bis heute streng darauf, niemandem mit seinen Geschäften zu schaden.

„Alle Achtung, du hast es allein durch Fleiß und Ausdauer geschafft, so ein riesiges Unternehmen aufzubauen." In Hiras Augen spiegelte sich offene Bewunderung. „Bitte erzähl mir auch noch, wie du zu den Waisenkindern gekommen bist."

Tatsächlich war Hira bisher der einzige Mensch, dem Marc diese Geschichte ohne Zögern anvertraute. „Ich habe Pater Thomas, etwa ein Jahr nachdem ich wieder bei meinen Eltern lebte, kennengelernt. Er hat mir damals den ersten richtigen Job gegeben, nämlich nach der Schule die Kirche zu putzen. Aber er hat mir auch ... Hoffnung gegeben. Er hat es geschafft, dass ich als verwahrlostes, hartgesottenes Kind wieder anfing, an Werte und die Würde des Menschen zu glauben."

Nach einer Minute des Schweigens erzählte Marc weiter: „Später, als ich ein Bankdarlehen brauchte, um meine erste Firma zu kaufen, hat Pater Thomas für mich gebürgt. Ich wollte ihm nach ein paar Jahren Aktien von einer meiner Firmen dafür schenken. Aber er sagte, von ‚einem Sohn' könne er so etwas nicht annehmen."

„Endlich verstehe ich, warum dir die Jungen so viel bedeuten", bemerkte Hira beeindruckt. „Du willst ihnen zu einer Chance im Leben verhelfen, so wie der Pater dir deine Chance gegeben hat." Sie küsste Marc zärtlich auf die Wange. „Du bist ein guter Mensch, Marc Bordeaux."

„Ich bin nicht besser oder schlechter als andere Menschen." Seine Stimme klang etwas heiser, diesmal jedoch nicht vor Verlangen, sondern vor Freude über Hiras Lob. Seine Frau lächelte ihn an, als ob er ihr den Mond vom Himmel geholt hätte. Dabei wurde ihm gerade klar, dass er bisher zwar viel Geld für sie ausgegeben, aber ihr noch kein wirklich persönliches Geschenk gemacht hatte.

Hira lachte leise. „Du bist mein Mann, Marc. Du musst einfach ein guter Mensch sein."

Froh stimmte er in ihr Lachen ein und drückte sie sanft in die Kissen. „Wenn du es sagst, Prinzessin." Er fühlte sich so wohl wie nie, weil er Hira seine Geheimnisse anvertraut hatte, seiner schönen, stolzen und entwaffnend ehrlichen Frau. Eines Tages würde sie ihn vielleicht sogar lieben können.

Kaum eine Woche später stand Marc auf seiner Veranda und erwartete Hira ungeduldig aus der Stadt zurück. Früh am Morgen war sie zur Vorlesung in die Universität gefahren. Jetzt war es bereits nach fünf. Es war ihm nicht leichtgefallen, sie überhaupt gehen zu lassen. Sowohl der einsame Junge in ihm als auch der eifersüchtige Lover hätten Hira am liebsten in einen goldenen Käfig gesperrt. Aber Marc hatte sich zusammengerissen und Hira freundlich verabschiedet, denn die letzte Woche mit ihr war einfach wunderbar gewesen. Seine Frau hatte sich ihm geöffnet, mit Körper und Geist, Herz und Seele.

Zum ersten Mal in seinem Leben hatte er sich nicht einsam gefühlt. Nach und nach war es Hira gelungen, alle Hindernisse zu überwinden und den Weg zu seinem Herzen zu finden. Manchmal machte es Marc noch Angst, dass er sich ihr so vorbehaltlos anvertraut hatte.

Umgekehrt verhielt es sich nicht ganz so. Obwohl die beiden sich in der vergangenen Woche sehr viel nähergekommen waren, blieb ein Teil von Hira unerreichbar für ihn. Marc wusste auch, warum sie sich manchmal trotz allem vor ihm verschloss. Dann hätte er Kerim Dazirah den Hals umdrehen können. Abgeschreckt durch das schlechte Benehmen ihres Vaters, schaffte Hira es nicht, ihrem Mann vorbehaltlos zu vertrauen. Dafür war sie schon zu oft verletzt worden, allein deshalb, weil sie ein Mädchen war. So gab sie auch jetzt in Amerika nicht alles von sich preis.

Plötzlich hörte Marc ein Auto. Gleich darauf sah er den kirschroten Sportwagen seiner Frau um die Ecke biegen. Hira parkte in der Auffahrt, und ohne sich um ihre Bücher zu kümmern, stieg sie eilig aus und lief auf Marc zu. Sie trug einen wadenlangen Jeans-Rock mit einem schlichten weißen T-Shirt darüber. Ihr langes schwarzes Haar hatte sie im Nacken zu einem dicken Zopf geflochten. Ihr Anblick war bezaubernd, voller Schönheit und jugendlicher Frische.

Ehe Marc sich versah, warf sie sich ihm in die Arme. Entzückt hob er Hira hoch und wirbelte sie im Kreis, begleitet von ihrem hellen

Lachen. Als er sie schließlich wieder absetzte, blickte er in ihre Augen und konnte der Versuchung nicht widerstehen, seine schöne Frau zu küssen. Ihr Mund fühlte sich warm und weich an. Und nach dem Kuss ließ Marc sie nicht los.

„Ich mag es, wie du mich begrüßt", flüsterte sie ihm zu.

„Hattest du einen schönen Tag?" Er musste sich zusammenreißen, um sie nicht gleich zu fragen, wo sie die letzten Stunden verbracht hatte. Seines Wissens war die Vorlesung schon am frühen Nachmittag zu Ende gewesen.

„Ja." Sie hob den Kopf und lächelte kokett, damit Marc sie noch einmal küsste.

Langsam und genießerisch strich er mit seinen Lippen über ihre. Es wurde ein heißer, nicht enden wollender Kuss, der sie beide atemlos machte.

Nachdem sie wieder Luft geholt hatte, begann Hira zu erzählen: „Es war auch ein sehr interessanter Tag für mich. Ich habe nach der Vorlesung an einer Führung durch die riesige Universitätsbibliothek teilgenommen, Bekanntschaften geschlossen und … etwas Erstaunliches herausgefunden." Sie hielt inne. „Die jungen Männer heutzutage haben keine Moral mehr."

Augenblicklich spürte sie, wie Marc sich verspannte. „Und wie hast du das herausgefunden?"

„Eine ganze Reihe von ihnen hat mir schöne Augen gemacht, obwohl es klar war, dass ich eine verheiratete Frau bin." Sie bewegte die Hand, sodass das feine Gold des Eherings im Licht der untergehenden Sonne leuchtete. Im nächsten Moment kam jedoch eine frische Brise auf, die Hira frösteln ließ.

Marc zog sie ins Haus. „Wie hast du dich verhalten?"

Sie gingen ins Wohnzimmer und setzten sich zusammen aufs Sofa, wo Hira sich gleich an ihren Mann kuschelte. Eine Hand legte sie auf seinen Oberschenkel, mit der anderen strich sie ihm durchs Haar. „Ich habe ihnen gesagt, mit wem ich verheiratet bin. Als sie deinen Namen hörten, bekamen sie Respekt und ließen mich in Ruhe."

Er unterdrückte ein Lachen. „Das hast du gut gemacht."

„Nicht wahr? Offensichtlich hat dein Name etwas Einschüchterndes. Warum bist du nur so bekannt?" Sie schaute ihn prüfend an, und er war sicher, dass sie darauf zurückkommen würde. „Auf jeden

Fall habe ich erst einmal meine Ruhe. Ich sagte nur …" Mit fester Stimme fuhr sie fort: „… mein Mann wird nicht erfreut sein, wenn er von Ihrem Benehmen erfährt."

Jetzt lachte er einfach los. „Mein Gott, du bist so süß, Prinzessin!" Er küsste sie auf beide Wangen.

„Ich bin froh, dass du mich so gut verstehst."

Marc nickte zufrieden. „Sag mal, was willst du eigentlich später mit deinem Diplom in Betriebswirtschaft anfangen?"

„Ich habe doch gerade erst mit dem Studium begonnen", erwiderte sie erstaunt. „Aber wenn du mich so fragst. Ich könnte mir vorstellen, Dozentin an einer Hochschule zu werden, falls ich gut genug dafür bin."

„Du würdest sicher eine ausgezeichnete Dozentin abgeben", bestärkte Marc sie.

Seine Worte freuten Hira offensichtlich. „Glaubst du wirklich? Mir ist schon klar, dass ich sehr fleißig studieren muss und dass es ein langer, steiniger Weg bis dahin ist. Es kann viele Jahre dauern, vor allem weil ich mich zwischendurch um die Jungen kümmern möchte. Aber so eine Hochschulkarriere würde mich reizen."

„Du schaffst das schon. Ich weiß doch, wie entschlossen du sein kannst, wenn du dir etwas in den Kopf gesetzt hast, Chérie." Wieder einmal hatte Hira ihn überrascht. „Jetzt möchte ich aber erst mal wissen, was du heute alles erlebt hast."

Ein Schatten legte sich auf ihre Züge. „Nun, ich wurde öfter gefragt, ob ich als Fotomodell arbeite. Das geht mir, ehrlich gesagt, auf die Nerven. Warum sollte eine hübsche Frau nicht auch etwas anderes machen können?"

Marc löste ihre Spange, sodass Hira das lange Haar sanft über die Schultern fiel. „Vermutlich stellen die Leute sich eine Karriere als Model viel glamouröser vor als ein Studium."

„Hmm."

„Warum hast du eigentlich nie als Model gearbeitet? Es hätte dich unabhängiger gemacht."

„Ich habe auch daran gedacht." Sie kuschelte sich an ihn. „Du kannst es wohl nicht verstehen, weil du in einem so freizügigen Land lebst. Aber ich bin in dieser Hinsicht sehr altmodisch und der Meinung, dass ich mich nur meinem Mann zeigen sollte."

„Es gefällt mir sehr, dass ich der Einzige sein soll, der deinen Körper ansehen darf." Marc war von ihrer Geradlinigkeit tief beeindruckt. Selbst die verlockende Aussicht auf ein freies Leben hatte Hira nicht dazu gebracht, gegen ihre Überzeugung zu verstoßen.

Sie spielte mit den obersten Knöpfen seines Hemds. „Ich weiß", erwiderte sie lächelnd. „Und jedes Mal, wenn du mich anguckst, gratulierst du dir, dass du so einen guten Kauf mit mir gemacht hast."

„Ich bitte dich, Frauen kauft man doch nicht. Wir Männer werben um sie."

„Wann hast du denn um mich geworben?", fragte sie augenzwinkernd.

Zu gern ging Marc darauf ein. Er murmelte ein paar unverständliche Worte, umfasste ihr Gesicht und bedeckte es mit wilden kleinen Küssen.

Am folgenden Tag fuhr Marc nicht ins Büro, sondern wollte zu Hause arbeiten, weil Hira keine Vorlesungen hatte. Beim Frühstück überreichte er ihr einen Brief. „Gerade ist Post für dich gekommen."

Unschlüssig besah sie sich den blasslilafarbenen Umschlag. „Komisch, der Brief hat keinen Absender, ist aber in den USA abgeschickt. Ich kenne doch kaum Leute hier."

Marc stand auf und blickte ihr ungeniert über die Schulter. „Willst du ihn nicht öffnen?"

„Ja, sicher." Es störte Hira nicht, dass er so neugierig war. Ahnungslos riss sie den Umschlag auf. Zum Vorschein kam eine weiße Karte. I LOVE YOU stand in roter Schrift darauf.

Marc traf es wie ein Faustschlag, und dann läuteten bei ihm die Alarmglocken. Wer zum Teufel wagt es, meiner Frau diesen Liebesgruß zu schicken, schoss es ihm durch den Kopf.

„Vielleicht kommt der Brief von einem der Jungen. Sie schreiben manchmal aus Spaß Karten an mich", sagte Hira. Sie klappte die Karte auf, dann aber gleich hastig wieder zu.

„Von wem ist die Karte?" Marc hatte eine Hand fest auf ihre Schulter gelegt.

Auf einmal war Hira ganz blass. „Von Romaz."

„Das ist doch der Mann, den du geliebt hast."

„Es ist der Mann, den ich geglaubt habe zu lieben", verbesserte sie Marc.

Ihre Worte konnten ihn nicht beruhigen. „Was will der Kerl von dir?"

„Er ist mit seiner Frau hier in den Vereinigten Staaten und möchte mich besuchen."

„Kommt nicht infrage." Marc fand diesen Romaz äußerst dreist. „Du warst einmal in diesen Mann verliebt, aber jetzt bist du meine Frau." Sein Ton duldete keine Widerrede.

Ärgerlich kniff Hira die Augen zusammen. „Brichst du etwa jeden Kontakt mit den Frauen ab, mit denen du mal im Bett warst?"

Er blinzelte irritiert. „Sei nicht so ordinär."

„Das ist keine Antwort auf meine Frage." Hira warf ihm einen wütenden Blick zu. „Glaubst du wirklich, dass ich hinter deinem Rücken wieder was mit Romaz anfange? Hältst du mich für so oberflächlich?"

„Natürlich nicht." Er schlug einen versöhnlicheren Ton an. „Trotzdem möchte ich nicht, dass du ihn triffst."

„Und warum nicht?"

Marc fiel keine plausible Antwort ein, die nicht verraten hätte, wie eifersüchtig er trotz allem war. Er ballte die Fäuste, wenn auch in der Tasche. „Wenn du ihn unbedingt sehen möchtest, kann ich dich nicht davon abhalten."

Eisiges Schweigen.

Schließlich erklärte Hira: „Ich werde Romaz kurz schreiben, dass er mich nicht besuchen soll. Aber eine Antwort bekommt er."

Nach diesen Worten ging sie hinaus. Marc verstand selbst nicht, warum er das Gefühl hatte, eine tonnenschwere Last würde von seinen Schultern genommen.

Am selben Abend, nachdem die beiden ins Bett gegangen waren, wandte Hira sich an ihren Mann. „Ich habe Romaz geantwortet, dass ich glücklich verheiratet bin und ihn auf keinen Fall sehen will."

Als Marc sich zu ihr umdrehte, schimmerten seine grauen Augen im einfallenden Mondlicht wie reines Silber. „Bist du denn glücklich verheiratet?"

Diese Frage hatte Hira nicht erwartet. „Ja, ich glaube schon", antwortete sie etwas zögernd.

„Das hört sich aber nicht sehr begeistert an."

Sie seufzte. „Als kleines Mädchen war ich noch romantisch und habe von einem edlen Prinzen geträumt, der mich zur Frau nehmen würde. Ich begriff aber bald, dass mein Vater mich nur als Ware betrachtet hat, für die er einen zahlungskräftigen Käufer suchte. So war es kein allzu großer Schock, als du mich geheiratet hast."

„Autsch!" Marc beugte sich über sie. Hiras Herz schlug wie immer höher, denn sie fand sein kantiges Gesicht mit dem intensiven Blick ungemein sexy. Auch wenn sie sich dagegen wehrte, stieg Verlangen in ihr auf. „Und ich dachte, du wärest meinem Charme erlegen", flüsterte Marc mit diesem verwegenen Lächeln, das sie immer wieder faszinierte.

Hira zog einen Schmollmund. „Mach dich noch über mich lustig. Wir haben vor der Hochzeit kaum ein Wort miteinander gesprochen."

Jetzt strich er mit seinen Lippen zärtlich über ihren Mund. „Danke, dass du mir von deinem Brief an Romaz erzählt hast." Er machte eine kurze Pause und ergänzte: „Es tut mir leid, dass wir keine große Traumhochzeit hatten, Prinzessin."

„Muss es dir aber nicht. Ehrlich gesagt, das habe ich mir eigentlich nie gewünscht. Ich fand unsere Hochzeit ganz okay."

Marc wandte sich von ihr ab, um etwas aus der Schublade seines Nachttischchens zu nehmen. „Mach die Augen zu, und streck bitte mal deine linke Hand aus."

Obwohl Hira vor Neugierde fast platzte, gehorchte sie stumm. Zu ihrer Verwunderung spürte sie, wie er ihr den Ehering vom Finger zog. Was hat das zu bedeuten? ging es ihr durch den Kopf, aber sie sagte immer noch kein Wort. Im nächsten Moment wurde ihre Geduld belohnt. Marc steckte ihr einen anderen Ring an den Finger und den Ehering wieder darüber.

Als sie die Augen öffnen durfte, sah sie im Mondlicht drei Edelsteine unter dem Ehering funkeln. Die beiden quadratisch geschliffenen Randsteine mussten kostbare Brillanten sein. Aber es war der Stein in der Mitte des Rings, der ihr Herz höher schlagen ließ. „Warum schenkst du mir so einen wundervollen Ring?"

„Betrachte ihn als den Verlobungsring, den du nie von mir bekommen hast." Marc führte ihre Hand an seine Lippen und küsste sie zärtlich. „Weißt du, was das für Steine sind?"

Sie nickte entzückt. „Oh ja! Die Brillanten funkeln wunderschön. Aber der Stein in der Mitte gefällt mir natürlich noch besser. Es ist Zulheil-Rose, nicht wahr?" Dieser Edelstein war selbst in ihrer Heimat äußerst rar und daher sehr wertvoll. „Wie bist du nur daran gekommen?"

„Ich habe mich mit einem Juwelier in Zulheil in Verbindung gesetzt und ihm genau beschrieben, was ich wollte. Einen erstklassig geschliffenen Stein aus Zulheil-Rose mit einem milden Feuer, so wie es in deinen Augen leuchtet."

Hiras Herz pochte vor Freude schneller. „Dann hast du den Ring extra für mich anfertigen lassen?"

„Ja, und es musste sehr schnell gehen." Er küsste noch einmal ihre Hand. „Es freut mich, wenn er dir gefällt."

„Der Ring ist fantastisch! Vielen, vielen Dank!" Hira hätte niemals gedacht, dass Marc so romantisch sein könnte, und umarmte ihn gerührt. Dabei ging es ihr gar nicht so sehr um die wertvollen Edelsteine. Viel wichtiger war, dass Marc sich so viel Mühe mit diesem Geschenk gemacht hatte.

„Ich habe noch eine Überraschung für dich", hörte sie ihn sagen.

„Und die wäre?"

„Ich muss in den nächsten Tagen nach Zulheil reisen, um die Geschäftsbeziehungen zu eurem Scheich aufzufrischen. Meinst du, dass du die Uni schwänzen und mich begleiten kannst?"

„Ja, natürlich." Dann runzelte sie jedoch die Stirn. „Werden wir bei meiner Familie wohnen?"

Er schüttelte lächelnd den Kopf. „Ich habe uns dort ein Haus gekauft."

„Ach, du bist einfach großartig!"

„Bin ich das?" Ihr Lob freute Marc mehr, als er wahrhaben wollte. Ohne ihre Antwort abzuwarten, küsste er sie stürmisch. Da er kaum in Worten ausdrücken konnte, was er für sie empfand, wollte er es mit dem Kuss sagen. Hira war zum Mittelpunkt seines Lebens geworden und der wichtigste Mensch für ihn.

Sie schien die Botschaft verstanden zu haben. Als er ihre Lippen freigab, um Luft zu holen, sah er ihren Blick und spürte, wie ihm der Atem stockte. Die Magie dieser Nacht hatte Hira ebenso ergriffen wie ihn selbst.

In diesem Moment wurde Marc klar, dass es mehr als nur Sex war, was sie beide verband, mehr als Lust und Leidenschaft. Er war in ein Reich vorgestoßen, das er zuvor noch niemals betreten hatte. Die Freude, die er mit Hira gefunden hatte, ging über das rein Körperliche weit hinaus. Es war die Freude des Herzens.

Er spürte deutlich, dass die Mauern erschüttert wurden, die er in seiner Verletzlichkeit um sich herum errichtet hatte. Selbst wenn er sich dagegen gewehrt hätte, er war machtlos. Er ahnte auch, dass dieses aufregende, neu entdeckte Gefühl ihn niemals mehr loslassen würde. Auf einmal war ihm ganz feierlich zumute, und er streichelte Hiras Wangen.

Im silbernen Licht des Mondes betrachtete er seine wunderschöne Frau. Sie schmiegte sich wie sehnsüchtig an ihn. Marc verstand ihr Lächeln als Einladung, zu ihr zu kommen.

Als er behutsam in sie eindrang, glänzten ihre exotischen Augen dunkel. Sie hielt ihre wilde Leidenschaft nicht zurück. Er war so davon fasziniert, dass ihm seine Befriedigung unwichtig war und er sich ganz auf Hira konzentrierte. Erst, nachdem er sie verwöhnt und ihre Schreie der Lust vernommen hatte, folgte er ihr auf den Gipfel der Lust.

9. Kapitel

Kurz bevor die beiden nach Zulheil abreisen wollten, bekam Marc einen Anruf, der seine Pläne ändern sollte. „Sie haben Becky gefunden", erzählte er Hira aufgeregt.

Sie begleitete ihn in die Kinderklinik von Lafayette, wo das kleine Mädchen in sehr kritischem Zustand eingeliefert worden war. Beckys Adoptiveltern waren ebenfalls dort.

„Mr. und Mrs. Keller?", fragte Marc sanft, als er den Warteraum betrat. Die Frau hatte vom Weinen rote Augen, und ihr Mann sah ebenfalls sehr mitgenommen aus.

„Ja?" Mr. Keller schaute hoffnungsvoll zu ihm auf. „Sind Sie der behandelnde Arzt? Ist sie endlich aus dem Koma erwacht?"

„Nein, ich bin kein Arzt. Aber vielleicht kann ich Ihnen auf andere Weise helfen."

„Ich wünschte, Sie könnten es", bemerkte Mrs. Keller bitter. „Ich weiß, wer Sie sind, Mr. Bordeaux. Aber auch mit all Ihrem Geld werden Sie uns nicht helfen können. Becky scheint keine Lebenskraft mehr zu haben, und selbst die Spezialisten wissen nicht, warum. Meine arme Kleine, sie ist so zart."

Marc zog sich einen Stuhl heran und setzte sich zu den Kellers. „Hoffentlich sind Sie nicht schockiert, wenn ich Ihnen sage, dass Becky einen Zwillingsbruder hat. Die Kinder wurden vom Waisenhaus getrennt zur Adoption freigegeben. Man kann es kaum glauben."

Mrs. Keller schnappte nach Luft. „Das darf nicht wahr sein! Herr im Himmel! Warum hat uns das niemand gesagt?"

„Beckys Bruder Brian lebt in einem Waisenhaus, zu dessen Patern ich guten Kontakt habe", erzählte Marc. Seine Stimme klang ruhig und sachlich. Aber Hira kannte ihn mittlerweile gut genug, um zu wissen, dass es eine Herzensangelegenheit für ihn war. „Es geht dem Kleinen auch sehr schlecht. Ich bin der Meinung, die Zwillinge müssen wieder zusammengeführt werden."

„Ja!", rief Mrs. Keller, ohne zu zögern. „Helfen Sie den Kindern irgendwie. Selbst wenn Sie uns Becky wegnehmen müssen. Ich bin mit allem einverstanden, wenn Sie die Kleine nur retten." Mr. Keller stimmte seiner Frau sogleich zu. „Bitte tun Sie, was Sie für richtig halten, Mr. Bordeaux. Es geht um Beckys Leben."

Hira, die sich neben Marc gesetzt hatte, standen auf einmal Tränen in den Augen. Diese Leute liebten die kleine Becky wirklich über alles. Ein Blick zu Marc sagte ihr, dass er das auch verstanden hatte. Er entschuldigte sich und ging hinaus, während sie mit dem Ehepaar Keller im Warteraum zurückblieb.

Es war noch keine Stunde vergangen, da kam er mit Brian auf dem Arm zurück. Der Kleine hatte seine dünnen Ärmchen vertrauensvoll um Marcs Hals geschlungen.

Als die Kellers das blasse Gesicht des Jungen sahen, waren sie ganz gerührt. „Er sieht seiner Schwester ja so ähnlich", flüsterte Mrs. Keller. „Aber er ist nicht so krank wie Becky. Jemand muss ihn zum Essen überredet haben."

„Ich kann Ihnen einige Rezepte sagen, die er gern mag", bot Hira an.

„Mir?" Mrs. Keller lächelte unsicher. „Wollen Sie damit etwa sagen, dass Sie uns beide Kinder überlassen wollen?"

„Mein Mann hat sich so entschieden, obwohl er Brian sehr liebt. Aber er will das Beste für den Jungen."

Inzwischen hatte Marc den Kleinen zu seiner Schwester gebracht. Zurück im Warteraum, erzählte er den anderen: „Brian ist gleich zu Becky ins Bett gekrochen und beschwört sie jetzt, endlich wiederaufzuwachen."

Während die Kellers sich hoffnungsvoll umarmten und davongingen, musste Hira ihren Mann trösten. „Das hast du sehr gut gemacht, lieber Mann. Du hast zwei einsame Kinderherzen wiedervereint."

Marc saß jedoch mit gesenktem Kopf auf dem harten Plastikstuhl und schien wenig optimistisch zu sein. „Das ist noch nicht gesagt. Becky schwebt noch immer in Lebensgefahr."

Hira trat hinter ihn und legte ihm ihre Hand tröstend auf die Schulter. „Aber sie lebt. Darauf müssen wir uns jetzt konzentrieren. In meiner Heimat glauben wir, dass die Kranken unsere Bitten, dass sie wieder gesund werden, wahrnehmen. Es ist so eine Art Gedankenübertragung. Lass uns ganz fest an Becky denken."

Marc hob den Kopf. „Glaubst du das tatsächlich?"

„Ja, ich bin davon überzeugt."

„Ach, Hira." Zu ihrem Erstaunen suchte ihr starker Mann bei ihr Halt und lehnte sich an sie. „Ich habe solche Angst, dass Brian es auch nicht überlebt, wenn seine Schwester von uns geht."

„Aber davon kann doch keine Rede sein. Der Kleine ist fest entschlossen, sie aus dem Koma zurückzuholen."

„Er ist ein machtloses Kind."

„Ja, aber du hast mit eigenen Augen gesehen, was er für eine starke Bindung an seine Schwester hat", sagte Hira aufmunternd. „Wenn wir ihn in Gedanken unterstützen, wird es ihm gelingen, sie zurückzuholen."

Marc stimmte ihr zwar nicht zu, aber er wirkte auf einmal nicht mehr ganz so mutlos. Als er aufstand, um Kaffee zu holen, strich er im Vorbeigehen zärtlich über Hiras Wange.

Nach weiteren zwei Stunden bangen Wartens kam die erlösende Nachricht. Becky war aus ihrem Koma erwacht. Sowohl die Kellers als auch Marc und Hira waren außer sich vor Freude.

Als Mrs. Keller Brian fest in die Arme schloss, tat es Hira schon weh. Aber sie tröstete sich, dass Brian und seine Schwester keine liebevollere Mutter finden konnten.

„Die beiden gehören jetzt zu den Kellers", bemerkte sie etwas wehmütig zu Marc.

„Ja", erwiderte er mit angespannter Miene. „Lass uns nach Hause fahren."

Aber auf der Heimfahrt schwiegen die beiden und blickten trübsinnig vor sich hin.

Sobald Marc den Wagen auf dem Grundstück geparkt hatte, stieg Hira aus und verschwand ohne ein Wort. Er fühlte sich sehr gekränkt, dass sie ihn gerade jetzt im Stich ließ, wo er sie in seinem Kummer am nötigsten brauchte, und wollte hinaus ins Bayou wandern. Dort in der wilden Natur hatte er schon immer Zuflucht gesucht.

Als er jedoch ums Haus herumging, hörte er unterdrücktes

Schluchzen. Es kam aus dem Gästesalon im Souterrain, den er für größere Empfänge nutzte.

Marc eilte die Treppe hinunter. Nachdem er tief durchgeatmet hatte, drehte er den Türknopf und betrat den Salon. Es dauerte einen Moment, bis er Hira entdeckte. Weinend saß sie in einer Ecke des großen Raums zusammengekauert auf dem Boden. Sie hatte die Arme um die Knie geschlungen, und das Haar fiel ihr wie ein Vorhang übers Gesicht.

Vielleicht sollte ich sie lieber allein lassen, wenn sie weinen muss, dachte Marc zunächst. Aber dann sagte ihm eine innere Stimme, dass er seine Frau in ihrer Verzweiflung nicht allein lassen durfte.

Als er den Arm um sie legte und sich neben sie setzte, zuckte sie zusammen. Sie schien ihn erst jetzt zu bemerken. Mit tränennassem Gesicht fuhr sie ihn an: „Lass mich in Ruhe!"

„Nein!" Er zog Hiras Kopf an seine Schulter. „Weine nur, Prinzessin, wenn es dir guttut. Aber ich werde dich nicht allein lassen."

Sie trommelte mit der Faust gegen seine Brust. „Ich wei…weine doch nicht, um meinen Willen zu bekommen."

„Das weiß ich." So etwas hätte Marc auch nie von seiner stolzen Frau gedacht. Aber offensichtlich traute sie ihm noch nicht genug, um sich von ihm trösten zu lassen.

Ich muss ihr zeigen, dass ich immer für sie da bin, ging es ihm durch den Kopf. „Ich möchte aber bei dir sein, wenn du so traurig bist", flüsterte er.

Darauf sagte Hira nichts mehr, sondern lehnte sich an seine Schulter, während sie leise weiterweinte. Marc hielt sie nur fest und strich ihr beruhigend über den Rücken, bis ihre Tränen langsam versiegten.

„Besser?" Er wollte ihr die Tränen von den Wangen wischen.

Sie nickte und gab ihm ein Taschentuch, damit er ihr das Gesicht abtrocknen konnte. Eine süße, vertrauensvolle Geste, über die Marc sich sehr freute. Dann hörte er Hiras schwache Stimme. „Ich hatte mir Brian schon als unser Kind vorgestellt."

„Ich auch, Chérie, ich auch."

Spontan legte Hira die Arme um seinen Hals. „Die Zwillinge werden bei den Kellers glücklich sein, nicht wahr? Es sind gute Menschen."

„Ja, ich habe sie überprüfen lassen. Sie führen eine vorbildliche

Ehe, aber sie können selbst keine Kinder bekommen", erklärte Marc. „Mit Brian und Becky erfüllen sich ihre Träume."

„Es ist schön, wenn man zusammen Träume hat, die plötzlich wahr werden", flüsterte Hira.

„Und warum weinst du allein?", fragte er. Warum vertraust du mir deinen Kummer nicht an, fügte er im Stillen hinzu.

Eine Weile schwieg sie, sodass Marc schon dachte, Hira würde ihm überhaupt nicht antworten. Schließlich gestand sie ihm: „Mein Vater hat meine Mutter oft nur zu seinem Vergnügen zum Weinen gebracht. Da habe ich mir geschworen, dass ich mich niemals so demütigen lassen werde."

„Aber ich würde doch niemals ..."

Sie umfasste sein Gesicht liebevoll und sah ihn mit ihren großen bernsteinfarbenen Augen an. „Nein, Marc, ich weiß. Du würdest mir so etwas nie antun."

„Warum hast du dann heimlich geweint?"

„Nur so, aus alter Gewohnheit", antwortete Hira. „Weil ich nie jemanden hatte, dem ich mich ganz anvertrauen konnte."

Wenn Marc nur an ihre heißen Tränen dachte, die sie heute Abend vergossen hatte, tat ihm das Herz weh. „Glaub mir, es ist nicht gesund, sich zu verstecken und einsam zu weinen."

„Weinst du auch manchmal?", wollte sie wissen.

„Nein."

„Das ist aber auch nicht gesund."

Marc fühlte sich in die Enge getrieben und versuchte, Hira schnell abzulenken. „Ich bin dein Mann. Gibt es in Zulheil nicht eine Vorschrift, dass Frauen ihren Männern ohne Einwände gehorchen sollen?"

„Das gilt nur noch bei den Traditionalisten", erwiderte sie. „Ich habe mich für den modernen Weg entschlossen, auch wenn mein Vater das missbilligt. In den aufgeschlossenen Kreisen in Zulheil heißt es, dass eine Frau ihrem Mann widersprechen darf, wenn sie gute Gründe dafür hat."

„Soso." Marc schmunzelte. „Am Ende wirst du dich noch in eine amerikanische Frau verwandeln."

„Vielleicht, zumindest teilweise. Würde dich das ärgern, lieber Mann?"

Er überlegte kurz. „Ich glaube, selbst wenn es so wäre, würdest du dich nicht davon beeindrucken lassen." Dann fing er leise an zu lachen. „Es würde sich ja auch nicht viel ändern. Mache ich dir das Leben nicht sowieso schon zur Hölle, Chérie?" Er hatte gehofft, Hira damit ebenfalls zum Lachen zu bringen. Aber sie lehnte nur stumm an seiner Schulter. „Sag schon was! So schlimm bin ich doch auch nicht, oder?"

„Nein, du bist nicht grausam zu mir", antwortete sie nach einer Weile. „Ich hatte gar nicht erwartet, so einen netten Mann zu bekommen. Dennoch hätte ich dich nicht geheiratet, wenn ich frei hätte wählen können."

Ihre Worte waren wie eine eiskalte Dusche für Marc. „Aha, und aus welchem Grund?"

„Weil ich mich nach wahrer Liebe sehne, die so selten zu finden ist auf der Welt. Nach einer Liebe, die unverändert bleibt, wenn ich nicht mehr die schöne junge Frau bin, der alle Männer nachschauen, sondern eine alte Frau mit faltigem Gesicht. Eine Liebe, die nicht nachlässt, wenn ich krank oder verkrüppelt werde, das ist mein größter Wunsch."

Hiras Geständnis hatten Marc tief beeindruckt. Ihm war bewusst geworden, dass sie im Grunde nur ausgedrückt hatte, was ihn selbst schon lange beschäftigte. „Hast du diese Liebe erfahren?", wollte er von ihr wissen. „War es so mit Romaz?"

„Nein." Ihre Antwort erleichterte ihn auf der Stelle. „Das war doch nur … Wie sagt man? Schwärmerei. Ich habe die wahre Liebe noch nicht erlebt. Aber unser Scheich und seine Frau, die müssen sich wirklich lieben. Das sieht man ihnen an, finde ich."

Da konnte Marc nicht widersprechen. Sein Geschäftsfreund Tariq und seine Frau Jasmine waren wirklich ein ganz besonderes Paar, das sich gegenseitig vergötterte. „Warum kannst du dir nicht vorstellen, dass ich dich auch einmal so lieben werde?"

Hira seufzte. „Du hast mich geheiratet, um dich mit mir zu schmücken. Alle Welt soll sehen, was du dir für eine schöne Frau leistest. Sicher, du behandelst mich gut, du verwöhnst mich mit allem möglichen Luxus. Aber ich werde nie vergessen, dass du mich wie ein hübsches Spielzeug ausgewählt hast."

„Das ist nicht wahr!", rief Marc aufgebracht. „Ich habe dich niemals nur als schöne Trophäe betrachtet. Du bist für mich die Frau, die Brian mit Mandelpudding verwöhnt, die mich aufheitert, wenn ich schlechte Laune habe. Ich weiß, dass du in deiner Freizeit meine Lexika liest, Musik-Videos anguckst und dass du am liebsten Erdbeersorbet isst. Du bist eben eine ganz besondere Frau für mich, meine Frau."

Hira staunte nicht schlecht, was er alles von ihr wusste. Aber sie ließ nicht locker. „Hättest du mich auch geheiratet, wenn du vorher von meinem Interesse für Bücher und Wirtschaftswissenschaften erfahren hättest?"

„Chérie, ich bin sogar froh, dass du nicht nur wunderschön, sondern auch intelligent bist." Marc musste lachen. „Ich hatte schon befürchtet, ich hätte mich in eine Frau verguckt, mit der ich mich nach den Flitterwochen entsetzlich langweilen würde. Mittlerweile weiß ich, dass es mit dir niemals langweilig werden wird."

Sie blieb jedoch ernst. „Mag sein, dass ich dich falsch eingeschätzt habe, lieber Mann. Dafür möchte ich mich entschuldigen."

„Das brauchst du nicht. Einiges, was du mir vorgeworfen hast, stimmt ja auch. Ich wollte tatsächlich vor allen mit dir angeben, Prinzessin."

„Ich verstehe." Schon klang ihre Stimme wieder eisig.

„Nein, du verstehst überhaupt nicht, Hira. Ich komme aus den ärmsten Verhältnissen, die du dir nicht einmal vorstellen kannst. Auch bevor ich für Muddy zum Dieb wurde, habe ich manchmal gestohlen, um etwas zu essen zu haben."

„Es tut mir leid, dass deine Eltern nicht besser für dich gesorgt haben", sagte sie mitfühlend. „Und geschlagen haben sie dich auch noch."

„Lass nur, das ist lange her."

„Ja, aber es sind genug Narben zurückgeblieben, nicht nur auf deiner Haut, sondern sicher auch auf deiner Seele."

Marc zuckte die Schultern. „Und wenn schon, mach dir darüber keine Gedanken."

„Ich mache mir so lange Gedanken über dich, wie ich will." Hira warf ihm einen finsteren Blick zu, dennoch küsste sie ihn auf den Mund. „Und jetzt erzähl mir mal, warum es für dich so wichtig ist, eine schöne Frau zu haben."

Zunächst überlegte er, was er darauf antworten sollte, weil ihm die Wahrheit peinlich war. „Die Geschichte ist nicht besonders originell", begann er schließlich. „In der Highschool war ich zwar arm, aber nicht dumm und ziemlich sportlich. Ich hatte mehrere Jobs nach der Schule, um ein bisschen Geld zu verdienen. Unter anderem habe ich auch im Garten der Familie Barnsworthy gearbeitet, die war schon immer eine der ältesten und reichsten Familien der Gegend. Ich hatte mich ausgerechnet in die Tochter, Lydia Barnsworthy, verliebt und mich mit ihr verabredet."

„Du wolltest mit ihr ausgehen?"

„Ja, ich wollte mit ihr zum Abschlussball der Highschool", fuhr Marc fort. „Lydia hat mir auch zugesagt. Aber an dem Abend hat sie mich dann versetzt. Sie ist einfach mit einem anderen Jungen aufgetaucht und hat sich vor allen anderen dann auch noch furchtbar über mich lustig gemacht."

„Wie sah diese Lydia Barnsworthy denn aus?", erkundigte sich Hira.

„Groß, schlank und blond." Als Teenager hatte Marc sie für das schönste Mädchen der Welt gehalten. Aber er hatte die bittere Erfahrung gemacht, dass sich unter der attraktiven Hülle ein schlechter Charakter verbarg. Sosehr sich Lydia auch heute um ihn bemühte, sie interessierte ihn nicht mehr im Geringsten.

Hira tippte sich an die Stirn. „Jetzt erinnere ich mich, ich habe mal ihren Namen in einer Zeitschrift gelesen. Sie ist Fotomodell, oder?" Nachdem er das bestätigt hatte, fügte sie hinzu: „Sie ist sehr hübsch, finde ich, wenn man … kalte Frauen mag."

Wieder einmal hatte Hira den Nagel auf den Kopf getroffen. Marc verkniff sich ein Lächeln. „Ich bin sehr froh, dass du nicht so bist wie sie, Chérie. Du bist die leidenschaftlichste Frau, die ich jemals getroffen habe." Doch bis er erkannt hatte, dass Hira die Rolle der Eisprinzessin nur spielte, weil sie nicht wieder verletzt werden wollte, hatte er einige Zeit gebraucht. Unter der Eisschicht glühte ein Feuer, das ihm ein ganzes Leben lang Wärme spenden würde.

„Du wolltest also der Familie Barnsworthy, vor allem Lydia, und deinen Freunden beweisen, dass nur eine sehr schöne Frau gut genug für dich ist."

„Wenn du es so sagst, hört es sich kindisch an", erwiderte Marc brummig. „Es ist auch nur ein Teil der Wahrheit. Viel wichtiger war, dass du mich vom ersten Augenblick an fasziniert hast. Es ist ganz spontan über mich gekommen. Als ich dich sah, musste ich dich haben."

Nachdenklich musterte Hira ihn. „Trotzdem hast du mich bis jetzt überhaupt nicht herumgezeigt. Das verstehe ich nicht."

„Ich habe eben herausgefunden, dass ich dich lieber ganz für mich allein genießen möchte."

Sie zog die Augenbrauen hoch. „Das klingt besitzergreifend, lieber Mann. Bist du etwa eifersüchtig, wenn andere Männer mir nachschauen?"

„Ja, ich glaube schon." Es war eine aufrichtige Antwort. Marc widerstrebte es einfach, Hira auf irgendwelchen glamourösen Partys auszustellen.

Doch kurz darauf wollte es der Zufall, dass Marc eine von diesen Veranstaltungen nicht umgehen konnte. Da er in der Stadt war, musste er die Einladung eines langjährigen Mitglieds der Unternehmer-Vereinigung annehmen.

„Ich fürchte, wir müssen morgen auf diese Party gehen", erklärte er Hira abends nach dem Duschen. Er war nach einem langen, anstrengenden Tag erst spät aus dem Büro nach Hause gekommen. „Ich schätze Artie, und es würde ihn kränken, wenn wir nicht kämen, obwohl wir noch nicht nach Zulheil abgereist sind."

„Okay. Es macht mir wirklich nichts aus, lieber Mann." Hira klappte ihr Lehrbuch zu und legte es auf den Nachttisch. „Ich betrachte es als meine Pflicht, dich auf Empfänge und Partys zu begleiten."

„Machst du etwa alles mit mir nur aus Pflichtgefühl?", fragte Marc. Dabei versuchte er, sich nicht von ihrem kurzen Schlafhemdchen aus schwarzer durchsichtiger Spitze beeindrucken zu lassen.

Hira schien über seine Frage nachzudenken. Schließlich antwortete sie: „Nein, ich glaube, ich schlafe mit dir, weil ich es möchte. Wenn es nur eine Pflicht wäre, würden wir wohl nicht so oft zusammen sein." Sie lächelte sexy. „Ich würde mich auch nicht so anziehen für dich aus reinem Pflichtgefühl." Auf einmal glänzten ihre Augen.

Sie zuckte leicht mit der Schulter, sodass ein dünner Träger des Hemdchens herabrutschte. „Huch!"

Marc hatte plötzlich Schmetterlinge im Bauch, ließ sich jedoch nichts anmerken. „Ich meinerseits fasse es durchaus als meine Pflicht auf, mit dir zu schlafen. Zugegeben, es ist eine recht angenehme Pflicht. Du machst es für mich sehr erträglich." Er zwinkerte ihr zu, während er seinen Bademantel ablegte.

Lächelnd streckte Hira die Arme nach ihm aus. „Komm ins Bett, lieber Mann."

Aber er ging um das Bett herum, weil er ihr unbedingt noch etwas sagen wollte, bevor ihn die Leidenschaft übermannte. „Ich muss dich warnen. Dieses Partyvolk ist unbarmherzig und aggressiv. Wenn du die kleinste Schwäche zeigst, werden sie über dich herfallen."

„Aber ich zeige keine Schwächen, ich kann kalt wie Eis sein."

„Richtig, das hatte ich ganz vergessen." Er blieb auffordernd vor ihr stehen, damit sie zur Seite rückte und er zu ihr ins Bett steigen und Dinge tun konnte, die ihr den Schweiß auf die Stirn treiben würden. „Zeig mir das Feuer unterm Eis", flüsterte er.

Anstatt ihm Platz zu machen, wandte sich Hira ihm zu und betrachtete ihn, wie er erregt vor ihr stand.

Als sie dann den Kopf zu ihm neigte, bebte Marc am ganzen Körper vor gespannter Erwartung. Sie enttäuschte ihn nicht, sondern verwöhnte ihn mit samtenen Händen und heißer Zunge. Ihr Feuer sprang auf ihn über. Er glaubte, vor Lust zu vergehen. „Verdammt heiß", murmelte er noch, bevor sie ihn ins Paradies führte.

10. Kapitel

Die Party war genau so, wie Marc es erwartet hatte. Abgesehen von einigen Geschäftsleuten, die er respektierte, war der glitzernde Ballsaal voller hübscher junger Frauen, die mit älteren verheirateten Männern schliefen. Marc wurde in Ruhe gelassen, weil man ihn kannte. Aber es entging ihm nicht, dass Hira Aufsehen erregte.

„Bleib in meiner Nähe", warnte er sie.

Sie lächelte amüsiert. „Mach dir um mich keine Sorgen. Ich bin es gewohnt, dass man über mich redet."

Sie blieb dennoch die meiste Zeit an seiner Seite. Erst später am Abend ließ sie ihn kurz allein. „Ich gehe mir mal die Nase pudern."

Marc wurde gleich darauf in ein Gespräch mit den Ehrengästen verwickelt. Aber nach einer Viertelstunde hielt er besorgt nach Hira Ausschau. Da er sie im Saal nicht entdecken konnte, ging er in Richtung Toiletten.

Auf dem Gang vor der Damentoilette traf er ausgerechnet Lydia Barnsworthy. Ihre Augen glänzten, als sie Marc erblickte. „Hallo, Darling!"

Sie wollte ihn küssen, er wehrte sie jedoch ab. „Was erlaubst du dir?"

„Aber Marc, wir waren doch mal Freunde."

In diesem Moment sah er Hira aus der Damentoilette kommen. Sie machte kein glückliches Gesicht. Da verzichtete er auf seine Manieren. „Zieh Leine, Lydia. Du hast mir schon das letzte Mal ein eindeutiges Angebot gemacht. Aber bei mir kannst du sowieso nicht landen."

Sie wurde bleich. „Du bist und bleibst ein Bastard."

„Das mag sein, aber ich bin wenigstens eine ehrliche Haut. Warum sollte ich mich überhaupt für dich interessieren, wenn du mit meiner schönen Frau sowieso nicht konkurrieren kannst?" Er ging auf Hira zu und legte seinen Arm um ihre Schultern. „Wage es bloß nicht, sie noch einmal zu belästigen, Lydia. Dann muss ich deinem Mann erzählen, wie schamlos du dich benimmst."

„Lügner!", zischte sie und stelzte auf ihren hohen Hacken davon.

Nun war Marc auch nicht mehr in Party-Laune. Sobald er konnte, fuhr er mit Hira nach Hause zurück.

Während der Fahrt hatte Hira kein Wort gesagt. Jetzt, als sie zusammen im Schlafzimmer waren, wollte Marc unbedingt wissen, was vorgefallen war. „Was hat Lydia, die alte Hexe, denn für Lügen über mich erzählt?" Er hatte sich vor Hira aufgebaut und legte ihr seine Hand um den Nacken.

„Woher willst du wissen, dass sie gelogen hat?"

„Weil sie noch nie ehrlich war." Marc trat noch näher an Hira heran, sodass ihre Brüste fast seine Smoking-Jacke berührten.

„Ich finde dich sehr aufdringlich. Lass mich in Ruhe", erwiderte sie gereizt.

„Nein, ich denke nicht daran. Erst sagst du mir, was sich vorhin im Waschraum abgespielt hat."

Hiras Augen funkelten. „Du benimmst dich nicht wie ein Amerikaner, sondern so wild und primitiv wie ein Kameltreiber in der Wüste."

„Was du nicht sagst!" Er lächelte böse. „Dann würde ich an deiner Stelle bald anfangen zu reden. Primitive Männer sind nicht sehr geduldig." Sein Blick ruhte auf ihren vollen roten Lippen. Bevor Marc sich eines Besseren besann, küsste er sie so stürmisch, wie er es sich schon den ganzen Abend gewünscht hatte.

Sie wehrte sich nicht dagegen, als er den leidenschaftlichen Kuss vertiefte. Mit der freien Hand strich er über ihre Brüste. Er seufzte, weil sie immer noch das störende Abendkleid trug. Und während er Hira wieder küsste, streifte er ihr einen Träger des Kleids von der Schulter.

Endlich konnte er unter den Stoff greifen und ihre nackten Brüste streicheln. Hira seufzte lustvoll, als er ihre harte Brustwarze mit dem Daumen reizte.

Nur kurz gab er ihren Mund frei, damit sie einatmen konnte. Dann küsste er sie von Neuem mit unverhohlenem Verlangen.

Gleichzeitig streichelte er ihre Brust, sodass Hira leise vor Erregung seufzte.

„Also, was hat sie gesagt?", fragte Marc zwischen zwei Küssen.

Sie schaute ihn aus ihren mandelförmigen Augen an, ihre Lippen glänzten feucht. „Du versuchst nur, mich zu verführen, damit du deinen Willen bekommst."

„Richtig." Er bewegte den Daumen spielerisch, bevor er ihre Brust umfasste.

„Okay, wenn du so furchtbar neugierig bist." Hira lächelte großzügig. „Lydia hat mir viel erzählt. Es gipfelte alles in der Behauptung, dass es dir leid tue, mich geheiratet zu haben, weil du ja eigentlich noch immer in sie verliebt seist und sie bedrängen würdest, mit ihr zu schlafen, obwohl auch sie verheiratet sei."

Marc kochte regelrecht vor Wut. Er hob die Hände und strich Hira durchs Haar. „Hast du ihr das etwa geglaubt?"

„Nein, denn du bist ein sehr stolzer Mann. Du würdest niemals eine Frau bedrängen, die dich einmal abgewiesen hat."

Zufrieden nickte er. „Du scheinst mich schon gut zu kennen, Hira. Aber warum hast du so traurig geguckt? Ist vielleicht doch etwas von Lydias Lügen bei dir hängen geblieben?"

„Ach was!", erwiderte sie unwirsch. „Die Party hat mich nur daran erinnert, dass ich für dich eine Vorzeigefrau bin, so wie Lydia für ihren älteren Ehemann. Da gab es heute Abend ja viele ähnliche Paare, bei denen die Frau sehr hübsch und sehr jung war."

„Vorzeigefrau?" Marc verzog keine Miene, obwohl er ärgerlich war. Hira hatte ihm heute Abend sehr leidgetan. Wie hatte er für sie gelitten! Aber sie hielt sich nur für seine Vorzeigefrau. Er hatte es satt, mit ihr darüber zu diskutieren, und beschloss, ihr das Gegenteil einfach zu beweisen. Leidenschaftlich presste er sie an sich.

„Was soll das?"

„Ich werde dir zeigen, dass du keine Trophäe für mich bist. Trophäen stellt man ins Regal, um sie zu bewundern. Ich will dich fühlen und schmecken, ja, ich will dich besitzen, aber in einem anderen Sinn." Nachdem er sie stürmisch geküsst hatte, griff er unter ihr Kleid und zog ihr die Strumpfhose aus.

Sie rang nach Atem. „Das ist doch …" Sie vergaß, was sie sagen wollte, weil sie Marcs Hand zwischen den Beinen spürte. Nachdem er sie gestreichelt und ihre empfindsamste Stelle berührt hatte, stieg eine wohlbekannte Hitze in ihr auf. Vor Verlangen schmiegte Hira sich fest an ihn.

Heiser stöhnte er auf. „Ja, Chérie, das ist es."

Halbherzig schlug sie ihn auf die Schulter. „Wie redest du mit mir?"

Marc zog sich etwas zurück. „Nicht böse sein, Baby, du reagierst eben so wunderbar auf mich." Er ließ einen Finger in sie gleiten.

Sie stieß einen kleinen Lustschrei aus und klammerte sich an seine Schultern.

Als er ihr in die Augen sah, entdeckte er darin eine geheimnisvolle Glut, die er nicht zu deuten wusste. Es beunruhigte ihn nicht, weil er das Feuer des Begehrens spürte, das sie beide verband und verzehrte. Und er war so erregt, dass er ungeduldig wurde und die Träger des Kleids zerriss, um ihre nackten Brüste zu streicheln.

Sie erzitterte unter seiner Berührung und biss ihn sanft in die Lippe.

„Wer wird denn gleich beißen, Chérie!", murmelte er rau, bevor er wieder mit den Fingern in sie eindrang.

Ihre Augen schienen Funken zu sprühen. „Dafür wirst du ... bezahlen!"

Im gleichen Moment spürte er, wie sie vor Lust erbebte und den Höhepunkt erreichte. Hingebungsvoll küsste Marc sie auf den Hals. Ob sie wohl weiß, wie sexy sie aussieht mit ihren halb entblößten Brüsten und der zerzausten Frisur, fragte er sich. Und dann konnte er nicht mehr warten. Hira glühte geradezu vor Leidenschaft, sie war mehr als bereit für ihn. Er zog seine Hand zurück und knöpfte sich die Hose auf.

Während er in sie eindrang, warf sie den Kopf zurück und stöhnte immer wieder lustvoll auf. Es kostete ihn Kraft, sich zurückzuhalten.

„Beweg dich!", rief sie atemlos.

Es gab nichts, was er lieber getan hätte. Wieder und wieder drang er in sie ein, bis er nicht mehr denken konnte und bald das Gefühl hatte, sich aufzulösen.

Irgendwann in der Nacht erwachte Hira auf dem Bett mit Marc an ihrer Seite. Während er bis auf die Schuhe noch völlig angekleidet war, lag sie nackt da. Aber sie konnte sich beim besten Willen nicht erinnern, wie sie beide nach dem wilden Sex hier gelandet waren.

Als sie auf die Uhr sah, war es drei Uhr morgens. Marc wälzte sich im Schlaf herum. Die Party-Garderobe muss sehr unbequem sein, dachte Hira und nahm ihm die Fliege ab. Da er sich nicht rührte, drehte sie ihn vorsichtig auf die Seite, um ihm die Smoking-Jacke und das Hemd auszuziehen. Er reagierte immer noch nicht, also wagte sie sich auch an seine Hose und die Socken, sodass er schließlich nur noch in schwarzen Boxer-Shorts dalag. Lächelnd hauchte sie einen Kuss auf seine Kehle und deckte ihn zu.

Auf einmal hatte Hira furchtbaren Hunger, weil sie auf der Party vor Aufregung kaum etwas gegessen hatte. Sie stand leise auf, zog sich Marcs weißes Smoking-Hemd über und tappte hinunter in die Küche.

Sobald sie die Tür hinter sich geschlossen hatte, öffnete Marc die Augen. Er hatte sich nur zum Spaß schlafend gestellt, als Hira anfing, ihn auszuziehen. Aber er hätte nie gedacht, wie erregend es sein konnte, von einer vollkommen nackten Frau ausgezogen zu werden. Wenn sie ihn mit den Brüsten streifte ... Wo ist sie nur hingegangen, fragte er sich nach ein paar Minuten besorgt und stand auf, um sie zu suchen.

Er fand Hira in der Küche, wo sie vor der Anrichte stand und eine Scheibe Brot mit Erdnussbutter verschlang. Sie schaute ihn überrascht an, aber er sagte nichts, sondern stellte sich stumm neben sie und biss von ihrem Brot ab.

„Du bist also auch hungrig, lieber Mann?"

Er nickte. „Warum hast du dir mein Hemd übergezogen?"

Sie biss noch einmal ab und schob ihm dann den Rest des Brotes in den Mund. „Weil es unschicklich ist, nackt herumzulaufen." Dann schnitt sie eine weitere Scheibe vom Brotlaib ab und verteilte Erdnussbutter darauf.

„Aber wir sind hier doch allein." Marc strich ihr zärtlich über die Wange. „Komm schon, ich würde sagen, du kannst es ausziehen."

Lächelnd hielt sie ihm das Brot hin. Nachdem er als Erster davon abgebissen hatte, aß sie auch davon und kaute nachdenklich. „Warum hast du mitten in der Nacht eigentlich so gute Laune?"

„Weil ich vor ein paar Stunden fantastischen Sex mit meiner Frau hatte und sie mir nicht einmal böse zu sein scheint, dass ich wie ein Neandertaler über sie hergefallen bin." Sie äußerte sich nicht dazu, sondern reichte ihm nur den Rest des Brotes.

Danach begann Hira, sich langsam das Smoking-Hemd aufzuknöpfen. Marcs Blick folgte ihrer eleganten Bewegung, als sie den ersten Knopf berührte. Marc versuchte, tief durchzuatmen. Beim zweiten Knopf fiel es ihm noch schwerer. „Kannst du dich nicht etwas beeilen, Chérie?" Er brannte darauf, sie nackt in seine Arme zu schließen.

Aber sie amüsierte sich über ihn. „Wenn ich mich beeile, macht es mir nur halb so viel Spaß. Verstehst du?"

„Wieso muss es dir Spaß machen?", fragte er und fütterte sie mit einem Stückchen Brot. „Ich denke, dein Striptease soll mir gefallen. Das ist wie eine Belohnung für mich." Fasziniert sah er zu, wie sie den nächsten Knopf öffnete. Ihre Brüste waren wunderschön, und der Anblick ihres flachen Bauchs reizte ihn dazu, ihre weiche Haut zu berühren.

„Was ist, wenn ich auch eine Belohnung möchte, lieber Mann?"

„Die kannst du später haben. Erst bin ich an der Reihe." Während Marc den Rest des Brotes aß, ließ er sie nicht aus den Augen.

Ihr Lachen klang sexy, als sie den letzten Knopf des Hemdes öffnete. Der Anblick ihrer wohlgeformten Oberschenkel mit dem dunklen Dreieck dazwischen weckte heißes Verlangen in Marc, sodass er seine Hand auf die schwarzen Löckchen legte. Sinnlich seufzend schmiegte Hira sich an ihn, und mit einer einzigen Schulterbewegung ließ sie das Hemd zu Boden fallen.

Zärtlich strich er ihr über den flachen Bauch. „Du bist hinreißend schön." Aber dann verzog er das Gesicht. „Nein, das wollte ich gar nicht sagen. Weißt du, was dich für mich so wunderbar, so perfekt macht?"

Sie schüttelte den Kopf und schaute ihn aus großen dunklen Augen an. Ihr Blick war so offen und verletzlich, dass Marc sich spontan entschloss, für immer ihr Beschützer zu sein. „Es ist die Tatsache, dass du meinen Körper trotz der hässlichen Narben annimmst, dass du hier mitten in der Nacht mit mir flirtest und dass du Erdnussbutter an deiner Unterlippe hast", erklärte er ihr.

Sofort wollte sie sich die Mundwinkel abwischen. Aber er schob ihre Hand weg, um die Butter mit der Zunge abzulecken. „Hm, köstlich!"

Kichernd wie ein ausgelassenes Schulmädchen, machte Hira einen Schritt zurück. Marc beobachtete mit Herzklopfen, wie sie einen Finger in den Erdnussbuttertopf steckte und sich dann die Unterlippe betupfte. Er ließ sich nicht lange bitten. Genießerisch leckte er ihr die Erdnussbutter vom Mund und auch von den anderen Stellen, die sie mit der Creme einstrich.

„Du verstehst es wirklich, einen Mann zu belohnen!" Zuerst leckte er ihren Finger sorgfältig ab. Dann widmete er sich ihren Brüsten, während er ihren süßen Po streichelte. Als er den Kopf wieder hob, schaute er in ihr vor Leidenschaft erhitztes Gesicht. Die Augen hielt sie halb geschlossen, und um ihren Mund spielte ein bezaubernd sinnliches Lächeln.

Sie streckte die Hand aus und zeichnete die Umrisse von seinen Lippen mit dem Finger nach. „Bist du immer noch hungrig, lieber Mann?", flüsterte sie.

„Schon noch ein bisschen." Er schob sie bis vor die Anrichte. Dann hob er sie auf die Marmorplatte, spreizte ihre Beine und drängte sich an sie. Sein Blick fiel auf die Plastikflasche mit dem flüssigen Honig. Weil Hira Honig liebte, stand er immer in Reichweite. Schon griff Marc danach. „Wollen wir noch ein wenig naschen?"

Ihre Pupillen weiteten sich. „Du bist schlimm. Aber du weißt ja, wie gern ich Honig mag."

„Mir geht es genauso, Chérie." Marc hatte sich noch nie so herrlich frei und unbekümmert gefühlt. Er öffnete die Flasche, hielt sie mit dem Verschluss nach unten und verteilte den Honig in kunstvollen Bögen über Hiras Brüste, ihren Bauch und weiter hinab.

Seufzend beobachtete sie, wie er die Flasche zurückstellte und anfing, den Honig von ihr zu lecken. Sie erschauerte, während seine Zunge über ihre Haut glitt, manchmal spürte sie sogar seine Zähne. Zärtlich streichelte er sie dabei.

Nach wenigen Minuten erbebte sie regelrecht vor Verlangen. Er berührte ihre Oberschenkel, während er sorgfältig auch das kleinste Tröpfchen Honig unterhalb ihres Bauchnabels ableckte. Als sie sich lustvoll unter ihm bewegte, zog er sie bis an den Rand der Marmorplatte und spreizte ihre Beine weiter, damit er auch dort den süßen Honig kosten konnte.

Halt suchend umfasste sie seine Schultern und stöhnte laut auf. Er hatte ihre empfindsamste Stelle liebkost und seine Frau in einen wahren Taumel der Lust versetzt.

Triumphierend hob er den Kopf. Dann nahm er Hira in seine Arme, und sie schlang die Beine um seine Hüfte. „Wo willst du mit mir hin?"

„Ist das wichtig für dich?"

„Nein, du kannst mich nehmen, wo immer du willst", antwortete sie und lächelte hintergründig.

„Okay, ich werde mich an deine Worte erinnern, wenn du dich das nächste Mal über den Küchentisch beugst."

Hiras helles Lachen erfüllte die Nachtluft. Von einer brennenden Sehnsucht erfüllt, setzte Marc sich mit ihr auf einen Stuhl, sodass sie rittlings auf seinem Schoß saß. Gleich strich sie herausfordernd über seine Boxershorts. „Wie kommt es, dass du immer angezogen bist, wenn ich nackt bin?"

„Schlechtes Timing." Er stöhnte auf, als sie die Hand unter seine Shorts schob und ihn zu streicheln begann.

Lange hielt er ihrer Verführung nicht stand. Hastig zog er sich die Shorts herunter, sodass sie den Beweis seines Verlangens unverhüllt betrachten konnte.

Lächelnd setzte sie sich wieder auf ihn. Er drang mühelos in sie ein und ließ sich von seinen Empfindungen treiben. Kurz ging ihm durch den Kopf, dass seine Frau auch eine verwegene Reiterin war.

Einige Tage später flogen Marc und Hira nach Zulheil. Allen, die sie dort trafen, fiel auf, was sie für ein verliebtes Paar waren. Es gab viele gesellschaftliche Verpflichtungen, denen sie sich nicht entziehen konnten.

Der wichtigste Termin war jedoch eine Einladung des Scheichs zum Abendessen. „Bist du eigentlich schon mal im Palast gewesen, Hira?", fragte Marc, als er sich für den Abend umzog.

„Natürlich, der Palast des Scheichs steht – bis auf den privaten Flügel für die Familie – allen Staatsbürgern offen. Ausländern bleibt er allerdings in der Regel verschlossen. Du bist einer der wenigen ausländischen Gäste, denen der Zutritt gestattet wird."

Marc war sich dieser großen Ehre wohl bewusst. „Ich weiß es sehr zu schätzen."

Er schaute lächelnd zu Hira hinüber, die gerade in einen eleganten langen Mantel aus hauchfeiner Seide schlüpfte. Das edle Material schimmerte wie reines Silber und wurde nur unter der Brust mit einem Schleifchen zusammengehalten. Darunter trug Hira einen schmalen Satinrock im gleichen Ton, ergänzt durch ein Top mit weißer Perlenstickerei. „Auch wenn ich nicht viel von Mode verstehe, du siehst hinreißend in diesem Ensemble aus", bemerkte er anerkennend.

„Oh, danke, es ist eine Kreation von Jasmine Zamanat."

Marc kannte den Namen der Gattin des Scheichs, nicht zuletzt, weil sie eine gefeierte Modeschöpferin war. „Ich gratuliere zu deinem Geschäftssinn, Hira. Das kann uns im Palast nur Pluspunkte einbringen."

„Es wird auf keinen Fall schaden." Sie betrachtete sich zufrieden im Spiegel. „Aber davon abgesehen, mag ich ihre Modelle wirklich."

„Und bei dir kommen sie auch bestens zur Geltung", erklärte Marc, entzückt von seiner schönen Frau. „Aber jetzt lass uns fahren. Ich möchte zu diesem wichtigen Treffen nicht zu spät kommen." Wenn heute alles gut lief, würde er die Exportgenehmigung für ein äußerst seltenes Metall aus Zulheil bekommen.

Nachdem Hira und Marc die Sicherheitskontrolle passiert hatten, wurden sie schon am Eingangstor des Palastes von einer hübschen rothaarigen Frau begrüßt. Das lange lavendelblaue Kleid im traditionellen Stil des Landes stand ihr ausgezeichnet. „Willkommen!" Lächelnd streckte sie Hira die Hand entgegen. „Es freut mich so, dass wir uns endlich kennenlernen. Ich hörte, Sie mussten Ihren Besuch wegen eines Pflegekindes verschieben?"

„Jasmine al eha Sheik, es ist mir eine große Ehre …", begann Hira.

„Nennen Sie mich einfach Jasmine", unterbrach sie die Frau des Scheichs.

Obwohl Hira wusste, dass das Herrscherpaar keinen Wert auf Pomp und Etikette legte, war sie doch überrascht, wie locker die mächtigste Frau von Zulheil sich gab.

Dann trat der Scheich selbst an Jasmines Seite. Während er seine Gäste begrüßte, entgingen Hira nicht die warmen, zärtlichen Blicke, die er seiner Frau immer wieder zuwarf. Er hatte seinen Arm gleich liebevoll um sie gelegt. „Ich hoffe, Sie werden sich bei uns wohlfühlen", erklärte er freundlich. „Zum Glück ist der kleine Teufel, der vorgibt, unser Sohn zu sein, endlich eingeschlafen."

Als sie durch die weitläufigen Anlagen zum Haupteingang des Palastes gingen, blieben die Männer sehr schnell hinter den Frauen zurück und kamen auf ihre Geschäfte zu sprechen. Hira fand das nicht sehr höflich.

„Sie sind verärgert wegen der Männer, nicht wahr?", bemerkte Jasmine.

Hira zögerte, aber dann entschied sie sich, ehrlich zu antworten. „Ich finde es nicht richtig, dass sie uns so links liegen lassen."

„Verstehen Sie das nicht falsch. Soviel ich weiß, müssen die beiden nur noch einige juristische Einzelheiten klären. Beim Vertragsabschluss werden Sie sicher dabei sein. Darauf legt der Scheich sogar Wert."

„Tatsächlich?" Hira machte große Augen.

„Ja. Er kennt Sie zwar kaum, aber Marc hat ihm selbst erzählt, was für eine wichtige Rolle Sie in seinem Leben spielen." Jasmine machte eine Pause und fügte hinzu: „Sie sind sehr schön, Hira. Dennoch glaube ich, dass Sie Ihrem Mann mehr bedeuten als nur eine exotische Trophäe, mit der er in Amerika angeben kann. Ich sehe ja selbst, wie verliebt er Sie anschaut und wie stolz er auf Sie ist."

„Oh." Hira lächelte etwas verlegen. Sie hätte sich gern noch weiter von Frau zu Frau unterhalten, aber Jasmine führte sie ins Speisezimmer, und die Männer kamen auch gleich darauf herein.

Nachdem Marc ihr den Stuhl zurechtgerückt hatte, strich er Hira ganz leicht über die Schulter. Seit Kurzem nutzte er öfter die Gelegenheit zu solchen Gesten. Er hielt ihre Hand, streichelte ihre Wange oder stahl einen Kuss von ihr. Erst jetzt, da Hira das verliebte Herrscherpaar von Zulheil beobachtete, wurde ihr klar, welch große Zuneigung ein nüchterner Mann wie Marc dadurch ausdrückte.

Als sie beide am Tisch saßen, legte sie heimlich unter der Tischdecke ihre Hand auf seinen Oberschenkel. Zunächst reagierte Marc überrascht, aber dann schenkte er Hira dieses gewisse Lächeln, das sie immer wieder bezauberte. Gleichzeitig ließ er seine Hand unter die Tischkante gleiten und drückte ihre Finger.

Hira wurde ganz warm ums Herz. Aber ehe sie Marc Koseworte zuflüstern konnte, lenkte der Scheich die Aufmerksamkeit aller auf sich. Er hob sein Glas und sprach einen Toast aus. „Auf eine erfolgreiche Zusammenarbeit!" Es tat Hira sehr gut, dass er zuerst mit ihr und danach erst mit Marc anstieß.

11. Kapitel

Nachdem der Vertrag mit Scheich Tariq unter Dach und Fach war, hatten sich Marc und Hira entschlossen, am folgenden Tag ihre Familie zu besuchen. Hira legte zwar keinen Wert darauf, ihren Vater wiederzusehen, aber sie freute sich auf ihre Mutter und ihre Brüder.

„Du wirst den Mann schon einen Tag lang ertragen können", tröstete Marc seine Frau, als sie vor dem Haus ihrer Eltern vorfuhren.

Ihre Mutter zeigte sich überglücklich, dass sie ihre Tochter in die Arme schließen konnte. Auch von ihren Brüdern wurde Hira herzlich begrüßt. Ihr Vater brummte ihr nur einen Gruß zu, während er Marc überschwänglich willkommen hieß und ihm begeistert die Hand schüttelte.

Hira ließ die beiden Männer allein, um mit ihrer Mutter zu plaudern. Sie wollte ihr bei dieser Gelegenheit auch die Unterlagen für das Konto übergeben, das Marc und sie für Amira eingerichtet hatten.

Mit gemischten Gefühlen beobachtete Marc, wie seine Frau sich mit ihrer Mutter zurückzog. Einerseits war er froh, Hira diesen Besuch in ihrer Heimat ermöglicht zu haben, aber andrerseits erinnerte ihn die ganze Umgebung daran, dass er ihr die Heirat aufgezwungen hatte. Zwar hatte ihr Vater ihn zur Eile gedrängt, aber Marc hätte es ja nicht zu akzeptieren brauchen. Wenn er ehrlich war, musste er zugeben, dass er sich auch gar nicht so sehr bemüht hatte, Kerim Dazirah umzustimmen. Es ging ihm nur darum, Hira möglichst schnell zu bekommen.

Das hatte sie ihm aber bis heute nicht verziehen, und sie hatte ihm selbst gesagt, dass sie ihn deshalb niemals wirklich würde lieben können. Er hatte ihren Traum von der großen Liebe zerstört, dafür musste er bitter bezahlen. Wenn Marc daran dachte, überkam ihn blanke Verzweiflung. Würde Hira ihm jemals glauben, dass es nicht nur ihr Aussehen war, das ihn an jenem Abend, als er sie zum ersten Mal sah, so magisch angezogen hatte?

Tatsächlich war es etwas tiefer Gehendes, etwas, das seine Seele erfüllte. Er hatte vom ersten Augenblick an gespürt, dass Hira für ihn bestimmt war. Daher hatte er keine ruhige Minute, keinen Schlaf mehr gekannt, bis sie zu ihm gehörte. Aber wie sollte er ihr das erklären, ohne sich ihr vollkommen zu offenbaren? Dazu war Marc nämlich noch nicht bereit, solange sie ihn manchmal mit diesem umwölkten Blick musterte.

Mittlerweile hatte Hira sich an das Leben mit Marc gewöhnt. Sie hatte sich ihm angepasst, aber er wollte weit mehr von ihr. Er wollte ihr Herz und ihren Verstand erobern, ihre Hoffnung, einfach alles. Es war sein sehnlichster Wunsch, dass Hira ihn ebenso brauchte wie er sie. Er brauchte sie wie die Luft zum Atmen, und sogar der einsame und äußerst verletzliche Junge aus dem Bayou war von ihr bezaubert. Hira bedeutete ihm alles, sie war sein Leben, seine große Liebe. Das hatte Marc endlich erkannt.

Ihm war auch bewusst, dass er niemals wieder zu seinem früheren einsamen Dasein zurückkehren konnte. Er war durch Hira ein anderer Mensch geworden und sehnte sich so sehr nach ihrer Liebe, dass er es wie einen körperlichen Schmerz spürte.

Am Abend fand Hira endlich Gelegenheit, Marc zu fragen, warum er in ihrem Elternhaus so ein grimmiges Gesicht gezogen hatte, wenn er sich unbeobachtet fühlte.

„Ich weiß nicht, was du meinst", hatte er geantwortet.

Sie hatte wieder und wieder versucht, dass er sich ihr anvertraute. Aber Marc wollte einfach nichts davon wissen. Am Ende war sie wütend aus dem Zimmer gestürmt und hatte sich ins Bad zurückgezogen, wo sie leise über die Sturheit der Männer im Allgemeinen und über die ihres Mannes im Besonderen fluchte.

Etwa nach einer Viertelstunde tauchte Marc in dem luxuriösen Bad auf. Hira saß in einem großen rechteckigen Marmorbecken, das in den gold- und türkisfarbenen Mosaikboden eingelassen war. Das nach Blumen duftende Wasser reichte ihr bis zu den Oberschenkeln. Als sie aufschaute und Marcs feurigem Blick begegnete, überkam sie ebenfalls heiße Lust. Sie ließ sich jedoch nichts anmerken, sondern erwiderte kühl seinen Blick. „Was ist?"

„Ich wollte dir nur sagen, dass ich ausgehe."

„Okay."

„Interessiert dich denn gar nicht, wo ich hinwill?", fragte Marc gekränkt.

Aber das beeindruckte Hira nicht, weil sie immer noch wütend auf ihn war. Sie nahm ihren Schwamm und zielte damit auf Marcs Brust. „Warum sollte ich mich für meinen Mann interessieren, wenn er immer so ein finsteres Gesicht macht? Du und deine schlechte Laune, ihr könnt zur Hölle fahren."

Marc hatte den Schwamm zwar aufgefangen, aber auf seinem blauen Hemd war deutlich ein nasser Fleck zu erkennen. „Wie bitte? Ich soll zur Hölle fahren?" Als er auf Hira zukam, strotzte sein Blick vor Arroganz. Schwungvoll warf Marc den Schwamm zurück ins Wasser, sodass kleine Wellen Hiras Schenkel umspülten.

„Überrascht dich das etwa? Wenn du den ganzen Tag so launisch bist, macht mich das eben ärgerlich", antwortete sie trotzig.

Hira war ganz verblüfft, als er jetzt schnell seine Schuhe auszog und sich mit seinen trockenen Sachen neben sie in das große Becken setzte. Er strich ihr eine Strähne, die sich aus ihrem aufgesteckten Haar gelöst hatte, hinters Ohr. „Hast du dich vielleicht auch einmal gefragt, warum ich den ganzen Tag so ärgerlich war?" Dann schöpfte er Wasser mit der hohlen Hand, um es über ihre Schenkel rinnen zu lassen.

Angesichts dieser intimen Geste erbebte Hira vor Sehnsucht nach ihm. Aber sie versuchte, das Gefühl zu verdrängen, und presste die Schenkel zusammen, was ihr Verlangen jedoch nur steigerte. „Ich habe keine Ahnung, ich weiß nur, dass ich nichts Böses getan habe. Wahrscheinlich willst du mir durch deine schlechte Laune beweisen, dass du keine Rücksicht nehmen musst und ein Recht auf mich hast." Sie schnitt eine Grimasse. „Aber das lasse ich mir nicht bieten."

Darauf benahm Marc sich so ganz anders, als sie erwartet hatte. Er fasste sie bei den Schultern, drehte Hira zu sich und gab ihr einen harten Kuss auf den Mund. „Zum Teufel mit meinem Recht!" In seinen Augen spiegelte sich blanker Hunger, jedoch nicht nur nach ihrem Körper. Dieser Hunger kam aus Marcs tiefstem Innern. Hira hatte das Gefühl, in seine Seele zu blicken, als sie ihm in die Augen sah und die brennende Sehnsucht las.

„Der Grund, warum ich wie ein verwundeter Bär herumgelaufen bin, bist allein du", erklärte er. „Wieder im Haus deiner Eltern zu sein hat mich an unsere Hochzeit erinnert und daran, wie unmöglich ich mich damals benommen habe. Es war der größte Fehler meines Lebens, dass ich dich, ohne um dich zu werben, einfach geheiratet habe. Dadurch habe ich alles verdorben, weil du mich niemals lieben wirst. Aber ich liebe dich, Prinzessin, liebe dich von ganzem Herzen." Er küsste Hira noch einmal fest auf den Mund. Es kam ihr vor, als wollte Marc ihr seinen Stempel aufdrücken.

Dann fuhr er fort: „Liebe! Das Wort kann gar nicht beschreiben, was ich alles für dich fühle. Da brennt ein Feuer in mir, das sich nicht löschen lässt. Wenn du lächelst, empfinde ich solche Zärtlichkeit und zugleich solche Leidenschaft für dich, wie ich sie niemals für möglich gehalten hätte. Glaub mir, das ist keine Romantik im Mondlicht, das ist ein niemals endender Gewittersturm."

Hira war sprachlos. Ihr nüchterner, stolzer Ehemann gestand ihr offen seine Liebe. Damit lieferte er sich ihr aus. Sie erkannte, dass sie von heute an Macht über ihn hatte. Aber das würde Marc doch niemals riskieren, wenn er mich nur als schöne Trophäe betrachtet, ging es ihr durch den Kopf.

Sie lauschte weiter seiner Stimme, die so voller Gefühl war. „Ich liebe dein Lächeln, dein Gesicht, ja deine ganze Persönlichkeit, Hira. Mir gefällt es, wie du mit den Jungen umgehst, wie du jedem einzelnen das Gefühl gibst, er könne um deine Hand anhalten, wenn er nur alt genug wäre. Ich liebe deine Großzügigkeit, mit der du mir deinen Körper offenbarst."

Marc sprach leise, und es klang sehr persönlich. „Ich liebe die Art, wie du versuchst, das Bayou zu mögen, nur weil ich es so mag. Zu lange habe ich schon versucht, meine Gefühle für dich zu verbergen. Aber das will ich jetzt nicht mehr. Ich bekenne offen, dass ich dich über alles liebe."

Hira war ergriffen. Es war das erste Mal, dass Marc ihr so seine Liebe gestand. Mit leicht zitternder Hand strich sie über seine Wange und schmiegte sich an ihn. „Marc, ich kann nicht …" Vor Rührung versagte ihr fast die Stimme.

„Psst, ich weiß." Ein Schatten huschte über sein Gesicht. Marc hatte Hira seine ganze Liebe geschenkt, ohne erwarten zu können, dass sie ihn auch lieben würde.

Plötzlich klopfte ihr das Herz wild in der Brust. „Weißt du eigentlich, dass mein Vater meiner Mutter kein einziges Mal gesagt hat, dass er sie braucht?"

„Aber ich sage es dir, Hira. Ich brauche dich mehr, als du es dir vorstellen kannst."

Sie berührte die Knöpfe seines Hemdes. „Was ist, wenn ich alt werde? Wenn ich Falten im Gesicht bekomme oder Schwangerschaftsstreifen am Bauch nach der Geburt eines Kindes?"

Marc lächelte. „Ehrlich gesagt, ich möchte mit dir alt werden. Ich hoffe, dass du ganz viele Lachfalten bekommst und dass sich dein Körper durch die Geburt unserer Kinder verändert. Stell dir vor, Chérie, wie spannend das sein wird, wenn wir uns ein Leben lang verändern und uns immer wieder neu entdecken." Seine Augen glänzten auf einmal hell, obwohl die Schatten seiner unglücklichen Kindheit nicht vertrieben waren.

Inzwischen hatte Hira sein Hemd aufgeknöpft. Sie zog es ihm aus und schleuderte es auf den Mosaikboden. Danach wollte sie seinen Gürtel öffnen, aber Marcs kräftige Hand hielt sie zurück. „Nein, Prinzessin, du brauchst mir nichts zurückzugeben. Ich werde dich auch so immer lieben."

Es war diese Selbstlosigkeit, die Hiras letzte Zweifel auslöschte. Marc war so zärtlich, besorgt um sie und wollte, dass sie sich zu nichts verpflichtet fühlte. Sie sah ihn ernst an. „Ich habe dir mal gesagt, dass ich gut lügen kann, nicht wahr?"

„Es ist schon okay. Du brauchst mir nichts vorzumachen, wenn du ..."

„Nein, du verstehst mich falsch", unterbrach sie ihn. „Ich wollte dir gestehen, dass ich dich angelogen habe."

Marcs Züge verhärteten sich. „Wieso?"

„Ich habe behauptet, dass ich dich nicht hätte heiraten wollen, wenn ich die Wahl gehabt hätte."

„Ja." Er hatte versucht, darüber hinwegzukommen. Dennoch quälten ihre Worte ihn immer noch.

„Mein Vater hatte viele Heiratsangebote für mich, bevor wir uns kennenlernten", erzählte Hira.

Marc nickte. „Sogar Marir, dieser hässliche alte Kaufmann, ein Freund deines Vaters, wollte dich heiraten, nicht wahr? Das hattest du erwähnt."

„Ja, aber er war nicht der Einzige. Als ich dann dich heiraten sollte, sagte ich mir, ich würde meinem Vater nur gehorchen, um meine Ruhe zu haben. Schließlich hatte ich acht andere Bewerber, darunter einen jungen Prinzen aus einem Ölstaat und einen sehr begehrten britischen Millionär, abgelehnt."

„Acht?" Marc staunte. Er hatte immer gedacht, Hira hätte ihn nur akzeptiert, um nicht den alten Marir heiraten zu müssen.

„Ich stritt mich furchtbar mit meinem Vater, weil ich nach dem ersten Treffen an keinem der Männer mehr interessiert war."

„Aha, dann hatte ich also nicht nur einen Konkurrenten", bemerkte er hoffnungsvoll.

Sie nickte heftig. „Stimmt genau. Aber abgesehen von dir, fand ich alle Kandidaten ausgesprochen unsympathisch. Als ich dich dann zum ersten Mal sah, war es ganz anders. Dein Lächeln hat mich einfach schwach gemacht. Ich hatte plötzlich nichts mehr dagegen zu heiraten."

Was Hira ihm da gerade eingestanden hatte, musste Marc erst einmal verarbeiten. Sie hatte ihn also bewusst ausgewählt. Vor Aufregung wurde ihm die Kehle trocken.

Sein Schweigen machte sie ungeduldig. „Verstehst du, Marc? Du bist der Mann, von dem ich immer geträumt habe. Aber als du aufgetaucht bist, hatte ich zunächst nicht begriffen, dass wir füreinander bestimmt sind."

Er sagte immer noch nichts, sondern nahm nur lächelnd ihre Hand und küsste jeden einzelnen ihrer Finger.

„In Zulheil gibt es ein Sprichwort", fuhr Hira fort. „Du gehörst zu mir, so wie ich zu dir gehöre. Erst zusammen werden wir zu einem Ganzen."

Besser hätte Marc es nicht ausdrücken können. Das Sprichwort sagte genau das, was er empfand. „Ich verspreche dir, dass es immer so bleiben wird, Prinzessin, für alle Zeiten, solange wir leben."

„Seit ich dich liebe, weiß ich erst, was es heißt, eine Frau zu sein, Marc." In Hiras Augen schimmerten Tränen. „Ich liebe dich mit jedem Tag mehr."

Er konnte nicht anders, als Hira an sich zu ziehen und zärtlich zu küssen. Seufzend vor Glück schmiegte sie sich an ihn. „Du hast dein Bad noch nicht genommen", flüsterte er ihr ins Ohr.

„Hmm." Sie ließ sich in tieferes Wasser gleiten und lockte ihn mit dem Zeigefinger zu sich.

Marc stieg jedoch erst aus dem Wasser, um sich seiner restlichen Sachen zu entledigen. Das Marmorbecken bot viel Platz für zwei glücklich Verliebte. Nach allem, was er in den letzten Minuten durchgemacht hatte, würde ein Bad ihm sehr guttun. Aber noch verlockender war der Anblick der exotischen Schönheit, die schon mit verheißungsvoll schimmernden bernsteinfarbenen Augen auf ihn wartete. Er fand Hira nicht nur sagenhaft erotisch, sondern sie bezauberte ihn auch mit ihrer Wärme und Zärtlichkeit. Die Eisprinzessin hatte sich in eine leidenschaftliche Geliebte verwandelt. Das war mehr, als Marc jemals zu hoffen gewagt hatte.

Hira ließ ihn nicht aus den Augen, als er sich die Jeans zusammen mit den Shorts über die Hüfte zog. Marc entging nicht, dass sie vor Aufregung heftig schluckte. Wie immer, wenn sie ihn sehnsüchtig erwartete, hatte sie die Beine zusammengepresst. Und obwohl sie vollständig ins Wasser eingetaucht war, erkannte er, dass sie am ganzen Körper regelrecht vor Sehnsucht glühte. Ihre halb geöffneten Lippen glänzten verführerisch.

Jetzt stand er nackt und voll erregt da. Als sie den Blick senkte und ihn betrachtete, brannte Marc regelrecht vor Verlangen. Gleichzeitig machte es ihn stolz, dass sie ihn so leidenschaftlich begehrte. Es hatte für sie in dieser Hinsicht noch keinen Mann vor ihm gegeben und sollte auch nie einen anderen geben. Sie gehört mir allein, ging es ihm durch den Kopf, als er zu ihr ins Wasser stieg. Er konnte sich tausend Sachen vorstellen, die er in dieser stillen Wüstennacht mit ihr tun wollte, aber zuerst wollte er Hira küssen.

Die Frau, der er seine Liebe gestanden hatte, erwiderte seinen heißen Kuss voller Hingabe. „Marc", flüsterte sie entzückt. „Mein geliebter Mann."

Als er sie noch einmal küssen wollte, schwamm sie ihm jedoch lächelnd davon. Er folgte ihr und trieb sie in eine Ecke. „Komm zu mir, Prinzessin!"

Sie hielt sich am Beckenrand fest und trat Wasser. „Warum nennst du mich eigentlich so?"

„Ich war ärgerlich, weil du mir immer nur die eiskalte Schulter gezeigt hast. Du warst eine richtige Eisprinzessin."

Hira musste lachen, und dann küsste sie Marc, wie um ihm zu vergeben. „Und jetzt?"

„Jetzt fühle ich mich wie der Prinz im Märchen, der die liebreizende Prinzessin am Ende doch noch bekommt." Er streichelte sie zärtlich mit beiden Händen. „Weil ich den bösen Drachen besiegt habe, darf ich die schöne Jungfrau lieben." Seine Stimme klang sehr bewegt.

Eigentlich hatte Hira erwartet, dass er sie jeden Moment an sich ziehen würde, um sie im Wasser zu nehmen. Stattdessen legte er seine kräftigen Hände um ihre Taille und hob Hira auf den Rand des Wasserbeckens. Er blieb im Wasser, stellte sich vor sie und spreizte ihre Beine. Sie erschauerte vor Verlangen, als er beschwörend über ihre Oberschenkel strich, damit sie sich ihm weiter öffnete.

Lächelnd strich sie ihm durch das dichte Haar. „Mein geliebter Mann, warum tust du das?", flüsterte sie.

Leise lachte er auf. „Baby, du weißt doch, wie sehr ich deinen Geschmack mag." Schon spürte sie seinen warmen Atem auf der erhitzten Haut. Er küsste sie und zog eine glühende Spur aus Küssen über ihren Oberschenkel. Dann kam er noch näher, um ihre Beine auf seine Schultern zu legen.

Wieder liebkoste und küsste er sie, sodass sie bald keuchend nach Atem rang. „Das brauchst du nicht zu tun. Du möchtest doch jetzt zu mir kommen."

Marc zwinkerte ihr zu. „Chérie, du wirst noch viel über deinen Mann lernen müssen. Aber mach dir keine Sorgen. Ich habe ja ein Leben lang Zeit, dir die Feinheiten beizubringen." In diesem Moment strahlte er förmlich über das ganze Gesicht und steckte sie mit seinem Lachen an. „Lektion eins", fuhr er fort, „ich möchte deine wilden Schreie hören, wenn ich dich nehme."

Mehr sagte er nicht, bevor er den Kopf senkte. Und sie erbebte vor purer Lust, als sie seine Zunge spürte. Zunächst kämpfte sie noch dagegen, aber es war zwecklos. Haltsuchend klammerte sie sich an seine Schultern und stöhnte immer wieder sehnsüchtig auf, während er von ihr kostete. Sie flehte nach mehr und mehr, bis sie schließlich einen wilden Lustschrei ausstieß.

Marc zog sie zu sich ins Wasser. Aber das konnte die Glut ihrer Leidenschaft nicht löschen. Hira schlang die Beine um ihn und hieß ihn mit lustvollen Seufzern willkommen. Dabei sahen sie einander unendlich zärtlich in die Augen.

Er nahm sie, und sie gab sich ihrem modernen Krieger vorbehaltlos hin. Selbst wenn sie gewollt hätte, sie hätte sich ihm nicht verweigern können. Endlich erkannte sie, dass er sie erobert hatte und sie für immer zu ihm gehörte.

Das machte Hira jedoch keine Angst. Marc war zwar ein Mann, der alles von ihr forderte, aber er gab ihr auch unermesslich viel zurück. Er ist ein ganz besonderer Mensch, dachte sie, während um sie herum die Sterne funkelten und sie benommen aufseufzte.

Marc hatte ihr all seine Kraft, seine Leidenschaft und sein Herz geschenkt. Er hatte sie erobert, aber dann hatte der wilde Krieger sich in ihre Arme geflüchtet. So wie sie ihm gehörte, gehörte er jetzt auch ihr. Zusammen würden sie glücklich sein.

„Es ist wunderbar, wenn Träume in Erfüllung gehen", flüsterte Marc ihr zu, während sie aus den Höhen ihrer Lust wieder hinabschwebten und sich ihr Atem beruhigte. „Du bist mein wahr gewordener Traum, Hira."

Das war das schönste Kompliment, das sie jemals gehört hatte. So viel Sinn für Romantik hätte sie einem nüchternen Geschäftsmann wie Marc gar nicht zugetraut.

„Wir werden uns gegenseitig unsere Träume erfüllen", sagte die Prinzessin lächelnd zu ihrem Eroberer.

– ENDE –

Informationen zu unserem Verlagsprogramm, Anmeldung zum Newsletter und vieles mehr finden Sie unter:

www.harpercollins.de

Jill Shalvis
Lebkuchenmänner und andere Versuchungen

Deutsche Erstveröffentlichung

Sechs quirlige Welpen in einer Badewanne, und Willa muss sie bändigen, um sie sauber zu bekommen. Kein Wunder, dass sie inzwischen selbst aussieht, als hätte sie im Schlamm gewühlt. In diesem Moment steht ausgerechnet Keane Winters in ihrem kleinen Laden für Haustierbedarf – der Mann, der ihr einst das Herz brach. Jetzt erkennt er sie nicht einmal wieder! Keinesfalls wird sie Keane den Gefallen tun und sich um seine Katze kümmern. Und doch verliert sie sich sofort wieder in seinen unwiderstehlichen Augen …

ISBN: 978-3-95649-747-6
9,99 € (D)

Kirsty Mosely
**Fighting to Be Free –
Nie so geliebt**

Deutsche Erstveröffentlichung

Es ist Jamies letzte Chance auf ein normales Leben. Bisher war seine Existenz bestimmt von Armut und Gewalt. Frisch aus dem Gefängnis entlassen, ist er voller guter Vorsätze. Doch so leicht entkommt man seiner Vergangenheit nicht. Dann begegnet er Ellie – und sie verkörpert all das, wonach er sich sehnt. Die Anziehungskraft reißt sie beide mit. Jamie will alles tun, sich ihrer würdig zu erweisen; der Mensch zu werden, den Ellie lieben kann. Aber noch hat er ihr nicht die Wahrheit über seine dunklen Taten gestanden. Sind Ellies Gefühle stark genug, um bei ihm zu bleiben? Bei einem Mann, der das Leben eines anderen auslöschte …

ISBN: 978-3-95649-680-6
12,99 € (D)

Lauren Blakely
Big Rock - Sieben Tage gehörst du mir!

Deutsche Erstveröffentlichung

Ich war ein arrogantes Arschloch und ein unverbesserlicher Playboy. Bis eine Woche mein Leben für immer veränderte ...

Meiner Familie zuliebe soll ich mich eine Weile zusammenreißen: Keine Skandale mehr! Und als perfekter braver Sohn brauche ich eine Scheinverlobte für sieben Tage. Was läge da näher, als meine beste Freundin Charlotte zu fragen? Mit so einer scharfen Frau fällt es mir nicht schwer, den verliebten Softie zu mimen. Leider kann ich, seit wir im Bett gelandet sind, an nichts anderes mehr denken als an ihren heißen Körper. Charlotte spielt ihre Rolle als meine Zukünftige perfekt – doch bei mir ist es längst viel mehr als ein Spiel ...

ISBN: 978-3-95649-686-8
9,99 € (D)

Deutsche Erstveröffentlichung

Lauren Blakely
Mr. O – Ich darf dich nicht verführen

Mein Name ist Nick Hammer. Aber nennt mich einfach Mr. O – denn ich kann jeder Frau den ersehnten Höhepunkt bescheren. Wieso sollte ich also ablehnen, wenn die süße, total scharfe Harper Holiday mich bittet, ihr Nachhilfe in Liebesdingen zu geben? Das Problem: Sie ist die kleine Schwester meines besten Freundes Spencer und damit für mich absolut tabu. Flirttipps geben: erlaubt. Flirttipps mit Harper ausprobieren: strengstens verboten. Doch je mehr Zeit wir miteinander verbringen – und je mehr schmutzige SMS wir uns schreiben – desto weniger kann ich mich zusammenreißen ...

ISBN: 978-3-95649-737-7
9,99 € (D)